7·년·전·쟁

七年
戰爭

조선의 영웅들

③

김성한 역사소설

산천재

권응수 초상 權應銖肖像
무신이자 의병장으로 공을 세운 권응수(1546~1608)가 1604년 선무공신으로 녹훈되었을 때 공신도감에서 그려 하사한 초상화. 무신을 상징하는 호랑이 문양이 흉배에 나타나 있다.
보물 제668-1호

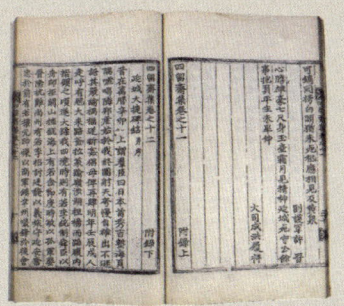

사류재집 四留齋集
연안성 전투에서 공을 세운 이정암(1541~1600)의 문집. 저자의 일대기, 왜장에 대한 답서, 의병모집 격문, 역대 일본 침략기 등도 함께 실려 있다.
한국학중앙연구원 소장

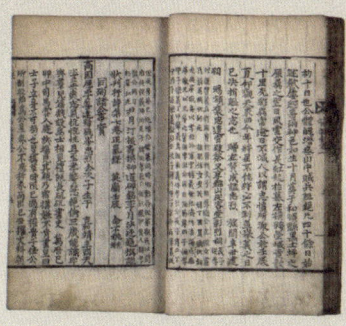 

호남절의록 湖南節義錄
임진왜란 등에서 활약한 호남지방 의병들의 행적을 기록한 책. 1799년에 의병장 고경명의 7대손 고정헌이 편집하여 간행하였다.

진주성도 晉州城圖
내성과 외성으로 되어 있는 조선시대의 진주성과 성안 읍내 모습을 그린 그림. 성안에 현존하는 건물로 촉석루, 서장대, 북장대 등이 있다.
국립중앙박물관 소장

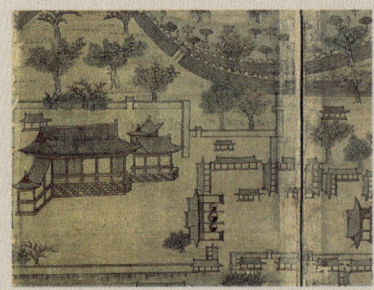 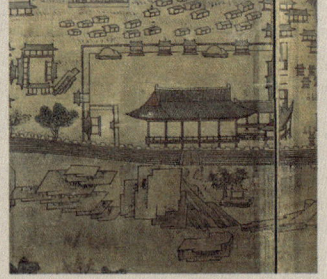

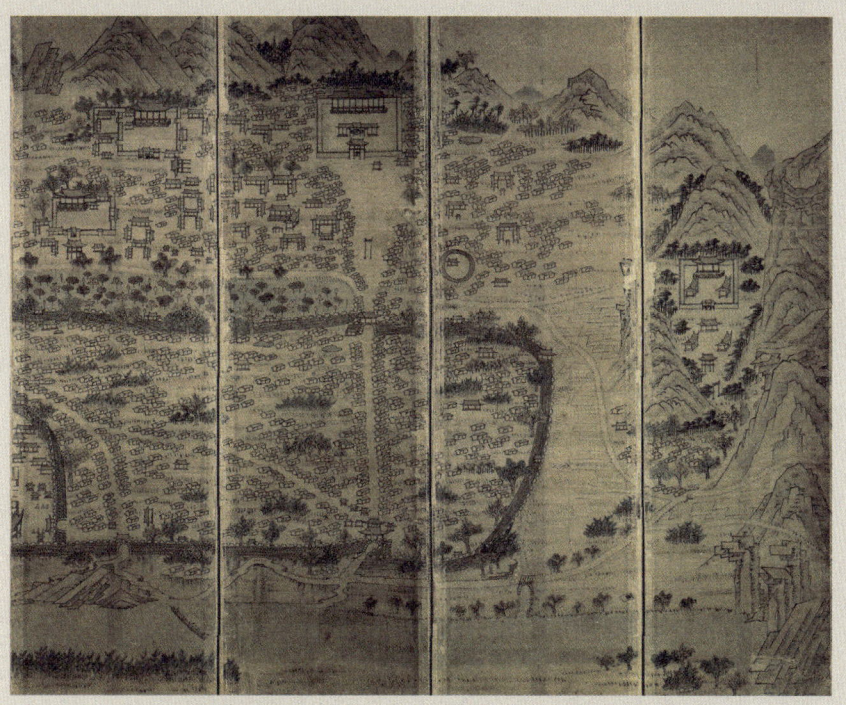

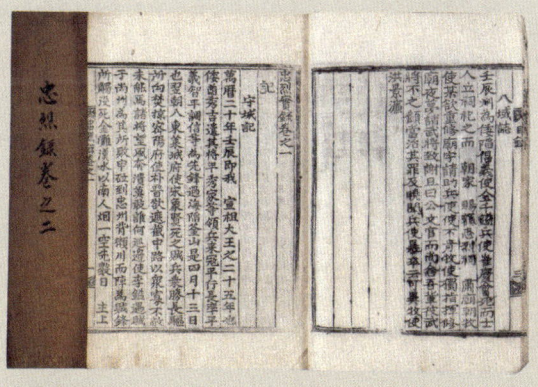

충렬록 忠烈錄
진주성 전투에 참가한 김시민, 김천일 등 여러 충렬 인사들의 사적을 모은 책. 진주성 전투에 관한 사료를 여러 책에서 뽑아 집대성하고, 특히 논개에 대한 추숭 운동이 잘 나타나 있어 사료적 가치가 높다.

사명대사 유정 진영 四溟大師惟政眞影
승병장으로 활약한 사명대사의 진영. 정유재란 때 울산과 순천 등지에서 전공을 세웠고 1604년에는 일본에 건너가 수많은 조선인 포로들을 데리고 돌아왔다.
보물 제1505호 | 동화사 성보박물관 소장

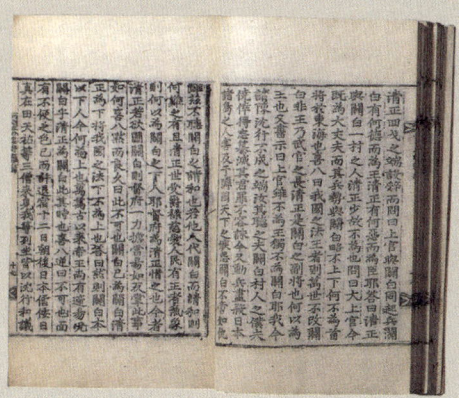

분충서난록 奮忠紓難錄
사명대사 유정의 글과 행적을 엮은 책. 가토 기요마사의 진영을 정탐한 보고서, 적을 토벌하는 방법과 백성 보호에 관한 상소문 등 다양한 기록들이 들어 있다.

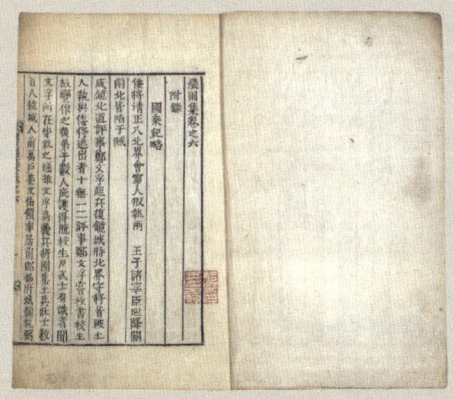

농포집 農圃集
정문부의 문집. 임진왜란 때 회령의 국경인 반란을 진압할 당시 상황을 기록한 내용과 의병 모집 격문 등이 시문과 함께 들어 있다.

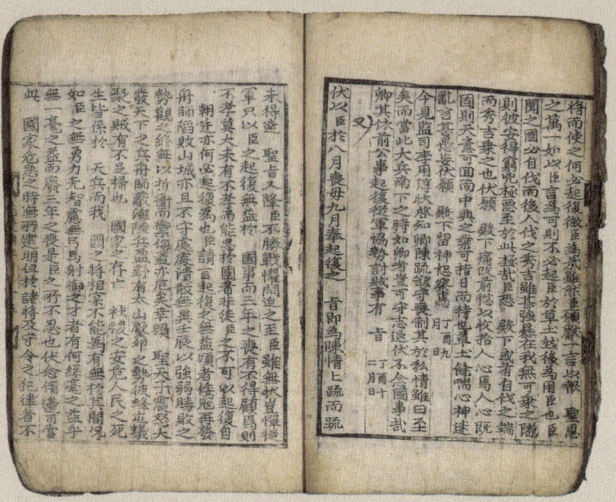

망우당집 忘憂堂集
홍의장군 곽재우(1552~1617)의 문집. 부록인 〈용사별록(龍蛇別錄)〉에는 곽재우가 의병을 일으켜 공을 세운 내력을 적고 있다.

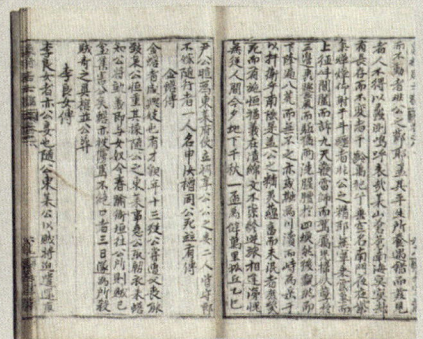

상촌유고 象村遺稿
조선 중기 문장 4대가의 한 사람인 신흠(1566~1628)의 문집. 동래성 전투에서 순절한 송상현을 따라 의리를 지키다가 일본군에게 죽임을 당한 김섬 등의 전기가 기록되어 있다.

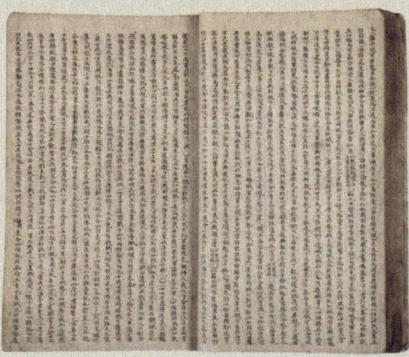

난중잡록 亂中雜錄
남원지역 의병장 조경남(1570~1641)이 남긴 기록. 임진왜란과 정유재란 부분에서는 이순신의 《난중일기》보다 폭넓은 내용을 다루고 있다.

마름쇠
적의 통행이나 접근을 막기 위해 적이 오는 길목이나 성벽 아래에다 흩뿌리는 쇳덩이. 뾰족한 부분이 늘 위로 향하게 되어 있다.

• 조선・일본・명 삼국 관계도

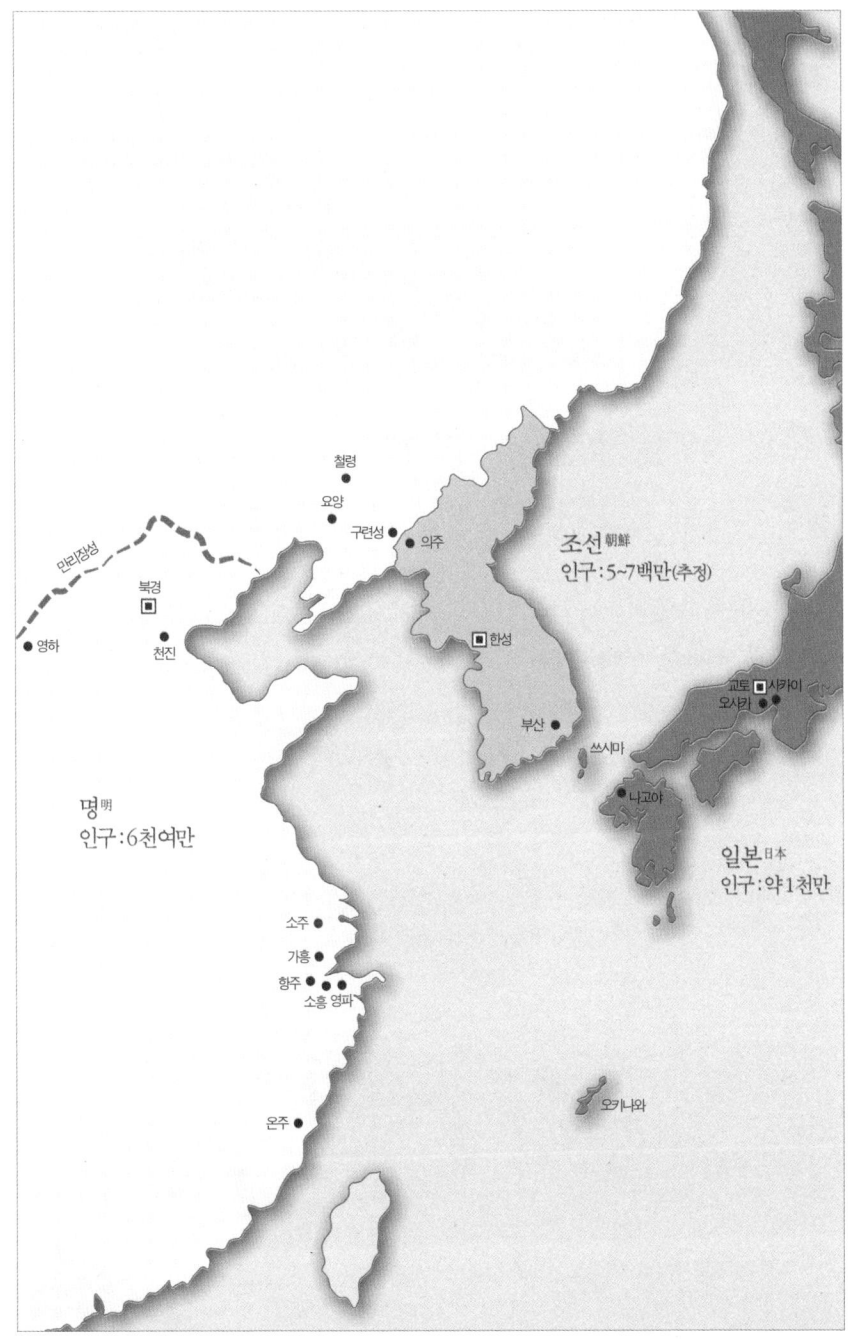

• 조선 군사 배치도

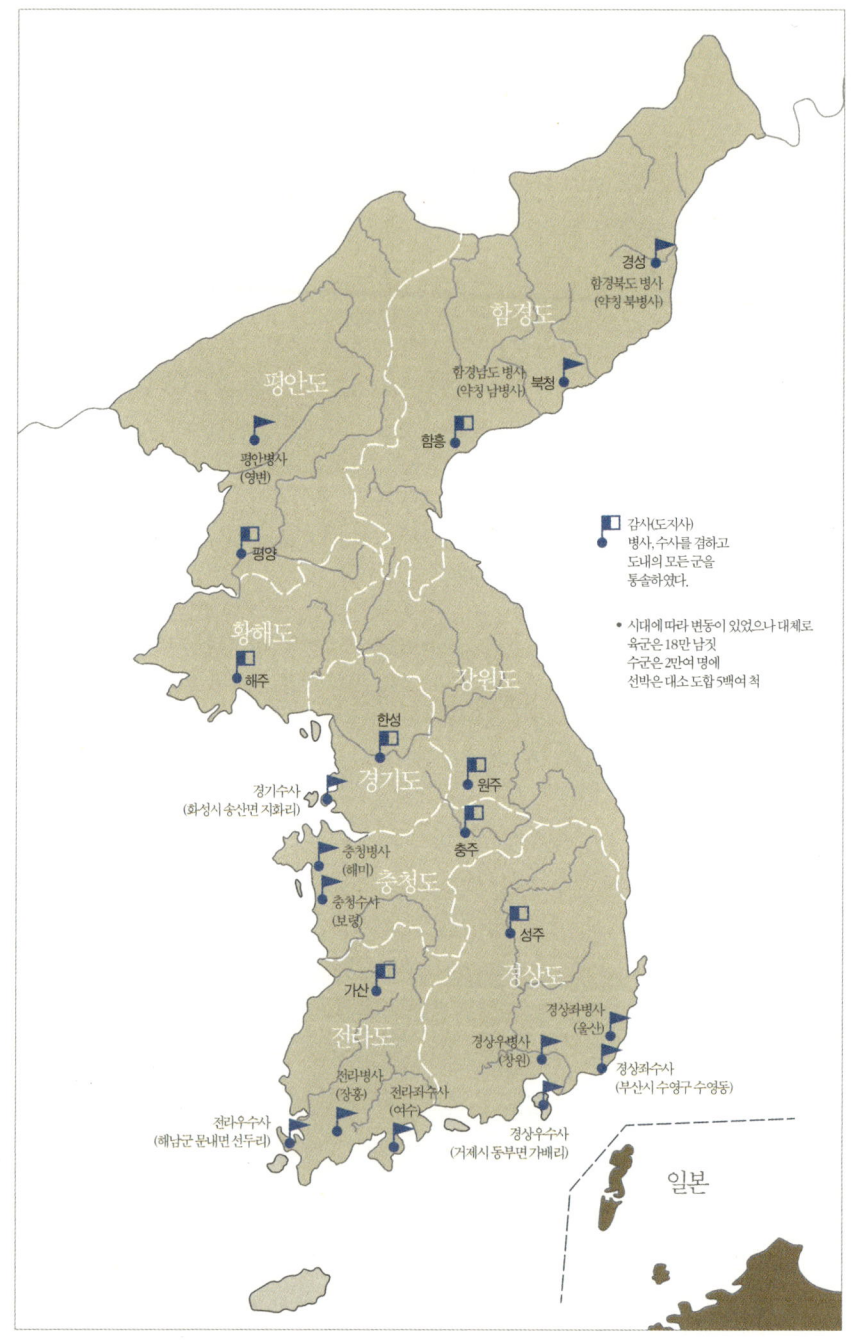

• 일본군 침공 경로

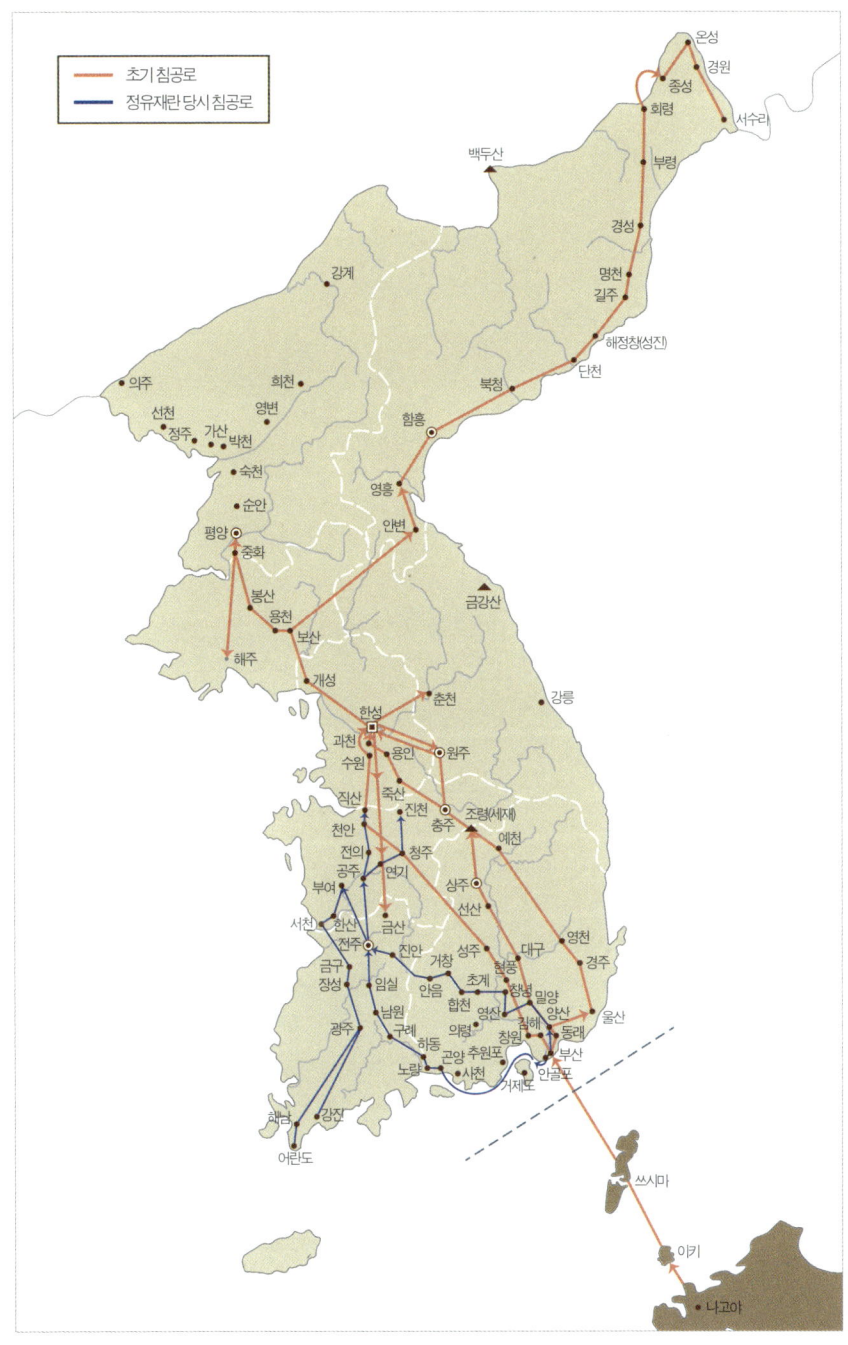

• 의병 및 관군 활동 지역

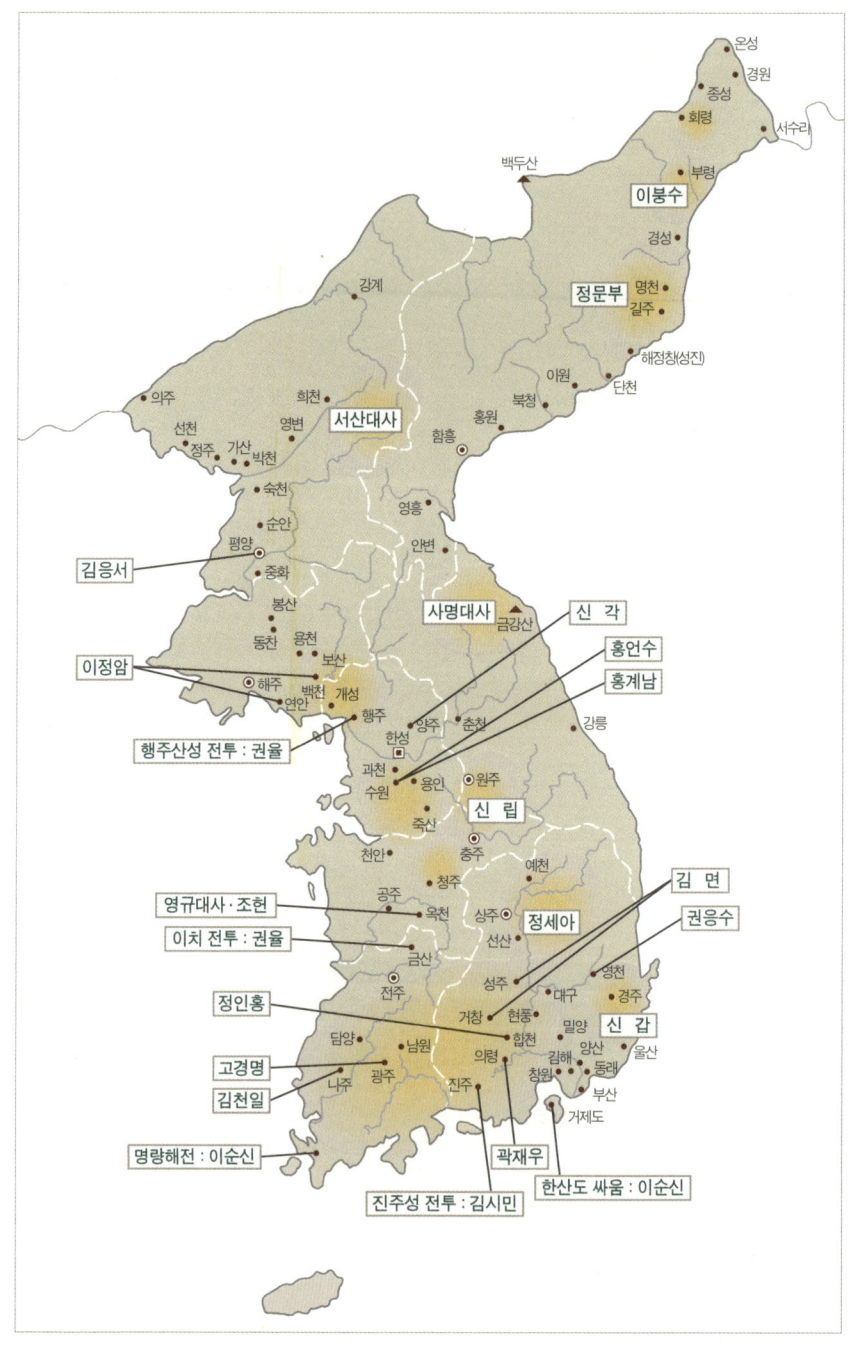

무능한 통치자는 만참(萬斬)으로도 부족한
역사의 범죄자다.

3권 조선의 영웅들
차례

전령 21
노장 유극량 30
압록강 너머 퍼진 소문 38
조선에 수군이 있다 46
당신네 임금은 진짜요? 55
흥분한 군중 64
평양도 버리고 73
참담한 승리 82
명의 의심 90
압록강의 조각달 99
낡은 문서에서 태어난 배 108
진발進發! 118
산같이 진중하라 127
이기는 습성 135
판국을 아는 자와 모르는 자 143
근접전의 빛과 그림자 151
이순신 전법 159
선비에서 무인으로 168
종9품 두메산골 수비대장 176
연합함대의 병사들 184
한산도 싸움 192
조선 수군을 피하라 201
온 나라를 뒤덮은 절망 210
곽재우, 의병을 일으키다 217
숲 속의 매복 229
새로운 기운 238
붉은 옷의 조선 장수 246
내분 255
의로운 사람들 272

정인홍·김면 연합부대 280
유능한 장수 김준민 288
경상좌도의 영웅 권응수 297
분수에 맞는 싸움 306
영천성 탈환 314
관군의 개가 325
혼백 되어 저들을 물어뜯으리 330
호남의 스승 고경명 338
무장과 선비의 대결 345
예언자 조헌 353
타고난 장재, 영규 스님 361
적들은 청주성을 버리고 370
칠백 전사 379
명의 속사정 388
임박한 참전 398
점바치의 택일 406
패주하는 조승훈 415
모함과 오해 425
패전의 책임 432
히데요시에게 드리운 그림자 440
유키나가의 계산 449
분주한 북경 458
역사에 없는 거간 466
심유경의 등장 474
꾸짖으면 물러갈 터 482
허풍도 도통하면 490
조선의 목숨을 쥔 사람 499
말 없는 맹세 507

일러두기

- 이 작품은 1990년 《임진왜란》(전7권, 행림출판) 제하로 출간된 소설을 《7년전쟁》으로 제목을 바꾸고 5권으로 새로 묶은 것이다.
- 이 작품은 단행본으로 출간되기 전 〈동아일보〉에 1984년부터 1989년까지 5년 동안 연재되었으며, 단행본에서는 신문 연재 당시 지면 사정으로 다 싣지 못했던 정유재란 부분이 작가의 원래 구상대로 복구되었다.
- 신문 연재 당초에 이 작품의 제목은 '7년전쟁'이었으나 도중에 '임진왜란'으로 바뀌었다. 그러나 최초의 제목 '7년전쟁'이 작가의 의도에 더 가까울 뿐 아니라 임진왜란의 성격을 더 정확하게 드러내 준다고 판단하여 '7년전쟁'을 이 작품의 제목으로 되살렸다.
- 내용의 가감, 수정은 원칙적으로 하지 않았다. 다만, 작가가 생존시 챙겨 두었던 일부 수정 내용은 반영했다. 또 읽기 쉽도록 소제목을 추가했다.
- 일본의 인명과 지명은 종전에 한자음대로 표기되었던 것을 현지음에 기반한 일본어 표기법에 따라 고쳤으며, 중국의 인명과 지명은 종전의 한자음대로 표기하는 것을 원칙으로 했다. 다만, 일본의 인명과 지명도 현지음이 확인되지 않은 몇몇 경우는 한자음대로 표기했다.
- 본문의 지도 중 내용이 유사한 지도는 일부 없애고 책 서두에 전체 상황을 알려주는 지도를 추가했다.

전령

가토 기요마사(加藤清正)는 안심이 안 되었다.

"약장수 유키나가(小西行長)가 무슨 꿍꿍이속이 있는 것은 아닐까?"

서울에 있는 장수들은 자신이 직접 찾아다니고, 시골에 있는 장수들에게는 사람을 보내 속삭인다는 소문이었다 — 평안도는 가토 기요마사가 맡으면 큰일이 나고, 자기가 맡아야 조선 왕을 구슬려 항복을 받을 수 있다고.

생각하면 짚이는 대목이 하나 둘이 아니었다.

원래 이 전쟁이 시작되기 전에 태합(太閤: 히데요시)은 분명히 말한 일이 있었다. 조선과의 교섭은 기요마사와 유키나가, 두 사람이 책임지라. 그런데 유키나가는 기요마사를 제쳐 놓고 자기 사위 소 요시토시(宗義智)와 쑥덕거리고 돌아갔다. 무슨 비밀이 그렇게도 많은지.

한때 조선에서 통신사가 오고, 조선 왕은 나라를 들어 항복했다고 떠들썩했다. 그런데 전쟁이 터지고 항복했다던 조선은 무기를 들고 일어 섰다. 세상에 이런 항복도 있는가?

일전에 죽산에서는 유키나가를 찾아가는 조선 사람을 붙들어 목을 친 일이 있었다. 이름은 경응순이라던가. 그의 몸을 수색했더니 순한문 으로 엮은 봉서들이 몇 통 나왔다. 닛신(日眞 : 기요마사의 從軍僧)에게 보였더니 개중에는 유키나가의 편지에 대한 답장도 있다고 했다. 먼저 편지를 냈으니 답장이 가는 것이 아니겠는가? 내용으로 짐작컨대 그것도 한두 번이 아니고 여러 번 편지를 낸 듯하다고. 몰래 적과 편지질을 하는 내막은 무엇인가?

기요마사가 지휘하는 제2군 2만 2천여 명은 이때 성내에서 물러 나와 갈월리(葛月里 : 용산구 갈월동) 일대에 포진하고 있었다. 그중 자기의 직할군은 1만 명.

낮에 움직이면 말이 많을 것이다. 그는 어둡기를 기다려 성내에 있는 총사령관 우키타 히데이에(宇喜多秀家)에게 간단한 쪽지를 보내고는 직할군 1만 명을 이끌고 길을 떠났다. 임진강에 포진하여 유키나가가 조선 사람들과 내통하는 길을 차단하고, 장차 누가 무어라건 선수를 쳐서 평안도를 점령하리라.

아침에 용산 자기 진영(원효로 3가)에서 세수를 하다 이 소식을 들은 고니시 유키나가는 즉시 성내로 말을 달려 종묘로 히데이에를 찾았다.

"장수들이 이렇게 멋대로 놀아서야 쓰겠소?"

유키나가의 푸념에 히데이에는 잠자코 기요마사의 쪽지를 내밀었다.

조선군이 임진강을 건너 반격해 온다는 급보에 접하고, 밤중이라 깨워 드리는 것도 송구스러워 그대로 떠납니다. 양해하여 주십시오.

유키나가는 히데이에와 특별한 관계가 있었다. 그의 관례에는 상투를 트는 역할을 맡았고, 이후 여러 해 동안 지도역(傳人)으로 있었다. 사석에서는 터놓고 말할 수 있는 처지였고, 히데이에도 그의 말이라면 대개 들어주었다.

"도로 불러와야 하오."

유키나가가 우겼으나 히데이에는 듣지 않았다.

"조선군이 반격한다는 소문은 고니시 도노(小西殿 : 유키나가)도 듣지 않았소?"

그런 소문이 돌아다닌 것은 사실이었다. 그러나 유키나가가 보기에는 막연한 풍문에 불과했고, 기요마사는 이것을 기화로 선수를 쳤다. 히데이에는 그의 설명을 듣고 납득은 했으나 대답은 희미했다.

"기왕 간 것을 어떻게 하겠소?"

히데이에가 히데요시의 양자라면 기요마사는 히데요시의 이종사촌으로 행세하는 처지였다. 황소같이 내미는 기요마사는 히데이에도 난감한 기색이었다.

"임진강을 건너서는 안 된다."

유키나가가 우기는 바람에 히데이에는 마지못해 기요마사에게 몇 자 적어 보냈다.

그러나 유키나가는 안심이 안 되었다. 적어도 조선 조정에 일본을 대표하는 것은 고니시 유키나가지 가토 기요마사가 아니라는 것을 알려야 했다. 그는 히데이에를 설득하여 기요마사의 진영을 무사통과할 수 있고, 아울러 조선 측과 접촉해도 좋다는 증명서를 받아 가지고 나왔다.

고니시 유키나가의 지시를 받은 야나가와 시게노부와 중 덴케이가 서울을 떠나 파주에 당도한 것은 5월 13일 저녁이었다.

다음 날인 14일. 이른 아침에 그들은 임진강으로 말을 달렸다.

강을 사이에 두고 이쪽에 포진한 기요마사의 군대는 이따금 조총을 쏘고, 대안의 조선군은 어쩌다 한번씩 대포로 돌을 날렸다. 피차 거리가 멀어 사상자는 없었으나 오가는 병정들의 얼굴은 살기등등했다. 두 사람은 느티나무 밑, 호상에 앉은 기요마사를 찾아 증명서를 바치고, 한 말씀 드리려는데 불호령이 떨어졌다.

"당장 꺼지지 않으면 죽여 버린다!"

기겁을 한 두 사람은 단숨에 파주까지 도망쳐 돌아와 유키나가에게 급사를 보냈다.

" (……) 그런즉 기요마사의 군대가 임진강변에 있는 한 우리는 소임을 다할 수 없습니다."

이튿날은 15일. 간밤에 히데이에로부터 명령이 내린 듯 기요마사의 군대는 파주 교외로 철수해 오고 기요마사 자신은 서울로 돌아간다고 말을 달려 남으로 사라졌다.

어제와는 달리 병정들도 보고도 못 본 체하는지라 야나가와 시게노부와 덴케이는 다시 강변으로 달려갔다.

"쓰시마 사람들이오. 할 말이 있으니 사람을 보내 주시오."

그들은 판자에 글을 써서 쳐들기도 하고 손짓, 발짓을 섞어 가며 외치기도 했다. 많은 시간이 흐른 후에 조선 병정들이 나룻배를 저어 왔다.

"무슨 일이오?"

배에서 뛰어내린 병정들은 창을 겨누고 그들을 에워쌌다.

"우리 싸우지 말고 좋게 지내자는 것입니다."

조선말에 능한 야나가와 시게노부가 수없이 머리를 숙이고 봉서를 전하자 그들은 말없이 받아 가지고 다시 강을 건너갔다.

　　일본국에서 보내 온 선봉 소감(小監) 평조신(平調信 : 야나가와 시게노부)은 삼가 조선국 집사(執事 : 관계관)에게 고합니다. 신이 오늘 여기 와서 우리 군대를 후퇴시킴은 다름이 아니라 강화를 위함입니다. 군사들이 나루터에 있으면 귀국 사람들이 의심하겠기에 후퇴시킨 것입니다. 신이 앞서 누차 귀국에 사신으로 와서 일의 성패에 관해서 말씀드렸습니다마는 귀국은 신의 말씀을 듣지 않고 이제 패망하기에 이르렀습니다. 우리 전하께서는 귀국에 길을 빌어 대명(大明)에 원수를 갚고자 하여 작년에 귀국 통신사에게 자세히 고하였고, 신 또한 귀국 조정에 글을 올린바 있습니다. 그러나 귀국의 지방관들이 변방을 막고 우리에게 길을 비키지 않을 뿐더러 무력으로 대항하였습니다. 이에 우리 군은 이를 격파하고 상주에 이르러 조정에 글을 올렸습니다. 그러나 회답이 없었고, 이어서 임금께서는 이미 서울을 떠나셨다는 소식을 들었습니다. 이에 우리 장수들과 군대도 서울로 들어왔습니다. 이로써 보면 조선을 멸한 것은 조선이요 일본이 아닙니다. 부디 살피시기를 바랍니다. 신이 조용히 생각건대 임금께서 서울로 돌아오사 일본과 대명 사이에 화평을 주선하신다면 귀국으로서는 이보다 더 좋은 계책도 없을 것입니다. 그렇게만 하신다면 우리 군대는 진영을 풀고 서울 밖(畿外)으로 나가 하회를 기다릴 것입니다. 만약 이것을 의심하신다면 인질을 바쳐 보증으로 삼겠습니다. 그리하여 일본이 대명과 화친한다면 귀국도 나라를 회복할 것입니다. 그렇지 않고는 귀국의 운명은 영원히 어떻게 될지 알 수 없는 것입니다. 엎드려 바라옵건대 귀하께서는 깊이 생각하십시오. 오늘 이 강변에서 기다리오니 속히 회답을 보내 주시기를 바라오며 이만 줄입니다.

해가 기울고 임진강에 황혼이 깔리기 시작하자 대안에서 조선 병정들이 다시 나룻배를 저어 왔다.

　설사 이 강변에서 죽는 한이 있더라도 그대들과는 화평을 논하지 않는다. 다만 대장이 온다면 더불어 의논하리라(縱死江邊不行和但大將來共議).

너무 큰소리를 쳐 보낸 것은 아닐까? 회답을 받은 두 사람은 후회되었으나, 날도 저물고 오늘은 더 이상 어쩔 도리가 없었다. 그들은 차츰 어둠이 깊어 가는 길을 파주로 재촉했다.
　저녁을 마치자 야나가와 시게노부는 곤하다면서 먼저 잠자리에 들고 덴케이는 홀로 생각했다. 대장을 오라고 한 것을 보니 야나가와 시게노부만으로는 조선 측에 믿음을 주지 못한 모양이다.
　그는 우선 고니시 유키나가와 소 요시토시의 연명으로 편지 한 통을 쓰고, 다음에 야나가와 시게노부의 이름으로 또 한 통을 마치고 나니 먼동이 트기 시작했다.
　새날은 5월 16일. 잠시 눈을 붙이고 난 덴케이는 조반을 들면서 야나가와 시게노부에게 어젯밤에 쓴 편지들을 내보이고 설명했다. 2통 다 말이 부드러울 뿐 내용은 어제 보낸 글과 별로 다를 것이 없었다.
　야나가와 시게노부는 다 듣고도 말이 없었다.
　아침 8시(辰刻) 객관을 나온 두 사람은 어제와 마찬가지로 임진강으로 말을 몰았다.

"스님, 외람된 말씀이지마는 제가 경험해 보니 외교란 협박이나 속임수가 아니고 성의더군요. 상대도 인간, 우리도 인간, 성의가 통해야 말도 통합디다."

반쯤 와서 여태 잠자코 달리던 야나가와 시게노부가 말을 멈춰 세우고 덴케이를 돌아보았다.

"가령 어떻게 말씀이지요?"

덴케이도 따라 말고삐를 당겼다.

"다 훌륭한 글입니다. 다만 조선 사람들의 처지로는 협박으로 받아들이지 않을까요?"

덴케이는 알아들었다.

"옳은 말씀이오. 그러나 행여 가토 도노(加藤殿 : 기요마사)의 군인들에게 압수되는 경우를 생각해서 제대로 못 쓴 대목도 없지 않소이다."

야나가와 시게노부는 미소를 지었다.

"강가에서 쓰시지요."

도중에 지체하여 9시 가까이(辰尾) 임진강에 당도한 덴케이는 야나가와 시게노부가 망을 보는 가운데 급히 새로운 편지를 한 장 더 써 내려갔다.

어제 어리석은 글을 올려 강화에 대한 소견을 말씀드렸습니다마는 귀국에서는 이를 믿지 않으시니 그것도 당연한 일입니다. 우리 군대는 만 리에 이르는 험한 풍파(風波)와 강산(江山)을 거쳐 서울에 들어왔습니다. 그런데도 이제 무턱대고 화평을 하고자 하니 귀국이 믿지 않는 것도 무리가 아닙니다. 신은 귀국을 위해서 이것을 설명드리겠습니다. 우리 전하께서 귀국에 길을 빌어 대명을 치고자 하여 장수들이 그 명령을 받들고 여기까지 왔습니다.

그러나 이제부터 또 수천 리를 거쳐 대명으로 들어갈 생각은 없습니다. 그러므로 먼저 귀국과 화친하고, 다음에 귀국의 한 말씀을 빌려(借貴國一言) 대명과 화친하고자 하는 것입니다. 귀국 또한 한 말씀 하사 대명과 일본이 화친한다면 3국이 모두 평안할 것이니 이보다 좋은 계책이 어디 있겠습니까. 장수들은 고달픔을 면하고 백성들은 죽음에서 되살아날 것입니다. 이것은 (저의 혼자 생각이 아니고) 우리 장수들의 공론입니다. 우리 전하 또한 귀국과 절교하기를 바라지 않습니다. 귀국이 이웃 간의 도리를 저버리고 우리 군에 항거했기 때문에 무력을 동원했을 뿐입니다. 신은 외람되이 귀국으로부터 큰 벼슬을 받은바 어찌 그 큰 은혜를 잊을 수 있겠습니까. 나라의 명령을 받고 장수들의 앞장을 선 것은 부득이해서 한 일입니다. 이제 성심성의를 다해서 누누이 말씀드리는 것이니 족하(足下)께서는 살피시기를 바랍니다. 그래도 믿지 못하신다면 그것도 좋습니다. 여기 요시토시와 유키나가의 연명으로 된 편지를 전합니다. 자애(自愛)하시기를 바라면서 이만 줄입니다(덴케이 《서정일기(西征日記)》).

더 이상 전쟁을 바라지 않는 일본 장수들 간의 공기를 그대로 전했고, 야나가와 시게노부의 심정도 그가 소망하는 대로 적었다.
또 야나가와 시게노부의 주장으로 간밤에 쓴 편지도 그냥 보내기로 하니 봉서는 3통이 되었다. 어제와 같은 수법으로 대안에 연락하였고, 조선 병정들이 와서 받아 갔다.
편지를 보내고 강가에서 앉기도 하고 눕기도 하면서 반나절을 보낸 끝에 오후 2시(未刻), 이번에는 하얀 베옷을 입은 조선 병정 한 사람이 단독으로 나룻배를 저어 왔다. 똑똑한 청년이었다. 편지는 없고, 그는 맑은 눈을 깜빡이면서 구두로 엮어 내려갔다.

"우리 도원수 합하의 말씀을 전하겠습니다 — 소생 등은 사사로이 무어라고 말씀드릴 수 없고, 승정원에 아뢴 연후에 그 지시에 따라 회답을 드리겠습니다. 두 나라는 원래 원수진 일이 없으니 누군들 화평을 바라지 않겠습니까 — 이상이 도원수의 말씀입니다. 저는 3일 후에 다시 이 자리에서 뵙겠습니다."

조선 병정은 용건만 말하고 곧바로 노를 저어 다시 돌아갔다.

두 사람은 임무를 다한 셈이었다. 다음 날 서울로 돌아와 유키나가에게 보고하였더니 그는 매우 흡족한 얼굴이었다.

"어저께 3일 후라면 모레 19일이군요. 두 분은 그때 또 수고해 주시오."

노장 유극량

임진강 북안 동파에 머물면서 정보를 수집하던 경기감사 권징은 평양에 있는 임금에게 글을 올렸다.

적은 외로운 군대로 깊이 우리 땅에 들어온바 발이 부르트고 기진맥진하여 그 기세가 이미 꺾였습니다. 원컨대 원수(元帥)에게 명령하사 이 기회를 놓치지 말고 급히 적을 공격하게 하소서.

이것은 틀린 말은 아니었다.

일본군은 장수들이 말을 탔을 뿐 나머지는 대개 보병들이었다. 이들은 자기 고장에서 규슈 북부 나고야(名護屋)까지 수백 리 혹은 수천 리를 걸었고, 거기서 배에 실려 우리 땅에 들어와서도 사정은 마찬가지였다. 부산에서 서울까지 1천 리 길을 두 발로 걸어야 했다.

대개는 발이 부르트고 낙오자도 적지 않았다. 말로는 진격(進擊)이라고 하였으나 약탈한 마소와 나귀에 짐과 낙오자들을 싣고 절룩거리며 북상하는 군상(群像)이 일본군이었다. 서울에 이르러서는 쓰러져 움직이지 못하는 자, 고열로 신음하는 자들이 속출했다.

그 위에 그들은 옷도 집에서 입고 떠난 한 벌뿐이었다. 여러 달을 입은 그대로 뒹굴고 세수도 제대로 못해 땟국이 흐르는 모습은 거지 떼들이나 진배없이 지저분했다.

동파에는 적이 점령한 서울 이남에서 빠져나온 피란민들이 적잖이 스쳐 북으로 올라갔다. 이들의 이야기도 그렇고, 적지에 몰래 들여보낸 척후들의 보고도 그렇고, 적의 형편은 이래저래 말이 아니었다.

그는 여러 번 도원수 김명원을 찾아 적을 치자고 졸랐으나 대답이 시원치 않았다.

"두고 봅시다."

참다못해 조정에 직접 글을 올렸다.

권징은 도승지, 감사(監司)를 비롯하여 요직을 두루 거치고 이미 병조판서까지 지낸 50대 중반의 중신이었다. 새삼 감사로 있을 처지가 아니었으나 난리가 일어나자 서울 주변을 굳히기 위해서 임금의 특명으로 경기감사에 임명된 사람이었다.

그만큼 그의 말에는 무게가 있고 임금의 신임도 두터운지라 조정에서는 잇따라 김명원에게 사람을 보냈다.

"기회는 이때다. 치라!"

그러나 김명원은 움직이지 않았다.

나중에는 그의 휘하에 있는 수어사 신할(申硈)에게 직접 명령을 내렸다.

"도원수의 절제를 받을 필요가 없으니 형세를 보아 곧바로 적을 치라."

조정의 생각으로는 하루 지연되면 그만큼 지쳐 쓰러졌던 적이 기운을 회복할 것이어서 초조하기 이를 데 없었다.

이때 임진강 나루 북쪽에는 도원수 김명원의 휘하에 이빈(李蘋), 이천(李薦), 변기(邊璣)의 세 장수가 있었고, 반이나 독립된 형태로 수어사 신할의 휘하에 유극량(劉克良)이 있었다. 병력은 도합 7천.

이 밖에 그보다 상류 대탄(大灘)에는 이양원(李陽元) 휘하에 충주에서 도망 온 이일(李鎰)과 김우고(金友皐)가 있었다. 병력은 5천.

5월 17일 밤 제도도순어사 한응인이 1천 명의 병사들을 거느리고 임진강에 당도했다.

"우리나라가 다시 일어서고 못 서고는 이 임진강 싸움에 달려 있소. 부디 공을 세워 후세에 이름을 전하도록 하시오(興復之望 在此一擧 勉須立功 使之傳於後世)."

그는 평양을 떠날 때 임금으로부터, 간곡한 당부를 받고 왔다. 그 위에 그는 어저께 이리로 오는 도중 김명원이 평양 조정으로 전송하는 야나가와 시게노부(柳川調信)의 편지도 보았다.

적장들은 싸울 의사가 없다? 적은 상하를 막론하고 탈진상태에 있으니 이런 기회는 한번 놓치면 다시는 오기 어려울 것이다.

한응인은 도착 즉시로 동파역관(東坡驛館) 느티나무 그늘에 장수들을 모아 놓고 선언했다.

"오늘밤 안으로 강을 건너 적을 쳐야 하오."

이렇게 서두를 뗀 한응인은 적정을 소상히 이야기하고 좌중을 둘러보고 물었다.

"의견이 있으면 말씀들을 하시오."

원칙으로 말하자면 군령은 도원수인 김명원이 내리는 것이 순서였고, 한응인의 역할은 감시하고 독려하는 데 지나지 않았으나 김명원을 우습게 보고 가로막고 나섰다.

"그렇습니다. 치셔야 합니다."

제일 먼저 찬성한 것이 권징이었다. 자기의 주장이 관철되는 순간이라 그는 만족해서 다른 사람들을 주시했다.

도원수 김명원은 말이 없고 다른 장수들이 맞장구를 쳤다.

"그렇습니다. 그 밖에는 도리가 없습지요."

내키는 반응은 아니었으나 맞장구에는 틀림없었다.

그러나 유독 말석에 앉은 유극량은 입을 다물고 잠자코 있었다.

"그 늙은 장수는 왜 말이 없소?"

한응인이 물었다.

나이 육십, 백발의 유극량은 아들 같은 한응인을 바라보고 흰 수염을 움씰했다.

"지금은 때가 아닙니다."

"아니라?"

한응인은 양미간을 찌푸렸다.

"싸움의 승패는 힘의 강약에 달려 있는데 적이 지치고 피곤하다는 것만으로는 공격의 기회라고 할 수 없습니다. 만약 우리의 힘이 이들 지친 적보다도 약하다면 문제는 달라집니다."

"우리 군대가 아무리 미숙하다 하더라도 지쳐 쓰러진 저들을 못 당한단 말이오?"

"저는 남쪽에서 적의 형편을 싫도록 보고 돌아왔습니다. 지쳤어도 그들은 군대, 우리는 아직 농군들이올시다."

유극량은 전에 조방장이라는 직함을 띠고 신립 휘하의 별동대장으로 죽령(竹嶺)을 지킨 일이 있었다. 적은 죽령으로 오지 않고 조령(鳥嶺)을 넘었고, 신립이 충주에서 패하는 바람에 적중을 돌파하여 여기까지 후퇴하여 왔다.

그는 임진강을 방벽(防壁)으로 적을 막으면서 병사들을 모집하고 단련하고, 무기와 식량을 비축하여 충분한 힘을 축적한 연후에 공세로 전환하여 밀고 내려갈 것을 주장하였다.

"장군은 잔격정이 지나치지 않소?"

한응인이 핀잔을 주자 옆에 앉은 권징이 중얼거리는 소리가 유극량의 귀에도 들려왔다.

"천한 것이 겁만 잔뜩 먹고······."

유극량은 어금니를 깨물고 눈을 감았다. 권징의 말대로 그는 천한 태생이었고, 이 태생 때문에 평생을 시달려 왔다.

그의 생모는 중종, 인종, 명종의 3대에 걸쳐 재상을 지낸 홍언필(洪彦弼) 집의 여종이었다. 하루는 부엌에서 일하다 옥으로 만든 술잔을 깨뜨리고 말았다.

옥은 보석이었다. 벌을 받아도 크게 받게 된지라 그 길로 도망쳐 각처를 헤매다 정착한 것이 황해도 배천(白川) 땅이었다. 여기서 착실한 농부를 만나 극량을 낳고 단란하게 지내다 남편이 먼저 세상을 떠났다.

편모슬하에서나마 늠름한 청년으로 성장한 극량은 서울에 올라와 무과(武科)에 합격하였다. 그는 이 기쁜 소식을 가지고 배천으로 달려갔으나 어머니는 눈물만 흘리다 비로소 아들에게 자기의 과거를 털어놓았다. 종이나 무당 등 천한 몸에서 태어난 사람은 과거를 볼 수 없고 보아서 급제하여도 무효가 되었다.

이때는 홍언필은 이미 세상을 떠나고 그의 아들 홍섬(洪暹)이 이조판서로 있었다. 유극량은 다시 서울로 올라와 홍 판서를 찾았다.

자초지종을 이야기하고, 죄를 짓고 도망친 어머니는 이미 늙었으니 자기가 대신 종이 되겠다고 나섰다. 그도 당당한 장부였고 홍섬도 무던

한 인물이었다. 홍섬은 그를 손님으로 대접하고, 방량(放良)이라 하여 종을 면하고 양민으로 신분을 바꾸는 일에도 애써 주었다.

이로써 유극량은 과거도 무효가 안 되고 무관으로 입신하였고, 평생토록 홍섬을 하늘같이 받들었다. 홍섬은 영의정을 세 번 지내고 이 난리가 일어나기 7년 전에 세상을 떠난 당대의 인물이었다.

그러나 종의 아들이라는 전력은 평생 따라붙어 언제나 북방 국경이 아니면 남해안 등 변경을 돌아다녔고, 중앙에 배치되는 일은 없었다.

자연히 크고 작은 전투를 치렀고 당대 제일가는 실전 경험자가 되었으나 이러저러한 구실로 승진은 제대로 되지 않았다.

작년 2월에는 원균(元均)의 후임으로 전라좌수사(全羅左水使)에 임명되었으나 '인물은 쓸 만하되 태생이 미천해서 (……) 체통을 못 지킬' 염려가 있다 하여 부임하기도 전에 밀려났다. 그의 자리에 임명된 것이 이순신(李舜臣)이었고, 밀려난 유극량은 난리가 일어난 후에야 다시 직책을 맡고 이 전쟁에 참가하게 되었다.

"적은 강변에서 자진 철수하고 연거푸 편지를 보내 화평을 애걸하고 있지 않소? 그래도 적이 무섭소?"

권징이 조롱하고 좌중에 웃음이 터져도 유극량은 팔짱을 지른 채 눈을 뜨지 않았다. 맞은편에 앉았던 신할이 별안간 칼을 짚고 일어섰다.

"당신, 죽는 것이 두렵지요? 이 말 저 말로 군의 사기나 꺾고."

신할은 요즘 김명원을 제치고 직접 적을 치라는 조정의 명령이 머리를 짓누르고 있었다. 그 위에 아우 신립이 죽은 후로는 살아 있는 것이 짐스럽고, 아우를 따라 저승으로 가야겠다는 초조감에 사로잡혀 있었다. 유극량은 비로소 눈을 뜨고 죽음을 서두르는 이 사나이를 바라보았다.

"나는 철이 들어서부터 군에 종사하여 일찍이 죽음을 피한 일이 없소. 이제 늙어서 여생이 얼마 남지 않았는데 새삼 죽음이 두렵겠소? 적을 가볍게 봄은 병가(兵家)에서 삼가야 할 일이외다. 만일에 실수가 있으면 나라에 큰일이라 이것을 걱정하는 것이오."

"너, 말이 많다."

신할이 칼을 빼어 들고 내리치려는 것을 주위에서 뜯어말렸다.

"그렇다면 내가 선봉을 서지요."

유극량은 한마디 남기고 자기 진영으로 말을 달렸다.

한밤중의 공격은 동지상격(同志相擊)의 위험이 있다 하여 임진강 도하작전(渡河作戰)은 다음 날인 5월 18일, 첫새벽에 시작되었다.

"저희들은 압록강에서 여기까지 천 리 길을 잠시도 쉬지 않고 왔습니다. 다만 하루라도 쉬고 기운을 회복한 연후에 적을 치게 해주십시오."

한응인이 이끌고 온 평안도 병사들이 몰려와 진정했으나 한응인은 그중 주동자 2명의 목을 쳤다.

"무엄하다!"

구름이 오락가락하는 하늘 아래 유극량이 지휘하는 선단(船團)은 새벽의 어둠을 뚫고 임진강을 남으로 가로질렀다.

대안에 상륙한 그의 병사들은 강변의 적 초소들을 공격하여 초병들을 짓밟고, 일부 도망치는 적병들을 추격하여 또 몇 명을 살상하고 계속 전진하였다.

이어 신할의 부대가 강을 건너 그 뒤를 따르고, 한응인을 수행하여 온 검찰사(檢察使) 박충간(朴忠侃), 독군(督軍) 홍봉상(洪鳳祥)도 강을 건너 우리 군의 공격을 독려했다. 북쪽 강변에서 바라보던 한응인은 순조로운 작전에 만족하고 옆에 선 김명원을 돌아보았다.

"잘하면 오늘 안으로 서울까지 밀어붙일 수 있겠구만."

함께 구경하고 서 있던 권징은 고대하던 이 순간, 그대로 있을 수 없어 배를 타고 강을 건너 공격군의 뒤를 따랐다. 서울 탈환의 꿈은 눈앞에 다가왔다.

그러나 해가 뜨면서 형세는 역전되었다. 일전에 파주로 철수하였던 1만 명의 적군이 산을 넘어 공격하여 오는 바람에 우군은 밀리기 시작했다.

유극량과 신할이 이리저리 말을 달려 가로막아도 소용이 없었다. 마침내 걷잡을 수 없이 무너져 도로 임진강으로 몰려 올라왔다. 재빠른 자는 헤엄쳐 북으로 도망치고 나머지는 적의 총칼에 쓰러졌다.

신할이 적에게 포위되었다. 창을 휘둘러 좌충우돌하다 그들의 칼에 쓰러지고, 그를 구하려고 달려가던 유극량은 몰려오는 적 앞에 말을 멈춰 세우고 연거푸 활을 당겼다. 화살이 다하자 백발을 바람에 나부끼며 칼을 빼어 들고 적중에 뛰어든 채 다시는 모습을 나타내지 않았다.

홍봉상은 밟혀 죽고 뒤에 붙었던 권징과 박충간은 재빨리 빠져, 권징은 가평, 박충간은 평양으로 도망쳤다. 대안에서 바라보던 한응인은 김명원과 함께 남은 군사들을 진정시키고 조정에 글을 올렸다.

장수들이 용렬하고 보니 신묘한 계책도 무용지물이었습니다.

압록강 너머 퍼진 소문

다음 날인 5월 19일부터 서울에 있던 일본군은 다시 움직이기 시작했다. 고니시 유키나가의 제1군, 가토 기요마사의 제2군, 구로다 나가마사의 제3군 — 도합 5만 1천여 명이 차례로 북상하여 임진강 남안에 집결하니 이 일대는 흡사 사람의 바다[人海]였다.

5만도 넘는지라 집결에는 여러 날 걸렸다. 그동안 살인과 약탈, 그리고 강간에 이력이 난 이들은 마치 송충이 떼가 솔밭을 누비듯 임진강 이남의 산과 들을 휩쓸었다.

이율곡(李栗谷) 선생의 부인 노(盧)씨는 슬하에 자식이 없었다. 선생이 돌아간 후 지난 8년 동안 임진강변 파주 고을의 율곡리(栗谷里) 옛터에서 농사를 돌보며 외로운 노후를 보내고 있었다.

외진 벽촌에도 난리가 터졌다는 소식은 들렸으나 그 바람이 여기까지 미치리라고는 생각지도 않았다. 배추밭의 벌레를 잡고 논의 물꼬를 트면서 그날그날을 엮고 있는데 하루는 온 마을이 아우성이었다. 서울이 떨어지고 이 파주 땅에도 왜군이 들어왔다는 것이다.

그날부터 평소 시중을 들던 처녀와 함께 마을 사람들의 틈에 끼어 뒷산으로 피했다. 10여 일을 그럭저럭 숨어 있었으나 19일부터 엄청난 왜군이 새로 남에서 올라오고 율곡리에도 몰려들었다. 산에 숨었던 사람들은 흩어져 더 깊숙한 은신처를 찾아야 했다.

날이 어둡자 노씨는 마을 사람들과 함께 오솔길을 남으로 더듬었다. 30리를 가면 동문리(東文里)에 남편 율곡의 산소가 있었다.

천지를 뒤흔드는 이 난리에 목숨을 부지할 길은 있을 것 같지 않고, 회갑을 바라보는 나이에 죽었다고 한이 될 것도 없었다. 다만, 조용히 안방에서 종생하지 못하고 짐승처럼 산이나 들에서 숨을 거둘 바에는 남편 옆에서 거두고 싶었다. 그가 지켜보고 감싸 줄 것만 같았다.

율곡 선생은 앞을 내다보는 성인이었다. 미개한 것들도 그분의 산소는 범접하지 못할 것이고 그분의 혼백은 우리를 지켜 주시리라 — 생전의 율곡을 잘 아는 마을 사람들도 간절한 소망을 안고 함께 밤길을 재촉했다.

숨어 있는 처지에 연기를 올리는 일은 금물인지라 샐녘에 산소에 당도한 마을 사람들은 산채와 생쌀로 간단한 제례를 올리고 나무를 찍어 움막들을 지었다.

며칠을 무사히 보냈다. 그러나 파주 일대의 피란민들은 대개가 율곡 선생을 의지하고 이리로 모여들었다. 사방 산으로 둘러싸인 좁은 땅은 넘치고 산 옆대기에도 사람들이 적지 않았다. 안된 것은 사처에서 젖먹이들이 무시로 울고 차츰 긴장이 풀리면서 낮에는 연기를 올리고 밤에는 불을 지피는 사람들도 나타났다. 이대로는 무사하지 못하리라.

노씨의 주창으로 의논 끝에 흩어지기로 합의를 보고 많은 사람들이 떠나갔으나 남는 사람들이 더 많았다.

도처에 죽음이 도사리고 있는 판국에 믿을 것은 역시 율곡 선생의 혼령밖에 없었다.

자운산(紫雲山) 중턱, 선생의 산소 앞에 풀을 깔고 잠이 들었던 노씨는 찢어지는 듯한 뭇 비명에 눈을 떴다. 희멀겋게 밝아 오는 하늘 아래 숱한 왜병들이 저 아래 골짜기를 올라오고 있었다.

그들은 마치 잡초라도 베듯 남자들과 어린아이들을 칼로 후려치고 치마를 두른 여자들은 늙고 젊은 것을 가리지 않고 끌어다 느티나무 고목 아래 내동댕이쳤다. 아우성치는 여자들의 주위에는 창을 든 적병들이 늘어서고 행여 요동치는 여자들이 있으면 머리채를 잡아 땅바닥에 짓찧으며 돌아갔다. 노씨는 일어서 치마끈을 졸라맸다.

"가자."

처녀와 함께 뒷산으로 기어올랐다. 그러나 꼭대기에서 왜병들이 지껄이는 소리가 울렸다. 고개를 돌리니 건넛산에서도 왜병들이 쏟아져 내려오고, 빠질 구멍은 없었다.

"젊은 너는 살아야 한다. 어떻게든 빠져 도망쳐라."

노씨는 처녀를 숲 속에 밀어 넣고 산을 내려 산소 앞에 앉았다. 이미 인간 세상은 사라지고 야차(夜叉)의 세상이었다.

그는 품에 간직했던 단도를 빼었다. 35년 전, 성주(星州)에서 결혼할 때 어머니가 주신 선물이었다. 대를 물려오는 것이라고.

결혼 생활 27년은 가난에 시달린 고달픈 세월이었고, 남편을 여읜 지난 8년은 쓸쓸한 세월이었다. 인생은 원래 별난 것이 못 되지마는 남편 율곡으로 해서 이승과 저승의 구분이 없는 영원한 세계를 어렴풋이나마 알게 되었다. 이제 그 안식의 세계로 가는 것이다.

　몸을 피한 줄 알았던 처녀가 저만치 소나무에 목을 매고 늘어져 있었다. 저도 모르게 일어서 달리려는데 숲 속에서 불쑥 나타난 왜병 한 명이 이빨을 드러내고 다가왔다.

　노씨는 도로 앉았다. 그리고 단도를 입에 물고 남편 율곡의 봉분을 향해 힘껏 앞으로 고꾸라졌다.

　평양의 조선 조정은 한 가지 전략구상(戰略構想)을 가지고 있었다. 남에서는 전라감사 이광(李洸)을 주축으로 전라도와 충청도의 군사들을 모으는 일이었다. 5만에서 잘하면 10만은 될 것이다. 북에서는 경기, 황해도와 함경도, 평안도 군사들을 임진강 연변에 집결하는 것이다. 잘하면 5, 6만은 될 것이다.

　준비가 되는 대로 남에서는 밀고 올라오고 북에서는 밀고 내려가고 ― 남북으로 협격하여 서울을 수복하자는 구상이었다.

　그런데 하도 적이 형편없다기에 준비가 덜된 대로 임진강에서 먼저 반격을 개시하였고, 반드시 이길 것으로 믿고 있었다. 외부의 원조도 필요 없다고 생각했다.

　이 무렵 대사헌(大司憲)으로 옮겨 앉은 이항복은 정식으로 조정에 제의했다.

　"왜적은 우리만의 적이 아니고 공동의 적이니 속히 명나라에 출병(出兵)을 요구하는 것이 좋겠습니다."

　좌의정 윤두수가 손을 내저었다.

　"지금 임진강을 지키고 있는 우리 군사들은 적을 막아 낼 것이오. 또 남북에서 대군이 당도하면 적을 쓸어버릴 계책도 설 것이오. 일단 명나라 군대가 들어오면 그 폐단은 이루 말할 수 없을 터이니 아예 그런 소리는 입 밖에 내지 마시오."

이것은 윤두수만의 생각은 아니었다.

이보다 앞서 압록강 대안 관전보(寬奠堡 : 寬甸縣)의 참장(參將) 동양정(佟養正)이 의주목사 황진(黃璡)을 찾아온 일이 있었다.

"당신네 나라가 왜적의 침범을 당하고 있으니 우리 명나라로서는 돕지 않을 수 없소. 내가 근일 중에 군사를 이끌고 강을 건너올 터이니 급히 당신네 조정에 알려 주시오."

그러나 황진은 즉석에 거절했다.

"우리가 졸지에 침범을 당하고 온 나라가 경황이 없는 것은 사실이오. 그러나 국내에 병력이 넉넉해서 적을 감당할 수 있는데 구태여 영감에게 수고를 끼칠 것까지야 있겠소?"

동양정은 웃기만 하고 별말 없이 발길을 돌렸다.

임진강의 패보(敗報)는 5일 후인 23일 평양에 당도했다. 자신에 차 있던 조정은 낙심했으나 안심이 되는 점도 있었다. 전에는 상주나 충주에서 보듯이 일단 패하는 우리 군은 풍비박산이 되었다. 그러나 이번에는 임진강을 건너갔던 공격군이 패하였을 뿐 북안의 우리 군은 건재하고, 한응인과 김명원은 여전히 굳게 지키고 있는 중이라고 했다.

조정은 평양을 떠나지 않았다. 좀 두고 보리라.

이즈음 압록강 건너 만주 일대에는 소문이 퍼져 있었다. 조선과 일본이 결탁해서 명나라를 들이친다고. 동양정이 황진을 찾은 것도 조선의 본심을 떠보기 위한 수단이었다. 원병을 받아들이면 소문은 낭설이고, 거절하면 사실이라고 미리 선을 긋고 왔었다. 그런데 황진은 거절했다.

요양에 위치한 총사령관(遼東總兵官) 양소훈(楊紹勳)은 동양정의 보고를 받는 즉시로 북경의 자기네 조정에 급사를 띄웠다.

들건대 조선과 일본은 서로 결탁하고, 마치 일본이 조선을 침범한 양 헛말을 하고 있습니다. 조선 국왕은 용감한 군사들을 이끌고 북도로 들어가고 다른 사람을 가짜 왕으로 내세워 일본의 침략을 받았다고 엄살을 부리는 것입니다. 사실은 일본군을 인도하여 명나라를 치자는 것입니다(以他人爲假王 托言被兵 實爲日本嚮導).

명나라 조정은 떠들썩했다.
"일본보다도 고약한 것이 조선이다. 차라리 일본과 손을 잡고 표리부동한 조선부터 쳐야 한다."
병부상서(兵部尙書) 석성(石星)은 저녁에 조선 사신 신점(申點)을 자기 집으로 초대했다.
신점은 63세의 백발이 성성한 노인이었다. 마침 사신으로 북경에 들어왔다가 객지에서 전쟁 소식을 들었다. 그는 독자적으로 정세를 판단하고 명나라 조정에 원조를 요청하고 있었다.
무게가 있고 진실된 그의 인품에 감명을 받은 석성은 식사를 마친 후 양소훈의 보고서를 보이고 물었다.
"이 일을 어찌 생각하시오?"
신점은 오래도록 생각하고 나서 무거운 입을 열었다.
"대인(大人)께서는 나보다도 휘하인 양 총병을 믿을 것이고, 따라서 내가 아니라고 해도 의심은 풀리지 않을 것이오. 또 설사 대인께서는 믿는다 하더라도 다른 분들이 안 믿을 것이오. 처사는 공명정대해야 믿음이 있는 법이니 양 총병으로 하여금 직접 조선에 사람을 보내 알아보고 다시 보고를 올리도록 하시지요."

석성은 고개를 끄덕였다.

"옳은 말씀이오. 그렇게 하리다."

다음 날 새벽 석성의 군관은 북경을 떠나 요양으로 말을 달렸다.

일본 나고야 성(名護屋城)에 좌정한 도요토미 히데요시가 가토 기요마사로부터 조선의 서울을 점령했다는 보고서를 받은 것은 같은 무렵인 5월 16일이었다.

가슴이 부풀 대로 부푼 히데요시는 다음 계획을 발표했는데 요약하면 다음과 같은 10개항이었다.

1. 조선과 명나라는 내친김에 일거에 정복해 버린다.
2. 나 도요토미 히데요시는 이달 중에 조선 서울에 도착할 것이며 9월 안으로 북경에 들어가 명나라의 관백(關白)에 취임한다. 나의 행차 준비를 서둘라.
3. 지금 일본 관백으로 있는 히데쓰구(秀次)는 내년 초에 일본을 떠나 북경에 도착하여 나 히데요시로부터 명나라 관백의 자리를 물려받는다.
4. 일본의 관백은 우키타 히데이에(宇喜多秀家) 또는 하시바 히데야스(羽柴秀保)로 한다.
5. 조선의 관백은 하시바 히데카쓰(羽柴秀勝) 또는 우키타 히데이에로 한다.¹
6. 내후년에 천황(後陽成天皇)은 명나라의 북경으로 건너가서 중국 황제로 등극한다.
7. 후임 천황은 그의 어린 아들 나가히토(良仁) 또는 도시히토(智仁)로 한다(도시히토는 後陽成天皇의 아우로 히데요시의 猶子).

8. 정복한 조선과 명나라의 땅은 황실, 황족, 귀족, 무사들에게 분배한다.
9. 인도(印度) 접경에 봉토를 받은 다이묘들은 나의 명령을 기다릴 것 없이 자유로이 인도 땅을 점령해도 무방하다.
10. 나 도요토미 히데요시는 이 사업이 끝나는 대로 영파(寧波)에 은퇴하여 여생을 보낼 터인즉 그 고장에 내가 거처할 성을 쌓으라.

히데요시의 장단에 일본 전국이 요란했다. 천지가 새로 개벽한다고.

조선에 수군이 있다

    도요토미 히데요시의 광란을 차가운 눈으로 지켜보는 사람이 있었다. 히데요시 다음가는 실력자 도쿠가와 이에야스(德川家康)였다. 전에는 히데요시와 적대 관계에 있었고, 몇 차례 무력으로 대결하여 피를 흘린 일도 있었다. 그러나 6년 전부터는 타협하고 히데요시의 국내 통일에 협조하여 왔다. 다만 드러내놓고 말은 못해도 그의 해외침략에는 반대였다. 아무리 보아도 터무니없는 망상이었다.
    처음에는 승승장구한다는 소식뿐이더니 며칠 전부터 불길한 소식이 들어오기 시작했다. 조선에는 아예 수군이 없는 것으로 치부해 왔다. 그런데 서쪽 전라도 해역에서 정체를 알 수 없는 수군이 나타나더니 폭풍같이 일본 수군을 밀어붙인다고 했다.
    이 무렵 이순신 함대가 움직이기 시작했으나 평양의 우리 조정은 아직 알지 못했고 크게 기대하지도 않았다. 그러나 물길로 직통인 나고야에 먼저 소식이 들어왔고, 승전에 도취해 있던 히데요시에게 충격을 주었다.

"그렇다면 과연 조선으로 건너갈 수 있을까?"

명목상 우키타 히데이에를 총사령관으로 지명했으나 그는 당년 19세의 철부지였다. 사실상 총수가 없으니 장수들이 멋대로 놀아날 염려가 있었다. 아무리 계산해도 자기가 건너가야 하겠는데 자칫하면 조선 수군의 밥이 되지 않을까?

도쿠가와 이에야스도 이 일을 골똘히 생각하고 있었다. 히데요시가 바다를 건너가다 죽건 말건 아까울 것은 없었다. 다만 그가 건너간다면 체면상 자기도 따라나서지 않을 수 없었다. 정신 나간 인간의 장단에 춤을 추다 함께 물에 빠진다는 것은 있을 수 없는 일이었다.

히데요시는 어린 아들 쓰루마쓰(鶴松)가 죽은 후 생질 히데쓰구를 후계자로 삼았으나 이것이 세상없는 불출이었다. 개천에서 용이 나듯이 히데요시 하나만 뛰어났지 나머지 그의 일가는 통틀어 걸레 같은 것들이었다.

히데요시 혼자 몰랐지 그가 죽으면 그의 정권은 무너지고 도쿠가와 이에야스가 일본의 주인이 되리라는 것이 은근한 공론이었다. 히데요시 57세, 이에야스 51세. 나이도 연상인 데다 주색에서 헤어나지 못하고 있으니 히데요시가 먼저 갈 것도 분명한 일이었다. 실수로도 죽을 수는 없고 몸을 보전해야 하였다.

이에야스는 자기 다음가는 실력자 마에다 도시이에(前田利家)를 끌고 함께 히데요시를 찾았다.

" (……) 그런즉 전하의 신상에 만에 하나라도 불행이 있으면 이보다 큰일이 어디 있겠습니까? 천하 대사가 무너지는 것이니 조선으로 건너가시는 일은 중지하셔야 합니다."

"알아듣겠소마는 이 도요토미 히데요시가 적의 수군이 무서워 조선으로 못 건너갔다 — 이렇게 되면 무슨 낯을 들고 세상을 대하지요?"

히데요시는 땅딸보 이에야스와 홀쭉한 도시이에를 번갈아 보았다.

"드러내놓고 적의 수군이 무섭다고 할 것은 없고, 5, 6월은 풍랑(風浪)이 심해서 안 되겠다고 하시지요."

"적을 무서워하는 것이나 풍랑을 무서워하는 것이나 무엇이 다르겠소?"

이에야스가 말이 막히자 꾀가 많은 도시이에가 머리를 숙였다. 히데요시보다 2세 연하로 55세. 30여 년을 사귄 처지라 히데요시의 속은 언제나 꿰뚫어 보고 있었다.

"전하께서는 소수의 측근만 거느리고 가신다지마는 그렇게는 안 되지요. 지금 이 나고야에는 10여 만 장병들이 있습니다. 전하께서 풍랑을 무릅쓰고 건너가시는데 그들이 어찌 가만히 있을 수 있겠습니까? 따라나섰다가 모두 풍랑에 휘말려 죽고 말 것입니다. 무엇보다도 이들을 위해서 전하께서는 건너가시는 일을 단념하셔야 합니다."

나고야에는 제10군부터 제16군까지의 예비대와 기타 별동대를 합쳐 10만을 넘는 병력이 있었다.

"그것도 그렇구만. 그런데 5, 6월은 정말 풍랑이 심하오?"

5, 6월이라고 유달리 풍랑이 심하다는 법은 없고, 그저 히데요시의 모양을 갖춰 주면 되는 것이다.

"심하다마다요."

두 사람은 맞장구를 쳤다.

그러나 히데요시는 역시 개운치 않았다. 당장 건너갈 터이니 부산에서 서울에 이르는 연도의 경비를 강화하고, 이르는 곳마다 내가 묵을 숙박 시설을 마련하라 — 요란한 명령을 내려 놓았다.

그런데 입에 침도 마르기 전에 어떻게 취소한단 말이냐?

"사리는 그렇소마는 내가 식언하는 꼴이 안 되겠소?"

이에야스는 이중 턱을 천천히 놀렸다.

"전하께서 나서실 것은 없습니다. 이 자리에서 우리 두 사람의 연명으로 현지에 있는 장수들에게 편지를 쓰지요. 이러저러한 사연으로 전하께서는 못 가신다고."

히데요시는 손을 내저었다.

"못 가는 것이 아니고, 풍랑이 잠잠해지면 가야지요."

"그렇습지요."

이에야스는 즉석에서 붓을 들어 편지를 써 내려갔다.

이번에 전하께서 바다를 건너시는 일에 대하여 (……) 우리 두 사람은 노여움을 살 것을 각오하고 전하께 말씀드렸소. 전하께서 일단 바다로 나가시면 아랫사람들은 설사 질풍급우(疾風急雨)의 재난이 있다고 날씨가 개는 것을 기다릴 수 있겠습니까? 앞을 다투어 뒤를 따를 것이고, 재난을 면치 못할 것입니다. 이렇게 말씀을 드려 장차 나고야에 있는 나머지 장병들이 모두 건너간 연후에 전하께서는 천천히 건너시기로 하셨으니 그리 아십시오. (……)

가가 재상(加賀宰相 : 마에다 도시이에)

무사시 다이나곤(武藏大納言 : 도쿠가와 이에야스)

이에야스와 도시이에가 각기 수결을 하자 히데요시도 비서 류사(隆佐)를 불러 자기 명의로 한 장 쓰도록 구술을 했다.

풍랑의 위험이 있다고 이에야스와 도시이에가 애써 말리고, 또

후속 부대를 곤경에 빠뜨릴 염려가 있다기에 부득이 내년 3월 바다가 잠잠해질 때까지 출발을 연기하노라.

이쯤 되면 히데요시의 모양도 과히 손상되지는 않을 것이다.
류사가 편지들을 가지고 물러가자 히데요시는 두 사람에게 눈길을 돌렸다.
"조선에 나간 군대는 매사를 장수들이 의논해서 처결하라 — 떠날 때 이렇게 일러 보낸 것은 두 분도 잊지 않았을 것이오. 그러나 이것은 임시방편이고, 군대에는 전권을 가진 주장(主將)이 있어야 한다는 것은 고금의 철칙이 아니겠소? 이것이 걱정이오."
"전하를 대신해서 우리 두 사람이 가지요."
이에야스가 대답하고 히데요시는 그를 물끄러미 바라보았다. 산전수전 다 겪고 정상에 오른 히데요시는 그가 오늘 여기 온 속셈을 모르지 않았다. 못 이기는 체 그가 시키는 대로 했다. 그런데 한 걸음 나아가 자기가 조선으로 간다? 한번 해보는 소리요, 갈 사람이 아니었다.

그러나 정말 가도 걱정이었다. 지금 일본군의 주력은 조선에 있고, 이에야스가 건너간다면 이 군대를 틀어쥘 것이다. 그러지 않아도 안심이 안 되는 도쿠가와 이에야스, 딴마음을 먹으면 돌아서 이 히데요시를 치는 것도 어려운 일이 아니다. 자고로 섣불리 대군을 전선으로 내보냈다가 그 장수에게 패망한 군주가 한두 사람이 아니라고 했겠다. 어디 가나 이에야스는 옆에 두고 감시할 필요가 있었다.

"풍랑 때문에 나도 못 가는 터에 어찌 그대를 보낼 수 있겠소? 우리 사정(私情)으로 보아서도 처남 매부의 의리가 그럴 수는 없는 것이오."
히데요시에게는 7세 연하의 이부(異父) 누이동생이 있었다. 이름은 아사히(旭). 이미 결혼하여 수십 년을 살아온 이 누이동생을 7년 전에 억지로 이혼시켜 이에야스에게 출가를 시켰다.

당시 이에야스 44세, 아사히 43세. 여자가 없는 것도 아니고 이에야스도 억지로 받아 두었다.

정략결혼이 성행하는 시대였으나 그것은 어린아이들을 맺는 것이고, 사십이 넘은 노파를 억지로 떼다가 억지로 붙여 주는 정략결혼도 있느냐? 그러나 히데요시에게는 딸도 없고, 아무리 둘러보아도 집안에서 제일 젊다는 것이 이 여자인지라 이쪽저쪽 억지를 써서 이에야스에게 떠맡겼다.

어찌 되었건 처남 매부에는 틀림이 없었다.

"의리를 생각할수록 제가 대신 가야지요."

안 보낼 것이 뻔한지라 이에야스는 한술 더 떴다. 비루먹은 노새 같은 노파를 끌어다 안겨 놓고 매부라? 냄새가 나서도 그 따위는 손목 한번 잡은 일이 없다. 그나마 재작년 정월 죽어 버렸는데 새삼 처남이고 매부가 다 뭐냐? 이 잔나비는 쉬지 않고 사람을 웃긴다니까.

이에야스는 우기고 히데요시는 말리고, 결국 타협을 본 것이 히데요시의 뜻을 가장 충실하게 받들 그의 심복들을 파견하는 일이었다. 히데요시 정권의 5장관(長官 : 奉行) 중에서 그가 가장 신임하는 3장관, 이시다 미쓰나리(石田三成), 마시타 나가모리(增田長盛), 오타니 요시쓰구(大谷吉繼)의 3명을 조선에 보내 일체의 군령(軍令)과 행정, 그리고 감찰업무를 집행토록 결정했다.

"너희들은 조선에 가거든 예정대로 압록강을 건너 명나라로 진격해 들어가라. 나도 내년 봄에는 갈 것이다."

히데요시는 이에야스와 도시이에가 있는 자리에 세 사람을 불러 영을 내렸다. 이들은 각기 1천 명에서 2천 명에 이르는 직속부대를 이끌고 바다를 건너가기로 되어 있었다.

사람들을 돌려보내고 히데요시는 홀로 바다를 내다보았다. 멀리 노을 속에 희미하게 보이는 이키(壹岐島), 흰 돛을 바람에 나부끼며 무수한 배들이 그 저쪽 안개 속으로 사라져 가고 있었다. 조선으로 가는 배들이라고 했다.

겐카이나다(玄海灘)라고 부르는 이 바다, 얼마 전까지도 왜구라고 이름하는 일본의 좀도둑 해적들이 자기 집 안마당같이 누비고 다니던 바다였다. 도시 조선에 수군이 있다는 소리를 들은 일이 없고, 따라서 셈수에 넣지도 않았다.

그런데 나타났다. 막강해서 이 히데요시가 건너가는 것도 위험하다고 했다. 바다 저쪽으로 군대를 보냈는데 바다가 위험하다면 이 일은 장차 어떻게 될까? 히데요시의 가슴 한구석에는 처음으로 불안이 고개를 들기 시작했다.

조선에 건너온 일본 장수들이 팔도분할점령안(八道分割占領案)에 합의를 보고 각기 자기 담당지역을 향해 다시 움직이기 시작한 것은 5월 27일이었다.

이날 서울에 있던 모리 요시나리(森吉成)의 제4군 1만 3천여 명은 동북으로 포천을 거쳐 철원(鐵原)을 향해 길을 떠났다. 이들은 안변(安邊)에서 동해안을 남하하여 강릉, 삼척을 점령하고 일부는 계속 남하하였으나 모리 요시나리의 주력은 삼척에서 서쪽으로 방향을 바꾸어 정선, 영월, 평창을 거쳐 강원도의 감영이 있는 원주로 향했다.

임진강 남안에 포진했던 고니시 유키나가, 가토 기요마사, 구로다 나가마사의 1, 2, 3군 4만 7천여 명도 이날 임진강을 건너 북진을 개시하였다. 북안에는 한응인, 김명원, 이빈(李薲 : 부원수)이 지휘하는 5천 명의 조선 수비군이 있었으나 싸우지 않고 후퇴하였다.

일본군은 개성으로 들어갔다. 여기서 문제는 가토 기요마사였다. 그는 함경도 담당이니 임진강을 건널 것도 없고, 연천(漣川), 철원을 거쳐 철령(鐵嶺)을 넘어가면 그만이었다. 그런데 앞장서 임진강을 건넜고 앞장서 개성까지 들어왔다.

"약장수, 함경도에는 네가 가라. 누가 무어래도 평안도는 내 차지다."

그는 고니시 유키나가에게 삿대질을 하고 요지부동이었다. 이 때문에 개성에서는 다음 날도 움직이지 못하고, 그 다음 날인 29일 밤 구로다 나가마사의 중재로 제비를 뽑기로 되었다. 모든 장수들의 합의로 결정된 일이니 새삼 제비를 뽑을 것도 없었으나 안 들으면 멧돼지 같은 기요마사가 어떻게 나올지 몰라 유키나가도 응했다.

기요마사의 요구로 제비도 그의 종군승(從軍僧) 닛신(日眞)이 주관하였다. 등잔불을 중심으로 장수들과 중들이 둘러앉은 자리에서 닛신은 붓을 들어 '함경도', '평안도'의 두 쪽을 써서 접었다. 자기가 쓰던 삿갓에 집어 넣고 몇 번 흔든 다음 두 장수 앞으로 내밀었다.

결과는 역시 유키나가가 평안도, 기요마사는 함경도였다.

"할 수 없지."

기요마사는 비로소 승복하고 돌아가는 술도 한잔 받아 마시고 자기 진영으로 돌아갔다.

이튿날은 6월 1일. 황해도 담당인 구로다 나가마사는 서쪽으로 배천을 향해 떠나고, 가토 기요마사는 동북으로 우봉(牛峰)을 향해 떠났다. 우봉에서 이천(伊川), 안변을 거쳐 함경도로 들어간다고 했다.

고니시 유키나가는 곧바로 평양을 목표로 중로(中路)를 전진하였다. 그런데 해질 무렵 평산(平山)에 이르자 앞길을 차단하고 웅성거리는 우군이 있었다.

"약장수, 아무리 생각해도 안 되겠다. 평안도는 나한테 양보해라!"

기요마사가 길바닥에 칼을 짚고 서서 고함을 질렀다. 숱한 부하들 앞에서 참을 수 없는 수모에 유키나가도 맞고함을 질렀다.

"하늘이 무너져도 안 된다!"

"이놈의 약장수부터 처치해야 쓰겠다."

기요마사가 칼을 빼는 것을 그의 부하 장수들이 가까스로 끌고 장막으로 들어갔다. 얌전하던 유키나가도 이를 갈았다.

"여기서 물러서면 나는 사람도 아니다."

양군이 대치한 가운데 숨 가쁜 밤은 깊어 가고 금시라도 참극이 벌어질 것만 같았다.

당신네 임금은 진짜요?

중재가 필요하였다.

중 덴케이(天荊)와 야나가와 시게노부(柳川調信)는 밤새 말을 달려 구로다 나가마사의 뒤를 쫓았다. 새날 아침 황해도 배천 땅에서 해주(海州)로 가는 행렬을 따라잡자, 덴케이는 아들 같은 나가마사 앞에 합장했다.

"(……) 그런즉 이 싸움을 말릴 수 있는 분은 장군밖에 없으니 부탁합니다."

김해, 추풍령, 서울을 거쳐 여기까지 온 나가마사는 금년에 25세로 가토 기요마사보다 6세 연하, 히데요시의 산하에서 함께 싸워 온 선후배 사이였다. 히데요시의 일급 참모인 구로다 조스이(黑田如水)의 아들인 관계로 히데요시의 신임도 두터워 젊은 나이에 제3군 사령관으로 임명되었었다.

부친 조스이가 천주교도였던 관계로 고니시 유키나가의 집안과도 내왕이 있어 서로 잘 아는 처지였다. 개성에서 유키나가와 기요마사 사이에 말썽이 일어나자 제비를 뽑게 한 것도 그였고, 이번에도 그의 말이라면 양쪽 다 같이 외면하지는 못할 것이었다.

"그 친구 또 말썽이군."

젊은 나가마사는 부장(副將) 격인 오토모 요시무네(大友義統)를 불렀다.

"군을 돌리시오. 평산으로 갑시다."

야나가와 시게노부가 끼어들었다.

"군은 예정대로 해주로 가시고 장군께서만 잠깐 다녀오시면 될 터인데."

요시무네가 대답을 가로막았다.

"힘이 말하는 세상이지 입이 말하는 세상이 아니오."

이리하여 서쪽 해주로 가던 제3군 1만 1천 명은 동북으로 방향을 바꾸어 평산으로 달려갔다.

"일단 합의를 보았으면 그만이지 왜 트집이오?"

이튿날 저녁 평산에 당도한 나가마사는 기요마사에게 삿대질을 했다.

"그리 않아요."

장막에서 홀로 술을 마시던 기요마사는 반색을 하고 말을 이었다.

"내 자신 억지라는 것을 안다. 그러나 아무래도 약장수는 못 믿겠단 말이다."

"유키나가는 그런 사람이 아니오."

"그런 사람이다. 약장수는 적과 내통해서 평양까지도 안 갈지 모른다."

"도대체 당신이 믿는 사람은 누구요?"

"너는 믿지. 기왕 말이 났으니 네가 평안도로 가고 약장수를 황해도로 보내면 어때?"

"당신이 유키나가라면 듣겠소?"

나가마사가 고함을 질렀으나 옆에 앉았던 오토모 요시무네가 그의 소매를 끌었다.

"그렇게만 생각할 것은 아니고, 절충할 여지가 있을 것도 같소."

요시무네는 유키나가와 같은 30대 중반으로 같은 천주교 신자였다. 그가 이렇게 나온다면 생각이 있을 것이다. 나가마사는 그를 데리고 자기 진영으로 돌아왔다.

요시무네의 제의로 기요마사와 가까운 나가마사가 유키나가를 따라 평안도까지 가기로 하고 두 사람은 장막을 나섰다.

"내가 평양까지 약장수를 감시하면 어떻겠소? 재간을 부리면 없애 버리지요."

나가마사의 제의에 기요마사가 반문했다.

"황해도는 어떻게 하고?"

"평양을 점령하는 것을 보고 다시 내려와도 늦지 않을 것이오."

"좋다."

유키나가의 장막을 찾은 요시무네는 같은 교우인지라 사실대로 말했다.

" (……) 그런즉 딴소리를 마시오. 기요마사를 함경도에 쫓아 보내고 당신이 평안도를 맡기만 하면 그만이 아니겠소?"

유키나가는 긴 말을 하지 않았다.

"좋소."

이튿날 새벽 평산을 출발한 가토 기요마사 휘하 2만 2천여 명은 보산역(寶山驛 : 南川)에서 동북으로 방향을 바꾸어 신계(新溪), 곡산(谷山)을 지나 노리현(老里峴)을 넘었다. 안변을 거쳐 두만강 끝까지 갈 참이었다.

고니시 유키나가의 휘하는 1만 8천여 명이었다. 이제 구로다 나가마사의 1만 1천명을 합하여 2만 9천여 명의 대군으로 서흥(瑞興)을 거쳐 평양으로 향하였다.

평양에서는 적이 임진강 이북으로는 오지 못하리라고 판단하고 있었다. 왜놈들에게 그 이상의 힘은 없는 모양이고, 앞서 야나가와 시게노부가 보낸 편지에도 일본 장수들은 싸울 생각이 없다고 했었다.
'안심하고 돌아오라.'
조정에서 사방에 방을 써 붙이고 관원들이 돌아다니며 권하는 바람에 산속으로 피란 갔던 백성들도 성내로 돌아왔다.
좌의정 윤두수를 중심으로 반격 준비도 진행하였다. 1만 명의 장정들을 모아 단련하고 고을에서 양곡을 징발하여 평양성 내에는 10만 섬의 군량미를 쌓아 올렸다.
다행히 남에서는 전라감사 이광(李洸), 충청감사 윤선각(尹先覺), 경상감사 김수가 3도 연합군 6만을 이끌고 북상을 개시하였다는 소식이 왔다. 때가 오면 밀고 내려가 이들과 남북으로 호응하여 일거에 서울을 수복하고 국내에 있는 모든 왜군을 쓸어버리는 것이다.
그런데 적이 임진강을 건너 북상 중이라고 했다. 평양에 보고가 들어온 것은 2일 후인 5월 29일이었다.
인빈 김씨가 임금의 턱 밑에 다가앉았다.
"우리 아이들을 어떻게 하지요?"
어명으로 그의 소생 신성군(信城君), 정원군(定遠君)과 그들의 각시, 그리고 어린 딸 4명과 인빈은 서둘러 피란길을 떠났다. 정원군의 장인 구사맹(具思孟) 이하 관원들을 호위로 딸려 보낸 임금 선조는 유몽정(柳夢鼎)의 하직인사를 받았다. 명나라 황제의 생신을 축하하는 성절사(聖節使)로 떠난다고 했다.

"북경에 들어가거든 내가 망명을 원한다고 전해 줘요."

"여태까지 우리 조선은 자력으로 지킨다고 명나라에 도와 달라는 말을 하지 않았습니다. 그런 터에 불쑥 망명을 요청하신다면 저들이 의심하지 않겠습니까? 먼저 요동도사(遼東都司)를 통해서 이번 전쟁의 자세한 경위를 알리고 원조를 요청한 다음에 그 말씀을 꺼내는 것이 좋겠습니다."

"그것도 그렇군."

임금은 신하들을 불러 요동에 보낼 공문을 만들게 했다. 여태까지 명나라의 원조에 반대하여 온 윤두수도 더 이상 할 말이 없었다. 이것이 임진왜란이 일어난 후 명나라에 원조를 요청한 시초였다.

유몽정이 떠난 후 제일 먼저 한 것이 류성룡의 죄를 사하고 다시 국사를 보게 한 일이었다. 명나라에서 지원군이 온다면 그들을 접대할 인물이 필요했고, 류성룡 이상 가는 적임자도 없었다. 강계(江界)에 귀양 가 있던 정철(鄭澈)도 지난 5월 14일 평양에 와서 조정에 참여하게 되니 평해로 귀양 간 이산해를 빼고는 모두 풀린 셈이었다.

처음에는 경상좌병사 이각 등 일선에서 도망친 장수들은 잡히는 대로 처형했었다. 그러나 곧이곧대로 하자면 남을 사람이 별로 없었다. 이제부터는 눈을 감아 주기로 했다.

새로 병조판서에 오른 이항복이 임금에게 간곡히 말씀드린 결과였다. 젊은 그는 지난 일을 논하지 말자, 힘을 합치자고 역설하고 다녔다.

"더 이상 물러설 데가 없다. 군사도 있고 식량도 있으니 임금을 모시고 이 평양성에서 결판을 내자. 구차하게 목숨을 부지해야 무슨 소용이 있겠는가?"

윤두수를 중심으로 결사항전의 주장도 나왔다. 옛날 연개소문(淵蓋蘇文)은 이 성에서 당군(唐軍) 30만의 포위하에 8개월을 버틴 끝에 마침내 그들을 물리쳤다. 안팎이 호응하여 적을 치고 그들의 보급을 촌단(寸斷)한 결과였다. 지금이라고 안 될 까닭이 무엇이냐?

그러나 문제는 임금이었다.

"나랏일은 그대들에게 맡겼으니 잘해 보라. 나는 가야겠다."

타고난 겁이 발동해서 밥맛이 떨어지고 자나 깨나 빠져나갈 궁리였다. 소문이 퍼지고 백성들이 조용하지 않았다. 또 도망칠 것이냐?

적에게 죽기 전에 백성들의 손에 죽을 염려가 있었다. 임금은 함구문(含毬門)에 나가 백성들에게 단언했다.

"어떠한 일이 있어도 이 평양성은 지킬 것이니 안심하라."

백성들은 눈물을 흘리고 '금상전하 천세(今上殿下千歲)'를 외쳤다. 이어 임금은 대동관(大同館)에서 병사들에게 엄숙히 선언했다.

"평양을 버리자는 인간이 있으면 내 친히 목을 치리로다."

감격한 병사들은 주먹으로 가슴을 쳤다.

"이 한 목숨을 나라에 바쳤다!"

밤을 자고 나니 한응인과 김명원이 임진강의 패잔병 5천 명을 이끌고 평양에 나타났다. 임금은 바짝 속이 달았다.

"일이 급하오. 나는 어디로 피할 것인지 당장 의논해서 결정하시오."

윤두수가 말렸다.

"온 성안 사람들이 성상을 모시고 이 성을 사수하려고 하는데 성상께서 떠나시면 모두 일시에 흩어질 것입니다. 군신이 힘을 합하면 능히 적을 막을 수 있습니다. 도대체 이 평양성 외에 피하실 데가 어디 있다는 말씀이십니까?"

임금이 역정을 냈다.

"그대는 참으로 답답하오. 군신이 모두 왜적의 밥(魚肉)이 돼야 속이 시원하겠소?"

눈치를 보던 신하들은 함경도 함흥(咸興)이 좋다는 데 의견을 모았다. 길이 험하고 궁벽한 고장이라 왜적도 들어올 것 같지 않았다.

은근히 함흥으로 떠날 차비를 하고 있는데 요동총병관 양소훈이 보낸 임세록(林世祿)이라는 자가 수행원들을 거느리고 평양에 들어왔다. 정신이 나간 양 임금을 뜯어보고 물러 나와서는 만나는 사람마다 붙잡고 해괴한 질문을 던졌다.

"당신네 임금은 진짜가 맞는가요?"

그는 관상의 대가라고 했다. 명목은 왜적의 동태를 알아보러 왔다고 했으나 사실은 조선 임금의 관상을 알아보러 왔다. 진짜냐 가짜냐. 싸우지도 않고 일사천리로 도망친 이 임금은 미상불 가짜일 것이고 진짜는 따로 있을 것이다. 알아보라. 북경의 병부상서 석성은 양소훈에게 영을 내리고 양소훈은 이 관상가를 급히 조선에 보냈다.

임세록의 눈총 속에서도 피란 준비는 멈추지 않고 기회를 보아 왕비 박씨와 궁중의 여인들을 함흥으로 보내기로 결정했다. 호송을 맡게 된 우의정 유홍(兪泓)은 지옥을 벗어나는 듯 싱글벙글 웃음이 떠나지 않았다. 임금은 윤두수를 불렀다.

"나도 일진을 보아 떠날 것이니 그대는 김명원 이하 장병들을 거느리고 이 평양성을 지키시오. 나 대신 왕세자를 남겨 둘 것이오."

그러나 윤두수는 사양했다.

"세자께서도 위험한 평양에 계실 것은 없고 함께 가시지요."

지금 필요한 것은 군왕이 지닌 신화였다. 그 군왕은 도망가고 애송이 세자가 남아 무엇을 어쩐다는 말인가?

6월 8일. 드디어 적의 척후들이 대동강 남안에 나타났다. 요동의 사자 임세록은 류성룡의 인도로 대동강가의 연광정(練光亭)에 올라 적세를 바라보았다.

"별것도 아니구만. 저 정도 왜적을 못 당한단 말이오?"

턱을 쳐들고 염소수염을 삐쭉했다.

"저것은 척후요, 그 뒤에 대군이 있소."

"당신네 임금은 진짜요, 가짜요?"

임세록은 대답도 기다리지 않고 서둘러 산을 내려갔다. 그는 우리 조정의 공문을 받아 가지고 그 길로 요동으로 뛰었다. 그도 겁이 많은 모양이었다.

이튿날 아침. 평양성 방위를 맡은 윤두수는 연광정에 올라 적의 움직임을 주시하고 있었다. 왜병 한 명이 저쪽 강변에 나타나더니 꼭대기에 흰 종이가 대롱거리는 작대기를 모래펄에 꽂아 놓고 이쪽을 향해 손짓, 발짓을 했다.

윤두수의 명령으로 병정 한 명이 쪽배로 건너가서 봉서 한 통을 받아왔다.

'조선국 예조판서 이공 각하에게 드리노라(上朝鮮國禮曹判書 李公閣下)'로 시작되는 이 글은 적이 이덕형에게 보내는 편지였다. 그는 이때 대사헌이었으나 적은 예조판서로 잘못 알고 있었다.

'무기를 버리고 배에서 이야기를 나누자.'

간밤에도 그들은 포로로 잡혔던 우리 병정 편에 이덕형을 만나자는 쪽지를 보내 왔었다.

"만나 보라."

임금의 분부로 이덕형은 대동강에 나와 배를 준비하고, 병정들은 흰 천을 달아 맨 작대기를 좌우로 흔들었다. 잠시 후 저쪽에서도 사람들이 강변으로 나와 배에 올랐다. 그중 까까머리는 분명히 낯익은 겐소였다. 이덕형도 병정들이 젓는 쪽배에 몸을 실었다.

양쪽 언덕에서 수많은 사람들이 바라보는 가운데 각각 동안과 서안을 떠난 2척의 배는 서서히 강심으로 다가갔다.

"오래간만이외다."

먼저 강심에 이른 적선에는 겐소와 야나가와 시게노부, 그리고 통역 한 명이 타고 있었다. 그들은 술과 안주까지 마련해 놓고 이덕형을 맞아들였다. 겐소가 술을 권하면서 먼저 말문을 열었다.

"일본은 귀국과 싸울 생각이 없소. 일전에 동래, 상주, 용인 등지에서 편지를 보냈으나 귀국은 회답이 없고, 우리는 무력으로 접전하면서 여기까지 왔소. 판서께서는 임금을 모시고 딴 데로 피하시고, 우리가 요동(遼東 : 만주)으로 들어갈 수 있도록 길을 열어 주시오."

이덕형은 권하는 술을 들이켜고 잔을 천천히 바닥에 놓았다.

"일본이 중국을 치건 말건 우리가 상관할 바 아니오. 그러나 중국을 치겠으면 절강(浙江)으로 갈 것이지 왜 이리로 왔소? 이것은 우리나라를 멸망시키자는 것이 아니고 무엇이오?"

절강은 중국 양자강 하류 해안지대로, 그곳 영파항(寧波港)은 예전부터 일본이 중국으로 통하는 길목이었다. 겐소는 또 술을 권하고 속삭였다.

"어떻게든 잘해 볼 도리가 없겠소?"

"당신네가 물러가면 저절로 잘될 것이오."

"우리는 진실로 화평을 바라오."

"형국으로 말하자면 당신네는 왕창 우리를 물고 있소. 물고 물린 처지를 그대로 두고 어찌 화평이 되겠소?"

"그러면 이야기는 끝난 것 같소."

"나도 그렇게 생각하오."

이덕형은 일어서 자기 배로 돌아왔다. 그리고 나란히 멈춰 섰던 두 배는 다시 갈라져 동서로 멀어져 갔다.

흥분한 군중

임금이 행궁(行宮)으로 쓰고 있는 평안감영에도 밤새도록 불이 켜지고 사람들은 서둘러 짐을 꾸리고 있었다. 이덕형의 보고를 들으니 일은 틀렸고, 적은 언제라도 대동강을 건너 이 평양성을 들이칠 기세였다. 피란을 떠나야 했다.

새날은 6월 10일.

안 되는 집안에 말이 많듯이 궁지에 몰린 조정에는 더욱 말이 많았다. 피란지는 벌써 여러 날 전에 함흥으로 결정되었건만 막상 떠나려는 순간 함흥은 안 되고 강계라야 된다고 우기는 사람들이 나타났다.

"강계로 가자는 것도 일리는 있군."

충혈된 눈을 껌벅이는 임금은 판단력을 잃고 있었다.

"함흥도 좋은 점이 있고."

임금이 갈피를 못 잡는 바람에 '강계'다 '함흥'이다, 논쟁은 한없이 끌다 결국 제자리로 돌아왔다.

"함흥은 조종의 땅이다. 조종의 혼백이 지켜 주실 터이니 역시 함흥이 좋겠다."

이리하여 첫새벽에 떠났어야 할 동지(同知 : 同知中樞府事) 이희득(李希得) 일행은 해가 중천에 올라서야 임금에게 하직을 고하고 행궁을 나섰다. 백발의 이 노인은 간밤에 함경도순검사(巡檢使)로 임명되었고, 급히 함흥으로 달려가서 임금을 맞을 차비를 갖추라는 명령을 받고 있었다.

그러나 그보다도 앞질러 동문을 나와 함경도로 길을 재촉하는 군상이 있었다. 여기까지 따라온 고관대작들의 가족이었다. 이들은 부친 혹은 사돈의 팔촌으로부터 재빨리 전갈을 받고 서둘러 떠난 길이었다.

이희득이 그들의 뒤를 따라 동문 밖으로 사라진 지 얼마 안 되어 거리에는 남녀노소, 온 성내 사람들이 몰려나오기 시작했다.

장정들은 도끼 아니면 몽둥이를 들고, 노인과 부녀자들은 망치에 부지깽이, 어린아이들에 이르기까지 하다못해 돌멩이 하나라도 들지 않은 사람이 없었다.

"또 속았다!"

사람들은 이를 갈고 있었다.

"이번에야말로 요절을 내야겠다."

승지 노직(盧稷) 이하 말 탄 관원들이 나타났다. 그들은 흰 보자기에 싼 종묘의 신주(神主)들을 받들고, 뒤에는 궁중의 여인들이 역시 말 또는 나귀를 타고 따라붙었다.

"비켜, 비켜라!"

선도하는 병정들이 외쳤으나 군중은 듣지 않았다.

"우 우 우 —."

오열하듯 외마디 함성과 함께 사람들은 삽시간에 행렬을 사방으로 에워쌌다.

"어디 가는 거냐?"

더벅머리 청년이 몽둥이로 노직에게 삿대질을 했으나 겁을 먹은 노직은 입을 열지 못했다.

"이건 뭐야?"

청년은 그의 품에 안긴 흰 보따리를 낚아채어 길바닥에 내동댕이쳤다. 보자기에 쌌던 신주들이 흩어져 땅바닥에 뒹굴었다. 흥분한 군중은 노직 이하 관원들을 끌어내리고 멱살을 잡아 흔들었다.

"거짓말을 해도 분수가 있지. 바로 엊그제 이 평양을 지킨다고 맹세한 것은 어떤 시러베아들이냐?"

"모조리 사기꾼들이다!"

갖은 욕설을 퍼붓다 치고 차고 짓밟고 돌아갔다.

"이게 무슨 짓들이냐?"

뒤에서 담찬 여자의 목소리가 울렸다. 아직도 말에 앉은 채 지켜보고 있던 젊은 나인이었다.

"이 에미나가 판세를 모르는구나."

더벅머리가 머리채를 잡아 허공에서 한 바퀴 돌리고 멀찌감치 던져 버렸다.

"너희들 이러면 못쓴다!"

관복으로 단장한 사나이가 말을 달려 오면서 외쳤다. 전 병조판서 홍여순(洪汝諄)이라고 했다. 그는 병조판서에서 한성판윤을 거쳐 지금은 호조판서로 있었다.

"너, 잘 만났다."

장정들은 잡았던 관원들을 놓고 그에게 몰려갔다.

"이러면 못쓴다? 어떻게 하면 쓰느냐?"

더벅머리가 그의 옷자락을 잡았다.

"어명으로 조종의 신주를 받들고 가는 신하들을······."

홍여순이 엮기 시작하자 더벅머리는 그의 어깻죽지를 잡아 끌어내렸다.

"너, 맞아야 알간?"

메어치기로 내던지자 청년들이 달려들어 사지를 비틀고 허리를 꺾었다. 등뼈가 부러진 홍여순은 '헉헉' 외마디 비명뿐, 말도 제대로 하지 못했다.

"여기서 이럴 것이 아니라 가서 상감을 만나자!"

더벅머리의 선창으로 군중은 임금이 있는 행궁으로 뛰었다.

임금은 군복에 활을 메고 안마당을 서성거리고 있었다.

"왜 이렇게 더딜까?"

타고 갈 가마가 대령하기를 기다리고 있었다. 그런데 울타리 밖이 떠들썩하더니 성난 군중이 소리소리 지르기 시작했다.

"상감 나오라!"

수백 명의 병사들이 지키고 있을 터인데 오금을 못 펴는 모양이었다. 이대로 밀고 들어오는 것은 아닐까? 머리가 아찔하고 두 다리가 떨렸다. 측근들의 부축을 받고 방으로 들어가려는데 우의정 유홍이 종종걸음으로 달려왔다.

"전하, 이 일을 어찌하오리까?"

영의정 최흥원(崔興源)과 좌의정 윤두수는 연관정에 나가 대동강의 수비를 독려하고, 행궁에 남아 있는 정승은 그 한 사람뿐이었다.

"저 저러─ㄴ, 나한테 물으면 어쩌란 말이오?"

유홍은 동헌(東軒)으로 물러 나왔으나 모두들 고개를 떨어뜨리고 가끔 한숨을 내뿜는 것이 고작이었다. 밖에서는 비 오듯 돌팔매가 날아들고 시종 같은 호통이었다.

"상감 나오라!"

들자 하니 더벅머리 총각이 제일 설친다고 했다.

일은 복잡할 것도 없었다. 이 난민들이 쳐들어와서 울타리 안에 쭈그리고 앉은 임금과 신하들을 밟아 버리면 2백 년의 이씨 왕조는 끝나고, 더벅머리가 용상에 앉으면 새 왕조가 탄생하는 것이다. 그래서는 안 된다는 법도 없었다.

"이대로는 큰 변이 일어납니다. 무슨 조치를 내리셔야지요."

평안감사 송언신(宋言愼)이 대문으로 뛰어들었다. 여기저기서 담장을 기어오르는 난민과 병사들 사이에 난투극이 벌어지고 있었다.

"이게 누구 책임인데 여기 와서 큰소리요?"

유홍이 고함을 질렀다. 평양에 들어온 후 따로 병력이 없으니 행궁의 경비는 송언신이 맡을 수밖에 없었다.

"대감, 저더러 어떻게 하라는 것입니까?"

송언신도 방책이 없었다. 백성들이 도망간다면 목이라도 칠 수 있었다. 그러나 백성들은 적과 싸우겠다고 야단이고, 임금이 앞장서 도망가겠다고 야단이니 이치가 거꾸로 되어 버렸다. 도망가는 자를 두둔하고 싸우는 자를 처벌하는 전쟁이 하늘 아래 어디 있다는 말인가.

"불은 우선 끄고 봐야지요."

말없이 한쪽에 앉아 있던 류성룡이 일어섰다.

"어떻게 말씀이오?"

유홍의 질문에 류성룡은 얼굴을 찌푸렸다.

"불이라는 것은 끄면 그만이지, 물이냐 모래냐 가릴 것이 없지요."

그는 송언신 이하 관원들의 호위 속에 대문 밖으로 나섰다. 경비 병사들이 애써 막고는 있었으나 기세가 꺾이고 자칫하면 아주 짓밟혀 버릴 형편이었다. 더구나 이쪽은 불과 2백 명인데 군중은 몇 천인지 몇 만인지 거리를 온통 메우고 파도처럼 밀려오고 있었다.

"북을 있는 대로 치시오."

류성룡은 송언신에게 일렀다.

때 아닌 북소리에 군중은 손발을 멈추고 제자리에서 이쪽을 바라보았다. 류성룡은 섬돌에 올라 아까부터 점을 찍어 두었던 중년 사나이를 손짓으로 불렀다. 풍채가 그럴 듯하고 수염이 가슴까지 내려온 이 사나이는 앞장서 몽둥이질을 하고 있었다.

"노형, 나하고 얘기 좀 합시다."

말을 걸었으나 느릿느릿 다가온 사나이는 곱게 나오지 않았다.

"입을 놀리자, 이런 말씀 같은데 당신부터 놀려 보시오."

"모두들 왜 이렇게 떠들썩하는지, 나는 도무지 영문을 모르겠소."

"영문을 모른다? 이거 희한한 소식을 들었군. 상감이라는 그 못난이 말이오. 서울, 개성에서 내빼더니 이 평양에서 또 엉덩이를 들썩거린다지요?"

"나도 희한한 소식을 들었소."

류성룡이 되받자 사나이는 몽둥이로 삿대질을 했다.

"남의 말꼬리를 잡는 법이 어디 있소?"

"하여튼 들어 보시오. 이 평양 사람들이 힘을 다해 성을 지키자고 나서니 이렇게 충성된 백성이 천지간에 어디 또 있겠소? 우리는 감격해서 성상께 아뢰었고, 성상께서도 죽건 살건 이 백성들과 운명을 같이한다고 눈물까지 흘리셨소. 그런데 내뺀다? 이렇게 허무한 낭설이 어디 또 있단 말이오?"

사나이는 한동안 빤히 쳐다보고 물었다.

"그거 사실이오?"

"사실이오."

"그러면 어째서 종묘의 신주는 내보냈소?"

"생각해 보시오. 이 평양에서 죽느냐 사느냐 싸움이 벌어지면 어떤 데는 불이 일어날 수도 있고, 어떤 구석은 적에게 잠시 뺏겼다 도로 찾을 수도 있지 않겠소? 그런 북새통에 신주가 불에 타거나 적에게 짓밟힌다면 이렇게 황공한 일이 어디 있겠소? 신주를 내보낸 것은 싸움의 차비지, 내뺄 차비가 아니오."

"……."

사나이는 수그러드는 눈치였다.

"내가 백 마디 하는 것보다 노형의 한 마디가 천 배는 나을 것이오. 모두들 근거 없는 풍문에 놀아나지 말고 즉각 흩어지도록 해주시오."

모퉁이를 돌아간 사나이는 한참 후 5, 6명의 청년들과 함께 다시 나타났다. 그중 두 눈이 부리부리한 더벅머리 총각이 가슴을 펴고 쳐다보았다. 소문에 들은 이 난리의 주동자 중의 주동자인 모양이었다.

"당신의 이야기는 못 믿겠소."

그는 류성룡을 손가락으로 가리켰다.

"못 믿을 조목을 말해 보시오."

류성룡은 애써 미소를 지었다.

"듣자 하니 당신은 벼슬에서 쫓겨났고, 힘이라고는 모기 뒷다리만치도 없는 인간이오. 무엇을 믿고 나대는 것이오?"

임금이 구두로 다시 국사를 보라고 했다 뿐이지 무슨 벼슬을 받은 것은 아니었다. 그의 말대로 힘이라고는 정말 아무것도 없었다.

"누구의 말이면 믿겠소?"

"상감의 말이라면 믿어 보겠소."

묘한 말투였다. 그렇다고 시비할 수 있는 계제가 못 되었다.

"그것은 황공한 일이오."

"못하겠소?"

"법도에 없는 일이오."

그들 사이에 옥신각신이 벌어졌다. 말이 그렇지, 어떻게 임금을 나오라고 하느냐? 몇 사람은 이런 의견이었고, 더벅머리가 우겨도 듣지 않았다. 다시 모퉁이를 돌아갔던 그들은 합의를 본 듯 또 나타났다.

"승지가 나와서 직접 상감의 말씀을 한 자도 틀리지 않고 그대로 전하면 용서하겠소."

류성룡이 옆에 서 있던 병조좌랑 박동량(朴東亮)을 안으로 들여보냈다.

"여기서 보고 들은 그대로 아뢰시오."

이윽고 승지 이곽(李矱)이 박동량과 함께 달려 나와 섬돌에 올라섰다.

"성지를 그대로 전하겠소. '오늘의 행차는 그만두기로 하였으니 그대들은 물러감이 옳을지로다.'"

군중은 수그러드는 듯하다가 또 떠들썩했다.

"아까 얘기하고 다르지 않은가?"

류성룡의 말로는 피란은 아예 생각조차 하지 않은 것으로 되어 있었다. 그런데 '오늘 행차는 그만둔다?' 떠나려고 한 것은 사실이구나. 류성룡은 이미 사라진 뒤였고, 더벅머리는 이곽의 멱살을 잡고 따졌다.

"어떻게 된 것이냐?"

"아, 내가 잘못 전했소. 상감께서는 떠난다는 말씀은 입 밖에 내신 일조차 없소."

"너희들의 말은 못 믿겠다. 여기 백성들이 모두 볼 수 있도록 글을 써서 붙여라."

급히 연락을 받은 임금은 교리(校理) 이유징(李幼澄)에게 분부하고, 이유징은 넓은 판때기에 정행(停行 : 가지 않는다)이라고 두 글자를 큼지막하게 썼다.

몸이 날랜 선전관 고희(高曦)가 지붕에 올라 이 판때기를 사방으로 번갈아 쳐들었다.

태반이 글을 모르는 백성들인지라 유식한 사람들이 글자 풀이를 하는 동안 그들은 지붕 위의 고희를 지켜보았다. 그런데 한구석에서 외마디 소리와 함께 너털웃음이 터졌다.

"외귀 달이다."

고희는 남쪽에서 적과 싸우다 한쪽 귀를 잃은 사람이었다. 지붕 위 허공을 배경으로 한 그의 윤곽, 없어진 귀의 오묘한 불균형은 저절로 웃음을 자아내고 웃음은 온 군중 속으로 번져 갔다.

"속임수다. 들이치자!"

더벅머리가 외치고 돌아갔으나 고비는 이미 지났다. 사람들은 하나 둘 발길을 돌리다 무더기로 흩어져 갔다.

"네 충성이 가상하도다."

임금은 고희에게 손수 술을 한 잔 내렸다.

평양도 버리고

 군중이 흩어지자 숨을 죽였던 조정의 대신들은 평안감사 송언신을 불러 앉히고 윽박질렀다.
 "이 역도(逆徒)들을 그냥 둘 것이오?"
 "역도들이라니요?"
 "황공하옵게도 행궁을 위협하고 종묘의 신주를 짓밟은 저들이 역도가 아니라면 어떤 것이 역도요?"
 주먹으로 방바닥을 치고 통곡하는 사람도 있었다.
 "망할 징조로다. 망하다마다."
 긴 여름해도 기울기 시작했다.
 흩어진 군중은 각기 집에 돌아가 밥이고 죽이고 있는 대로 우선 요기를 하고, 말깨나 하는 사람들은 끼리끼리 모여 소주잔을 기울였다.
 "대단한 줄 알았더니 맞대 놓고 보니 헝겊막대더라."

"아새끼들, 약차하면 모조리 이거다."
이마로 박치기 시늉을 하는 청년도 있었다.

송언신은 포졸들을 온 성내에 풀어 수백 명을 잡아들였다.
"본보기로 몇 명 목을 치라."
어명이 내렸다. 난동에 앞장을 섰던 더벅머리 총각을 비롯하여 5, 6명의 머리를 잘라 거리에 효수(梟首)하였다.

공포의 한밤이 가고 다음 날인 6월 11일의 먼동이 텄다.
왕비 박씨와 그 밖의 후궁들은 우의정 유홍의 호위하에 평양을 떠나 자산(慈山)으로 향하였다. 덕천(德川)을 거쳐 먼저 함흥에 가서 임금을 기다리기로 되어 있었다. 어제 그렇게도 극성을 부리던 군중은 간 데 없고, 잠을 설친 삽살개들이 길을 막고 짖다가도 호위 병사들의 호통에 비켰다가는 다시 쫓아오곤 했다.
간밤을 뜬눈으로 보낸 임금은 보고를 받고 충혈된 두 눈을 이리저리 굴렸다.
"더 이상 난동이 없다면 시각을 다투어 이 평양을 떠나야 하겠소."
"떠나시더라도 이 평양 백성들에게 고별의 말씀을 내린 연후에 떠나시지요."
좌의정 윤두수가 말렸다.
"그 무지막지한 것들에게 고별이라니 또 난동을 부리면 어쩔 것이오?"
"주동자들 중에서 제일 못된 것들은 이미 처단했고 나머지 희미한 것들도 그냥 묶어 두고 있으니 그럴 염려는 없습니다. 성상께서 떠나신 연후에 방면할 작정이라고 합니다."
그러나 임금은 안심이 안 되었다.

"말없이 떠나면 어떻소?"

"사람은 어떤 경우에도 인사가 있어야 합니다. 더구나 군왕의 거취는 태양같이 분명해야 백성들이 따르는 법입니다."

윤두수가 우기는 바람에 임금은 마지못해 응했다. 그러나 백성들을 아무나 만날 수는 없고, 한 동네에 한 사람씩 모모한 부로(父老)들을 대동관 대문 앞에 모이게 했다. 대동관은 감영에 붙은 객관(客館)이었다.

"너희들 평양 백성들은 듣거라 (……)."

임금이 신하들을 거느리고 문루에 좌정한 가운데 응교(應敎) 심희수(沈喜壽)가 교서를 차근차근 풀어 읽어 내려갔다.

평양을 버린다는 것은 천만 근거 없는 낭설이다. 평양에는 지금 사처에서 모여든 군사 1만 명에 임진강에서 철수해 온 군사 5천 명, 도합 1만 5천 명의 대군이 있다. 임진강에서 철수한 것도 생각하는 바가 있어 한 일이니 흩어진 병력을 한군데 모아 큰 힘으로 적을 일거에 무찌르기 위함이다. 또 평양에는 이미 10만 섬의 군량을 모아 놓았다. 10만 섬이면 일 년도 더 지탱할 것이다. 무엇이 두려워 평양을 버릴 것이냐?

심희수는 사람의 가슴에 파고드는 웅변가였다. 어려운 한문으로 쓴 교서를 쉬운 우리말로 내리읽자 부로들은 깊은 감명을 받았다. 조정의 생각은 가없이 깊고, 백성들의 생각은 가없이 천박했다.

끝으로 심희수는 눈물 어린 목소리로 결론을 맺었다.

"연이나 만사 튼튼함만 같지 못한 법인즉 내 잠시 평양을 떠나 명나라에 청병(請兵)할 뜻을 비친 것도 사실이니라. 생각해 보라. 종이 한 장도 두 사람이 맞들면 가볍다 하였거늘 이 난국에 명나라가 우리를 돕는 것이 나으냐, 안 돕는 것이 나으냐? 또 내 친히 가서 청하지 않고도 저들의 구원병이 올 수 있다고 생각하는가? 이와 같은 나의 뜻을 헤아리지 못하고 함부로 난동을 일삼아 관장(官長)을 구타하고, 군부(君父)를 위

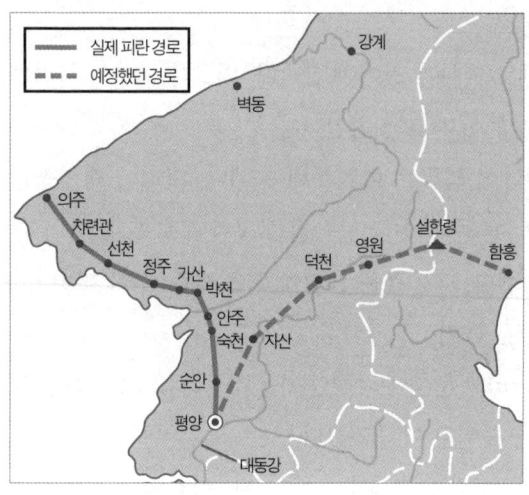
임금 선조의 피란 경로

협하고, 심지어 종묘의 신주를 더럽히는 지경에 이르렀으니 오호라, 내 장차 무슨 낯으로 구천(九泉)의 조종을 뵈올 것인가?"

심희수가 목이 메어 흐느끼자 문루에 임금을 모시고 서 있던 신하들이 옷소매로 눈물을 닦고, 임금도 먼 하늘에 눈길을 돌리는 품이 눈물을 참는 모양이었다.

마침내 문루 아래 땅바닥에 쪼그리고 앉았던 부로들이 목을 놓아 통곡하고 제일 나이 많은 노인이 앞으로 나와 머리를 조아렸다.

"우리 피양 아이들, 배운 것이 없고 몰라서 그랬으니께니 용서하시라요."

어명으로 노인들은 술을 한 병씩 받아 들고 돌아갔다. 어사주(御賜酒)라, 이만저만 감격스러운 일이 아니었다.

마침내 임금의 행차가 행궁을 떠날 차례였다. 첫새벽에 떠난 왕비 박씨의 뒤를 따라 함흥으로 행차할 참이었다. 그런데 윤두수가 들어와 엎드렸다.

"함흥으로 가시는 일은 다시 생각하심이 좋을 듯합니다."

"이제 와서 무슨 소리요?"

"함흥은 조종의 땅임에는 틀림이 없습니다마는 동쪽은 바다, 북쪽은 오랑캐(女眞) 땅입니다. 이 궁벽한 땅에 들어가셨다가 만에 일이라도 길이 막히면 변통이 없습니다. 영변(寧邊)은 예로부터 철옹성(鐵瓮城)이라고 일컫듯이 아주 험준한 고장입니다. 잠시 이리로 피하셨다가 형세를 보아가면서 차츰 의주(義州)까지 가시는 것이 좋겠습니다. 명나라 땅이 가깝고 그들에게 청병하시는 데도 편리할 것입니다."

이리하여 임금의 행렬은 새벽에 동문인 장경문(長慶門)을 빠져나간 왕비 일행과는 반대로 서문인 보통문(普通門)으로 향했다.

뒤에 남아 평양을 지킬 사람들은 보통문 밖에서 하직인사를 드렸다. 좌의정 윤두수, 도원수 김명원, 평안감사 송언신, 평안병사 이윤덕(李潤德), 그리고 류성룡도 어명으로 평양에 남았다. 명나라 사신들이 오면 접대를 맡기로 되어 있었다.

영의정 최흥원 이하 그 밖의 신하들을 거느리고 평양을 떠난 행차는 길을 재촉하여 점심을 순안(順安)에서 들고 석양에는 숙천(肅川)에 당도했다. 임금이 객관에 좌정하자 병조판서 이항복과 대사헌 이덕형이 어전에 무릎을 꿇었다.

"아무래도 요동에 정식으로 사신을 보내야 할 것 같습니다."

이미 요동도사에 원조를 요청하기는 했었다. 지난달 그믐 성절사로 북경에 가는 유몽정 일행에 통역 한 사람을 끼워 넣었고, 그에게 편지를 들려 보냈다.

말하자면 심부름꾼 편에 쪽지를 한 장 들려 보낸 셈인데 그런 것을 받고 군대를 움직여 줄 나라가 세상에 있을까?

임금도 두말없이 동의했다.

"경황이 없다 보니 하는 일마다 실수 아닌 것이 없구만. 누구를 보내지요?"

요동은 짐승과 도둑이 들끓는 고장이었다. 소수 인원으로는 목숨을 잃기 십상인데 지금 같은 형편에 호위를 제대로 붙일 힘이 없었다.

임금이 신하들을 모아 놓고 의논했으나 역시 가겠다는 사람이 나서지 않았다. 이번에도 궂은 일, 위험한 일을 마다하지 않는 이덕형이 나섰다.

"이 시기에 대사헌이 할 일은 아무것도 없습니다. 신이 가지요."

그는 앞서 적장 고니시 유키나가를 만나러 남으로 내려갔다가 구사일생으로 돌아왔다. 이번에는 북으로 가겠다는 것이다. 임금은 미안한 얼굴로 그를 바라보다 일렀다.

"안됐소마는 아침 일찍 떠나 주시오."

"밤사이에 할 일도 없고, 지금 떠나지요."

담담한 얼굴로 일어선 이덕형은 친구 이항복이 마련해 주는 통역 한 사람, 졸병 두 사람과 함께 달밤을 북으로 말을 달렸다. 이름은 청원사(請援使). 압록강을 건너 요양(遼陽)까지 삭막한 만주벌을 달릴 참이었다.

임금의 행차가 숙천에서 안주(安州)를 거쳐 영변에 도착한 것은 13일 저녁이었다. 비가 내리는 성내에는 강아지 한 마리 맞아 주는 이 없고, 귀신이라도 나올 듯 을씨년스러운 풍경이었다.

뒤늦게 소식을 듣고 성 밖에서 달려온 판관(判官) 황기(黃沂) 이하 5,6명의 관원들이 인도하는 대로 부사(府使)의 처소에 좌정했으나 저녁식사의 마련조차 없었다. 임금이 이리로 올 줄은 몰랐고, 관이고 민이고 기르던 돼지까지 끌고 산골짜기로 피란을 갔다고 했다.

모두들 허기를 참고 드러누워 있는데 평양에서 윤두수가 보낸 장계가 당도했다.

성상께서 떠나신 후 대동강 수비군에 동요가 생겨 일부 방어선이 무너졌습니다.

그는 자세한 상황을 적은 다음 매우 비관적인 결론을 맺고 있었다.

많은 일들이 상치되어 장차 다가올 일을 수습치 못할까 두렵습니다(事多乖違 將來之事 恐難收拾).

이것은 명백히 평양도 지탱하지 못한다는 선언이었다. 평양이 떨어진다면 이 영변이라고 무사할 까닭이 없었다.
밤늦게까지 의논했으나 임금은 압록강을 건너 요동 땅으로 들어가겠다고 시종 같은 주장을 되풀이하고, 세자에게 왕위를 물려주겠다고도 했다.
"내가 요동으로 가겠다는 것은 단지 피란을 가겠다는 것은 아니오. 일찍이 안남(安南 : 월남)은 망했으나 그 왕이 중국에 들어가 중국 군사를 빌려 가지고 돌아가서 나라를 회복하지 않았소? 나도 그렇게 할 생각이오."
가겠다는 임금을 잡아 둘 길은 없었다. 왕세자 광해군이 국내에 남아 권서국사(權署國事)라는 이름으로 임금의 권한을 대행키로 하고 헤어졌다.
다음 날은 6월 14일. 간밤에 소식을 들으니 한발 앞서 평양을 떠났던 왕비 박씨 이하 후궁들은 덕천에서 여러 날째 임금을 기다리는 중이라고 했다. 사람을 보내 맞아 오라고 영을 내린 임금은 세자 광해군과 신하들을 불러 한마디 남기고 길을 떠났다.

"왕세자는 종묘의 신주를 모시고 강계에 가서 분조(分朝)를 설치하고 나 대신 나랏일을 처결하되 영의정 최흥원 이하 백관은 이를 보필하여 다시 나라를 일으키도록 하여 주시오."

분조는 분조정(分朝廷)으로, 조정의 출장소 같은 것이고, 이에 대해서 임금이 있는 원래 조정을 원조정이라고 불렀다. 18세의 어린 세자 광해군은 여러 신하들을 거느리고 성 밖까지 나와 임금을 배웅하였다.

전 좌의정 정철, 병조판서 이항복 이하 소수의 관원들을 이끌고 망명길에 나선 임금은 마음에 걸리는 듯 눈물로 전송하는 세자와 신하들에게 몇 번이고 다짐했다.

"나는 몸을 피하는 것이 아니다. 청병하러 가는 것이다."

드디어 임금 일행은 말에 채찍을 퍼부어 영변성을 등지고 차츰 아득하게 멀어져 갔다. 뒤에 남아 전송하는 사람들은 마치 조선이라는 나라가 영원히 이 지상에서 사라져 가는 모습을 눈으로 보는 듯, 비애와 분노를 주체할 길이 없었다.

"이런 법도 있을까?"

뜻 있는 신하들은 임금이 국내에 남아 적과 싸우고, 명나라에는 세자를 보내는 것이 모양도 좋고, 결과도 좋으리라고 생각했다. 은근히 그런 뜻을 비치기도 했으나 그럴 때마다 임금은 못 들은 양 딴소리뿐이었다.

간밤에 왕위를 내놓겠다고 할 때에는 아무도 말리지 않았다. 이런 임금은 빨리 물러날수록 좋고, 도망갈 바에는 왕위를 내놓고 가는 것이 순서라고 생각했다. 그런데 알고 보니 영의정 최흥원이 말렸다는 소문이었다.

이제 떠나보내고 나니 그들은 더욱 분노가 치밀어 최흥원에게 삿대질을 했다.

"대감은 이 난국에 고작 한다는 일이 아첨인가요?"

"하, 이거 참. 인사치레로 한마디 했는데 이렇게 될 줄을 누가 알았겠소?"

영변을 떠나 박천(博川)에서 한밤을 보낸 임금도 역시 개운치 않았다. 세자의 문안편지를 가지고 온 보덕(輔德) 조정(趙挺)에게 다음 같은 자책의 답장을 써 보냈다.

나는 살아서는 이미 나라를 망친 군왕이 되었고, 장차 죽어서는 이역의 귀신이 될 모양이다. 부자가 서로 헤어지니 다시 만날 날도 없을 것이다. 오직 세자는 쓰러진 나라를 다시 일으켜 위로는 조종의 영혼을 위로하고 아래로는 부모가 돌아오도록 하기를 바란다. 너의 편지를 받으니 눈물이 쏟아져 할 말을 알지 못하겠다(予生旣爲亡國之君 死將異域之鬼 父子相離 更無可見之日 惟望世子再造旧物 上慰祖宗之靈 下迎父母之還 臨楮涕下 不知所言 :《선조실록》).

그러나 눈물을 흘리고 앉아 있을 때가 아니었다. 적이 대동강의 여울을 건넜다는 급보가 들어왔다. 그렇다면 평양성은 이미 떨어지지 않았을까.

참담한 승리

　대동강은 넓고 깊은 물이었다. 적은 강가에 당도한 지 5일, 대안의 평양성을 바라보면서도 더 이상 움직일 수 없었다. 배라고 이름이 붙은 것은 크고 작고 간에 조선군이 모두 서안에 끌어다 매어 놓았고 동안에는 한 척도 없었다.
　다행히 요즘은 여러 날째 비가 오지 않아 강물은 날마다 눈에 띄게 줄어들고 있었다. 이대로 맑은 하늘이 열흘만 계속되면 배가 없어도 그대로 건널 수 있으리라. 그들은 아침마다 태양을 향해 합장하고 비를 내리지 않도록 빌었다.
　서안의 조선군은 적을 막아 주는 대동강이 이를 데 없이 고마우면서도 갈수록 물이 줄어드는 데는 간이 말라 가는 심정이었다. 그들은 푸른 하늘을 우러러보고 비를 내려 주시기를 마음속으로 빌었다. 그러나 비는 오지 않았다.

평양 방위의 총책임을 맡은 좌의정 윤두수는 참다 못해 장수들을 거느리고 단군사(檀君祠)에 나가 제례를 올리고 기도를 드렸다. 비를 내리소서.

비는 여전히 오지 않고, 반월도(半月島) 저쪽 왕성탄(王城灘)이라고 부르는 여울은 여자들도 건널 수 있을 만큼 물이 줄어 버렸다. 적진에서 엎어지면 코가 닿을 대목이었다. 적이 모르고 있으니 다행이지 알기만 하면 떼를 지어 건너올 것이다.

이대로 며칠만 더 지나면 왕성탄뿐만 아니라 어느 대목이나 마음만 먹으면 건널 수 있게 될 것이다. 앉아서 당하는 날을 기다릴 것이 아니라 먼저 공격을 가해서 적의 기를 꺾어 버리자. 도원수 김명원의 제의에 윤두수도 동의하였다.

6월 14일. 긴 여름해가 지고 보름을 앞둔 달이 대동강에 비치자 영원군수(寧遠郡守) 고언백(高彦伯) 휘하 4백여 명은 은밀히 부벽루(浮碧樓)에 집결하기 시작했다. 전군에서 선발된 정병들이었다.

야음을 타고 대동강을 건너 밤 삼경(三更 : 자정)에 일제히 적진으로 쳐들어갈 예정이었다. 그러나 막상 나루에 내려오니 20여 척의 배들 중에는 물이 새는 것도 적지 않았다. 밤중에 적이 몰래 훔쳐 갈까 염려하여 뭍으로 깊숙이 끌어 올려놓았더니 연일의 더위에 바싹 말라 틈이 생겼다.

예정된 사공이 나타나지 않은 것도 몇 명 있었다.

임시변통으로 배를 수리하고, 성내에 수소문하여 모자라는 사공을 보충하고 보니 자정이 훨씬 넘었다. 적진으로 쳐들어가야 할 시각에 떠나지도 못했다.

고언백은 원래 이 작전에 반대였다. 일이 잘못되면 적에게 배를 제공하는 결과가 될 것이다. 반대로 아무리 잘 되어도 포로로 1, 2명은 잡히게 마련이요, 그들의 입을 통해서 얕은 여울의 비밀이 샐 염려가 있었다.

그러나 전투를 모르는 문관들이 오히려 강경해서 윤두수도 김명원도 귀를 기울여 주지 않았다.

"이것저것 따지다가는 세상에 할 일이 없겠소."

고언백은 서둘러 병사들과 함께 배에 올랐다. 새날이 오기 전에 일을 끝내고 돌아오려면 시각을 다퉈야 했다. 이 경우 그로서는 이것이 생각할 수 있는 최선책이었다.

"내 뒤를 따르라."

고언백은 손수 노를 잡고 배를 저어 나갔다. 그는 원래 강화 교동도(喬桐島) 태생으로 바다에서 자란 사람이었다. 헤엄치는 일, 배를 부리는 일에는 가히 도사라고 할 만한 솜씨였다.

대대로 교동현(喬桐縣)의 아전이었고 그 자신도 젊어서는 아전이었다. 중간에 무과에 급제하여 변방을 돌아다니며 갖은 고생을 다 했으나 나이 오십이 넘어 겨우 벽지의 군수 자리에 올랐다. 태생이 미천한 때문이라고 했다.

그러나 타고난 강건한 체구와 오랜 경험으로 오늘밤 그는 누구의 눈에도 기막힌 지휘관이었다. 밝은 달 아래 자칫하면 적의 눈에 뜨이기 쉬운 정황이었으나 기침소리 하나 없이 20척의 배들을 일시에 대안에 닿게 했고, 4백 명의 병사들을 일시에 뭍으로 오르게 했다.

묵묵히 강변의 왕골밭을 헤치고 전진하는데 적진은 죽은 듯 고요하고 초병(哨兵)조차 보이지 않았다. 잇따른 승리에 그들도 만심하고 군기가 해이해진 모양이었다.

고언백은 4백 명의 부하들과 함께 폭풍같이 적진으로 뛰어들었다.

고언백군이 제일 먼저 친 것은 가장 가까운 쓰시마 진영이었다. 장막에서 잠자던 적은 불의의 습격에 대혼란이 벌어지고, 고언백군은 우왕

좌왕하는 적을 일거에 무찌르고 제2진으로 돌진했다. 이미 잠을 깬 제2진의 적장 스기무라(杉村智淸)와 다케오카(竹岡節右衛門)가 수백 명의 부하를 지휘하여 역습해 왔다.

　백병전이 벌어졌다. 특히 용감하게 싸운 것이 이선(李宣), 임욱경(任旭景), 민여호(閔汝虎)의 3용사였다. 적장 스기무라는 전사하고 다케오카는 많은 시체를 남기고 도망쳤다.

　제2진을 짓밟은 고언백군은 3용사를 선두로 소 요시토시(宗義智)가 진을 치고 있는 쓰시마군의 본영으로 뛰어들었다. 적의 부장(部將) 나카무라(中村平次), 히라야마(平山將監), 아비루(阿比留平右衛門)를 비롯하여 무수한 적들이 쓰러지고 소 요시토시는 나머지 부하들과 함께 후방으로 도망쳤다. 그러나 이 혼전 중(混戰中)에 3용사는 각기 10여 명씩 내리치고 자신들도 기진하여 전사하고 말았다. 그들은 모두 평안도 출신 병사들로 그 후 오래도록 전설적인 영웅으로 백성들의 추앙을 받았다.

　소 요시토시가 물러가자 고언백은 부하를 2대(隊)로 나눠 한 대는 강변 풀밭에 매어 둔 적의 군마(軍馬)를 습격하고, 나머지 한 대는 적의 제3군 진영으로 쳐들어갔다.

　앞서 간 부대는 3백여 필의 군마를 뺏어 타고 대동강으로 뛰어들었다. 타고도 남은 군마는 고삐를 끌고 대안 우리 진지로 헤엄쳐 건너갔다.

　제3군 진영에서는 칼과 창으로 혈투가 벌어졌다. 적장 고토(後藤基次), 요시다(吉田六郞大夫), 구로다(黑田次郞兵衛) 등이 지키던 이 진영도 구로다가 중상을 입고 쓰러지자 그를 끌고 도망치는 바람에 무너지고 말았다. 여기서도 적은 많은 사상자를 냈고, 구로다는 안전지대까지 끌려갔으나 곧 숨을 거두고 말았다.

　달이 지고 대동강에는 잠시 어둠이 내렸다. 온 적진이 떠들썩하면서 3만에 가까운 적군이 움씰거리기 시작했다. 기대 이상의 전과를 올렸으니 동이 트기 전에 재빨리 철수해야 하였다.

고언백은 나루로 달려와서 다시 배에 올랐다. 그러나 미처 전원이 오르기 전에 적의 제3군 사령관 구로다 나가마사가 친히 1천여 명을 휘몰고 추격해 왔다.

조선군은 활을 쏘고 적은 총을 쏘아 사격전이 벌어졌다. 그러나 활은 총의 적수가 될 수 없고 이대로 가면 전멸하는 수밖에 없었다.

배에 올랐던 고언백은 한마디 외치고 물 속으로 뛰어들었다.

"너희들은 빨리 건너가라!"

그는 일부만 수용한 배들을 서안으로 돌려보내고 자신은 헤엄쳐 강변에서 싸우는 우군 속으로 돌아왔다. 부하들을 독려하여 다시 물 속에 뛰어든 고언백은 서안을 향해 함께 헤엄을 치기 시작했다.

이왕리(李王理)라는 용사가 있었다. 동료 몇 사람과 함께 적을 맞아 싸우면서 헤엄쳐 후퇴하는 우군을 엄호하고 있었다.

그는 말을 달려오는 적장 구로다 나가마사를 겨누고 시위를 당겼다. 팔꿈치를 맞은 나가마사가 말에서 거꾸로 떨어졌다. 이왕리는 달려들어 그의 멱살을 잡고 물 속으로 끌고 들어왔다.

엎치락뒤치락 물속에서 격투를 벌인 끝에 마침내 나가마사의 목을 졸랐다. 잠시만 깊숙이 잠기면 끝나는 것이다.

순간, 나가마사의 부하 와타나베(渡邊平吉)가 물에 뛰어들면서 이왕리의 어깨를 칼로 내리쳤다. 이왕리는 나가마사를 놓치고 고꾸라졌다가 용솟음치면서 와타나베에게 달려들어 가슴에 박치기를 먹이는 순간 이번에는 나가마사가 그의 목덜미에 칼탕을 퍼부었다. 이왕리는 피를 뿜고 물속으로 사라진 채 다시는 떠오르지 못했다.

고언백은 있는 힘을 다해 헤엄쳤으나 모든 것이 일순에 일어난 일이었고, 때는 이미 늦었다. 그는 물 속에서 적의 총알을 요리조리 피하면서 우군의 후퇴를 독려했다. 사상자도 적지 않았으나 용케 헤엄쳐 많은 병사들이 서안으로 돌아갔다.

이제 날은 완전히 밝고 동녘에는 해가 오르기 시작했다. 고언백 자신도 가끔 물속 깊이 잠겼다가는 다시 뜨면서 서안으로 돌아왔다.

그런데 뜻하지 않은 광경이 벌어졌다. 뒤에 처졌던 일부 병사들이 왕성탄의 여울을 걸어서 건너고 있었다. 얕은 곳은 허리, 깊은 곳이라야 겨드랑이까지밖에 오지 않았다. 헤엄을 못 치는 병사들이었다.

적은 강가에 몰려나와 이 광경을 지켜보고 있었다.

이 난리가 터진 이후 이처럼 처절하고 용감한 전투도 없었고, 그것은 역사에 남을 빛나는 승전이었다. 그러나 소적(小敵)에게 이기고 대적(大敵)에게 드러내 놓고 길을 가르쳐 주는 결과가 되고 말았다.

그것은 참담한 승리였다.

이날 6월 15일. 우리 패잔병들의 뒤를 따라 강력한 부대로 왕성탄을 드나들며 위력정찰(威力偵察)을 되풀이하던 적은 해질 무렵부터 왕성탄을 건너기 시작하였다. 이미 대동강은 장애물이 될 수 없었다.

부벽루를 지키던 평안병사 이윤덕(李潤德)이 앞장서 도망치자 전체 대동강 수비군은 가을바람에 낙엽이 지듯 무너지고 말았다. 마침내 2만 9천여 명의 적은 아무런 저항도 받지 않고 차례로 대동강을 건너 모란봉을 뒤덮고 야영 준비로 들어갔다.

이날 밤 윤두수와 김명원은 성내 백성들을 성 밖으로 피란시키고 무기를 연못에 던진 다음 보통문을 나와 북으로 피란길을 떠났다. 다음 날 아침 모란봉에서 성내를 굽어보던 적은 사람이 없는 빈 성임을 확인하고 성내로 몰려 들어왔다.

그들이 무엇보다 감격한 것은 창고마다 천장까지 쌓여 있는 곡식 부대들이었다. 쌀, 조, 수수, 보리 등 도합 10만 섬. 창고에는 곡식뿐만 아니라 광목과 베, 명주도 지천으로 쌓여 있었다.

성내에는 또 평안감영을 비롯하여 근사한 관가와 민가들이 즐비하였다. 집이 있고 의식이 족하니 더 바랄 것이 없었다. 그들은 흡족한 마음으로 우선 제3군 사령관 구로다 나가마사의 송별연을 베풀었다. 평양을 점령했으니 원래 담당 구역인 황해도로 내려가야 했다.

"해주(海州)도 이 평양 같았으면 오죽 좋겠소."

부상한 왼팔을 어깨에 처맨 나가마사는 한 손으로 유키나가의 잔을 받으면서 아주 부러운 눈치였다.

영변을 떠나 박천에서 하룻밤을 보낸 임금이 평양 소식을 들은 것은 6월 15일 초저녁이었다. 그때는 적의 척후들이 왕성탄을 건넜다는 보고였고 평양성이 떨어졌다는 말은 없었으나 임금은 펄쩍 뛰었다.

"어서 갑시다."

이날은 비가 내려 박천에서 하루 더 묵을 예정이었으나 임금이 듣지 않았다. 간사한 왜놈들이 밤을 타고 살살 기어 오면 어쩔 것이냐?

마침 덕천까지 갔던 왕비 박씨 일행이 밤낮으로 길을 재촉하여 박천에 당도했다. 기진한 데다 끼니까지 굶은 모습을 보고 병조판서 이항복이 내일 떠나자고 권했으나 임금은 역정을 냈다.

"하 저런. 그대는 정신이 있소?"

밤늦게 박천을 떠난 일행은 비를 맞으며 어둠 속을 달려 첫새벽에 가산(嘉山)에 당도했다. 여기서 처음으로 신성군과 정원군의 소식을 들었다. 생모 인빈 김씨와 함께 정원군의 장인 구사맹(具思孟)의 호위하에 누구보다도 먼저 평양을 빠져나간 이들은 점바치들의 말을 듣고 강원도 영월(寧越)이 길지(吉地)라 하여 그리로 가다가 길이 막혀 지금 영변(寧

邊)까지 돌아왔다고 했다. 시중을 들던 남녀는 모두 도망치고 먹을 것도 없고 죽을 지경이니 살려 달라는 사연이었다.

"급히 가서 저들을 데려오라."

임금은 매부 안황(安滉)을 보냈다. 요동으로 망명하게 되면 다른 사람은 몰라도 인빈과 두 아들만은 기어이 데리고 갈 작정이었다.

임금은 계속 길을 재촉하여 정주(定州), 곽산(郭山)을 거쳐 6월 18일에는 선천(宣川) 지경에 들어섰는데 이곳 임반역(林畔驛)에서는 명나라 장수 사유(史儒) 등이 1천 명의 기병을 거느리고 임금 일행을 기다리고 있었다. 요동부총병(副總兵) 조승훈(祖承訓)이 1천8백여 명의 기병을 이끌고 3일 전 의주에 당도했는데 이들은 그 선봉이라고 하였다. 이것이 이 난리에 명나라 군대가 조선 땅을 밟은 시초였다.

"당신들 정신 있어 해? 우리는 가만 안 둬 한다."

임금이 곤룡포에 익선관으로 정장하고 역관에서 맞아들였으나 사유는 알 수 없는 소리를 지껄이고 삿대질만 하다 북으로 돌아가 버렸다. 정세를 알아보러 왔을 터인데 이쪽 말은 들으려고도 하지 않았다.

모두들 부아가 동했으나 어쩔 도리가 없었다. 25리를 더 가서 선천 읍내에 들어서자 이번에는 요동에서 보낸 사신 송국신(宋國臣)이라는 자가 객관에서 기다리고 있었다.

"너희 나라는 왜놈들과 결탁해서 우리 대명(大明)을 친다 이거. 우리 대명, 왜놈 백만도 무서워 안 했다. 조선 죽고 싶어 환장했다 이거."

그는 다부진 수염을 비틀며 양껏 욕설을 퍼붓고 요동순안어사(巡按御史) 이시자(李時孶)의 공문을 내놓았다.

'너희 나라는 반역을 꾀하고 있다(爾國謀爲不軌)'로 시작된 이 문서는 명나라의 어마어마한 군비와 무수한 인재들을 자랑하고 조선 같은 것은 혹 불면 날아간다고 협박하고 있었다.

명의 의심

남에서 쫓아오는 일본군을 피해 북으로 달려오는데 북쪽의 명나라가 앞을 가로막고 나섰다. 우방으로 믿고 원병(援兵)을 보내 달라고 요청한 명나라마저 이렇게 나오니 앞뒤가 꽉 막힌 형국이었다.

중국 사람들은 참으로 의심이 많은 족속이었다. 난리가 나기 전부터 그런 풍문이 돌았고 벌써 여러 번 해명을 했다. 그래도 의심을 풀지 못하고 10여 일 전에는 임세록(林世祿)이라는 자가 평양에 나타나 우리 임금이 진짜냐 가짜냐, 허튼소리를 했다. 이번에는 사유가 와서 무력시위를 하고 송국신은 드러내 놓고 협박이었다.

(……) 팔도 관찰사(觀察使 : 지사)는 어찌하여 적에 대해서 한마디 언급하는 자도 없으며 팔도의 고을에는 어찌하여 대의(大義)를 주창하고 나서는 자가 한 사람도 없는가. (……) 우리 명나라에

는 개산대포(開山大砲), 대장군포(大將軍砲), 신화표창(神火標槍)이 있고 맹장정병(猛將精兵)이 안개같이 늘어서고, 구름같이 달리고 있다(霧列雲馳). 왜병 백만은 문제도 안 된다. 하물며 문무지략지사(文武智略之士)들이 즐비하여 간모(奸謀), 역절(逆節), 흉붕(凶崩)을 훤히 꿰뚫어 보고 있다. 옛날 전국시대에 내로라 하던 소진(蘇秦), 장의(張儀), 상앙(商鞅), 범서(范雎) 같은 책사들이 세상에 다시 태어난들 우리 명나라 조정의 속을 어찌 헤아릴 수 있을 것인가. (……)

속일 생각은 아예 말라는 최후통첩이었다. 공문을 읽어 내려가던 임금은 얼굴에서 핏기가 가시고 입술을 떨었다.

"이거 큰일 났소. 나라는 여지없이 망하게 됐단 말이오."

깜빡이는 촛불 아래 숨 막히는 침묵이 흐를 뿐 아무도 입을 여는 사람은 없었다. 이 판국에 명나라까지 덮쳐 오면 정말 어떻게 해볼 나위가 없었다.

병조판서 이항복은 처음 송국신을 대할 때부터 골똘히 생각하고 있었다. 어디서 본 듯한 얼굴이었다. 중국 사신이 통역을 거치지 않고 직접 조선말을 하는 것도 선례가 없는 일이고.

그는 말없이 어전을 빠져나와 객관에서 송국신과 마주 앉았다. 앉아서도 그를 뜯어볼 뿐 말이 없었다. 고을 관기(官妓)가 따라 주는 술잔을 기울이며 가끔 노려보던 송국신이 고함을 질렀다.

"너, 사람 구경 처음 했다 이거?"

삿대질을 하는 그의 손등에 검은 반점이 확연히 드러나고 이항복은 비로소 생각이 났다.

"대인(大人), 오래간만이올시다."

여러 해 전에 왕경민(王敬民)이라는 사람이 명나라 사신으로 서울에 온 일이 있었다. 그때 임금이 태평관에서 그 일행에게 연회를 베푼 일이 있는데 이항복은 임금의 시중을 들다가 송국신을 본 일이 있었다. 피차 미관말직으로 말 한마디 주고받은 일이 없었으나 어쩐지 기억에 남았고, 검은 반점을 보는 순간 자신이 섰다.

"당신, 나를 어떻게 알아 했소?"

송국신은 말투가 약간 달라졌다.

"고명하신 대인을 왜 모르겠소이까. 전에 왕 대인과 함께 서울에 오셨지요?"

술기운도 있고, 또 자기를 알아볼 뿐만 아니라 고명하다는 바람에 송국신은 아주 크게 나왔다.

"조선의 흥망은 내 한마디에 달려 있다 이거."

이항복은 통역을 불러다 놓고 차근차근 물었다.

명나라 병부상서 석성(石星)은 앞서 요동에 지시하여 조선 왕의 진가(眞假)를 알아보라고 했다. 이 때문에 다녀간 것이 임세록이었다.

소식을 들은 송국신은 출세의 기회라고 생각했다. 도둑에게 도둑이냐고 묻는 것은 어리석은 일이다. 마찬가지로 조선 왕을 보고 당신 진짜냐 가짜냐 묻는 것도 우둔한 일이다. 조선 왕의 얼굴을 아는 사람이 한 번 보면 영락없이 판명될 일이 아니냐? ― 북경 거리를 돌아다니며 떠들었다.

소문은 석성의 귀에도 들어갔다. 그는 송국신을 만나 보고 무릎을 쳤다. 옳은 말이다. 조선 왕의 얼굴을 알 뿐만 아니라 조선말도 하고 조선 사정에 밝은 이런 인재를 두고, 아무것도 모르는 임세록 같은 위인을 보낸 것은 잘한 일이 못 되었다.

석성의 추천으로 명나라 황제 신종(神宗)은 이시자를 요동순안어사로 임명하였다. 순안어사는 특정한 사유가 있을 때 그 지방에 파견하는 황제의 사신으로, 임무가 끝나면 해임되는 임시직이었다. 이시자의 임무는 요양(遼陽)에 좌정하고 조선 왕의 진가를 확인하는 일이었고, 이를 위해서 석성은 송국신을 그에게 딸려 보냈다.

취한 송국신은 할 말 못할 말 거침없이 쏟아 붓고 가슴을 폈다.

"사연으로 말하자면 그쯤 됐으니 알아서 하라, 이런 말씀이야."

이항복은 천천히 일어서 그의 겨드랑이에 손을 들이밀었다. 왕년에 주먹 하나로 서울 거리를 휩쓸고 다니던 솜씨는 아직도 시들지 않아 피라미 같은 송국신을 번쩍 들고 어둠 속으로 나왔다.

"가서 직접 보실까?"

그는 앙탈하는 사나이를 잠자코 군아(郡衙)까지 메고 왔다. 아직도 힘없이 촛불만 바라보던 사람들은 놀라 일어서고, 임금도 눈치를 챈 듯 엉거주춤 한 무릎을 일으켜 세웠다.

"전하, 요동에서 오신 송 대인입니다."

이항복은 송국신을 방바닥에 내려놓고, 수인사가 끝나기를 기다려 한마디 덧붙였다.

"명나라에서는 아직도 진짜 조선 왕은 숨고 가짜 왕이 나서 일본군을 인도한다고 의심한답니다."

이 소동에 송국신도 술이 깬 양 이항복을 쳐다보았다.

"이제 알아 했소."

"어떻게 알아 했소?"

"진짜에 틀림이 없어 했소."

임금이 송국신의 손을 잡았다.

"황망 중에 대접이 소홀해서 미안하오. 이제부터 우리 술을 한잔 나눕시다."

그러나 송국신이 대답하기 전에 이항복이 가로막았다.

"송 대인께서는 이 밤으로 급히 돌아가셔야 한답니다."

그는 송국신을 끌고 다시 객관으로 돌아왔다. 중국인 통역과 조선 통역을 합석시킨 자리에서 다시 물었다.

"우리 왕은 진짜요, 가짜요?"

"진짜요."

"그것을 글로 써주실까?"

조선 왕은 진짜 왕[眞王] 이요, 가짜 왕[假王] 운운한 것은 낭설이니라.

이항복은 종이를 접어 주머니에 넣고 다시 송국신의 겨드랑이에 손을 넣어 일으켜 세웠다.

"이제 가보실까?"

"내일 아침에 떠나도 늦지 않아 했소."

"가짜 왕을 들먹이는 바람에 조선 백성들, 매우 화를 냈소. 여기 있다 가는 밤중에 맞아 죽을 것이오."

이항복은 겁을 먹은 송국신을 말에 태워 북으로 쫓아 버렸다.

임금 선조의 일행은 다음 날인 19일 새벽 선천을 떠나 차련관(車輦館)에서 그 밤을 지내고 20일 첫새벽에 길을 떠나 해 뜰 무렵에는 용천(龍川)에 당도했다. 평양을 떠난 후 밤에도 제대로 눈을 붙이지 못하고 강

행군을 계속하여 왔다. 사람도 마필도 지쳐 쓰러질 지경이었다.

다행히 평양을 점령한 적은 더 이상 움직이지 않는다는 소문이었다. 일행은 용천에서 오래간만에 하루 종일 쉬고, 다음 날인 21일에 떠나려고 했으나 왕비 박씨를 비롯하여 후궁들이 꼼짝을 못하는 바람에 하루를 더 쉬기로 했다.

그런데 때늦은 소식, 그것도 절망적인 소식이 들어왔다. 전라감사 이광(李洸), 충청감사 윤선각(尹先覺), 경상감사 김수(金睟)가 이달 초 용인에서 크게 패했다는 소식이었다.

난리가 일어나고 전국에 동원령이 내리자 전라감사 이광은 도내에 영을 내려 8만 명의 군사들을 모았다. 이름이 군사들이지 어린아이로부터 노인에 이르기까지 남자라고 이름이 붙은 자들은 모두 고을로 끌려왔다. 그는 이들을 이끌고 전주를 떠나 서울로 북상했다.

북상하다가 금강(錦江)에 이르니 임금이 서울을 버리고 북으로 피란했다는 소식이 날아들었다.

이광은 50대 초반으로, 경험이 풍부하고 능력도 있는 행정관이었으나 군사에 대해서는 아는 것이 없었다. 이런 경우 어떻게 할 것인지 도무지 판단이 서지 않았다. 생각 끝에 그는 병사들을 휘몰고 전주로 돌아와 그 길로 해산해 버렸다.

그런데 얼마 안 가 심대(沈垈)가 왕명을 받들고 내려왔다. 경상, 충청 두 도의 감사와 힘을 합쳐 서울을 수복하라는 간절한 사연이었다. 이광은 다시 모병에 나서 4만 명의 군사들을 모집하였다.

당시 경상감사 김수는 남원에 피신해 있었는데 휘하에는 군관 30명밖에 없었다. 이광은 그와 함께 북상하여 공주에서 충청감사 윤선각의 휘하 2만 명과 합류하였다. 도합 6만 군으로 수원까지 북상하여 독성산(禿城山)에 진을 친 것이 6월 3일이었다.

이때 수원에는 불과 기십 명의 적이 지키고 있다가 대군이 몰려오자 용인(龍仁) 문소산(文小山 : 北斗門山)으로 도망쳤다. 이 산에는 일본군 5백여 명이 진을 치고 남북으로 통하는 대로를 경계하고 있었다.

전라도 조방장 백광언(白光彦)은 선봉장으로 수원까지 진군하여 왔는데 수원에 도착한 다음 날인 6월 4일 이광의 명령을 받고 용인의 적을 정탐하였다. 마침 적병들은 흩어져 나무를 찍고 물을 긷고 ─ 밥을 지을 차비를 하고 있었다. 백광언은 이들을 습격하여 10여 명의 머리를 잘라 가지고 돌아왔다.

"적은 별것이 못됩니다."

백광언의 보고를 받은 이광은 당장 내일 아침 이 적을 짓밟아 버리라고 영을 내리고, 본영을 북동으로 50리 광교산(光敎山)에 옮겨 적의 퇴로를 차단한다고 선포했다.

"서울에는 대적이 있습니다. 대적을 눈앞에 두고 보잘것없는 것들을 상대할 것이 아니라 한강을 건너 임진강을 차단하고 적을 남북으로 양분해야 합니다."

옆에 있던 광주목사(光州牧使) 권율(權慄)이 말렸으나 이광은 듣지 않았다.

이튿날인 6월 5일. 백광언 휘하 2천 명은 아침 6시(卯時) 문소산을 포위하고 공격을 시작했다. 밤사이에 서울에서 적장 와키자카(脇坂安治)가 1천 명을 거느리고 달려와 이 산에 들어간 것을 이쪽에서는 모르고 있었다.

공격은 정오까지 여섯 시간 계속되었으나 적은 무성한 숲 속에 숨어 나오지 않았다. 조선군은 기운이 빠지고 허기도 진지라 한숨 돌리고 주먹밥으로 점심을 들려는 찰나였다. 요란하게 총성이 울리고, 이어 사방에서 적이 칼과 창을 들고 달려들었다.

백광언 이하 1천여 명이 전사하고, 2백 명은 포로로 잡히고 나머지는 도망쳤다.

6월 4일 밤 독성산을 떠난 조선군의 이동은 6일 아침 이광의 본영이 광교산에 당도함으로써 끝났다. 이동하는 도중에 백광언이 문소산에서 패했다는 소식을 들었으나 대수롭게 생각하지 않았다.

밤잠을 못 자고 행군해 온 병사들이 조반을 들고 있는데 갑자기 1백여 기의 적 기병들이 달려들고 그 뒤에는 1천여 명의 보병이 따라붙었다. 앞에 있던 충청병사 신익(申翌)이 좌우에 있던 2백여 명의 병사들과 함께 이들을 맞아 백병전이 벌어졌다. 밀고 밀리는 혼전 속에 적의 기병들도 반수 이상 거꾸러졌으나 우군은 거의 몰살을 당하고 마지막으로 신익도 기진하여 쓰러졌다가 도망쳤다.

이어서 일어난 것은 진실로 산이 무너지듯 걷잡을 수 없이 허무한 광경이었다. 광교산에서 바라보던 6만 군이 외마디 비명과 함께 산에서 쏟아져 내려와 흩어져 버린 것이다.

이광을 비롯한 3도의 감사도 그들의 뒤를 따라 제각기 자기 고을로 도망쳐 돌아갔다. 별안간에 모은 농민군, 칼 한번 잡아 보지 못한 지휘관 — 패하지 않으려야 않을 수 없는 패전이었다.

적에게 길이 차단되고 보니 6일에 있은 패전 소식이 15일 후인 21일에야 조정에 들어왔다. 평양을 떠나면서 모든 희망을 버리기는 했으나 가슴 한구석에는 행여나 하는 마음이 없지 않았다. 그믐밤에 마지막 남았던 한 줄기 촛불마저 꺼진 양 사람들은 캄캄한 심정으로 말을 잊은 채 뜬눈으로 그 밤을 지새웠다. 새날은 6월 22일. 아침에 용천을 떠난 임금의 행차는 왕비 박씨를 비롯한 후궁과 신하들을 합쳐 50여 명, 그러나 이들을 호위하는 병사들은 도중에 대개 도망치고 이제 5, 6명에 불과했다.

초라한 행색으로 의주(義州) 지경에 당도하니 의주목사 황진(黃璡)이 관원과 종을 합하여 7, 8명을 거느리고 나와 맞아 주었다. 일전에 압록강을 건너왔던 조승훈 휘하 1천8백여 명의 중국군이 살인, 약탈, 강간을 자행하는 바람에 적지 않은 백성들이 목숨을 잃고 나머지는 산으로 도망쳤다고 했다.
　마침내 압록강까지 왔다. 막다른 벼랑에 몰린 절박한 처지에 임금이고 신하들이고 강물을 내려다볼 뿐 말이 없었다.

압록강의 조각달

국사가 위급한 이때
이곽 같은 충성을 다할 자 누구더냐
나라를 떠남은 큰 계책이 있음이니
회복은 그대들에게 달렸도다.
국경의 저 산, 떠오르는 달에 통곡하고
압록강 바람에 가슴을 에인다.
조정의 신하들 오늘 이후에도
다시 또 서인이니 동인이니 시비하련가.
(國事蒼黃日 誰能李郭忠
去邠存大計 恢復仗諸公
痛哭關山月 傷心鴨水風
朝臣今日後 尙可更東西)²

간밤에 잠을 이루지 못한 임금이 압록강에 지는 조각달을 바라보고 지은 시였다.

잠을 이루지 못한 것은 임금만이 아니었다. 그를 따라온 신하들도 뜬 눈으로 한밤을 지새웠다.

어제 임금이 목사의 처소에 좌정하는 것을 보고 흩어진 신하들은 목사 황진이 배정하는 대로 한 사람 혹은 두 사람씩 근처의 민가에 들어갔다. 어디나 빈 집. 문짝이 부서지고 온돌이 파이고, 성한 것은 한 채도 없었다. 모두가 명나라 병정들의 행패 때문이라고 했다.

조승훈 휘하 명나라 기병 1천8백여 명이 압록강을 건너온 것은 6일 전인 지난 6월 17일이었다. 사람과 물자는 배로 건너오고 말들은 헤엄쳐 건너왔다.

좁은 고을이 떠들썩했다. 역사를 아는 노인들은 태조대왕의 위화도 회군(威化島回軍) 이래로 이런 장관은 없었다고 단언했다. 더구나 왜적의 이빨에 물려 죽어 가는 나라를 구하러 오는 고마운 군대라는 소문이었다. 남녀노소 강가에 몰려 나가 환영했다.

"떵하오(項好)."

"셰셰(謝謝)."

강을 건너온 저들은 좋은 소리를 연발하고, 우리 백성들은 말은 안 통하는지라 손을 흔들고 춤을 추어 각근한 정을 표시했다.

의주는 국경에 위치해서 안팎으로 드나드는 손님이 그치지 않았다. 자연히 목사는 중국에서 오는 사신들을 접대하고, 중국으로 들어가는 우리 사신들의 시중을 드는 것이 제일 큰 임무였다.

연회가 자주 있었고, 연회에는 술이 따르게 마련이었다. 이 때문에 다른 고을에 없는 관청을 하나 설치하여 전주국(典酒局)이라 이름하고 일

년 열두 달 술을 빚어냈다. 술이 흔했고, 의주에는 술이 넘쳐흐른다는 것이 세상 공론이었다.

이날 연회에도 술은 푸짐하게 돌아갔다. 조승훈 이하 장수들은 성안의 객관인 용만관(龍灣館)에서 대접을 받고, 병정들은 성 밖의 역관(驛館)인 의순관(義順館)에서 술을 마셨다.

거나하게 취하자 병정들은 고함을 지르기 시작했다.

"여자를 내놔 해라!"

마침내 그들은 심부름을 하던 우리 역졸(驛卒)들을 밟아 버리고 저마다 말에 올라탔다. 그 길로 성안으로 쏟아져 들어와 닥치는 대로 민가에 쳐들어갔다. 남자들은 대개 머리가 터지거나 다리가 부러지고 맨손으로 싸우다 칼에 맞아 죽은 경우도 드물지 않았다.

여자라고 이름이 붙은 인생은 노소를 가리지 않고 그들의 윤간(輪姦)에 시달려야 했다. 노인과 어린아이, 심약한 여자들 중에는 미리부터 기겁을 해서 죽은 자도 있고, 분을 참지 못해 우물에 뛰어든 여자들도 적지 않았다.

겸하여 약탈이 벌어졌다. 시집을 때 끼고 온 금은(金銀) 가락지가 최고였고 다음이 주석으로 만든 수저였다. 차례지지 못한 자들은 뒤주를 털어 곡식을 쓸어 가고 하다못해 누더기 옷 한 벌도 남기지 않았다.

이것저것 아무것도 소득이 없는 자들은 문을 짓부수고 괭이로 온돌을 파버렸다. 개중에는 말을 끌어다 방 안으로 몰아붙이는 자들도 있었다. 이 통에 변변치 못한 집들은 왕창 부서지고 괜찮은 집들은 반쯤 부서졌다.

초저녁에 시작된 난동은 자정이 넘어서도 그치지 않았다. 똑똑한 청년들이 용만관에 달려가서 조승훈에게 호소했으나 핀잔만 듣고 돌아섰다.

"우리는 너희들의 은인이다. 여자들이고 물건이고 좀 바치면 어떠냐?"

중국 병정들은 샐녘에야 말을 달려 성 밖으로 몰려 나가면서 외쳤다.

"오늘밤에 또 온다 이거."

당할 대로 당한 백성들은 부모, 형제, 처자, 남매 — 다 같이 상처를 입은 몸을 서로 달래며 성문을 나와 산속으로 사라졌다.

명나라 병정들은 그 뒤에도 계속 3일간 의주성 안팎을 들쑤시고 나서야 강을 건너 자기네 땅으로 돌아갔다.

강을 건너면서도 그저 건넌 것이 아니었다. 압록강 이쪽에 있는 배들은 중국 배와 조선 배를 가리지 않고 모조리 끌어다 북안에 비끄러맸다.

"까오리방즈(조선놈)들 건너와 해? 죽여 버려 한다!"

칼로 내리치는 시늉을 마지 않았다.

"조선 백성들, 한 사람도 우리 명나라에 피란 올 생각은 말아야 하오. 강을 건너오는 자들은 일률로 목을 칠 것이오."

조승훈은 돌아가면서 황진에게 단단히 일렀다.

"왜놈이고 되놈이고 무엇이 다르냐?"

주인 없는 민가에서 밤새 엎치락뒤치락 눈을 붙이지 못하고 나온 신하들을 앞에 하고 임금이 정색을 했다.

"나라가 이 지경이 된 것은 첫째로 내 허물이요, 둘째로는 그대들의 허물이오."

임금의 눈에 눈물이 고이자 신하들도 눈시울이 뜨거워졌다. 임금은 사이를 두고 계속했다.

"이번에 그대들을 작별하고 명나라에 들어가면 아마 다시는 돌아오지 못할 것이오. 내 뜻은 여기 적혀 있고……. 이 이상 무슨 말을 더 하겠소……?"

말을 맺지 못하고 내민 것이 위에 적은 시였다.

신하들은 흐느껴 울었다. 특히 마지막 구절이 마음에 걸렸고, 얼굴을 들 면목이 없었다. 동인이다 서인이다 ― 삿대질 바람에 나라는 결딴나고, 여기 국토의 끝까지 쫓겨 와서 세상의 종말을 맞게 되었다.

그들은 실로 오래간만에 티 없는 회한(悔恨)의 눈물을 흘렸다.

그러나 안된 것은 임금이 여전히 압록강을 건너 명나라로 몸을 피하려는 태도였다. 예조판서 윤근수(尹根壽)가 누구보다도 앞장서 말렸다.

"전하께서 일단 강을 건너 남의 땅으로 들어가시면 임금이 없는 나라가 어찌 나라 구실을 하겠습니까? 아직도 강원도와 함경도가 온전하고 하삼남(下三道)도 다 떨어진 것은 아닙니다."

윤근수는 좌의정 윤두수의 아우로 금년에 56세의 노인이었다. 임금이 평양으로 옮긴 후 예조판서의 현직을 띤 채 의주로 달려와서 명나라 측과의 교섭을 맡고 있었다. 학문이 깊고 진중한 인품이어서 임금도 어렵게 대하는 처지였다.

윤근수뿐만 아니라 류성룡과 윤두수도 애써 말렸었고, 당초 이 안을 발설한 병조판서 이항복도 말렸다. 그것은 어찌할 수 없을 때의 마지막 수단이지 지금 가서는 안 된다고 역설했다.

그들은 적이 의주까지 쫓아오면 압록강을 거슬러 벽동(碧潼)으로 갈 것이고, 벽동에서 다시 강계로 옮기고, 형세를 보아 설한령(雪寒嶺)을 넘어 함경도에 들어가서 항전하자고 주장했다.

" (……) 숱한 신민(臣民)들을 어떻게 하고, 굳이 필부(匹夫)같이 떠나려고 하십니까? 또한 명나라에서 입국을 허락할지도 알 수 없는 일이 아니겠습니까? (……) 억지로 들어갔다가 웃음거리나 되고 홀대를 받게 되면 어찌 하시렵니까? (……)"

"알아들었소."

임금은 신하들이 할 소리 못할 소리 다 하는 바람에 한발 물러서기는 했으나 단념한 것은 아니었다.

"어떻게 돼가지요?"

묻는 인빈 김씨에게 그는 이렇게 대답했다.

"명나라에서 허락만 떨어지면 누가 뭐래도 건너갈 것이오."

그러나 오래지 않아 명나라에서 소문이 들려왔다.

"조선 왕을 받아는 들이되 관전보(寬奠堡)의 빈 관청 건물에 수용하고, 인원도 1백 명 이내로 제한한다."

중국인은 속이 깊은 사람들이어서 거북한 내용은 직접 회답을 하지 않고 소문으로 퍼뜨렸다. 알아보니 그것은 사실이었다.

관전보는 의주에서 동북으로 2백 리, 압록강 건너 벽촌으로 명나라의 주둔군도 있었다. 심심산천에 끌어다 놓고 군대의 감시하에 두겠다는 심산이었다.

아이들을 데리고 명나라 수도 북경에 들어가서 찬란한 생활을 펼치려던 인빈 김씨가 토라졌다.

"제 발로 걸어서 갇히러 갈 사람이 어디 있어요?"

임금은 더 이상 압록강을 건넌다는 말이 없어졌다. 의주 성내의 집들도 수리하고 새로 짓기도 하여 눌러앉을 기색을 보이기 시작했다.

소식이 끊겨 알지 못했을 뿐, 함경도도 의주에서 생각하는 것처럼 안전할 수는 없었다.

황해도 보산(寶山)에서 고니시 유키나가와 갈라진 가토 기요마사는 안변(安邊)을 거쳐 6월 19일 영흥(永興)에 당도했다. 평양에서 다시 피란을 떠난 임금이 차련관에 이르렀을 무렵이었다. 성문으로 들어가다가 흰 종이에 써 내붙인 글을 보고 종군승(從軍僧) 닛신(日眞)에게 물었다.

"무어라고 썼소?"

닛신은 순 한문으로 된 글을 쉬운 일본말로 풀어 읽어 내려갔다.

"상감께서는 청병하러 명나라에 들어가시고 임해군, 순화군 두 분 왕자께서는 군사를 모집하러 북으로 들어가셨다. 왕실은 모두 무고하시니 백성들은 일치하여 무기를 들고 나서라."

영흥부의 관리들이 적이 들어오기 전에 써 붙인 격문(檄文)이었다. 그러나 이것은 기요마사로서는 중대한 정보였다. 자기가 가는 앞길에 조선 왕자 두 사람이 있는 것이다.

임해군은 처음부터 함경도로 향했으나 순화군은 강원도 담당이어서 그리로 들어갔다. 그러나 곧 적이 들어오는 바람에 형의 뒤를 따라 함경도로 들어와서 형제가 합치게 되었다. 이들의 일행은 가토 기요마사에게 쫓기면서 앞질러 북으로 달리고 있었다.

"이것들을 붙잡아야겠다."

기요마사는 북행길을 재촉했다. 왕자를, 그것도 2명씩이나 포로로 잡는다는 것은 예삿일이 아니었다.

그는 북진하다가 함경도의 요충인 함흥에 부장 나베시마 나오시게(鍋島直茂) 휘하 1만 2천 명을 남겨 함흥에서 영흥에 이르는 일대를 다지도록 하였다. 다시 길을 떠나 북청(北靑)과 단천(端川)에 기백 명씩 경비병을 남기고 직할군 1만 명을 이끌고 마천령(摩天嶺)을 넘어 해정창(海汀倉 : 城津)에 당도한 것이 7월 17일이었다.

북병사(北兵使) 한극함(韓克諴)은 적이 북상한다는 소식을 듣고 기병 1천 명을 거느리고 본영인 경성(鏡城)에서 남하하여 해정창에서 대기하고 있었다.

해정창은 바다에 면한 항구여서 해변에는 세곡(稅穀)을 쌓아 둔 창고가 즐비하였다.

전투는 이 해변과 인근 야산에서 다음 날인 18일 첫새벽부터 19일 아침까지 계속되었다. 북도의 병사들은 용감하고 말을 달리면서도 활을 잘 쏘아 적에게 막심한 피해를 주었다. 그러나 10분의 1밖에 안 되는 병력에 총과 활의 대결이었다. 결국은 부령부사(富寧府使) 원희(元喜) 이하 3백여 명의 사상자를 내고 후퇴하지 않을 수 없었다.

이때 두 왕자 일행은 두만강가의 회령(會寧)까지 올라가 있었다. 해정창에서 이긴 기요마사는 길주(吉州), 명천(明川), 경성을 거쳐 7월 24일 회령으로 다가들었다.

이 시대 두만강 일대는 전국에서 제일 편벽된 고장으로 사람이 살 곳이 못 되었다. 죄를 지은 자, 그중에서도 죽어도 아깝지 않은 자들을 귀양 보내는 곳이 두만강 연변이었다. 그리하여 이 지역에는 그런 자들, 혹은 그런 자들의 친척이며 후손들이 적잖이 살고 있었다.

그중의 한 사람이 회령부의 아전 국경인(鞠景仁)이었다. 본시 전라도 전주 사람으로 괜찮게 살다가 죄를 쓰고 이 고장에 쫓겨 와서 아전 노릇을 하고 있었다. 이제 적이 두만강까지 왔으니 나라는 망했고 더 볼 것도 없었다. 자기로서는 구박만 받은 나라, 지켜야 할 의리도 없었다.

숙부 국세필(鞠世弼)도 같은 처지로 경성부의 아전이었고, 명천의 아전 정말수(鄭末守)와 목남(木男)도 같은 신세였다. 이들은 모두 적에게 쫓겨 회령에 와 있었다.

그들은 작당하여 한탕하기로 합의를 보았다.

회령에는 각처에서 모여든 어중이떠중이들이 1천 명도 넘었다. 팔자를 고친다고 귀띔했더니 저마다 몽둥이를 들고 나섰다.

네 사람은 이들 어중이떠중이들을 이끌고 부사(府使)의 처소로 쳐들어 갔다. 두 왕자 내외와 김귀영(金貴榮), 황정욱(黃廷彧)·황혁(黃赫) 부자 및 수행원, 회령부사 문몽헌(文夢軒) 등 20여 명을 굵직한 밧줄로 묶어 놓고 한 대씩 쥐어박았다.

"내일부터 느으들은 내 발바닥을 핥게 됐으니 그쯤 알아 모셔라."

국경인은 한마디 내뱉고 밖으로 나왔으나 뒤에서는 합창하듯 외마디 통곡뿐이었다.

"말세로다—."

국경인은 그 길로 성 밖으로 말을 달려 가토 기요마사를 맞아들였다. 10여 기를 거느리고 성안으로 들어온 기요마사는 결박을 당한 채 머리를 늘어뜨린 군상을 바라보다 국경인의 어깨를 두드렸다.

"오이니 요로시(매우 잘했다)."

낡은 문서에서 태어난 배

　임진왜란의 대참변이 일어나기 바로 전날인 1592년 4월 12일(양력 5월 22일).

　그것은 거북선이라는 이름으로 인류의 역사에 처음으로 철갑선(鐵甲船)이 정식으로 등장하는 날이었다.

　이날 전라좌수영(全羅左水營)이 위치한 전라도 여수(麗水)는 구름 한 점 없는 쾌청한 날씨였다. 신록이 피어오르는 오동도(梧桐島)와 본토 사이, 푸른 바다에는 수십 척의 병선(兵船)들이 좌우로 늘어서고, 중앙에 색다른 배 한 척이 물에 떠 있었다. 새로 만든 거북선. 대포를 장착하고 시험발사를 할 참이었다.

　거북선 자체는 이때 처음으로 모습을 나타낸 것은 아니었다. 실록(實錄)에는 이보다 1백79년 앞선 1413년(태종 13) 2월 6일 임금이 임진강에서 거북선과 일본 배가 싸우는 형상을 구경하였다는 기록이 있다. 이것이 거북선이 역사에 등장한 시초였다.

원래 거북선은 왜구를 물리치기 위해서 생각해 낸 특수한 배였다. 일본 사람들은 칼을 잘 쓰고 따라서 적에게 육박하여 백병전(白兵戰)으로 결판을 내는 데 능한 족속이었다. 반면에 우리는 그들이 갖지 못한 대포를 가지고 있었다. 알맞은 거리를 두고 대포를 쏘아붙이면 그들은 꼼짝을 못했다.

이것을 알아차린 왜구들은 속도가 빠른 경쾌한 배를 타고 와서는 재빨리 우리 배에 다가들었다. 바싹 다가드는가 하면 사이를 두지 않고 뛰어들어 칼부림을 하는 데는 방법이 없었다.

무엇보다 급한 것이 왜구들이 우리 배에 뛰어들지 못하게 하는 일이었다. 여기서 고안한 것이 뚜껑[蓋板]을 씌우는 방법이었다. 뚜껑을 씌워 놓으면 배는 마치 덮개를 덮은 상자 같아 안으로는 들어올 수 없을 것이었다.

뚜껑은 비가 와도 빗물이 고이지 않도록, 적이 뛰어들어도 발을 붙이지 못하도록, 평평한 것보다는 둥근 것이 좋았다. 이렇게 만들어 내고 보니 마치 엎드려 있는 거북 같다 하여 거북선(龜船)이라고 이름하였다.

전통적으로 우리 배는 두꺼운 널빤지로 만들었기 때문에 얇은 널빤지로 만든 일본 배보다 육중하고 속도가 느린 것이 흠이었다. 그러나 육중한 만큼 서로 부딪치면 백발백중 일본 배가 부서지는 장점도 있었다.

이제 그런 배를 거북선으로 개조하여 놓고 보니 마음 놓고 적중에 뛰어들어 돌격하여도 우리는 손해를 입지 않고 적만 해칠 수 있으니 이렇게 좋을 수 없었다.

그러나 오래지 않아 일본과 교섭이 잘되었다. 왜구가 완전히 없어진 것은 아니었으나 수십 년에 한 번쯤 소동을 부릴 정도로 뜸해졌고, 거북

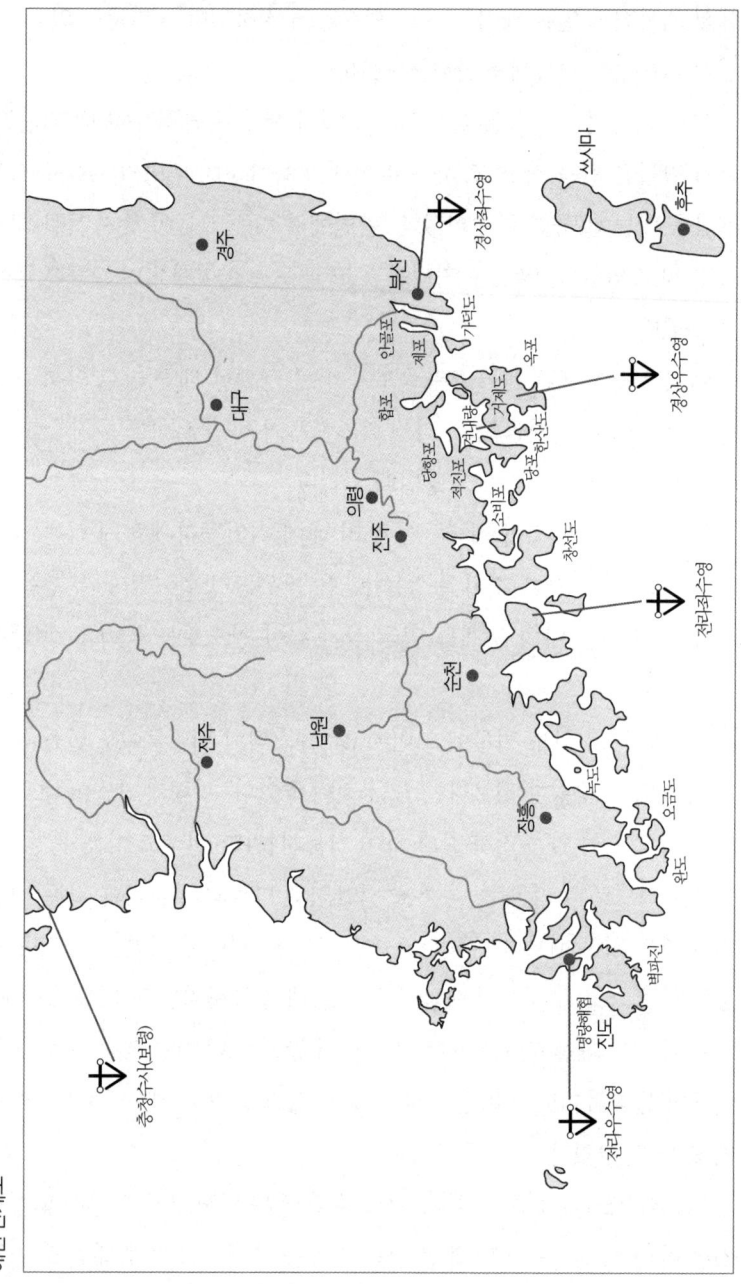

해전 관계도

선의 필요성도 희미해졌다. 세월과 더불어 거북선은 자취를 감추고 사람들의 기억에서 사라졌다.

이순신이 전라좌수사, 정식으로는 전라좌도수군절도사(全羅左道水軍節度使)로 임명되어 여수로 부임한 것은 임진왜란이 일어나기 1년 2개월 전인 1591년 2월이었다. 바로 한 달 전에 황윤길, 김성일 일행이 일본에 다녀와서 저들의 침공이 있다느니 없다느니 떠들썩할 때였다.

당시 군제(軍制)에는 육군과 수군의 구분이 없었다. 이순신도 지금까지 군사 경력 14년 중 12년을 육군에서 보내고 2년을 수군 장교로 근무하였다. 수군에 대한 전문가라고는 할 수 없는 처지였다.

여수에 부임하자 공무를 보는 시간 외에는 옛날 서적을 상고하고 크고 작은 배들을 구석구석까지 검토하는 데 많은 시간을 보냈다. 뿐만 아니라 가끔 나대용(羅大用)을 불러 배에 관한 것을 묻곤 했다.

나대용은 나주(羅州) 출신으로 전라좌수영의 군관이었다. 머리가 비상한 사람으로 배에 관해서는 남다른 기술의 소유자였다. 이순신 47세, 나대용 36세.

이순신은 어느 날 그를 불러 놓고 허름한 문서를 내밀었다.

"이것이 옛날 태종대왕 때의 거북선에 관한 글이오. 좀이 먹고 떨어진 대목도 적지 않아 알아보기 어려울 것이오. 그런 대로 이걸 읽어 보고 비슷하게라도 거북선의 그림을 한 장 그릴 수 없겠소?"

일본이 쳐들어온다면 육지로 올라오기 전에 바다에서 없애 버려야 나라가 온전할 터인데 아무리 생각해도 거북선 외에는 방법이 없었다.

그는 좌수영의 창고를 뒤진 끝에 먼지 속에서 이 낡은 문서를 찾아낸 것이다.

나대용도 거북선에 대해서는 전해 오는 이야기를 들은 일은 있으나 확실한 것은 알지 못했다. 그는 여러 날을 두고 다 떨어진 문서를 검토한 끝에 그림뿐만 아니라 설계도면까지 만들어 바쳤다.

"이런 군선을 더도 말고 1백 척만 만들어 남해안 요지에 늘어세워도 일본은 감히 침범을 못할 것입니다. 조정에 말씀드려 보시지요."

이 시대 법도에 지방의 수영(水營)에서는 마음대로 배를 만들 수 없었다. 중앙에 10명의 선장(船匠 : 조선 기술자)이 있었는데 이들이 표준형을 만들면 그것을 지방의 수영에 보냈고 수영은 저마다 그와 꼭 같은 배를 만들도록 되어 있었다. 따라서 조선 팔도 어디서나 같은 종류의 군선은 치수에서 장비에 이르기까지 일정하였다.

그런 관계로 지방에는 독자적인 선장(船匠)이 없고, 중앙에서 보낸 모형대로 배를 만드는 목수들이 몇 명 있을 뿐이었다. 나대용도 배에 대해서 타고난 재주가 있을 뿐 선장은 아니었다. 원래 무과(武科)에 급제한 무인으로 현직은 군관(軍官)이었다.

거북선은 오래전에 폐지된 군선으로 이것을 부활하자면 우선 중앙에서 모형을 만들어 지방에 배포하는 절차를 밟아야 했다. 이순신은 나대용이 그린 설계도까지 첨부하여 조정에 글을 올렸다.

그러나 상상도 못한 회답이 왔다.

일본은 섬나라 오랑캐로 물에 익숙한 족속이다. 우리가 아무리 애써도 수전(水戰)에서는 저들을 당할 길이 없다. 반대로 우리는 육전(陸戰)에 능한 터이니 차라리 수군을 폐지하고 육군에 주력할 것이다. 그런즉 거북선은 논할 것이 못 되고, 그대도 장차 배를 버리고 육지에서 종사할 생각을 하라.

이제 거북선이 문제가 아니고 수군의 존폐가 문제였다.

이순신은 조정에 글을 올리고, 사람을 서울로 보내 류성룡을 비롯한 안면이 있는 고관들에게 간곡한 편지를 전했다.

바다에서 오는 적을 막는 데는 수군만 한 것이 없습니다. 수전이고 육전이고 어느 한쪽도 단념하고 폐지해서는 안 됩니다(遮遏海賊莫如舟師也 水陸之戰 不可偏廢:《이충무공 행록》).

그의 노력으로 수군을 폐지하는 일은 중지되었으나 성을 쌓고 활과 창을 만드는 등 조정의 모든 노력은 육지에 쏠리고 수군은 그저 없어지지 않는 것을 다행으로 여길 지경이었다.

그것도 오래가지 않았다. 일본은 절대로 쳐들어오지 않는다 — 김성일의 주장을 류성룡이 뒷받침하고 조정의 공론으로 굳어지면서 육지의 방비대책도 흐지부지되고 말았다.

수군은 더구나 설 땅이 없어졌다.

한동안 침묵을 지키던 이순신이 나대용에게 물었다.

"우리 힘으로 거북선을 만들 수는 없을까?"

"만들 수는 있겠습니다마는 법도를 어겼다고 조정에서 말이 없을까요?"

"만들어서 우리가 몰래 딴짓을 한다면 몰라도 조정에 진상하는 데야 법도에 어긋날 것이 있겠는가?"

"전쟁은 없다고들 하지 않습니까? 만에 하나 일어날까 말까 한 전쟁 때문에 모험을 하시다가 말썽이 일어나면 큰일입니다."

"만에 하나를 위해서 대비하는 것이 전쟁이오. 거북선은 만들어야 하오."

이순신은 만일의 말썽을 막기 위해서 전라감사 이광(李洸)에게 사실을 고하고 그날부터 나대용을 중심으로 거북선을 만드는 일을 시작했다. 이광은 같은 덕수(德水) 이씨 집안이었고, 연전에 불우하던 시절 자기 막하의 군관 겸 조방장으로 등용해 준 인물이기도 했다.

진상품이라는 데는 그도 이의를 달지 않았다.

이순신의 거북선은 단순한 옛것의 모방이 아니었다. 뚜껑에는 총총히 쇠못을 박아 적이 아예 발을 못 붙이게 하고, 중요한 부분에 얇은 철판을 씌워 적의 화공(火攻)을 막았다. 이 때문에 세계 최초의 철갑선이 된 것이다.

마음 같아서는 수십 척이라도 만들고 싶었다. 그러나 전라좌수영의 재력에는 한계가 있어 겨우 3척을 시작했는데 그중 한 척이 먼저 완공되어 지난 3월 27일 처음으로 대포를 장착하고 쏘아 보았다. 나대용의 기술은 비상해서 대포의 진동에도 거북선은 끄떡없었다.

즉시 전라감사 이광에게 보고하였더니 군관 남간(南侃)을 내려보냈다. 그의 임석하에 다시 대포를 쏘아 보이는 것이다. 성공하면 조정에 진상할 것이고, 조선 수군에 정식으로 거북선을 부활할 길도 열림 직했다.

좌선(座船:사령선)의 중앙에 서 있던 이순신이 나대용을 돌아보았다.

"시작해 볼까?"

나대용이 영기(令旗)를 처들었다 내리자 거북선은 천천히 움직여 오동도를 향해 가다가 중간에 멈춰 섰다. 지자포(地字砲)와 현자포(玄字砲)를 번갈아 쏜다고 했다.

선수(船首)에서 한 발을 발사한 거북선은 선체를 우로 돌렸다. 좌현(左舷)에서 6발을 발사하더니 다시 핑 돌아 우현(右舷)에서도 6발, 뒤로 돌아 또 한 발을 발사했다. 도합 14발. 오동도 바닷가에 서 있던 허수아비 14개 중 반수가 명중하였다. 포혈(砲穴)은 전후좌우 모두 합해 14개였다.

움직이는 배에서 쏘아 반이 맞으면 성공이었다. 남간은 이순신을 쳐다보고 두 손을 모아 쥐었다.

"참으로 신묘합니다. 성상 전하께서 좋아하시는 용안이 눈에 보이는 듯합니다."

이리하여 거북선은 이 난리가 터지기 바로 전날 응달에서 양지로 나서게 되었다.

이순신은 보통사람보다 머리 하나는 더 큰 인물. 어딜 가나 남의 눈에 뜨이는 인물이었다. 키가 8척.

이 시대에 키가 8척으로 기록된 사람은 전쟁 초기에 동래에서 전사한 송상현(宋象賢)이 있었고, 중국에서는 《삼국지》에 나오는 장비(張飛)와 제갈량(諸葛亮)이 8척이었다. 요즘 치수로 환산하면 대체로 1백80센티미터 남짓한 훤칠한 키였다.

좀체로 웃는 일이 없고, 남달리 말수가 적은 이순신도 이날만은 활짝 웃었다.

"자네 수고가 많았네."

동헌 마당에서 베푼 연회에 이순신은 나대용에게 손수 술을 따라 주고 옆에 찼던 장검을 끌러 주었다.

"마음뿐이고…… 정표로 받아 주게."

두만강가에서 여진족과 싸울 때 항상 지니고 다니던 칼이었다.

나대용은 이 말없는 사나이의 진정이 가슴에 와 닿았다. 수고의 보람에 가슴이 메었고, 이 사람에게는 목숨을 바쳐도 한이 없겠다고 다짐했다.

군중 속에 우뚝 솟은 이순신, 이리저리 돌면서 수고한 사람들, 말단 목수들에 이르기까지 술을 따르는 그의 모습은 뭇사람들에게 지울 수 없는 영상으로 남았다.

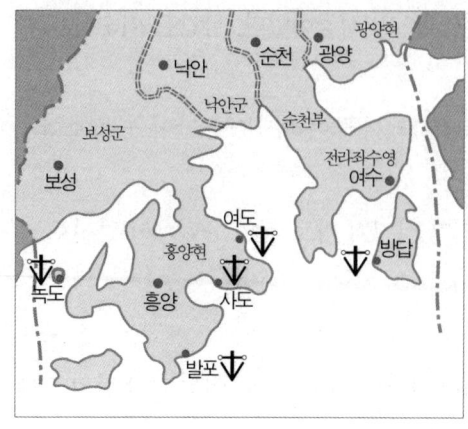

전라좌수사의 관할 구역도

　이순신이 전쟁 소식을 처음 들은 것은 그로부터 3일 후인 4월 15일 저녁이었다.
　마침 임금 선조의 조모뻘이 되는 성종(成宗妃) 공혜왕후(恭惠王后) 한 씨의 제삿날로 국기일(國忌日)이어서 동헌에는 나가지 않았다. 내아(內衙)에서 급한 공문을 처리하고, 나대용을 불러 나머지 거북선 2척을 마무리 지을 의논을 하고 있는데 해질 무렵 경상우수사 원균(元均)의 군관이 들이닥쳤다.

　왜선 90여 척이 와서 부산 앞 절영도에 정박하였소.

이어 또 한 통 원균의 공문이 왔다.

　왜선 3백50여 척이 이미 부산포(釜山浦) 맞은편에 당도했소.

각각으로 변하는 정세가 눈앞에 선했다.

마음을 진정하고 직속상관인 전라감사 이광과 전라우수사 이억기(李億祺)에게 공문을 이첩하여 사실을 알리고 나니 경상감사 김수의 공문도 왔다. 같은 내용이었다.

장차 어떻게 될 것인가? 도무지 요량이 서지 않았다.

진발進發!

전라좌수사는 여수에 본영을 두고 전라도 남해안의 동반부(東半部), 즉 보성(寶城), 낙안(樂安), 흥양(興陽 : 高興), 순천(順天), 광양(光陽) 등 다섯 고을의 해상 방위를 책임지고 있었다. 필요한 수군 병사들을 이 지역에서 징집하고, 전시에는 이들 고을의 수령들도 각급 지휘관으로 편입되어 수사의 통제를 받기로 되어 있었다.

이 지역의 중요한 포구에는 평시부터 수군영(水軍營)이 설치되어 여수에 있는 수사의 지휘하에 병사들을 단련하고 군선(軍船)을 정비하였다. 큰 포구에는 첨사(僉使), 작은 포구에는 만호(萬戶)를 두었는데 다음 다섯 군데였다.

방답첨사(防踏僉使 : 여천군 돌산도)
사도첨사(蛇渡僉使 : 고흥군 점암면 금사리)
여도만호(呂島萬戶 : 고흥군 점암면 여호리)

발포만호(鉢浦萬戶 : 고흥군 도화면 내발리)

녹도만호(鹿島萬戶 : 고흥군 도양면 득량도)

이처럼 좌수영 관내에는 고을이 다섯, 수군영이 설치된 포구도 다섯이기 때문에 보통 오관오포(五官五浦)라고 불렀다.

바다는 거침없이 사방으로 통하고 있었다. 일본군이 이웃 경상도에 쳐들어왔다면 지척인 이 해역도 안전할 수 없고, 언제 어디를 침공할지 알 수 없었다. 역사를 보면 왜구들은 경상도보다도 전라도를 침범하는 경우가 더 많았다.

전라좌수사 이순신은 관하의 오관오포에 급히 사람을 보내 동원을 명령하고 조정에 대변장계(待變狀啓)를 올렸다. '대변'은 만일의 사태에 대비해서 경계 태세로 들어간다는 뜻으로, 이 수역(水域)에 적이 들어오면 이러저러한 병력과 장비로 맞아 싸우겠다는 보고서였다.

절차를 마치고 나니 밤도 자정이 가까웠다. 전라도와 마찬가지로 경상도에도 좌우(左右) 2명의 수사(水使)가 있고, 그 휘하에는 전라도보다 훨씬 많은 수군이 있으니 능히 막아 낼 수 있지 않을까.

적이 이리로 오면 어떻게 될까? 이런 경우 저런 경우를 생각하다가 잠이 들었다.

그러나 이튿날도, 그 다음 날도 암담한 소식뿐이었다. 부산성이 떨어졌다. 동래성이 떨어졌다 — 바다에서 오는 적은 바다에서 막아야 하는데 어쩌다가 육지에 올려놓았을까? 사태는 심상치 않게 돌아갔다.

그는 적이 여수에 쳐들어올 경우를 상정하고, 포구의 수로를 쇠사슬로 차단하는 작업을 시작하고, 바닷가에 방벽도 쌓았다.

동원령이 내린지라 고을에서 신병들이 떼를 지어 몰려들었다. 이들을 단련하고, 군선과 무기를 정비하는 일에 이른 아침부터 밤늦게까지 쉴 틈이 없었다.

5일 후인 4월 20일. 경상감사 김수의 군관이 달려왔다.

큰 적의 기세가 대단하여 당할 길이 없고, 승승장구하여 무인지경을 가듯이 하고 있소. (……) 장군께서 전함을 정돈해 가지고 와서 도와주시도록 조정에 요청하였으니 그리 알아주시오(大賊熾張 其鋒莫能敵者 長軀乘勝 如入無人之境 …… 暫理戰艦來援事 請啓 …… : 《난중일기》).

경상감사는 전라좌수사에게 명령권이 없고, 전라좌수사는 마음대로 자기 관할구역을 벗어날 수 없었다. 동병은 왕명으로만 가능하기 때문에 김수는 우선 조정에 요청하고 미리 이순신에게 알려 준 것이었다.

사태는 매우 심각했다. 언제나 국지전으로 그치던 종전의 왜구들과는 달리 전면전의 양상을 띠고 있었다.

이순신 개인으로서도 예기치 못한 사태의 발전이었다. 무엇보다도 전라도에서 경상도로 옮겨야 하고, 수비에서 공격으로 전환해야 하였다.

이 고장 지리와 물길에 맞춰 수비 일변도로 단련했던 병사들에게 다시 공격 훈련을 실시해야 하고 경상도 수역의 지리도 알아야 했다. 이순신은 세상에 태어나서 아직 경상도 땅은 한 번도 밟아 보지 못했다.

더욱 급한 것은 적정을 파악하는 일이었다. 적이 어디 있는지, 수효는 얼마인지, 의도는 무엇인지도 모르고 적중에 뛰어드는 것은 장님이 맹수의 소굴로 사냥 가는 것이나 진배없이 우둔한 일이었다. 그는 군관들을 김수와 원균, 그리고 순변사 이일(李鎰)에게까지 파송하여 정세 파악에 힘썼다.

동시에 경상도 해역에도 사람을 보내 직접 현지를 보고 오도록 했다.

마침내 4월 26일. 선전관이 달려와서 임금의 출전 명령을 전했다.

　물길을 따라 적선들을 공격함은 그들로 하여금 후방을 걱정하게 함이니 이는 매우 좋은 계책이니라. 고로 경상도순변사 이일이 내려갈 때 이미 일러둔 바라 (……) 경상도와 서로 의논하고 기회를 보아 조치하라.

다음 날인 27일 또 다른 선전관이 달려왔다.

　왜구는 이미 부산, 동래를 점령하고 밀양으로 들어오니라. 지금 경상우수사 원균의 장계를 본즉 각 포구의 수군을 이끌고 바다로 나가 무력을 과시하고 적을 쳐부술 계획이라 하니 이는 일대 기회라 그를 뒷받침하지 않을 수 없으리로다. 그대가 원균과 합세하여 적선들을 공파한다면 적은 더 이상 토평할 거리도 못 되리라. 고로 선전관을 보내 달려가서 이르게 하노니 그대는 각 포구의 병선들을 이끌고 급히 나가 기회를 잃지 않도록 하라. 연이나 천 리 떨어진 고장이라 행여 뜻밖의 일이 있거든 이 명령에 구애될 것은 없느니라.

이순신은 29일 휘하 수군을 여수에 집결하였다가 다음 날인 30일 출발하도록 일정을 짜고 임금에게 회답을 올렸다.
　그러나 남해안의 전선에는 중대한 변화가 일어났다. 여태까지 일본과 부산 사이를 내왕한 것은 병력과 물자를 실어 나르는 수송선들이었다. 그런데 대규모의 일본 수군이 나타난 것이다.
　그들의 함대는 도합 5백 척, 도도 다카토라(藤堂高虎), 구키 요시타카

(九鬼嘉隆), 구루시마 미치후사(來島通總) 등 10명의 장수 휘하에 병력은 9천2백 명이었다.

"부산에서 시작하여 조선의 남해와 서해를 휩쓸고 해상통로를 개설하라."

그들은 나고야에서 도요토미 히데요시의 명령을 받고 이키(壹岐島)와 쓰시마를 거쳐 4월 28일(일본력 27일) 부산에 들어왔다.

일본 수군은 몇 개의 함대로 나뉘어 남해안을 따라 이동하였고, 그중 한 대는 거제도에 접근하여 상륙을 개시하였다. 압도적인 적세 앞에 전의를 잃은 원균은 많은 배와 무기를 바다에 가라앉히고 이 섬을 빠져나왔다. 그는 휘하 장수들과 함께 배 4척에 분승하여 곤양(昆陽) 해역으로 도망치고 여기서 이순신에게 구원을 요청하였다.

적선 5백여 척이 부산, 김해, 양산강(梁山江), 명지도(鳴旨島) 등처에 정박하고 육지에 올라 마음대로 휩쓸었습니다. 연변의 고을과 포구의 병수영(兵水營)이 거의 함몰되어 봉화(烽火)마저 아득하게 끊어지니 통분하기 그지없는 일입니다. 이에 본도(本道)의 수군을 동원하여 적선(賊船)을 추격한바 10척을 불 질러 파괴하였습니다. 그러나 적병은 나날이 늘고 그 세력이 더욱 성해지니 저들은 많고 우리는 적은지라 능히 대적할 수 없어 경상우수영도 이미 함락되고 말았습니다. 이제 우리 2도(道)가 힘을 합하여 적선들을 친다면 육지에 올라간 적은 뒤를 돌아보아야 하는 걱정이 생길 것입니다. 귀도의 군선을 남김없이 동원하여 당포 앞바다에 나오도록 하여 주십시오(《이충무공 전서·장계》).

이순신이 이 편지를 받은 것은 4월 29일 오정. 바야흐로 집결을 완료

하고 내일 새벽이면 출전할 참이었다.

원래 이번 작전의 주력부대는 원균의 경상우수영 함대였고, 이순신의 전라좌수영 함대는 왕명으로 이를 도우러 가는 보조 부대였다. 주력 부대가 무너지고 보니 보조 부대로서는 난감하지 않을 수 없고, 달리 방도를 생각할 수밖에 없었다.

마침 이순신의 직속 상사인 전라감사 이광은 그의 함대가 강성하지 못함을 알고 전라우수사 이억기에게 함께 출동하도록 명령을 내려 놓고 있었다. 이순신은 출전을 연기하고 임금에게 글을 올려 사유를 설명하고 양해를 구하였다.

이억기로부터는 곧 소식이 왔다. 함대를 이끌고 30일 출발한다고 했다. 빠르면 이틀, 늦어도 사흘이면 여수로 들어올 것이었다. 이순신은 넉넉잡고 5월 4일 새벽에 출발하기로 하고 5월 1일부터는 휘하의 모든 함선을 좌수영 앞바다에 집결하고 이억기를 기다렸다. 큰 배(板屋船) 24척, 중간 배(挾船) 15척, 작은 배(鮑作船) 46척, 도합 85척. 다만 거북선은 완공된 것이 한 척밖에 안 되어 이번 출전에는 제외하였다. 거북선은 시야가 극히 제한되었기 때문에 2척 이상이 합동으로 움직여야 피차 사각(死角)을 보완할 수 있고, 단독으로 적중에 뛰어들면 반이나 장님인지라 매우 위험하였다.

5월 3일. 가랑비가 내리는 궂은 날씨였다. 출전을 하루 앞둔 이날까지도 이억기는 나타나지 않았다.

바다에 늘어선 크고 작은 배들. 병사들은 시름없이 뿌리는 빗줄기를 바라보며 어두워 가는 가슴을 달랠 길이 없었다. 희한한 사람들도 몸을 사리고 도망치는 판국에 우리만 죽으라는 법이 어디 있느냐?

이날 북에서는 임금이 이미 개성에 피해 있었고, 적은 서울로 쳐들어가고 있었다. 천 리 떨어진 여수에서는 거기까지는 알 길이 없었으나 적이 조령(鳥嶺)을 넘어 서울로 접근하고 있다는 소식은 듣고 있었다. 나라는 망하는 것이 아닐까?

망하는 나라에 신통한 구석이 있을 리 없고, 내일 출전한다는 이 함대도 볼 것이 못 되었다. 숫자는 85척이라도 작은 배와 중간 배는 사람으로 치면 심부름꾼에 불과하고, 큰 대포를 쏘며 적과 맞붙을 수 있는 것은 큰 배 24척뿐이었다. 적은 모두 대단한 배들. 5백 척, 7백 척, 심지어 1천 척이라는 사람도 있는데 24척으로 어째 보겠다는 것은 말도 안 되는 소리였다.

도망쳐 버려야겠다 — 병사들 가운데는 은근히 벼르고 밤을 기다리는 축이 적지 않았다.

심란한 하루가 가고 바다에 어둠이 깔리기 시작했다. 내일은 첫새벽에 떠난다고, 서둘러 식사를 마친 병사들은 일찍 잠자리에 들었다.

사고는 밤도 깊지 않은 초저녁에 터지고 말았다. 여도에서 온 황옥천(黃玉千)이라는 병사가 누구보다도 먼저 도망친 것이다.

그는 모두들 자리에 드는 것을 기다려 살짝 물 속으로 뛰어들었다. 헤엄쳐 뭍에 올라서는 자기 고향 여도를 향해 반은 걷고 반은 뛰었다. 가다가 낯선 포구에서 고깃배라도 얻어 타면 늦어도 내일 안으로는 집에 당도할 것이다. 가족을 끌고 제주도쯤 가서 숨어 살리라.

"게 섰거라!"

얼마 못 가 앞에서 검은 그림자가 말을 달려오기에 길가 숲으로 도망을 쳤다. 그러나 말 탄 그림자는 기어이 쫓아와서 덜미를 잡아 쳐들었다.

"너, 황옥천이 아니냐?"

공교롭게 성 밖에 나갔다 돌아오는 직속상관인 여도 권관(權管) 김인영(金仁英)이었다. 그는 수영으로 끌려오고 장수들의 회의가 열렸다.

"목을 쳐야 하오."

"처음 저지른 실수라 볼기를 몇 대 때려 방면하는 것이 좋겠소."

10여 명 가운데 낙안군수 신호(申浩)가 시종 말없는 이순신 앞에 머리를 숙였다. 그는 54세의 노인이었다.

"목숨은 한번 자르면 돌이킬 수 없으니 목을 자르는 일만은 안 하시도록 바랍니다."

이순신은 사이를 두고 좌중에 물었다.

"군율(軍律)은 어떻게 되어 있소?"

"참형(斬刑)이올시다."

우후(虞侯) 이몽구(李夢龜)가 대답하자 아무도 아니라고는 못했다.

"군대의 목숨은 군율이오. 한 사람의 목숨을 살리고 전체 수군의 목숨을 끊어서야 쓰겠소?"

늙은 신호가 또 청을 드렸다.

"그러하오나 이번에 은혜를 베풀어 주시면 온 군중(軍中)이 수사 어른의 온정에 감격하여 심복할 것입니다."

"신 군수."

이순신은 오래도록 그를 바라보다 나지막이 계속했다.

"법을 굽히고 소혜(小惠 : 조그만 은혜)를 미끼로 남의 환심을 낚으려는 자는 천하의 적이오. 그러므로 예로부터 사람을 다스리는 자는 소혜를 가장 경계했소."

황옥천은 바닷가에 끌려 나가 횃불 아래 목이 잘려 나갔다.

새날은 5월 4일. 이억기는 여전히 소식이 없었다. 좌선에 올라 희멀건 서녘 하늘을 바라보던 이순신은 돌아서 조용히, 그러나 분명히 영을 내렸다.

"진발(進發)!"

새벽 2시(丑時). 잠자던 바다에 호각이 울리고 군선마다 깃발이 나부꼈다.

이순신 함대 85척은 마침내 어둠을 뚫고 동쪽 멀리 적진을 향해 항진을 시작했다.

산같이 진중하라

 떠나기 전에 걱정은 물길이었다. 남해안은 굴곡이 심해서 섬인지 곶[岬]인지 분간이 서지 않는 대목이 허다하고, 암초와 여울도 가는 곳마다 도사리고 있었다. 육지의 길보다도 어려운 것이 이 고장의 물길이었다.
 그러나 하늘이 보낸 인도자가 있었다. 이름은 어영담(魚泳潭), 현직 광양현감(光陽縣監)으로 61세의 노인이었다.
 바로 광양 태생으로 바다가 좋아 배를 타고 남해안 일대를 누비다가 수군에 들어왔다. 몸이 건장하고 부지런한 데다 담력이 있는 사람이었다. 궂은일은 도맡아 하고 왜구가 쳐들어오면 앞장서 싸웠다. 자연히 사람들의 눈에 띄었고, 승진을 거듭하여 여도만호에까지 올랐다.
 그런 가운데서도 공부를 계속하여 뒤늦게 33세에 무과에 급제하였다. 각처의 수군영을 전전하다가 평안도 강계(江界) 땅의 고산리(高山里) 첨사, 경상도의 고령현감(高靈縣監)을 거쳐 얼마 전에 고향 광양현감으로 부임해 왔다.

그때까지 노모가 생존해 있었다. 노모를 봉양하기 위해서 조정에 특청을 드려 고향에 온 것이다.

그는 천성으로 불평을 모르는 사람이었다. 그저 조정의 처분이 황송하고, 모친을 장수하게 하여 주신 하늘의 뜻이 고맙기만 했다.

"나도 이제 환갑이다. 무엇을 더 바랄 것이냐?"

때가 오면 물러나 여생을 바닷가에서 보낼 생각이었다. 철이 들면서부터 수십 년을 함께 보낸 바다. 눈을 감아도 그림같이 떠오르는 남해 바다는 마음의 고향이요 삶의 보람이었다.

그러던 차에 일본군이 쳐들어오고 전쟁이 시작되었다. 환갑노인이 어쩔 것이냐? 짐은 되어도 보탬이 될 것은 없었다. 사람들은 어영담 노인은 아예 없는 것으로 치부하고 분주히 돌아갔다.

사태가 급전하여 경상도로 출동하라는 임금의 명령이 내렸다. 물길을 아는 사람이 없으니 큰일이 아닌가? 걱정으로 지새우는 가운데 여태까지 한구석에 파묻혀 숨도 크게 쉬지 못하던 어영담이 이순신 앞에 나타났다.

"그 일은 소인에게 맡겨 주시지요."

자기보다 13세 연상, 이순신은 아무리 생각해도 이런 노인이 해전(海戰)에 앞장선다는 것은 역사에 없는 일이었다. 그러나 달리 변통이 없는지라 그의 청을 받아들일 수밖에 없었다.

"좋소."

이로부터 이순신 함대의 선두에는 언제나 어영담 노인이 있었고, 미로같이 얽힌 다도해(多島海)의 물길도 자기 집 앞마당과 뒤곁을 드나들듯 거침이 없었다.

함대는 초생달 아래 남해도(南海島)를 좌로 끼고 전진을 계속했다. 하늘에는 별들이 총총하고 이따금 섬마을에서 닭이 우는 소리가 들릴 뿐 온 누리는 고요 속에 잠들고 있었다.

남해도의 남단, 미조항(彌助項) 앞바다에 이르자 멀리 수평선에 태양이 오르기 시작했다. 뱃머리에 서 있던 어영담이 바닷바람에 흰 수염을 나부끼고 포구를 가리켰다.

"저기가 첨사영(僉使營)이올시다."

여기는 경상우수사 원균의 관내로, 첨사 김승룡(金勝龍)은 소속 수군을 이끌고 이미 출동한 듯 포구에는 나룻배가 2, 3척 보일 뿐이었다. 호상에 앉은 이순신은 아침 햇살에 금빛으로 반짝이는 어영담의 긴 수염을 바라보다가 뒤에 서 있는 군관 변존서(卞存緖)를 돌아보았다.

"장수들을 모이라고 하지."

변존서는 이순신의 외사촌 아우였다. 원 직함은 훈련원 봉사(奉事 : 종8품), 이순신의 특청으로 여수에 내려와 군관으로 근무하는 중이었다.

이순신은 장수들을 모아 놓고 전투 태세를 다시 점검했다.

  중위장(中衛將) 이순신(李純信 : 방답첨사)

  좌부장(左部將) 신호(申浩 : 낙안군수)

  우부장(右部將) 김득광(金得光 : 보성군수)

  중부장(中部將) 어영담(魚泳潭 : 광양현감)

  후부장(後部將) 정운(鄭運 : 녹도만호)

  전부장(前部將) 배흥립(裵興立 : 홍양현감)

  유군장(遊軍將) 나대용(羅大用 : 군관)

  좌척후장(左斥候將) 김인영(金仁英 : 여도만호)

  우척후장(右斥候將) 김완(金浣 : 사도첨사)

이 중 중위장 이순신(李純信)은 장군의 이름과 음이 같으나 전혀 다른 사람으로 금년에 40세, 양녕대군의 5대손이었다. 중위장은 전시 최고사령관의 참모장. 나대용은 거북선을 만든 바로 그 사람인데 발포만호가 공석 중이어서 임시로 대리를 보고 있었다. 우후 이몽구는 유진장(留鎭將)으로 여수에 남았고, 순천부사 권준(權俊)은 연락차 전주에 가 있었다. 이들이 시종일관 이순신을 도와 역사에 드문 위대한 공을 세운 장수들이었다.

이순신은 미조항 일대에서 함대를 둘로 나누어 최후의 대연습을 실시했다. 한 대는 연변 포구, 또 한 대는 섬들을 누비며 가상적선(假想敵船)들을 공격하는 연습이었다.

전술의 기본은 전투력을 단일 목표에 집중하는 데 있고, 가장 경계할 일은 전투력의 분산이었다. 이를 위해서는 부하 장병들이 지휘자의 손발같이 일사불란하게 움직여 주어야 했다. 특히 수전에서는 일단 전투가 벌어지면 저마다 떨어진 함정 상호 간의 의사소통은 거의 불가능하고, 그만큼 지휘도 곤란했다.

그런데 연습의 성과는 괜찮았다. 이만하면 싸울 수 있지 않을까. 이순신은 자신이 섰다.

연습을 마친 함대는 동북으로 진로를 잡고 운동을 계속하면서 전진했다. 함대의 운동은 자유자재로 대형을 바꾸는 동작이었다. 일렬에서 이열로, 종대에서 횡대로. 불시에 나타나는 적을 맞아 싸우기 위해서는 신속한 운동 능력이 있어야 했다.

소비포(所非浦 : 고성군 하일면 춘암리)에 이르니 바다에 어둠이 깔리기 시작했다. 함대는 포구에 정박하고 휴식으로 들어갔다.

여기도 수군영이 있는 고장으로, 일전에 원균의 편지를 가지고 온 것

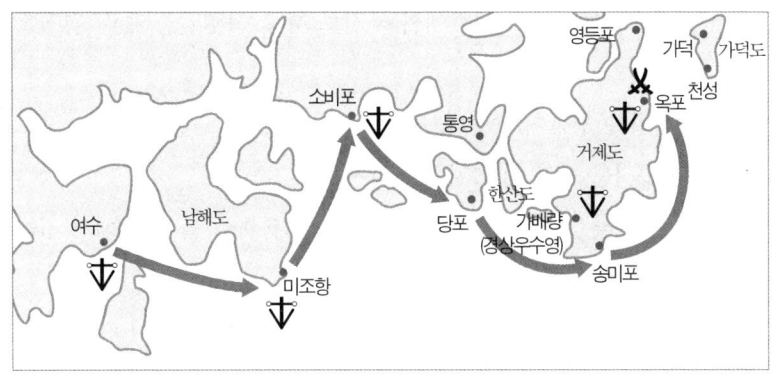

이순신 함대의 진격로

은 이 고장 권관 이영남(李英男)이었다. 27세의 청년 군관.

"장군, 나라는 장차 어떻게 되는 것입니까……."

이순신은 총명한 두 눈에 눈물이 고이던 그의 모습을 머리에 그리다 잠이 들었다.

이튿날은 5월 5일. 새벽에 소비포를 떠난 함대는 동남으로 50여 리 항진하여 한낮에 당포(唐浦 : 통영군 산양면 삼덕리) 앞바다에 당도했다. 당포는 원균 휘하 경상우수영의 함대와 합류하기로 약속이 된 지점 — 원균이 편지에서 요청했고, 이순신이 동의한 지점이었다.

그러나 삼면 산으로 둘러싸인 포구에는 배고 사람이고, 도시 움직이는 물체는 하나 보이지 않았다. 소리 없는 실망이 온 함대를 스치는 가운데 잠자코 동쪽을 바라보던 어영담이 산모퉁이를 돌아오는 쪽배 한 척을 가리켰다.

"피란민 같소이다."

동쪽에서 오는 사람들이라면 무슨 소식이라도 알고 있지 않을까?

이순신의 지시로 작은 배를 타고 다가갔던 군관 변존서가 돌아왔다.

"원 수사는 한산도에 계시답니다."

이순신은 오늘밤을 이 해역에서 묵기로 하고 어영담을 불러 편지를 한 통 주었다.

"물길에 밝은 영감이 수고해 주시는 수밖에 없겠소. 밤을 새워서라도 기어이 원 수사를 찾아 이 편지를 전하시오."

어영담은 배들 중에서 제일 속력이 빠른 배(輕快船)를 타고 해가 지는 바다를 동으로 멀어져 갔다.

밤이 깊어 원균 휘하의 장수들이 한두 사람씩 당도하더니 다음 날인 6일 아침 8시(辰時) 원균 자신이 배 한 척으로 나타났다. 그의 뒤를 이어 또 1, 2척.

간밤과 오늘 아침에 도착한 경상우수영 관하의 장수들은 원균 이하 9명, 함정은 큰 배 4척, 중간 배 2척, 도합 6척이었다. 이미 함대라고 할 수 없는 패잔 함정들이었다.

실망이 컸으나 논해야 소용없는 일이었다. 이순신은 원균에게 적정을 물었다. 지금 적 수군은 가덕도(加德島)의 천성(天城), 가덕(加德) 방면에 집결해 있다고 했다.

두 사람과 휘하 장수들은 함께 싸우기로 합의를 보고 즉시 당포를 떠났다.

동남으로 항진하다가 날이 저물자 거제도의 송미포(松未浦) 앞바다에서 그 밤을 지냈다.

새날은 5월 7일. 첫새벽에 송미포를 떠난 함대는 거제도 남단을 돌아 가덕도를 목표로 북상하기 시작했다. 쾌청한 하늘 아래 바다는 잔잔하고 이따금 갈매기 떼가 스쳐 지나갈 뿐 모든 것이 고요하기 그지없었다. 그러나 차츰 적진에 접근한다는 긴장감에 병사들의 눈은 빛나고, 함정들이 파도를 가르는 소리가 요란할 뿐 아무도 입을 여는 사람은 없었다.

정오, 옥포(玉浦) 해역에 이르자 멀리 전방 공중에서 연거푸 불꽃이

번뜩였다. 앞서 가던 척후선에서 신기전(神機箭)을 쏘아 올린 것이다. 신기전은 화약을 장치한 화전으로 신호용으로 쓰였다.

적을 발견했다는 긴급 신호였다. 이순신의 좌선에서는 북이 울리고 큼지막한 깃발이 서서히 공중에 올라 바람에 나부끼기 시작했다. 큰 글씨가 선명하게 눈에 들어왔다.

가벼이 움직이지 말라(勿令妄動). 진중하기를 산같이 하라(鎭重如山).

대개가 처음으로 싸움터에 나오는 장병들이었다. 긴장한 나머지 뜻하지 않은 실수를 범할 염려가 있었다.

그렇다고 바다에서는 육지와는 달리 육성으로 훈계할 수도 없었다. 이런 때에 대비해서 미리 준비한 깃발이었다.

함대는 함열(艦列)을 정비하고 포위하듯 옥포만으로 진입하였다.

적은 선창에 50여 척의 군선들을 대놓고 육지에 올라 약탈과 방화를 자행하여 산과 들에는 처처에 연기가 하늘로 치솟고 있었다.

옥포는 만호영(萬戶營)이 있는 고장으로 원균과 함께 일단 몸을 피했던 만호 이운룡(李雲龍)도 오늘 이 작전에 참가하고 있었다.

채색 휘장과 울긋불긋 무수한 깃발들이 나부끼는 적의 함정들은 장관이었다. 우리 함정들이 접근하자 당황한 적은 급히 배에 올랐으나 이미 포위된지라 넓은 바다로 빠져나올 엄두를 못 내고 기슭을 맴돌기만 했다.

별안간 적선 6척이 재빨리 포위망을 뚫고 도망쳤다. 그래도 뱃머리에 서 있던 이순신은 발포 명령을 내리지 않고 우리 함대는 묵묵히 다가들기만 했다.

드디어 적이 우리의 사정거리 안으로 들어왔다.

입을 꾹 다물고 적진을 바라보던 이순신이 한 손을 쳐들었다 내렸다.

동시에 숱한 북들이 다급히 울리고, 크고 작은 대포들이 불을 뿜기 시작했다. 마침내 역사적인 대해전(大海戰)이 시작되는 순간이었다.

이기는 습성

만사 시초가 중요했다. 동을 향해 쏜 화살은 동으로밖에 갈 수 없듯이 시초에 결정된 방향은 전통으로 굳어지기 십상이었다.

전쟁도 마찬가지였다. 초전에 이기는 군대는 계속 이기는 습성이 생기고, 지는 군대는 계속 지는 습성이 생겨 여간해서는 승세로 돌아서기 어려웠다. 예로부터 명장으로 이름난 장수들이 특히 초전에 용심한 것도 이 때문이었다.

처음으로 두 나라 수군이 대결하는 이 전투 역시 예외일 수 없고, 장차 바다의 주도권을 잡고 못 잡는 데 중대한 영향을 미칠 것이었다. 이순신은 꼼짝 않고 적과 우군의 움직임을 바라보고 있었다.

피아의 거리 1천5백 보(약 2킬로미터). 예정된 지점에 이르자 함대는 일단 정지하고 사격을 멈췄다. 동시에 뒤에 따라붙었던 작은 함정 40여 척이 재빨리 앞으로 나와 적을 향해 노를 젓기 시작했다.

멀리 산기슭 물가를 서성거리던 적 함정들도 뱃머리를 이쪽으로 돌리고 다가왔다.

거리가 좁혀지면서 적은 사격을 개시하고, 앞으로 나가던 우리 함정들은 1백80도를 돌아 후퇴를 시작했다. 쫓고 쫓기는 가운데 간격은 벌어지고 우리 측의 작은 함정들은 함열의 후방 제 자리로 돌아왔다.

쫓아오던 적함들도 다시 뱃머리를 돌려 도망치기 시작했다.

좌선의 이순신은 적함들을 바라보며 목측으로 거리를 재고 있었다. 8백 보. 그가 천천히 고개를 돌리고 눈짓을 하자 주위에 늘어섰던 뭇 깃발들이 좌우로 흔들리고, 이어 전체 함대의 모든 대포들이 일제히 불을 토했다.

온 바다와 온 산들이 진동하는 가운데 적선은 하나 둘 불을 뿜고, 쏟아지는 포탄 속에 비틀거리다 뒤집혀 갔다. 그들도 한사코 총과 대포를 쏘았으나 턱도 없이 우리 함대에는 미치지 못했다.

시간이 흐르면서 불타고 부서지는 적선은 늘어 가고 일부는 실었던 물건들을 마구잡이로 바다에 처넣고 도망치기 시작했다. 물에 뛰어든 적병들은 허우적거리다 물속으로 사라지고 헤엄쳐 산으로 뛰는 자들도 적지 않았다.

이순신의 좌선에서 다시 깃발들이 나부끼자 우리 함정들은 일제히 적진을 향해 돌진을 감행하였다. 미처 도망치지 못한 적함들은 육중한 우리 함정에 들이받혀 물속으로 고꾸라져 들어가고, 물에 떨어진 적병들은 우리 병사들의 몽둥이에 얻어터지고 피를 토했다.

이 전투에서 이순신 휘하 전라도 수군은 적선 21척을 쳐부수고, 원균 휘하 경상도 수군은 5척, 도합 26척의 적선을 바다에 수장했고, 숱한 적병들을 살상하였다.

약 반수의 적 함정을 놓치기는 했으나 우리는 단 한 척, 단 한 명의 손실도 없는 압도적인 승리, 그것도 한나절의 번개 같은 전격전(電擊戰)이었다.

우연한 승리가 아니었다. 이순신은 이길 조건을 구비해서 이겼고, 적은 질 조건을 구비해서 진 전투였다.

우선 무기가 달랐다.

적은 활과 도창(刀槍) 등 전통적인 무기 외에 조총(鳥銃)이라는 신무기를 가져왔고, 이 신무기로 해서 육지를 휩쓸고 일사천리로 북상하였다.

우리는 조총이라고 불렀으나 저들 자신은 뎃포(鐵砲)라고 불렀다. 대개는 한 사람이 마음대로 들고 다닐 수 있는 가벼운 개인 화기로 콩알만 한 납덩이를 총알로 사용하였다. 개중에는 훨씬 큰 총알을 날릴 수 있는 대철포(大鐵砲)도 있었다.

대포도 있어 저들은 오즈쓰(大筒)라고 불렀다. 최고 1킬로그램도 넘는 납덩이 포탄을 날릴 수 있었다.

다만 사정거리는 조총이 1백 미터, 대철포나 오즈쓰도 3백 미터를 넘는 것이 없었다.

사정거리 30미터의 활을 주무기로 하는 우리 육군을 상대할 때에는 그것으로 족했고, 능히 압도할 수 있었다. 그러나 장거리 포격전을 위주로 하는 수전에서는 사정이 달랐다. 우리 수군의 대포는 그들의 총포보다 월등 사정거리가 길었고, 그들은 이에 대항할 방법이 없었다.

왜구의 침공에 시달려 온 조선은 고려 말 이래로 대포의 연구에 주력하여 특히 세종대왕에 이르러 비약적인 발전을 보았다. 이에 따라 수군 함정에 성능이 좋은 대포를 장착하고 왜구의 선단을 공격하여 이를 바닻속에 쏠어 넣는 전법을 개발하였다. 그리하여 조선에서는 대포는 주로 수군에 비치하고 육군에도 배정은 되었으나 숫자는 많지 않았다.

연구를 거듭하여 이 전쟁이 일어날 당시에는 여러 가지 장거리포(砲)들이 마련되어 있었다. 그중 이순신 함대가 주로 활용한 것은 천자총통(天字銃筒)을 비롯하여 지자총통, 현자총통, 황자총통 등이었다.

사정거리는 최소 1천여 미터(8백 보)에서 최고 2천5백 미터(2천 보)까지, 일본 총포의 열 배 이상이었다.

또한 일본 총포는 납덩이 한 가지만 쓸 수 있었으나 우리 대포는 여러 가지 물체를 포탄으로 사용하였다. 쇳덩이(鐵彈子), 무쇳덩이(水鐵丸)를 쏘다가 그것이 떨어지면 둥근 돌(團石)을 대신 쏠 수도 있었다.

포탄이 아닌 큰 화살도 쏘았다. 하나씩 쏠 수도 있고, 한꺼번에 4개까지 쏠 수도 있었다. 또 먼 거리에서 화약을 장치한 큰 화전이 연거푸 날아가 폭발하면 그 위력은 말로 표현할 수 없었다. 적병들은 기가 죽고 배는 통째로 화염에 싸이게 마련이었다.

장수와 병사들의 질도 달랐다.

이순신의 수군은 잘 단련된 정병들, 특히 사격의 명수들이었다.

"병정이 활을 못 쏜다면 대패질을 못하는 목수와 무엇이 다른가? 무용지물이다."

이순신 자신 특별한 사유가 없는 한 매일 활쏘기를 실천하였고, 부하들에게도 이를 요구하여 전라좌수영에는 활을 못 쏘는 사람이 없었다. 화약이 귀한 시대인지라 대포의 사격은 자주 하지 못하고 한 철에 한 번이 고작이었다. 그러나 사격의 원리는 활이나 대포나 마찬가지여서 활의 명수는 대포의 명수와 통할 수 있었다.

무기의 손질이나 군선의 수리에 소홀한 자는 결코 무사할 수 없었다.

"타지 못할 배, 쓸 수 없는 대포를 보고 제일 좋아할 자는 누구냐? 우리의 적이다."

볼기를 맞아야 했다. 동시에 뛰어난 병사들에게는 어김없이 상이 따랐다.

"충신이란 바로 너 같은 사람이다."

일 년이 지나는 사이에 그의 휘하 병사들은 일당백의 정예 수군으로 성장하였다.

군대는 크고 작고 간에 그 의사를 결정하는 것은 장수 한 사람이다. 그에게 싸울 의사가 없거나 의사는 있어도 능력이 없으면 그 군대는 아무리 정예라도 산송장의 집단이나 다를 것이 없다. 그런데 이순신은 결의에 충만한 장수, 뛰어난 전략가로 타고난 명장이었다.

서기 1592년의 시점에서 이 같은 정예 수군은, 동양은 물론 아시아에도 없었고, 유럽에도 없었다. 굳이 비교한다면 그보다 4년 전인 1588년 7월 스페인의 무적함대를 격파한 찰스 하워드 휘하의 영국 함대 정도가 있을 뿐이었다. 그러나 하워드는 이순신에 비할 장수가 못 되었고, 그의 승리는 때마침 불어닥친 폭풍우에 힘입은 우연성이 짙은 승리였다.

이와 같은 이순신 함대를 상대한 일본 수군의 질은 말할 것이 못 되었다.

도요토미 히데요시가 일본의 통일 사업을 추진하고 법 질서를 세워가자, 바다를 휩쓸고 다니던 해적들도 법의 테두리 안으로 들어오지 않을 수 없었다. 어부로 전환한 자들도 있었으나 대개는 수군으로 편입되었고, 두목들은 장수로 발탁되었다.

이 전쟁에 나온 수군 장수들 가운데도 전신이 해적 두목인 자들이 적지 않았다(九鬼嘉隆, 來島通之, 來島通總, 堀內氏善).

그들은 원래 도둑인지라 이해로 움직이는 도둑 근성을 버리지 못했고, 공의(公義)에 몸을 바칠 위인들이 못 되었다.
 그 밖에는 육전의 경험밖에 없는 자들이 별안간 수군 장수로 변신한 경우였다(藤堂高虎, 加藤嘉明, 脇坂安治 등).
 도시 정예 수군과는 인연이 먼 자들, 지휘계통이 안 서고, 서로 자기가 잘났다고 팔뚝질을 하는 데 능한 자들이었다.
 어느 모로 보나 우리는 이길 수밖에 없었고 그들은 질 수밖에 없었다.

 적을 무찌른 조선 함대는 오늘밤을 거제도 북동 영등포(永登浦)에서 쉬기로 하고 옥포만을 나와 북으로 항로를 잡았다. 영등포는 경상우수영 관하로 만호영이 있는 고장이었다.
 만호 우치적(禹致績)도 일단 몸을 피했다가 돌아와 이 전투에 참가하고 있었다. 영등포에는 아직 적이 들어오지 않은지라 함대는 그의 안내로 포구에 진입하였다.
 뭍에 오른 병사들은 흩어져 나무를 찍고 물을 길어다 밥을 지을 차비를 서둘렀다. 그런데 척후선으로부터 보고가 들어왔다.
 "적선 5척이 멀지 않은 바다를 지나갔습니다."
 때는 오후 4시(申時). 이순신은 즉시 출동했다. 바다는 넓고, 한번 놓친 적은 다시 마주치기 어려운 법이었다. 지금 병사들은 피곤은 해도 승세를 타고 기운이 충만했으니 싸울 만도 했다.
 이순신은 병사들과 함께 생쌀을 씹으며 적을 추격하여 북으로 항진하였다. 보일 듯 말 듯 앞을 가는 적선들은 죽을힘을 다해 도망쳤다.
 바다에 황혼이 내린 오후 7시(酉時) 지나 마침내 합포(合浦 : 마산) 해역에서 적을 따라잡았다.
 그러나 적은 싸우지도 않고 배를 버린 채 육지로 줄달음을 쳤다. 옥포에서 겁에 질려 도망친 자들이리라.

함대는 다가들어 화전을 퍼부어 5척 전부 불태우고, 밤하늘에 타오르는 불길을 바라보다 어둠 속에 노를 저어 남으로 내려왔다.

"왜놈들 별것도 아니랑께."

이순신은 병사들이 웃고 떠드는 소리를 흡족한 마음으로 흘려듣고 있었다. 왜군은 귀신 같은 병정들[神兵]이다 — 병사들의 기를 꺾던 턱없는 신화가 무너지는 순간이었다.

함대는 40여 리 항진하여 그 밤을 남포(藍浦)에서 보냈다.

뱃간에서 곤히 잠들었던 이순신은 진해(鎭海) 땅에 적선들이 나타났다는 소식을 듣고 이튿날 첫새벽에 남포를 떠났다.

해안과 섬들을 수색하면서 적을 추적한 끝에 해 뜰 무렵 적진포(赤珍浦)에서 적선 13척을 포착하고 포격을 개시했다.

그러나 적병들은 떼를 지어 산으로 올리뛰고, 그중 2척이 재빨리 도망쳤다. 우리 군사들은 남은 11척을 모두 불태워 버리고 밝은 아침 햇살을 받으며 뱃머리에 앉아 조반을 들었다.

이순신은 원균과 마주 앉아 금후의 작전을 의논했다. 마음 같아서는 이 길로 가덕도와 부산까지 진격하여 그 고장 적을 일소하고 싶었으나 무엇보다도 거듭된 전투 끝에 병사들이 피로해서 휴식이 필요했다.

보급도 받아야 했다. 이번에 적으로부터 노획한 물자 가운데는 곡식이 3백 섬 있으니 식량은 족했으나 화약과 화살은 거의 떨어졌다. 돌아가 화약과 화살을 보충하고 병사들을 쉬게 하면서 이억기의 함대를 기다리는 것이 좋지 않을까?

이러저러한 이야기를 주고받는데 전라도의 군관이 작은 범선을 타고 와서 도사(都事) 최철견(崔鐵堅)의 공문을 전했다.

상감께서는 이달 3일 평안도로 옮기셨소.

이순신은 조정이 서울을 버린 사실을 5일 후인 이날, 5월 8일에야 비로소 알았다. 활 한 번 당기지 않고 수도에서 도망쳤다는 것이다. 그런 법도 있는가? 어디까지 밀릴 것인가?

전후 세 차례의 해전에서 적선 42척을 격침하고 무수한 적병들을 수장했으며 노획품도 기차게 많았다. 반면에 우리 측은 병사 한 명이 왼팔에 화살이 스쳐 지나가서 찰과상을 입었을 뿐 그 밖에는 사람이고 물건이고 하나 손실이 없었다.

역사에 없는 완전무결한 승리였다.

그러나 이 판국에 그것이 무슨 소용이냐? 그는 도무지 판단이 서지 않았다.

이순신은 원균과 상의하여 제각기 자기 관내에 돌아가 하회를 기다리기로 하고 즉시 출발했다.

입을 다물면 두 입술이 여덟 팔(八) 자 모양으로 치솟는 이순신, 다음 날인 5월 9일 정오 여수로 돌아올 때까지 그는 한마디도 말이 없었다.

판국을 아는 자와 모르는 자

 개인 간의 주먹다짐이나 나라 사이의 전쟁이나 싸움의 이치는 다를 것이 없었다. 상대방의 급소를 쳐서 더 이상 꼼짝 못하게 하면 이기는 것이고, 이쪽에서 급소를 맞으면 지게 마련이었다.
 병법에서는 한 나라의 급소를 치명점(致命點)이라고 부르고 있다. 전쟁이 일어나면 모든 전력을 집결하여 적국의 치명점으로 진격하고, 이를 점령하는 것이 전략의 기본이었다.
 그런데 국가의 치명점은 대개 그 나라의 수도였다. 수도를 점령당함으로써 허다한 나라들이 멸망했고, 그보다 많은 나라들이 점령당하기 전에 적에게 항복하여 연명을 구걸하였다. 그토록 소중한 것이 수도였다.

 서울을 왜놈들에게 뺏겼다 — 충격은 이루 말할 수 없었다.
 백성들이 전략을 알 까닭이 없었으나 가슴에 와 닿는 느낌은 나라가 적에게 숨통을 맞고 쓰러지는 형국이었다. 이제 조선은 망했다 — 그들은 씨암탉을 안주로 술을 퍼마시고 주먹으로 가슴을 쳤다.
"나라가 망했는데 살아서 어쩔 것이냐!"
해전에서 그토록 용감하던 병사들도 맥을 놓고 축 늘어졌다.
"될 대로 되라."
이순신은 밤에도 잠을 이루지 못하고 홀로 바닷가를 서성거리는 일이 잦아졌다. 길은 없을까?
무엇보다도 돌아가는 물세를 옳게 알아야 했다. 조정과 백성들은 무엇을 생각하며 적은 어떻게 움직이고 있는가? 길이 있고 없는 것은 물세를 알아야 판단이 설 것이었다.
그는 우선 군관 이충(李冲)을 불렀다. 군관 중에서도 제일 젊고 활을 잘 쏘는 인물이었다.
"평양에 다녀오시오."
조정에 이번 해전의 경과를 보고하는 장계를 한 통 건네주었다. 장계를 받으면 조정에서도 말이 있을 것이고, 눈으로 보면 그 고장 공기도 짐작이 갈 것이다.
산을 타고 적중을 돌파해야 하기 때문에 이충은 허름한 나무꾼의 행색으로 말에 올랐다. 여차하면 말을 버리고 숲 속으로 스며들 작정이었다.
피란민, 거지, 병신으로 가장한 사람들을 각처에 파송했다. 적의 점령지역을 넘나들며 적정을 탐지하고 민심의 동향을 살피는 것이 그들의 임무였다.
여수 사람으로 허내만(許乃萬)이라는 50대의 선비가 있었다. 지난달 중순 전쟁이 터졌다는 소식이 돌면서 찾아온 일이 있었다.
"소인 같은 늙은이는 쓸모가 없겠소이까?"

전쟁과 노인은 상극이었다. 쓸모가 있을 리 없기에 돌려보냈는데 두 가지 상반된 소문이 들려왔다.

"머리가 돌았다."

"아니다. 도통한 사람이다."

구봉산(九鳳山) 기슭에서 홀로 콩과 보리를 자작해서 연명하고 세상에 나오지 않는 인물이었다. 글이 깊은데도 글을 외면하고 호미를 잡았으니 옛날 도연명(陶淵明) 같은 인물이 아니겠느냐? 아니다. 글은 별것이 못 되고 마누라가 도망가는 바람에 머리가 살짝 돈 인간이다 — 공론은 이렇게 엇갈렸다.

이순신은 그를 다시 불렀다. 졸지에 글이 깊고 얕은 것은 알 길이 없었으나 머리는 돈 것 같지 않았다.

"무엇이든지 하겠소?"

"말씀해 보시오."

"죽어도 좋소?"

"좋을 것은 없고, 부득이하면 참을 수밖에 없지요."

"죽음을 참는다?"

"……."

"부산에 가서 아주 뿌리를 박고 눌러앉을 수 있겠소?"

허내만은 다음 날 괴나리봇짐을 짊어지고 부산으로 떠났다. 부산은 적군의 상륙지점으로 가장 중요한 거점이었다. 그만큼 위험이 따르게 마련이고, 거기 뿌리를 박는다는 것은 누구나 할 수 있는 일이 아니었다. 그러나 허내만은 이로부터 이 전쟁 7년 동안 적 치하의 부산에 정착하여 계속 요긴한 정보를 보내왔다.

백금(百金)이 아까워 적정을 모르고 앉아 있는 자는 언어도단이다(不

仁之至). 그런 자는 장수가 될 수 없고 참모(主之佐)도 될 수 없다 — 이순신은 이 병법의 계명을 몸으로 실천하는 장수였다. 그는 비용뿐만 아니라 모험도 마다하지 않았다.

시일이 흐르면서 소상한 정보가 들어왔다. 적과 우군의 형편을 있는 그대로 파악함에 따라 사태를 보는 눈도 달라졌다.

우선 임금은 나라가 망하는 한이 있어도 일본에 항복할 생각은 없다는 사실이었다. 수도도 중요하지마는 더 중요한 것이 임금이었다.

백성들은 임금을 나라님이라고 불렀다. 나라와 임금은 동일시되었고, 임금이 건재한 이상 그가 사는 집은 초가라도 대궐이요 그가 있는 곳은 두메라도 서울이었다. 적어도 나라는 아직 목숨이 끊어진 형국은 아니었다.

어차피 지키지 못할 바에는 서울에서 도망친 것도 괜찮은 일이었다. 섣불리 싸우다 임금이 적에게 포로로 잡히거나 전사했다면 그 결과는 말로 다 할 수 없을 것이다.

적은 우리 조선 사람을 '사라미'라 부르고, 사라미는 무조건 학살한다고 했다. 부산, 동래, 상주, 충주에서는 남녀노소를 가리지 않고 기천 명씩 도살했고, 가는 곳마다 짐승을 사냥하듯 산에 숨어 있는 사라미들을 찾아 짓이기고 때로는 자기네 나라로 끌어가기도 한다는 것이다.

땅만으로는 소용이 없었다. 백성들이 있어 농사를 지어야 식량을 마련할 수 있을 터인데 적은 땅을 점령하고 백성을 내쫓고 있었다.

이민족의 지배를 좋아할 백성은 없다. 어루만져도 달가워하지 않을 판국에 이렇게 미련한 일이 또 있을까?

벌써 백성들은 살 길을 찾아 처처에서 의병(義兵)으로 일어섰다는 소식이었다. 경상도에서는 의령(宜寧)에 사는 곽재우(郭再祐)를 비롯하여 여러 선비들을 중심으로 이미 항전을 시작했거나 모의 중이고, 가까운 담양(潭陽)에서는 아직 적이 들어오지 않았는데도 고경명(高敬命)을 중심으로 심상치 않은 움직임을 보인다고 했다.
 이순신은 차츰 앞날이 내다보이는 듯했다.

 일본 수군이 부산으로 건너와서 남해안을 서쪽으로 향하고, 군수 물자를 실은 적선들이 낙동강을 거슬러 올라간다는 소식을 듣고부터 이순신은 도요토미 히데요시의 전략구상을 짐작하였다. 수륙병진책(水陸竝進策)이었다.
 조선에서는 큰 강으로 낙동강, 섬진강, 영산강은 북에서 남으로 흐르고, 금강, 한강, 대동강, 압록강은 동에서 서로 흐르고 있었다. 당시는 산에 나무가 울창하고 강에는 수량이 많아 배들이 내륙 깊숙이 드나들며 세곡(稅穀)을 받아들였다.
 이 전쟁이 일어나기 전에 조선에 온 일본 사람들은 이런 사정을 염탐하여 조선의 내륙 수로를 자세히 알고 있었다.
 주력은 육지를 진격하고 수군은 이들 수로를 누비고 다니며 식량, 무기 등 군수 물자를 보급하는 것이 수륙병진책이었다. 물자의 보급뿐만 아니라 필요한 경우에는 병력도 실어 나를 수 있었다.
 가령 일본에서 바다를 건너온 배들은 그대로 낙동강에 진입하여 대구를 거쳐 북으로 문경(聞慶)까지도 올라갈 수 있었다. 한강에 들어오면 서울을 거쳐 강원도의 영월, 정선까지 갈 수 있고, 대동강으로는 평양을 지나 양덕(陽德)까지 갈 수 있었다.
 식량을 비롯한 무거운 물자는 배로 나르는 것이 제일이고, 병사들도 수백, 수천 리를 도보로 걷는 것보다는 가능하면 배로 가는 것이 덜 피곤해서 좋았다. 여기 착안한 것이 수륙병진책이었다.

전략상으로 일본의 치명점은 말할 것도 없이 그들의 수도 교토(京都)였다. 제일 좋은 방책은 대군으로 바다를 건너 교토를 치고, 도요토미 히데요시를 끌어내다 밟아 버리는 것이었다.

그러나 지금 형편에 그것은 생각할 수 없는 일이고, 우리 땅에 들어온 일본군을 몰아내는 것이 급선무였다.

이를 위해서 바다에서는 적어도 거제도선에서 일본 수군의 서진(西進)을 차단할 필요가 있었다. 남해를 거쳐 서해로 북상하여 내륙의 여러 갈래 강물로 이어지는 수상보급로를 근원적으로 막아 버리는 작전이었다.

해상에서의 이 작전에 호응하여 육지에서는 적군을 압박하여 바다로 밀어내야 하였다.

그러나 육군은 힘없이 밀리고 조정은 평양까지 후퇴하였다. 바다에서 수군이 아무리 잘 싸워도 육지에 오른 적은 어쩔 도리가 없었다.

이순신의 고민은 여기 있었다.

그런데 우리에게 유리하고 적에게 불리한 조건이 성숙되어 가고 있었다.

적은 우리 농민들을 학살했고, 농민들은 농토를 떠났다. 당장은 약탈한 식량으로 때우겠지마는 금년 농사부터 망쳤으니 머지않아 일본에서 식량을 실어 와야 할 사태가 벌어질 것이다.

일본에서 건너와도 부산에 쌓아 두어서는 소용이 없고, 각처에 퍼져 있는 일본군 진영까지 날라다 주어야 제구실을 할 것이다.

그러나 수군이 가로막고 있으니 물길은 이용하지 못할 것이다.

육로로 사람의 등짐이나 마소로 나른다고 해야 별것이 못 되고, 그것마저 처처에서 일어난 의병들이 그냥 둘 리 없었다.

먹이만 틀어쥐면 사자도 마음대로 부릴 수 있다고 했다. 조선 땅에 올라온 근 20만의 일본군, 식량으로 결판을 내는 것이다.

수군으로서는 당면한 적 수군을 차례로 격파하고 종당에는 부산까지 진출하여 포구를 봉쇄할 수 있다면 더 바랄 것이 없었다. 육지에 오른 적은 독 안에 든 쥐와 같이 될 것이었다.

휘하 장수들과 의논했더니 다들 동의하고, 한 치 앞도 안 보이더니 결국은 이긴다는 확신이 섰다고 했다. 장수들은 또 휘하의 군관과 병사들에게 알아듣도록 설명했다.

이것은 전라좌수영의 새로운 전통이었다. 활을 당기는 사부(射夫)도 판국을 아는 자와 모르는 자는 명중률이 다르고, 노만 젓는 격군(格軍)도 알고 모르는 데 따라 팔에 주는 힘이 달랐다. 수영은 또다시 활발히 움직이기 시작했다. 전쟁에 나갔던 배들을 손질하고 칼과 창에 기름칠도 했다. 대포에 쓸 화약을 보충하고 화살을 깎고 활촉을 만드는 일손도 멈추지 않았다.

새로운 거북선의 마무리 작업을 서두르고 대포도 장착하였다.

여태까지 적 수군은 가덕도까지 진출하여 이를 점령하였고, 거제도는 지난번 처음으로 옥포에 침입했다가 이순신 함대에 크게 패하였다. 그런데 함대가 여수로 돌아오자 그들은 다시 움직여 거제도 동해안에서 서해안까지 넘나들며 그 일대의 고을을 분탕질한다는 소식이 왔다.

이순신은 전라우수사 이억기와 연락하여 6월 3일 여수에서 두 함대가 만나기로 합의를 보았다. 서로 힘을 합쳐 거제도 방면의 적을 칠 작정이었다.

그러나 기일이 당도하기 전인 5월 27일 경상우수사 원균의 공문이 왔다.

적선 10여 척이 이미 사천(泗川), 곤양 등지로 박두하였기 때문에 수사(水使 : 원균)는 남해도의 노량(露梁)으로 옮겼소.

이것은 심상한 일이 아니었다. 부산에서 노량에 이르는 바다에는 우리 수군이 한 척도 없다는 이야기였다. 적은 우리가 모르는 사이에 대군을 해상으로 수송하여 곤양 땅에 상륙시킬 수도 있었다. 우리는 육군이 약한지라 곤양에서 일거에 전라도로 밀고 들어와서 이 여수가 점령을 당하는 사태도 예상할 수 있었다. 수군은 갈 바를 잃고 바다는 적의 무대로 변할 것이다.

파국은 막아야 했다.

이순신은 출전 준비를 서둘러 다음다음 날인 5월 29일 새벽 함대를 이끌고 여수를 출발하였다. 6월 3일까지 지체했다가는 무슨 변이 일어날지 알 수 없었다.

이번 작전에는 새로 만든 거북선도 2척, 처음으로 참가하였다. 순풍을 등지고 동으로 달리는 함정에서 병사들은 침을 삼키고 앞서가는 이 괴물들을 바라보았다. 어김없이 큰일을 칠 것만 같았다.

그러나 지난번보다 함정의 수는 훨씬 줄었다.

지난번에 보니 중간 배와 작은 배는 속도가 느려 큰 배를 따르지 못했다. 따라서 함대 운동에 지장을 주었고, 장비가 빈약한지라 일단 전투가 벌어지면 도움보다도 짐이 되었다.

이 경험을 살려 이번에는 큰 배 중에서도 부실한 3척을 제외한 21척을 주축으로 하고 여기 거북선 2척을 딸려 함대를 편성하였다. 작은 배는 연락용으로 큰 배에 몇 척 달고 떠났을 뿐이었다.

근접전의 빛과 그림자

　오정 때 노량에 당도한 이순신은 원균으로부터 적정의 설명을 듣고 함께 사천만으로 진입하였다.
　계속 북상하는데 멀리 전방 산모퉁이에서 적선 한 척이 나타나더니 놀란 듯 북으로 도망치기 시작했다. 곤양 방면에 나갔던 척후선이 아니면 전령선이리라. 함대는 급히 노를 저어 추격하였다.
　사천에 거의 와서 적은 배를 버리고 육지로 뛰었다. 뒤를 바짝 쫓던 전부장 이순신과 남해현령 기효근(奇孝謹) 휘하 병사들이 달려들어 적선에 불을 지르고 환성을 올렸다.
　지난번 제1차 출전 때 전주로 출장 중이던 순천부사 권준이 이번에 중위장으로 참전하는 바람에 이순신은 전부장으로 옮겼고, 지난번에 유진장으로 여수에 남아 있던 우후 이몽구도 이번에 좌별도장(左別都將)으로 참전하고 있었다. 이로써 전라좌수영의 장수들은 모두 동원되었는데 그만큼 이것은 중요한 작전이었다.

뒤이어 당도한 이순신은 중부장 어영담이 가리키는 대로 사천 선창을 바라보았다. 언덕 아래 물가에는 적의 누각선(樓閣船) 12척이 떠 있고, 그 저쪽, 바다까지 다가든 산허리에는 붉은 기와 흰 기들이 나부끼는 가운데 적병들이 이리저리 뛰고 산꼭대기에는 장막을 친 것도 눈에 들어왔다.

대충 4백 명. 이순신은 적의 선봉대로, 이 고장에 전진기지를 마련하는 것이 임무라고 짐작했다.

서둘러 출동한 것은 역시 잘한 일이었다. 기지를 설치하기 전에 쳐부셔야 했다.

그러나 지형이 불리했다. 그대로 밀고 들어가면 적은 높은 데 위치하고 우리는 낮은 데 위치하여 사격이 시작되면 희생이 많을 것이었다. 게다가 수심이 얕아 작은 배들은 몰라도 주력함인 큰 배, 즉 판옥선(板屋船)은 들어갈 수 없었다.

해도 기울었다. 전투 중에 날이 어두우면 적의 야습을 받을 염려가 있었다.

이순신이 생각하고 있는 사이에도 적진에서는 아우성이었다. 말을 모르니 뜻은 알 수 없으나 그들의 몸짓은 고약하기 이를 데 없었다. 침을 뱉는가 하면 칼을 휘둘러 목을 치고 발로 짓밟는 시늉도 하고, 돌아서 자기 엉덩이를 손바닥으로 두드리는 자들도 있었다. 부아를 돋워 끌어들이려는 술책이리라.

승리의 요결은 자기가 원하는 장소에서 자기가 원하는 방법으로 싸우는 데 있었다. 그러자면 이 적을 우리가 마음대로 움직일 수 있는 넓은 바다로 끌어내야 하였다.

"저들은 기승해서 우리를 얕보고 있다. 우리가 도망가는 양 물러가면 어김없이 쫓아올 터이니 넓은 대목에 이르면 반격하는 것이다."

이순신은 휘하 장수들에게 이르고 후퇴를 시작했다.

미처 1리(4백 미터)도 못 왔는데 적진이 떠들썩했다. 4백 명 중 2백여 명이 고함을 지르면서 산에서 내려오더니 반은 배에 뛰어오르고 반은 언덕 아래 진을 치고 조총을 마구 쏘아붙였다.

마침 썰물이 밀물로 바뀌면서 조수가 밀려들기 시작했다. 조수는 일정한 간격으로 파도치며 다가들어 온 포구 어디나 큰 배도 닿을 수 있음 직했다.

이순신이 오른팔을 들어 길게 원을 그리자 후퇴하던 20여 척의 함정들은 제 자리에서 한 바퀴 돌고 오던 길을 다시 더듬기 시작했다.

북이 울리면서 돌격장 이기남(李奇男)과 이언량(李彦良)이 각각 지휘하는 거북선 2척이 흰 파도를 가르고 선창의 적진으로 돌진했다. 거북선이 처음으로 실전에 나서는 순간이었다.

거북선은 마치 철인(鐵人)이 무골충을 윽박지르듯 적선과 적선 사이를 좌충우돌하고 직격탄을 퍼부었다. 적의 누각선들은 하나 둘, 폭풍에 집채가 허물어지듯 부서지고 불이 붙었으나 거북선은 아무리 총탄을 맞아도 끄떡없었다.

그것은 바다의 거대한 괴물, 적으로서는 어찌할 수 없는 엄청난 고슴도치였다. 참으로 신묘한 위력, 신묘한 광경이었다.

흡족한 심정으로 바라보던 이순신의 시야에 조선 복색을 한 사나이들이 들어왔다. 적선에서 이쪽을 향해 포를 쏘고 있었다. 어디선가 적에게 포로로 잡힌 병사들이 저들에게 뺏긴 우리 포를 쏘는 것이 분명했다.

잡힌 몸이라 자의가 아니라 하더라도 세상에 이럴 수도 있을까? 지근거리로 접근한 이순신은 손수 대포에 장전하고 손수 발사하였다. 폭음과 함께 적선에는 큰 구멍이 뚫리고 배는 기울기 시작했다.

이를 신호로 뒤이어 당도한 우리 함정에서는 포탄과 화살들이 비 오듯 날아가고 폭음은 온 산과 바다를 진동했다.

대포에서 몇 발자국 물러선 이순신은 적선을 훑어보다가는 총이나 활을 겨누는 적병을 향해 시위를 당겼다. 그는 명궁이어서 당길 때마다 어김없이 적병 한 명은 고꾸라졌다.

다시 화살을 재우는 순간, 가슴에 찢어지는 듯한 충격이 오면서 그는 옆으로 쓰러졌다. 왼쪽 어깨에 맞은 적탄이 그대로 뚫고 잔등으로 빠졌다.

옆에 있던 변존서가 일으켜 품에 안고, 군관 송희립(宋希立)이 손으로 바닷물을 움켜 상처를 씻은 다음 자기의 옷을 칼로 찢어 동여맸다.

한동안 머리가 아찔하던 이순신은 정신을 가다듬고 만져 보았다. 총알은 살만 뚫은 것이 아니라 뼈도 다친 듯 참을 수 없는 통증이 왔다.

"잠시 물러나 쉬시지요."

송희립이 마지막 매듭을 조이면서 권했으나 이순신은 옆에 있던 장검을 짚고 일어섰다.

"화전이다."

그의 한마디에 마지막 남은 적선 한 척은 쏟아지는 화전으로 불길에 싸이고 말았다.

적은 12척 모두 뒤집히거나 불붙고, 타고 있던 자들은 대개 즉사하지 않으면 물에 뛰어들었다가 우리 병사들의 몽둥이에 맞고 물속으로 사라졌다. 물가에서 총을 쏘던 자들은 부상자를 끌고 산으로 올리뛰고, 산에서 총을 쏘던 자들도 태반이 죽지 않으면 상처를 입고 알 수 없는 신음소리로 아우성이었다.

어둠이 깔리자 함대는 감시선 몇 척을 남기고 남으로 항로를 잡고 움직이기 시작했다.

이 전투에서 군관 나대용도 총에 맞았고 이설(李渫)은 화살에 맞아 부상을 입었다.

이처럼 중요한 간부들이 다치고 사령관 자신마저 총탄에 맞은 것은 이순신이 전술을 바꾼 때문이었다. 발단은 옥포해전이었다.

압도적인 승리를 거두기는 했으나 옥포에서는 적선 50여 척 중 반수를 놓치고 말았다. 그는 쳐부순 반수보다 놓친 반수가 마음에 걸렸다.

이순신의 눈으로 보면 이 침략군은 평화로운 집안에 밀고 들어온 살인·강도범들과 다를 것이 없었다. 가령 이들 흉악범 10명 중 5명을 쳐부셨다고 하자. 그것으로 족할 수는 없고 나머지 5명을 모두 처치할 때까지 집안은 무사하지 못할 것이다.

마찬가지로 우리 땅에 쳐들어온 적을 아주 멸종하기 전에는 편한 날이 없을 것이다. 그런데 초전부터 반수를 놓쳤다.

여수에 돌아온 후 이순신은 옥포해전의 자초지종을 다시 검토했다. 문제는 대포의 명중률에 있었다.

우리 대포들은 앙각(仰角)을 바짝 높이고(최고 45도) 발사하면 포탄은 포물선을 그리고 수천 보도 날아갈 수 있었다. 그러나 조준 장치가 없고 목측으로 하는 이 같은 사격에서는 아무리 명수라도 정확을 기할 수 없고 1도의 편차에도 포탄은 목표에서 수백 보 엉뚱한 곳에 떨어지기 일쑤였다.

더구나 사격 중에서도 가장 어려운 것이 움직이는 물체에서 움직이는 목표를 쏘는 사격이었다. 피차 움직이는 함대 간의 사격전이 바로 그 경우였다.

그 위에 대포는 한 방 쏘고 나면 다시 탄알과 화약을 채우고, 불을 댕겨 발사할 때까지 약 5분 걸렸다. 대포가 여러 문(門) 있다 하더라도 자연히 간격은 생기지 않을 수 없었다. 멀리 떨어져 있던 적선들은 이 틈을 타고 도망친 것이다.

대책은 평범한 데 있었다. 활이나 대포를 막론하고 목표에 가까울수록 잘 맞는 것은 상식이었다. 적 함대에 바싹 다가들어 포위하고 수평사격으로 직격탄을 퍼붓는 것이다.

이것은 무모한 일은 아니었다. 적에게도 대포가 있었으나 극히 드물고 주로 조총과 활로 대항해 왔다. 적으로부터 뺏은 조총을 실험하니 약 80보(1백 미터)까지 쏠 수 있었으나 제대로 맞히려면 40보 이내라야 했다. 그들의 활도 시험했으나 우리 활과 다를 것이 없고 20~30보가 고작이었다.

우리 대포의 파괴력은 적의 조총에 비할 바가 아니니 용기만 있으면 육박전이 최상이었다. 그런데 옥포에서 크게 이긴 우리 병사들은 자신이 섰고 적은 자신을 잃고 있었다.

이리하여 이순신은 사천해전부터 장거리 포격전에서 지근거리의 육박전으로 전환하였다. 적의 조총과 활의 사정거리 이내까지 육박하는 만큼 희생도 따르게 마련이었으나 전과도 커서 만나는 적 함대마다 거의 완전 섬멸되고 말았다.

사천에서 남진하던 함대는 모자랑포(毛自郞浦)에서 그 밤을 보내고 다음 날인 6월 1일, 적을 찾아 동남으로 뱃머리를 돌렸다. 그러나 바다는 끝없이 푸르고 섬들은 녹음 속에 잠자듯 고요하고 — 어느 구석에도 적의 그림자는 찾을 길이 없었다.

정오. 사량도(蛇梁島)에 접근하자 이 포구의 만호 이여념(李汝恬)이 앞에 나와 물길을 인도했다. 경상우수영의 여러 장수들과 마찬가지로 그도 수사 원균을 따라 몸을 피했다가 오늘 다시 이리로 돌아오게 되었다.

멀리 언덕 위 숲 속에서 바라보던 남녀노소 수십 명이 선창까지 달려와서 마중했다. 갈피를 잡을 수 없는 소문에 밤에도 눈을 붙이지 못했고, 내일은 섬을 떠날 참이었다고 했다.

그러나 처음 나타난 우리 함대는 의지할 곳이 없던 그들의 가슴에 생기를 불어넣은 듯, 근심 걱정이 아물거리던 얼굴마다 화색이 돌았다.

이순신이 다른 장수들과 함께 만호영에 좌정하자 백발노인이 대문으로 들어서더니 마당에 한 무릎을 세우고 엎드렸다.

"대장 어른, 소인들은 여태 의논드릴 관장(官長)도 안 계시고 어찌할 바를 몰랐습니다. 떠나야 할지 남아야 할지······."

이순신은 그를 바라보고 천천히 대답했다.

"안심하고 남으시오."

노인이 돌아가고 얼마 안 되어 온 동네가 떠들썩했다. 난리로 엉거주춤했던 처녀 총각의 혼례를 서둘러 올린다고 했다. 이 살벌한 천지에서도 생명의 줄은 이어 가야 하는가 보다 ― 생각하던 이순신은 군관 변존서를 불렀다.

"떡을 치고 술을 내다 병정들을 대접하지."

쌀이고 술이고 적으로부터 뺏은 것들이었다. 병사들은 술을 마시고 노래를 부르며 해가 기울고 밤이 깊어 가는 줄을 몰랐다.

그러나 이순신은 어깨의 통증으로 밤새도록 잠을 이루지 못했다. 의원이 들어와 뽕나무 잿물로 닦아 내고 다시 동였으나 상처는 갈수록 부어오르고 통증도 가라앉지 않았다.

여름밤은 쉬 가고 새날 6월 2일이 밝아왔다. 이순신은 의원이 주는 환약을 물로 삼키고 졸기 시작했다.

오늘 하루만이라도 쉴 수 없을까?

그는 차츰 깊은 잠으로 빠져들었다.

아침 8시(辰時), 다시 눈을 뜬 이순신은 옆에서 망설이는 변존서에게 물었다.
"무슨 일이냐?"
"당포에 적이 나타났답니다."
즉시 배에 오른 이순신은 주먹밥을 씹으면서 함대를 이끌고 당포로 항진하였다.

이순신 전법

이순신 함대가 당포에 도착한 것은 두 시간 후인 오전 10시(巳時)였다. 적 함대는 큰 전함 9척, 중소(中小) 함정이 12척, 도합 21척이었다.

당포도 만호영이 있던 고장으로 석성(石城)이 있었다. 적병 중에서 3백여 명이 이미 상륙하여 그중 반수는 성안에 들어가 약탈을 하는 중이었다. 나머지 반수는 바닷가 험준한 언덕에 포진하고 있다가 우리 함대가 접근하자 일제히 조총 사격을 퍼부었다.

적 함정들 중에는 높이 3, 4길[丈]은 됨직한 누각선이 보였다. 밖에 붉은 비단으로 장막을 두르고 장막 사면에는 큰 글씨로 누를 황(黃) 자를 써놓았는데 안에 좌정한 적장은 꼼짝도 않는 것이 담대한 인물이었다.

포구를 에워싸고 다가들던 우리 함대는 1백여 보 거리에 멈춰 섰다. 이순신은 부상한 왼쪽 어깨를 흰 천으로 동여매고 좌선의 청판(廳板 : 갑판) 중앙, 호상에 앉아 있었다. 그는 천천히 고개를 돌려 뒤를 돌아보았다.

10여 명의 기라졸(旗羅卒 : 신호병)들이 형형색색의 깃발을 들고 한 줄로 서 있었다. 해전(海戰)에서는 말로는 통할 수 없고 이 같은 깃발들이 유일한 연락 수단이었다. 이순신은 기라졸들을 훑어보다가 나지막이 속삭였다.

"거북선을 나가게 해라."

기라졸 한 명이 흰 깃발과 붉은 깃발을 차례로 쳐들고 좌우로 흔들자 멀리 앞에 있던 2척의 거북선에서도 같은 깃발 응답을 보내오고 차례로 움직이기 시작했다.

차츰 속력을 더하면서 적에게 접근하자 앞서 가던 거북선이 별안간 뱃머리의 용구(龍口)에서 엄청난 폭음과 함께 대포(玄字銃筒)를 발사했다. 이어 좌로 돌면서 우현(右舷)의 대포들은 적의 대장선, 좌현(左舷)의 대포들은 달려드는 주위의 적선들을 향해 불을 뿜었다.

대포는 쇳덩이뿐만 아니라 대장군전(大將軍箭)도 날렸다. 창끝같이 큰 활촉에 쇠 날개까지 붙은 화살로, 무게는 2~3킬로그램, 대단한 파괴력을 가지고 있었다. 도끼로 판잣집을 부수듯 맞는 대목은 산산조각이 나고 돛대가 동강 나는 경우도 드물지 않았다.

앞서 나갔던 거북선이 사격을 끝내고 물러나자 뒤따르던 거북선이 재빨리 앞으로 나가 같은 동작을 되풀이하고 물러났다. 거북선에는 한쪽에 8~10개, 양쪽을 합쳐 도합 16~20개의 노(櫓)가 있었고, 노마다 4명의 격군(格軍)이 붙어 있었다. 2명씩 교대로 노를 저었으나 전투 중에는 4명이 모두 힘을 모아 젓기 때문에 전진 후퇴가 눈부시게 빨랐다.

거북선의 잇따른 공격에 적의 대장선은 처처에 구멍이 뚫리고, 빈집같이 여기저기 허물어졌다.

좌선에서 바라보던 이순신이 바른손을 쳐들고 좌우로 흔들자 기라졸들은 저마다 갖고 있던 깃발을 마구 흔들었다. 모든 함정들도 깃발로 응대하고 총포와 활을 쏘면서 앞으로 돌진해 나갔다.

중위장 권준의 전선(戰船)이 제일착으로 적의 함열(艦列)을 뚫고 들어가 대장선에 집중 포화를 퍼부었다.

대장선 누각에서 전투를 지휘하던 적장이 별안간 조총을 들어 이쪽을 겨누는 것이 눈에 들어왔다. 청판에서 대포의 사격을 독려하던 권준은 반사적으로 활을 들어 시위를 당겼다.

"으악―."

적장은 길게 비명을 남기고 거꾸로 물 속에 떨어졌다가 수십 보 떨어진 사도첨사 김완(金浣)의 전선 옆에 솟아올랐다. 재빨리 물에 뛰어든 그의 군관 진무성(陳武晟)이 상투를 틀어쥐고 능숙한 솜씨로 목을 쳤다.

진무성이 적장의 머리를 배 위로 높이 던지자 배에서는 함성이 오르고, 적의 함정들은 저마다 도망치려고 자기들끼리 좌충우돌하여 난장판이 벌어졌다. 기회를 놓치지 않고 조여든 우리 함정들은 적을 삼면으로 포위하고 퇴로를 차단했다.

적은 배를 버리고 물 속으로 몸을 던졌다. 재빠른 자들은 헤엄쳐 뭍으로 도망치고 느린 자들은 우리 병사들의 화살을 맞고 물 속에서 허우적거렸다. 일부 병사들은 작은 배로 돌아다니면서 이들의 목을 치고 나머지는 적선에 올라 낱낱이 수색하고 포로로 잡혔던 사람들을 구하고 그들이 약탈해 갔던 물건을 압수했다.

수색이 끝난 적선 21척은 모두 불에 태워 버렸다. 그 위에 숱한 적병을 살상하고 이쪽은 한 명도 다치지 않았으니 완전무결한 승리였다.

이로부터 이순신 전법의 정형(定型)이 형성되어 갔다. 거북선으로 적의 심장부에 타격을 가하여 지휘계통에 혼란을 일으키고, 정신을 못 차리는 기회를 놓치지 않고 총공격을 퍼부어 적을 섬멸하는 것이 그 기본이었다.

멀리 떨어진 남쪽 해상에서 경계하던 탐망선(探望船)이 급히 노를 저어 왔다.

"거제도 방면에서 적선 20여 척이 새로 당도했습니다."

이순신 함대는 즉시 뱃머리를 남으로 돌리고 항진하다가 5리 전방에 적 함대를 발견했다.

그러나 적은 접전을 피하고 오던 길로 되돌아 도망치기 시작했다. 있는 힘을 다해 쫓아갔으나 육중한 우리 함정들의 속력은 적선에 미치지 못하고 거리는 갈수록 멀어졌다.

바다에 해가 지고 어둠이 깔리기 시작했다. 섬들 사이를 요리조리 돌아 자취를 감춘 적 함대는 다시는 찾을 길이 없었다.

이 일대는 이미 적의 세력하에 있었다. 어느 섬에 무엇이 있는지 알 수 없고, 자칫하면 야간에 기습을 받을 염려가 있었다. 함대는 멀리 서진(西進)하여 창선도(昌善島)에서 휴식에 들어갔다.

이번 작전에서 적의 대장선을 수색하던 소비포권관 이영남이 적에게 잡혀 있던 어린 두 소녀를 구해 왔다. 밤에 이순신이 보는 가운데 군관 변존서가 이들을 신문했다. 그중 큰 소녀가 먼저 담찬 목소리로 엮어 내려갔다.

"저는예 울산(蔚山)에 사는 김 좌수네 종입니다. 이름은 억대(億代)라 하구 나이는 열일곱이 아니면 열여덟이라요. 보름 전에 왜놈들에게 붙들렸십니다. 이리저리 끌려다니다 아까 그 배로 들어온 게 아인교. 그날 밤 소를 잡고 높은 왜놈아들이 몰려와서 대장 옆에 저를 앉히고 법석입디더. 눈치를 보니 그게 혼례식이라요. 저는 왜놈의 각시가 돼버리구 배 칸에 꾸민 신방에서 오늘까지 지냈십니다."

겁에 질렸던 다음 소녀도 억대가 엮는 것을 보고 용기를 얻은 듯 제법 조리 있게 이어 갔다.

"이름은 모리(毛里)락 하구 거제도에 삽니다. 나이는 열여섯입니다. 열흘 전에 부모 형제와 마을 사람들이랑 한배에 타고 피란을 가다 왜놈들에게 붙들린 기라요. 얼굴이 반반한 가시내들만 골라 놓고 나머지는 몽조리 바다에 처넣었십니더. 억대 언니는 위층에서 대장을 모시고 지는 아래층에서 휘뚜루 이놈저놈 다 모신 기라요. 내사 마 참말로 죽을 뻔 보았십니더."

옆에서 종시 듣기만 하던 이순신이 물었다.

"이제부터 어디로 갈 것이냐?"

억대의 눈에서 불이 일었다.

"칵 물에 빠질 깁니더."

"응?"

"저 같은 팔자는 시상에 태어난 것부터 잘못입니더."

이순신은 분노가 이글거리는 그의 얼굴을 바라보다 모리를 향했다.

"너는 어떻게 할 것이냐?"

"모르겠십니더."

물은 자기가 어리석었다. 그들에게 갈 곳이 있을 리 없었다.

두 소녀는 아산에 두고 온 딸과 비슷한 나이로 아직 애티가 가시지 않은 얼굴들이었다. 그래도 내쫓을 수는 없고, 그렇다고 배에 싣고 다니기도 난감했다. 수군에서는 여자를 배에 싣는 것을 금기로 알고 있었다. 오늘도 여러 사람들이 죽건 말건 당포에 버리고 오자는 것을 억지로 이 창선도까지 데리고 왔다.

그는 주위 사람들과 의논 끝에 광목과 쌀을 주어 이 섬의 민가에 맡기기로 하고 일어섰다.

"의지할 곳이 마땅치 않거든 여수로 오너라."

이순신은 3일 전 여수를 떠날 때부터 학수고대하는 사람이 있었다. 전라우수사 이억기였다. 원균의 편지를 받는 즉시로 그에게 알렸고, 약속한 6월 3일을 기다릴 것 없이 즉시 와달라고 급사를 띄웠다.

그러나 이억기는 이날까지도 소식이 없었다.

한 밤이 가고 6월 3일이 와도 그는 나타나지 않았다. 병사들은 잘 싸우기는 했으나 매번 자기들만 싸우고 도와주는 사람도, 알아주는 사람도 없다는 고립감에 마음의 동요가 일기 시작했다. 어제 한낮에도 휴식 중에 허상(虛像)을 본 병사가 적이 온다고 외치는 바람에 한때 소동이 일어났고, 간밤에도 같은 소동이 벌어졌다.

"아니다. 우리만 싸우는 것이 아니고 경상우수사 원균 장군의 군사들과 함께 싸우고 있지 않은가?"

타일러도 곧이듣지 않았다.

거제도에서 붕괴되다시피 하고 물러온 원균의 수군은 큰 배 4척, 중간 배 2척, 도합 6척밖에 없었다. 보통 큰 배를 판옥선(板屋船), 중간 배를 협선(挾船)이라고 불렀는데 제대로 전투능력을 갖춘 것은 판옥선이어서 이것을 판옥전선(板屋戰船), 또는 단순히 전선이라고 불렀다. 요컨대 전선의 수가 문제였다. 그런데 원균은 4척밖에 없는 전선 중에서 한 척은 고장이 나서 이번에는 3척만 끌고 나왔다.

그 위에 몇 척 안 되는 함정에 장수들만 들끓는 기형적인 편성이었다. 지금 기록에 이름이 남아 있는 개전 당시의 장수들만도 다음 21명이었다.

　　우후(虞侯) 우응진(禹應辰)

　　가덕첨사(加德僉使) 전응린(田應麟)

　　천성보만호(天城堡萬戶) 황정(黃珽)

　　옥포만호(玉浦萬戶) 이운룡(李雲龍)

　　사량만호(蛇梁萬戶) 이여념(李汝恬)

당포만호(唐浦萬戶) 하종해(河宗海)

소비포권관(所非浦權管) 이영남(李英男)

가배량권관(加背梁權管) 주대청(朱大淸)

영등포만호(永登浦萬戶) 우치적(禹致績)

제포만호(薺浦萬戶) 황응남(黃應男)

미조항첨사(彌助項僉使) 김승룡(金勝龍)

지세포만호(知世浦萬戶) 한백록(韓百錄)

조라포만호(助羅浦萬戶) 박붕(朴鵬)

평산포권관(平山浦權管) 김축(金軸)

곤양군수(昆陽郡守) 이광악(李光岳)

사천현감(泗川縣監) 정득열(鄭得說)

웅천현감(熊川縣監) 허일(許鎰)

남해현령(南海縣令) 기효근(奇孝謹)

거제현령(巨濟縣令) 김준민(金俊民)

고성현령(固城縣令) 김현(金絢)

하동현감(河東縣監) 준해(遵偕)

원균 휘하의 수군이 와해되는 바람에 이들 중에는 주대청, 이광악, 정득열, 김준민, 황응남, 하종해와 같이 본토에 올라가 싸운 사람들도 있고, 김현, 박붕, 준해와 같이 아예 행방을 감추고 전쟁에 나오지 않은 사람들도 있었으나 원균과 행동을 같이한 사람들도 적지 않았다. 저마다 몇 척씩 거느려야 할 장수들이었으나 절대 다수가 한 척도 없었다. 함대를 형성하고 독립된 작전을 수행할 형편이 못 되는지라 1, 2명의 장수가 전선을 끌고 이순신 함대에 합류하여 싸우는 수밖에 없었다.

사령관인 원균의 입장도 난처했다. 군사 없는 장수로, 지휘하려야 할 수 없기 때문에 교전(交戰)하는 곳마다 활이나 총을 맞은 왜인들을 찾아

목을 베고 다니는 수밖에 없었다.

　동지가 있으면 없던 힘도 솟고, 없으면 있던 힘도 사라지는 것이 인지상정이었다. 원균이 이런 형편이니 무엇보다도 이억기의 함대가 와주어야 했다.

　6월 3일은 어제 놓친 적 함대를 찾아 아침 일찍 창선도를 떠났다. 추도(楸島)를 거쳐 미륵도(彌勒島) 서남 해역을 수색하면서 하루 종일 기다렸으나 이억기로부터는 여전히 소식이 없었다.
　해가 기울자 함대는 고성(固城) 땅 고둔포(古屯浦)에 닻을 내렸다.
　배에서 한 밤을 보내고 나니 어제에 이어 오늘도 맑은 날씨였다. 병사들은 도무지 신이 안 나는 얼굴들이었으나 이대로 머물 수도 없고, 바다에 나가 이억기를 기다리기로 했다. 이 일대에서 이름난 포구는 그저께 적과 싸운 당포였다. 이억기가 온다면 그곳을 목표로 하지 않을까.
　함대를 이끌고 당포까지 오니 숲 속에 숨어 있던 이 고장 토병(土兵) 한 사람이 구르다시피 산을 내려왔다.
　"그저께 뭍으로 올라온 적의 패잔병들은 죽은 동료들의 시체를 화장하고 눈물을 흘리면서 육지로 도망쳐 갔습니다. 그리고 그날 바깥 바다에서 도망친 왜선들은 지금 거제도로 향하고 있습니다."
　이순신은 판단이 서지 않았다. 이억기를 기다릴 것인가, 아니면 적을 추격할 것인가. 응당 적을 쫓아가는 것이 순서였으나 병사들의 사기가 떨어진 마당에 합당한 일 같지 않았다. 그는 이때처럼 망설인 일도 없었다.
　정오. 마침내 멀리 수평선에 숱한 돛배들이 나타났다. 병사들은 청판으로 뛰어오르고, 군관들은 꼼짝 않고 바라보았다. 서녘에 나타났으니 십중팔구 우군, 그러나 만에 하나 적군일 수도 있었다.
"전라우수사 어른에 틀림없다."
이마에 손을 얹고 바라보던 군관이 외치자 병사들은 발을 구르고 함성을 질렀다.
"아아 ―."
외마디뿐, 말을 잇지 못했다.

선비에서 무인으로

이억기 함대는 전선 25척이었다.

양측 기라졸들이 흔드는 오색 깃발이 바람에 나부끼는 가운데 순풍을 타고 미끄러지듯 다가오던 함대는 1리쯤 거리를 두고 닻을 내렸다.

"가서 봬야지."

이순신은 상처를 걱정하는 부하들의 만류를 마다하고 좌선을 내려왔다. 앉아서 손님을 맞는 것은 인사가 아니라고 했다.

거룻배로 파도를 헤치고 이억기의 좌선에 닿은 이순신은 권하는 대로 호상에 마주 앉았다.

"지난번에는 혼자 싸우시는데 마련이 안 돼 참예를 못했고 이번에도 이래저래 제때에 당도하지 못했습니다. 더구나 크게 다치기까지 하셨는데 뒷전에만 앉아 있은 격이 됐으니 죄송하고 민망하기 그지없습니다."

이억기는 왼팔을 걸방에 처매고 있는 이순신을 바라보고 정말 죄송한 얼굴이었다.

"상처랄 것도 없고……. 그보다도 조정에서는 별다른 소식은 없었나요?"

좀체로 웃는 일이 없는 이순신이었으나 근래에 없이 화색이 도는 얼굴이었다.

"떠나기 전날에도 성상의 유서(諭書)를 받았습니다. 속히 출동해서 군을 도와드리라는 말씀이었습니다."

"황공한 일이외다."

"그렇게 선하시고, 악한 대목이라고는 털끝만치도 없으신 상감께서 어찌하여 이런 변을 당하시는지 알 수 없는 일입니다."

이억기는 제2대 정종(定宗)의 열째 아들 덕천군(德泉君 : 이름은 厚生)의 고손으로 나이는 젊었으나 임금 선조에게는 12촌 조부뻘이 되었다. 자연히 왕실에 대해서는 단순한 충성 이상의 각별한 애정을 가지고 있었다.

이순신은 듣기만 하고 대답하지 않았다. 자고로 한 집안이나 국가를 망치는 것은 악(惡)이라기보다 어리석음[愚]이라고 했다. 5년 전 일본 왕사로 다치바나 야스히로가 처음 왔을 때부터 지금까지 조정이 한 일은 어리석지 않은 것이 별로 없었다.

그 어리석음으로 해서 오늘날 이 기막힌 재앙을 당하고 있는 것이다. 무엇을 말할 것인가.

"하늘도 무심하시지요."

이억기는 한마디 더 했다.

이순신은 귀공자 같은 그의 얼굴을 바라보고 인생의 순풍과 역풍을 생각했다. 같은 수사로 이순신 48세, 이억기 32세. 16년의 차이는 순풍과 역풍의 차이였다.

이억기는 왕실의 근친으로 태어난 데다 사람됨이 총명하고 담력과 재주를 겸비한 인물이었다. 10대에 이미 특채로 내승(內乘) 벼슬을 받고 궁중에 들어가 임금 선조를 모시게 되었다. 내승은 궁중에서 쓰는 마필과 가마 등을 다루는 내사복(內司僕)의 관원이었다.

얼마 후 무과에 장원으로 급제하여 21세 되던 해에 함경도 경원부사(慶源府使)로 부임하였다. 종3품 벼슬로 일반 사람으로는 생각할 수 없는 출세였다.

지방관은 그 고장의 군사 책임자이기도 했다. 경원은 두만강 연변으로 강 건너에서는 무시로 여진족이 쳐들어와서 이억기도 이들의 토벌에 편한 날이 없었다.

2년 후인 1583년 10월 이순신이 이 경원 고을 건원보(乾原堡)의 권관으로 부임하여 왔다. 건원보는 이억기가 부사로 있는 읍내에서 남으로 35리 떨어진 국경 마을, 권관은 소대(小隊) 정도의 국경수비대 대장이었다.

이때 이순신은 처음으로 이억기와 알게 되었다. 이순신 39세, 이억기 23세. 그러나 이순신은 종9품의 권관으로 종3품의 부사에게는 댈 것도 못 되는 미관말직이었다.

이억기는 3형제 중의 막내로 형이 두 분 있었다. 둘째 억희(億禧)는 풍류객으로 팔도강산을 유람하다 종생하였으나 맏형 억복(億福)은 무과를 거친 무관이었다.

경원에서 5년 근무하고 교체될 참인데 공교롭게 형 억복이 후임으로 내정되었다는 소식이 왔다. 그는 12세나 연상인 이 형을 따랐고, 그런 형을 변방에 홀로 두는 것이 마음에 걸렸다.

함께 있게 해달라고 조정에 청을 드렸더니 바로 이웃 고을인 온성부사(穩城府使)로 옮겨 주었다. 형제는 두만강가에서 나란히 두 고을을 다

스렀고, 내왕도 잦았다.

2년의 세월이 흘렀다. 추수기를 노린 여진족이 대대적으로 두만강을 건너 경원부에 쇄도하여 왔다. 성을 지키던 병사들은 거의 전멸하고 억복도 전사했다.

온성에서 소식을 들은 이억기는 즉시 병사들을 이끌고 경원에 달려와서 여진족을 몰살해 버렸다. 늦가을의 세찬 바람에 풀어헤친 머리를 휘날리며 마상에서 창을 휘두르는 그의 모습은 글자 그대로 금강역사(金剛力士)였다.

형을 잃은 이 고장이 싫어졌다. 남으로 돌아올 날을 고대하던 차에 전라도의 순천부사(順天府使)로 옮기게 되었다. 일본의 침략에 대비하여 남도의 지방관들을 문관에서 무관으로 교체하던 작년 봄의 일이었다. 10년 만에 두만강을 하직했는데 이 10년 동안 무공을 쌓아 명장이라는 명성을 얻었다.

곧이어 정3품 전라우수사로 승진하였다. 31세에 수사는 글자 그대로 순풍의 출세였다.

이억기와는 달리 이순신은 서울의 가난한 선비 집안에서 태어났다. 증조부 거(琚)가 연산군 시절에 장령(掌令)이라는 중급 벼슬을 지낸 후로는 조부 백록(百祿)도 부친 정(貞)도 벼슬과는 담을 쌓고 살아 왔다.

벼슬이 없는 선비는 땅이 없는 농부나 진배없이 할 일도 없고 살 길도 막연했다. 더구나 2대 70년 동안 무위무관(無位無官)으로 살았으니 살림은 군색할 수밖에 없었다.

이순신은 위로 맏형 희신(羲臣)과 둘째 요신(堯臣)이 있었고, 아래로 우신(禹臣), 그리고 누님 한 분이 있었다.

그가 태어난 남산 밑 동네에서는 국초부터 많은 인재가 나왔는데 이 시절에도 적지 않은 인물들이 여기서 함께 장성하였다. 류성룡, 이순신, 원균, 그리고 황윤길·김성일과 함께 사신으로 일본에 다녀온 허성(許筬), 그의 아우로 《홍길동전》을 지은 허균(許筠) 등이 같은 시대, 같은 마을 출신이었다.

류성룡은 동학(東學)에 유학하기 위해서 13세에 고향 안동(安東)을 떠나 처음으로 서울에 올라왔다.

같은 동네에 사는 이순신 형제와 알게 되었는데 맏이 희신은 이미 20세 청년으로 친구가 될 수 없었고, 가장 가깝게 지낸 것은 둘째 요신이었다. 둘은 같은 13세로 동갑이었다. 이들은 훗날 함께 이퇴계 선생의 문하에 출입하기도 했다.

이순신은 그들보다 3년 연하인 10세였다. 두 소년은 활달한 이 아이를 사랑했고, 그도 두 사람이 좋아 항시 따라다녔다.

가난에서 헤어나기 위해서는 형제 중에서 한 사람이라도 과거에 올라 벼슬길에 나서는 수밖에 없었다. 그러나 과거는 마음대로 되는 것이 아니었다. 희신은 안 되고 훨씬 훗날 요신이 생원시(生員試)에 급제하여 '이 생원'으로 통했으나 끝내 대과(大科)에는 오르지 못했다.

일가는 아산 고을 백암리(白岩里)로 이사하였다. 지금 현충사(顯忠祠)가 있는 마을이었다. 이순신의 외가 변(卞)씨 일가가 여기 살았고, 10리 떨어진 금곡(金谷)은 희신의 처가 강(姜)씨네 동네로, 누님도 이 금곡에 출가하여 살고 있었다. 이순신의 집안과는 인연이 깊은 고장이었다.

이 백암리로 이사한 것은 이순신의 생애에 중대한 전기가 되었다.

마을의 방화산(芳華山) 기슭에 방진(方震)이라는 50대 초반의 호걸이 살고 있었다. 무과에 급제한 무인으로 전라도 보성군수(寶城郡守)를 지냈고, 부인 오씨도 병마우후(兵馬虞侯)를 지낸 오수억(吳壽億)의 딸이었다. 안팎으로 무(武)를 숭상하는 특이한 집안이었다.

그들은 살림이 넉넉해서 그리운 것이 없었고, 집에는 여러 필의 말도 있었다. 방진은 무시로 사냥을 나가 말을 달리고 활을 쏘아 짐승을 잡았다.

부족한 것이 없는 집안이었으나 단 하나 아들이 없는 것이 한이었다. 딸이라도 여럿이 있으면 좋을 터인데 무남독녀 외딸이 하나 있을 뿐이었다. 활발하고 담대한 소녀였다.

부부는 이 딸에게 세상없는 사위를 맞아 주는 것이 소원이었다.

이때 그들 앞에 나타난 것이 이순신이었다. 후리후리한 키에 훤칠하게 잘생긴 얼굴. 붓과 입을 헤프게 놀리는 거리의 선비들과는 달리 말이 없는 묵중한 청년, 두고 볼수록 마음에 들었다.

"한동네에 살면서 서로 알고 지내야지."

방진은 그를 집에 초청해다 함께 식사도 하고, 때로는 은근히 딸과 마주칠 기회도 만들어 주었다.

가난한 이순신에게는 말이 없었다. 말을 빌려 주고 함께 사냥에도 나갔다. 시초라 서툴기는 했으나 말을 달리는 품이나 활을 쏘는 품이나 타고난 무인이었다. 방진은 더욱 그에게 끌렸다.

이순신은 여태까지 두 형을 따라 유학을 공부했으나 따분하기 그지 없었다. 반면에 어쩌다 병서(兵書)를 보면, 마디마다 생명이 약동하고 전투 장면이 그림같이 머리에 떠올랐다. 내가 갈 길은 여기 있지 않을까?

그러나 대대로 내려오는 선비의 집안에서 붓을 던지는 일은 쉽지 않았다.

그러던 차에 방진을 만났다. 그에게 호감이 갔고, 마침내 자기보다 2세 연하인 그의 무남독녀와 결혼하였다.

결혼하고 그는 아예 방진의 집으로 들어갔다. 사위 겸 아들 같은 처지

였다.³

 여기서 이순신은 비로소 유학을 버리고 병법을 공부하는 데 전념했다. 이미 한문 공부가 깊은지라 어떤 책도 불편 없이 읽을 수 있었다. 장인 방진의 장서는 물론, 서울에도 내왕하여 구할 수 있는 병서는 다 구해서 읽었다.

 책만 읽은 것이 아니라 같은 또래의 청년들과 어울려 말을 달리고 궁술(弓術), 검술(劍術) 등 무술을 닦는 데도 정성을 쏟았다.

 이처럼 선비에서 무인으로 전신한 것이 22세의 겨울이었다.

 총명한 아내를 맞고 자기가 원하는 길을 가면서 유유자적하던 이 시기가 이순신으로서는 생애에서 제일 복된 시절이었다. 그 이전에도, 또 그 이후에도 이처럼 평온한 때는 없었다.

 무를 닦는 이상 무과의 과거를 보아 무관으로 나서는 것이 순서였다. 그러나 이순신은 서두르는 성품이 아니었고, 매사에 완전주의자였다. 준비를 할 대로 해 가지고 서울에 올라와 처음으로 과거를 본 것이 6년 후, 28세의 가을이었다.

 그러나 시험 중에 달리던 말이 고꾸라지는 바람에 땅에 떨어져 왼쪽 다리에 골절상(骨折傷)을 입고 말았다. 과거에 실패하고 백암리로 돌아왔다.

 4년 후 32세 되던 해 봄에 다시 서울로 올라와 과거를 보았다. 이번에는 실수 없이 급제를 하니 문에서 무로 방향을 바꾼 지 만 10년이 되는 해였다.

 그러나 성적은 썩 좋은 편이 못 되었다. 시험성적에 따라 갑을병(甲乙丙)의 세 가지 등급으로 나누고, 등급 안에서 또 순위를 매기는데 이순신은 병과(丙科)에서도 4등이었다. 그는 재주가 번뜩이는 천재형은 아니었다.

증조부 거(琚) 이후 3대 만에 처음으로 벼슬길이 열렸으니 큰 경사가 아닐 수 없었다. 집안에서는 잔치가 벌어지고 일가친척 수십 명이 선영을 찾아 제사를 지내고 영전에 이 사연을 보고하였다.

봉분 앞에 세워 두었던 석인(石人)이 쓰러져 있었다. 여러 청년들이 달려들어 일으켜 세우려고 애를 썼으나 석인은 무겁고 제대로 움직여 주지 않았다.

"잠깐 비키시오."

이순신은 그들을 비켜 세우고 쓰러진 석인의 머리 밑으로 어깨를 들이밀었다. 조금씩 들리자 잔등으로 밀어붙여 마침내 일으켜 세웠다.

말이 없는 그는 몸집이 큰 데다 힘도 장사였다. 묵직한 그의 머리에는 작은 재주는 없었으나 남이 못하는 석인을 일으켜 세우듯이 큰 재주가 잠자고 있었다.

그러나 과거에 오른 후 큰 재주가 소용될 기회는 좀처럼 오지 않고 인생의 역풍 속에 고달픈 세월을 엮어 가야 했다.

종9품 두메산골 수비대장

　백두산 천지(天池)에서 2백 리, 남으로 곧장 쏟아져 내려오던 압록강이 방향을 바꾸어 서쪽으로 굽이쳐 흐르는 대목에 혜산진(惠山鎭)이 있었다. 이 일대에서는 제일 큰 석성(石城)이 있는 고장으로, 성내에는 병마첨절제사(兵馬僉節制使), 약칭 첨사(僉使)의 진영이 있었다.
　혜산진에서 압록강을 따라 서쪽으로 40리에는 삼수군수가 좌정한 삼수성(三水城)이 있었다. 삼수성 남쪽에 동구비보(童仇非堡)라는 조그만 석성이 있었는데 높이는 8척, 둘레는 1천2백50척. 임진왜란이 일어나기 90년 전인 1502년(연산군 8) 압록강을 넘어오는 여진족을 막기 위해서 쌓은 군사적인 보루였다.
　과거에 오른 32세의 이순신이 그해 겨울, 눈보라 속을 말을 달려 부임한 것이 이 동구비보였다. 종9품 권관, 국경의 이 두메산골 수비대장이었다.

"어서 오시오다."

무릎까지 빠지는 눈 속을 멀리까지 마중 나온 1백여 명의 병사들. 옷이며 모자와 신발, 머리에서 발끝까지 짐승의 가죽으로 감싼 병사들은 합창이라도 하듯 귀에 거슬리는 사투리로 외쳤다.

"고맙다."

말에서 내리려고 했으나 재빠른 병정이 말고삐를 잡아끌었다.

"그양 가시오다."

새까만 얼굴에 두 눈만 유난히 팬들거렸다. 몇 달 — 적어도 겨울철이 시작되면서부터는 세수라는 것을 잊고 지내 온 것이 분명했다.

"와아ㅡ."

말을 에워싸고 함께 성내로 달리는 병사들은 흡사 1백 마리의 짐승, 멋대로 자란 야생마들이었다. 될 대로 된 망나니들이었으나 기운이 씽씽한 것만은 한 가지 취할 점이었다.

"고단할 터인데 어서 유하시오다."

저녁상을 물리자 낮살 먹은 아전이 문 밖에서 한마디 했다. 북도에 들어서면서부터 '주무시라'는 말은 들을 수 없고 기껏 존대한다는 것이 '유하시오다'. 황량한 산천에 말투까지 비위를 긁는 고장에서 기약 없는 세월을 엮을 생각을 하니 가슴이 싸늘했다.

"물러가 자라."

아전을 보내고 잠자리에 들었다. 아산에서 서울까지 2백20여 리, 서울에서 여기까지는 1천5백70여 리, 도합 1천8백여 리 길이었다. 그 사이에 거쳐 온 무수한 태산준령과 크고 작은 강들을 생각하면 이 세상 끝까지 온 느낌이었다.

보통 삼수와 그 이웃 고을 갑산(甲山)은 하늘 아래 첫 동네로, 사람이 살 고장은 아니고, 못된 인간들을 귀양 보내는 벽지로 알고 있었다.

틀린 생각이 아니었다. 이 심심산천에 들어서면서부터 인가라고는 어쩌다 화전민들의 오막살이 동네가 눈에 뜨일 뿐 사람보다 짐승이 훨씬 많았다. 호랑이가 사람을 물어 갔다느니 승냥이가 돼지를 업어 갔다느니, 오는 도중에도 심심치 않게 떠들썩했다.

백암리에는 부인 방씨와 두 아들, 열 살 난 회(薈)와 여섯 살 난 예(葂)가 있었다. 그 위에 부인은 세 번째 아이를 임신하고 있었다. 그는 아이들의 웃던 얼굴, 동구 밖까지 배웅 나와 눈물을 머금고 슬며시 얼굴을 돌리던 부인의 모습을 그리다 이상한 소리에 귀를 기울였다.

"우-웅-."

가까운 산에서 승냥이가 으르렁거리는 소리였다. 참으로 기막힌 고장에 떨어졌구나. 그는 이 생각, 저 생각으로 밤이 깊어서야 잠이 들었다.

같은 사물도 생각하기 나름이었다. 그는 사냥에 재미를 붙였다. 삼수에는 호랑이나 승냥이만 있는 것이 아니라 곰, 멧돼지, 사슴, 노루 등등 짐승이 들끓었다. 병사들에게는 훈련이 되고 잡은 것을 나눠 주면 싫다는 백성이 없었다.

이 고장 사람도 차츰 달리 보게 되었다. 말투나 행동거지나, 반쯤은 짐승이나 다를 것이 없다고 생각했으나 알고 보면 이처럼 순박한 사람들도 없었다. 하늘이 낸 그대로 때가 묻지 않은 사람들, 책에 나오는 요순시대의 백성들이었다.

밤에는 병서 공부에 시간 가는 줄을 몰랐다. 이순신은 그 시대까지 세상에 나온 병서 치고 읽지 않은 것이 없었다.

32세에 이처럼 삼수에서 벼슬의 첫발을 내디딘 이순신은 여기서 3년을 보내고 서울로 올라왔다. 그러나 그 후 서울살이는 간간이 잠시 지냈을 뿐 대개 변방을 돌아다녔다. 전라도 발포만호(鉢浦萬戶), 두만강가의 건원보권관(乾原堡權管), 조산보만호(造山堡萬戶) 등. 그것도 강등, 파면, 복직의 연속이었다.

몸집이 크고 말이 없는 이 사나이, 아첨기가 없는 것은 군사 관료들의 세세에서도 흠이었다.

과거에 오른 지 13년 만에 그는 45세로 전라도 정읍현감(井邑縣監)이 되었다. 종6품. 남들은 정2품 판서, 빠른 사람은 정1품 정승도 될 연배였다.

8개월 만에 평안도 고사리첨사(高沙里僉使)로 승진되었으나 대간(臺諫)에서 규정 위반이라고 반대하는 바람에 제 자리에 주저앉았다. 지방관은 일 년 이내에는 이동하지 못한다는 규정이 있었다. 일 년이 되어 만포진첨사(滿浦鎭僉使)로 임명되었으나 이번에는 지나친 특진이라는 바람에 역시 가지 못했다. 첨사는 종3품이었다.

정읍에서 2년을 보낸 이순신은 47세의 새해를 맞았다. 임진왜란이 일어나기 전해였다. 일본의 움직임이 수상하다 하여 유능한 장수들을 발탁하고 경상도와 전라도의 지방관들을 무관으로 교체하기 시작했다.

2월에 들어 이순신은 종4품 진도군수(珍島郡守)로 승진되었다가 부임 도중에 다시 종3품 가리포첨사(加里浦僉使 : 완도)로 승진되었고, 가리포로 가는 도중에 정3품 전라좌수사로 승진되었다. 불과 며칠 사이에 종6품에서 정3품으로, 7계급을 뛰었다.

이때는 마침 어릴 적부터 이순신의 사람됨을 잘 아는 류성룡이 우의정으로, 인사를 담당하는 이조판서를 겸하고 있었다. 평소에 모난 일을 하지 않던 류성룡이 임금을 움직여 이 같은 무리한 인사를 단행하였다.

사간원(司諫院)이 들고 일어났다.

"인재가 없다 하더라도 벼슬을 함부로 함이 이보다 더한 것도 없으니 바꾸도록 어명을 내리소서."

임금이 대답했다.

"이순신의 일은 그대들이 말한 대로다. 나도 알고 있다. 그러나 지금은 평시의 법규에 얽매이지 않고 인재를 구할 수밖에 없다. 이 사람은 능히 감당할 수 있을 것이니 그 벼슬의 높고 낮음을 논할 것이 없다. 다시는 거론하지 말라."

그러나 사간원은 가만있지 않았다.

"이순신은 극히 낮은 벼슬아치올시다. 어찌 중망에 부합될 수 있겠습니까? 인재가 없다 하더라도 현감을 별안간 사령관으로 올릴 수 있겠습니까?"

임금이 화를 냈다.

"바꿀 수 있다면 왜 바꾸지 않겠는가?"

사간원은 더 이상 말할 처지가 못 되었다. 이순신은 종생토록 류성룡의 이 호의를 잊지 않았다.

배에는 곧이어 원균도 찾아왔다. 그도 일찍이 두만강가에서 전공을 세웠고, 부령(富寧), 종성(鍾城), 두 고을의 부사를 지낸 처지로, 세 사람은 모두 구면이었다.

"다시 두만강을 볼 날이 있을지······."

이맘때가 되면 두만강에는 바다에서 송어가 떼를 지어 올라오고 용솟음쳤다. 수인사가 끝나자 잠시 공동의 과거가 화제에 올랐다.

산에는 짐승, 강에는 물고기가 활개를 치고 사람이 도리어 귀한 고장이 두만강 연변이었다. 즐거움과 괴로움은 사람에 따라 다를 수 있었으나 두만강의 송어낚시만은 누구나 잊을 수 없는 추억이었다.

그들이 이야기를 주고받는 사이에도 양쪽 함대에서는 병사들이 서로 외치고 손을 흔들고, 떠들썩했다.

"왜놈 애들 이거여, 아니면 요거여?"

새로 당도한 이억기의 병사들이 엄지와 새끼손가락을 번갈아 쳐들고 물었다.

"요기다."

이순신의 병사들은 새끼손가락을 까불거렸다. 한동안 시들했던 기운이 되살아난 듯 어깨를 폈다.

바다에 해가 기울기 시작했다. 이순신과 이억기는 제각기 함대를 이끌고 이 고장 지리에 밝은 원균 휘하 함정들의 선도를 받으며 북상하여 착량(鑿梁)에서 닻을 내리고 한 밤을 보냈다.

이튿날은 6월 5일. 짙은 안개를 헤치고 이른 아침에 출동한 연합 함대는 차례로 좁은 수로를 빠져 넓은 바다로 나왔다. 그저께 당포 근해에서 거제도로 도망친 적을 추격할 참이었다.

한산도를 지나 거제도로 접근하는데 무인도에서 쪽배 한 척이 나타나더니 재빨리 노를 저어 왔다.

"적은 거제도를 거쳐 고성 땅 단한포(唐項浦)에 닻을 내리고 있습니다."

'당항포'를 '단한포'라고 했다. 한배에 탄 남녀 7, 8명을 유심히 바라보던 변존서가 물었다.

"너희들은 누구냐?"

"저는 거제도에 사는 향화인(向化人) 김모(金毛)올시다. 가족과 친척들을 태우고 피란을 가는 길입니다."

남해안과 여러 섬에는 조선에 귀화하여 우리 백성이 된 일본 사람들이 적지 않았다. 이들을 '향화인'이라고 불렀는데 일본이 쳐들어온 후 일부 그들의 앞잡이 노릇을 한 자들도 있었으나 대개는 김모와 같이 조선에 충성을 다했다.

척후선을 앞세우고 북상한 이순신과 이억기의 연합함대는 당항포에서 대소 26척의 적 함대를 발견했다. 전에 옥포에서 접전한 적은 붉은 기, 사천(泗川)에서 무찌른 적은 흰 기, 2일 전 당포에서 처부순 적은 누른 기를 나부꼈는데 이들은 검은 깃발을 펄럭이고 돛들도 검은 색이었다. 기마다 '나무묘법연화경(南無妙法蓮花經)'이라고 흰 글씨로 쓴 것을 보면 불교를 믿는 자들이 분명했다.

적은 우리 함대가 나타나자 비 오듯 총알을 퍼부었다.

우선 거북선 2척이 돌진해 들어갔다. 검은 기를 나부끼는 3층 누각선(樓閣船), 어김없이 적의 대장선에 집중 포격을 가하자 대장선은 구멍이 뚫리고 한쪽으로 기울기 시작했다. 거북선이 물러나고 도합 51척의 전선들이 교대로 다가들어 포탄과 화살을 퍼부었다.

병사들은 신들린 듯 화약을 재고 불을 댕기고 포탄을 날렸다. 이억기 함대가 당도함으로써 우군은 배로 늘어난지라 저절로 기운이 솟는 모양이었다.

적 함정들은 반수 이상이 부서졌다. 이대로 밀어붙이면 남은 적은 배를 버리고 가까운 육지로 도망칠 염려가 있었다. 바다 한가운데로 끌어내다 퇴로를 차단해야 하였다.

이순신은 후퇴를 명령하고 함정들을 이끌고 넓은 바다로 나왔다.

예측한 대로 나머지 적 함정들이 포구를 빠져나와 부산 방향으로 도망치기 시작했다.

미리 배치해 둔 복병선(伏兵船)들이 앞을 가로막자 적은 진로를 바꾸려고 제자리를 맴돌았다. 이 틈에 재빨리 다가든 우리 함대는 적을 포위하고 벼락을 쏟아붓듯 총 포격을 감행하여 완전히 섬멸해 버렸다.

어둠이 깔리자 함대는 바다에 닻을 내리고 밤을 새웠다. 전과를 점검하니 포구 안에는 적선 한 척이 남아 있고, 적의 대장도 나오지 않았다는 것이 밝혀졌다.

동이 트기 전에 이순신의 명령을 받은 방답첨사 이순신(李純信)은 별동대 5척을 이끌고 포구 밖 무인도 기슭에 매복하고 기다렸다. 적선 한 척이 어둠을 타고 포구를 빠져나와 뱃머리를 동으로 돌리고 전속력으로 도망치기 시작했다.

이순신의 별동대는 이를 포위하고 포탄과 화살을 퍼부었다. 당황한 적이 요리조리 도망쳐 도로 포구에 들어가려는 것을 갈고리로 낚아채었다. 타고 있던 1백여 명은 대개 물에 뛰어들었다가 그대로 빠져 죽고, 마지막 남은 적장은 부하 8명을 지휘하여 끝까지 항전하였다.

우리 병사들은 활을 당기고 승자총통을 발사하여 적병들을 몰살했다. 그러나 적장은 버티고 서서 쓰러진 부하의 활을 집어 들고 연거푸 시위를 당겨 우리 병사들이 하나 둘 고꾸라졌다.

이순신은 배로 바싹 다가들어 활을 쏘고 또 쏘았다. 10대 만에 비로소 적장은 외마디 비명과 함께 물 속으로 떨어졌다. 적의 사령관 구루시마 미치유키(來島通之)였다. 병사들이 달려들어 그의 머리를 잘랐다.

처음으로 참전한 이억기는 매사 이순신이 하는 대로 순종하였다. 흰 광목으로 왼팔을 어깨에 처맨 이순신은 호상에 앉은 채 전투의 시작에서 끝까지 한 번 일어서는 일도 없었다. 그러면서도 함대는 일사불란하게 움직였고, 기막힌 승리를 거두었다. 전생의 도사, 하늘이 낸 명장이 아닐까.

연합함대의 병사들

　당항포 해전이 끝난 후 이순신과 이억기의 연합함대는 연일 대대적인 소탕 작전을 전개하였다. 김해(金海), 웅천(熊川), 창원(昌原), 진해(鎭海) 등 남해안 일대를 휩쓸고 거제도, 가덕도 등 이 해역의 섬들을 샅샅이 수색하여 적의 함정들이 눈에 뜨이는 대로 쳐부수고 불살라 버렸다. 이 소탕 작전 중 거제도의 율포(栗浦)에서는 일거에 5척을 무찌르기도 했다.

　여수를 떠난 지 10일. 낙동강 이서의 바다는 깨끗이 청소되었고, 적은 그림자도 보이지 않았다.

　병사들은 피곤하고, 식량은 떨어지고, 부상자도 많고, 이제 돌아갈 때였다. 적의 보급 기지인 부산이 지척이었으나 거기까지 쳐들어갈 능력은 없었다. 싣고 갈 수 있는 식량, 무기, 화약, 탄환, 화살 등에 한계가 있어 당시 수군으로서는 10일 전후가 작전 능력의 한계였다.

6월 10일. 연합함대는 마지막으로 묵은 당포 앞바다를 떠나 뱃머리를 서쪽으로 돌리고 귀로에 올랐다.

이번의 제2차 출동에서는 적의 함정 72척을 무찔렀고, 숱한 적병들을 바다에 쓸어 넣었다.

그러나 우리 측의 손해도 적지 않았다.

우선 전사자가 13명이었다. 그중 총에 맞은 것이 10명, 화살에 맞은 것이 2명, 칼에 맞은 것이 한 명이었다.

또 사령관인 이순신 자신이 어깨에 관통상을 입은 것을 비롯하여 군관 나대용, 이설(李渫)이 다쳤고, 사병의 부상자도 33명에 이르렀다. 모두가 전사자들과 마찬가지로 근거리 접전에서 입은 상처였다.

제1차의 원거리 사격전과는 달리 이번의 제2차 출동부터는 적에게 육박하여 근접전을 벌인 결과였다. 그만큼 전과도 컸으나 손해도 피할 수 없었다.

구름 한 점 없이 맑은 하늘 아래, 잔잔한 바다를 서진하던 연합함대는 남해도(南海島)의 남단 미조항(彌助港) 앞바다에서 잠시 닻을 내리고 뭍으로 올랐다.

장병들에게 술이 돌아갔다. 적으로부터 뺏은 것도 있고, 이 고장 첨사 김승룡(金勝龍)이 관고에서 독째로 끌어온 것도 있었다.

"요 다음에는 도요토미 히데요시의 모가지를 비틀어야 쓰겠다."

술기운에 병사들은 팔을 걷어붙이고 큰소리였다.

10일의 길지 않은 기간이었으나 경상도와 전라도, 같은 전라도에서도 좌도와 우도의 병사들은 삶과 죽음의 갈림길에서 함께 싸운 끝이어서 각별한 우정으로 결속되어 있었다. 그들은 서로 손을 잡고, 혹은 어깨를 걸고 못할 말이 없었다.

"너는 내 아들이다."

"니 홀에미는 내가 업어 와야 쓰겄다."

별의별 소리가 다 오가고 폭소가 터지고, 온 해변이 조용하지 않았다.

원균, 이억기와 함께 한쪽 구석 너럭바위에 둘러앉아 축주를 나눈 이순신은 말없이 병사들을 바라보고 있었다. 자신이 생겼고, 싸울 결의에 충만한 병사들이었다.

세상에 없는 무기로 무장한 백만 군도 단 하나, 싸울 의사가 없으면 허수아비나 다를 것이 없는 법이다. 그러나 이들은 결의에 찬 병사들 - 이순신은 그들이 대견했다.

중천의 해가 기울고 바위 그늘들이 차츰 동쪽으로 길어지기 시작했다.

"이제 가봐야지요."

이억기가 일어서자 두 사람도 따라 일어섰다.

미조항에 그대로 남는 원균의 전송을 받으며 다시 바다에 나온 이순신과 이억기는 모든 함정에 돛을 올리고 길을 재촉하여 수평선 너머로 사라져 갔다.

여수에 돌아온 이순신은 전사자들의 장례가 끝나자 군관 이봉수(李鳳壽)를 평안도로 떠나보냈다.

임금에게 올리는 장계와 함께 이봉수의 휴대품 속에는 적의 귀[耳]도 88개 들어 있었다. 전투가 끝나면 전사한 적병의 머리를 모아 두었다가 왼쪽 귀[左耳]를 도려내는 것이 당시의 관례였다. 소금에 절여 조정에 올려 보냄으로써 무공의 증거로 삼기로 되어 있었다.

전통적으로 조선의 수군은 일본의 해적, 즉 왜구에 대비하는 것이 주임무였다. 그런 만큼 일본에 제일 가까운 경상도에 중점적으로 배치되었고, 다음이 전라도, 그 밖의 도에는 훨씬 적은 수군이 배치되어 있었다.

가령 지금 확인할 수 있는 태종(太宗) 때의 숫자만 하더라도 팔도의 전체 수군 5만 5천6백20명 중에서 경상도가 1만 6천8백30명으로 3분의 1에 가까운 병력이었다. 이에 버금가는 전라도는 9천9백90명, 그 밖의 도는 6천여 명에서 2천여 명에 이르는 병력이었다.

시대에 따라 숫자에는 증감이 있어도 이 비율에는 변함이 있을 수 없었다.

그런데 이 전쟁이 일어나자 가장 강력해야 할 경상도 수군은 싸우기도 전에 스스로 무너졌다. 이순신의 함대와 접촉하기 전에 적 수군은 진해, 거제도, 가덕도, 울산 등지의 해역을 수색하여 경상도 수군이 버리고 달아난 함정 70여 척을 나포하였다.

경상도 수군이 이 지경이니 다른 도의 수군은 볼 것도 없다. 육지에서 연전연승하여 이미 승리에 도취한 그들은 바다에서도 만심이 생겼다.

4월 하순 5백 척의 일본 수군이 부산에 집결을 완료하였을 때 그들의 장수는 도합 11명이었다(藤堂高虎, 九鬼嘉隆, 脇坂安治, 加藤嘉明, 來島通總, 來島通之, 管野正影, 桑山重勝, 桑山小傳次, 堀內氏善, 杉若傳三郎).

이들 중 구키, 와키자카, 가토의 3명은 출전군 총사령관 우키타 히데이에와 의논한다는 핑계로 부하들을 이끌고 서울로 떠났다. 다 같이 도요토미 히데요시의 심복으로 말발이 서는 사람들이었다.

"한강에서 만나자."

나머지 장수들이 남해안과 서해안을 휩쓸고 올라오면 한강에 나와 맞아 주겠다는 것이었다. 도망가는 적은 무서울 것이 없고, 이런 기회에 그들의 비위를 맞춰 두는 것도 해로울 것이 없는지라 남은 장수들은 반대하지 않았다.

"좋소. 그 대신 서울에서 평양까지는 우리가 육지로 가고 당신들이 바다로 올라와야 하오."

이것이 헤어질 때의 약속이었다.

서울에 올라온 세 사람은 부하들이 사냥해 온 조선 여자들을 희롱하고 술을 퍼마시며 부산에 남기고 온 일본 수군이 서해를 돌아 한강으로 들어올 날을 기다리고 있었다. 서울에는 일본 수비군이 넉넉지 못한지라 그중 와키자카는 우키타 히데이에의 특명으로 6월 초 용인까지 진격해 올라온 전라감사 이광(李洸) 등 3도의 군대를 맞아 싸우기도 했다.

그러나 남쪽에서 오는 소식은 절망적이었다. 전라도 방면에서 이순신이라는 자가 함대를 이끌고 나타나더니 일본 수군을 이 잡듯이 없애 버린다고 했다. 그것도 어느 한때 한두 군데의 패전이라면 몰라도 옥포, 합포, 적진포, 사천, 당포, 당항포, 율포 등지에서 연전연패하였다는 소식이었다.

큰일이었다. 이 전쟁에 이기고 지는 것은 나중의 문제이고, 당장 벼락이 떨어질 것만 같았다. 하라는 해전은 안 하고 서울에 올라와 허튼 수작으로 세월을 보냈으니 히데요시가 그냥 둘 리 없었.

세 사람 중 와키자카는 금년에 39세, 히데요시의 선봉장으로 활약하여 그가 정권을 잡는 데 큰 공을 세운 장수였다. 자연히 히데요시의 신임이 두터웠고, 이번에 출전한 수군 장수들 중에서는 누구보다도 히데요시와 가까웠다.

와키자카는 히데요시의 양자인 총사령관 우키타 히데이에와도 친했다. 히데이에로 하여금 부족한 병력을 보충하기 위해서 자기들을 서울로 불러올리지 않을 수 없었던 사연을 적어 히데요시에게 보내게 하고, 아울러 자신도 간절한 편지를 띄웠다. 서울에서 임무를 마치고 즉각 떠나 조선 수군을 무찌르기 위해서 남쪽으로 내려간다고.

그는 구키, 가토와 함께 부하들을 이끌고 다시 부산으로 달려 내려왔다. 현지에 와보니 도합 1백10여 척의 함정을 잃고 사령관 구루시마(來島通之) 이하 수많은 장병들이 전사하는 등 참담한 실정이었다.

와키자카는 이 실정을 바다 건너 나고야에 있는 히데요시에게 보고하고 다른 수군 장수들을 윽박지르고 돌아갔다.

"이순신이 그렇게도 무서워? 못생긴 것들 같으니라구."

나고야의 도요토미 히데요시가 서울과 부산에서 보낸 와키자카의 편지 두 통을 받은 것은 6월 23일이었다. 그는 즉시 명령을 내렸다.

"지난 7일과 19일의 편지는 금 23일 오후 6시(酉時)에 받아 보았다. 김해강구(金海江口)의 적 함대를 치기 위해서 서울로부터 내려왔다니 잘한 일이다. 구키, 가토 두 사람을 합쳐 세 사람이 의논하여 실수 없이 행동하되 시급히 적을 섬멸하라. (……)"

세 장수의 주도하에 부산의 일본 수군은 출전 준비에 밤낮을 가리지 않았다.

"이순신, 너 두고 보자."

부산의 허내만(許乃萬)을 비롯하여 이순신의 요원들은 남해안 일대에서 항시 적의 동태를 감시하고 제때에 보고하여 왔다. 요원들뿐만 아니라 산에 숨은 백성들도 적의 움직임에 수상한 점이 있으면 놓치지 않고 멀리까지 달려와서 관가에 알려 주었다. 이순신은 이들 정보를 종합하여 그림을 보듯 적정을 파악하고 있었다.

제2차 출동에서 돌아온 그는 함정과 무기를 정비하고 식량을 비축하여 만일의 사태에 대비하였다. 그중 거북선 한 척을 더 만들고 있었는데 마무리 작업으로 인갑(鱗甲)을 박는 중이었다. 쇠가 부족하여 병사들이 사방을 돌아다니며 고철을 줍고 빈집의 돌쩌귀를 뽑는 등, 시일이 걸렸다.

6월 그믐, 적 함대가 부산을 떠났다는 정보가 들어왔다. 이순신은 이억기와 원균에게 알리고 출전 준비를 서둘렀다.

마침내 7월 4일 저녁 이억기 함대가 약속대로 여수 앞바다에 당도하였다.

이순신은 거룻배를 타고 나가 그를 맞아들였다.

"그동안 여수도 많이 달라졌습니다."

이억기는 바다의 숱한 함정들과 해변을 분주히 오가는 병사들을 바라보고 감회에 젖었다. 그는 작년 초 잠시 순천부사로 있을 때 여수를 찾은 이후 이번이 처음이었다. 당시는 이순신이 아닌 원균이 수사로 있었으나 평온한 때라 그저 아름다운 고장이라고 느꼈을 뿐이었다.

"전쟁은 사람도 산천도 다 같이 늙게 하는가 봅니다."

이순신은 쓸쓸히 웃었다.

이튿날 두 함대는 바다에서 합동훈련을 실시하였다. 달포 전에 함께 싸운지라 호흡이 잘 맞고 병사들도 재회를 반겼다.

"전달에 왔던 각설이 죽지도 않고 또 왔당께로."

다음 날인 7월 6일 연합함대는 여수를 떠나 동쪽으로 항진하였다. 이순신으로서는 세 번째 출전, 이번에는 거북선 3척이 앞장을 섰다.

남해도와 본토 사이의 좁은 바다 노량(露梁)에 이르니 원균이 그동안 낡은 배를 수리하여 전선 7척을 거느리고 기다리고 있었다. 이로써 거북선 3척을 포함하여 이순신 함대 24척, 이억기 함대 25척, 원균 함대 7척 — 연합함대는 도합 56척이었다.

원균의 함정들이 합류한지라 이날은 멀리 항진하지 않고 해상에서 어울려 함대 운동을 실시하고 해가 지자 가까운 창선도 해역에 닻을 내렸다.

이튿날 전 함대는 세찬 역풍을 무릅쓰고 노를 저어 해 질 무렵에야 가까스로 당포에 당도했다. 부산을 떠났다는 적 함대를 앞질러 거제도의 좁은 수로를 장악할 필요가 있었다. 적이 이 수로를 벗어나면 다음은 멀리 후퇴하여 노량의 좁은 목에서 요격하는 수밖에 없었다.

병사들이 뭍에 올라 물을 긷고 나무를 찍는데 산에서 숲을 헤치고 허름한 백성이 엎어지며 자빠지며 달려 내려왔다.

"견내량(見乃梁)에 적의 수군이 구름같이 모여 있습니다. 오늘 점심때 지나 영등포에서 그리로 옮겼습니더."

백성은 숨을 허덕였다.

"고맙다. 그래 너는 무얼 하는 사람이냐?"

이순신은 그를 진정시키고 물었다.

"머슴입니더. 이름은 김천손(金千孫)이락 하구."

"눈을 감고 천천히 생각해 보아라. 아무리 많아도 구름 같지는 않을 것이고, 적의 배는 몇 척이나 될까?"

사나이는 낮에 본 광경을 되살리는 듯 오랫동안 눈을 감고 있다가 다시 떴다.

"70척은 넘을 끼고, 80척은 될까 말까 삼삼합니더."

"수고했다."

이순신은 쌀과 광목을 두둑이 주어 그를 돌려보내고 육로로 척후를 견내량에 보냈다. 견내량은 거제도 서북, 지금 거제대교가 걸려 있는 덕호리(德湖里)의 옛 이름이었다.

사실이라면 아마 개전 이래 최대의 결전이 벌어질 것이었다. 그는 새 날과 함께 전개될 전투의 구도를 이모저모 생각하다가 잠이 들었다.

한산도 싸움

거제도의 견내량과 본토 사이의 좁은 바다, 견내량해협은 길이 4킬로미터, 폭은 좁은 곳이 3백 미터, 넓은 대목이라야 4백 미터를 넘지 못한다.

이 좁은 바다에 적장 와키자카(脇坂安治)가 지휘하는 70여 척의 함정이 정박하고 있었다.

서울에 있던 와키자카가 구키, 가토의 두 장수와 함께 부하들을 이끌고 부산에 내려온 것은 6월 14일이었다.

상황을 들으니 범상한 수단으로는 퇴세를 만회할 수 있을 것 같지 않았다. 그는 바다 건너 나고야의 본영에 연락하고 부산 현지의 장수들과 의논 끝에 정예 1만여 명의 병력을 선발하고, 가장 성능이 좋은 함정 1백 15척을 골라 새로운 함대를 조직하였다.

제1함대는 와키자카가 지휘하는 73척. 제2함대는 예비대로 가토와 구키가 지휘하는 42척. 이 막강한 함대로 여수를 공격하여 이순신 함대를 바다에 쓸어 넣을 계획이었다.

부산은 일본에서 병력과 군수품을 싣고 내왕하는 배들이 줄을 잇고, 선창은 언제나 시장같이 붐볐다. 모든 선박은 후나부교(船奉行 : 선박통제관)의 지휘에 따라 순서대로 들어가고 혹은 나올 수밖에 없었다. 수군으로서는 독자적인 항구, 자유로이 출입하고 자유로이 해상훈련을 할 수 있는 항구가 필요했다.

부산에서 대충 준비가 끝나자 그들은 새로 편성한 함대를 이끌고 서쪽으로 이동하여 와키자카는 웅포(熊浦), 가토와 구키는 안골포(安骨浦)에 닻을 내렸다.

여기서 그들은 훈련을 실시하면서 출전 준비를 서둘렀으나 세 사람은 사사건건 의견이 대립하기 시작했다.

"당신만 장수요?"

우선 가토가 와키자카에게 대들었다. 다 같이 동렬(同列)의 장수인데 와키자카가 히데요시의 신임을 믿고 혼자 잘난 체 나대는 것이 눈에 거슬렸다. 이 가토도 너만 못할 것이 무엇이냐?

10년 전(1582) 6월, 일본을 반쯤 통일하고 암살을 당한 오다(織田信長)가 살아 있을 때에는 도요토미 히데요시도 오다의 일개 부장(部將)에 지나지 않았다. 오다가 죽자 부장들 사이에는 후계 싸움이 벌어졌고, 가장 유력한 것이 히데요시와 시바타 가쓰이에(柴田勝家)라는 장수였다.

이들 두 사람의 마지막 결전은 다음 해 4월 교토(京都) 동북 시즈가타케(賤ヶ嶽)에서 벌어졌는데 이때 선봉을 맡은 용사 7명이 있었다. 이들의 분투로 히데요시는 싸움을 승리로 이끌 수 있었고, 시바타는 자결하고 정권은 히데요시의 손에 들어갔다.

7명 중에는 이 전쟁에 제2군 사령관으로 출전한 가토 기요마사, 제5군사령관 후쿠시마 마사노리도 있었다. 와키자카도 있었고 가토도 있었다.

전투가 끝나자 모두 포상을 받고 좋아했으나 그 후의 출세는 하늘과 땅의 차였다. 기요마사나 마사노리는 원래 히데요시의 집안이라니 어쩔 수 없는 일이고, 와키자카는 무엇이냐 말이다.

가토가 멀리 동쪽 미카와(三河 : 靜岡縣) 출신인 데 반해서 와키자카는 히데요시의 소실 요도기미(淀君)와 같은 교토 부근 오우미(近江) 출신이었다. 동향이라는 구실로 요도기미에게 접근하고 그 치마폭에 달라붙어 출세한 얌체라는 것이 와키자카를 보는 가토의 해석이었다.

내막이야 어찌 되었건 와키자카는 가토보다 히데요시의 신임이 두터웠고, 봉토(封土)도 넓었다. 그 위에 나이도 가토는 9세 연하인 30세인지라 와키자카는 그를 턱으로 부리려고 들었다.

"무엇이 못마땅해서 그러느냐?"

와키자카가 그를 아래위로 훑었다.

"어째서 당신 혼자 73척을 차지하고 우리는 둘이서 42척이란 말이오?"

함대의 편성도 와키자카가 마음대로 한 일이었다.

"그래서?"

"1백15척을 세 사람이 꼭 같이 나눕시다."

"안 된다."

"안 되는 연유를 들어 봅시다."

"태합(太閤 : 히데요시) 전하의 분부시다."

함대를 독차지해 가지고 혼자 공을 세우려는 그 속을 모르지 않았으나 태합의 분부를 들고 나오는 판에 입을 잘못 놀렸다가는 목이 떨어질 염려가 있었다.

"할 수 없지요."

가토는 입을 다물었다. 그러나 갈수록 그는 빗나갔다.

"빨리 여수에 가서 이순신을 잡아야 할 것이 아니냐?"

출전을 독촉하면 그때마다 가토는 핑계가 있었다.

"부산에서 식량을 좀 더 가져와야겠소."

혹은,

"화약을 보충해야 떠나지요."

와키자카는 나중에는 가토를 제쳐 놓고 구키를 구슬렀다.

"백사불계하고 내일은 떠납시다."

그러나 해적 출신의 이 오십 노인은 바쁜 일이 없었다.

"글쎄올시다."

"글쎄올시다?"

따져 물었으나 자기는 낫살 먹었고, 제2함대의 일은 가토에게 일임하였으니 그와 의논하라는 대답이었다. 이것들 짜고 노는구나.

마침내 7월 7일 아침, 와키자카는 휘하 73척을 이끌고 보란 듯이 안골포 앞바다를 한 바퀴 돌았다.

"따라올 것이냐, 안 올 것이냐?"

구키와 가토도 할 수 없이 함대를 이끌고 바다에 나왔다. 그러나 가덕도 근해에서 또 입씨름이 벌어졌다.

"거제도 동해안을 남하하여 남단으로 돌아갑시다."

가토의 제안에 와키자카는 반대였다.

"가까운 길을 두고 먼 길을 돌 것은 무엇이냐? 서쪽으로 견내량을 빠져나가자."

옥신각신 끝에 제각기 자기 주장대로, 와키자카는 견내량, 가토와 구키는 거제도 동해안을 돌아 당포에서 만나기로 했다. 따지고 보면 거제도를 동서 양면으로 훑어 내려가면서 적의 유무를 확인하는 것도 의미가 없는 일은 아니었다.

　가덕도에서 영등포를 거쳐 견내량에 당도한 와키자카는 밤에 휘하 장수들을 모아 놓고 술잔을 높이 쳐들었다.

　"제라우도(전라도)!"

　그가 외치자 다른 장수들도 저마다 맞장구를 쳤다.

　"제라우도!"

　"제라우도!"

　이순신이 좌정한 전라도는 그들의 공포의 대상이었고, 이번에 반드시 쳐부서야 할 불공대천의 원수였다.

　그러나 가덕도 근해까지 나왔던 구키와 가토는 더 전진하지 않았다.

　"와키자카, 너 희게 놀았겠다."

　"우리가 너의 들러린 줄 알았더냐?"

　그들은 바다에 낚시를 드리우고 술잔을 기울였다.

　다음 날인 7월 8일(일본력 7일).

　간밤에 척후들로부터 적의 소재를 확인한 이순신, 원균, 이억기의 세 장수는 먼동이 트자 함대를 이끌고 당포를 떠나 해 뜰 무렵 한산도 서쪽 해역에 당도했다.

　이 고장을 경계하던 적의 척후선 2척이 우리 함대를 발견하고 뱃머리를 돌려 북으로 도망치기 시작했다. 거리를 두고 추격하면서 바라보니 견내량의 적은 큰 배 36척, 중간 배 24척, 작은 배 13척, 도합 73척이었다.

　그대로 돌진해 들어가자는 주장도 있었으나 견내량 해협은 지형이 험하고 바다가 좁은 데다 암초가 많았다. 일단 전투가 벌어지면 육중한 우리 전선들은 행동이 자유롭지 못하고 서로 부딪칠 염려가 있었다. 또 적은 궁지에 몰리면 쉽사리 배를 버리고 육지에 올라 도망치기 알맞은 지형이었다.

이들을 일망타진하기 위해서는 한산도의 넓은 바다에 끌어내다 퇴로를 차단하고 집중공격을 퍼붓는 것이 상책이었다. 설사 일부가 배를 버리고 한산도로 도망친다 하더라도 이 섬은 무인도로 먹을 것이 없었다. 포위하고 며칠만 기다리면 굶어 죽으리라.

이순신의 지시를 받은 어영담이 전선 6척으로 재빨리 앞으로 나가 적의 척후선 2척을 따라잡고 공격을 개시했다. 노련한 어영담의 함정들은 적선의 주위를 빙빙 돌며 포격을 가하고 적선들은 조총을 쏘며 빠져나가려고 요리조리 허우적거렸으나 그때마다 우리 함정들이 앞을 가로막았다. 마치 솔개의 습격을 받은 병아리들같이 적선 2척은 금시라도 부서질 것만 같았다.

수많은 북이 한꺼번에 울리면서 견내량의 적 함대에는 일제히 흰 돛이 올라갔다. 그들은 한꺼번에 2, 3척씩, 좁은 수로를 빠져나와 어영담의 함정들에 다가왔다.

어영담은 피리를 불어 재빨리 함정들을 집결시키고 쏜살같이 남으로 후퇴하였다. 멀리 후방에서 바라보던 본대(本隊)도 제 자리에서 1백80도 회전하여 전속력으로 도망치기 시작했다.

쫓기는 조선 함대와 쫓는 일본 함대, 숨 가쁜 추격전 속에서 와키자카는 발을 구르고 외쳤다.

"이순신을 잡아라!"

마침내 견내량에서 30리, 한산도 앞바다에 당도했다. 후퇴하는 좌선의 청판 한가운데 서서 추격해 오는 적 함대를 바라보던 이순신이 말없이 두 손을 쳐들었다. 이것을 신호로 주위에 늘어섰던 기라졸들이 제각기 들고 섰던 갖가지 깃발들을 좌우로 흔들고, 모든 함정에서는 저마다 기를 흔들어 이에 응답해 왔다.

함정들은 제 자리에서 다시 1백80도 회전하고 학의 날개같이 좌우로 뻗으면서 콩 볶듯 조총을 쏘며 다가드는 적 함대를 포위하였다. 포위가 끝나자 조선 함정들은 대포를 쏘면서 일제히 적진으로 돌진해 들어갔다.

선두의 거북선 3척이 적선 2, 3척을 쳐부수자 적은 기세가 꺾인 듯 뱃머리를 북으로 돌리려고 회전을 시작했다. 때를 놓치지 않고, 순천부사 권준(權俊), 광양현감 어영담, 사도첨사 김완, 흥양현감 배흥립(裵興立), 방답첨사 이순신, 돌격장 이기남(李奇男), 군관 윤사공(尹思恭), 군관 가안책(賈安策), 낙안군수 신호(申浩), 녹도만호 정운(鄭運), 여도권관 김인영(金仁英), 발포만호 황정록(黃廷祿)을 비롯한 18명의 장수들은 배를 재촉하여 맹호같이 적 함정을 덮치고 쳐부수고, 목을 치고, 불을 질렀다.

그것은 글자 그대로 해상의 대섬멸, 천지를 진동하는 이변이었다.

이순신은 역사적인 이 한산대전(閑山大戰)을 묘사하여 다음 같은 명문을 남기고 있다.

여러 배에 타고 있던 일본군이 일시에 닻을 올리고 추격해 오자 우리 함대는 거짓으로 후퇴하여 돌아왔으나 적은 추격을 마지않았다. 넓은 바다에 나오자 다시 여러 장수들에게 영을 내려 학익진(鶴翼陣)을 펴고 일시에 진격토록 하였다. (……) 우리 장수들은 승승용약하여 앞을 다투어 돌진해 들어갔다(乘勝踴躍 爭先突進). 화살과 포탄을 잇달아 발사하니 그 기세는 폭풍 같고, 천둥, 번개와도 같았다. 적선에 불을 지르고 적병을 무찌르니 일시에 거의 다 섬멸되고 말았다(箭丸交發 勢若風雷 焚船殺賊 一時殆盡).

이 전투에서 적의 함정 73척 중 14척이 도망치고 59척이 우리 포화에 부서지고, 불에 타서 주저앉았다. 무수한 적병들이 화살과 포탄에 맞아 죽고, 불에 타 죽고, 바다에 뛰어들었다가 그대로 빠져 죽었다. 4백 명(일본 기록에는 2백 명)이 겨우 도망쳐 한산도 숲 속에 숨어들었다.

적장 와키자카는 가까스로 도망쳐 목숨을 건졌는데 그의 가문에 전해 내려오는 기록에는 이때의 상황을 다음같이 적고 있다.

야스하루(安治 : 와키자카)는 노가 많이 달려 속력이 빠른 배[早船]를 탔기 때문에 전진 후퇴가 자유로워 무사하기는 했으나 갑옷에 화살이 맞는 등 위험한 것으로 말하면 십사(十死)에 일생의 아슬아슬한 고비였다. 적선들이 쉬지 않고 달려들어 화전(火箭 : 火矢)을 퍼부으니 야스하루의 빠른 배는 (견디지 못하고) 드디어 김해로 후퇴하였다.

와키자카는 목숨을 부지했으나 그의 부하 장수 와키자카 사효우에(脇坂左兵衛), 와타나베 시치에몬(渡邊七右衛門) 등 이름 있는 장수들은 전사하고 마나베(眞鍋左馬允)는 배를 갈라 자결하였다.

가덕도 근해에서 서성거리던 구키와 가토는 이 소식을 듣고 내키지는 않았으나 그냥 있을 수도 없었다. 40여 척의 배에 돛을 올리고 천천히 전진하면서 척후선을 보내 실정을 정탐해 오라고 했다. 견내량을 빠져 한산도 앞바다까지 나온 척후병들은 비탈에 숨어 바라보다가 돌아와 와들와들 떨었다.

"수라장입니다. 지옥입니다."

함대는 그 길로 도망쳐 안골포로 돌아갔다.

뭉게구름 아래 넓은 바다, 부서진 적선들은 처처에서 연기를 뿜고 타오르고 있었다. 바라보던 이순신은 전장 처리(戰場處理)가 끝나자 다른 장수들과 함께 함대를 이끌고 북쪽으로 항진하였다. 날은 저물고 장병들은 지치고, 더 이상 움직일 기력이 없었다. 연합함대는 간밤에 적이 묵은 견내량에 닻을 내리고 병사들은 언제나와 마찬가지로 나무를 찍고 물을 길어 왔다.

　삶과 죽음, 유와 무, 이제 그들에게는 모든 것이 일상의 덤덤한 행사로 변해 갔다.

조선 수군을 피하라

다음 날 함대는 견내량에서 온천도(溫川島 : 칠천도)로 진출하여 장병들을 쉬게 하고 있는데 해질 무렵, 바다에 나갔던 척후선들이 돌아왔다.

"안골포에 적선 40여 척이 있습니다."

그러나 이미 해가 기운 데다 역풍이 세차게 불기 시작하여 한 치도 움직일 수 없었다.

해상 충돌을 막기 위해서 배들을 알맞은 간격으로 해변에 붙들어 맨 장병들은 섬에 올라 여러 날 만에 뭍에서 한 밤을 지냈다.

새날은 7월 10일. 첫새벽에 연합함대는 이순신, 원균, 이억기의 순으로 온천도를 떠나 동북으로 항진하였다. 안골포에 접근하자 이억기 함대는 가덕도 북쪽 무인도 그늘에 매복하여 적의 퇴로를 차단하고, 이순신은 학익진으로 진격하고 원균이 그 뒤를 따랐다.

안골포에는 큰 배 21척, 중간 배 15척, 작은 배 6척, 도합 42척의 적선이 닻을 내리고 있었다. 그중 3층 누각선 한 척과 2층 누각선 2척 — 적의 지휘선으로 보이는 큰 배 3척은 초입에 떠 있고 나머지는 그 뒤에 줄을 지어 정박 중이었다.

안골포는 수군 만호영이 있던 고장으로 자그마한 성도 있었다. 동서와 남북이 각각 1킬로미터의 항구로 수심이 얕고 입구는 2백50미터, 좁은 병목의 형국이었다. 이 병목 양측 언덕에 적의 조총 부대가 진을 치고 있어 우리 함정이 접근하면 그들의 사정거리 안으로 들어갈 수밖에 없었다.

적에게 유리하고 우리에게 불리한 이 국면을 전환하기 위해서는 그저께 견내량에서와 마찬가지로 적을 넓은 바다로 끌어내야 하였다.

5, 6척이 나가 활과 포를 쏘아 도전했으나 적은 움직이지 않았다.

일부러 기우뚱거리고 금시라도 쓰러질 듯 아우성을 쳤으나 적은 바라보기만 하고 반응이 없었다.

나중에는 전체 함대가 뱃머리를 돌려 후퇴했으나 적은 여전히 움직이지 않았다. 그들은 견내량의 교훈을 잊지 않고 어떤 유혹에도 요지부동이었다.

이순신은 계책을 바꿨다.

거북선 3척을 선봉으로 2, 3척씩 반을 편성하여 교대로 포구에 돌진하여 적의 지휘선 3척에 집중포화를 퍼부었다.

가덕도에 매복하고 있던 이억기도 적의 유인에 실패한 것을 알고 일부 병력을 남긴 채 나머지 함정들을 이끌고 와서 공격에 가세하였다. 접전은 더욱 치열해지고 피차 갈수록 사상자가 늘어갔다.

적의 지휘선들은 꼼짝 않고 제 자리에서 대항했다. 우리 공격선이 교대할 때마다 그 틈을 이용하여 후방에서 작은 배들이 새로운 병력을 싣고 와서 지휘선에 태우고, 시체들을 싣고 후퇴하였다.

지휘선들은 마치 바다에 뜬 도수장(屠獸場)을 방불케 했다. 연거푸 새 병력이 들어오고, 연거푸 죽어 나가고. 화전을 쏘아 태워 버리자는 주장도 나왔으나 이순신은 듣지 않았다.

"도수장이 없어지면 짐승도 오지 않을 것이오."

이리하여 기묘한 전투는 하루 종일 계속되었다.

긴 여름해가 기울었다.

마침내 적의 지휘선 3척은 모두 부서지고, 이어 중간 배들도 화염에 휩싸였다. 남은 것은 작은 배 4, 5척. 적은 육지로 도망쳤다.

밀물이 들이닥쳤다. 젊은 장수들은 밀고 들어가 나머지 적선들을 쳐 부순다고 서둘렀다.

"그냥 버려두지."

이순신이 말렸다.

이 근처의 산속에는 많은 피란민들이 숨어 있었다. 배를 남기지 않고 쳐부수면 적은 바다로 빠질 길이 막히고, 산으로 가는 수밖에 없을 것이다. 우리 백성들을 해칠 것이었다.

연합함대는 1리쯤 후퇴하여 적에게 퇴로를 열어 주고 그대로 바다 한가운데서 밤을 지냈다.

다음 날 첫새벽에 함대는 다시 안골포로 들어갔다. 예측한 대로 적장 구키와 가토는 남은 부하들과 함께 밤중에 배로 도망치고 없었다. 해변에는 죽은 시체를 불에 태운 자리가 12군데, 타다 남은 팔다리가 여기저기 흩어져 있었다. 성 안팎에도 처처에 피를 흘린 자국이 붉게 퍼져 처참한 그들의 패전을 말해 주었다.

함대는 동으로 항진하여 낙동강 하구를 거쳐 부산 가까이까지 수색하였으나 적선은 보이지 않았다.

가덕도의 응봉(鷹峰) 해역에도 척후선을 보냈다. 이 고장은 바다가

확 트여 멀리까지 전망할 수 있는 위치였다.

지난 4월 부산으로 쳐들어오는 일본 선단(船團)과 제일 먼저 부딪친 것은 부산첨사 정발(鄭撥)이었으나 제일 먼저 본 것은 이 응봉에 있는 봉수대(烽燧臺)의 수졸(戍卒 : 초병)들이었다. 그러나 먼 바다를 항진해 오는 고니시 유키나가의 선단을 보고 이 수졸들은 상부에 맹랑한 보고를 올렸다.

"왜선 90여 척, 세견선(歲遣船 : 무역선)인 듯합니다."

세견선을 경계할 것도 없고 서두를 것도 없었다. 수졸들은 천천히 직속상관인 천성보만호 황정에게 보고하였다. 황정도 천천히 상사인 가덕첨사 전응린에게 보고했고, 전응린 역시 하룻밤을 자고 다음 날 천천히 거제도에 있는 경상우수사 원균에게 보고했다.

수졸들이 옳게 보았다면 남해안 일대의 봉수대들은 잇따라 검은 연기를 토했을 것이고, 비상사태를 알고 부산 앞바다에는 각처에서 수군들이 모여들었을 것이다. 해전이 벌어졌을 것이고 그 후의 전국(戰局)은 많이 달라졌을 것이다.

이 응봉에서 바다를 바라보던 젊은 수졸들의 오판은 김성일의 오판에 버금가는 두 번째 비극이었다.

응봉에서 바다를 건너오는 왜선들이 잘 보이는 이상으로 왜선에서도 가덕도 전체가 한눈에 들어왔다. 우리 함대는 수색이 끝나자 천성보에 닻을 내리고 병사들은 산에 올라 나무를 찍어 집을 짓는 시늉을 했다. 멀리 현해탄을 가로질러 부산으로 들어오는 적선은 허둥지둥 보고할 것이었다.

"조선 수군이 가덕도에 눌러앉는 모양이다."

밤이 깊어 다시 닻을 올린 함대는 밝은 달 아래 뱃머리를 서쪽으로 돌리고 밤새도록 항진을 계속했다.

7월 12일 아침 10시(巳時), 함대는 한산도 앞바다에 닿았다. 4일 전 섬으로 도망쳤던 적병 4백여 명은 아직 그대로 있고, 일부는 허기져 바닷가에 쓰러진 채 잠자듯 움직이지 않았다. 구태여 섬에 올라 공격할 것도 없었다. 바다로 도망치지 못하도록 경계만 하면 그대로 말라 죽을 것이었다.

이 일을 원균에게 맡기고 이순신과 이억기는 계속 서쪽으로 길을 재촉했다.[4]

다음 날인 7월 13일, 이순신은 떠난 지 7일 만에 여수의 본영으로 돌아왔다.

이번의 제3차 출동에는 한산도와 안골포의 두 번에 걸친 해전에서 적의 정예 함대를 여지없이 바다에 쓸어 넣었고, 여러 명의 장수와 수천 명의 적병들을 섬멸하였다.

적에게 치명적인 타격을 준 만큼 전투는 치열하여 우리 측 사상자도 전에 없이 많았다. 함정의 손실은 없었으나 전사 19명, 부상 1백14명, 그중 거북선에서도 전사 2명, 부상 16명이 나왔다.

나고야의 도요토미 히데요시가 보고를 받은 것은 안골포해전 5일 후인 7월 15일(일본력 14일)이었다.

"세상에서 제일 못 볼 것이 무엇이냐?"

잠자코 듣고 있던 히데요시가 고함을 질렀다. 보고하던 도도 다카토라(藤堂高虎)는 얼떨결에 두 손으로 다다미를 짚고 머리를 숙였다.

"하."

앞서 옥포해전에서 패하고 부산에서 하릴없이 소일하던 도도는 와키자카의 부탁으로 바다를 건너갔다. 사람됨이 원만해서 히데요시의 측근에 친한 사람들이 적지 않고, 히데요시 자신의 눈에도 든 인물이었다.

어지간한 일이라면 군관 편에 문서로 적당히 보고하여도 그만이었으나 이번 경우는 그렇지 못했다. 히데요시의 힘을 빌지 않고는 다시는 일어설 수 없는 타격을 입었다. 장수가 직접 가서 히데요시에게 보고하고 대책을 강구할 수밖에 없었다.

그렇다고 와키자카나 가토, 구키 ― 패군지장들이 무슨 낯으로 히데요시를 대할 것인가. 더구나 그들은 서울에서 내려올 때부터 조선 수군을 쳐부순다고 큰소리를 쳤고, 히데요시에게도 그렇게 보고했었다.

부산에서 장수들이 모여 의논 끝에 뽑은 것이 도도였다.

"싸워서 지는 자들이다."

히데요시가 또 고함을 질렀다.

"하."

"질 것이면 아예 싸우지 말아야 할 것이 아니냐?"

"하, 그렇습니다."

"이번에는 기왕 졌으니 할 수 없고, 다음에 싸우면 이길 자신이 있느냐?"

히데요시는 목소리를 한결 누그러뜨리고 물었다.

자신이 있을 까닭이 없었다. 그렇다고 없다고 할 수도 없고, 난감했다.

"하아―."

히데요시는 눈치가 빠른 사람이었다.

"없어도 할 수 없지."

"죄송합니다."

도도는 이마를 다다미에 부딪쳤다.

"도망쳐라."

"하?"

도도가 놀란 얼굴을 쳐들었다.

"조선 수군을 만나면 싸우지 말고 도망치란 말이다."[5]

"하—."

"지는 것보다 도망치는 것이 낫다."

"하, 핫."

"가만 있자. 이제부터 수군은 아예 부산에서 한 발자국도 나가지 마라."

"하—."

"총력을 기울여 부산을 지키란 말이다. 조선 수군이 쳐들어와서 부산을 좌지우지하게 되면 모든 것이 수포로 돌아간다."

패전의 책임을 물어 한두 사람쯤 배를 가르라는 말이 나올 줄 알았으나 그런 기미는 보이지 않고 나중에는 술도 한 잔 내렸다.

"하여튼 고생이 많았다."

용기를 얻은 도도는 이튿날 하직인사차 들어가 한 말씀 드렸다.

"부산을 지키자면 몇 가지 응급 대책이 필요합니다."

"말해 봐."

"배와 사공들입니다."

이번 해전에는 9천 명 가까운 사상자를 냈고 쓸 만한 배는 거의 없어졌다. 병사들은 히데요시의 힘을 빌지 않아도 보충할 수 있었으나 배와 사공은 그렇지 못했다.

히데요시는 즉석에서 영을 내렸다. 급한 대로 전국의 모든 포구에 있는 큰 배들은 일률로 군선으로 개조하되 그 고장 사공들로 하여금 이를 몰고 나고야에 집결하도록 하라. 부산으로 보낼 것이다.

도도가 일어서려는데 히데요시가 손을 흔들었다.

"잠깐. 부산을 지킨다고 될 일이 아니다. 어떻게 하면 조선 수군을 무찌르고 우리가 뜻하는 대로 서해를 돌아 명나라까지 갈 수 있겠는지 실전의 경험을 토대로 대책을 세워 보고하라."

도도는 그날로 나고야를 떠나 부산으로 돌아왔다.

히데요시는 약속대로 급조 군선 수백 척과 사공 수천 명을 보내 주었다. 이들은 떼를 지어 겐카이나다(玄海灘)를 건너왔으나 부산 현지의 장수들은 도무지 마음을 놓을 수 없었다. 이순신이 언제 쳐들어올지 알 수 없고, 쳐들어오면 이런 군선으로는 또 패할 수밖에 없었다.

조선 수군은 강력하고 일본 수군은 허약했다. 맞서 싸우자면 강력한 조선 수군을 본받는 것이 상책이었다.

도도, 와키자카, 가토, 구키의 네 장수는 합의를 보았다.

1. 조선의 판옥전선같이 큰 전선을 대량으로 만든다.
2. 전선에는 대포를 장착한다.
3. 조선의 거북선같이 전선에는 철갑을 입힌다.

네 사람 중 구키는 배를 부리는 일은 물론 설계에도 능숙하였다.

그는 설계도를 그렸다. 배의 길이는 약 1백14척, 폭은 약 36척 — 조선의 판옥전선 그대로였다. 2백 명 내지 3백 명이 타고, 항해에는 돛과 노를 다 같이 쓸 수 있게 했는데 이 배를 아타케부네(安宅船)라고 불렀다.

구키의 설계도와 설명서를 받은 히데요시는 자신의 직할지는 물론 전국의 제후들에게 건조 척수(建造隻數)를 할당하고 군선 건조를 독려했다.

1. 천황(天皇)의 조상신(祖上神 : 天照大神)을 모신 이세신궁(伊勢

神宮)의 숲을 제외하고는 어떠한 신사(神社)와 불사(佛寺), 어떠한 지역의 재목도 벨 수 있다.
2. 벌목에 필요한 인부와 목수는 무조건 동원한다.
3. 농기구 이외에는 일체 철(鐵)의 사용을 금지하고, 배의 닻줄, 돛줄 등에 쓰이는 모시[苧]의 매매도 금지한다. 두 가지 다 군선에만 사용한다.
4. 전국의 포구들을 샅샅이 조사하여 아직도 남아 있는 사공은 남김없이 동원한다.
5. 모든 제후는 배에 입힐 철판을 공출하되 영지(領地)의 소출 1만 섬마다 1백50장으로 한다.

이 영에 따라 산이고 들이고, 포구나 산마을을 막론하고 일본 전국이 부산하게 돌아갔다(有馬成甫:《朝鮮役水軍史》).

온 나라를 뒤덮은 절망

이순신이 바다를 휩쓸고 있는 동안에도 본토에서는 일본군이 계속 북으로 밀고 올라갔다. 많은 백성들이 그들의 손에 죽고, 남은 백성들은 안전한 고장을 찾아 산간오지로 흘러들었고, 바다에 가까운 백성들은 배에 부모처자를 싣고 섬으로 빠져나갔다. 그것도 안 되는 사람들은 산에 올라 새나 짐승같이 숲 속에서 목숨을 이어 갔다.

참고 기다리면 왜놈들이 쫓겨 가고 집으로 돌아가게 될 줄 알았으나 왜놈들은 갈수록 기승하여 북쪽 두만강에 이르고 임금은 압록강까지 도망쳤다.

나라는 망했다!

절망이 온 나라를 뒤덮었다.

동시에 여태까지 인간생활을 규제하던 온갖 법도가 무너지고 인간의 가슴속에 도사리고 있던 미추선악(美醜善惡)의 가지가지 본성이 한꺼번에 분출하였다.

"내 이렇게 될 줄 알았다."

우선 힘깨나 쓰는 머슴들이 가만있지 않았다. 영감마님의 상투를 틀어쥐고 주먹으로 양미간을 내지르는 것은 나은 편이었다. 많은 머슴들이 부엌에서 식칼을 들고 나와 마님의 가슴을 찔렀다.

"너도 아픈 맛을 보라, 이거다."

평소에 고약하던 마님들은 고약한 머슴들의 앙갚음을 받아야 했다.

"내 너를 생각한 지 금년으로 꼭 10년이다."

머슴들은 주인댁이고 이웃 댁이고 가릴 것 없이 얼굴이 반반한 아가씨들의 머리채를 끌고 갔다.

이제부터 무엇을 할 것인가? 법이 없는 세상에 가장 손쉽고도 벌이가 좋은 것은 도둑질이었다.

"잔말 마라!"

치고 뺏으면 그만이었다. 처처에서 주먹에 자신이 있는 백성들은 이 길로 나섰다.

도둑도 상투에 바지저고리보다는 존마게(일본 상투)에 유카다(일본 옷)가 월등 위력이 있었다. 먼발치로 그림자만 비쳐도 남녀노소 산으로 뛰는지라 동네에 들어가 쌓이고 가재도구고, 말이나 나귀에 주워 실으면 그만이었다. 입을 놀려 시비하는 수고조차 필요 없었다. 세상에서는 이들을 가왜(假倭)라고 불렀다.

그러나 도둑질에도 약간의 배짱은 있어야 했다. 배짱이 없는 백성들은 살아갈 걱정 속에 바람을 타고 들려오는 적의 선전에 귀를 기울였다.

너희들, 이 전쟁이 일조일석의 발상에서 일어난 것이라고 생각한다면 철없는 생각이다. 지금부터 영원히 일본의 예악(禮樂 : 법도)을 이 나라에 시행할 것이며 일본의 풍속을 여기 옮겨 올 것이다. 위로 백관(百官)에서 아래로는 만민(萬民)에 이르기까지 이를 명심하고 속히 산에서 나와 항복하라. 벼슬에 있던 자는 벼슬을 줄 것이고 농사를 짓던 자는 농사를 짓게 하리라. (……) 산속이고 바닷속이고 백 년을 숨어 있은들 무슨 소용이겠는가? 지금 산에서 나와 항복하는 자는 살려 주고 상도 줄 것이다. 구악(舊惡)을 고치지 않고 나와 항복하지도 않는 자는 산을 샅샅이 뒤져 죽여 버리리라. 얼마나 가련한 일인가? 너희들이 자기 고장으로 돌아오는 날, 행여 우리 일본인으로 너희들 관민의 처자와 재산을 뺏거나, 못된 짓을 하는 자가 있으면 즉시 포박하여 죽여 없앨 것이다. 그런즉 무엇을 염려할 것인가? 이 약속은 하늘이 내려다보신다. 조금도 의심치 말라.

이것은 경상도에 나붙은 일본 점령군 사령관 모리 데루모토(毛利輝元)의 포고문이었다. 경상도뿐만 아니라 함경도, 평안도에 이르기까지 그들이 점령한 고장에는 어디나 비슷한 글이 나붙었고, 소문은 구구전승으로 파도같이 퍼져 나갔다.

심약한 백성들은 하나 둘 겁에 질린 얼굴로 돌아와 사방을 두리번거렸다. 일본 사람들은 그들의 어깨를 두드렸다.

"왔소까. 자리했다."

전에 사람을 죽이고 끌어간 것은 망종들이고 다 붙들려 가서 목이 떨어졌다, 다시는 그런 일이 없을 터이니 안심하라 — 그들은 다짐도 잊지 않았다. 백성들은 산에 가서 부모와 처자식을 데리고 와서 그들이 시키는 대로 순순히 땅을 파기 시작했다. 많지는 않았으나 이런 백성들도 있었으니 이들을 순왜(順倭)라고 불렀다.

나름대로 천하대세를 판단하고 실천에 옮기는 재사들도 있었다. 어차피 나라는 망했고, 세상은 바뀌게 마련이다. 이 기회에 선수를 쳐서 공을 세우면 일본 사람들도 모른다고는 하지 않을 것이다.

경상도 영산(靈山) 사람 공위겸(公撝謙)은 일본군을 인도하여 서울까지 가서 집에 편지를 보냈다.

> 나는 경주부윤(慶州府尹)이 될 것이고, 아무리 못 되어도 밀양부사(密陽府使)는 따놓은 것이니 그리 알라(《연려실기술》).

함경도에서는 회령(會寧)의 아전 국경인(鞠景仁)이 두 왕자를 잡아 가토 기요마사에게 바친 외에 갑산(甲山) 백성들이 도망 온 남병사(南兵使) 이혼(李渾)을 때려죽이고, 전 함경감사 유영립(柳永立)을 묶어 일본군에 인도했다.

함흥(咸興)의 생원 진대유(陳大猷)는 딸을 왜장에게 바치고 의병을 일으키려는 동포들을 밀고하여 숱한 사람들을 죽음으로 몰아넣었다.

그러나 단 한 명의 예외를 빼고는 과거에 오른 문관으로 적에게 붙은 자는 아무도 없었다.

한 명의 예외는 서울 사람 성세령(成世寧)이었다. 공조참의(工曹參議)를 지내고 집에서 여생을 보내고 있는데 난리가 터지고 적군이 서울로 밀어닥쳤다.

그는 이미 백발노인이었다. 멀리 갈 수는 없고 가족과 함께 양주(楊州) 땅 깊은 산속으로 피란을 갔다.

그의 소실 영산홍(映山紅)은 전력이 기생으로 소생이 없었다. 생후 한 달밖에 안 된 여자아이를 양녀로 맞았는데 이 아이가 장성하면서 이목구비가 제대로 박히고 요즘은 활짝 핀 것이 미인이라는 칭송이 자자했다.

피란 중 하루는 다른 처녀 5, 6명과 함께 골짜기로 물을 길러 내려갔다. 그런데 어느 사이에 들이닥쳤는지 일본군에게 둘러싸이고 말았다. 그들은 떨리는 가슴에 소리도 한번 지르지 못하고 서울 도성 안으로 끌려 들어왔다.

성 소녀는 친구들과 함께 시키는 대로 우물가에서 몸을 씻고 그들이 내주는 '기모노'를 입었다.

일본 사람들은 기모노를 입은 처녀들을 마당에 늘어세우고 자기들끼리 알 수 없는 소리를 주고받더니 그중 두목으로 보이는 자가 성 소녀 앞에 다가섰다.

"스고이 벳핀다(굉장한 미인이다)."

가마가 들려 오고 성 소녀는 두목이 가리키는 대로 올라탔다. 가마는 그 길로 최고사령관 우키타 히데이에가 묵고 있는 소공동의 남별궁으로 직행하였다.

다음 날부터 히데이에는 사람이 달라졌다. 조선에 건너온 후 언제나 상을 찌푸리고 부하들을 못살게 들볶던 그의 얼굴에 웃음이 되살아나고, 걸핏하면 고래고래 고함을 지르던 버릇도 사라졌다.

찬바람이 불던 남별궁에는 화기가 돌고 사람들은 속삭였다. 여자를 덮을 명약은 없다고.

며칠 후 영이 떨어졌다.

"성 소녀의 부모를 성내로 모셔라."

양주 산속에 숨어 있던 성세령과 소실 영산홍은 가마에 실려 성내 자기 집으로 돌아왔다.

히데이에는 최고사령관일 뿐만 아니라 사실상 일본의 임금인 히데요시의 양자, 말하자면 일본의 왕자였다. 왕자가 총애하는 여인은 말할 것도 없고, 부모에 대해서도 대접이 없을 수 없었다.

성 소녀는 남별궁에서 공주 같은 나날을 보내고, 서대문 안 그의 친정에는 일본 병사들이 밤낮으로 보초를 섰다. 식구들은 비단을 휘감고 집에는 산해진미가 끊이지 않았다.

그뿐이 아니었다. 히데이에의 부하 장수들은 무시로 찾아와 문안을 드렸다.

"안녕이노 하십네까."

그때마다 선물도 따르게 마련이었다. 새침데기 성 소녀가 행여 히데이에의 귀에 대고 자기를 묘하게 비틀어 놓으면 그것도 큰일이었다.

가끔 성세령이 히데이에의 초대를 받고 남별궁에 거동하는 일도 있었다. 이런 때에는 일본 병사들이 전후좌우를 에워싸고, 어김없는 귀인의 행차였다.

"반가부스미다."

히데이에는 문간까지 나와 맞아들이고 최고급 일본 술을 대접했다. 늙은 성세령은 가나오나 말이 없었으나 젊은 영산홍은 건달 아낙네들을 모아 놓고 소매를 걷어 올렸다.

"우리 선산으로 말하자면 왕비가 나올 명당이라 이런 말씀이야."

당시 서울에는 히데이에가 조선 왕이 된다는 소문이 파다했다. 그렇게 되면 내 딸은 왕비가 되고 나는 부부인(府夫人)이 되는 것이 아닌가. 기대에 부푼 영산홍은 가끔 뒷마당에서 점잖게 걷는 연습을 했다. 부부인에 오르면 걸음걸이부터 달라야 할 것이었다.

성세령이 어느 정도 적을 이롭게 하고, 어느 정도 동포를 해쳤는지는 알 길이 없었다. 그러나 조선 사람이라면 개처럼 짓밟히는 적 치하의 서울에서 턱을 쳐든 성세령 부처와 그 앞에서 굽신거리는 일본 사람들은 누구의 눈에도 한 폭의 색다른 그림이었다.

곽재우, 의병을 일으키다

국초에 유교를 국교(國敎)로 정한 지 2백 년, 지조를 숭상하는 선비 정신이 그 진면목을 발휘할 때가 왔다.

아는 것도 없고 망령되기 이를 데 없는 노인 아무개는 천 줄기 눈물을 닦고 같은 고향 같은 뜻의 인사들에게 고하노라. 우리가 평일에 배운 바는 무엇이며 논한 바는 무엇인가? 신하로서는 충(忠)에 죽고 자식으로서는 효(孝)에 죽음에 있지 않았던가? 평일에 배우고 논한 바가 과연 여기 있었다면 어찌하여 오늘날 충에 죽고 효에 죽는 자가 한 사람도 없단 말인가?

이것은 적이 쳐들어온 경상도의 한 고을에 돌아다닌 통문이었다. 적이 들어오고 안 들어오고 간에 전국 방방곡곡 어느 고장에나 이와 대동

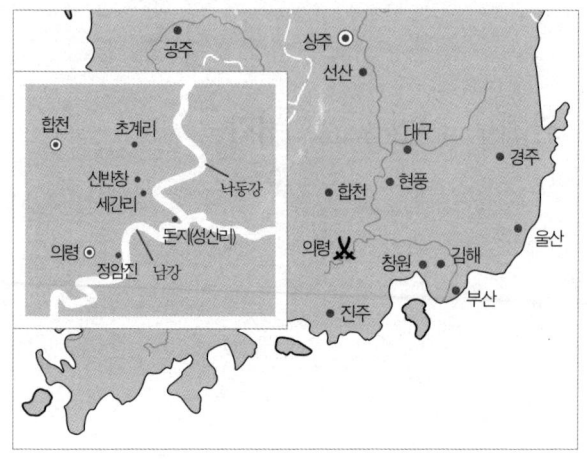

곽재우 관계 지도

소이한 글이 돌아다녔다. 선비들은 붓을 버리고 칼을 잡았다. 집안과 친척, 동네와 고을 — 힘닿는 데까지 백성들을 모아 군대를 조직하고 앞장서 싸움터로 나갔다. 의로운 일에 일어섰다 하여 이렇게 모여든 백성들을 의병(義兵)이라 하고, 이들을 지휘한 선비들을 의병장(義兵將)이라고 불렀다.

큰 부대는 수천 명, 작은 부대는 기백 명, 전국에 1백여 개의 진영이 나타나고 도합 3만에 가까운 인원이 모여들었다. 바다에서는 이순신, 육지에서는 의병들, 적은 애초에 계산에도 넣지 않았던 이들로 해서 죽음의 구렁으로 밀리기 시작했다.

조선에서 제일 먼저 의병을 일으킨 것은 경상도 의령현(宜寧縣) 돈지(遯池:遯地)에 사는 곽재우(郭再祐)였다. 적이 부산에 들어온 것이 4월 13일, 그가 일어선 것이 4월 22일이니 적침 9일 만에 일어선 셈이었다. 적이 부산, 동래, 울산, 경주, 대구를 짓밟고 상주(尙州)에 다가들 무렵이었다.

곽재우는 이날 집에서 부리는 하인 10여 명을 대청에 불러들였다. 땅을 파는 청년들이었으나 여름에는 더불어 낚시를 가고 겨울에는 함께 말을 달려 노루며 멧돼지를 잡는 처지였다. 말이 통하고 정도 통했다.

"왜놈들이 몰려오는데 막는 사람은 없고, 우리 백성들은 죽게 생겼다."

"……."

"남의 이야기가 아니다. 머지않아 이 고장에도 몰려와서 너희들을 죽이고 나를 죽이고, 처자식을 끌어갈 것이다."

하인들은 서로 마주 보고, 그중 말깨나 하는 청년이 엉거주춤 일어섰다.

"도망가야지예."

"도망? 갈 데가 없다."

곽재우는 잘라 말했다.

"와예?"

"사방에 적이 좌악 깔렸는데 어디로 간단 말이냐?"

"내사마, 죽었다."

청년이 주저앉고 다른 하인들은 입을 헤벌린 채 먼 산을 바라보았다. 곽재우는 밤이면 마누라와 이마를 맞대고 몰래 피란보따리를 꾸리는 그들의 속셈을 모르지 않았다.

"적은 오고, 갈 데는 없고, 어떻게 할 것이냐?"

주저앉았던 청년이 벌떡 일어섰다.

"나는 죽기 전에 한 놈이라도 이빨로 물어뜯을 깁니더."

다른 하인들도 일어섰다.

"우리 모두 나갈 깁니더. 끝까지 싸워서 죽고야 말 깁니더."

"모두들 앉아라."

곽재우는 손을 들어 그들을 도로 앉히고 계속했다.

"살기 위해서 싸운다는 소리는 들었어도 죽기 위해서 싸운다는 소리는 못 들었다."

"……."

"죽으려면야 저기 뽕나무에 목을 매도 좋고, 강에 나가 물에 빠져도 좋고, 구태여 싸우러 갈 것은 없다."

곽재우는 대문 밖 뽕나무에서 멀리 강물로 눈길을 던졌다. 남강과 낙동강이 합치는 대목, 바다같이 넓은 물이 출렁이고 있었다.

"맞십니더."

하인들은 침을 삼키고 그를 바라보았다.

곽재우는 한마디 한마디 생각하면서 말을 이어 갔다.

"나라가 무너지니 법도도 무너지고 무법천지가 되고 말았다."

"……."

"무슨 짓을 하건 잡아갈 사람도 없고 책할 사람도 없다. 누구나 스스로 생각해서 처신할밖에 없고, 아무도 이래라저래라 할 처지가 못 된다."

"……."

"너희들이 생각해서 피란을 가는 것이 좋으면 그것도 좋고, 나가 싸우는 것이 좋다고 판단하면 그것도 무방하다. 또 그 밖에 무슨 일을 하건 막을 사람은 아무도 없다. 내가 오늘 너희들을 만나자고 한 것은 각자 자기 길을 가기 전에 서로 하직인사라도 나누자는 것이다."

미리 마련한 주안상이 들어오고 곽재우는 잔마다 손수 술을 부었다. 주인과 하인이 자리를 같이한다는 것부터 전례 없는 일이고, 더구나 주인이 하인에게 술을 따른다는 것은 있을 수 없는 일이었다.

"저희들은 하인이올시다."

그들은 서로 눈짓을 하고, 아까부터 말깨나 하던 청년이 나섰으나 곽재우가 가로막았다.

"지금부터는 하인이 아니다. 수십 년을 함께 살아온 인연을 생각하면 아마 우리는 전생에 형제였을 것이다. 떠나는 사람에게는 노자를 줄 것이고 남는 사람에게는 먹고 입을 마련이 있을 것이다."

침묵이 흐르고 청년들은 머리를 숙인 채 술도 별로 들지 않았다.

"영감마님은 어떻게 하실 겁니꺼?"

"나는 여기 남을란다."

그들은 서로 마주 보고 입을 모았다.

"저희들도 남을 깁니더."

곽재우는 그 말에는 대답하지 않고 맞은편 청년을 건너다보았다.

"말손(末孫)이, 아들 녀석 이름이 뭐더라?"

"흔복(欣福)입니더. 다섯 살이구요."

"잘생겼더라. 큰사람이 될 것이다."

말손은 검은 얼굴에 누런 이빨을 드러냈다.

"그렇게 보입니꺼?"

"그럼."

곽재우는 끄덕이고, 옆에 앉은 황소 같은 청년을 돌아보았다.

"너 풍세(風世)는 몰래 글공부를 한다지?"

"어디예."

풍세는 머리를 긁적거렸다.

"세상이 평온해지면 무과를 보아 장수가 돼라."

"우리 같은 하인이 무과를 어떻게 볼 깁니꺼?"

"오늘부터는 하인이 아니라니까."

곽재우는 이별이 아쉬운 듯 일일이 말을 걸었다. 취기가 돌면서 차츰 긴장이 풀리고 좌중에는 심심치 않게 웃음소리도 터져 나왔다.

점심 때 시작된 술자리는 해가 기울어서야 파하고 청년들은 일어섰다.

"영감마님, 대답하시이소."

모두들 섬돌 주위에서 신발 끈을 매고 허리를 펴는데 말손이 쳐다보았다. 대청 끝에 서 있던 곽재우는 미소 띤 얼굴로 내려다보았다.

"대답이라?"

"아까 저희들도 남을 기라고 안 했십니꺼?"

"오늘밤 가족들과 의논해라."

"의논예?"

"내일 마을에 들어갈 테니 그때 다시 보자."

곽재우는 땅거미 지는 오솔길을 멀어져 가는 그들의 뒷모습을 지켜보다 방으로 들어왔다.

"폐일언하고 당신은 아이들을 데리고 여기를 떠나야 하오."

그는 부인 김씨와 마주 앉았다. 간밤에 처음 피란 이야기를 꺼냈을 때 부인은 좀 생각하게 해달라고 했다. 그런데 방바닥에 눈길을 던지고 대답이 없었다.

"무슨 생각을 하시오?"

"그만두지요."

김씨는 비로소 얼굴을 쳐들었다. 사십이 멀지 않았으나 총명기가 흐르는 두 눈에 갸름한 얼굴, 10년은 젊어 보였다.

"그만둔다?"

"왜 피란을 가야 하지요?"

"몰라서 묻소? 이 의령 땅은 십중팔구 싸움터가 될 것이오. 싸움에는 아녀자들같이 거추장스러운 것도 없고, 자칫하면 떼죽음이 날 것이오."

"그것은 정작 적이 올 때에 생각할 일이고, 아직은 언제 올지 모르잖아요? 그런데 당신이 앞장서 피란 소동부터 부린대서야 싸울 사람들이 모여들겠어요?"

곽재우는 오래도록 생각하고 고개를 끄덕였다.
"옳은 말이오."

곽재우는 현풍(玄風)의 이름 있는 선비 집안 태생이었다. 조부 지번(之藩)은 성균사성(成均司成 : 대학교수), 부친 월(越)은 훗날 황해감사에까지 오른 인물이었다.

다만 그는 현풍 본가가 아닌 의령현(宜寧縣) 세간리(世干里)의 외가에서 태어났다. 외조부 강응두(姜應斗)는 이 고장에 넓은 농토를 가진 부호였다.

외가에서 태어난 재우가 돌을 지내고 다섯 달 만에 어머니 강씨가 세상을 떠났다. 재우는 위로 형이 두 분(再禧, 再祿), 누님도 두 분 있었다.

그중 어린 재우만은 어쩔 수 없이 외가에서 외조모의 손에서 자랐다. 철이 들어 본가로 돌아갈 만하게 되자 계모 허씨가 들어와 연달아 두 아들(再祉, 再祺)을 낳았다. 재우는 그대로 외가에 눌러앉았다.

씩씩한 성품에 시원스러운 얼굴, 눈에서 광채가 나는 이 소년은 외가의 사랑을 독차지하였다. 안동의 퇴계 선생과 더불어 당대의 스승으로 추앙을 받던 남명 선생(南冥先生)에게 보내 공부도 시켰다. 선생은 당시 산음(山陰 : 산청)의 덕산(德山)에서 제자들을 가르치고 있었다.

남명 선생의 눈에 들어 16세에 그의 외손녀와 결혼하니 지금의 김씨 부인이었다. 부인의 아버지는 만호 김행(金行)이었고, 김행의 장인이 남명 선생이었다. 재우는 장가를 들어서도 외가에 들어와 살았다.

장인 김행은 원래 문관이었으나 무관직을 맡는 바람에 병법에 통하고 무술에도 익숙했다. 재우는 그의 집에 드나들면서 병서를 읽고 말을 달리고 활을 쏘는 데도 흥미를 가지기 시작했다.

2년 후인 18세에 그는 살림을 났다. 그러나 현풍으로 돌아가지 않고 세간리 외가 동네에 집을 짓고 독립하였다. 외가에서도 보태 주어 적지 않은 농토를 마련하고 10여 명의 하인도 부리게 되었다. 이런 관계로 곽재우에게는 의령의 세간리가 고향이 되고 말았다.

5년 후 부친 곽월이 의주목사(義州牧使)로 부임할 때에는 함께 압록강까지 가면서 외지의 풍물을 구경하고, 3년을 이 고장에서 보냈다. 의주는 국경의 요충으로 목사는 국경수비의 책임도 맡고 있었다. 젊은 곽재우는 여기서 병사들과 어울려 정식으로 무술을 닦았다.

28세의 가을에는 동지사(冬至使)로 명나라에 들어가는 부친을 따라 북경까지 갔다 다음 해 봄에 돌아왔다. 그는 이 여행 중에 이국의 산수와 인정에 접하고 노장(老莊)을 비롯한 제자백가의 책과 불교서적들을 구해다 탐독하였다. 그의 시야는 주자학 유일사상이 지배하던 조선의 경계를 넘어 무한으로 확대되어 갔다.

벼슬이다, 명예다, 모두가 부질없는 일이었으나 부친의 말씀을 거역할 수 없어 34세에 서울로 올라와 과거를 보았다. 선조 18년 봄, 임진왜란이 일어나기 7년 전이었다. 마지막 단계로 궁중에 들어가 어전에서 보는 시험을 정시(庭試)라고 불렀다. 그는 다른 급제자들과 함께 이 시험을 보게 되었는데 제목은 '당 태종이 대궐의 뜰에서 무술을 가르친 일을 논함(唐太宗敎射殿庭論)'이었다.

당 태종은 무력으로 천하를 통일한 사람이었다. 권력을 잡은 후에도 무를 숭상했고, 궁중에서도 활쏘기가 유행이었다.

군주가 문약(文弱)하면 나라가 위태롭다. 문무를 겸해야 하는 법이니 당 태종은 아주 잘했다 — 곽재우는 소신대로 썼고, 방이 나붙은 것을 보니 2등으로 합격하였다.

이치야 어떻든 역시 떨어진 것보다는 붙은 것이 좋았다. 친구들이 모여 축배를 들었는데 며칠 후 영이 내렸다. 어명으로 이번 과거는 모두 무효로 한다고 했다.

들리는 소문으로는 임금 선조가 대로했다는 것이다. '문약'이라는 것은 시니 그림을 좋아하고 무를 돌보지 않는 자기를 빗대 놓고 조롱한 것이다. 그 곽 아무개라는 자를 잡아들여라!

대신들이 말리는 바람에 잡혀가는 것은 모면했으나 곽재우는 도망치다시피 서울을 빠져 사잇길로 고향에 돌아왔다.

부친은 탄식했다.

"이런 변이 있나. 언행을 삼가고 있다가 4년 후에 다시 보아라. 집안을 일으킬 사람은 너밖에 없다."

그렇게도 과거를 염원하던 부친은 다음 해 8월 세상을 떠나고 말았다. 그는 현풍의 선산에 장사지내고 관례대로 3년 동안 복을 입고 산소를 지켰다.

3년이 지나고 복을 벗고 보니 선조 22년, 임진왜란이 일어나기 3년 전이었다. 세간리로 돌아온 곽재우는 동남으로 30리 떨어진 낙동강변에 조그만 집을 마련하고, 이 고장을 돈지라고 이름하였다. 세상을 등지고 사는 고장이라는 뜻이었다.

남강이 낙동강으로 흘러드는 대목이라 망양대해같이 넓은 물에 푸른 산들 — 절경이었다. 그는 가끔 세간리 본가에 가는 일도 있었으나 대개는 이 돈지를 떠나지 않았다.

낮에는 호미를 들고 채소를 가꾸는가 하면 때로는 강에 낚시를 드리우고 밤이면 책을 보다가도 잠이 들었다. 농사가 끝난 가을에서 겨울까지 농한기에는 찾아오는 시골 청년들에게 글을 가르치고 하인들과 함께 산에 올라 활로 산짐승을 쏘는 것도 한 가지 낙이었다. 이대로 자연과 더불어 소리 없이 살다 때가 오면 소리 없이 가리라.

그러나 돈지에 온 지 3년, 임진왜란이 일어나고, 난리는 그를 조용히 두지 않았다.

이튿날 아침 곽재우는 집에서 기르는 백마를 타고 세간리로 달렸다. 41세. 그의 의병 활동의 첫걸음이었다.

세간리 동구에는 어제 왔던 하인 10여 명이 웅성거리고 황소 같은 풍세가 앞으로 나섰다.

"우리는 모두 영감마님을 모시고 왜놈들과 싸우기로 결심했십니더. 그러니 더 이상 말씀 마시이소."

"그런데 웬 북이냐?"

그는 어깨에 북을 메고 있었다.

"간밤에 집집마다 다니면서 얘기한 기라요. 북소리만 나면 모두 달려와서 영감마님을 뵐 깁니더."

곽재우는 말에서 내렸다.

"한번 쳐보아라."

풍세는 신이 나서 북을 두드렸다. 그러나 어쩌다 아낙네들이 문틈으로 내다볼 뿐 남자들은 나타나지 않았다. 동네는 물론 건넛마을에서까지 아이들만 수십 명, 죽자 사자 달려와서 주위를 둘러싸고 바라보았다.

"다른 마을에 가보자."

풍세가 북을 치며 앞장서고, 다음에 곽재우와 하인들, 그 뒤에 아이들이 오글거리는 기묘한 행렬은 이 동네 저 동네 돌며 외쳤다.

"의병으로 나갑시더."

"왜놈들을 깔아뭉갭시더."

사람들은 슬금슬금 피하고, 오정 때 고개를 넘어오는 애꾸 한 명을 끌어들인 것이 고작이었다. 김해에서 도망 오는 패잔병이었다.

힘없이 세간리로 돌아오는데 동네 어른으로 통하는 백발의 김 노인이 길을 막고 삿대질을 했다.

"자네 미친놈 아이가?"

"네?"

"미쳐도 분수가 있지. 이것들을 가지고 왜놈 백만을 어쩐다꼬?"

그는 턱으로 초라한 행렬을 가리켰다. 곽재우가 잠자코 대답이 없자 노인은 한마디 내뱉고 발길을 돌렸다.

"또 지랄을 할 기가? 동네에서 내쫓을 기다."

곽재우 자신이 생각해도 한심했다. 인원이라도 많았으면 또 모르겠는데 겨우 새까만 백성 10여 명, 무엇을 보고 따라올 것인가? 성인군자는 논외로 치고 대중을 끌려면 우선 볼품부터 갖춰야 했다. 숫자라도 채우고 보자.

그는 어깨를 늘어뜨리고 서 있는 청년들을 끌고 서쪽으로 고개를 하나 넘었다. 큰누님이 살고 있는 덩실한 기와집이 나타났다. 매형 허언심(許彦深)은 대단한 부자였다.

"그런즉 집에서 부리는 하인들을 전부 내놓으시오."

당당한 일에 구걸은 금물이라는 것을 알았다. 취지를 설명하고 당당하게 요구했다. 그러나 매형 허언심은 한마디로 거절했다.

"안돼!"

곽재우는 일어섰다.

"되는 방법이 있지요."

밖에 서 있는 황소 풍세에게 눈짓을 하자 풍세는 옆방에서 허언심의 외아들을 마당으로 끌어냈다.

"목을 쳐라!"

10여 세 소년은 기겁을 해서 소리도 못 지르고, 풍세는 이죽거렸다.

"칼을 받을 때는 목을 길게 빼는 법이다."

허언심은 제정신이 아니었다. 맨발로 냅다 뛰어 풍세에게 매달렸다가 다시 휭하니 방으로 돌아왔다.
"하인들을 다 주꼬마."
그러나 이번에는 곽재우가 거절했다.
"안 됩니다."

숲 속의 매복

"준다는데 와 그러노?"
"문서(노비문서)도 내놓으시오."
"몬한다. 빌려 주는 것이지, 아주 주는 줄 알았더나?"
"할 수 없지요."
곽재우가 눈짓을 하자 그동안 마당 한구석 느티나무에 외아들을 동여매고 기다리던 풍세는 손에 들고 있던 비수를 천천히 뽑았다.
"눈을 감고 어금니를 지그시 깨물어라."
그는 아래윗니를 부딪치는 외아들을 노려보면서 느티나무를 한 바퀴 돌았다.
"이 문둥아, 부처님도 좋고 옥황상제도 좋고, 잘 봐달라고 빌어라."
비수로 소년의 저고리를 북북 찢어 앞가슴을 드러냈다.
"단숨에 숨통을 찔러 주꼬마. 목을 치는 것보다 그게 편할 끼다."

또다시 맨발로 달려 나온 허언심이 그를 붙잡고 방 안의 곽재우에게 외쳤다.

"문서도 준다."

곽재우의 굵직한 목소리가 울렸다.

"풀어 줘라."

풍세가 포박을 자르자 소년은 안채로 사라지고, 허언심은 방안으로 돌아왔다.

"언제부터 도척이 됐노?"

그는 문갑에서 문서를 꺼내 던졌다.

"이 동네 말들도 가져갑니다."

"아이고, 이 날강도야."

"일간 또 찾아뵙지요."

곽재우는 문서를 들고 일어섰다.

"찾아뵐 것 없다."

허언심은 손을 내저었다.

이름난 만석꾼인지라 10리 벌이 그의 차지였고, 수백 호 마을이 온통 그의 하인이 아니면 전호(佃戶 : 소작인)였다. 곽재우는 그중 건장한 청년 40여 명을 뽑고 말들도 있는 대로 끌어냈다.

일행은 날이 저물어서야 세간리 본가로 돌아왔다.

돼지를 잡고 술 단지가 즐비하게 나오고 바깥마당에서는 크게 잔치가 벌어졌다. 우등불을 중심으로 멍석을 깔고 둘러앉은 청년들은 난생 처음 받아보는 대접에 어리둥절해서 말이 없었으나 술이 한두 잔 들어가자 우선 이런 질문이 나왔다.

"세상에 못난 것이 저희 같은 하인들인데 기십 명 모였다고 무슨 일을 칠 것입니꺼?"

곽재우는 잠자코 안에 들어가 문서를 꺼내 왔다.

"이것이 우리 집 문서, 이것은 아까 허 영감 댁에서 가져온 문서다."

그는 문서를 우둥불에 던지고 말을 이었다.

"상전이다 하인이다 하는 것은 인간의 구분이지 하늘의 구분이 아니다. 이로써 너희들은 일률로 방량(放良)이다."

노예로부터 해방되는 순간이었다. 입을 헤벌리고 바라보는 군중 속에서 희미한 탄성이 울려왔다.

"아아—."

지켜보던 곽재우는 계속했다.

"빈(貧)과 부(富)도 인간의 구분이지 하늘의 구분이 아니다. 오늘부터 우리 집 물건은 하나에서 열까지 너희들과 또 너희들의 가족을 위해서 내놓는다. 세월이 평정되면 땅도 나눠 줄 것이다. 여기 문서가 있다."

그는 맨 앞줄에 앉은 청년에게 땅문서를 넘겼다.

좌중은 웅성거리고 하나 둘 앞으로 나와 그에게 잔을 바쳤다. 그는 몇 잔 받아 마시고 일어섰다.

"사람은 마음에 없는 일은 못하는 법이다. 더구나 전쟁은 생사가 걸린 일이다. 누구든지 오늘 밤 잘 생각해서 마음이 내키지 않거든 내일 아침 해가 뜨기 전까지 여기서 사라지면 그만이다."

밤중에 심대승(沈大承)이 들어섰다. 같은 동네 사람으로 집에 무상출입하였고, 병서에서 모르는 대목을 묻곤 하던 청년이었다. 무과 지망생으로 장수가 되는 것이 꿈이었다.

곽재우는 말이 없는 이 청년이 좋았다. 의병을 일으키는 일도 제일 먼저 의논한 것이 이 청년이었다.

사람만 모였다고 될 일이 아니었다. 무기도 있어야 하고 식량도 있어

야 했다. 특히 식량이 문제였다. 집이 넉넉해서 곳간에 쌀이 좀 있다고
는 하지마는 며칠은 몰라도 장기간 개인의 힘으로 군대를 먹인다는 것
은 턱도 없는 일이었다. 앞날을 생각해서 미리부터 마련이 있어야 했다.

이런저런 일로 물정을 알아보라고, 일전에 은밀히 떠나보냈는데 지
금 돌아왔다.

"무기는 초계(草溪)에 지천으로 있습니다."

심대승의 첫마디였다. 초계군수 이유검은 김해성(金海城)을 지키러
간다고 떠났었다. 김해성은 떨어지고, 겁이 많은 이유검은 싸우기도 전
에 도망쳤다는 것까지는 분명했으나 그 후의 행적이 묘연했다.

군수는 군내의 임금이었다. 임금이 사라졌으니 민심은 흉흉할밖에
없고 관고(官庫)에 쌓인 무기도 머지않아 적의 수중에 들어가든가 아니
면 어느 도둑 떼의 차지가 될 것이었다.

곽재우는 듣기만 하고 심대승은 계속했다.

"식량은 신반리(新反里)에 있습니다."

신반리는 세간리에서 북으로 15리 지점에 있었다. 낙동강으로 흘러
드는 신반천(新反川) 강가에는 나라에서 세미(稅米)를 받아들이는 창고
가 있었다. 신반창(新反倉)이라고 불렀다.

그런데 이것을 주관할 의령현감 오응창(吳應昌)이 없어졌다. 1백여
명의 병정을 배에 싣고 김해로 간다고 낙동강을 내려갔었다. 배가 뒤집
히는 바람에 거의 다 죽었는데 오응창도 빠져 죽었다는 사람이 있는가
하면 도망쳤다는 소문도 있었다. 어떻든 이 양곡도 머지않아 흩어지게
생겼다.

"알겠다."

곽재우는 그 밤을 심대승과 한방에서 자고 아침 일찍 일어났다.

청년들은 빠지지 않고 그대로 남아 있었다. 곽재우는 그중 몸이 약한 몇 명을 집으로 돌려보내고 50여 명만 남겼다.

"가자."

50여 명의 기마행렬은 북으로 말을 달렸다.

신반창에는 언뜻 보아 1백여 섬의 쌀과 콩이 쌓여 있었다. 그는 일부 병력을 남기고 다시 말에 채찍을 퍼부었다.

"오늘 안으로 세간리까지 옮겨라."

다시 북으로 60리. 오정 때 초계 읍내로 들어갔다.

"게 섰거라!"

선두를 달리던 심대승의 호통이 울렸다. 군수를 기다리다 못한 아전들이 창고를 드나들며 분주히 돌아갔다. 달구지도 여러 채 대놓은 품이 아주 쓸어 갈 모양이었다.

"팽개쳐 둬라."

심대승은 도망치는 아전들을 쫓으려고 내달렸으나 곽재우가 말렸다.

그들은 천장까지 쌓인 활과 화살, 칼과 창을 들어내다 달구지에 실었다. 식량, 베, 광목, 기타 연장도 숱하게 있었다. 달구지에 다 못 실은 것은 말마다 잔등에 실었다.

일행은 말머리를 돌려 오던 길을 남으로 달렸다. 순식간의 일이라 초계 백성들은 얼이 빠진 듯 바라보기만 하고 아무도 무어라는 사람은 없었다.

초계에서 가져온 무기로 청년들을 무장시킨 곽재우는 다음 날부터 시냇가 모랫벌에서 훈련을 시작했다.

"전쟁은 씨름과 같다."

그는 알기 쉽게 설명했다.

"적수의 장기를 알고 거기 말려들지 않도록 몸을 운신하는 것이 씨름에서 이기는 길이 아니냐? 업어치기를 잘하는 사람에게는 업히지 않도록, 다리를 잘 거는 사람에게는 걸리지 않도록. 전쟁의 이치도 마찬가지다."

"……."

"왜놈들의 장기는 세 가지 있다."

"……."

"첫째로 저들은 칼을 잘 쓴다. 그러나 아무리 기를 쓰고 냅다 쳐보아야 두 발 밖에 있는 것은 미치지 못하는 법이다. 너희들, 칼을 휘둘러 보아라."

병정들은 시키는 대로 휘둘렀다. 사람의 팔과 칼을 합쳐도 6자가 고작인지라 정말 두 발 바깥에는 미치지 못했다.

"참말로 그렇십니다."

"그런즉 왜놈들과 싸울 때에는 두 발 안으로만 접근하지 않으면 저들의 칼을 맞을 염려는 절대로 없다."

"알겠십니다."

"다음으로 저들은 조총이 있는데 조총 알은 백보를 간다. 조총에 맞지 않으려면 어떻게 할 것이냐?"

황소 풍세가 나섰다.

"백보 안에만 안 들어가면 되지 않십니꺼?"

"맞다. 백보 안으로만 안 들어가면 하늘이 무너져도 저들의 총에는 안 맞는다."

당연한 이치였으나 말해 놓고 보니 그럴 듯하게 들렸다. 곽재우는 계속했다.

"셋째로 저들은 칼이나 창을 들고 돌격을 잘한다. 어떻게 하면 돌격을 피할 것이냐?"

약기로 이름난 말손이 나섰다.

"맞싸우지 않고 냅다 뛰면 됩니더."

모두들 허리를 꺾고 웃었으나 곽재우는 고개를 끄덕였다.

"맞다, 뛰어라."

이리하여 그는 적과 가까이서 접전하는 것을 금기사항으로 가르쳤다. 미숙한 농민들을 백전연마의 적군 앞에 내모는 것은 죽으라는 것이나 진배없었다.

그 대신 첫째로 숨는 훈련, 다음으로 활쏘기 훈련에 정성을 쏟았다.

"장님과 멀쩡한 사람이 싸우면 누가 이기느냐? 물론 멀쩡한 사람이다. 그런즉 적이 보이면 무조건 숨어라. 숨었다가 가까이 오면 활을 쏘고, 끝나면 또 숨어라."

이런 과정을 거듭하는 사이에 병정들은 활솜씨도 늘고, 숲 속을 숨어 다니는 재간도 눈에 띄게 달라졌다.

5월에 들어서자 적은 대구 북방 40리, 낙동강이 굽이치는 대목에 1천여 명의 부대를 배치하고 많은 창고와 사람이 살 집도 여러 채 지었다. 동서로 길이 뚫리고 남북으로는 물길이 통하는 교통의 요충이었다.

일본에서 군수물자를 실은 배들은 겐카이나다를 건너 연달아 부산에 들어왔다. 여기 물자를 부리고 돌아가면 다른 배들이 몰려와서 다시 싣고 낙동강을 거슬러 이 강변의 창고에 쌓아 올렸다.

그리하여 이 일대에는 일본 사람들이 들끓고 일본 동네 같은지라 바라보던 조선 사람들은 이름이 없던 이 고장을 왜관동(倭館洞)이라고 불렀다.

왜관동은 일본군의 군수물자 집결소였다. 여기 모인 물자는 강을 따라 계속 북으로 가기도 하고 육로를 따라 동으로 경주, 서로 성주, 김천 방면으로 가기도 했다.

곽재우는 낙동강에 초병을 배치하여 이 같은 일본군의 움직임을 주시하고 있었다.

며칠을 두고 생각을 거듭하던 곽재우는 마침내 부하들과 함께 첫닭이 우는 세간리를 등지고 동남으로 30리, 돈지로 말을 달렸다.

낙동강과 남강이 합치는 대목, 강이 세 갈래로 갈라져 보이는 대목을 기강(岐江 : 거름강)이라고 불렀다. 낚시를 좋아하는 그는 지난 3년 동안 돈지에 살면서 배를 타고 이 기강을 수없이 오르내렸고, 일대의 수세(水勢)는 누구보다도 잘 알고 있었다.

물이 얕아 아주 드러난 여울은 제외하고 배가 가까스로 지날 수 있는 몫을 여러 군데 지목하였다. 이런 대목에 듬성듬성 말뚝을 박아 놓고, 대목마다 강변 숲 속에 병사들을 매복하고 기다렸다.

간밤을 삼랑진(三浪津)에서 보낸 적의 수송선단 60여 척이 흰 돛을 바람에 나부끼고 시야에 들어왔다. 숲 속의 병사들은 숨을 죽이고 바라보았다.

물건을 잔뜩 실은 배마다 훈도시(褌)만 걸친 왜병이 10여 명씩 타고 있었다.

강을 덮고 올라오는 적선 중에서 맨 뒤의 한 척이 말뚝에 걸려 버둥거렸다. '훈도시'의 왜병들이 달려들어 작대기로 이리저리 물속을 쑤셨으나 배는 여전히 빠져나오지 못했다.

"칙쇼오(젠장)."

왜병들은 물에 뛰어들었다. 순간, 숲 속에서 뛰어나온 조선 병사들은 지척에서 화살을 퍼붓고 다시 숲 속으로 사라졌다. 왜병 10여 명은 피를 토하고 물속에서 자맥질을 했다.

적의 선단에서 북이 울리고 알 수 없는 호통들이 터지면서 선열(船列)이 무너졌다.

처처에서 적선들은 말뚝에 걸려 엉기적거리고, 그때마다 숲 속에서는 조선 병정들이 달려나와 활을 쏘아붙였다. 지근거리인지라 열에 아홉은 피를 뿜고 쓰러졌다.

전투는 일시에 한 군데서 터진 것도 아니었다. 이 배가 걸렸는가 하면 저 배, 중간에 걸렸는가 하면 앞에서 걸리고, 물가 바위에 부딪기도 하고 저희들끼리 충돌하고 — 육지와는 달리 적은 힘을 합칠 엄두도 못 내고 한 척 한 척 쓰러져 갔다.

오정 때 시작된 전투는 해질 무렵에야 끝났다. 적선 30척이 부서지고 나머지 30여 척은 뱃머리를 돌려 오던 길을 도망쳐 달아났다.

새로운 기운

곽재우 자신도 예상하지 못한 일이었다. 고작해야 한두 척 걸려들 것으로 생각했는데 30척이 부서졌다. 거기 탔던 왜병들은 대개 성한 배에 옮겨 타고 도망쳤으나 지금 눈앞 소용돌이에서 맴도는 시체와 여기저기 여울에 쓰러진 것만도 10여 구, 물에 떠내려간 것도 그 정도는 될 것이다.

더구나 병사들은 이 세상에 태어난 후 사람을 죽이는 일은 고사하고 매 한 번 때려 본 일이 없는 위인들이었다. 매라는 것은 상전이 때리는 것이고, 하인은 맞는 법이지 때리는 법이 아니었다.

물건을 부수는 일도 매일반이었다. 상전이야 화가 나도 부수고 심심해서도 부술 수 있었으나 하인들은 행여 접시 하나라도 깨뜨렸다가는 죽도록 매를 맞아야 했다.

그런데 숱한 사람을 죽이고 숱한 배들을 부서 놓았다. 그들은 부서진 배에 올라 무기, 피복, 식량 등 쓸 만한 물건들을 추려 내면서도 가슴이 떨리고 일이 손에 잡히지 않았다.
"이럴 수도 있구나."
떨리면서도 세상이 매우 달라지는 느낌, 묶였던 사슬에서 풀려나는 느낌이었다.
심대승만은 기운이 솟았다. 처음으로 나온 전투에 바짝 긴장했으나 겪고 보니 싸움이라는 것은 할 만한 일이었다. 꾀만 잘 쓰면 털끝 하나 다치지 않고 얼마든지 적을 무찌를 수 있음 직했다.
사람의 목을 자르는 것도 희한한 일이었다. 처음에는 등골이 오싹했으나 몇 개 자르고 나니 이력이 붙고 재미도 났다. 더구나 머리가 많고 적음에 따라 벼슬이 오르내린다고 했다. 물 속을 뒤져 적병의 시체마다 상투를 잡아 쳐들고 칼질을 했다.
그는 한 손에 두셋씩 왜병의 머리를 들어다 물가 바위에 걸터앉은 곽재우 앞에 늘어놓았다.
"우선 다섯 개올시다."
서녘 하늘 저녁놀을 바라보던 곽재우는 얼굴을 돌리기는 했으나 무슨 생각을 하는지 두 눈을 껌벅일 뿐 말은 없었다.
"조정에 바치면 좋아하실 겁니다."
"……."
"성상께서는 장군의 전공을 치하하시고 큼직한 벼슬을 내리실 겁니다."
"그럴까……."
남의 일같이 대답했다.
"그러믄요."
"……."
"겸해서 저희들도 치하의 말씀 한마디라도 들을 게 아닙니까?"

곽재우는 나지막이 속삭였다.

"그만두지."

"네?"

"우리는 모든 것을 버리고 이 일에 나섰다. 이제 다시 무엇이든 탐한다는 것은 사리에도 맞지 않고 아름다운 일도 못 된다."

어떤 집단이든 탐욕이 개재하면 의로운 일을 할 수 없고 오래갈 수도 없다는 것이 그의 소신이었다.

"네……"

심대승이 어중간한 대답을 하자 곽재우는 저녁놀을 가리켰다.

"어차피 인간은 저 놀같이 한때 반짝하고 사라질 운명에 있다. 탐해서 어쩔 것이냐?"

심대승은 말없이 적의 머리들을 강물에 던져 버렸다.

이후 이 전쟁 7년 동안 곽재우는 숱한 전공을 세웠으나 한 번도 자기의 공을 조정에 보고한 일이 없고 남에게 말한 일도 없었다. 그의 부하들도 다시는 적의 시체에 칼을 대지 않았다.

서둘러 노획품을 추린 부대는 적선에 불을 지르고 말을 달려 세간리로 향했다.

누구보다도 놀란 것이 마을 사람들이었다.

곽재우가 사람 같지도 않은 쓰레기 인간들을 거느리고 왜놈들을 어쩐다고 들락거릴 때 온 동네가 웃었다. 괜찮은 사람인줄 알았더니 난리통에 겁을 먹고 미쳐 버렸구나.

소식을 들은 이웃 동네들도 웃었다. 왜놈들은 귀신 같다고 했다. 군수, 현감도 도망치는 판국에 자기가 무어길래 나대는 것이냐? 더구나 종놈과 어깨를 걸고. 분명히 미친 지랄이었다.

사방 수십 리 안은 모두 웃었고, 웃지 않으면 사람도 아니었다.

그러나 웃고만 있을 수도 없었다. 낙동강에 왜선들이 나타나고, 곽재우는 이것들을 친다고 떠나갔다.

왜놈들에게 짓밟힐 것은 뻔했다. 밟히고 남은 자들이 도망쳐 이 세간리로 돌아오면 큰일이었다. 그 고약한 왜놈들이 쫓아와서 칼부림을 하면 동네는 쑥밭이 되고 말 것이다. 남녀노소 피란 짐을 이고 지고 산으로 숨어들었다.

소식을 들은 다른 동네도 산으로 안 갈 수 없었다. 이 초상난 땅에서 광대놀음을 벌이는 자는 도대체 어떤 미치광이냐?

그런데 곽재우가 이겼다.

처음에는 믿지 않았다. 이긴 것이 아니라 졌을 것이다. 그들은 산에서 움직이지 않았다.

그러나 곽재우 이하 50여 명이 말마다 즐비하게 왜물건을 싣고 나타나는 데는 도리가 없었다. 왜옷에 왜신발, 그중에는 조총도 몇 자루 있었다. 백성들은 슬금슬금 집으로 돌아왔다.

이겨도 여간 이긴 것이 아니었다. 왜선 수십 척을 불 지르고 수십 명을 없애 버렸는데 이쪽은 다리를 절뚝거리는 병사가 한 명이었다. 그것도 적의 총칼에 다친 것이 아니라 적선에 뛰어들다 한 쪽 발목을 삔 것이라고 했다.

새로운 기운이 사람들의 머릿속에서 꿈틀거리기 시작했다. 마치 봄기운에 얼었던 땅이 녹고 새싹이 돋아나듯이 공포와 패배감으로 굳었던 머리가 녹으면서 전환을 시작했다. 소문과는 달리 적도 별것이 못 되고, 피란만 갈 것이 아니라 돌아서 쳐야 하지 않겠는가.

분위기가 달라졌다. 전에는 의병을 운운하는 자는 머리가 돌았거나 철이 없는 인간으로 치부되었으나 이제 의병을 마다하는 자는 사람의 축에도 끼지 못하게 되었다.

슬슬 피하던 마을 사람들도 양반과 농민의 구분 없이 자원해서 의병으로 들어오고, 청하지 않아도 식량을 실어 오는 사람도 심심치 않게 나타났다.

심지어 남강을 거슬러 진주(晉州)로 가던 배 4척을 몽땅 끌고 온 백성들도 있었다.

"세미락 카는데 진주에 가봐야 감사는 도망갔고, 아전들이 나눠 먹을 깁니더. 차라리 의병들을 먹이시이소."

틀란 말이 아니었다. 감사 김수(金睟)는 산속을 피해 다니고 요상한 아전들이 도사리고 있는 진주. 그는 두말없이 받아들였다.

매부 허언심도 고개를 넘어 제 발로 걸어왔다.

"내가 잘못 생각했다. 내 집 재산을 다 내놓을 것이고, 쓸모만 있다면 나도 의병으로 들어올 끼다."

곽재우는 그를 식량 책임자(典軍餉)로 임명했다.

분위기는 세간리에 국한되지 않았다. 주변에 확산되고 온 경상도에 퍼져 크고 작고 간에 의병이 일어나지 않은 동네가 없었다.

이웃 삼가(三嘉)에서도 일어났다. 윤탁(尹鐸)이라는 사람이 대장이었다. 무과에 급제하여 서울에서 훈련원 봉사(奉事 : 종8품)까지 지낸 무인인지라 삼가 사람들의 기세는 대단했다. 샌님 곽재우도 그 지경인데 우리 대장이 한번 나서면 볼 만할 것이라고.

곽재우는 한 귀로 흘려듣고 날로 늘어나는 의병들을 단련하는 데 정성을 쏟았다.

적도 조심하는지라 같은 장소에서 같은 전법은 두 번 다시 통하지 않았다. 그는 뜻하지 않은 시각, 뜻하지 않은 장소에 나타나 번개같이 적선을 부수고 번개같이 사라지는가 하면 때로는 낙동강을 건너 적의 척후병들을 기습 공격하였다.

김성일이 경상도 초유사의 직함을 띠고 함양(咸陽)에 나타났다. 초유사는 난리를 피해 달아난 백성을 불러들이고 타일러서 전선으로 내보내는 것이 직책이었다. 들은즉 곽재우라는 사람은 자기가 타이르기 전에 이미 의병을 모아 크게 적을 무찔렀다. 편지를 보내 만나자고 했다.

곽재우로서도 그를 만날 필요가 있었다. 사정이야 어떻든 지금까지 모은 의병은 사병(私兵)에 불과하고 나라의 승인을 받지 못했다. 법에 없는 일을 했으니 문제를 삼으려면 삼을 여지가 있었다.

그런데 김성일은 숨어 다니는 경상감사 김수와 함께 있다고 했다. 감사는 도내의 일반 행정과 사법뿐만 아니라 군사도 장악하고 있었다. 김수는 경상도의 육해군 총사령관이었다.

그런 총사령관이 앞장서 도망쳤다. 곽재우는 김수를 사람으로 보지 않았다.

더럽다고, 가지 않고 답서를 보냈다.

오늘 말을 타고 떠나려는데 감사(監司 : 김수)의 공문을 가지고 온 역졸을 만났습니다. 합하(閤下 : 김성일)가 계신 곳을 물었더니 감사와 함께 계시면서 의논하는 중이라는 대답이었습니다. 따라서 저는 안 갑니다. (경상도의) 소위 도순찰사(都巡察使 : 총사령관)는 앞서 백성을 축성(築城)에 내몰던 김수가 아닙니까? 김수는 우리나라의 죄인입니다. 누구든지 죽여도 무방한 자입니다. 합하께서는 무슨 연고로 그의 죄를 들어 조정에 알리고, 목을 쳐서 고을에 효수(梟首)하지 않고 도리어 그와 함께 있는 것입니까?

김수도 전부터 소문은 듣고 있었다. 곽재우는 가끔 중얼거린다고 했다. 김수란 놈은 사지를 찢어 죽여야 한다고.

그런데 이런 편지까지 왔다. 그는 김성일을 떠보았다.

"곽재우라는 자를 어떻게 보십니까?"

없애 버리고 싶었다. 관등은 자기보다 낮았으나 김성일은 퇴계 선생 문하의 선배로 나이도 9세 연상인 55세였다. 후배의 고충을 이해하고 동의할 줄 알았으나 그렇지 않았다.

"이 어려운 때에 아무도 감히 못하는 일을 하지 않았소? 인걸(人傑)일 것이오."

김수는 어금니를 깨물고 가슴에 접어 두었다.

예전의 김성일이 아니었다. 전에는 정의는 하나, 이에 반하는 것은 모두 불의였다. 그러나 이제 이 세상에는 서로 상충하는 정의가 둘 이상 있을 수 있다는 것을 깨달았다. 죽음의 회한에서 얻은 세상 이치였다.

전쟁은 없다고 단언했고, 국방이라면 발 벗고 나서 방해하였다. 그때는 자기만 옳고 반대하는 자들은 모두가 답답한 장님들이었다. 그 결과 나라에 이 같은 참변을 불러들였고 자신은 목숨을 잃을 뻔했다.

김수는 김수, 곽재우는 곽재우였다.

그는 함양을 떠나 단성(丹城)에서 곽재우와 만났다. 빛나는 두 눈, 담대한 성품에 불같은 성미 — 난세에 알맞은 인물이었다.

함께 진주까지 가면서 많은 이야기를 나눈 끝에 삼가의 윤탁을 불렀다.

"삼가의 의병과 의령의 의병을 합치는 것이 어떤가?"

윤탁은 무던한 사람으로 두말없이 동의했다. 또 누구나 무관인 그가 대장이 될 줄 알았으나 김성일이 시키는 대로 곽재우의 휘하에 들어왔다.

이로써 정식으로 나라의 승인을 받았고, 병력도 배로 늘어났다.

의령으로 돌아온 곽재우는 세간리의 본영 외에 정암진(鼎岩津)에도 따로 본영을 하나 더 두고 윤탁이 지휘하는 삼가의 의병들을 여기 배치했다. 강 건너 함안(咸安) 고을에는 갈수록 적의 출몰이 자심해서 이 방면이 불안했다.

그는 세간리와 정암진의 두 본영 사이를 내왕하면서 훈련과 전투를 지휘하였다.

"장수들은 복색을 달리 해주서야지 그렇지 않고는 기강을 세울 수 없습니다."

여태까지 간부나 졸병이나 다 같이 삼베옷이었다. 인원이 적을 때에는 무방했으나 1천 명을 넘으면서부터 서로 알아보지 못하고 영이 서지 않는 일이 흔히 있었다. 예로부터 관등에 따라 복색을 달리한 데는 연유가 있었다.

곽재우는 전에 부친을 따라 북경에 들어갔을 때 명나라 조정으로부터 받은 붉은 비단이 있었다. 이것으로 간부들의 옷을 짓게 했다. 여러 벌로 만들었으나 다른 장수들은 사양하여 보통 무관복을 만들어 입고 붉은 옷은 곽재우만 입게 되었다.

심대승은 깃발도 만들었다. 천강홍의장군(天降紅衣將軍 : 하늘이 내린 붉은 옷의 장군). 곽재우는 웃었다.

"내가 언제 하늘에서 내려왔지?"

그러나 심대승은 웃지 않았다.

"적이야 압니까? 적더러 보고 겁을 먹어 달라는 것입니다."

이로부터 적이나 우군을 막론하고 곽재우는 '홍의장군'으로 통했다.

붉은 옷의 조선 장수

 의령과 삼가는 물론, 다른 고을에서도 찾아오는 청년들이 그치지 않아 6월 초에는 2천 명으로 불어났다. 이들 의병이 지키는 낙동강과 남강 이서(以西)의 의령 고을에는 불안한 대로 평화가 찾아들고 사람들은 다시 호미를 들고 밭으로 나갔다.
 그러나 이 평화도 오래가지 않았다. 부산을 떠나 서진(西進)하던 적군 2천 명이 창원을 점령하고 우리 백성 편에 문서를 보내왔다.

 대일본 대왕(大日本大王)은 조선에 옳은 정치를 베풀어 백성을 구하고자 하거늘 무슨 연고로 바다와 육지의 길을 막고 원수를 사는고? 철이 없고 분수를 모르는 짓이로다(螳螂當車轍, 蚍蜉撼大樹). 이로 말미암아 기병과 보병들이 깊은 마을에까지 쳐들어가 깃발을 날리고 칼날을 비껴드니 성문은 불타고 화포(火炮)는 집마다 진동하였느니라. 반역의 무리를 모두 잡아 목을 쳐죽이려고 하였으나 죄가 많고 적음을 가리기 어렵고, 또 그 부모처자가 불쌍하여 특히 용서하였고, 굶주림도 면케 하여 목숨을 보전토록 하였도다. 그럼에도 불구하고 싸우려고 덤비는 자는 모조리 죽여 버릴 터인즉 아직도 무기를 들고 들[野]에 있는 자들은 잘못을 뉘우치고 집으로 돌아가라. (……) 활과 칼을 버리고 항복한다면 어찌 죄를 줄 것인가(《난중잡록》).

그리고 자기는 일본의 정승인 안코쿠지(安國寺)라는 사람으로, 전라감사에 임명되어 지금 부임하는 길이니 도중의 관원과 백성들은 나와 마중하라고 하였다.

안코쿠지는 일본 역사에 안코쿠지 에케이(安國寺 惠瓊)로 나오는 중으로 안코쿠지(安國寺 : 지금의 廣島縣 福山市 소재)의 주지였다. 에케이란 흔한 이름이기 때문에 그를 지칭할 때만은 절간의 이름을 붙여 '안코쿠지 에케이'라고 하였다.

원래 도요토미 히데요시의 적대진영에 있었으나 히데요시를 위해서 암약했고, 그가 집권하는 데도 적지 않은 공이 있었다. 히데요시는 이 은혜를 잊지 않고 시코쿠(四國) 서북부의 이요(伊子 : 愛媛縣)에 봉토(封土)를 주어 제후(諸侯)로 봉하였다. 제후는 모두 무장의 신분인지라 에케이는 중이면서도 칼을 들고 장수로 행세하였다.

그는 처음부터 전투 부대로 나온 것은 아니었다. 서울이 그들의 수중에 들어가자 히데요시의 명령을 받고 바다를 건너왔다.

"나도 조선에 건너갈 터이니 즉시 가서 나를 맞아들일 준비를 하라."

히데요시는 사실상 일본의 임금인지라 그가 온다면 특별한 마련이

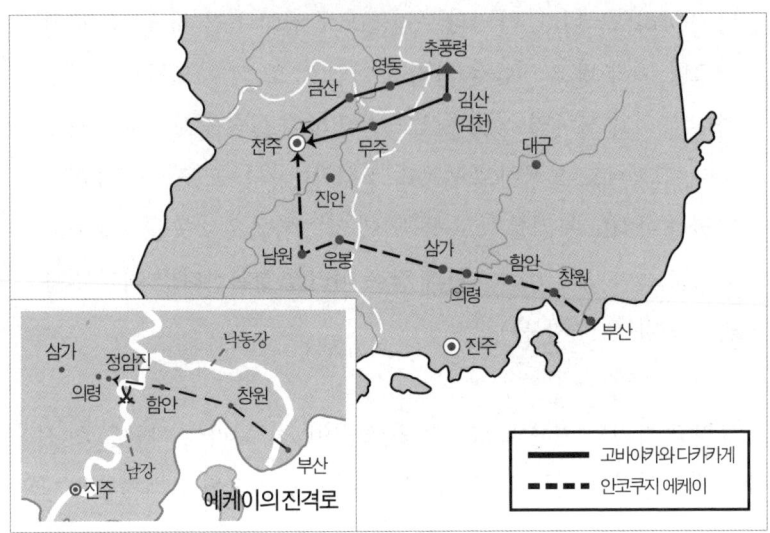
일본군의 전라도 침공계획

없을 수 없었다. 부산에서 서울까지 일정한 간격을 두고 그가 묵을 숙사를 신축하고, 서울에는 오사카 성(大阪城)이나 주라쿠다이(聚樂第) 같은 근사한 궁궐을 지어야 하였다.

이를 위해서 에케이는 데라자와 마사나리(寺澤正成)라는 토목과 건축에 밝은 사람과 함께 왔다. 데라자와는 나고야의 축성공사를 총감독한 인물이었다.

그러나 조선에 온 지 얼마 안 되어 이순신이 바다를 휩쓰는 바람에 물길이 험해지자 본국으로부터 새로운 명령을 받았다.

전하(히데요시)께서 조선으로 건너가시는 일은 내년 3월로 연기되었으니 안코쿠지 에케이는 고바야카와 다카카게(小早川隆景)를 도와 전라도를 점령하는 작전에 참가하라.

원래 제6군 사령관 고바야카와 다카카게는 1만 5천여 명의 휘하 부대를 배에 싣고 남해를 돌아 전라도에 상륙할 계획이었다. 그러나 이순신의 수군이 남해를 가로막는 바람에 육로를 택하는 수밖에 없었다.

그의 본영은 경상도 김산(金山 : 金泉)에 있었다. 여기서 그는 증원군 2천 명을 얻어 1만 7천여 명으로 전라도를 점령할 계획을 세웠다.

병력을 둘로 갈라 한 부대는 추풍령을 넘어 영동(永同), 금산(錦山)을 거쳐 전주(全州)에 이르게 하고, 나머지는 무주(茂朱), 진안(鎭安)을 거쳐 전주를 치도록 했다.

당시 부산에 있던 에케이는 별동대(別動隊)로, 부산에서 의령, 삼가, 운봉, 남원을 거쳐 전주까지 가라는 지시를 받았다. 그는 본시 글줄이나 하고 말솜씨도 좋아서 붓과 입으로 한몫 보는 인물이었다.

부산을 떠나면서부터 위에 적은 글을 앞질러 각처에 보내 자기가 온다는 것을 미리 알렸는데 이것을 선문(先文)이라고 하였다. 선문의 효과는 창원에서부터 나타났다. 아전 현호준(玄虎俊)이 빈집에서 돼지를 끌어다 잡아 놓고 길가에 나와 두 손을 모아 쥐었다.

"분부만 내리시이소. 물불을 안 가릴 깁니더."

에케이는 그가 바치는 술을 한 잔 마시고 돼지갈비를 뜯었다.

"전라도에 들어서 첫 고을이 어디더라?"

"운봉현이 아인교."

"너는 지금부터 운봉현감이다."

"내사 마……."

그는 감격해서 말을 잇지 못했다. 아전은 칠천(七賤)의 하나로 광대나 백정과 같은 천민이었다. 족보가 있을 수 없었는데 현감은 양반이라 이제부터 족보를 꾸며도 누가 무어랄 사람이 없었다. 자기는 시조공(始祖公) 또는 현감공(縣監公)으로 영원히 기록될 것이었다.

그는 왜병들을 인도하여 산에 올랐다.

"내려올 기가, 죽을 기가?"

겁에 질린 백성들을 휘몰고 성내에 돌아와 에케이의 선문을 나눠 주었다.

"사람 사는 고장에는 어디나 뿌려라."

창원을 떠난 문서는 우선 함안에 퍼지고 남강을 건너 의령, 삼가에 돌아다녔다.

공포의 선풍이 불었다. 백성들은 다시 산으로 숨어들고, 머리가 좋은 사람들은 이마를 맞대고 계산했다.

"이러니저러니 해도 진 전쟁이다. 제 발로 걸어가서 항복하면 화를 당해도 덜 당하지 않을까."

한때 곽재우를 하늘같이 받들던 분위기는 사라지고 행여 그와 마주칠까 몸을 사리는 눈치들이었다. 그뿐이 아니었다. 밤에 꿀단지를 메고 강을 건너 몰래 적지로 들어가던 백성도 잡혀 왔다.

"죽여 버린다."

심대승이 칼을 빼어 들었으나 곽재우가 말렸다.

"팽개쳐 둬라. 이기는 편에 붙는 것이 대중이다."

"……."

"적이 이기면 말려도 가고, 우리가 이기면 갔던 사람도 돌아오고."

그는 우등불을 바라보고 하품을 하고 있었다.

비 때문에 창원에서 며칠 지체한 안코쿠지 에케이의 일본군 2천 명은 하늘이 걷히자 다시 진격을 시작했다.

그들은 부산을 떠난 후 총 한 방 쏘지 않고, 사람 없는 산과 들을 콧노

래와 함께 전진했다. 단 한 가지 길이 생소해서 약간의 불편이 있었으나 창원부터는 현호준 덕분에 그것마저 없어졌다.

그는 왜병들과 함께 숨어 있는 젊은 남녀 10여 명을 끌어다 에케이 앞에 엎어 놓았다.

"이제부터 길에 대해서는 저한테 맡기시이소."

끌려온 백성들 가운데는 전라도 접경까지 앞으로 거쳐야 할 고을 출신들이 골고루 섞여 있었다. 저마다 자기 고을의 큰길과 지름길, 큰 강과 작은 강, 같은 강이라도 깊은 대목과 얕은 대목을 꿰뚫고 있는 사람들이라고 했다.

"너, 머리가 좋다."

에케이는 현호준의 출중한 머리를 이모저모 칭찬하고 만(卍) 자를 그린 깃발을 한 묶음 내주었다.

"우리 병사들이 길을 잃지 않도록 가면서 이것을 꽂아라."

연일 내린 비로 길이 끊긴 데도 있고, 진흙탕으로 범벅이 된 대목도 적지 않았다. 이런 데서는 사잇길을 이용해도 무방하니 진격에 지장이 없도록 마른 길을 개척하라고 했다.

현호준은 끌려온 백성들을 휘몰고 함안으로 통하는 길에 나섰다. 한 길과 사잇길을 적절히 결합하여 새 길을 개척하고 간간이 깃발을 꽂으면서 전진하였다.

일본군은 늘어지게 자고 다음 날 깃발을 따라가니 편해서 좋았다.

함안까지 무사히 왔다. 앞으로도 이렇게 가면 될 것이다.

강을 건너 멀리 적지까지 침투한 척후들은 적의 동태를 추적하고, 제때에 정암진의 본영에서 기다리는 곽재우에게 보고했다.

적이 함안에 당도했다는 소식이 오자 곽재우는 병력을 양분하여 윤탁으로 하여금 1천 병력으로 남강의 북안 정암진을 지키게 하고, 자신은 나머지 1천 명을 이끌고 야음을 틈타 강을 건넜다.

멀리 한길을 부감하는 야산에서 밤을 지내고 아침에 눈을 뜨니 현호준 일행이 시야에 들어왔다. 그들은 소문대로 요리조리 편한 길을 찾아 깃발을 꽂으면서 전진했다.

오정을 지나 남강에 당도하자 조선 사람들은 지친 듯 아무렇게나 풀밭에 모로 눕고 왜병들은 이리저리 돌아다니며 가끔 이마에 손을 얹고 대안을 바라보는 품이 이쪽 동정을 살피는 눈치였다.

그러나 대안에서는 주인을 잃은 강아지 한 마리, 기를 쓰고 짖을 뿐 사람의 종적은 보이지 않았다.

그들은 잠시 쉬고 나서 오던 길을 다시 더듬어 함안으로 향했다.

해가 지자 주먹밥으로 저녁을 때운 병사들은 소리 없이 산에서 쏟아져 내려왔다.

그들은 수십 명 혹은 1백여 명씩 붉은 옷에 백마를 탄 사람의 지휘하에 여기저기 골짜기로 흩어져 사라지고 나머지는 곽재우를 선두로 정암진 방향으로 걸음을 재촉했다.

초승달 아래 남강의 남안, 적의 도하지점(渡河地點)으로 예상되는 일대에서는 무언의 작업이 시작되었다. 높고 건조한 지대를 따라 꽂혀 있던 기들을 뽑아 습지대로 옮겨 박고, 작업이 끝나자 병사들은 주변 숲속으로 스며들었다.

이튿날 이른 아침 2, 3백 명씩 대오를 지어 차례로 함안성을 나온 일본군 2천 명은 어제 현호준이 세운 깃발들을 따라 행군으로 들어갔다. 길은 나무랄 데 없고 에케이는 현호준의 어깨를 두드렸다.

"애썼다. 지금같이만 해라. 일 년 안에 남원부사로 올릴 것이다."

해가 중천으로 다가들 무렵, 적의 선봉은 남강의 남안으로 접근했다. 강변에서 점심을 들고 뗏목을 묶어 강을 건널 참이었다.

여기서 이변이 일어났다. 깃발을 따라 안심하고 전진하던 일본군의 선봉 2백여 명이 진창에 걸려 허우적거리기 시작했다. 깃발을 잘못 본 것은 아닐까?

"오카시이조(이상하다)!"

그들이 외치자 뒤를 이어오던 3백 명이 달려오고, 한데 어울려 허우적거리고 — 강변에서는 난장판이 벌어졌다.

동시에 북이 울리면서 주위의 숲 속에서는 화살이 비 오듯 날아오고, 일본군은 차례로 쓰러졌다.

대열 중간을 전진하던 적장 에케이가 검은 가사를 바람에 휘날리며 말을 달려 오고 수백 명이 그 뒤를 따랐다.

그러나 화살만 날아올 뿐 조선군의 모습은 보이지 않았다. 에케이는 하릴없이 칼을 허공에 번뜩이고 왜병들은 무작정 숲 속에 대고 총과 활을 쏘았다.

보이는 자와 보이지 않는 자는 적수가 될 수 없었다. 에케이는 숱한 사상자를 진창에 팽개치고 후퇴를 명령했다. 적은 엎치락뒤치락 앞을 다투어 오던 방향으로 뛰었다.

붉은 옷을 입은 곽재우가 백마를 달려 그들의 앞을 가로질렀다. 뒤 따르는 병사는 겨우 5, 6기(騎). 에케이는 1백여 명으로 그를 추격했다.

연거푸 총과 활을 쏘았으나 1백여 보 앞을 달리는 곽재우는 맞을 듯하면서도 안 맞고 계속 도망쳐 골짜기로 들어갔다. 에케이는 있는 힘을 다해 뒤를 쫓았다.

별안간 양쪽 산에서 화살이 날아오고 병사들은 잇따라 고꾸라졌다. 병법에 골짜기에는 들어가지 말라고 했다. 얕잡아 보고 들어온 것이 실수였다.

　서둘러 골짜기를 빠져나오니 산과 들, 도처에서 붉은 옷의 조선 장수가 백마를 달리고 일본군이 그 뒤를 쫓고 있었다.

　모두가 복병에 걸려 숱한 사상자를 내고 말았다.

　곽재우는 한 사람이 아니었다. 적어도 10명은 이 눈으로 보았다. 미친 소리라고 웃었는데, 그는 정말 하늘이 내린 장수가 아닐까?

　에케이는 말에 채찍을 퍼부어 죽자 사자 도망쳤다.

내분

지휘자를 잃은 일본군은 엎어지며 자빠지며 앞을 다투어 뛰었다. 느린 자는 곽재우군에 짓밟히고 재빠른 자들은 죽을힘을 다해 에케이의 뒤에 따라붙었다.

해가 떨어지자 추격은 멈추고, 일본군 패잔병들은 함안에 집결하였다. 병력의 반을 잃은 참담한 패전이었다.

에케이도 조선군의 내막은 소문으로 들은 일이 있었다.

정규군은 군교(軍校 : 장교)들이 무능하고 부패한 데다 병사들도 마지못해 끌려온 백성, 훈련도 제대로 받지 못한 농민들로, 도무지 싸울 의사가 없고, 적이 나타났다는 풍문만 들어도 흩어져 도망친다고 들었다.

반면에 의병은 목숨을 내놓은 유능한 선비들이 선두에 나서고, 이들을 따르는 농민들이 자원해서 무기를 들고 나온 집단이었다. 때문에 훈련에도 열심이고 싸울 의사가 충만하다고 했다.

그러나 정규군이고 의병이고 같은 조선 종자다. 달라 보아야 얼마나 다를 것이냐? 에케이는 대수롭게 생각하지 않았다.

곽재우군과 에케이의 일본군은 같은 2천 명이었다. 그러나 곽재우군의 반은 남강의 북안을 지켰고 전투에 참가한 것은 나머지 반수였다.

그런데 대패했고, 더 이상 독립작전을 생각할 여지도 없어졌다. 이제 북상하여 고바야카와 다카카게의 본대와 합류하는 외에 달리 방도가 없었다.

본대는 이미 금산을 떠나 북으로 추풍령을 넘었다는 소식이었다. 에케이는 패잔 병력을 이끌고 일본군 점령하에 있는 영산(靈山), 창녕(昌寧), 현풍을 거쳐 다카카게를 따라잡으려고 밤낮 없는 강행군으로 들어갔다.

"이웃집 공자를 몰라보듯이 우리는 곽재우를 몰라보았다."

정암진전투를 계기로 민심은 다시 한 번 크게 소용돌이치고 곽재우는 움직일 수 없는 영웅이 되었다. 산에 숨었던 백성들은 마을로 돌아오고, 다시는 산에 가지 않겠다고 스스로 다짐했다. 숲 속에서 새나 짐승같이 지내는 것도 고달프기 이를 데 없는 일이었다.

낙동강 이서에는 또다시 평온이 찾아들고 들에는 김을 매는 사람들의 모습이 심심치 않게 눈에 들어왔다.

그러나 이번에는 조선 사람들 내부에서 뜻하지 않은 소동이 벌어졌. 한동안 모습을 보이지 않던 경상감사 김수가 산음(山陰 : 산청)에 나타나더니 여기 임시로 감영(監營 : 도청)을 설치하고 바람을 일으키기 시작했다. 그는 전라감사 이광(李洸), 충청감사 윤선각(尹先覺)과 함께 일본군이 점령한 서울을 수복한다고 떠나갔었다. 수중에 군대가 없으니 수십 명의 군관들만 이끌고 전라, 충청도의 6만 군의 꼬리에 붙어 북으로 올라갔다가 용인 광교산(光敎山)에서 크게 패하고 돌아왔다.

무슨 낯을 떠메고 돌아왔느냐? 아무도 반기지 않았으나 단 한 사람, 그를 손꼽아 기다린 인물이 있었다. 합천군수 전현룡(田見龍)이었다.

전현룡은 난리가 일어나자 용문산(龍門山)에 숨어 있었다. 그런데 의령에서는 이름도 희미한 곽재우라는 자가 의병이니 뭐니 해서 우습게 논다고 했다.

마침 초계에 정대성(鄭大成)이라는 건달이 있었다. 관리들이 도망치고 법도가 무너진 틈을 타서 수하 건달들과 작당하여 각처를 휩쓸고 강도, 강간 등 못할 짓이 없었다.

곽재우라고 다를 것이 무엇이냐. 같은 초계에서 무기와 식량을 쓸어 가고 남강에서는 세미를 몽땅 삼켜 버리지 않았느냐? 잡아서 법도를 세워야겠다.

전현룡은 감사 김수와 경상우병사 조대곤에게 보고했다.

곽재우와 정대성은 여사여사해서 다 같이 사나운 도둑이니 마땅히 죽여 버려야 합니다.

전현룡은 직책은 군수였으나 김수와 동갑이라 하여 평소에도 가까이 지냈고, 서로 믿는 처지였다. 너, 잘 걸렸다. 전부터 이를 갈고 있던 김수는 즉시 체포령을 내렸다. 정대성은 단순한 건달 도둑인지라 간단히 조대곤에게 붙들려 목이 떨어졌으나 2천 명의 부하를 거느린 곽재우는 선불리 손을 댈 수 없었다.

그러나 그 부하들이 문제였다. 도둑으로 몰린 곽재우 밑에 있다가는 언제 끌려가서 목을 졸릴지 알 수 없었다. 밤이면 하나 둘 몰래 자취를 감추던 병사들은 차츰 백주에 떼를 지어 흩어져 갔다.

백성들도 외면했다. 때지 않은 굴뚝에서 연기가 날 리 없고, 관에서 도둑으로 지목할 때에는 연유가 있으리라. 그들은 슬슬 피했다.

곽재우는 난처했다. 의병은 이제 죄인이나 불한당으로 백안시를 당하고 자신은 김수의 손에 죽게 되었다. 두류산(頭流山 : 지리산)에 들어가 종적을 감춰 버리자.

보따리를 싸고 있는데 마침 거창(居昌)에 있던 초유사 김성일로부터 편지가 왔다.

소식을 듣고 놀랐소. 그러나 나는 그대의 결백을 알고 있으니 안심하고 활동을 계속하여 주시오.

곽재우는 편지를 던지고 계속 짐을 싸다가 다시 생각했다. 산으로 들어가더라도 이대로 들어갈 수는 없다.

그는 술자리를 베풀고 모모한 사람들을 불렀다.

술이 한두 잔 돌아가자 그는 김성일의 편지를 좌중에 돌렸다.

"우리야 무엇을 알겠소이까? 다만 힘없는 백성은 관에 밉보이고는 목숨을 부지하기 어려워서 이랬다저랬다 하는 것이지요."

편지는 효험이 있었다. 백성들은 다시 돌아서고 흩어졌던 병사들도 차츰 돌아오기 시작했다.

곽재우는 붓을 들어 백지에 격문을 써 내려갔다.

의령의 의병장 곽재우는 도내(道內)의 의병 여러 군자들(義兵諸君子)에게 널리 고한다. 김수는 나라를 망친 일대 역적이다. 이런 자는 《춘추(春秋)》의 의리로 논한다면 사람마다 누구나 죽일 수 있는 것이다. 혹은 말하기를 도주(道主 : 감사)의 잘못은 입에 올려도 안 되는 법인데 항차 그 머리를 벤다고 하느냐. 그러나 이것은 도주가 있는 것만 알고 군부(君父)가 계심을 모르고 하는 소리다.

왜적을 맞아 서울에 들어가게 하고 군부로 하여금 파천(播遷)토록 한 자를 도주라고 할 수 있는가? 수수방관하고 나라가 망하는 것을 기뻐하는 자를 도주라고 할 수 있는가?

우리 도(道) 사람들이 모두 김수의 신하라면 김수의 죄를 말해서도 안 되고 그의 머리를 베어서도 안 될 것이다. 그러나 우리 도 사람으로 주상전하의 신하가 아닌 자는 없은즉 나라를 망친 역적은 누구나 죽일 수 있고, 우리가 패하는 것을 기뻐하는 간사한 자(喜敗之奸人)도 누구나 죽일 수 있는 것이다.

김수를 죽이는 것은 사체(事體 : 事理)에 맞지 않는다고 말하는 사람도 있으나 나라의 원수를 갚고, 나라의 도둑을 치는 것이 이른바 사체다. 김수는 사체를 멸한 지 이미 오래되었으니 사체에 맞고 안 맞는 것은 논할 것이 못 된다. 임금께서 군대를 돌려 치라는 말씀(班師之詔)이 있기 전에 이 간인(奸人)을 처버리고, 임금의 행차를 받들고 돌아와 중흥의 공을 세우는 것이 크게 사체에 맞는 것이다.

엎드려 바라건대 의병 여러 군자들께서는 이 격문을 자세히 보시고 고을의 병정들을 인솔하여 김수가 있는 고장에 모이시라. 그 머리를 베어 행재소(行在所 : 임금의 임시 거처)에 바친다면 히데요시(秀吉)의 머리를 바치는 것보다 공은 갑절이 될 것이다. 의병은 이를 양지하시라.

행여 고을의 수령(守令)으로 나라가 장차 망할 것을 생각지 않고 또 군신(君臣)의 도리를 염두에 두지 않고, 역적 김수와 한통속이 되어 그 고을 사람으로 하여금 의병을 일으키지 못하게 하는 일이 있다면 김수와 마찬가지로 죽여 없애리라(곽재우《망우당집》).

곽재우는 격문을 여러 통 만들어 각처에 돌렸다.
단성 사람으로 김경근(金景謹)이라는 사나이가 있었다. 곽재우의 부하로 '김수와 조대곤을 잡아 죽이지 않고는 대의(大義)를 바로잡고 나라를 회복할 길이 없다'고 큰소리를 치던 사람이었다.
이 김경근이 밤중에 산음으로 달려가서 김수에게 고했다.
"곽재우가 반란을 일으켰습니다. 영감을 죽이고자 대군을 거느리고 이리로 옵니다. 속히 피하소서."
김수는 새까맣게 질렸다. 이제 어김없이 곽재우의 손에 죽게 되었다. 휘하에 병정들이 기백 명 있기는 했으나 밥을 축내는 외에는 달리 재주가 없는 것들, 곽재우의 그림자만 보아도 도망칠 것들이지 자기를 지켜줄 위인들이 못 되었다.
기왕이면 그의 칼에 맞아 죽을 것이 아니라 스스로 목숨을 끊어야겠다.
"비상(砒霜: 독약)을 가져오너라. 먹고 죽어야겠다."
목이 타서 가까스로 소리를 질렀으나 아무도 응대가 없었다.
"게 아무도 없느냐?"
옆방에서 늙은 의원이 나타났다.
"이 난리 통에 어디서 비상을 구하겠습니까?"
"그러면 밧줄을 가져오너라. 목을 매야겠다."
밖에서 군교들이 몰려 들어왔다.
"이럴 때가 아닙니다. 빨리 피하셔야 합니다."
그들은 김수를 끌고 밖으로 나와 말에 태웠다.
아직 동이 트기 전이었다. 산음에 있던 모든 관원과 병사들은 김수를 앞세우고 사잇길을 재촉하여 함양으로 도망쳤다.

그들은 사방의 성문을 닫아걸고 방비태세로 들어갔다.

김수가 멀리 함양으로 도망쳤다는 소식을 들은 곽재우는 그에게 최후통첩을 썼다.

통분한 일이다. 우리 경상도를 무너지게 하고, 서울이 함락되게 하고, 성상께서 파천토록 하고, 온 나라의 백성들이 적에게 학살을 당하게 한 것은 모두 너의 소행이다.

너의 죄가 이처럼 차고 넘치는데도 네 스스로 모른다면 너는 어리석은 인간이다. 정말 어리석은 인간이냐? 너는 어리석은 인간이 아니다. 그럼에도 이와 같이 더할 나위 없는 화란을 자아냈으니 천하의 토끼털을 다 뽑아다 붓을 만들어도 너의 죄를 모두 기록하기에는 부족하고, 천하의 대나무를 남김없이 베어 죽간(竹簡)을 만들어도 너의 악을 모두 기록하기에는 부족할 것이다.

너의 죄로 말하자면,

첫째로 너는 왜적을 맞아들인 인간이다(迎倭). 무슨 말인고 하면 너는 도내의 정병 5, 6백 명을 선발하여 거느리고 다니면서 동래가 떨어지자 앞장서 밀양으로 도망쳤고, 밀양에서 아군이 패하자 또 가야산으로 도망쳤다. 적이 상주를 지나자 이번에는 거창에 숨어 버렸다. 일찍이 단 한 번도 장병들을 격려하여 왜적을 치게 한 일이 없고, 적으로 하여금 무인지경을 가듯이 하여 일순(一旬: 10일) 안에 졸지에 서울이 떨어지게 하였다. 스스로 용서받지 못할 것을 알고 근왕(勤王)을 핑계 삼아 도망쳐 운봉을 넘어갔다. 사람은 속일 수 있을 것이나 하늘도 속일 수 있단 말이냐!

둘째로 너는 패하기를 좋아하는 인간이다(喜敗). 무슨 말인고 하면 늙고 겁이 많은 조대곤은 깊이 책할 것이 못 된다고 하나 그는 한 도의 사령관(元帥)으로 이미 김해가 떨어지는 것을 구하지 않았고, 왜적을 보기도 전에 먼저 주진(主鎭)을 버리고 정진(鼎津 : 정암진)으로 물러났다. 정진은 왜적이 있는 데서 거의 1백여 리 떨어져 있는데도 공연히 놀라 흩어졌고, 도망쳐 회산서원(晦山書院)으로 들어갔다. 이리하여 열진각읍(列鎭各邑)이 풍문만 듣고도 무너졌으니 대곤의 죄로 말하면 죽이지 않을 수 없고, 효수함으로써 군사들의 가슴에 경종을 울려야 할 것인데 너는 그러지 않았다. 너는 과연 기성패군지율(棄城敗軍之律)을 모른다는 말이냐?

셋째로 너는 은혜를 모르는 인간이다(忘恩). 무슨 말인고 하면 듣자 하니 너의 조상은 10세(世)에 걸쳐 붉은 옷(朱紱 : 고관대작의 예복)을 입었고, 7세에 걸쳐 은장(銀章 : 2천 섬 이상의 녹을 받는 관리의 도장)을 썼다고 한다. 이미 녹이 후하고 나라의 총애 또한 무거우니 도리로 말하면 국가와 더불어 근심 걱정을 같이하고 생사를 함께해야 할 것이다. 네가 만약 능히 충절의 기개와 강개(慷慨)의 뜻을 발하여 장병들의 앞장을 서서 죽을 각오가 있었다면 우리 영남에서 2백 년을 두고 양성한 선비들이 누군들 몸을 잊고 죽을 힘을 다하여 나라의 수치를 씻지 않았겠느냐? 그런데 너는 군부가 피란 가는 것을 기뻐하고 서울이 떨어지는 것을 달갑게 생각하였다. 너는 과연 군부의 고난을 걱정할 줄도 모른다는 말이냐?

넷째로 너는 불효자식이다(不孝). 무슨 말인고 하니 들리는 바로는 너의 부친은 비록 일찍 세상을 떠났으나 참된 강개충의지사(慷慨忠義之士)였다. 만약 너의 부친이 살아서 오늘날의 이 난리를 만났다면 반드시 의병을 거느리고 나라의 원수를 갚았을 것이다. 그런즉 지하에 있는 네 부친의 혼백은 캄캄한 속에서 생각하고는 너의 소행을 통탄하고 너의 반역을 분히 여겨 이렇게 말할 것이다. "내 아이들 중에서 무군망친(無君忘親)의 후레자식이 나올 줄 이야 어찌 생각인들 하였으랴!"

다섯째로 너는 세상을 속였다(欺世). 무슨 말인고 하니 네가 조정에 벼슬을 하자 조정은 너를 굳세고 정직한 사람으로 알고 영남을 다스리게 하였고 영남 사람들도 너를 총명하고 재주 있는 인재라고 칭송하였다. 굳세고 정직하고 총명하고 재주 있는 사람으로 정말 적을 막을 생각이 있을진대 험한 대목에 웅거하여 굳게 지키면 멀리서 오는 적을 막아 내는 것은 둥근 공을 굴리듯 쉬운 일이다. 그런데 너는 수수방관하여 일찍이 계책을 한 번 세운 일도 없고, 무엇 하나 실천에 옮긴 것도 없고, 그저 왜적이 도륙하는 대로 내맡겼다. 그런즉 전일에 굳세고 재주가 있어 보인 것은 벼슬을 낚기 위한 미끼에 불과하였다. 오늘날의 그 어리석은 듯 비겁한 듯 보이는 형상은 무엇을 위한 것이냐?

여섯째로 너는 염치없는 인간이다(無恥). 무슨 말인고 하니 너는 영남을 버리고 왜적에게 내맡긴 채 운봉을 넘어 전라도로 들어갔다. 임금에게 충성하는 군대(勤王之師)에 붙어 용인에 이르렀다가 왜적 6명을 보고는 무기와 식량을 버리고 금관자(金貫子)마저 잃고 도망쳤다고 들었다. 이것은 미리부터 금관자를 빼고 병사들 틈에 섞여 적으로 하여금 너의 정체를 모르게 한 것이다. 구차하게 목숨을 부지하려는 계책은 평일에 세운 것으로 살기 위해서는 못할 것이 없다.

일곱째로 너는 불칙한 인간이다(不測). 무슨 말인고 하니 거제수(巨濟守 : 거제현령) 김준민(金俊民)은 그 성을 굳게 지켜 왜적이 감히 범하지 못했다. 그런데 너는 그를 대솔(帶率 : 수행관원)로 불러내어 성을 떠나게 함으로써 별안간 성이 적에게 함락토록 하였다. 너는 또 청도군수 배응경(裵應褧)의 처소에 영을 내리기를 "백면서생이 성을 지키기 어려울 터이니 거취를 마음대로 하라." 그리하여 성을 지키지 않게 하였다. 또한 자기와 가까운 수령들을 차사원(差使員 : 파견 근무)이라는 이름으로 모두 거느리고 가야산에 들어갔으니 예를 들면 거창현감 이철룡(李哲龍) 같은 자들이다. 성을 지켜야 할 장수는 지키지 못하게 하고, 성을 버린 무리들을 모두 휘하에 끌어들이니 장차 어쩌자는 것이냐? 두려운 일이다.

여덟 번째로 너는 남의 성공을 시기하는 인간이다(忌成). 무슨 말인고 하니 너는 도내에 있을 때 적을 칠 마음이 없었고, 따라서 민심이 저상하여 아무도 앞장서 나가 싸우려고 하지 않았다. 다행히 전하께서 애통하는 교서를 내리시고 초유사를 파견하사 민심을 감동케 하고 의기를 고동시켜 사처에서 의병이 일어나게 되었다. 더러운 적의 머리가 떨어지니 인심은 차츰 단합되고 형세도 펼치니 나라 안을 청소하고 임금의 수레를 맞아들일 날을 기다릴 수 있게 되었다. 그런데 너는 염치도 없이 얼굴을 들고 다시 나타나서 호령을 발하고 이래라저래라 규제하여 의병들로 하여금 흩어질 생각을 품게 하고, 초유사의 거의 이룩된 공을 망치고 있다. 전날의 죄악은 이미 지나간 일이라 하더라도 오늘의 죄는 용서할 수 없다.

아, 북쪽 하늘은 아득하고, 길은 끊겨 임금의 법도가 시행되지 않으니 너의 머리가 아직도 온전하다. 가짜 기운과 떠다니는 혼백(假氣遊魂)이 천지간에서 숨을 쉬고 있기는 하나 너는 사실은 머리 없는 시체에 불과하다. 네가 만약 신하의 분수를 안다면 너의 군관으로 하여금 네 머리를 자르게 하여 천하 후세에 사죄하라. 그러지 않으면 내가 장차 너의 머리를 베어 신(神), 인(人)의 분노를 풀게 할 것이다. 알겠느냐(《망우당집》)?

곽재우는 이것을 김수에게 보내고, 그를 토벌할 병사들을 선발하였다.

함양에서 이 글을 받은 김수는 입술을 떨었다.
"지금이라도 그 죽일 놈이 쳐들어오면 어쩔 것이오?"
곽재우는 도척이다, 역적이다, 관원들은 저마다 분통을 터뜨렸으나 대책은 나오지 않았다.
"위지(危地)는 우선 피해 놓고, 입은 다음에 놀리는 것이 순서가 아니겠소?"
낫살 먹은 군관 김경로(金敬老)의 한마디에 좌중은 입을 다물고 김수가 물었다.
"피한다면 어디로 피할 것이오?"
"지금 거창에는 초유사가 와 있습니다. 초유사는 곽재우를 달랠 수 있는 인물이고, 거창은 이 함양보다도 더 궁벽한 고장이라 쉽사리 쳐들어올 수 없을 터이니 두루두루 좋을 듯합니다."
이론이 있을 수 없었다. 그들은 즉시 함양을 떠나 북동으로 70리를 달려 거창에 당도했다.
우선 급한 불부터 꺼야 했다. 객관에 묵고 있는 초유사 김성일에게 중재를 부탁하고, 합천의 의병장 정인홍(鄭仁弘), 고령의 의병장 김면(金沔)에게도 사람을 보냈다. 두 사람 다 같이 남명 선생 문하에서 곽재우의 대선배로, 이 일대에서는 명망도 있는지라 그를 타이를 수 있는 위치에 있었다.
동시에 곽재우 진영의 분열공작에 나서 군관 김경로 이하 관원들의 이름으로 격문을 발송하였다. 곽재우는 천하에 못된 인간으로 평소에도 남의 우마(牛馬)를 탈취하고 남의 밭을 침범하여 경작했으며 그가 사귀는 자는 모두 흉악한 무리들이었다. 난리가 일어나자 그 본성 그대로 도둑질을 일삼았고 지방관을 죽인다고 설치고 있다. 그는 의병도 아니고 도둑이요, 개 돼지 같은 자다.

(……) 그런데 어찌하여 여러분은 그를 따르고 그의 말이라면 다 복종하는가? 재우가 고을의 사또들을 죽이고 방백(方伯 : 감사)을 죽이고 종당에는 반역을 꾀하는 날 여러분은 어떻게 할 것인가? 재우를 따라 반역의 죄로 떨어질 것인가, 아니면 그를 버리고 충신 열사가 될 것인가? 바라건대 여러분은 속히 순역(順逆)의 이치를 구분하고 먼저 재우의 머리를 베어 원문(轅門 : 軍門)에 바치라. 그러면 모든 백성은 그 의기를 기뻐할 것이고, 나라에서는 그 충의를 가상히 여길 것이고, 꽃다운 이름은 영원히 남을 것이고, 무궁토록 벼슬과 녹을 받을 터이니 어찌 아름답고도 선한 일이 아니겠는가?

김수는 백방으로 방책을 강구하고 할 수 있는 일은 다 했으나 역시 안심이 안 되어 임금에게 호소하였다.

(……) 나라의 운수가 불행하여 적의 기세가 이토록 뻗치고 있으니 신의 죄는 죽어 마땅합니다. 이 기회를 틈타 모략중상이 성행하여 못할 짓이 없습니다. (……)
　의령에 사는 곽재우라는 자는 당초 거사할 때에 스스로 곽월(郭越)의 아들이라 칭하고 건달 3백여 명으로 앞을 인도케 하고 나장(羅將 : 고을의 使令)들을 엄숙히 수행토록 한 가운데 초계의 남쪽 큰길로 행군하여 관청에 돌입하였습니다. 먼저 지키는 관원들을 결박한 연후에 관고를 부수고 쌀과 보릿가루[麵], 꿀[淸]과 밀가루[眞末] 등 잡물(雜物)을 전부 훔쳤고, 또 사창고(司倉庫)를 부수고 군량곡물(軍糧穀物)을 있는 대로 다 끌어내다 자기의 무리들에게 나눠 주었습니다.

  그 고을의 삼공형(三公兄 : 戶長, 吏房 및 首刑吏) 등이 글로 알려 왔으나 신이 생각하기를 곽월은 전통이 있는 집안인데 그 아들이 어찌 감히 도둑질을 할 것인가. 필시 건달 도둑이 곽월의 아들을 사칭하는 것이리라. (……) 그런데 얼마 안 가 의령의 신반리에 있는 고을 창고(縣倉)에서 또 초계에서와 마찬가지로 도둑질을 했고, 진주로 가는 전세선(田稅船) 4척을 공공연히 약탈하여 사고(私庫)에 옮겨 넣었다가 사방의 건달들에게 나눠 주어 양식을 삼게 하였습니다.

  재우가 진실로 국가의 위난을 구하기 위해서 의병을 거느리고 왜적을 치려는데 군량미가 없었다면 마땅히 고을의 수령에게 고하거나 신에게 보고하여 법대로 받아갈 것이지 이처럼 약탈을 자행하여 못된 도둑(劇賊) 같은 짓은 하지 않았을 것입니다.

  신은 그 못된 심성을 훤히 알고 있었으나 적을 치는 데 바빴고, 또 마음을 고쳐먹고 착하게 되기를 바라는 심정에서 여러 고을에 통첩하여 신에게 오도록 권유하라고 하였습니다. 서서히 그 결과를 보고 아뢸 생각이었사온데 재우는 병사가 내린 체포령을 신이 시킨 것으로 잘못 알고 초유사 김성일의 처소에서 흉측한 말(兇慘之言 : 김수를 죽이겠다는 말)을 공공연히 내뱉고 심지어 신이 보낸 관원을 죽이려고 하였으나 김성일이 극력 말리는 바람에 뜻을 이루지 못했다고 합니다. (……) 그러나 그는 분이 풀리지 않았고, 과거에 떨어진 유생들을 끌어들여 날로 그 무리가 불어나고 있습니다.

    이름은 의병이라 하여 겉으로는 적을 치는 시늉을 합니다마는 속으로는 불칙한 계책을 품고 있습니다. 모르는 사람들은 의병인 줄 알지마는 아는 사람들은 장차 예상치 못한 환란이 일어날까 염려하고 있습니다. (……)

    그러나 초유사 김성일이 (……) 화복을 논하여 극력 진정에 나섰고 김면, 정인홍 기타 의병들이 또한 그를 달래고 있으니 결국 회개하고 진정할지도 모르겠습니다. 이것은 신의 본뜻으로, 그가 진실로 태도를 고치고 각오를 새로이 한다면 신이 어찌 그를 처음같이 대하여 그 공을 완성토록 하지 않겠습니까.

    다만 화의 기운은 이미 발동하였으니 신이 죽고 사는 것은 아마 10일 이내에 결정될 것입니다. (……) 이미 이 같은 변고를 당하였으니 굳이 얼굴을 들고 여기 머물러 한 도를 호령할 수 없사온즉 이 일을 속히 처결하여 이 고장을 진정케 하소서.

    노한 곽재우의 부하들은 '충신 의사에게 대악부도의 누명을 씌운다(敢將大惡不道之名 欲加忠臣義士之上)' 하여 들고일어났고, 곽재우 자신도 임금에게 글을 올렸다.

    (김수는) 적이 쳐들어오자 자신부터 먼저 도망하여 숨고, 도내의 장수들로 하여금 한 번도 나가 싸우게 한 일이 없고, 남에게 뒤질세라 성문을 열어 대적을 맞아들이게 하였으니 그는 왜적이 우리나라를 멸하는 것을 기뻐하는 형국이었습니다. 김수의 죄는 머리를 뽑아 죽여도 사람들의 마음을 흡족케 할 수 없는고로 신이 김수에게 다음 같은 격문을 보냈습니다. (……)

그는 김수에게 보낸 글을 그대로 적어 넣고, 임금이 있는 의주(義州)로 올려 보냈다.

김수의 진영에서는 거창의 경비를 강화하는 한편 초계 사람 변덕수(卞德壽)를 두목으로, 자객들을 곽재우의 주변에 밀파하여 암살할 기회를 노리고 있었다. 기미를 알아차린 곽재우도 요지에 병력을 배치하여 김수가 거창에서 나오기만 하면 밟아 버릴 태세를 갖추니 경상도 일각에서는 흡사 내란을 방불케 하는 긴장 상태가 계속되었다.

각처에서 사람이 달려와 곽재우를 달래는 가운데 김성일은 우선 조정에 글을 올려 그가 역적이 아님을 해명하고 그에게도 편지를 보냈다. 이 편지에서 김성일은 곽재우의 뛰어난 공을 찬양한 다음, 김수를 해쳤다가는 곽재우 자신 목숨을 잃고 나아가 멸족을 당할 것이라 하고, '내 말을 들으면 복을 받을 것이고 안 들으면 화를 당할 것'이라고 협박하였다.

진주가 위태롭다는 소식을 듣고 그리로 가던 도중 개금원(介金院)에서 이 글을 받은 곽재우는 길가 바위에 걸터앉아 답장을 썼다.

(……) 내리신 말씀은 사람을 너무나 올리 추켰다 내리 깎았다 하시니 보는 사람은 기쁘기도 하고 두렵기도 하고 종잡을 수 없습니다. 그러나 재우는 기뻐도 두려워도 하지 않습니다. (……) 재우는 자신이 목숨을 잃고 멸족을 당하리라는 것을 알고 있습니다. 그러면서도 중지하지 못하는 것은 천성을 별안간 고칠 수도 없고, 분한 마음을 갑자기 돌릴 수도 없기 때문입니다. 그러나 합하는 임금이 보내신 분이라 합하의 말씀은 곧 임금의 말씀입니다. 어찌

감히 자기 고집만 부리고 합하의 말씀을 거역하겠습니까?

그는 김성일의 협박이 비위에 거슬렸다. 그의 협박에 굴할 생각은 없었고, 돌아오는 대로 김수를 처치할 작정이었다.

진주에 닿은 후에도 김면, 정인홍을 비롯한 각처의 의병장들과 고을의 명망 있는 사람들로부터 잇따라 사람들이 달려와서 말렸으나 그는 입을 다물고 대답을 하지 않았다.

진주 외곽에서는 별안간 나타난 왜적 때문에 큰 소동이 벌어지고 있었다. 바다에서 이순신에게 섬멸을 당하고 육지로 도망친 패잔병들이 처처에서 백성을 죽이고, 불을 지르고, 약탈을 일삼아도 막을 사람이 없었다.

숨어 다니면서 행패를 부리는 이들을 찾아 토벌하는 데는 시일이 걸렸다. 7월도 거의 갈 무렵에야 일을 마치고 의령의 세간리로 돌아오니 예기치 못한 소식이 기다리고 있었다. 김수가 한성판윤(漢城判尹)으로 전임되어 이미 떠나갔다고 했다. 조정에 있는 그의 일파가 운동하여 피란을 시켰다는 것이 일반의 공론이었다.

"그러나 김수는 제명에 죽어서는 안 된다."

오래도록 북쪽을 바라보던 곽재우는 혼자 중얼거렸다.

가을바람과 함께 폭풍같이 북상한 곽재우는 낙동강을 가로질러 현풍을 포위 공격하였다. 이제 그의 머리에는 김수도 김성일도 없고 오직 왜적이 있을 뿐이었다.

현풍을 수복하고 남하하자 창녕의 적은 밤중에 도망쳤다. 싸우지 않고 창녕도 다시 찾은 곽재우는 계속 남하하여 격전 끝에 영산의 적을 몰아내고 이 고장도 수복하였다.

이로써 이 지역의 낙동강 동안도 우리 수중에 들어와서 이 강을 통한 적의 보급은 크게 지장을 받게 되었고, 전국(戰局)에 중대한 영향을 미치게 되었다.

의로운 사람들

 시일이 흐름에 따라 전쟁의 양상에도 변화가 왔다.
 처음에 20만에 가까운 대군이 수만 명의 단위로 파도같이 밀어닥칠 때에는 도무지 정신을 차릴 수 없었다. 방비가 없는 나라에서 백성들은 폭풍을 맞은 잡초같이 짓밟히고 쓰러지는 외에 달리 도리가 없었다.
 그러나 적이 북상하면서 팔도를 분할 점령하고 조선에 눌러앉을 태세를 갖추자 사태는 달라졌다. 전투부대는 점령군으로 전환하여 각기 자기들이 맡은 도내의 여러 고을에 흩어져 경비를 담당해야 하였다. 이로 말미암아 대단위 공격부대에서 소단위 수비군으로 세분되어 갔다.
 경상도는 적의 제7군 사령관 모리 데루모토(毛利輝元) 휘하 3만 명의 병력이 점령군으로 군림하였다. 당시의 경상도는 지금의 남, 북도를 합친 광대한 지역으로 66개의 군현(郡縣)이 있었다.
 데루모토는 성주(星州), 약목(若木), 개령(開寧)으로 사령부를 전전하면서 각지에 병력을 파견하여 점령을 독려하였다. 그러나 3만 명의 병력으로 66개의 군현을 점령하려면 한 고을에 평균 4백50명 남짓 돌아갈 뿐이었고, 그 위에 고을과 고을 사이의 연락도로망도 경비해야 하고, 군수물자도 수송해야 하니 병력은 엄청나게 부족했다.

낙동강 이서의 일부 지역은 아예 점령을 포기할 수밖에 없었다. 큰 고을이라야 기백 명, 작은 고을은 기십 명, 그것도 군현청(郡縣廳) 소재지라는 점을 차지한 데 불과하였다.

이 점을 둘러싼 면(面)에는 우리 백성들이 숨을 죽이고 숨어 있었다. 그들은 폭풍이 지나간 연후에 살아남은 잡초들이 고개를 쳐들 듯이 차츰 숨을 돌리고 주위를 살펴보았다.

이 정도라면 우리 힘으로도 어떻게 되지 않을까.

경상도에서는 곽재우 외에도 고을마다 의병이 일어났다. 그중 두드러진 것이 우도(右道 : 낙동강 이서)에서는 정인홍(鄭仁弘), 김면(金沔), 좌도(左道 : 낙동강 이동)에서는 권응수(權應銖)였다.

정인홍은 남명 선생의 제자로 23세에 생원시(生員試)에 급제하여 고향 합천에서는 정 생원(鄭生員)으로 통했다. 함께 이 시험에 급제한 김명원(金命元) 같은 사람은 후에 대과(大科)를 보아 판서에서 좌참찬(左參贊)까지 올라 이 난리가 일어나자 도원수로 임명되기도 했다.

그러나 정 생원은 더 이상 과거를 보지 않고 고향에 묻혀 스승 남명 선생과 내왕하면서 학자의 길을 정진하였다.

그 후 13년, 남명 선생이 세상을 떠나고, 다시 3년이 흘러 그는 39세의 장년이 되었다. 조정에서는 전국에 영을 내려 탁행지사(卓行之士), 즉 학식과 인품을 갖춘 선비를 천거하도록 하였다.

이때 천거되어 특별히 6품의 벼슬을 받은 사람이 5명 있었는데 이들을 오현사(五賢士)라고 불렀다. 정인홍도 여기 들었는데 그중에는 같은 남명 선생의 제자로 훗날 정여립 사건에 억울하게 죽은 최영경(崔永慶)도 있었다.

그 밖에 3명은 퇴계 선생의 수제자 조목(趙穆), 이 전쟁에 의병장으로 활약하다 후일 진주에서 자결한 김천일(金千鎰), 그리고 《토정비결》의 저자 이지함(李之菡)이었다.

정인홍이 황간현감(黃澗縣監)을 시발로 몇 가지 직책을 거쳐 마지막으로 받은 것이 사헌부(司憲府)의 장령(掌令) 벼슬이었다. 이것은 관료들의 비위를 다스리는 정4품의 상당히 높은 직책이었다.

그는 일찍이 남명 선생과 함께 행실이 좋지 못한 여인을 잡아다 목을 치게 하고 그 집을 허물어 버린 일이 있었다. 그만큼 융통성이나 타협을 모르는 가열한 성품이었다.

그 성품을 그대로 나타내듯이 그의 두 눈은 무서운 빛을 발하여 그가 쏘아보면 심약한 사람은 죄가 없어도 있는 듯, 감히 쳐다보지 못했다.

그는 강직한 장령으로 이름을 날리다가 48세에 모친 강(姜)씨가 세상을 떠나자 고향인 합천의 남사촌(南簑村 : 가야면 사촌리)으로 돌아온 후 다시는 벼슬에 나가지 않았다. 임진왜란이 일어나기 10년 전이었다.

김면은 정인홍의 고향에서 동으로 50리 안팎의 고령 양전동(良田洞)에서 태어났다. 부친 세문(世文)은 무인으로 변경을 돌아다니던 중 김면이 29세 때 경원부사(慶源府使)로 두만강을 지키다 현지에서 병으로 돌아갔다.

김면은 부친의 뜻에 따라 고달픈 무인의 길을 가지 않고 선비의 길을 택했다. 다행히 그의 집안은 만석꾼으로 의식의 걱정 없이 자기가 뜻하는 일을 할 수 있었다.

당시 조선에서 최고의 학자는 퇴계 선생과 남명 선생이었는데 김면은 집안이 넉넉한지라 때로는 안동으로 퇴계 선생을 찾고, 때로는 덕산(德山 : 산청군 시천면)으로 남명 선생을 찾아 두 분을 다 같이 스승으로 모시고 공부와 연구에 몰두하였다.

학자로 종생할 생각으로 한 번도 과거에는 나가지 않았다. 37세 되던 해에 그의 사람됨을 전해 들은 조정에서 공조좌랑(工曹佐郎)의 벼슬을 내린 일이 있었다. 김면은 서울에 가서 감사의 말씀을 드리고는 늙은 어머니를 모셔야 한다고 그날로 사임하고 돌아왔다.

그의 저서는 중도에 없어지고 지금은 전하지 않으나 《율예지(律禮誌)》, 《역리지(易理誌)》 등 20책의 저서도 남긴 전형적인 학자로 평온한 세월이 계속되었다면 그는 결코 손에 칼을 잡을 사람이 아니었다.

이 전쟁이 일어났을 때 정인홍은 고향에서 제자들을 가르치고 있었다. 이미 58세의 노인으로, 학식으로나 명망으로나 이 일대의 어른으로 존숭을 받는 처지였다.

김면은 당시 52세. 가족들을 거느리고 남명 선생 문하의 선배인 정인홍을 남사촌으로 찾았다. 이때까지도 그는 의병을 일으킬 생각은 못했고, 하룻밤을 같이 묵으면서 피란을 권했다.

"가야산으로 들어가든지 호남으로 빠지든지, 우선 적을 피해 놓고 보아야 하지 않겠소?"

그러나 정인홍은 생각이 달랐다.

"내가 보기에는 아무래도 큰일이 날 것 같소. 이런 판국에 피란을 다니는 것도 모양이 안 되었고……."

두 사람은 밤새도록 의논했으나 두메산골의 선비들이 돌아가는 정세를 알 까닭이 없었다. 마침 이리저리 피해 다니던 경상감사 김수가 거창에 와 있다는 소문이 돌았다.

그는 정세를 알 것이었다. 그들은 이튿날 이른 조반을 마치고 서남으로 50리 떨어진 거창으로 말을 달렸다.

"말도 마시오."

두 사람을 앞에 하고 김수는 손부터 저었다. 꾀죄죄한 광목옷에 땟국이 흐르는 목덜미 — 가는 곳마다 고함을 지른 듯 목청마저 쉬었다.

"이것은 싸움도 아니오. 20세 장정과 한 살짜리 젖먹이가 붙었다고 합시다. 그걸 싸움이라고 할 수 있소? 아니지요. 지금 그런 형국이오."

"……."

"싸움 비슷만 해도 내가 왜 이러고 있겠소? 벌써 적중에 뛰어들어 사생 간에 결판을 냈을 것이오."

정인홍의 무서운 눈길에 켕긴 듯 김수는 쉬지 않고 입을 놀렸다.

"의령에서 곽재우라는 사람이 의병을 일으킨다고 날뛰는 모양인데 이거 참 기가 막히는 일이오. 촌부자(村夫子)가 어찌 왜병의 실상을 알겠소?"

두서없는 넋두리였으나 정세가 소문보다도 위급하다는 것은 짐작이 갔다. 천성이 모가 나지 않는 김면은 이쯤에서 일어서자고 속삭였으나 정인홍은 못 들은 양 김수를 쏘아보았다.

"말 다 했소?"

김수가 흠칫하고 입을 헤벌리자 정인홍은 다그쳤다.

"당신 말대로 적이 막강하다고 합시다. 그러나 그것은 적의 사정이고, 당신의 사정은 다르지 않소? 앞장서 적을 막아야 할 원수(元帥 : 사령관)가 이렇게 숨어 다녀도 되는 것이오?"

김수는 고개를 떨어뜨리고, 정인홍은 옆에 있던 목침을 끌어당겼다.

"그렇게도 겁이 나오?"

금시라도 목침으로 내리칠 기세에 김면이 사이에 끼어들었다.
"이제 그만 가보십시다."
정인홍은 오래도록 창밖으로 먼 하늘을 바라보다 일어섰다.
"또 만날 날이 있을 것이오."
그는 김면과 함께 밖에 나와 말에 오르자 그대로 채찍을 퍼부었다.

남사촌으로 돌아온 후에도 정세는 날로 악화하여 조정은 북으로 피하고, 서울을 짓밟은 적은 다시 북진한다는 소식이 들렸다.
경상도를 점령한 적은 마치 모랫벌에 물이 스며들 듯이 사처에 퍼져 사람을 치고 물건을 뺏고 집에 불을 질렀다. 이대로 가면 머지않아 적은 낙동강을 건너올 것이고, 이 일대에도 살육의 선풍이 불 것이다.
정인홍은 김면과 의논하여 의병을 일으키기로 합의를 보고 이웃 고을의 유력한 인사들을 남사촌으로 초청하였다. 현감을 지낸 박성(朴惺)과 곽율(郭𧺝)을 비롯하여 많은 사람들이 모여들었다. 혼란 통에 육지로 도망쳐 온 제포만호 황응남, 당포만호 하종해도 왔고, 우습게 동래를 빠져나온 울산군수 이언함도 나타났다.
이들은 모두 협력을 다짐하고 흩어져 자기 고장으로 돌아가 의병을 모집하였다. 무엇보다도 믿음직한 것이 손인갑(孫仁甲 : 일명 仲堅)을 얻은 일이었다. 난리 초에 전사한 정발에 앞서 부산첨사를 지낸 용장으로, 이미 49세의 원숙한 연배였다.
말로는 의병이지마는 어제까지 김을 매던 농부들이었다. 단련되지 못한 이들은 막상 적을 만나면 어찌할 바를 모르고 도망치기 일쑤였다. 이와 같은 미숙한 의병들에게 용기를 주고 나가 싸우게 하기 위해서는 위험을 무릅쓰고 앞장서는 장수가 있어야 했다.
손인갑은 정인홍의 중위장(中衛將 : 참모장)으로 나섰다.

김면은 가족을 안음(安陰 : 안의)에 옮기고 아우 회(澮)와 함께 양전동으로 돌아와 우선 하인 20여 명으로 의병 조직을 시작하였다. 평소에 인심을 얻은지라 창과 몽둥이를 들고 달려온 마을 청년이 79명, 조카들이 15명, 모두 1백14명이었다.

그러나 양전동은 낙동강을 사이에 두고 적과 대치한 지역이었다. 본영을 두기에는 적에게 너무 가깝고, 백성들은 대개 피란을 떠나 더 이상 장정들을 모을 여지도 없었다.

그는 정인홍과 의논하여 함께 거창으로 이동하였다. 적지에서 훨씬 떨어진 이 고장에는 각처에서 피란민들이 모여들었고, 개중에는 젊은 청년들도 적은 수가 아니었다. 그 위에 한풀 꺾인 김수가 무조건 협력하는 바람에 두 사람은 이 일대에서만도 9백 명을 모을 수 있었다.

이후 정인홍과 김면은 힘을 합쳐 공동 전선을 펴기로 했다.

6월 초부터 행동을 개시한 그들은 낙동강을 오르내리는 적선을 공격하고, 북으로 성주에 침투하여 적의 보급을 차단하고 ― 간단없이 적을 괴롭혔다.

6월 하순, 마침내 무계(茂溪)에서 큰 전투가 벌어졌다. 무계는 김면의 고향 양전동에서 동북으로 20여 리 되는 낙동강 연변의 작은 마을이었다. 적은 여기 많은 물자를 비축하고 낙동강 이서로 침공할 준비를 서두르고 있었다.

정인홍·김면의 연합군 1천6백여 명은 밤을 타고 은밀히 접근하여 먼발치로 적진을 포위하였다. 포위가 끝나자 손인갑은 따로 선발한 5명의 장정들과 함께 숨을 죽이고 강가로 기어 내려갔다.

나루에는 낮에 보아 둔 대로 적의 큰 배 한 척이 어둠 속에 꼼짝 않고 누워 있었다.

손인갑은 단도를 빼어 들고 장정들의 선두에서 소리 없이 강물을 헤치고 뱃전에 다가서 귀를 기울였다. 바위에 부딪는 강물소리가 들릴 뿐 안에서는 아무 기척이 없었다.

그들은 구렁이가 담을 넘듯이 슬그머니 뱃전을 넘어 안으로 흘러들어 갔다.

밤눈이 밝은 손인갑은 주위를 훑어보았다. 청판(廳板 : 갑판) 한가운데서 늘어지게 잠자던 적병 2명이 꿈틀하다가 그중 한 명이 부스스 일어나 이쪽을 돌아보았다.

"다레카(누구냐)?"

손인갑은 잠자코 기어가다 별안간 그를 덮치고 가슴에 단도를 질렀다. 동시에 다른 장정들이 나머지 적병을 처치하고 일어섰다.

손인갑은 배에서 내리고 장정들은 미리 약속한 대로 배를 끌고 하류로 움직여 갔다. 그동안 말 한마디, 기침소리 한 번 없었다.

동이 트기 시작했다. 북소리와 함께 먼발치로 포위했던 의병 1천6백여 명은 손인갑을 선두로 일제히 적진에 뛰어들었다.

장막에서 잠자던 적 수백 명은 갈피를 잡지 못하고 무작정 강으로 뛰고 놀란 말과 소들은 고삐를 끊고 사방으로 흩어져 달아났다.

강에 뛰어든 적병은 대개 물에 빠져 죽고 나머지는 강가에 포진하고 총과 활로 대항해 왔다.

"급할 것이 없다."

손인갑은 또다시 그들을 먼발치로 포위하고, 쏘는 대로 내버려 두었다. 적이 가까이 오면 후퇴하고, 물러나 강을 건널 기미를 보이면 쫓아가 화살을 퍼붓고, 피차 같은 동작을 수없이 되풀이하였다.

마침내 해가 중천에 오를 무렵 적은 전멸하고 전투는 끝났다.

이 전투에서 우리 측에도 사상자가 몇 명 나왔는데 전사자 중에는 김면의 재종질 김홍한(金弘漢)도 있었다.

정인홍 · 김면 연합부대

 적진에는 군량미는 물론 소금과 술, 무명과 삼베 등 온갖 일용품이 더미로 쌓여 있고, 말과 소도 수십 필 있었다. 소용되는 물건은 모두 마소에 실어 후방으로 보내고, 장막에는 불을 질러 버렸다.
 배에서는 진귀한 물건들이 쏟아져 나왔다. 서울의 궁중이나 양반집에서 쓰는 제복, 신발, 패물, 비단, 그림 등이었다. 모두 묶어 진주에 있는 초유사 김성일에게 보냈다.
 정리를 끝내고 한숨 돌린 의병들은 다음 날 낙동강을 따라 남으로 밀고 내려왔다. 알게 모르게 강을 건너온 적이 고령과 초계의 강변 도처에서 칼부림을 하고 있었다.
 승세를 타고 진격하는 의병들 앞에 산적(散敵)은 감히 싸울 엄두를 내지 못했다. 대개는 도망쳐 강을 건너가고 나머지는 의병들에게 짓밟히니 곽재우의 의령에 이어 이 고장에도 피란민들이 하나 둘 돌아오기 시작했다.

7월에 들어서도 정인홍과 김면의 연합부대는 낙동강 연변에서 작전을 계속하고 있었다. 그런데 뜻하지 않은 방면에 적이 나타났다.

금산을 떠나 전라도 침공에 나선 고바야카와 다카카게 휘하 적 제6군 1만 7천여 명이 남북의 두 갈래 길로 진격했다는 것은 전에도 잠시 언급하였다.

그중 남쪽 길을 택한 부대가 지례(知禮 : 금릉군 지례면)를 거쳐 무주(茂朱)의 무풍장(茂豐場)을 점령한 것은 6월 17일이었다. 특히 이들이 가는 길은 어느 부대도 경험하지 못한 태산준령인 데다 또 한 가지 예상치 못한 난관이 가로놓여 있었다. 식량난이었다.

일본군은 부산에 상륙한 이후 식량에 대해서는 도무지 걱정한 일이 없었다. 어딜 가나 조선 관원들이 버리고 달아난 관고를 열면 곡식은 지천으로 쌓여 있었다. 가령 앞서 나온 일본 중(僧) 안코쿠지 에케이는 본국의 제자들에게 다음같이 적어 보냈다.

> 이 나라의 사정으로 말하자면 우선 병량(兵糧 : 군량미)이 많다는 것은 말로 다 할 수 없소. (……) 영산, 현풍 등 가는 성마다 백미 4, 5천 섬, 그 밖에 흑미(黑米), 나락[籾], 콩, 보리 등 잡곡은 더구나 이루 셀 수도 없소. (……) 어느 성에서나 부대마다 병량을 공급하고 있으니 고려에 도착한 이후 일본의 병량은 조금도 필요치 않소. 나고야에서 보낸 우리 병량을 알아본즉 쓰시마의 도요우라(豐浦), 또는 부산포(釜山浦) 등지에 여기저기 그대로 방치하고 있소. 이런 형편인즉 이쪽 걱정은 아예 하지 마시오.

그러나 전쟁이 시작된 지 두 달, 조선 측에서도 당초의 혼란을 극복하고 냉정을 되찾기 시작했다. 역부족으로 후퇴하더라도 적을 먹여 살릴 식량만은 남기지 않았다.

이로 말미암아 제일 먼저 타격을 받은 것이 금산에서 70리를 남하하여 지례에 침입한 일본군이었다. 곡식이라고는 구산(龜山) 기슭 서낭당에 바친 보리이삭 한 묶음 외에 달리는 찾을 길이 없었다.

"지례는 작은 고장이라, 그럴 수도 있겠지."

그러나 험준한 부항령(釜項嶺)을 넘어 무풍장에 들어와서도 사정은 마찬가지였다.

그들이 휴대한 식량은 죽을 쑤어도 이틀을 넘기기 어려운 형편이었다. 조선말에 능통한 통역 수산(數山治郞右衛門)을 머슴으로 변장을 시켜 앞질러 가서 정탐을 시켰더니 관고의 곡식은 조선군의 군량미로 실어 가고 민간의 식량은 이고 지고 산으로 피란 가는 중이라고 했다.

하는 수 없이 그들은 진격을 멈추고 산과 들에 흩어져 있는 피란민들을 찾아 헤맸다. 남녀노소, 눈에 뜨이는 대로 칼탕을 치고 곡식은 물론 닭, 개, 돼지 등 먹을 수 있는 것은 닥치는 대로 뺏어 왔다.

그러나 8천 명도 넘는 군대를 먹이는 것은 쉬운 일이 아니었다. 당시 개령에 있던 모리 데루모토에게 원조를 요청하였고, 데루모토는 경상도 각처에서 긁어모은 식량을 보내 주었다.

6월 17일 무풍장을 점령한 일본군이 18일 후인 7월 6일에야 진안(鎭安)으로 들어간 것도 이 때문이었다. 무풍장에서 진안은 2백50리에 불과하였다.

이제 식량은 그들에게 심각한 문제로 등장하였다. 전라도 침공군으로서는 경상도 담당인 데루모토에게 무한정 의존할 수 없고, 일본군의 보급기지인 부산과 직접 통할 수 있는 길을 찾아야 했다.

여기서 그들이 착안한 것이 황강(黃江)이었다. 부산에서 식량을 싣고 낙동강을 거슬러 올라오다가 황강에 들어서면 전라도 접경까지 그대로 올 수 있었다.

그들은 1천여 명의 별동대를 보내 이 길을 답사하도록 하였다. 무풍장에서 남하한 별동대는 지경령(地境嶺)을 넘어 거창 고을, 황강 상류에 당도했다.

여기서 그들은 낙동강을 목표로 강을 따라 내려왔다. 대개는 떼를 지어 걸었으나 일부는 눈에 뜨이는 대로 마소를 뺏어 타기도 하고 수심이 깊어지면서 배들이 나타나자 배도 뺏어 탔다.

합천에 당도했을 때에는 배는 12척으로 늘어났고, 전원 배에 올랐다. 이들은 마치 들놀이라도 하듯 노를 저으며 콧노래도 불렀다.

소식을 들은 정인홍·김면의 연합부대는 즉시 출동하였다. 정인홍은 북안, 김면은 남안, 군을 양분하여 황강을 거슬러 올라왔다.

초계. 아름드리 노송이 빽빽이 들어선 숲 속을 지나면서 강은 급각도로 꺾이고 물결은 힘차게 굽이쳐 흘렀다. 전진하던 부대는 발을 멈추고 여러 갈래로 흩어져 개미 떼처럼 움직이기 시작했다. 병사들은 여기저기 알맞은 대목에서 물을 가로질러 굵은 밧줄을 던지고, 제각기 양쪽 끝을 노송에 칭칭 감았다.

손인갑은 노송과 노송 사이를 말을 달리면서 물에 잠길락 말락, 물결을 따라 춤추는 밧줄을 세고 지나갔다. 모두 열 줄기.

그는 평소에 알아듣도록 설명했고, 이해가 간 병사들은 일을 잘해 냈다. 그는 이것을 '새끼의 이치'라고 불렀다.

"이 세상 만물이 우리에게 이기는 방법을 속삭이고 있건만 우리가 알아듣지 못할 뿐이다. 가령 새끼 한 오라기는 아무것도 아니다. 그러나 이것을 사람이 지나가는 길목에 쳐놓았다고 하자. 무심코 지나던 사람은 발목에 걸려 휘청거릴 것이고, 심하면 엎어질 수도 있을 것이다."

그는 실지로 복병할 때마다 새끼, 노끈, 칡뿌리 등 그때그때 구할 수 있는 것을 오솔길에 걸치기도 하고, 돌멩이, 나뭇가지를 뿌리기도 했다. 적의 척후병들은 심심치 않게 걸려들어 숨어 있던 우리 병사들의 화살에 피를 뿌리고 쓰러졌다.

같은 방법으로 지금 황강을 따라 내려오는 적을 잡는다고 했다.

석양에 적을 실은 배들이 지는 해를 등지고 미끄러지듯 일렬로 다가오고 있었다.

숲 속에서 점심을 마치고 곤히 잠들었던 병사들은 뛰어 일어나 저마다 자기 위치로 달려갔다.

마침내 숨을 죽이고 기다리는 병사들 앞에 선두의 적선이 나타났다. 그러나 물을 가로지른 밧줄에 부딪칠 때마다 약간 꿈틀하는 듯했으나, 밧줄은 차례로 끊어지고 배는 그대로 전진하였다. 양쪽 숲 속에서 병사들은 쉬지 않고 활을 당겼으나 급류에 배는 빠르고 살은 제대로 맞지 않았다.

그런데 이변이 일어났다. 마지막 밧줄을 끊는 순간, 적선은 휘청하면서 방향을 잃고 물가의 절벽을 정면으로 들이받았다. 배는 뒤집히고 쏟아진 적병들은 물 속에 잠겼다 떴다 갈피를 잡지 못했다.

뒤집힌 배는 급류에 곤두박질하며 떠내려가다 소용돌이에서 제자리를 맴돌기 시작했다.

뒤따라 내려온 적선은 맴도는 배를 보고 아우성이었으나 별안간 멈출 수도 없고, 좁은 강에서 피할 여지도 넉넉지 않았다. 맴도는 배를 밀어붙이고 돌진하다 자신도 뒤집히고 말았다.

내려오는 배마다 차례로 충돌하고 차례로 뒤집히거나 크게 부서졌다. 탔던 왜병들은 그때마다 물속에 뛰어들었다. 급류에 휘말려 떠내려가지 않으면 얕은 대목을 찾아 허우적거렸다.

의병들은 강가를 오르내리며 이들에게 화살을 퍼붓고, 화살이 다하면 돌멩이로 내리쳤다.

"안됐다마는 죽어 줘야겠다."

사람을 때려잡는 일이 이처럼 신날 줄은 몰랐다.

그런데 쏜살같이 지나가는 그림자가 있었다. 적의 열두 번째, 마지막 배였다.

급류도 거침없이 헤치고 뒤집힌 배들도 용케 피하면서 멀리 하류로 질주하여 갔다.

숲 속에서 이리저리 말을 달려 전투를 지휘하던 손인갑이 속삭였다.

"따라오너라."

그가 반백의 수염을 바람에 나부끼고 말고삐를 틀자 아들 약해(若海)가 따라붙고, 대기하고 있던 20여 기(騎)가 그 뒤를 쫓았다. 그들은 강둑을 따라 전속력으로 적을 추격하고, 적은 죽을힘을 다하여 노를 저었다.

그러나 급류가 끝나고 물결이 잔잔해지면서 배의 속도는 느려지고 피차의 거리는 갈수록 좁아졌다.

마침내 당황한 적선은 물길을 분간하지 못하고 마구 돌진하다 얕은 모래여울에 걸리고 말았다. 일제히 뛰어내린 적병들이 밀고 당기고, 있는 힘을 다했으나 배는 꼼짝하지 않았다.

강둑에 손인갑 이하 20여 기가 당도했다. 배에 달라붙었던 적병 1백여 명은 물 속으로 흩어져 달아났다.

급히 말을 몰아 강물에 뛰어든 기병들은 먼발치로 적을 에워싸고 연거푸 활을 당겼다. 적도 이따금 활과 조총을 당기기는 했으나 대개는 무기를 팽개치고 앞을 다투어 헤엄쳐 도망쳤다. 도망치다 화살을 맞으면 비명과 함께 피를 뿜고 버둥거리다 물 속으로 사라지곤 했다.

"와아 ―."

별안간 강둑의 우군 속에서 외치는 소리가 들렸다. 모래여울에 걸렸던 배가 여울을 벗어나 움직이고 있었다. 배 속에 보이는 적병은 5, 6명, 기적이라고 할밖에 없었다.

손인갑이 채찍을 내리치자 말은 물을 가르고 냅다 뛰었다. 그러나 이미 여울을 벗어난 적선은 각각으로 속도를 더해 갔다.

자칫하면 놓칠 염려가 있었다.

그는 말머리를 틀어 적선으로 돌진하였다. 그러나 얼마 못 가 말은 모래에 발이 빠져 허우적거리기 시작했다. 발꿈치로 배를 차고 고삐를 낚아챘으나 말은 더욱 꼼짝 못하고, 무릎까지 빠지고, 마침내 몸뚱이도 모래 속에 잠겼다.

손인갑은 고삐를 놓고 물 속으로 내려섰다. 순간, 그도 빠지기 시작했다. 모래가 물러 도무지 어쩔 도리가 없고, 아무리 애써도 다리에서 가슴, 그리고 겨드랑이, 몸은 자꾸 빠져들기만 했다.

뒤따르던 아들 약해가 말을 달려오다 빠지고, 종사관 노개방(盧蓋邦) 역시 구하려고 달려오다 말과 함께 빠졌다.

강둑의 보병들이나 강 속의 기병들이나 가슴을 졸이고 바라볼 뿐 접근할 엄두도 내지 못했다.

"밧줄을 가져오너라!"

숲 속에서 정인홍이 말을 달려오면서 외치자 병사들은 황급히 내달았다. 그러나 이들이 소나무에 감았던 밧줄을 채 풀기도 전에 손인갑이 완전히 모래 속으로 사라지고, 이어 나머지 두 사람도 자취를 감추고 말았다.

손인갑은 용감하고도 인자한 장수였다. 의병으로 들어온 농민들을 자식같이 아끼고, 손을 잡고 가르쳤다. 싸움이 시작되면 언제나 선두에 서서 뭇사람들에게 용기를 주었고, 남의 장점만 보고 단점은 보지 않는 성품이었다.

모든 계책은 정인홍, 김면, 손인갑이 의논해서 세웠고, 그중 손인갑은 이것을 실천하는 책임자였다. 그는 이 의병부대의 기둥이었고, 그가 없는 전투는 생각도 할 수 없었다.

많은 병사들이 흐느끼고 개중에는 목을 놓아 통곡하는 사람도 적지 않았다. 어느 모퉁이에 숨었던지 내달아 도망치는 적병이 눈에 들어와도 아무도 쫓으려고 하지 않았다.

엄청난 승리는 별안간 찾아든 비극으로 막을 내리고 말았다. 정인홍과 김면은 1백 명 가까운 구조대를 남기고 말에 올랐다.

"이제 가보자."

두 사람은 부하들을 이끌고 초계로 돌아왔다. 후임은 누구로 할 것인가.

싸움은 계속해야 하고, 슬픔도 오래 되씹을 여유가 없었다.

유능한 장수 김준민

정인홍과 김면은 다 같이 덕망이 있는 선비들이었으나 일선의 전투 지휘관으로서는 부족한 점이 없지 않았다. 누구보다도 그들 자신이 이 것을 잘 알고 있었기 때문에 전투에 경험이 있는 하종해, 황응남 같은 무인들을 지휘관으로 배치하였고, 이들을 총괄하는 장수로 손인갑을 맞 아들였었다.

두 사람은 말하자면 장수들의 장수(將之將)로 이들을 이끌어 왔다.

손인갑을 잃은 그들은 의논 끝에 김준민(金俊民)을 후임으로 결정하 였다. 거제현령(巨濟縣令)으로 난리 초에 거제도를 잘 지켰고, 지금은 감사 김수의 군관으로 그의 휘하에 있었다. 유능한 장수가 싸우지도 않 는 감사 밑에서 붓이나 놀리고 세월을 보낸다는 것은 말이 안 되었다.

"바꿉시다."

정인홍이 거창으로 김수를 찾았다. 바꾸자는 것은 자기의 제자 권양(權

濬)과 김준민을 교환하자는 뜻이었다. 권양은 글을 잘하고 글씨도 잘 쓰는 사람이었다.

김수는 두말없이 응했다.

"그렇게 하지요."

그는 머리가 좋은 사람이었다. 험한 세상에 김준민 같은 장수는 계속 옆에 두고 싶었으나 한마디 했다가는 무사하지 못할 것을 직감하였다.

정인홍은 데리고 간 권양을 남겨 두고 김준민과 함께 초계로 돌아왔다.

손인갑을 잃은 의병들은 어깨가 축 늘어졌다. 하늘이 자기들을 버린 것 같고 아무것도 될 것 같지 않았다. 은근히 탄식하고 밤이면 하나 둘 자취를 감추기 시작했다.

자신을 잃은 병사들이 자신을 회복하는 길은 하나밖에 없었다. 적과 싸워 이기는 일이었다. 그러자면 힘을 강화할 필요가 있었다.

정인홍, 김면, 김준민의 세 사람은 대대적으로 의병 모집에 나서 1천2백 명을 더 얻어 총 2천8백 명의 병력을 확보하였다. 그들은 이 병사들을 단련하면서 기회가 오기를 기다렸다.

당시 무계는 교통의 요충이었다. 낙동강 연변에 위치하여 남북으로 통하는 물길이 편할 뿐만 아니라 육로로 동은 대구, 서는 고령, 남은 현풍, 그리고 북으로는 성주로 통했다. 이 때문에 전쟁이 일어나기 전에도 사람들의 내왕이 잦았고, 이 작은 동네에 역관도 있었다.

이처럼 중요한 지점이기 때문에 적은 일찍이 여기를 점령하였고, 의병들에게 뺏긴 연후에도 여러 차례 탈환하려고 공격하여 왔다. 그때마다 격퇴하였으나 손인갑이 전사하고 의병 진영이 기운을 잃은 틈을 타서 기어이 탈환하고 말았다.

적은 또다시 무계에 군수품을 실어다 쌓기 시작했다. 전에 손인갑이 쓰던 전법 그대로 어둠을 타고 기습공격하자는 주장이 나왔으나 김준민은 반대였다.

"이미 적에게 알려진 계책은 쓰는 법이 아니오."

적은 무계에 모인 군수품을 무시로 성주까지 운반한다는 소식이 들어왔다.

초계에서 숨을 죽이고 있던 정인홍·김면의 연합부대 2천8백 명은 퍼붓는 비를 무릅쓰고 급히 북으로 이동하였다. 비가 쏟아질 때에는 적이 움직이지 않아 이쪽 비밀을 유지하는 데 좋고, 비가 걷히면 적은 그동안 보급하지 못한 물자를 서둘러 운반할 터이니 적당한 대목에 대기하고 있다가 불시에 칠 수 있을 것이었다.

성주 접경에 가까운 고령 마을. 그들은 백성들이 피란 가고 없는 작은 촌락에 당도하자 빈집에 유숙하면서 비가 걷히기를 기다렸다.

3일 후.

하늘은 구름 한 점 없이 개이고, 무계 방면에 나가 있던 척후로부터는 적의 치중대(輜重隊)가 출동 준비를 서두른다는 연락이 왔다. 부대는 짐을 챙기고 밤을 기다렸다.

밝은 달 아래 행동을 개시한 부대는 이부로산(伊夫老山 : 伊傅山)에 본영을 설치하고 여기 1천 명의 병력을 배치하였다. 우선 김면은 고령의 의병 5백 명을 이끌고 안언(安彦 : 安偃) 역 북방으로 이동하고, 김준민은 나머지 1천3백 명을 이끌고 산을 내려 사원역(蛇院驛)으로 향했다. 사원과 안언 사이, 10리가 안 되는 길 양쪽은 숲이 무성한 산들이 잇따라 복병을 매복하기 알맞은 지형이었다.

김준민은 역사(驛舍)의 바깥마당에 당도하자 1천3백 명의 병력을 1~

2백 명씩, 7개의 반(班)으로 편성하고, 지휘자를 지명하였다. 일곱 군데 복병을 해서 지나가는 적을 일곱 번 친다고 했다.

"화살이 떨어지면 어떻게 합니꺼?"

달빛 속에 옹기종기 모여 앉은 청년들 속에서 질문이 나왔다.

"화살이 떨어지면 숨을 죽이고 숨어 있어라."

"쫓아오면 어떻게 합니꺼?"

"도망쳐 산으로 뛰어라."

건장한 청년이 그림자를 길게 늘어뜨리고 일어섰다.

"대장이요. 적을 만나면 맨주먹으로라도 싸워야지 도망치는 건 비겁하지 않십니꺼?"

"맨주먹으로 총을 가진 자는 못 당한다. 질 것을 알면서 덤비는 것은 용감이 아니라 어리석음이다."

"그래예."

"할 일은 많고 목숨은 하나다. 아껴 두었다가 요긴하게 써라."

설명이 끝나자 그는 사원역 주변에 한 반을 남기고 북으로 전진하였다. 전진하면서 숲 속, 골짜기, 바위 그늘 등 알맞은 지형에 한 반씩, 나머지 여섯 반을 모두 배치하고 이부로산으로 돌아왔다.

무계에서 사원역은 20리 거리였다. 이튿날 새벽 무계를 떠난 적의 치중대는 해 뜰 무렵에는 사원역에 접근하고 있었다.

식량과 무기를 등에 실은 우마가 1백40필. 고삐를 끌고 가는 자들과 앞뒤에서 호위하는 자들을 합쳐 적의 병력은 도합 4백 명이었다.

이부로산에서 적의 행렬을 바라보던 의병장들 사이에 의견이 갈라졌다.

"저 정도의 적이라면 구차하게 숨어서 싸울 것이 아니라 정면으로 맞서도 넉넉히 이길 것이오."

"그렇지요. 적 4백에 우리는 2천8백이라 일곱 배가 아니겠소? 무엇이 두렵단 말이오?"

이 사람 저 사람, 지금까지 계획을 세우고 병력을 배치한 김준민을 빗대 놓고 한마디씩 했다. 좌상인 정인홍이 김준민에게 물었다.

"그대의 생각은 어떻소?"

김준민은 덤덤히 대답했다.

"어린애는 1천 명이 모여도 어린애, 어른은 한 명이 모여도 어른이지요."

모여 앉은 사람들은 그 뜻을 모르지 않았다. 웅성거리는 가운데 볼멘소리가 터져 나왔다.

"아 ─ 니, 왜놈들은 어른, 우리는 어린애란 말이오?"

김준민은 천천히 그쪽을 돌아보았다.

"사람이 잘났다, 혹은 못났다는 말씀이 아니오. 전력으로 말하자면 그렇다는 뜻입니다."

"전력이 어떻다는 말씀이오?"

"분수를 알아야 합니다."

정인홍이 일어섰다.

"그 말씀이 맞소. 더구나 지금은 적을 앞에 놓고 왈가왈부할 때가 아닌즉 이미 정한 대로 합시다."

그가 눈짓을 하자 김준민은 말에 올라 본영에 남겨 두었던 1천 명의 병력을 이끌고 산을 내려갔다.

길은 야산과 야산 사이를 굽이굽이 누비고 있었다. 길을 따라 전진하는 적의 치중대는 나타났다가는 야산 뒤로 사라지고, 다시 나타나고 ─ 같은 수평의 평지에서는 적의 움직임을 제대로 파악할 길이 없었다.

그리하여 오늘은 늙은 정인홍이 사방을 전망할 수 있는 이부로산 정상에서 전체 부대들을 총지휘하기로 되어 있었다. 그는 각각 흰 기와 붉은 깃발을 든 기라졸 2명을 거느리고 남에서 올라오는 적과 길을 따라 점점이 포진하고 있는 우군을 내려다보고 있었다.

이부로산 봉우리에 흰 깃발이 소리 없이 솟아올랐다. 적은 알지 못하고 계속 전진했으나 사원역 못미처 산모퉁이에 대기하고 있던 김준민 이하 1천 명은 활에 살을 재고 침을 삼켰다. 적이 다가온다는 신호였다.

사이를 두고 흰 깃발은 내려가고 붉은 깃발이 올라갔다. 공격하라는 신호였다. 1천 명의 병사들은 눈앞에 다가오는 적을 향해 일제히 활을 당겼다.

알 수 없는 고함소리와 함께 행렬을 앞질러 전진하던 2백여 명의 적은 재빨리 흩어져 나무와 바위며 개천 등 지형지물을 이용하여 몸을 숨겼다. 들리는 비명으로 보아 1, 2명 맞은 듯했으나 적의 기세는 꺾이지 않고, 화살에 이어 폭음과 함께 총알도 날아오기 시작했다.

의병들의 절반 가까이가 아직 한 번도 전투를 치러 보지 못한 농민들이었다. 처음 듣는 총소리에 놀라 대개는 머리를 땅에 박고, 더러는 좌우로 눈치를 살피다 활을 팽개치고 뒤로 도망쳐 뛰었다.

김준민은 예측한 일이었다. 싸움터의 습성이란 묘해서 어지간히 단련된 군대도 한번 무너지기 시작하면 산에서 쏟아져 내리는 사태와 같아 걷잡을 길이 없었다. 중요한 것은 너무 늦기 전에 모양을 갖추고 수습하는 일이었다.

"나를 따라오너라!"

그가 한마디 남기고 앞장서 말을 달리자 병사들은 죽자 사자 그 뒤를 따라왔다.

이렇게 간단히 후퇴할 줄을 몰랐던지 적은 계속 활과 총을 쏘다가 한

참 후에야 함성을 지르고 쫓아왔다. 금빛 투구에 갑옷을 입은 적장 한 사람이 선두에서 말을 달리며 허공에서 장검을 휘두르고, 뒤에 따라붙은 보졸들도 모두 칼을 빼어 들고 있었다.

후퇴하던 김준민은 친위병 50여 명과 함께 달리다가는 멈춰서 활을 당기고, 다시 달리고 ― 같은 동작을 되풀이하면서 이부로산 기슭에 다다랐다. 남의 눈에는 쫓기는 것이 아니라 예정된 행동같이 비치고, 달리는 병사들도 어쩐지 대장의 신묘한 계책에 따라 뛰고 있는 느낌이었다.

산중턱에 이르자 재빨리 뛰어내린 김준민은 말을 정상으로 쫓아 보내고 친위병사들과 함께 숲 속에 엎드렸다.

쫓아오던 적장이 앞을 가로지른 관목림에 걸려 더 이상 전진하지 못하고, 사방을 두리번거리다 새 길을 찾은 듯 힘차게 고삐를 틀었다. 순간 오십여 개의 화살이 한꺼번에 날아오고, 말은 비명을 지르면서 뒷발을 허공에 쳐들었다. 뒷다리 한쪽 무릎에 살이 한 개 박혀 있었다.

제 자리를 한 바퀴 맴돈 말은 또다시 뒷발을 쳐들고, 타고 있던 적장을 털어 버리듯 전후좌우로 요동을 쳤다. 이를 악물고 말갈기에 달라붙었던 적장은 마침내 땅에 떨어지고 말았다.

숲에서 달려 나온 의병들은 말을 낚아채고, 땅에 뒹구는 적장을 마구 짓밟다가 돌과 몽둥이로 짓이겼다.

한걸음 뒤에 처졌던 적의 보졸들이 여전히 함성을 지르며 올라오고 있었다. 바라보던 김준민은 적장의 투구를 벗겨 던졌다.

적은 주춤하고 자기들끼리 떠들썩하다가 다시 올라오기 시작했다. 김준민은 적장의 목을 치고 머리를 길게 내던졌다.

피를 뿌리며 포물선을 그리고 날아간 머리는 앞에서 달려오던 적병의 가슴에 맞고 땅에 떨어졌다. 그들은 모여들고, 웅성거리고, 이어 쏟아지듯 산을 내려 도망쳤다.

그러나 그들은 흩어지지 않았다. 사원역 못미처 갈림길에서 기다리던 본대와 합류하여 또다시 전진을 시작했다. 이부로산에는 흰 기가 올라갔다 내리고 이어 붉은 기가 올라갔다. 사원역 주변에서 기다리던 의병들은 화살을 퍼붓고 화살이 다하자 흩어져 뛰었다.

적은 10여 명의 사상자를 내고, 말과 소도 4, 5필 쓰러져 사지를 버둥거렸다. 그들은 사상자들을 마소의 잔등, 짐 위에 비끌어 매고 계속 전진하였다.

그동안 일단 후퇴했던 김준민은 다시 1천 명을 이끌고 먼발치로 적의 뒤를 밟았다. 적의 행렬이 다음 야산을 돌 무렵, 이부로산에서는 또다시 흰 기와 붉은 기가 번갈아 올라갔다. 접전이 벌어진 끝에 적중에서 20여 명의 사상자가 나고 마소의 피해도 전보다 갑절이었다. 의병들은 산으로 뛰고 적은 또 사상자들을 마소에 실었다. 그러나 이번에는 전진하지 않고 장수들이 둘러서 의논하더니 오던 방향으로 돌아서 남으로 느릿느릿 움직이기 시작했다.

"와아—."

그들을 쫓아오던 김준민 휘하 1천 명이 길 양쪽에 포진하고 들으라는 듯이 함성을 질렀다. 승세를 타자 신병들도 기세가 등등했다. 바라보던 적은 다시 발길을 돌려 북으로 걸음을 옮겨 갔다.

1리를 더 가니 숲 속의 고갯길이었다. 멀리 이부로산에 오르는 흰 기와 붉은 기에 맞춰 또 전투가 벌어지고, 끝나자 의병들은 산속으로 자취를 감췄다. 피곤이 더한 적중에서는 더욱 많은 사상자가 나왔다.

돌아서 후퇴하려고 들면 김준민의 부대가 길을 막고, 전진하면 복병이 나타나고—안언역에 이르기까지 일곱 번의 비슷한 전투에서 적은 재기불능의 궤멸상태에 빠졌다.

5, 60명이 안언역을 돌파하고 북으로 성현(星峴)에 당도했으나 대가

천(大伽川) 방면에서 나타난 김면 부대의 요격을 받고 1, 2명이 산으로 도망쳤을 뿐 나머지는 완전히 섬멸되고 말았다.

경상좌도의 영웅 권응수

　곽재우, 정인홍, 김면, 손인갑, 김준민 등이 낙동강 이서의 우도(右道) 지역에서 적과 대결하고 있을 무렵, 낙동강 이동의 좌도(左道) 지역에서도 안동, 경주, 의성, 영천, 신녕(新寧), 하양(河陽), 공산(公山), 인동(仁同) 등, 처처에 의병이 일어나 적을 괴롭히고 보급을 차단하였다.
　그중 누구보다도 먼저 일어나 줄기차게 싸우고, 나중에는 의병 대장으로 이들 각처의 의병들을 총괄하였고, 용케 목숨을 부지하여 전쟁이 끝난 후에는 살아서 선무이등공신(宣武二等功臣)에까지 오른 것이 신녕의 권응수(權應銖)였다.
　신녕은 지금 영천군의 서반부로 당시는 신녕현이었다. 권응수는 이 신녕현의 추곡리(楸谷里), 지금의 영천시 화산면 가상동에서 농사를 짓는 권덕신(權德臣)의 네 아들 중 맏이로 태어났다. 그러나 10세에 일가가 북으로 10리 떨어진 중리(中里), 지금의 화남면 금호동으로 이사를 하여 여기가 그의 고향이 되었다.

원래 그의 집안은 대대로 안동의 성야동(城也洞)에 살다가 고조 권열(權挩) 대에 신녕으로 내려와 이 고장에 정착하였다. 권열은 단종(端宗) 치하에 광주목사(光州牧使)로 있다가 수양대군(首陽大君:世祖)이 어린 조카를 몰아내고 왕위를 찬탈하는 정변을 만났다. 이에 반대하여 벼슬을 버리고 몸을 숨긴 곳이 신녕이었다.

여기 농토를 마련하고 조용히 살다가 이 고장에 묻혔다. 자손들도 그의 뜻을 받들어 세상을 등지고 벼슬길에 나서지 않았다. 다만 대단한 부자는 못 되었으나 농사를 크게 지어 살림은 넉넉했고 자식들도 가르칠 것은 다 가르쳤다.

권응수도 어려서부터 글공부를 했고, 자기 앞가림은 했으나 가문의 전통에 따라 과거를 보지 않았다. 더구나 33세의 겨울에는 전염병이 돌아 부모를 한꺼번에 잃은 후로는 집안의 가장으로 가업을 돌보지 않을 수 없었다.

세상이 계속 조용했다면 권응수는 이 신녕 고을에서 독서와 농사로 세월을 엮다가 조상들과 마찬가지로 소리 없이 종생하였을 것이다.

그가 38세 되던 1583년(선조 16)의 일이었다. 정초부터 두만강을 넘나들며 조선 땅을 휩쓸고 다니던 여진족은 5월에는 마침내 동관진(潼關鎭)을 지나 경성(鏡城)까지 포위 공격하고 이를 점령하였다.

이 난리는 그해 7월에야 평정되었는데 신립, 이일 같은 장수들이 두각을 나타낸 것도 이때였다. 그동안 온 나라가 뒤숭숭했고, 고을마다 영이 내려 수만 장정들이 고향을 떠나 북쪽 함경도 전선으로 줄을 이어 갔다.

권응수가 사는 신녕도 예외가 아니어서 그는 마을 사람들과 함께 전쟁에 나가는 장정들을 동구 밖까지 전송하는 것이 일과처럼 되었다.

그러던 어느 날 관에서 공문이 내려왔다. 나라의 비상시기를 맞아 예정에 없던 무과(武科)의 과거를 보인다고 했다. 특히 이번에는 어지간하면 다 붙는다는 소문도 있었다.

권응수는 이 과거를 보기로 했다. 문과에는 간혹 있었으나 나이 38세에 무과를 본다는 것은 흔한 일이 아니었다. 가까운 사람들은 망령이다, 주책이다, 말렸으나 그는 듣지 않았다.

높고 낮은 것은 차치하고 벼슬을 거치지 않고는 사람의 대접을 받지 못하는 세상이었다. 자식들을 위해서도 잠시라도 벼슬은 해야 하였다. 지금의 임금 선조도 고조부가 마땅치 않게 보던 세조의 후손에 틀림없었으나 증조부에서 부친에 이르기까지 3대 동안 벼슬을 않고 절개를 지켰으니 그만하면 고조부에 대한 의리도 다한 셈이었다.

과거라도 문과는 평생을 두고 공부해도 안 되는 사람이 얼마든지 있고, 더구나 밀어 주는 사람이 없는 시골 선비에게는 하늘의 별 따기였다.

그러나 무과는 그렇지 않았다. 말을 잘 타고, 궁술과 검술, 그리고 철석(撤石)이라 하여 큰 돌을 들어 올려 완력을 증명하고, 병서를 어느 정도 이해하면 급제할 수 있었다. 병서도 무경칠서(武經七書)라 하여 기본적인 것이 일곱 종류 있었으나 시험에서는 《손자(孫子)》, 《오자(吳子)》, 《사마법(司馬法)》의 3권만 대강 익히면 되었다.

권응수는 평소에 무술을 좋아했고, 몸도 남달리 건장했다. 대단한 문장가는 아니라도 병서를 읽는 데는 지장이 없었다. 그는 도에서 치르는 향시(鄕試)에 합격하고, 다음 해 8월, 39세에 서울에 올라가 회시(會試), 전시(殿試)에 급제하였다.

다시 다음 해 4월. 40세의 권응수가 처음 받은 임무는 하급군관으로 압록강변 의주에 가서 국경수비대에 근무하는 일이었다. 40세면 손자를 보고도 남는 시절이었다. 그는 할아버지 군관으로 아들 같은 20대 군관들 사이에 끼어 의주에서 3년의 세월을 보내고, 43세에 임기가 끝나자 서울로 올라왔다.

나라에서는 무에 대해서는 도무지 관심이 없었다. 난리가 터지면 부리나케 농부들을 끌어갔다가도 난리가 끝나기가 무섭게 집으로 돌려보냈고, 평소부터 훈련해서 만일에 대비하는 일이 없었다. 군교들도 마찬가지여서 과거를 보일 때는 떠들썩했으나 급제해도 보직이 없고, 임무를 마치고 돌아와도 다음 보직이 막연했다.

권응수는 서울에서 기다리다 못해 고향 신녕으로 내려왔다. 보직이 없으니 벼슬에 있다면 있고, 아니라면 아닌 묘한 처지에서 다시 호미를 들고 농사일을 돌보았다.

고향에 돌아온 지 3년, 권응수는 46세의 봄을 맞았으나 관에서는 여전히 소식이 없었다. 젊은 군관도 남아도는데 오십을 바라보는 노인을 어쩌라는 말이냐 — 서울 병조(兵曹)에서는 코웃음을 친다는 소문도 들렸다.

그는 단념하고 집에 눌러앉았는데 전부터 안면이 있는 경상좌수사 박홍(朴泓)으로부터 편지가 왔다. 내 막하에서 일할 생각은 없는가? 집안 형제와 친지들, 전에 과거를 보는 데 반대하던 사람들도 이번에는 가라고 권했다.

그동안 사람만 우습게 되었다. 낮살 먹은 것이 주책이라는 소리까지 들어 가면서 무과를 보았고, 겨우 말단군관으로 추운 변경에 가서 3년 동안 떨다 돌아왔다. 그리고 그뿐이었다. 몇 해 더 관복을 입어야 체면이 설 것이었다.

그는 동래좌수영으로 말을 달렸다. 임진왜란이 일어나기 일 년 전이었다.

"이 박홍이 있는 한, 우리 관내에 왜놈들이 얼씬했다가는 뼈도 못 추린다."

박홍은 기세가 대단했다. 몇 번 일본 사신들이 내왕한 끝에 정초에는 일본에 갔던 황윤길, 김성일 일행이 돌아왔다. 일본이 쳐들어온다, 혹은 안 쳐들어온다, 말이 많을 때였다.

사람들은 박홍이 믿음직했다.

권응수는 박홍의 대솔군관으로 근무했다. 그가 거동할 때마다 그림자처럼 따라다니는 직책이었다.

일 년이 흘러간 지난 4월.

일본군이 물밀 듯이 밀려오고 삽시간에 부산진이 떨어졌다.

좌수사 박홍은 소실과 함께 도망치고 병사들은 뿔뿔이 흩어졌다. 마침 몇몇 군관들과 함께 성 밖의 백성들을 성내로 끌어들이고 농성 준비에 바쁘던 권응수는 말에 뛰어올랐다.

"어찌 된 일입니까?"

금정산(金井山) 기슭에서 따라잡은 권응수는 말고삐를 틀어 앞을 가로막았다.

"내 얘기를 들어 보게. 하―."

박홍은 숨을 허덕이고 권응수는 오던 길을 되돌아보았다. 영문을 모르고 뒤에 처졌던 군관 10여 명이 말을 달려오고, 멀리 그 뒤에는 숱한 병사들이 흩어져 사방으로 뛰고 있었다. 박홍은 군관들이 전원 당도하기를 기다려 입을 열었다.

"들어 봐요. 무슨 수로 저 대적(大敵)을 당할 것이오? 무모하게 맞섰다가는 개죽음을 당할 것이 뻔하지 않소?"

"……."

"병가(兵家)는 진퇴에 능수능란해야 한다는 것을 그대들도 모르지 않을 것이오. 전진하는 데 때가 있고, 후퇴하는 데도 때가 있는 법이오."

"……."

"전진이나 후퇴나 목적은 하나, 승기(勝機)를 잡는 데 있소. 전진해야 할 때에 후퇴하는 자는 겁장(怯將)이요, 후퇴해야 할 때에 전진하는 자는 우장(愚將)이오. 숱한 살상을 낼 터이니 우둔한 소 새끼와 다를 것이 무엇이오?"

박홍은 말을 잘하는 사람이었다. 홧김에 요절을 낼 듯이 쫓아왔던 군관들의 안색이 달라지고 모두들 수긍하는 눈치였다.

"지금으로 말하자면 잠시 적의 예봉을 피하고 후일을 도모할 때요. 나를 따를 사람은 따라오고 생각이 다른 사람은 안 와도 무방하오."

그가 말에 채찍을 내리치고 내달리자 군관들은 자동적으로 뒤를 따랐다. 큰 계책이 있는 듯싶었다.

밤에 잠시 눈을 붙일 뿐 계속 북으로 달렸다.

이상한 것은 큰길을 피하고 사잇길만 가는 일이었다. 그것도 생각하는 바가 있어 하는 일이리라.

그런데 안동에 이르러 우연한 기회에 탈이 나고 말았다. 밤중에 뒷간에 갔다 돌아오던 젊은 군관이 객관 박홍의 침소 앞에서 묘한 소리를 들었다.

"무작정 간다고 될 일인가요? 장차 어떻게 하지요?"

소실의 목소리였다.

"해인사로 숨어들 작정이었는데 거머리 같은 저 군관 애들 때문에 안 됐고……. 나도 막연하다. 가는 데까지 갈밖에 도리가 없구나."

소문은 그 밤으로 다른 군관들 사이에 퍼졌다. 후일을 도모하는 것이 아니라 도망을 치고 있었다.

박홍을 어떻게 할 것인가?

선잠을 깬 군관들은 이마를 맞대고 이를 갈았다. 죽여 버리자는 패도 있고, 묶어서 관가에 넘기자는 패도 있었으나 권응수는 듣기만 하고 입을 열지 않았다. 어차피 박홍은 걸레였다. 찢어도 걸레, 그냥 둬도 걸레, 바쁜 세상에 그런 일로 왈가왈부할 것은 없었다.

"권 노인의 생각은 어떻소?"

군관들이 그의 소견을 물었다. 젊은 층은 약간 빈정거려서 그를 이렇게 부르고 있었다.

"나는 정신이 혼미해서."

그는 잠시 눈을 붙였다가 동이 트자 말머리를 돌려 남으로 달렸다. 고향 신녕과 영천 일대는 교통의 요충이었다. 모을 수 있는 대로 병사들을 모아 적의 연락과 보급을 차단하리라.

그가 사잇길로 신녕에 당도한 것은 4월 27일이었다.

그러나 이미 적은 멀리 북진하여 상주를 거쳐 문경에 당도했고, 낙동강 이동의 경상도 일대에는 적이 우글거리고 있었다. 이 신녕 고을만 하더라도 4일 전인 23일에 이미 적이 들어와 있었다.

어느 마을이나 빈집뿐이고 사람이라고는 한길을 오가는 적병들뿐이었다. 그는 오솔길을 헤매다 영천군의 관노 희손(希孫)이라는 털보와 마주쳤다.

"죽지 않고 살아 있었구나."

권응수는 말에서 내렸다. 당시 신녕현은 영천군의 속현(屬縣)으로, 자연히 두 고장 소식을 이리저리 묻게 되었다.

"모조리 사라진 기라요."

털보는 뒷짐을 지고 그를 쳐다보았다. 영천군수 김윤국(金潤國)도, 신녕현감 한척(韓倜)도, 다 같이 도망쳤다는 사연이었다.

"백성들은 어디로 갔느냐?"

"그걸 내가 어떻게 알아요?"

전 같으면 어림도 없는 불손한 태도였다. 세상이 뒤집혔다고 이것이 우습게 나오는구나. 단칼에 없애려다 참았다. 어지러운 세월에는 버리지도 괄시하지 말라고 했다.

잠자코 돌아서는데 뒤에서 희손이 한마디 던졌다.

"보현산(普賢山)에 가보시이소."

보현산은 권응수의 고향 중리에서 북으로 20리. 주봉(主峯)이 3천 척도 넘는 심심산천이었다. 보현사(普賢寺)가 있고, 이 절에 딸린 암자도 몇 개 있어 피란처로는 알맞은 고장이었다.

그는 보현산으로 달렸다. 마을 사람들과 가족들도 여기 피란해 있었고, 달려 나와 반겨 주었다.

밤에 그는 가족들이 묵고 있는 암자에 모모한 사람들을 불러 모았다.

"우리는 지금 이리 떼를 피해 덤불 속에 숨어 있는 양 떼 같은 형국이오. 숨어 있다고 이리들이 물러가겠소?"

"옳은 말이오. 무한정 이러고 있을 수도 없고, 생각하면 할수록 앞이 캄캄하오."

모인 사람들은 한숨을 내쉬었다.

"그러니 이리 떼 같은 저 왜놈들을 쫓아 버릴 계책을 생각해야 하지 않겠소?"

"쫓아 버리다니? 나라에서도 못 당하는 저들을 힘없는 우리네 백성들이 어떻게 쫓는다는 말이오?"

"없으면 없는 대로, 있으면 있는 대로 각자 분수에 맞게 싸우면 되는 것이지요."

"어떻게 말이오?"

"아무리 억센 사자도 온몸에 모기떼가 달라붙어 물어뜯으면 배기지 못하고 도망칠 것이오. 마찬가지 이치로 전국 방방곡곡의 백성들이 뭉

쳐서 이르는 곳마다 저들을 못살게 굴면 아무리 영악한 적도 물러가지 않겠소?"

"자네 관복을 몇 해 입더니만 사람이 달라졌군. 말이라는 것은 맞지 않더라도 비슷이라도 해야 말이지 안 그러면 허풍일세."

한 노인이 반박하자 다른 노인은 한술 더 떴다.

"그래 전국 방방곡곡의 백성들이 자네 권응수의 영을 듣기로 돼 있는가?"

도무지 말이 통하지 않았다.

결국 두 아우 응전(應銓)과 응평(應平), 하인 5명, 전부터 가까이 지내던 이웃 마을 청년 이온수(李蘊秀), 그리고 사나 죽으나 별반 다를 것이 없다는 떠돌이 3명 ─ 권응수 자신을 포함하여 도합 12명으로 의병대를 조직했다.

분수에 맞는 싸움

때는 보릿고개였다.

급한 김에 보현산으로 들어왔으나 얼마 못 가 끼니를 잇지 못하는 백성들이 나타났다.

마을에는 아직 추수를 하지 못한 보리가 그대로 밭에 서 있었다. 배포가 큰 사람들은 밤이면 몰래 산을 내려 마을의 동정을 살폈다. 큰길에는 무시로 적이 내왕하였으나 떨어진 고장에는 아직 적이 들어오지 않은 곳도 적지 않았다.

네 것과 내 것을 가릴 계제가 못 되었다. 그들은 닥치는 대로 임자 없는 보리를 베어 가지고 날이 밝기 전에 산으로 돌아왔다.

서로 나눠 먹고 목숨을 이어 갔으나 이 일도 오래 가지 못했다.

대로 연변만 훑고 다니던 일본군이 차츰 외진 동네에까지 손을 뻗치기 시작했다.

더구나 안된 것은 조선 사람의 부적자(附敵者)들이었다. 영천 읍내에 살던 아전, 관노, 건달, 흉측한 백성 등 2백여 명과 그 밖에 이 일대의 산척(山尺 : 심마니), 장인(匠人) 등 수십 명이 작당하여 일본군의 앞잡이로 나섰다.

"우리 같은 천한 인간들에게 나라가 어디 있고, 나라님이 다 뭐냐?"

그들은 못할 짓이 없었다. 낮이면 일본군의 길을 인도하고, 심부름을 다니고, 짐을 지어 나르고, 밤이면 마을을 휩쓸고 다니면서 사람을 치고 빈집을 털었다. 이 통에 보리를 베러 내려갔던 피란민 장정들도 몇 명 몰매를 맞아 죽고, 몇 명은 피투성이가 되어 산으로 도망쳐 돌아왔다.

이대로 가면 언제 일본군이 이들을 앞세우고 보현산에 들이닥칠지 알 수 없었다. 무엇보다도 급한 것이 적을 평지에 묶어 두고 산을 돌아 볼 여유를 주지 않는 일이었다.

권응수는 11명의 부하들을 이끌고 보현산을 떠났다. 하루 걸려 활을 당기고 칼을 다루는 모양을 가르쳤을 뿐 훈련할 틈이 없었다. 싸우는 과정에서 스스로 익숙해지기를 바라는 수밖에 없었다.

군대라고 할 수도 없는 핫바지 장정들, 이 초라한 군상이 무슨 일을 치리라고 생각하는 사람은 아무도 없었다. 그들 자신도 불안을 견디지 못해 길을 가면서도 사방으로 눈알을 굴리곤 했다.

그러나 권응수의 이야기는 달랐다. 초라하면 초라한 대로 분수에 맞는 싸움을 할 수 있다고 했다.

"어른과 어린애가 싸우면 누가 이기느냐?"

그는 산을 내려오면서도 병사들과 일문일답을 주고받았다.

"어른이 이기지예."

"맞다. 장님 어른과 성한 어린애가 싸우면 누가 이기느냐?"

"그건 어린애가 이길 기라."

"맞다. 그러나 붙잡히면 어린애는 못 당할 것이다."
"맞십니더. 안 붙잡히고 살살 피하면서 쳐야지예."
"절름발이 어른과 성한 어린애가 싸우면 어떻게 되느냐?"
"그것도 마찬가지라요. 붙잡히지만 않으면 어린애가 이깁니더."
"너희들 머리가 비상하구나."
"그런데예, 왜놈들은 다 장님 아니면 절름발이입니꺼?"
"아니다. 그러나 우리는 보고 적은 못 보고, 우리는 뛰고 적은 못 뛰는 형국에서 싸우면 마찬가지 아니냐?"
"그런 형국도 있십니꺼?"

그는 행군을 멈추고 술래잡기를 시켰다. 덤불 속에 숨은 사람은 술래를 뻔히 보고 있어도 술래는 숨은 사람을 볼 수 없었다.

"숨는다는 것은 적을 장님으로 만드는 요술이라고 생각해라."

다시 행군을 계속하다가 시냇물에 걸린 외나무다리를 건너게 했다.

"뛰어도 좋다. 재주껏 빨리 건너라."

그러나 아무도 뛰지 못하고 엉기적거리며 겨우 저편으로 건넜다.

"이것이 절름발이의 형국이다. 외나무다리뿐이 아니다. 물을 건널 때, 폭풍이나 폭우 속에서 허우적거릴 때 등등, 운신이 자유롭지 못한 순간을 틈타서 적을 치는 것이다."

첫 전투는 5월 6일, 고향 마을 중리 남단을 흐르는 한천(漢川)가에서 벌어졌다. 이날 신녕에 주둔하고 있던 일본군 5, 60명이 동문으로 몰려나오더니 이 동네 저 동네 휩쓸고 중리로 다가왔다.

한천에는 난리 전에 마을 사람들이 놓은 다리가 하나 있었다. 권응수는 부하들과 함께 다리에 깔았던 통나무들을 반쯤 걷어 강가에 쌓아 올리고 멀지 않은 숲 속으로 숨어들었다.

서쪽 신녕 방향에는 처처에 희뿌연 연기가 치솟고 있었다. 일본군이 지나는 동네마다 질러 놓은 불이었다.

그들은 보잘것없는 초가도 놓치지 않고 뒤졌다. 우선 부엌부터 들어갔고, 들어가면 주인이 버리고 간 그릇을 하나하나 챙겼다. 조선 사람의 눈에는 별것도 아닌 대접 하나도 대단한 보물인 양 천 조각에 싸고, 서로 아귀다툼을 벌였다.

이 시대 일본에서는 도자기는 최고의 사치품으로 극소수의 일부 특권층만이 식기로 사용할 뿐이었다. 좀 나은 제후들이라야 칠기를 썼고 그 밖에 일반 무사들이나 서민들은 목기(木器)나 토기를 쓰고 있었다.

이런 때에 다도(茶道)가 성행하여 차를 끓이고 마시는 그릇은 귀중품으로 취급되었다. 가령 다도의 주역이었던 천리휴(千利休)의 경우, 조선에서 건너간 찻잔은 명기라 하여 천금을 호가하였다. 그러나 조선에서는 물을 떠 마시는 주발에 지나지 않았다.

왜병들이 앞을 다투어 민가의 부엌을 뒤지고 다닌 것도 무리가 아니었다.

그들은 버릇이 고약해서 훔치는 데 그치지 않고 가가호호 불을 질러야 직성이 풀렸다. 조선 사람들은 먼 동네에서 연기가 오르면 왜병들이 들어온 신호로 알고 서둘러 피란을 떠나곤 했다.

활을 멘 자와 총을 멘 자 ― 무질서하게 떠들썩하고 몰려오는 적이 시야에 들어왔다. 개중에는 말을 탄 자와 나귀를 탄 자도 몇 명 눈에 들어왔다. 조선 사람을 치고 뺏은 것들이리라.

숲 속의 권응수는 다시 한 번 부하들에게 다짐했다.

"잊지 마라. 무슨 일이 있어도 소리는 안 내는 것이다."

유격전에서 금물은 불[火]과 소리[音]였다. 적에게 노출되는 근본이었다.

그중에서 소리의 반대는 침묵이었다. 침묵은 이쪽의 소재를 숨기는 외에 유다른 효과를 가지고 있었다. 이른바 침묵의 공포였다.

어둠 속에서 불쑥 몽둥이가 나타났다고 하자. 당하는 사람은 소리를 지르고 나타나는 것보다 더욱 기겁을 할 것이다.

마침내 적이 다리로 접어들었다. 소풍이라도 나온 듯 떠들고 더러는 목청껏 노래도 불렀다.

그들은 모여 서서 헐린 다리와 강물을 손으로 가리키고 저마다 한마디씩 했다. 알아들을 수는 없으나 손짓 발짓으로 보아 다리를 고치자는 축과 그냥 헤엄쳐 건너자는 축이 입씨름을 하는 모양이었다.

두목으로 보이는 중년 사나이가 마상에서 외쳤다.

"가카레(시작해라)."

의논이 분분하던 왜병들은 무기와 도둑주머니를 땅에 내려놓고 다리의 수리에 달라붙었다. 강가의 통나무를 나르고 깔고 칡넝쿨을 뜯어 동여매고, 분주히 돌아갔다.

그러나 좁은 다리에서 5, 60명이 한꺼번에 할 일은 없고, 나머지는 옷을 벗어던지고 물 속에 뛰어들었다.

"기모치가 이조(시원하다)."

그들은 헤엄을 쳤다.

적이 완전히 무장을 놓은 순간이었다.

지켜보던 권응수가 한 손을 쳐들자 그때까지 활에 살을 재고 기다리던 병사들은 일제히 시위를 당겼다. 소리 없이 마구 쏟아지는 화살에 적은 비명과 함께 연거푸 고꾸라졌다. 다리의 적은 물 속으로 떨어지고, 물 속의 적은 피를 뿜고 아우성치며 떠내려갔다.

살아남은 자들도 처음에는 영문을 모르고 두리번거리다가 겨우 방향을 찾고, 활이나 총을 낚아채어 쏘기 시작했다. 그러나 그들은 목표가 보이지 않는지라 덮어놓고 숲을 향해 화살과 총알을 날릴 수밖에 없었다.

시간을 끌수록 사상자는 늘고 어찌할 길이 없었다. 마지막으로 두목의 구령과 함께 칼을 빼어 들고 숲 속으로 쳐들어왔다. 그러나 덤불 속 깊숙이 몸을 감춘 조선군을 찾을 길은 없고, 까딱 움직이면 그때마다 누군가 피를 토하게 마련이었다.

드디어 그들은 서로 알 수 없는 고함을 지르며 숲에서 물러갔다. 그리고는 두 사람이 한 명씩, 양쪽에서 겨드랑이를 끼고 죽은 자와 다친 자들을 끌고 신녕 방향으로 도망치기 시작했다.

우리 병사들이 덤불 속에서 뛰어 일어서는 품이 승세를 타고 적을 추격할 기세였다. 될 일이 아니었다.

권응수는 그들을 가로막고, 홀로 달려나가 뒤에 처진 왜병 2명의 목을 차례로 잘라 모랫벌에 내던졌다.

뒤따라 나온 병사들은 적이 버리고 달아난 무기를 하나하나 챙기고, 도둑주머니를 거꾸로 쳐들었다.

"별꼴이다."

주발, 뚝배기, 사발 등 잡동사니가 쏟아져 나오자 그들은 서로 마주 보았다.

승리는 완전무결하였다. 적은 3명에 한 명은 죽지 않으면 병신이 되었으나 이쪽은 한 명이 나무그루에 팔꿈치를 긁혔을 뿐이었다.

캄캄한 때에 밝은 소식처럼 빨리 퍼지는 것도 없었다. 그것도 그저 퍼지는 것이 아니라 꼬리에 날개까지 붙어 날아다녔다.

"왜놈 백 명을 무찔렀단다."

"백 명이 뭐냐, 천 명이다."

"아니다. 2천 명이다. 이 눈으로 똑똑히 보았다."

권응수도 올라갔다. 처음에 반신반의하던 부하들은 '귀신 같은 계책을 짜내는' 이 군관에게 심복하게 되었고, 그를 허풍쟁이로 치부하던 사람들도 '권 장군'으로 대접을 달리하게 되었다.

의병에 끼워 달라고 제 발로 걸어오는 사람도 하나 둘 나타나기 시작했다.

그러나 권응수는 이 모든 칭송이 한 번 실수로 물거품같이 사라질 수 있다는 것을 알고 있었다. 백성들의 마음을 잡아 두기 위해서는 실수는 단순한 실수일 수 없고 이 가혹한 현실에서는 죄악이었다.

그는 부하들을 이끌고 신녕과 영천 사이에 출몰하면서 유격전을 계속했다. 길가에 숨어 있다가 적의 낙오병을 쳐서 병사들에게 자신을 심어 주고, 큰 부대는 피하고, 힘에 알맞은 작은 부대를 상대해서 싸우면 언제나 이겼다.

걱정은 영천 읍내의 부적자들이었다. 적에게 밀고를 일삼고, 권응수 이하 의병들의 명단도 만들어 바쳤다는 소문이었다. 알고 보니 그 두목은 일전에 만난 털보 희손이었다. 은밀히 타이르는 사람도 있었으나 듣지 않고 큰소리를 친다고 했다.

"권응수는 내 손에 죽을 줄 알라 이거다."

일본군도 그를 부추긴다고 했다. 권응수를 잡아 오기만 하면 황금 1백 냥을 준다고.

습지의 곰팡이처럼 점령지 어디서나 볼 수 있는 것이 부적자들이었다. 이들은 동포들의 사정을 소상히 아는 만큼 해독도 컸다. 순서로 말하자면 적에 앞서 이들부터 쓸어버려야 했다.

그러나 일은 단순치 않았다. 영천 성내에 주둔하는 일본군 5백 명이 이들을 감싸고 있으니 불과 10여 명으로 쳐들어갈 수도 없고, 달리 방책도 없었다.

한천 전투에서 10일 후인 5월 16일. 여러 날 만에 중리 본가에서 밤을 지내고 아침에 눈을 뜨니 해는 이미 중천에 올라 있었다. 부하들은 아직 잠에서 헤어나지 못한 듯 안팎이 조용했다.

오늘 하루는 쉬리라.

그는 사지가 나른하고 한잠 더 자고 싶었다. 47세. 몸이 전 같지 않았다.

"장군, 큰일 났십니더."

잠에 빠져드는 순간 대문간에 서 있던 초병이 뛰어들었다.

영천성 탈환

권응수는 반사적으로 뛰어 일어나 칼과 활을 잡았다. 전쟁이 일어난 후로는 잠자리에서도 군복을 벗은 일이 없었다.

"무슨 일이냐?"

"희손이, 그놈아가 쳐들어온 기라요."

건넌방과 사랑채에서 자던 병사들도 안마당으로 몰려나왔다.

권응수는 대문간으로 달려 나갔다.

동구 밖에서 때 묻은 베적삼에 잠방이를 걸친 장정 50여 명이 웅성거리고 있었다. 그들은 대열을 정비하고 북과 꽹과리를 치며 다가오기 시작했다.

나귀를 타고 선두를 전진하는 사나이는 어김없는 털보 희손이었다. 그는 가끔 수염이 무성한 턱을 쳐들고 좌우를 돌아보는가 하면 한 손을 이마에 얹고 이쪽을 살피기도 했다.

권응수는 부하들과 함께 뒤꼍으로 돌아 말에 안장을 얹었다. 희손이를 그냥 두지 않는다 — 팔을 걷어붙이고 벼른 사람도 하나 둘이 아니었다. 그러나 조선 사람들끼리 이처럼 집단으로 칼 놀음을 벌이게 되리라고는 아무도 생각하지 못했다.
　"걱정할 것이 없다. 군중이라는 것은 광주리에 잔뜩 담은 콩알들이라고 생각하면 된다. 손을 댈 것도 없다. 이리저리 끌고 다니기만 해도 저절로 새고 넘쳐서 흩어지게 마련이다."
　권응수는 병사들을 타일렀다. 그리고는 이온수에게 몇 마디 남기고 말에 채찍을 퍼부어 모퉁이를 돌아갔다.
　"니 권응수 아이가? 옳게 만났다."
　그의 모습이 나타나자 희손이 외쳤다. 권응수는 먼발치로 말을 멈춰 세우고 목청을 가다듬었다.
　"네 소식을 듣고 있다. 지금이라도 개과천선하면 나라에서 포상이 있을 게다."
　희손은 씩 웃었다.
　"망해 버린 나라에서 포상이 다 뭐꼬?"
　"망하지 않았다. 나하고 같이 싸우자."
　"니 사람을 웃긴데이. 내사 무엇 하러 싸울 기가?"
　"너는 나라의 은혜를 입지 않았느냐?"
　"나는 매나 맞고 죽도록 일만 하던 종이다. 매 맞은 은혜에 보답하라 이런 말이가?"
　과히 틀린 이야기는 아니었다. 조선 천지에서 좋은 사람의 축에 끼지 못했고, 강아지 다음으로 천대를 받는 것이 종이었다. 지금 와서 그들을 타일러 보아야 감언이설로밖에 들리지 않을 것이다. 권응수는 방향을 바꿨다.

"싫으면 싸우지 않아도 좋다. 돌아가 가만히만 있어라."

"니 대가리를 주면 가만히 있을 기다."

희손이 외치고 활을 쏘자 나머지 50여 명도 활을 당기며 몰려왔다.

권응수는 고삐를 틀어 도망치기 시작했다. 50여 명에 한 명, 그들은 기세가 등등해서 쫓아왔다.

뒤에서 함성이 일어났다. 이온수 이하 10여 명이 그들의 후미에 달라붙어 화살을 퍼붓고 있었다.

"피래미들부터 먼저 없애는 기다."

희손의 고함에 그들은 돌아서고 이온수는 뛰기 시작했다.

1천여 보를 쫓고 쫓긴 끝에 시냇물을 사이에 두고 화살과 욕설이 번갈아 날아가고 날아들었다.

멀리서 권응수가 보리피리를 길게 불고 말을 달려왔다. 그는 활의 명수였다. 활을 당길 때마다 살은 희손의 뺨을 아슬아슬하게 스치고 지나갔다.

희손으로서는 이 권응수를 그대로 둘 수 없었다. 더구나 오늘의 목표는 그의 머리를 따다 영천의 왜장에게 바치고 상금 1백 냥과 판관(判官) 벼슬을 받는 데 있었다.

"느으들, 뒤로 돌아레이!"

희손은 장수는 못 되었다. 이렇게 수없이 방향을 뒤집고 부하들을 끌고 다니는 바람에 모두들 지치고 기운이 빠졌다.

"내사 마 몬 살겠다."

정말 광주리에서 콩알들이 새듯이 거의 빠져 흩어져 버렸다. 희손은 나귀에서 뛰어내렸다. 그는 보리밭 한가운데 검은 바위 뒤에 숨고 미처 도망치지 못한 6, 7명이 그의 곁에 몰려들었다.

권응수는 말을 달려 그들의 주위를 빙빙 돌았다.

"무기를 버리고 일어서!"

그러나 그들은 마구 활을 쏘아붙였다. 노려보던 권응수는 달리는 마상에서 잇따라 두 번 활을 당겼다. 헉 소리와 함께 검은 사나이가 고꾸라지고 이어 그 옆에서 활을 당기던 희손이 양미간에 화살이 꽂힌 채 나동그라졌다.

"너희들은 가라. 안 가면 죽여 버린다."

권응수는 입을 헤벌리고 쳐다보는 나머지 장정들에게 내뱉었다. 결코 유쾌할 수 없는 장면이었다.

그는 말고삐를 틀어 달리기 시작했다. 바위 뒤의 장정들은 슬금슬금 기다가도 돌아보고 아무도 막는 사람이 없는 것을 확인하고는 죽자 사자 뛰어 언덕을 넘어갔다.

멀리서 부하들이 달려왔다.

"저것들을 그냥 둘 깁니꺼?"

"팽개쳐 둬라."

권응수는 더 말할 기분이 아니었다.

그러나 이것으로 끝나지 않았다.

"두고 보라 이거다."

희손의 잔당 20명이 뭉쳐 이를 갈았다. 그들은 권응수 부대의 동정을 염탐하여 낱낱이 적에게 고하고 앞장서 적을 인도하고 다녔다. 이에 따라 이쪽이 움직일 때마다 적은 요지에 복병을 매설하고 기다리는 바람에 사상자가 속출하여 도무지 움직일 수 없었다.

잔당들은 큰소리를 쳤다.

"이판저판 우리는 반역자다. 어쩔 것이냐?"

심심풀이로 사람을 죽였다.

희손이 죽은 지 11일. 5월 27일은 그의 생일이었다. 영천 교외 거림원(迲林院)에서 일본 중이 재를 올려 준다고 했다.

뒷산에서 바라보던 권응수 이하 10여 명은 자정이 지나자 산을 내려 절간으로 다가갔다. 부처님이 좌정한 윗방이 법당, 그 아랫방이 승방 — 방들은 널찍했으나 두 칸밖에 없는 작은 암자였다.

재는 끝난 듯 모두들 승방에 모여 술을 마시는 길이었다. 희손의 잔당은 전원 모였고, 일본 사람들도 적잖이 눈에 들어왔다.

"희손이나 좋은 히토다(사람이다). 극락이나 갔다죠."

구레나룻 왜병은 한 잔 들이켜고 맞은편에 앉은 잔당에게 술잔을 넘겼다.

마당 한구석, 어둠 속에서 눈을 박아 보던 권응수는 병정 2명을 뒤곁으로 돌려보내고, 말없이 두 손을 쳐들었다. 남은 병정들은 발소리를 죽이고 처마 밑을 돌아 승방으로 다가갔다. 그들이 문 양쪽 벽에 붙어서자 권응수는 성큼성큼 걸어가서 열어젖힌 문턱에 올라섰다.

"다레카(누구냐)?"

"뉘꼬?"

일본말, 조선말이 튀어나오고 사람들은 놀라 일어섰.

입을 꾹 다문 권응수는 크게 움직이지도 않았다. 문간의 등잔불을 걷어차고 섬돌로 물러서 칼을 빼어 들었다. 모두가 익숙한 동작, 순간의 일이었다.

방 안 어둠 속에서는 서로 밀고 당기고 아우성이 벌어졌으나 아무도 밖으로 나오는 기척은 없었다.

방 안에서 기침소리와 비명소리가 일시에 터졌다.

뒤곁에 돌았던 병정들이 들창으로 불붙은 짚뭉치를 마구 쑤셔 넣고 있었다.

출구는 하나뿐이었다.

쫓기다시피 몰려나온 군상은 기다리고 있던 권응수와 부하들의 난도질에 단 한 명도 살아남지 못했다. 일본군 10명, 희손의 잔당 20명.

이로부터 적어도 이 일대에서는 적에게 붙어 동포를 해치는 자는 아무도 나타나지 않았다.

소문이 퍼지면서 권응수는 한 등 더 올라가고 모여드는 장정도 부쩍 늘었다. 전쟁 초에 흩어져 도망쳤던 영천 고을 관군(官軍) 1백여 명이 자기들끼리 수소문하여 그의 휘하로 들어오고, 같은 영천에서 의병을 일으킨 정대임(鄭大任)이라는 사람도 부하들을 이끌고 그의 막하로 달려왔다. 10여 명으로 일어섰던 권응수 부대는 이제 3백여 명의 세력으로 늘어났다.

안의 우환을 제거한 권응수는 마음 놓고 밖의 적을 칠 수 있게 되었다.

권응수의 솜씨를 전해 들은 초유사 김성일은 그를 의병대장으로 지명하였다. 낙동강 이동, 경상좌도의 모든 고을 의병들은 그의 절제를 받으라는 것이었다.

7월 14일. 적 1백여 명이 군위(軍威)를 떠나 남하하고, 권응수 휘하 몇몇 장수들은 몰래 이들의 뒤를 밟았다. 영천 못미처 10리 지역 처처에 복병을 배치하고 기다리던 권응수 자신은 적이 나타나자 부하들에게 일렀다.

"기를 쓸 것은 없다. 알맞게 치고 알맞게 물러서라."

1진에서 10진까지 차례로 파상공격을 퍼부었으나 다친 사람은 아무도 없었다.

이 전투에서 적 37명을 무찌르고 조총 25정, 칼과 창 40자루, 적장이 타던 말까지 빼앗았다. 이로부터 그의 부대는 적의 조총을 이용하기 시작했다.

8일 후인 7월 22일. 이번에는 적 3백여 명이 영천에서 군위로 이동하였다. 영천 교외에서 추격을 시작한 권응수는 신녕을 지나자 사잇길로 적을 앞질러 해질 무렵 조계(召溪)에서 그들과 마주쳤다.

비탈길에 잠복하고 있다가 지근거리에서 불시에 활과 조총을 쏘아붙이자 적 30여 명이 쓰러졌다. 마침 내리깔리는 어둠을 타고 적은 쓰러진 자들을 끌고 허둥지둥 북으로 도망치기 시작했다.

권응수는 그들의 뒷모습을 유심히 바라보았다. 두 달 전 부산에 상륙하던 적과는 판이했다. 그때는 기운이 넘쳐 흘렀으나 지금 눈앞의 적은 여위고 지치고 휘청거리는 품이 세상만사 귀찮다는 태도였다.

제대로 먹지 못하는구나.

권응수는 분수를 모르는 사람이 아니었다. 일본군이 강하고 의병은 약하다는 것도 알고 있었다. 그러나 강자는 영원히 강하고 약자는 영원히 약하다는 법도 없었다. 상황에 따라 강약이 뒤바뀔 수도 있다는 것을 그는 알고 있었다.

지금 적은 굶주리고 있다. 세상에 굶주리고도 강한 군대는 없는 법이다.

힘을 모아 영천성을 공격하자 — 그는 부하들을 수습하여 중리로 돌아오자 낙동강 이동의 모든 의병장들에게 영을 내렸다.

"7월 26일 첫새벽, 영천성 밖에 모이라."

이날 동이 트기 전에 모인 것은 청송, 군위, 영천, 경주, 신녕, 자인(慈仁), 의흥(義興), 하양 등지의 의병 3천5백 명이었다. 성안의 적은 5백 명.

영천은 큰 성이 아니었다. 권응수는 세 겹 네 겹, 대목에 따라서는 다섯 겹으로 포위하고 진영을 돌아보았다.

"적이 올 때까지 푹 쉬는 거다."

병사들은 앉고 눕고 콧노래도 불렀다.

급한 것은 적이었다. 식량이 떨어졌으니 오래 버티지 못할 것이고 반드시 성문을 열고 나오리라.

해가 뜨자 적은 칼을 빼어 들고 동문과 북문으로 달려 나왔다.

그러나 이쪽은 느긋했다. 1진이 밀리면 2진이 나가고, 2진이 밀리면 3진이 나가고 — 적이 쫓아오면 후퇴하고, 적이 후퇴하면 쫓아가고, 종일 같은 동작을 되풀이했다. 이쪽은 적의 일곱 배, 이쪽이 한 번 뛰면 적은 일곱 번 뛰어야 했다.

해가 기울 무렵에는 적은 축 늘어져 성안으로 후퇴하기 시작했다. 권응수는 이 기회를 놓치지 않았다. 총력으로 그들을 밀어붙이면서 성문으로 쫓아 들어갔다.

병사들은 개미 떼처럼 흩어져 가가호호 불을 질러 놓았다. 연기와 불길을 견디지 못해 적은 더러는 타죽고 나머지는 동헌을 비롯한 관가로 쫓겨 조총으로 항거하였다.

날이 어둡기 시작했다. 이미 목을 친 적만도 1백여 명, 권응수는 부하들을 이끌고 성 밖으로 물러 나왔다. 지칠 대로 지친 적은 도망갈 기력도 없을 것이었다.

이튿날 동이 틀 무렵 다시 성내로 쳐들어간 권응수는 적이 몰려 있는 동헌 일대를 포위하고 화공(火攻)을 감행하였다.

천지를 진동하는 대폭음과 함께 건물들이 산산조각 나고 불길이 하늘로 치솟았다. 폭음과 불길은 한 번에 그치지 않고 잇따라 일어나면서 적병들이 허공에 치솟고 공격하던 우군도 여기저기서 파편에 맞아 쓰러졌다. 적의 화약고에 불이 붙은 것이다.

서둘러 태세를 재정비한 권응수 이하 공격군은 불 속에서 뛰어나오는 적들을 칼, 창, 몽둥이로 치고 찌르고 짓밟았다. 3백여 명. 빠져나오지 못하고 불 속에서 타죽은 적도 적은 수가 아니었다.

어제와 오늘 이틀 사이에 영천성을 지키던 적 5백 명은 전멸하였다. 용케 강에 뛰어들어 목숨을 건진 자 2명이 경주로 도망쳐 달아났다.

이 전투에서 우리 측은 전사 83명, 부상 2백38명, 노획품은 말 2백 필, 조총과 도창(刀槍)이 9백 자루였다.

이제 영천성은 우리 손으로 돌아왔다. 의병들은 우선 적에게 갇혀 있던 남녀노소 1천9백 명을 풀어 각기 고향으로 돌려보냈다. 그리고는 서로 마주 보다가 하늘을 우러러보고 눈물을 삼켰다. 꿈같은 일, 주체할 수 없는 감격이었다.

영천성의 탈환은 적에게나 우군에게나 다 같이 이변이었다. 적은 자신을 잃고 우군은 자신을 얻었다.

8월에 들어 권응수는 정세아(鄭世雅 : 永川義兵將), 윤현(尹晛 : 大邱府使), 김윤국(金潤國 : 永川郡守), 박의장(朴毅長 : 慶州判官), 홍천뢰(洪天賚 : 義興伏兵將), 신해(申海 : 河陽代將), 최대기(崔大期 : 慶山代將) 등과 협력하여 자인의 적을 치기로 합의를 보았다. 병력은 도합 5천.

소문을 들은 적은 성을 버리고 경주로 도망쳐 버렸다. 전에 없던 일이었다.

안강(安康)에서 사람이 달려왔다. 좌병사 박진(朴晉)이 힘을 합하여 경주를 치자는 사연이었다. 싸우지 않고 자인을 탈환한 5천 병력은 경주로 향하였다.

8월 20일, 1만 병력이 경주 서남 모량역(牟良驛 : 毛良里)에 집결하였다. 권응수 휘하 5천, 박진 휘하도 5천이었다. 다음 날인 21일 새벽. 권응수를 선봉으로 마침내 진격이 시작되었다.

그러나 얼마 안 가 숱한 총성과 함성, 비명과 함께 후진(後陣)으로 전진하던 박진 부대가 걷잡을 수 없는 혼란에 빠졌다. 전날 밤 어둠을 타고 북문으로 빠져나온 적이 숨어 있다가 불시에 측면공격을 가해 온 것이다. 부대는 무너지고 박진은 안강 방향으로 빠져 달아났다.

동시에 앞에 보이는 경주성도 떠들썩했다. 지금까지 잠잠하던 성벽에 일제히 적병이 나타나고 총탄이 비 오듯 날아왔다.

그동안에도 뒤에서는 박진의 부대를 짓밟은 적이 바짝 추격하여 왔다. 권응수가 지휘하는 의병 5천 명은 앞뒤로 협격을 받아 자칫하면 전멸할 판국이었다. 선두의 권응수는 급히 북을 울리고 말고삐를 우(右)로 틀어 남으로 달리기 시작했다. 방향을 바꾼 행군대열은 밀고 밀리고, 성난 파도같이 끝없이 뛰었다.

멀리 후방에서 콩 볶듯 다급하게 울리는 총소리와 함께 비명이 터졌다. 전군(殿軍)을 맡았던 정세아의 부대가 서천(西川)가에서 적에게 포위를 당하고 말았다.

겁에 질린 병사들은 더욱 놀라 뛰고, 어쩔 도리가 없었다. 권응수는 다른 장수들에게 수습을 맡기고 주위에 있던 10여 기(騎)와 함께 서천으로 달렸다.

그들은 적의 주위를 이리저리 말을 달리면서 화살을 퍼붓고 때로는 돌진하여 창으로 돌격하였다.

포위를 당한 정세아는 이미 58세, 일찍이 진사에 오른 늙은 선비였다. 전쟁이 터지고 적이 영천까지 들어오자 앞장서 의병을 일으키고, 영천성 수복전(收復戰) 등 많은 전투에 선두에서 싸웠다. 자신뿐만 아니라 일가가 모두 칼을 들고 나서니 그와 십촌이 되는 정대임, 정담(鄭湛)도 큰 공을 남긴 의병장들이었다.

정세아는 무인은 아니었으나 거듭되는 전투의 경험에서 이미 무장으로 변모하고 있었다. 그는 병법대로 사소한 희생은 도외시하고 총력으로 돌격을 감행하여 포위망 남쪽에 돌파구를 뚫는 데 성공했다.
그의 부대 9백 명은 이 돌파구를 통하여 폭풍같이 밀고 나와 권응수의 마중을 받았다. 이 돌파작전에서 부친을 감싸고돌던 그의 아들 의번(宜藩), 보좌관 최인제(崔仁濟) 등 수십 명이 전사하였으나 적중이라 시체조차 찾을 길이 없었다.

후퇴하던 부대는 경주 남방 10리, 계연(鷄淵)에서 다시 태세를 정비할 수 있었다. 권응수는 정세아, 박의장 등 의병장들과 함께, 추격하여 온 적과 혈투를 거듭한 끝에 마침내 적을 북으로 압박하기 시작했다. 밀린 적은 다시 경주성으로 들어갔다가 밤중에 몰래 빠져나와 서생포(西生浦)로 도망쳐 달아났다. 이리하여 경주성은 다시 우리 손으로 오게 되었다.

영천, 경주의 두 번에 걸친 탈환전에서 권응수의 이름은 적에게도 알려졌고, 그가 나타나면 어지간한 적은 싸울 생각을 못하고 도망쳤다. 이로부터 적은 부산에서 대구, 문경을 거쳐 서울에 이르는 대로의 왕래에도 서로 병력을 합쳐 대부대를 형성한 연후에야 길을 떠났다.
전쟁 초기에는 생각도 하지 못하던 일이었다. 일본 사람들은 자기네 50명이면 조선군 10만 명이라도 무찌를 수 있다고 호언하였었다. 그러나 이제 그들의 점령하에 있는 경상좌도에서도 사태는 달라져 가고 있었다.
산으로 숨었던 고을의 수령들도 평지에 내려와 제 구실을 시작했고, 적이 두려워 숨기만 하던 백성들도 적을 때려누일 생각에 골몰했다.

관군의 개가

의병은 전라도에서도 크게 일어났다. 다만 여기서는 다른 고장과 달리 의병에 앞서 관군이 먼저 일본군과 대결하였다. 유명한 권율(權慄)과 정담(鄭湛)의 영웅적인 항전이 그것이다. 순서상 이 두 전투부터 이야기하기로 한다.

1592년 7월, 전라도로 진격한 것은 고바야카와 다카카게 휘하 적 제6군 1만 5천 명과 지원군 2천 명, 도합 1만 7천 명이었다. 지원군 2천 명은 경상도를 점령한 적 제7군 사령관 모리 데루모토가 제공한 것으로, 데루모토는 다카카게의 조카였다.

김산(金山 : 金泉) 본영을 떠난 다카카게의 본대 1만 명은 추풍령을 넘어 영동(永同)에서 금산(錦山)에 들어오고, 별동대 7천 명은 다치바나 무네시게(立花宗茂)의 지휘하에 금산에서 무주를 거쳐 진안(鎭安)으로 들어갔다.

그런데 다카카게를 따라잡으려고 남에서 밤낮을 가리지 않고 달려오는 수백 명의 남루한 군상이 있었다. 이들은 의령에서 곽재우에게 참패를 당하고 도망쳐 오는 안코쿠지 에케이 휘하 패잔병들이었다.

에케이는 도중에 다카카게의 연락을 받고 별동대의 뒤를 쫓아 진안에서 이들과 합류하였다. 그는 도요토미 히데요시의 신임이 두텁고 지체가 높은 제후인지라 다치바나 무네시게를 대신하여 이 별동대의 지휘를 맡게 되었다.

금산의 다카카게와 진안의 에케이는 한숨 돌린 다음 전주(全州)를 목표로 진격을 개시하였다. 7월 10일 전주 외곽에서 양군이 합류하여 일거에 전주성을 쳐부순다는 것이 그들이 세운 계획이었다.

7월 8일, 북에서는 다카카게군이 이치(梨峙 : 배티, 충남 금산군 진산면 묵산리)에서 조선군과 마주치고, 같은 날 남에서는 에케이군이 웅치(熊峙 : 전북 완주군 소양면 신촌리)에서 조선군과 마주쳤다. 이로써 이치의 전투와 웅치의 전투는 남북에서 동시에 벌어지게 되었다.

이치를 지킨 것은 광주목사 권율과 동복현감(同福縣監) 황진(黃進)으로 휘하 병력은 1천5백 명이었다.

이치는 북에서 전주로 통하는 요지로, 권율은 전라감사 이광(李洸)의 명령으로 그 수비를 맡게 되었다. 권율 자신은 문관이었으나 그의 휘하에 들어온 황진은 뛰어난 무인으로 군사에 밝은 인물이었다.

두 사람은 협력하여 군사들을 훈련하는 한편 산중턱에 목책(木柵)을 세우고, 목책 바깥은 나무를 말끔히 벌채하여 시야(視野)를 청소하였다. 그리고 도처에 함정을 파고 통나무를 가로세로 엮어 인마의 통행을 막는 장치(拒馬鹿砦)를 갖추고, 방전태세를 정비하였다.

또 황진은 병사들을 이끌고 몸소 정찰에 나섰다. 그는 적의 본영이 있는 금산까지 근 40리 길을 무시로 내왕하여 적의 움직임을 제때에 파악하는 데 힘썼다. 적을 모르고는 싸움이 안 된다는 것이 그의 주장이었다.

이날 아침 이치 일대의 산과 골짜기에는 짙은 안개가 끼어 사람이고 물건이고 조금만 떨어져도 딱히 알아보기 어려울 지경이었다. 적은 이 안개 속을 몰래 전진하여 목책으로 다가들었다.

눈치를 차린 우리 진영에서는 은밀히 구구전승하여 병사들은 활에 살을 재고 긴장 속에 대기태세로 들어갔다.

해가 뜨고 안개가 걷히자 벌목해 버린 산 옆대기에는 적이 개미 떼같이 드러나고, 그 위편 목책 안의 조선군은 숲에 가려 한 사람도 보이지 않았다.

징소리와 함께 황진이 쏜 화살에 적병 한 명이 고꾸라지고, 이것을 신호로 숲 속에서는 무수한 화살이 적을 향해 쏟아져 내려갔다.

황진은 이름난 명궁으로, 겨누는 수고조차 하지 않았다. 당기면 살이 날아가고, 날아가면 어김없이 적병이 피를 뿌리고 나뒹굴었다. 때로는 한 명을 꿰뚫고 나간 화살이 다음 적병의 가슴에 박혀 요동치는 일도 있었다.

퍼붓는 화살에 무수한 적들이 쓰러졌다. 그러나 적은 1진이 무너지면 2진, 2진이 무너지면 3진으로, 활과 조총을 쏘면서 줄기차게 파상 공격을 거듭하였다.

오정이 지나, 일선에서 전투를 지휘하던 황진이 다리에 적탄을 맞고 쓰러졌다. 그는 달려온 병사의 등에 업혀 뒤로 물러가고, 바라보던 우군 병사들은 기가 꺾이고 날아가는 화살도 뜸해졌다. 이어서 하나 둘, 숲 속에서 일어나 산꼭대기로 뛰는 병사들도 눈에 들어왔다.

전장(戰場)에는 눈에 보이지 않는 기운이라는 것이 있었다. 기운은 순시에 방향을 바꾸어 승세가 패세로 급전하는 경우도 적지 않았다.

이것이 그런 경우였다. 병사들의 가슴마다 스쳐 가는 알 수 없는 공포의 바람. 그들이 주춤거리는 동안 적은 목책을 넘어오기 시작했다. 이제 틀렸다. 저마다 무기를 버리고 일어서는 찰나였다.

"게 섯거라!"

굵직한 고함소리에 이어 하오의 햇살에 칼날이 번뜩이고 도망치던 병사 한 명이 피를 쏟고 나동그라졌다.

권율이었다.

그는 도망병을 2명, 3명 내리치고, 목책을 넘어오는 적에게 칼탕을 퍼부었다.

신묘한 일이었다. 도망치려던 병사들은 일시에 돌아서 적에게 달려들었다. 그리고 칼과 창, 돌과 몽둥이로 적을 치고 뭉개고 돌아갔다.

목책을 넘어오던 적은 태반이 죽고, 나머지는 도망쳐 달아났다. 자칫 패세로 기울던 전투는 승세로 돌아왔다.

부상으로 뒤에 물러갔던 황진이 다친 다리를 동여매고 다시 나타났다. 승세로 돌아선 병사들의 가슴에 미묘한 힘을 더하여 저도 모르는 사이에 다 같이 일당백(一當百)의 강병이 되었다.

적은 한 걸음이라도 다가오면 죽거나 병신이 될 수밖에 없었다. 이제 이치는 산 전체가 어찌할 수 없는 불가사리였다.

그 위에 좋은 소식이 왔다. 의병대장 고경명(高敬命)이 금산을 들이친다고 했다. 앞뒤에서 공격을 받는 형국이니 적도 난감하리라.

해가 산 너머로 기울자 예상한 대로 적은 숱한 시체와 무기를 팽개치고 금산 방면으로 자취를 감추고 말았다.

바다에서는 이순신 함대가 연전연승하였으나 육지에서 관군이 크게 이긴 것은 이것이 처음이었다. 그만큼 이 전투에 참가한 사람들의 감격은 클 수밖에 없었다. 권율은 전투가 끝나자 전사한 장병들의 시신을 수습하고 제사를 지내는 자리에서 눈물로 제문을 읽어 내려갔다.

　(……) 이치 고개에서 적을 만나 싸우다 선봉이 적탄에 맞으니 내가 선두에 서게 되었다. 그대들은 손으로, 또 몸으로 나를 감싸 주다 손이 찢어지고 몸을 다치고, 마침내 운명하기에 이르렀다. 장수와 그 부하가 마치 부자 사이와 같으니 지금 세상에 누가 이런 의리를 알 것인가. 그대들은 어진 일을 하고 나라에 목숨을 바쳤건만 내 변변치 못하여 그대들을 구하지 못하였다. (……) 그대들이 죽은 일을 생각하면 냇물같이 흐르는 눈물을 주체할 길이 없다. 달이 밝은 고요한 밤, 삼경이 지난 깊은 밤에 등불을 켜들고 그대들의 시신을 찾아 헤매었다. (……) 이미 찾은 시신도 온전히 보전할 길이 없어 머리만 모시기로 하였으니 영혼들이여 용서하시라. (……) 그대들의 처자는 나라에서 보살피리니 영혼들이여 편안하시라(최낙철《권율장군 실기》).

혼백 되어 저들을 물어뜯으리

권율은 당시로서는 약간 이색적인 인물이었다.

그는 이 전쟁이 일어나기 14년 전에 세상을 떠난 영의정 권철(權轍)의 아들로 태어났다. 명문거족의 집안으로, 부족한 것이 있을 리 없고, 더구나 그는 5형제 중의 막내로 남다른 사랑을 받고 자랐다.

훌륭한 스승 밑에서 공부하였고, 특별히 천재라고 할 것까지는 없었으나 남에게 뒤지는 머리는 아니었다. 어지간히만 하면 과거에 오를 수 있고, 과거를 거쳐 벼슬길에 나서는 것이 이 시대 사대부(士大夫) 집안의 자제들이 갈 길이었다.

그러나 권율은 과거를 보지 않았다. 딱정벌레같이 책상에 달라붙어 글을 흥얼거리는 선비들이 쩨쩨하게 보였고, 과거라는 것도 우스운 일이었다. 몇 자 긁적거리고는 붙었다, 떨어졌다 — 나대거나 혹은 가슴을 치는 몰골은 볼 것이 못되었다.

그는 친구들과 어울려 술을 마시고 산과 들을 휩쓸고 돌아다녔다. 서울은 갑갑하다 하여 20세에 처음으로 금강산을 찾은 이후 조선 팔도 안 가본 데가 없었다.

권율은 부친 권철을 닮아 키가 크고 몸집도 웅장한 사람이었다. 이 거인이 장끼가 까투리들을 거느리듯 졸개들을 끌고 다니는 광경은 장안의 명물, 나아가서는 팔도의 명물로 등장하였다.

어디 가나 우선 주막의 주모들이 반겼고, 다음은 억울한 백성들이 반겨 주었다. 주먹으로 해결할 일은 주먹으로 해결하고, 법으로 해결할 일은 관가에 가서 한마디 하면 그것으로 결말이 났다. 권 정승의 아들 권율을 거역할 시골 관원은 있을 수 없었다.

자신은 호연지기(浩然之氣)를 기른다고 했다. 그러나 보라는 과거는 안 보고, 한두 해도 아닌 10년, 20년, 가산만 탕진하고 다니니 집안에서는 우환일 수밖에 없고, 세상에서도 말이 많았다.

안정시키기 위해서는 벼슬자리에 앉히는 수밖에 없었다. 굳이 과거를 보지 않아도 선대의 공으로 벼슬에 오를 수도 있었는데 이것을 음직(蔭職)이라고 불렀다. 부친이 정승이니 본인만 마음을 먹으면 당일로도 될 수 있는 일이었다. 주위에서 권했으나 그는 이것도 듣지 않았다.

"강태공(姜太公)은 팔십에 비로소 벼슬을 했다. 그 절반도 안 되는 내가 급할 것이 무엇이냐?"

그는 사람에 얽매이고 법도에 얽매이는 벼슬이 성미에 맞지 않았다. 남이야 무어라건 훨훨 날아다니는 자유천지의 진미를 떨쳐 버릴 수 없었다.

42세 되던 해 가을, 부친 권철이 몸져누웠다. 72세의 고령으로 소생의 가망이 없다고 했다. 좋게 말해서 풍류객, 속되게 말하면 건달이나 진배없이 떠돌아다니던 권율도 임종을 보려고 달려왔다. 눈 밖에 나서 좀처럼 만나 주지 않던 이 아들이 들어서자 권철은 오래도록 바라보고 중얼거렸다.

"집안에 괴물이 하나 나타났구나."

그리고 운명하였다.

권율은 세상에 태어나서 처음으로, 인간의 힘으로는 한 치도 어찌할 수 없는 삶과 죽음의 기미(機微)를 실감하였다. 삶과 죽음의 엄숙한 사실 앞에 개인의 호오(好惡)나 고집은 무게로 치면 티끌이나 별반 다를 것이 없었다.

부친의 생전에 그가 바라던 과거를 보고 그가 세상을 떠날 때까지만이라도 벼슬에 나갈 것을, 잘못했다. 불효의 회한이 가슴을 쳤다.

싫던 벼슬이 별안간 좋아질 리는 없었다. 다만 저세상으로 떠나간 부친에게 속죄할 양으로 다음다음 해 가을 대상이 끝나자 금강산에 들어가서 외부와의 연락을 끊고 책 속에 파묻혔다.

산에 들어간 지 2년, 공부를 끝낸 권율은 마침내 과거에 올랐다. 이미 46세, 처음 받은 벼슬이 외교문서를 다루는 승문원(承文院)의 정자(正字), 말단 중의 말단관원이었다. 윤근수(尹根壽) 등 옛날 동문수학하던 친구들은 이미 고관대작이었고, 권율 자신의 사위 이항복(李恒福)조차 2년 전에 과거에 올랐으니 그는 벼슬길에서는 사위보다도 후배였다.

어색한 경우, 민망한 경우를 수없이 겪는 가운데서도 세월과 더불어 벼슬은 올라 임진왜란이 일어나기 전해 가을에는 평안도 의주목사(義州牧使)로 부임하였다. 그러나 다음 해 봄에 통역의 실수로 명나라와 말썽이 생기자 그 책임을 지고 파면되어 서울에 돌아와 있었다.

집에서 쉬고 있는데 임진왜란이 일어났고, 광주목사로 가라는 바람에 부랴부랴 임지로 달려왔다.

그는 붓으로 행세하는 문관이지 칼을 쓰는 무관은 아니었다. 다만 48세에 함경도 경성부(鏡城府)의 판관(判官)으로 부임하여 2년 동안 근무한 일이 있었다. 무시로 두만강을 넘어오는 여진족 때문에 조용한 날이 없었고, 전투는 일상적인 행사라고 해도 과언이 아니었다. 그는 여기서 직책상 군사에 관심을 가지게 되었고 연구도 하였다.

의주목사도 국경의 책임자인지라 군사를 등한히 할 수 없는 자리였다. 그는 이 고장에서도 잠시나마 다시 군사에 눈을 돌렸다.

그러나 그가 직접 전투를 지휘한 것은 이치의 싸움이 난생처음이었다. 그런데도 전기(戰機)를 옳게 파악하고 대담한 작전지휘로 패세를 승세로 전환하여 일곱 배에 가까운 적을 물리치고 대승을 거두었다. 그것은 통상적인 이치로는 해명할 수 없는 일, 기적이라고 할밖에 없었다.

그는 이 전쟁을 통해서 몇 차례 이와 비슷한 기적을 연출했다. 사람들은 타고난 장재(將材)라고 하였다.

타고난 장수 권율과 실전경험이 풍부한 용장 황진의 협력으로 이룩된 것이 이치의 승전이었다.

직선거리로, 이치에서 남으로 90리(36킬로미터), 웅치는 무주, 진안 방면에서 전주로 들어오는 길목이었다. 이치에서 전투가 벌어진 바로 그날, 같은 시각에 이 웅치에서도 전투가 벌어졌다.

이 산을 지킨 것은 김제군수 정담과 나주판관 이복남(李福男)이 지휘하는 관군과, 의병장 황박(黃璞)이 지휘하는 의병의 혼성부대로, 도합 1천 명이었다.

그들은 산중턱에 목책을 치고, 중턱에서 기슭에 이르는 산 옆대기는 이치의 경우와 마찬가지로 벌목하여 시야를 청소하였다. 그러나 나무마다 가지는 깨끗이 쳤으나 그루는 사람의 한 키 정도씩 남겨 두었다.

말뚝을 총총히 박은 형국이어서 말 탄 기병은 들어올 수 없고, 보병도 직선으로는 안 되고 요리조리 말뚝을 피해야 움직일 수 있게 만들었다. 그 위에 여기저기 함정을 파고 섶으로 덮어 두었다.

　　목책 안에는 제일선에 이복남의 관군을 배치하고, 그 좌측에 황박의 의병들, 그리고 정상에 정담의 직할부대가 포진하였다.

　　7월 8일, 먼동이 트자 2천 명도 넘는 적병이 희멀건 어둠을 뚫고 웅치의 방어진지로 다가들었다. 적장 에케이가 지휘하는 별동대 7천 명 중의 선봉이었다.

　　불시에 콩을 볶듯 총소리가 다급하게 울리면서 칼을 빼어 든 적병들이 돌진해 왔다. 낮도 아니고, 그렇다고 밤도 아닌 이 희멀건 어둠을 타고 적은 일거에 조선군 진지를 짓밟을 기세였다.

　　그러나 나무그루에 걸리고 서로 부딪치고, 함정에 빠지고, 그 위에 경사는 가파르고 ― 중턱에 이를 무렵에는 돌격하는 병사들이라기보다는 숨이 차서 허우적거리는 군상들이었다.

　　정담과 이복남은 다 같이 무과 출신으로 노련한 장수들이었다. 적이 아무리 총알을 퍼붓고, 고함을 지르고, 각각으로 다가와도 그들이 지휘하는 숲 속의 조선군은 꼼짝하지 않았다.

　　적이 목책에 이르자 숲 속에서는 비로소 북이 울리고, 조선군은 일제히 활을 쏘아붙였다. 겨누고 기다리던 화살에 적은 수없이 쓰러지고, 나머지는 돌아서 도망치기 시작했다.

　　그러나 도망도 쉽지 않았다. 또다시 그루에 걸리고 함정에 빠지고, 아우성치는 가운데 적어도 반수는 죽거나 다치고 살아남은 자들은 골짜기를 따라 뛰다가 산모퉁이로 사라졌다.

　　적이 자취를 감추자 조선군은 주먹밥을 들고 한숨 돌렸다.

　　"왜놈 아들도 별것이 아니구만이라오."

동녘 하늘이 밝아 오고 이어서 해가 솟기 시작했다.

잡담을 주고받던 조선군 병사들은 숨을 죽이고 바라보았다. 온 골짜기를 메우고 일본군이 몰려오고 있었다. 선두에는 바람에 가사를 휘날리고 말고삐를 옆으로 트는 에케이의 모습도 눈에 들어왔다. 총력으로 밀어붙일 모양이었다.

그들은 아까처럼 돌격도 하지 않고 서두르지도 않았다. 방패를 든 병사들을 선두로 한 걸음 한 걸음 산 옆대기를 오르기 시작했다. 그것은 느릿느릿, 그러나 아무도 거역할 수 없는 무서운 기세로 모든 것을 삼킬 듯 다가드는 인간의 파도였다.

그러나 산에는 아직도 새벽에 겪은 승리의 여운이 남아 있었다. 그 기운이 사라지지 않는 한 아무리 적세가 엄청나다 하더라도 조선군은 기가 꺾이지 않았다. 그들은 활을 당기고, 살을 재고 또 당겼다.

여기저기서 비명이 오르고 숱한 적병들이 쓰러졌다.

그러나 밀려오는 인간의 파도는 멈추지 않았다. 아무리 화살을 퍼붓고, 아무리 죽어 넘어져도, 파도는 넘실거리고 한 발 두 발 목책으로 다가왔다.

기가 질리는 광경이었다.

좌익의 의병 진영이 웅성거리고 하나 둘 이복남의 관군 진영으로 달려가는 것이 눈에 들어왔다. 황박이 일어서 외쳤다.

"무슨 짓들이냐!"

그러나 고함소리는 뜻하지 않은 공포의 바람을 일으키고, 의병들은 앞을 다투어 관군 진영으로 쏟아져 들어갔다. 기가 질린 이 농민병들은 점잖은 선비 황박보다 늠름한 무인 이복남이 믿음직했다.

참변은 여기서 시작되었다. 재빨리 목책을 넘어 텅 빈 의병 진영을 휩쓸어 버린 적은 측면에서 이복남의 진영에 돌격을 감행하였다.

이것은 병법에서 말하는 필패(必敗)의 형국이었다. 우군끼리 밟고 밟히는 혼란이 벌어지고, 이어 맥없이 적에게 짓밟히고 말았다. 마치 사태가 무너지듯, 이복남도 어찌할 길이 없었다.

적은 틈을 주지 않고 정상으로 진격하여 정담의 진영을 에워쌌다.

"잠시 후퇴하는 것이 어떨까요?"

종사관 이봉(李菶)이 속삭였으나 정담은 고개를 흔들었다.

"아니다. 내 살아서 이 적을 막을 길이 없으니 죽어서 혼백으로 저들을 물어뜯어야겠다."

겹겹으로 포위된 속에서 정담 이하 3백 명의 조선군은 화살이 다하자 칼로 항거하고, 칼이 부러지자 맨손으로 달려들어 적을 치고받다가 전원이 적의 칼탕을 맞고 피투성이가 되어 나동그라졌다.

이로써 첫새벽에 시작된 웅치의 전투는 해가 중천에 걸린 오정 때 막을 내렸다.

격전으로 지칠 대로 지친 적은 이 산에서 그날을 보내고 다음 날 40리를 행군하여 전주 동방 10리, 안덕원(安德院 : 전주시 인후동)에 당도했다.

안덕원에는 패잔병을 이끌고 여기까지 달려온 이복남이 포진하고, 전주성은 이 고장의 선비 이정란(李廷鸞)이 지키고 있었다. 그는 해미현감(海美縣監) 등을 지냈으나 벼슬에서 쫓겨나 고향에 내려와 있다가 이 난리를 맞아 의병을 일으킨 사람이었다.

의병이라야 불과 기백 명이었다. 궁여지책으로 성 밖에는 짚으로 의병(擬兵)들을 만들어 세우고, 성 위에는 깃발을 있는 대로 휘날리니 멀리서 보면 대단한 방비가 있는 듯했다.

밤에는 주위의 산과 들, 처처에 횃불을 든 의병들이 이리저리 급하게 달리는 광경이 벌어졌다. 적은 아무리 보아도 전주성 안팎에는 대군이 진을 치고 있는 것이 틀림없었다.

이튿날은 7월 10일. 이치를 넘은 다카카게의 본대 1만 명이 당도할 날이었다. 그러나 아침부터 북쪽을 바라보고 척후를 보내도 아무 기척이 없었다.

"고경명이라는 자가 금산에 접근하고 있다. 에케이는 전주 점령을 단념하고 즉시 금산으로 오라."

해질 무렵에야 다카카게의 사자가 달려왔다.

"이대로 물러설 수는 없다. 곧바로 전주성을 들이치자."

이렇게 나오는 축도 있었으나 에케이는 듣지 않았다. 다카카게군이 오지 않는다면 멀리 떨어진 이 고장에서 고군(孤軍)의 신세를 면치 못할 것이다. 더구나 전주성을 치다가 웅치에서처럼 철저한 항전에 부딪치면 전멸을 면치 못할 것이다.

하룻밤을 안덕원 일대에서 야영한 일본군은 날이 밝자 오던 길을 다시 더듬어 후퇴하였다.

웅치의 싸움터. 정담, 이봉 이하 3백 명의 조선군 전사자들은 그대로 잡초 속에 뒹굴고 있었다. 한이 맺힌 눈과 눈들.

이 죗값은 누가 받아야 하는가?

에케이는 병사들을 동원하여 큼지막한 무덤을 파고 이들을 매장한 다음 붓을 들어 푯말에 큰 글씨를 써 내려갔다.

조선국의 충신 의사들을 조상하오이다(弔朝鮮國 忠肝義膽).

푯말을 세우고 합장 배례한 에케이는 맑은 하늘을 우러러보았다. 일본군이고 조선군이고 충직한 사람, 의로운 사람들일수록 더욱 수없이 죽어 갔다. 그들을 위해서도 저 하늘 너머에 극락은 있어 주어야겠다.[6]

호남의 스승 고경명

 적의 침공을 받은 경상도 의병들은 자기 고을에 쳐들어온 적을 물리치는 것만도 힘에 겨운 일이었고, 다른 데를 돌아볼 겨를이 없었다. 그러나 적의 침공을 받지 않은 전라도에서는 사정이 달랐다. 멀리 북으로 진격하여 서울을 수복하는 것이 의병들의 당면한 목표였다. 서울을 수복하면 평양, 의주까지 밀고 올라가 임금을 모시고 최후의 결전을 감행하여 전쟁에 끝장을 내자는 것이었다.
 전라도에서 이와 같은 뜻을 품고 일어난 의병대장이 두 사람 있었다. 한 사람은 나주에서 일어난 김천일(金千鎰), 또 한 사람은 담양(潭陽)에서 일어난 고경명(高敬命)이었다.
 처음부터 이들은 서로 연락은 있었으나 각기 독자적으로 의병을 편성하였고 작전도 독자적으로 하였다. 그중 김천일은 먼저 이 고장을 떠나 각처를 전전(轉戰)하였기 때문에 그의 활동무대는 전라도 이외의 지역이었다.

김천일을 제외하면 전라도의 의병들은 모두 고경명의 단일 지휘하에 집결하였다. 그만큼 인원도 많고 힘도 막강하였다.

고경명은 전해 여름 술만 마시고 직무에 태만하다는 이유로 동래부사에서 파면된 후 광주(光州) 시골 압보촌(鴨保村 : 광산군 대촌면 압촌리)에 낙향하여 세상을 등지고 살아왔다. 여전히 술을 마시고 때로는 시를 읊어 마음의 상처를 달래고 있었다.

전쟁이 일어나고 세상이 온통 뒤숭숭해도 그의 생활은 별로 달라진 것이 없었다. 이미 나이 육십, 서울이 떨어지고, 적은 더욱 기승을 부린다는 소식을 들어도 어쩔 도리가 없고 술을 한 잔 더 마시는 것이 고작이었다.

"선생님, 경상도에서는 처처에 의병이 일어났답니다. 저희들이라고 앉아만 있을 수는 없지 않겠습니까?"

평소 잘 아는 곡성(谷城)의 선비 유팽로(柳彭老)가 친구 두 사람과 함께 압보촌으로 고경명을 찾아왔다. 양대복(梁大樸), 양희적(梁希迪)이라고 했다.

"그렇지."

고경명은 고개를 끄덕였다.

"그런데 저희들의 힘으로는 하늘이 알게 움직여야 기십 명입니다. 그럴 듯한 분을 대장으로 모셔야 사람들이 모여들 터인데 그것이 걱정입니다."

"그것도 그렇겠군."

대장이라면 군사를 아는 무인이라야 하고, 기력도 좋아야 하고, 그 위에 이 경우는 평소에 덕을 쌓아 인심을 얻은 인물이라야 했다. 고경명은 생각이 나는 대로 그럴 만한 인물들을 차례로 지목했으나 세 사람은 귀담아 듣는 눈치가 아니었다.
"저희들도 많이 생각했습니다마는 선생님을 두고 달리는 없습니다."
고경명의 이야기가 끝나고도 한참 후에 유팽로가 그를 쳐다보았다.
"이 고경명이 대장이라……."
그는 어처구니없는 얼굴로 그들을 바라보았다. 유교의 고전이라면 평생을 두고 연구해서 모르는 것이 없었으나 병서에는 관심이 없었다. 늙어서 기력도 쇠잔했다. 나귀라면 그럭저럭 탈 수 있었으나 말을 타고 싸움터를 치달는다는 것은 생각도 할 수 없는 일이었다.
늙었다고 희롱하는 것은 아닐까?
"자네들 이건 장난이 아닐세."
세 사람은 그 뜻을 모르지 않았다. 그러나 죽고 사는 전쟁 마당에 사람을 끌어들이려면 끌 만한 인덕이 있어야 했다. 고경명을 덮을 사람이 누가 있는가? 군사지식이니 기력이니 하는 것은 우선 사람이 모인 연후의 일이었다.
"지금 필요한 것은 선생님의 성명 삼 자올시다."
유팽로는 정색을 했다.
그것은 목숨을 달라는 뜻이었다. 고경명은 창밖으로 하늘을 바라보고 천천히 대답했다.
"알아들었소."
이생에 종말을 고할 때가 왔다. 값있게 막을 내리게 되었으니 더 바랄 것이 없었다.

5월 29일, 담양 추성관(秋城館)의 앞뜰.
유팽로와 그의 동지, 고을의 유지와 백성들이 모인 가운데 미리 마련한 제단에 나아간 고경명은 향을 피우고, 하늘에 축을 고하였다. 육신과 재산 ─ 이 세상에서 받은 모든 것을 바쳐 적과 싸울 터이니 천지신명은 저버리지 말고 도와주소서.

이어 임금이 계신 북쪽을 향하여 두 번 절하였다. 짐승의 피를 나눠 마시고 서로 신의(信義)를 다짐하고 나서 창의기(倡義旗)를 세워 바람에 나부끼니 이로써 고경명의 의병은 정식으로 발족을 보게 되었다.

그는 친히 붓을 들어 격문을 기초하고, 여러 청년이 둘러앉아 이것을 베껴 수백 통으로 만들었다.

일을 끝내니 다음 날인 6월 1일, 새벽이 밝아 왔다. 청년들은 눈을 붙일 틈도 없이 격문들을 들고 말을 달려 전라도 방방곡곡으로 흩어져 갔다.

(……) 근세 이래 유도(儒道)가 크게 일어나 사람마다 뜻을 가다듬어 학문을 닦고 있으니 임금을 섬기는 도리를 누군들 배우지 않았겠는가? 그런데 유독 오늘날에 이르러서는 의로운 소리는 사라지고 겁에 질려 떠들썩할 뿐 일찍이 힘을 다하여 적과 싸우는 자를 보지 못했다. 다투어 자신과 처자의 목숨을 보전할 궁리만 하고 남에게 뒤질세라 머리를 감싸고 쥐[鼠] 같이 도망쳐 숨기만 하고 있다. 이것은 본도(本道) 사람들이 나라의 깊은 은혜를 저버릴 뿐만 아니라 조상을 욕되게 함이다. 지금은 적의 세력이 많이 꺾이고 임금의 위광이 날로 뻗치고 했으니 대장부가 공명을 세우고 군부에게 보답할 기회라. (……)

이달 11일을 기하여 군사를 일으킬 기일로 삼았으니 무릇 우리 도내(道內) 사람들은, 아비는 아들을, 형은 아우를 타일러 의로운 군대를 규합하여 함께 움직이도록 하라. 바라건대 속히 결단을 내려 선한 일을 할 것이며 잘못을 고집하여 스스로 그르치지 말라(고경명《제봉집》).

늙은 고경명이 나섰다는 소식은 호남 전역에 말할 수 없는 감동을 불러일으켰다.

"고경명 같은 사람도 목숨을 내놓는데 너는 무엇이냐?"

앉아서 일어서지 못하는 병신을 제외하고, 남자라고 이름이 붙은 사람은 가만히 있을 수 없었다. 지레 겁을 먹고 산에 숨은 사람들도 아내와 누이동생의 눈총을 이길 재간이 없었다.

사람들은 홍수같이 담양으로 몰려들었다.

고경명은 호남의 스승이었다. 그가 나서는 마당에 군수다 현감이다 하는 수령들도 모른다고 할 수 없고, 적어도 인사치레는 해야 체면이 섰다. 마필, 무기, 식량도 담양으로 쏟아져 들어왔다.

6월 11일. 고경명의 의병부대 수천 명은 대장기를 앞세우고 담양을 떠나 북상 길에 올랐다. 적을 치고 서울을 뺏는다고 했다.

전에도 서울을 어쩐다고 여러 차례 떠들썩했다. 그러나 떠날 때는 요란했으나 돌아올 때는 숨을 죽이고 밤중에 몰래 기어들어 왔다.

제봉 선생(霽峯先生 : 고경명)은 그들과는 종자가 다르다. 어쩌면 왜놈들을 몰아내고 대궐이 있다는 도성을 도로 찾을지도 모른다 — 전송을 나온 남녀 백성들은 이 시골에서는 일찍이 보지 못한 사람과 말과 무기의 홍수에 가슴이 설레었다.

담양 이남의 의병들은 담양에 모였으나 이북의 의병들은 장차 거쳐 갈 연도, 지정된 장소에 모이기로 되어 있었다. 고경명은 인원과 물자를 수습하면서 태인(泰仁), 전주(全州), 여산(礪山)을 거쳐 6월 27일 은진(恩津)에 당도했다.

총 병력 6천, 그중 기병이 8백 명이었다.

여기서 그는 뜻하지 않은 소식에 접했다. 김산(金山 : 김천)을 떠나 북상하던 적이 황간(黃澗)에서 별안간 방향을 서쪽으로 바꾸더니 영동을 거쳐 금산(錦山)을 점령했다는 것이다. 남에서는 무주(茂朱)에도 들어왔다고 했다.

전라도를 담당한 적 제7군 사령관 고바야카와 다카카게의 예정된 행동이었으나 고경명은 이때 비로소 적의 의도를 알게 되었다.

전라도에는 남쪽 해안에 이순신과 이억기의 수군이 있고 내륙에는 방어사 곽영(郭嶸) 휘하에 1천 명이 있을 뿐 믿을 만한 것은 고경명의 의병 6천 명이었다.

예정대로 서울로 올라간다면 금산(錦山)의 적은 일사천리로 전주까지 밀고 내려올 것이고, 전라도는 그대로 적의 수중에 들어갈 것이다.

북상하여 서울을 탈환한다 하더라도 전라도를 잃으면 고군의 신세를 면치 못하고 저절로 무너질 것이다. 고경명은 결단을 내렸다.

전라도부터 지키자.

방어사 곽영은 연산(連山)에 주둔하고 있었다. 7월 1일 고경명은 부하들을 이끌고 연산으로 이동하였다.

곽영은 그를 보자 잠자코 편지 한 통을 내밀었다.

> 적이 금산에 집결하였다니 내일이라도 이 전주로 쳐내려올 수 있을 것이다. 전주는 우리 왕실의 발상지요 태조대왕의 어진(御眞: 초상화)을 모신 고장이니 무슨 일이 있어도 적에게 내줄 수 없다. 그대는 군대를 이끌고 돌아와 나와 함께 전주를 지키도록 하라.

전라감사 이광(李洸)의 편지였다.

전날 밤 고경명에게도 이광의 군관이 달려와서 비슷한 사연을 전하길래 한마디로 거절해 보냈었다.

"안 된다."

고경명은 이광이 도무지 마음에 안 들었다.

그는 난리 초에 조정에서 동원령이 내리자 군사를 이끌고 가다가 금강(錦江)에서 서울이 떨어졌다는 소식을 듣고는 군사들을 흩어 버렸다. 그에 그치지 않고 고부(古阜) 본가로 돌아가 숨어 있었다.

공론이 분분하자 마지못해 전주로 돌아오기는 했으나 그 후에도 하는 일마다 성에 차지 않았다. 김수(金睟 : 경상감사), 윤선각(尹先覺 : 충청감사)과 함께 6만 군을 이끌고 올라가더니 용인에서 불과 2천 명도 못 되는 적에게 패하고 쫓겨 왔다.

무슨 낯을 들고 돌아왔느냐?

죽어야 할 때에 죽지 못하고 엉거주춤 붙어 있는 목숨처럼 못 볼 것도 없었다.

후퇴하여 전주를 지키자는 것은 결국 전주를 버리자는 말과 다를 것이 없었다. 또 겁이 동해서 머리가 혼란한 모양이다.

"그래 무어라고 대답했소?"

고경명의 물음에 곽영은 사이를 두고 대답했다.

"전주를 지키기 위해서는 전주를 노리는 금산의 적을 쳐야지요."

"그렇게 회답을 했소?"

"아직 안 했소. 앞으로도 안 할 것이오."

두 사람은 금산 주변의 지도를 내놓고 의논을 시작했다.

무장과 선비의 대결

이치에서 권율에게 패한 다카카게는 금산에 돌아와 방비 태세를 굳히고 있었다.

다카카게도 고경명과 같은 60세로, 두 사람은 다 같이 백발이 성성한 동갑 노인이었다. 그러나 그들의 배경은 같지 않았다. 고경명은 유서 깊은 선비의 집안에 태어나 학문을 닦고 과거에 급제한 문관인 반면 다카카게는 유서 깊은 무사의 집안에 태어나 수많은 전투에서 경험을 쌓고 무장으로 입신한 사람이었다.

다카카게가 칼 놀음으로 대표되는 난세 일본의 전형적인 무장이었다면 글을 잘하고 시에 능한 고경명은 평화로운 조선의 전형적인 선비였다.

연산에서 6일간, 마지막 준비를 끝낸 고경명은 7월 7일 곽영과 함께 동남으로 50리, 진산(珍山)으로 이동하였다.

진산에서 금산까지는 30리 거리였다. 험준한 산으로 둘러싸인 금산은 외진 고장으로 타고장 사람의 내왕이 드물고 주민들은 세상에 태어난 그대로 순박한 사람들이었다. 이들은 농사를 짓고 누에를 치는 외에 산에서 송이를 캐고 벌통을 놓아 꿀을 뜨면서 자자손손 싸움을 모르고 살아왔다.

성(城)도 필요 없는 평온한 고장이었다. 그러나 없으면 심심한 것이 성이었고, 원님이 좌정한 읍내에 성이 없는 것도 좋은 모양은 아니었다. 그렇다고 힘을 들여 석성(石城)까지 쌓을 것은 없고 토성(土城)이면 족했다. 이리하여 금산읍에는 흙으로 모양만 갖춘 토성이 주위를 둘러치고 있었다.

태고시대 그대로의 사람과 자연이 숨 쉬는 금산 고을. 이 고장을 다스리는 원님(군수)도 여기 걸맞은 후덕한 인물이었다. 이름은 권종(權悰), 권율의 종형이었다.

그는 과거를 거쳐 올라온 정통 관료는 아니고, 나이가 든 연후에 덕행(德行)으로 특채된 사람이었다. 말수가 적고 감정을 나타내는 일이 없어 모두들 속을 알 수 없는 인물이라고 하였으나 부드럽고 원만하여 그를 싫다는 사람은 없었다.

그러나 정통파 관료들에게 밀려 출세는 빠르지 못했다. 경상도 개령현감(開寧縣監)을 비롯하여 여러 고을을 전전하다가 육십을 바라보는 나이에 금산군수로 부임하여 왔다.

그는 적이 전라도로 접근하자 명령에 따라 고을의 병사들을 이끌고 전주로 달려갔다.

시키는 대로 객관에서 하룻밤을 자고 다음 날 군영에 나가니 금산에서 이끌고 온 병사들이 웅성거렸다. 1천 명의 병력은 둘로 갈라져 반은 방어사 곽영, 나머지 반은 조방장 이지시(李之詩)의 휘하에 들어갔다고 했다.

권종은 그 길로 감영에 달려가서 감사 이광을 만났다.

"한마디 말씀도 없이 이런 법도 있습니까?"

그러나 이광은 아무렇지도 않은 얼굴이었다.

"육십 노인이 무슨 힘으로 싸울 것이오?"

두서가 없는 일이었으나 본인은 두서없는 처사라는 것조차 모르는 눈치였다. 이 일뿐이 아니었다. 영을 내렸다가는 번복하고, 번복한 것을 다시 번복하고— 이광이 하는 일은 만사 뒤죽박죽이었다. 용인에서 크게 패한 충격으로 제정신이 아니라는 것이 공론이었다.

권종은 군량의 책임을 맡아 달라는 이광의 청을 뿌리치고 금산으로 돌아왔다. 적이 전라도를 친다면 제일 먼저 들어올 곳이 금산인데 이광은 방어사 곽영에게 내맡기고 더 이상 금산은 입에도 올리지 않았다.

금산으로 돌아온 권종은 급히 군사를 모집하였다. 그러나 이미 여러 차례 모병한 끝이라 2백 명도 모이지 않았고, 그나마 태반이 허약한 장정들이었다.

마침 금산에서 동으로 15리, 제원역(濟原驛: 제원면 제원리)에는 역졸이 10여 명 있었다. 권종은 찰방(察訪) 이극경(李克絅)과 공동전선을 펴기로 하고 이들 역졸까지 합쳐 겨우 2백 명의 병력을 확보했다.

금산은 토성인 데다 병력도 보잘 것이 없으니 성을 지킬 형편은 못 되었다. 권종은 백성들을 피란시키고, 동으로 20리, 천내강(川內江)변에 포진하였다.

척후의 보고로 다가오는 적이 1만 명이라는 소문이 퍼지자 군중에는 공포의 바람이 불고 밤이면 도망치는 병사들도 적지 않았다. 그러나 권종은 굳이 단속하지도 않았다.

"이것은 싸움이 아니다. 목숨을 내놓고 하는 항변이다. 뜻이 있는 사람만 남아라."

그는 부하들에게 이렇게 말했다.

마침내 6월 23일 아침. 다카카게 지휘하에 적군 1만 명이 천내강 대안에 당도했다. 권종 휘하의 조선군은 반으로 줄어 1백 명.

이 1백 명은 뗏목으로 도강하려는 적을 용케 막아 냈다. 뗏목이 강심까지 오기만 하면 화살을 집중적으로 퍼붓고, 적은 그때마다 적지 않은 사상자를 내고 대안으로 후퇴하였다. 뗏목에서 쏘아붙이는 적의 총탄에 우군의 사상자도 결코 적은 수는 아니었다.

그것은 백 대 일의 피나는 싸움이었다.

어둠과 함께 무언의 대치로 들어갔다. 교대 병력도 없이 하루 종일 전투를 계속한 조선군은 초병만 세우고, 모두 쓰러져 잠에 빠져들었으나 병력에 여유가 있는 적은 그렇지 않았다.

낮 동안 제2선에서 다리를 뻗고 잠을 자던 5천 명의 예비 병력은 해가 지자 어둠 속을 은밀히 상류로 이동하였다.

새날은 6월 24일. 대안의 적은 어제같이 극성을 부리지 않았다. 어쩌다 뗏목으로 건너오는 시늉을 했으나 시늉에 그칠 뿐 정말 건너올 기미는 보이지 않았다. 저들도 지쳤는가 보다.

그러나 해가 서산으로 기울 무렵, 상류 숲 속에서 적의 대부대가 나타나더니 폭풍같이 밀고 내려왔다. 권종은 그들이 밤사이에 멀리 우회하여 여울에서 도강한 것을 알지 못했다.

압도적인 힘 앞에 어쩔 도리가 없었다. 숨 막히는 전투가 잠시 계속된 끝에 조선군은 거의 전멸하고 말았다.

"아아."

기운이 쇠잔한 권종은 마지막 남은 힘을 다하여 칼로 적장 다카카게를 내리치다 가슴에 적탄을 맞고 말에서 떨어졌다. 아들 준(晙)이 달려와 감싸려다 적의 칼을 맞고 옆에 쓰러졌다.

단 한 사람 남은 이극경은 성난 사자같이 창을 휘둘러 좌충우돌 적을 치고 찌르고, 돌아갔다. 그러나 총을 맞은 말이 뒷발로 곤두서자 그도 땅에 떨어져 몰려든 적병들에게 짐승같이 짓밟히고 이어 숨이 끊어졌다.

7월 9일. 권종이 천내강변에서 전사한 지 14일이 되는 날이었다.
첫새벽에 진산을 떠난 고경명은 동으로 30리를 진격하여 해 뜰 무렵 금산 서북 5리, 와평(臥坪 : 금성면 양전리)에 당도했다. 그는 여기 야산에 포진하고, 뒤이어 당도한 방어사 곽영은 그 좌편 나지막한 언덕에 진영을 마련했다.
적은 개미 떼같이 금산성의 성벽에 올라 이쪽을 바라보고 있었다.
"너희들은 가서 저들을 밟아 버려라."
고경명의 지시로 기병 8백 명이 내달았다. 이들은 말을 달려 성 주위를 되풀이 돌면서 삿대질을 하고 욕설을 퍼부었다.
"이 왜강도들아!"
성벽에서도 알 수 없는 욕설이 날아왔다.
"욧쓰니 시테 쓰카와스조(四つにして つかわすぞ : 토막을 내줄 테다)!"
그러나 피차간에는 수백 보의 거리가 있는지라 화살도 총알도 닿지 않았다.
일본군은 태반이 보병이었다. 이들을 성 밖의 벌판에 끌어내다 기동력이 빠른 기병으로 짓밟자는 것이 고경명의 구상이었다.
"잔뜩 부아를 돋워라. 저들은 성미가 급한 종자들이다. 반드시 문을 열고 쳐나올 것이다."
이것이 고경명의 당부였다.
그의 예언은 적중하였다. 오정 가까이 되자 적은 부아가 동할 대로 동한 듯 저마다 욕설과 함께 손짓 발짓으로 갖가지 시늉을 하더니 마침내 북문을 열고 몰려나왔다.

기병들은 일파(一波) 이파, 차례로 돌격을 감행하여 적을 짓밟고 지나갔다. 눈코 뜰 사이 없이 반복되는 파상공격에 적은 정신을 차리지 못하고 쓰러져 피를 토했다.

착오는 사소한 데서 일어났다. 선두에서 돌진하던 군관 한 사람이 허공에 치솟았다가 그대로 땅에 떨어졌다. 김정욱(金廷昱)이라는 젊은 군관으로, 적탄을 맞은 말이 놀라 뛰는 바람에 일어난 사고였다.

떨어지면서 다리를 다친 김정욱은 쩔뚝거리면서 후방으로 뛰기 시작했다.

이것이 생각지도 않던 파문을 일으켰다. 우군은 기가 꺾인 듯 주춤거리고 적은 기승하여 칼과 창을 꼬나들고 돌진해 왔다. 승세는 패세로 뒤바뀌고 우군은 밀리기만 했다.

멀리 야산에서 바라보던 고경명이 외쳤다.

"있는 북을 다 쳐라."

온 산과 들을 진동하는 북소리와 함께 고경명 휘하 5천여 보병은 한 걸음 한 걸음 천천히 전진하고, 밀리던 기병들도 제자리에 멈춰 섰다. 적은 영문을 알 수 없다는 듯 슬금슬금 성 밑으로 후퇴하였다가 해가 기울자 성안으로 들어가 버렸다.

일단 꺾인 사기를 다시 북돋울 필요가 있었다. 고경명은 특공대 30명을 선발하여 성 밑 여기저기 보이는 관고와 민가에 불을 질러 시야를 청소하였다.

어둠이 깔리자 포를 전진 배치하고 성내를 향해 연거푸 진천뢰를 발사하였다. 엄청난 폭음과 함께 성내에는 곳곳에 불길이 치솟고 숱한 비명과 아우성으로 뒤범벅이 되었다. 진천뢰는 무쇠로 만든 포탄으로 직경은 약 45센티미터, 속에 화약과 작은 철편이 무수히 들어 있어 폭발하면 살상력이 대단했다.

밤새도록 적은 성내에서 꼼짝 못하고 성 밖의 우군은 기세가 올라갔다.

"내일은 힘을 합하여 성을 들이칩시다."

여태까지 방관만 하던 곽영도 기운이 나는 듯 제 발로 걸어와서 가슴을 폈다.

다음 날인 7월 10일의 먼동이 트기 시작했다.

간밤의 약속대로 곽영의 관군은 북문을 공격하고 고경명의 의병들은 동문을 공격하였다.

관군이고 의병이고 다 같이 얼마 전까지 땅을 파던 농민들이었다. 군사에 익숙지 못하기는 매일반이었으나 관군은 마지못해 끌려 나온 사람들이고 의병은 자진해서 나온 사람들이었다. 그만큼 정신 자세가 달라 의병들은 싸울 의사가 있고, 관군은 태반이 그렇지 못했다.

고경명의 비극은 여기서 일어났다.

적은 연거푸 의병들이 포진한 동문 밖으로 밀고 나왔으나 그때마다 많은 사상자를 내고 성안으로 쫓겨 들어갔다. 의병들은 잘 싸웠고 한 치도 물러서지 않았다.

일본군은 방향을 바꾸어 북문으로 밀고 나왔다. 적이 몰려오자 선봉장인 영암군수 김성헌(金成憲)이 싸우지도 않고 말고삐를 틀어 도망쳤다. 바라보던 관군은 일제히 흩어져 뛰고, 곽영도 말에 채찍을 퍼부어 쏜살같이 산모퉁이를 돌아 자취를 감췄다.

허무한 패배였다.

눈여겨보던 의병 진영이 웅성거리고 하나 둘 무기를 팽개치고 도망치는 병사들도 나타났다.

다카카게는 곽영을 친 여세를 몰아 물밀 듯 고경명의 의병 진영에 다가들었다. 그러나 일단 맥이 풀린 의병들은 제대로 싸우지도 못하고 혼란 속에 밀고 당기고 풀잎처럼 쓰러져 짓밟혔다.

그것은 전투가 아니라 대학살이었다.

고경명은 대장기를 흔들어 후퇴를 명하고 호상에 앉은 채 움직이지 않았다.

"죽는 것은 이 고경명으로 족하다. 모두들 빨리 피해라."

오직 기개 하나를 무기로 적과 싸웠고, 능히 감당할 수도 있었다. 그러나 이제 기개가 꺾인 이상 달리 도리가 없었다.

남은 것은 무용의 희생을 줄이는 일이었다.

부하들이 억지로 말에 태워 고삐를 끌고 달리기 시작했다. 그러나 얼마 못 가 적에게 둘러싸였다. 고경명을 비롯하여 그의 아들 인후(因厚), 참모 유팽로, 안영(安瑛) 등 모두 여기서 적의 칼날에 피를 뿌리고 숨을 거두었다.

예언자 조헌

　충청도는 동반부가 적에게 점령당하고 서반부에는 적이 들어오지 않았다. 동반부 옥천(沃川)에서 일어선 의병장이 조헌(趙憲), 서반부의 공주(公州)에서 일어선 것이 영규(靈圭) 스님이었다.

　조헌은 원래 충청도 태생은 아니었다. 조상 대대로 경기도 김포(金浦)에 살았고, 조헌 자신도 김포읍 감정리(坎井里)에서 태어나 여기서 장성하였다.
　집안은 별로 넉넉지 못한 농가였다. 그는 어려서부터 부친 응지(應祉)를 도와 농사를 지으면서 김황(金滉)이라는 선비로부터 글을 배웠다. 김황은 과거에 급제하여 군수까지 지낸 선비로, 호가 어촌(漁村)이기 때문에 이 고장에서는 어촌 선생으로 통했으나 별로 세상에 알려진 인물은 아니었다.

조헌은 24세에 병과 9등(丙科九等)으로 과거에 급제하여 벼슬길에 나섰다. 시골에서 공부한 탓인지 성적은 그다지 좋은 편이 못 되었다.

이후 그는 성혼(成渾), 이율곡(李栗谷) 같은 당대 일류의 학자들을 스승으로 모시고 공부를 계속하였다. 또 특히 주역(周易)에 흥미를 가지고 《토정비결》로 유명한 이지함(李之菡)을 자주 찾아 역학(易學)을 토론하였다.

조헌은 성현의 말씀과 법도를 어김없이, 그것도 당장 실천하려는 급진적인 이상주의자였다. 이에 어긋나는 것은 용서할 수 없고, 타협은 비겁으로밖에 보이지 않았다. 이처럼 칼날 같은 성품을 좋아하는 사람들도 있었으나 자연히 주위 사람들과 충돌하여 적도 사게 마련이었다. 그는 옳다고 믿으면 임금도 두려워하지 않았다.

29세에 교서관 정자(校書館 正字)로 있을 때의 일이었다. 궁중에서 숙직을 하고 있는데 대비(大妃)께서 불공을 드릴 터이니 향을 바치라는 분부가 내려왔다.

나라의 제사에 쓰라는 향이지 대비더러 불공을 드리라는 향이 아니라고 거절해 버렸다. 말로 거절했을 뿐만 아니라 법도에 없는 일이라고 임금에게 글도 올렸다.

그는 즉시 파면되어 벼슬에서 쫓겨나고 말았다.

다음 해에 복직되었으나 또 향을 바치라는 분부를 거절하였다. 노한 임금이 당장 내쫓는다는 것을 여러 사람이 말려서 겨우 모면했으나 임금의 눈 밖에 나지 않을 수 없었다.

이로부터 그는 대체로 고을 벼슬을 전전하면서 상사와 충돌하여 스스로 물러나기도 하고, 쫓겨나기도 하고, 때로는 귀양도 가고 — 벼슬길은 순탄치 못했다.

41세 되던 1584년(선조 17) 겨울에는 충청도 보은현감(報恩縣監)으로 있다가 파면되었다. 이때 그는 고향인 김포로 돌아가지 않고 옥천 산속으로 들어와 자리를 잡았다.

마침 이해 1월 17일 스승 이율곡 선생이 세상을 떠났다. 그는 이 산마을에 서당을 짓고 율곡 선생을 추모하여 이름을 후율정사(後栗精舍)라 하였다. 여기서 제자들을 가르치고 농사를 지으면서 세상을 등지고 살 계획이었다. 임진왜란이 일어나기 8년 전으로, 이로부터 그는 옥천에 뿌리를 내리고 그 고장 사람이 되었다.

그 후에도 잠시 벼슬에 나간 일이 있었으나 역시 상사와 충돌하고 옥천에 돌아와 버렸다. 그러나 시골에 묻혀서도 세상 돌아가는 모양이 비위에 거슬려 참을 수 없었다.

그의 눈으로 보면 영의정 이산해 이하 고관대작들은 사람도 아니고, 나라를 그르치는 망종들이었다. 또 일본에 대한 정책도 성에 차지 않았다. 서울에 들어온 일본 사신의 목을 쳐서 대의명분을 분명히 하면 저절로 해결될 터인데 자기 임금을 깔고 앉은 도요토미 히데요시에게 통신사를 보내느니 마느니 흐느적거리는 조정의 태도는 말도 안 되었다.

그는 도끼를 들고 서울에 올라와 이 모든 사연을 글로 써서 임금에게 고하고는 대궐 앞에 멍석을 깔고 하회를 기다렸다. 그러나 권좌에 앉은 사람들을 돌아가면서 모두 건드렸으니 무사할 리 없었다. 온 조정이 들고 일어나는 바람에 함경도 길주(吉州)로 끌려가서 귀양살이를 하게 되었다.

귀양 중에도 일본에 통신사를 보내서는 안 된다고 경고하였고, 7개월 만에 귀양에서 풀린 후에도 줄기차게 조정의 대일정책을 공격하였다.

이 전쟁 전해의 3월에도 또다시 도끼를 들고 서울에 올라와 임금에게 글을 바치고 일본 사신 겐소(玄蘇)의 목을 치라고 외쳤다. 그러나 여전히 귀담아 듣는 사람이 없자 그는 이렇게 한탄했다.
"너희들이 내년에 산골짜기로 피란할 때에는 반드시 내 말이 생각날 것이다."

조헌은 앞날을 내다보는 예언자였다. 서울에서 뜻을 이루지 못하고 옥천으로 돌아오자 그는 제자들을 모아 놓고 일렀다.
"큰 변란이 닥쳐오는데 임금이 깨닫지 못하니 한심한 일이다. 너희들이라도 여러 사람이 연명으로 글을 올려 임금으로 하여금 깨닫게 할 수는 없겠느냐?"
제자들이 글을 올렸으나 조정에서는 대답조차 없었다.
4월에는 전부터 안면이 있는 평안감사 권징(權徵)과 연안부사(延安府使) 신각(申恪)에게 아들 완도(完堵)를 보내 편지를 전했다. 내년에는 일본이 쳐들어올 터이니 성을 손질하고 호를 파서 방전태세를 정비하라는 사연이었다.
그러나 권징은 웃었다.
"헛소문인 줄 알았더니 너의 부친은 정말 미쳤구나. 왜(倭)가 쳐들어올 리도 없거니와 설사 쳐들어온다 하더라도 어떻게 이 평양까지 온단 말이냐?"
신각은 달랐다.
"나도 그것이 걱정이다. 설사 왜가 오지 않더라도 방비를 튼튼히 해서 손해될 것은 없다."
그는 성을 보수하고 호를 두르고, 성내에는 우물을 파고 양식을 비축하였다. 이것은 훗날 연안성 방어전에 말할 수 없이 큰 힘이 되었다.
7월에는 금산군수 김현성(金玄成)을 찾았다. 이때 그는 조헌보다 2세 연상인 50세. 21세로 과거에 장원급제한 수재인 데다 천성이 후덕하고 풍채도 좋은 사람이었다. 끌어 주는 이가 없어 출세는 늦었으나 세상에서는 알아주는 인물이었다. 그가 나선다면 효과가 있을 듯도 싶었다.

조헌은 그에게 안타까운 심정을 토로하고 부탁했다.

"영감이라도 나서 주시오. 방비책을 강구하라고 말이오."

인물로 평이 나 있는 김현성도 대답이 시원치 않았다.

"글쎄…… 한낱 시골 군수에게 무슨 힘이 있겠소?"

군수가 대단해서 온 것이 아니고 김현성이라는 인물을 보고 먼 길을 왔다. 사람을 잘못 보았구나. 잠자코 일어서려는데 김현성이 소매를 잡았다.

"내 감사에게 고해 보지요. 감사가 나서서 조정을 움직여 주면 다행이고."

김현성은 조헌이 보는 앞에서 감사 이광에게 글을 올리고 그를 영벽루(映碧樓)로 인도하였다.

그는 술자리를 베풀고, 취기가 돌자 이렇게 물었다.

"내 고사에 밝지 못해서……. 역사에 왜놈들이 큰일을 쳤다는 기록도 있소?"

조헌은 못 들은 양 대답하지 않고 옆에 앉은 사나이를 돌아보았다. 박정로(朴廷老)라는 선비였다.

"노형은 저기 보이는 것이 없소?"

동방 하늘에 세 줄기 붉은 빛이 뻗치고 있었다.

"아 참, 이상하군요."

박정로는 입을 벌리고 바라보았다.

"소리는 들리지 않소?"

"안 들리는데요."

"도요토미 히데요시는 이미 군사를 움직였소. 그 소리가 요란하게 울리는데 안 들린단 말이오?"

그러나 김현성도 박정로도 조헌의 말을 농으로 돌리고 더 이상 상대하려고 하지 않았다.

일은 틀렸다. 김현성 같은 인물조차 이 지경이니 다른 사람은 더 볼 것도 없었다. 아마 천운이리라. 이튿날 금산을 떠나 옥천으로 돌아온 조헌은 다시는 외지에 나가지 않고 관원들에게 호소하는 일도 없었다.

해가 바뀌어 1592년, 전란의 임진년이 오고, 조헌은 49세의 새해를 맞았다. 다가오는 전쟁의 고동을 피부로 느낀 조헌은 김포의 선산을 찾아 부친의 산소에 제사를 드리고 축을 고하였다.

머지않아 난리가 일어나면 저는 목숨을 잃을 것입니다. 다시는 찾아뵐 날이 없을 것이니 하직인사를 받아 주십시오.

그는 정말 영원히 작별하듯 눈물을 쏟았다.

김포는 그의 고향인지라 어릴 때의 친구도 여러 사람 있었다. 함께 산에 왔다가 이 광경을 보고 물었다.

"귀신이 아닌 자네가 앞일을 어찌 그리 소상히 안단 말인가?"

조헌은 긴 말을 하지 않았다.

"하여튼 난리는 일어나게 돼 있네."

친구들은 서로 눈을 찡긋하고 물었다.

"난리가 일어나면 피란을 가야 할 터인데 어디가 안전하겠는가?"

조헌은 한참 생각하고 대답했다.

"김포에서 가까운 피란처는 강화도지. 마니산(摩尼山)쯤 들어가면 안전할 거야."

마을로 내려간 친구들은 그날 밤 약주 잔을 기울이면서 한숨을 내쉬었다.

"아까운 사람이 머리가 돌아 버렸다."

4월 20일은 부인 신(辛)씨의 장례 날이었다. 집안에서는 김포의 선산에 모시자고 했으나 조헌의 반대로 옥천에 그냥 매장하게 되었다.

"난리가 임박했는데 김포로 가다가는 시체를 길가에 버리게 될지도 모른다. 차라리 저기 뒷산에 묻어라."

장례는 별 탈 없이 끝났다. 조헌은 마당에 멍석을 깔고 수고한 사람들에게 술잔을 돌리는데 하늘에서 천둥소리가 들렸다.

"이것은 이상하다."

조헌은 술잔을 놓고 귀를 기울였다.

또 소리가 울렸다. 다른 사람들에게는 예사 천둥이었으나 조헌은 정색을 하고 일어섰다.

"이것은 천고(天鼓)요. 왜적이 이미 바다를 건넜으니 모두들 빨리 돌아가서 피란 갈 차비를 하는 것이 좋겠소."

일본군은 7일 전인 13일에 바다를 건너왔으나 천 리 떨어진 이 두메에서는 아직 모르고 있었다.

"앉아서 망할 수는 없다."

조헌은 제자들을 중심으로 의병을 모집하였다. 제자들 중에는 전승업(全承業), 김절(金節) 같은 우수한 청년들이 있어 많은 젊은이들이 산하에 모여들었다.

그러나 얼마 안 가 관가에서 호령이 떨어졌다.

"민간에서 함부로 작당하여 무기를 들고 횡행하는 자들은 역적이거나 불한당이다."

관에서는 의병들의 부모와 처자들을 잡아다가 매를 때리고 옥에 가

됐다. 의병들은 흩어지고 성난 조헌은 관가에 가서 고함을 질렀다.
"너희들이야말로 역적이요 불한당이다!"
그러나 관가에서도 할 말이 있었다.
"당신들이 의병이라는 이름으로 청년들을 다 끌어가면 관군(官軍)은 어디서 병정을 구하란 말이오?"
"관군이 맥을 못 쓰니 의병이 일어난 것이 아니냐?"
"당신은 어떻게 맥을 쓴다는 것이오?"
시골 관원들을 상대해서 될 일이 아니었다. 조헌은 제자들과 남은 청년들을 이끌고 옥천을 떠나 공주로 향했다. 충청감사 윤선각(尹先覺)을 만나 결판을 낼 생각이었다.

타고난 장재, 영규 스님

"당신은 무엇하는 사람이오?"

공주 감영에서 윤선각과 마주 앉자 조헌은 주먹으로 방바닥을 내리쳤다. 그는 이 세상에 비위를 거스르는 인간이 하나 둘이 아니었는데 윤선각도 그중의 한 사람이었다.

두 사람은 젊어서부터 잘 아는 사이였다. 나이는 윤선각이 일 년 연상이었으나 과거는 조헌이 일 년 앞섰다. 자연히 젊어서는 조헌이 선배로 행세하였고 윤선각은 그를 모시는 처지였다.

그런데 지금에 와서는 윤선각은 감사까지 올라갔고, 조헌은 미관말직을 전전하다가 쫓겨나서 시골 훈장으로 연명하고 있었다.

세상에서는 윤선각을 사람됨이 진중하고, 남의 허물을 말하지 않고, 희로애락을 나타내지 않는 군자라고 하였다.

그러나 조헌의 눈에는 이것이 마땅치 않게 비쳤다. 나랏일이 잘못되어 가는 것을 뻔히 알면서도 입을 다물고 말하지 않는 것이 어떻게 군자냐? 팔방미인으로 인심을 얻고 출세나 해보자는 '살살이'다.

마땅치 않은 조목은 이것뿐이 아니었다.

공주에 안세헌(安世獻)이라는 사나이가 있었다. 이 고을의 못된 일은 도맡아 하는 건달인데도 어쩐 일인지 윤선각은 그를 총애하고, 감영에도 무상출입토록 하였다.

전쟁이 일어나고 세상이 혼란하자 이 사나이는 때를 만난 듯 더욱 기승을 부리고 백성은 공포에 떨었다. 그것도 윤선각이 불민한 탓이었다.

일거에 서울, 평양을 뺏기고 의주(義州)로 밀린 조정은 궁여지책으로 영을 내렸다.

적의 머리를 하나 베어 오면 이미 벼슬에 있는 자는 벼슬을 올리고, 없는 자는 새로 주고, 아전은 부역을 면하고, 종은 방면하여 양민으로 만들 것이며 머리를 두 개 이상 베어 오는 자는 그 수에 따라 더욱 중한 포상이 있으리로다.

제일 기뻐한 것이 천하의 건달들이었다. 일본 사람과 조선 사람은 어떻게 다르냐? 얼굴만 보아서는 다를 것이 하나 없었다. 그들은 우둔하게 적을 건드릴 것은 없고, 으슥한 대목에 숨었다가 지나가는 백성을 때려누이고 머리를 따서 관가에 바쳤다. 칭송이 자자하고 벼슬이 내리고 살맛이 났다.

공주의 건달 안세헌은 두 번 웃었다.

우선 조정에 앉은 자들을 웃어 주었다.

"인정의 기미도 모르는 병신들이다."

다음은 다른 건달들을 웃지 않을 수 없었다.

"쩨쩨하다."

기왕 시작했으면 크게 벌일 것이지 냄새나는 머리를 하나 달랑 들고 뛰어다니는 꼴은 볼 것이 못 되었다.

그는 패거리를 동원하여 충청도 일대를 쏘다니면서 크게 판을 벌였다. 허약한 사나이만 마주치면 몰매를 치고, 때로는 산 채로 목을 졸랐다.

목을 따고 면도칼로 머리를 반쯤 깎은 다음 일본식 상투를 땋아 올리면 어김없는 왜병이었다. 안세헌은 이 같은 왜병의 머리를 무더기로 마소에 싣고 공주에 올라와 윤선각에게 바쳤다.

"역사에 드문 충신이로다."

윤선각은 감격하였다. 관고에서 광목과 쌀을 끌어내다 후히 상을 주고 조정에 높은 벼슬을 상신하였다. 한 걸음 나아가 아주 측근에 들여앉히고 그의 말이라면 듣지 않는 것이 없었다.

소문은 퍼져 옥천에 있던 조헌의 귀에도 들어갔다.

"안세헌은 죽여야 한다."

조헌은 백성들의 모임에서 크게 성토하고 윤선각에게 글도 보냈다. 그리고는 의병들을 모으는 일에 골몰하여 이 일은 잊고 있었다. 그러나 안세헌은 잊지 않고 이를 갈았다.

"영감은 이 충청도의 주장(主將)으로 병권(兵權)을 가지고 계시지요? 그런데 김수, 이광과 함께 용인까지 갔다가 크게 패하고 돌아온 외에 무엇을 하셨지요? 만약 조헌이 적수공권으로 일어나 공을 세운다면 어떻게 될까요? 병권을 가지고도 나가 싸우지 않은 영감은 아마 무사하지 못할 것입니다."

맞는 말이었다. 대책은 조헌으로 하여금 의병을 일으키지 못하게 하고, 따라서 공을 세울 기회를 주지 않는 데 있었다.

고을의 관원들을 풀어 조헌의 의병을 방해한 이면에는 이런 사연이 있었다.

"영감이 나선 줄은 꿈에도 몰랐소."
노려보는 조헌 앞에서 윤선각은 목소리가 떨렸다.
"정말 몰랐소?"
조헌은 한 걸음 다가앉았다.
"모르다마다. 옛정을 생각해서도 내 어찌 영감이 하는 일을 방해하겠소?"
이것이 발뺌을 하는구나. 농사로 단련된 조헌은 주먹도 보통이 아니었다. 한 대 후려치려다 참았다.
"이제 알았소?"
"알았소."
"어쩔 것이오?"
"내 정성을 다해서 협력하리다."
이로부터 윤선각은 감사의 권한을 발동하여 협력할 대로 협력하고, 이광륜(李光輪), 신난수(申蘭秀) 등 선비들도 적극 호응하여 의병에 지원하는 청년들은 날로 늘어났다. 조헌은 고을을 돌아다니면서 이들을 묶어세우고 무기와 식량을 구하여 전투 준비를 서둘렀다.
7월에 들어 공주에 모여든 병력은 1천7백 명에 이르렀다. 조헌은 이들과 함께 웅진강(熊津江)가에 나가 하늘에 제사를 지내고 맹세를 올렸다.

> 이 어려운 시기에 목숨을 나라에 바칠 것이고, 전진이 있을 뿐 후퇴는 없을 것입니다.

준비를 마치자 병사들을 이끌고 공주를 떠나 회덕(懷德)으로 향하였다. 그는 원래 고경명(高敬命)과 연락이 있었고, 합심하여 금산을 치기로 되어 있었다. 그러나 회덕 접경에 들어서자 고경명이 금산에서 전사하고 휘하 병력도 흩어졌다는 급보가 들어왔다.

회덕에서 진군을 멈추고 형세를 보는데 청주(淸州)가 위태롭다는 소식이 왔다.

청주는 충청좌도의 요지로 여러 달째 적의 수중에 있었다. 그들은 여기 식량과 무기를 긁어모으고 우도(右道)를 침공할 기회를 노리는 한편 걸핏하면 성 밖으로 쏟아져 나와 살인, 약탈, 강간을 자행하였다.

조선군은 몇 차례 토벌작전을 벌였으나 그때마다 실패하고, 이번에는 관·의병(官·義兵)을 총동원하여 성을 포위하였다. 그러나 형세는 매우 불리하다는 소식이었다.

회덕을 떠난 조헌은 7월 29일 형강(荊江 : 금강 상류)을 건너 다음 날 저녁 청주성 밖에 당도했다.

사태는 소문보다도 심각했다. 성을 공격하던 충청도방어사 이옥(李沃), 조방장 윤경기(尹慶祺) 휘하 3천 병력은 이미 군대라고 할 수 없는 오합지졸들이었다. 남루한 입성에 앙상한 얼굴들, 성을 멀리 바라보는 야산 숲 속에 쭈그리고 앉아 겁에 질린 눈을 이리저리 굴리고 있었다.

며칠 전의 일이었다. 적은 별안간 성문을 열어젖히고 마구 몰려나왔다. 천지를 진동하는 함성과 함께 칼을 휘두르고 달려드는 바람에 백병전에 익숙지 못한 조선 병사들은 수없이 짓밟히고 10리나 밀려 이 숲까지 왔다.

도무지 싸울 의사가 없었다.

"오늘밤 어떻게 될지 알 수 없지요."

이옥도 맥이 없었다. 적이 그런 기세로 한 번 더 오면 고스란히 무너지고 말 것이라고 했다.

그러나 용케 적을 성안에 옭아 넣고 감히 밖으로 나오지 못하도록 몰아붙이는 사람들이 있었다. 영규 스님이 지휘하는 승병(僧兵) 8백 명이었다.

이들은 여러 패로 나뉘어 성 밖 요소요소에 숨어 있다가 적이 가까이 오면 일시에 달려 나가 돌격을 감행하였다. 그것도 칼이나 창을 쓰는 것이 아니라 저마다 낫을 휘둘러 찍고 혹은 후려쳤다. 능숙한 솜씨에 적은 어찌할 바를 모르고 많은 사상자를 남긴 채 성안으로 쫓겨 들어갔다. 몇 차례 승병들의 낫에 혼이 난 적은 다시는 성 밖으로 나올 엄두를 못 낸다고 했다.

조헌은 그의 본영으로 영규를 찾았다. 키가 9척이나 되는 젊은 스님은 말상에 턱수염을 길게 늘어뜨린 것이 웃지도 않았다.

"당신 누구요?"

조헌은 권하지도 않는 호상을 끌어다 걸터앉았다.

"조헌이오."

"도끼 조헌이오?"

"그건 무슨 소리요?"

"당신 도끼를 들고 서울 천 리 길을 왔다갔다, 요란했다면서?"

"요란했소. 남의 성명을 들었으면 자기 성명도 대야 할 것이 아니오?"

"아뿔싸 실례했소."

그의 속성(俗姓)은 박(朴)씨, 영규는 이름이었다. 서산대사(西山大師)의 제자로 법호를 기허(騎虛)라고 했는데 이 전쟁이 일어날 당시에는 고향 공주의 청련암(青蓮庵)에서 도를 닦고 있었다.

무술에 능해서 선장(禪杖)을 자유자재로 휘둘러 적을 치는 솜씨는 귀신같이 절묘했다.

타고난 장재(將材)로 창졸간에 이 절[寺] 저 절에서 모여든 중들이었으나 부하들은 심복하고 부대에는 기율이 엄했다. 그의 호령에는 바람이 일 듯 서슬이 있었고, 일단 싸움터에 나가면 부하 승병들은 생사도 안중에 없는 듯 앞으로 밀고 나갔다.

이 전쟁에는 서산대사를 비롯하여 사명당(四溟堂), 의엄(義嚴), 처영(處英) 등 많은 승장(僧將)들이 활약하였는데 그중 제일 먼저 일어난 승장이 이 영규 스님이었다.

조헌은 영규의 소탈한 행동거지가 마음에 들었고, 영규는 조헌의 불덩이 같은 성품이 좋았다.

"왜 하필 낫이오?"

두 사람은 곧 친해지고, 조헌은 허물없이 물었다.

"산사(山寺)에 무엇이 있겠소? 잡히는 대로 들고 나오다 보니 낫이지요."

"원한다면 칼이나 창 같은 무기를 주선해 드릴 수 있소."

그러나 영규는 고개를 흔들었다.

"아니오. 낫으로 족하오."

무기도 연장이니 손에 익어야 제 구실을 하게 마련이었다. 실제로 시험해 보았으나 만져 보지도 못하던 창보다 일상 쓰던 낫이 곱절은 낫더라고 했다.

조헌은 전형적인 유교 선비로 중이라면 으레 시답지 않은 종자로 치부해 왔다. 그러나 눈앞에 앉은 영규는 누가 무어라도 대장부요, 길을 잘못 든 것만 같았다.

"당신 중을 그만두고 환속(還俗)하는 것이 어떻겠소? 무관으로 나서면 크게 될 것이오."

"피차 남의 걱정은 안 하는 것이 어떻겠소?"

영규가 모나게 나오자 조헌도 모나게 나갔다.

"아조(我朝)에 들어와서 중은 천인(賤人)으로 괄시만 받아 왔는데 당신, 무엇이 고맙다고 전쟁에 뛰어들었소?"

"당신 따지기를 좋아하누만."

"좋아하오."

"우리네 조선 중들같이 할 말이 많은 인간도 천지간에 없을 것이오. 전쟁이 끝나고 평화가 오면 그때 가서 따질 것을 따지고 셈을 맞춰 봅시다."

"그것도 무방하겠소."

영규는 한동안 뚫어지게 조헌을 들여다보고 물었다.

"당신 정말 싸울 생각이오?"

"놀러 오지는 않았소."

"그렇다면 내 이야기를 들어 두는 것도 해롭지 않을 것이오."

영규의 설명으로는 눈앞의 적은 약 1천 명, 강병들이었다. 성안에는 전쟁 전에 비축했던 양곡이 그대로 남아 있고, 적이 인근 고을에서 약탈해 온 것도 적지 않으니 줄잡아도 2, 3만 섬은 있다는 계산이 나왔다. 그 위에 청주는 석성으로, 둘레가 3천6백여 척, 높이가 8척, 성안에는 13개의 큰 우물이 있었다.

적이 항복할 가망은 없고 사태는 암담했다.

그러나 영규는 이런 소리를 했다.

"인간에게 제일가는 고통은 굶주림이고, 그 다음은 외로움이 아니겠소? 외로움이 지나쳐서 머리가 도는 인간이 얼마나 많소?"

적은 지금 외로움에 시달리고 있다고 했다. 밤중에 몰래 성을 타고 넘어오는 그들의 밀사는 대개 서울에 있는 본영으로 가는 자들이었고, 편지에는 어김없이 이런 구절이 있었다.

갑갑해서 미칠 지경이니 돌아가는 물세를 알려 달라.

이대로 포위망 속에서 격리된 상태가 계속된다면 적은 머지않아 안으로부터 무너지리라는 것이 영규의 계산이었다. 조헌은 취한 듯 그의 조리 있는 이야기에 귀를 기울이다 자정이 넘자 그믐밤의 어둠 속으로 나섰다. 영규는 비상한 인물이고, 일은 됨 직했다.

적들은 청주성을 버리고

성 밖에서 조헌과 영규가 의논하는 동안 성안에서는 일본 장수들의 회의가 벌어졌다. 성에 들어온 지 석 달, 포위된 지도 한 달이 넘었다. 이 한 달 동안 성에서 나간 사람은 있어도 돌아온 사람은 아무도 없었다. 전국(戰局)이 돌아가는 형편을 알 길이 없고, 갑갑증은 날로 더해 가는데 문제는 성 밖에서 날치는 키다리 중이었다.

 일본군은 다 물러가고 남은 것은 이 청주성에 갇힌 너희들뿐이다. 싸우다 모조리 죽을 것이냐, 항복하고 본국으로 돌아갈 것이냐? 잘 생각해라.

걸핏하면 시문(矢文)을 쏘아 보냈다.
거짓말도 열 번 되풀이하면 어김없는 정말로 들린다고 했다. 처음에는 믿지 않았으나 시일이 흐르면서 병사들 사이에는 동요가 일기 시작했다. 정말일지도 모른다.

조선은 일본과는 비교도 안 될 만큼 광대한 나라다 — 이것이 당시 일본 사람들의 관념이었다. 아득하게 멀리 떨어진 나라, 더구나 기가 막히게 넓은 땅에 자기들 1천 명만 남기고 달아난 자들이 원망스럽기 그지없었다.

원망할 조목은 또 있었다.

청주에 들어온 적 제5군 휘하 병사들은 일본 서남방 시코쿠(四國)의 이마바리(今治) 출신들이었으나 사령관 후쿠시마 마사노리(福島正則) 이하 장교들은 1천 리나 떨어진 오와리(尾張 : 名古屋 지방) 출신이었다. 히데요시가 무력으로 시코쿠를 점령하자 그의 처가 계통인 마사노리를 그중 이마바리 지방의 제후로 삼았다.

마사노리는 금년에 32세. 용감한 장수였으나 술버릇이 고약한 주정뱅이였다. 술만 취하면 옷을 벗어던지고 훈도시(褌) 하나로 칼춤을 추는가 하면 돌아가면서 부하 장교들을 후려갈겼다.

장교들도 이를 본받아 병사들을 치고 백성들을 걷어차는 것이 유행처럼 번져 갔다. 치는 장교들은 오와리에서 들어온 타관 사람이고, 맞는 병사들과 백성들은 현지 시코쿠 사람들이었다.

그들은 정복자들의 압제에 눈물을 머금었다.

이번 전쟁에 의병들이 크게 일어난 지역에서는 적의 사령관은 한군데에 정착할 처지가 못 되었다. 전투를 독려하고 민심을 수습하기 위해서 여기저기 돌아다니지 않을 수 없었다. 충청도 점령군 사령관 후쿠시마 마사노리 또한 초기에 한 번 청주에 나타났을 뿐 도내를 돌아다니다 이 무렵에는 회의에 참석차 서울에 올라가 있었다.

그러나 병사들에게는 그렇게 비치지 않았다.

술을 퍼마시고 계집질을 하다 우리를 버리고 내뺐다. 처음에는 자기들끼리 은근히 속삭였으나 요즘 와서는 큰소리로 떠들고 장교들에게 대드는 병사도 나타났다.

"우리 시코쿠 병사들은 사람도 아니라, 이거요?"

장교들이 그렇지 않다고 아무리 타일러도 듣지 않았다. 믿지 않기로 작심한 귀에는 들어가는 것이 없었다.

밤중에 열린 회의에서는 좀처럼 결론이 나오지 않았다. 이대로 며칠만 끌어도 반란이 일어날 것이고, 성을 버리지 않을 수 없다는 데까지는 이론이 없었으나 성을 버리는 것도 쉬운 일이 아니었다.

성 밖에는 도처에 영규의 복병들이 기다리고 있으니 피를 흘리지 않고는 뚫고 나갈 방법이 없었다.

서울에 가 있는 사령관 마사노리도 문제였다. 좋게 말해서 성을 버리는 것이고, 사실대로 말하자면 도망치는 것이었다. 멧돼지 같은 마사노리는 길길이 뛸 것이고, 책임자 몇 명은 목이 달아나게 마련이었다.

그렇다고 이대로 앉아 있을 수는 없었다. 병사들은 성안에만 죽치고 있으니 궁상이 늘어 더욱 공기가 험악했다.

죽으나 사나 냅다 쳐서 결판을 낼 수밖에 없다 — 그들은 어렵게 결론을 내렸다. 다음 일은 그 다음에 또 생각하자.

새날은 8월 1일.

동이 트기 전에 몽둥이를 들고 막사를 나선 조헌은 방어사 이옥의 진영에 들어서자 고함을 질렀다.

"너희들은 군인이냐, 밥벌레들이냐?"

소식을 듣고 달려 나온 이옥은 옆에 지켜선 윤경기에게 가끔 눈길을 던지고 말이 많았다.

"지금 형편으로는……."

사기가 말이 아니고, 무기와 식량이 넉넉지 못하고, 공성기기(攻城機器)도 없고 – 될 조목은 하나 없었다. 조헌은 몽둥이로 삿대질을 했다.

"폐일언하고, 당신 움직일 것이오, 아니면 내 손에 죽을 것이오?"

마지못해 일어선 이옥은 부하 장수들에게 출동을 명하고, 온 진영은 부산하게 움직이기 시작했다.

이들은 청주성 외곽으로 이동하여 이옥은 동문 밖, 윤경기는 북문 밖에 진을 쳤다.

"싸우라는 것도 아니다. 그 대신 도망치면 무사하지 못하리라."

조헌은 눈을 부라리고 돌아섰다. 뜻이 없는 자들에게 싸우라는 것은 무리였다. 자리를 지키고 적에게 공진(空陣)이 아니라는 것만 보여 달라고 했다.

대신 여태까지 4대문 밖에 분산 배치되었던 영규 휘하의 승병 8백 명은 전원 서쪽 대교천(大橋川 : 무심천) 건너 벌판에 집결하였다.

모든 것은 간밤에 영규와 합의한 대로 진행되었다. 합의라기보다 전투에 경험이 있는 영규의 구상이었고, 새로 참전한 조헌은 이를 실천에 옮겼다.

동, 남, 북의 3대문은 허약한 관군으로 망이나 보게 하고, 조헌과 힘을 합쳐 서문을 들이치자는 것이 영규의 구상이었다. 조헌은 병력을 반분하여 반은 남문 밖에 포진하고 스스로 나머지 반을 이끌고 대교천 건너 영규와 합류하였다.

그러나 이쪽에서 들이치기 전에 적이 선수를 썼다.

적어도 8, 9백 명은 되었다. 소수의 수비 병력을 남기고 총동원한 모양이었다. 저마다 칼이며 창을 들고 무서운 기세로 서문에서 쏟아져 나온 적은 대교천에서 일단 멈춰 서서 주위를 두리번거렸다. 대교천은 깊은 강이 아니었다. 근처에 적이 없는 것을 확인한 그들은 거침없이 여울을 가로질러 대안으로 건너왔다.

대교천까지 5리를 두고 대열을 정비하던 영규는 조헌을 돌아보고 씩 웃었다.

"차라리 잘됐소."

두 사람은 잠시 의논하고, 말 탄 사람들을 선두로, 돌아서 뛰기 시작했다. 승병들 가운데 말 탄 것은 영규 한 사람뿐이었으나 조헌의 휘하에는 1백 명도 넘었다.

일본군도 간부들 몇 사람만 말을 탔을 뿐 나머지는 보졸들이었다. 거기다 5리의 거리가 있으니 당황할 것도 서두를 것도 없었다. 필요한 지시를 내리고 들으면서 1천5백 명의 병사들은 성큼성큼 뛰었다.

얼마 안 가 나지막한 야산, 숯고개가 나타났다. 왕년에 숯을 굽던 가마터가 있어 사람들은 이렇게 부르고 있었다. 흰 옷을 입은 의병들과 검은 가사를 걸친 승병들은 숲 사이로 얼른거리면서 고개 너머로 사라져 갔다.

사이를 두고 뒤쫓아 고갯마루에 오른 일본군은 눈 아래 벌어진 광경에 입을 벌렸다. 검은 것, 흰 것들이 뒤섞여 사면팔방으로 아무렇게나 뛰고 있었다. 놀란 양 떼들이 뛰는 모습 그대로였다.

"저것들을 치고 짓밟아라!"

영이 떨어지자 발을 멈추고 바라보던 병사들은 고개에서 쏟아져 내려왔다. 이 적을 치면 청주에서 철수하여 부산에서 배로 일본으로 돌아간다 — 약속을 받고 성문을 나온 그들은 기운이 솟았다. 겁이 나서 도망치는 것들을 짓밟는 것은 식은 죽을 들이키는 것이나 진배없었다. 무엇이 어려울 것이냐?

그들도 사방으로 흩어져 뛰었다. 쫓기는 조선군은 한 사람 한 사람 멋대로 뛰었다. 멋대로 뛰는 자들을 쫓자면 이쪽도 멋대로 뛸 수밖에 없었다.

시간의 흐름과 함께 조선 병사들은 마치 모래에 물이 스며들 듯 자취를 감추고 그들을 쫓던 일본군은 청주의 산야에 모래알같이 흩어진 형국이 되었다.

자칫하면 저마다 길을 잃고 헤매다 조선 사람들에게 하나하나 죽어갈 위험이 있었다. 사방에서 호각이 울리고 그들은 고개 밑에 다시 모여들었다. 어떻든 사납게 굴던 승병들이 흩어져 버렸으니 한숨 돌리게 되었다. 서울에 연락하여 마사노리에게 알리면 좋은 소식이 있을 것이었다.

병사들을 수습하여 돌아오려는데 멀지 않은 숲 속에서 1백여 기의 조선군이 나타났다. 자기들이 이를 갈고 있는 말상의 승장이 바람에 검은 가사를 펄럭이고 선두에서 말을 달려오고 있었다.

"저 중놈을 잡아라! 태합(太閤) 전하에게 선물이다."

그들은 영규의 머리를 도요토미 히데요시에게 바친다고 기를 쓰고 덤벼들었다. 달려오던 승장 이하 기마집단은 고삐를 틀어 또다시 도망치기 시작했다.

청주성에서 부모산(父母山)까지 15리, 잡힐 듯 말 듯 도망치던 기마집단은 마침내 부모산 숲 속으로 사라진 채 다시는 모습을 나타내지 않았다.

해는 이미 중천을 지나고, 허기진 병사들은 풀밭에 쓰러져 움직이려고 하지 않았다. 잠시 냅다 치고 들어갈 작정이었지 이렇게 멀리까지 올 줄은 몰랐고, 점심 준비도 없었다.

"제엔장."

지친 병사들은 풀밭에 이리저리 쓰러져 투덜거렸다.

다시 숯고개. 군데군데 노송들이 부채같이 퍼진 가운데 참나무와 가 얌나무, 싸리와 아가위나무가 무성한 잡목림(雜木林)에서는 아침에 뿔 뿔이 흩어졌던 1천5백여 명의 승병과 의병들이 다시 돌아와 말없이 움 직이고 있었다. 그들은 고갯길 양쪽 숲 속에 여기저기 자리를 잡고 몸을 숨겼다. 알고 찬찬히 보면 몰라도 무심히 지나는 눈에는 사람이라고는 아무도 보이지 않았다.

"적이 눈앞에 와도 북이 울리기 전에는 움직여서는 안 된다."

영규는 이리저리 다니면서 되풀이 당부하고 이런 말도 했다.

"다리를 뻗고 한잠 자라. 잘수록 더욱 이길 것이다."

적은 지금 지칠 대로 지쳐 훅 불면 날아가게 돼 있다. 한잠 자고 나면 더욱 기운이 날 것이고, 더욱 세차게 불 수 있을 것이 아니냐?

배포가 큰 병사들은 코를 골고, 그렇지 못한 병사들은 자신도 딱히 설 명할 수 없는 조바심으로 시간을 엮는 사이에 해는 갈수록 서쪽으로 기 울고 건너다보이는 야산 모퉁이에 적의 선두가 나타났다.

숲 속에는 손짓 발짓으로 소리 없는 파도가 일고 코를 골던 병사들도 일어나 무기를 끌어당겼다.

숨을 죽이고 침을 삼키면서 바라보는 가운데 적은 다가오고, 눈앞을 지나고, 또 나타났다. 대개 생나무를 찍어 지팡이로 삼고 열에 6, 7명은 다리를 쩔룩거리고 있었다. 일본식 짚세기(草履 : 조리)를 걸친 발에서 피가 배어나는 축도 가끔 눈에 띄었다.

적의 행렬이 숲 속의 우리 포위망에 완전히 들어오자 처처에서 북과 호각이 다급히 울렸다. 숨었던 병사들은 무기를 들고 적에게 달려들었다.

"아아 —."

우리 병사들이 휘두르는 쇠붙이가 햇볕에 번쩍일 때마다 공포에 질 린 적의 비명이 길게 꼬리를 끌고, 그때마다 적병들은 쓰러져 사지를 버둥거렸다.

특히 승병들의 낫질은 볼 만했다. 획, 옆으로 휘두르면 적의 목이 꺾어지고, 내리치면 어깨에서 피가 용솟음쳤다.

숱한 적병들이 쓰러져 울부짖고, 허우적거리고, 죽어 갔다. 어쩌면 몰사한 것도 같았으나 용케 빠져 도망치는 자들도 숱하게 눈에 들어왔다.

다시 북이 울리고 추격이 시작되었다. 선두에서 말을 달리는 영규의 모습이 선명하게 사람들의 눈에 들어왔다. 마치 요술이라도 부리듯 선장을 전후좌우로 핑핑 돌리고 있었다. 적의 창이 동강 나고 머리가 터지고 가슴에 구멍이 났다.

마상의 조헌은 창을 휘둘렀으나 한 번도 내지르는 법이 없었다. 농부가 도리깨로 곡식을 타작하듯 적을 패고 돌아갔다. 그들은 머리가 갈라지고, 어깨가 부서지고, 때로는 쓰러져 허리를 잡고 제자리를 맴돌았다.

의병과 승병들의 혼성부대는 대교천을 건너 적을 청주성 밑까지 밀어붙였다. 그들은 황급히 문을 열고 달려 나온 우군의 엄호를 받으며 성안으로 사라져 들어갔다.

조선군은 틈을 주지 않고 성을 공격하였다.

인간에게는 신이라는 것이 있었다. 신이 난 병사들은 서툴던 사람들도 활이 이처럼 잘 맞을 수 없었다. 성벽에 나타나 총을 쏘고 활을 겨누는 자들을 쏘기만 하면 십중팔구 고꾸라져 죽는다고 아우성이었다.

적은 풀이 꺾인 듯 잠잠해졌다. 오늘 싸움에서 줄잡아도 저들의 반은 없어졌으리라.

이미 날이 저물기 시작했으나 기회는 놓칠 수 없었다. 조선군은 성벽에 달라붙어 기어오르기 시작했다. 일거에 성을 뺏을 참이었다. 그러나 별안간 번개가 치고 천둥소리와 함께 비가 억수같이 퍼부었다. 병사들은 눈을 뜰 수 없고, 성벽은 미끄럽고, 어쩔 도리가 없었다.

그들은 물러나 장막을 치고 밤을 지낼 준비를 서둘렀다. 왜놈들, 내일 다시 보자.

날이 어둡자 소나기는 멎고, 성안 처처에 불기둥이 솟았다. 그리고 고약한 냄새가 풍겨 왔다. 무슨 일일까? 짐작이 가지 않았다.

자정이 넘은 깊은 밤. 북문 쪽이 술렁이고, 가끔 놀란 우리 병사들의 고함소리가 울려왔다.

"누구냐?"

적이 성을 넘어 도망치고 있었다.

칠백 전사

8월 2일.

적은 간밤에 죽은 동료들의 시체를 화장하여 그 유골을 안고 어둠 속을 북으로 사라졌다. 그들의 괴수 마사노리가 있다는 서울로 갔으리라.

무슨 술책이 아닐까?

캄캄한 밤에 은밀히 움직이는 적의 의도를 알 길은 없고, 처음에는 초병들도 어둠 속에 얼른거리는 그림자들을 지켜보는 수밖에 없었다. 그것도 순식간이었다. 1천 명 중에서 살아남은 4, 5백 명이 자취를 감추는 데는 긴 시간이 필요하지 않았다.

아이고오 —.

술렁이던 어둠이 다시 고요해지고, 먼동이 트면서 성안에서는 숱한 여인들이 목을 놓아 우는 소리가 울려 퍼졌다. 그들은 울면서 떼를 지어 성 밖으로 몰려나왔다.

"왜놈들이 도망쳤시유."

적에게 잡혔던 여자들이었다.

그들의 입을 통해서 비로소 진상이 밝혀졌다.

우리는 왜놈들을 겪었고, 그들은 도망쳤다 — 순간 말로 다 할 수 없는 감격이 온 진영에 파도치고, 일어서 주먹을 쥐는 자, 외치는 자, 소리 없이 눈물을 삼키는 자 — 각양각색이었다.

우암산(牛岩山)에 해가 뜨자 조선군은 성안으로 들어왔다.

예측한 대로 성안에는 양곡이 지천으로 쌓여 있었다. 언뜻 눈짐작으로도 2만 섬은 실히 되었다. 그 위에 소와 말도 수백 필이었다.

"도요토미 히데요시는 내 아들이다."

오래간만에 온돌방에서 자고, 밥과 떡, 고기와 술, 무엇이나 소원대로 먹은 병사들은 승리의 보람을 되씹고 자신이 용솟음쳤다.

하루 그리고 이틀, 청주성에는 꿈 같은 낮과 밤이 흘렀으나 사흘째 되는 날 아침 별안간 이 골목 저 골목에서 쑥덕거리고 가슴을 치는 축도 있었다. 천벌을 받으리라.

방어사 이옥이 관고의 양곡을 태워 버린다고 했다. 현장에 달려온 조헌이 이옥에게 다가섰다.

"사실이오?"

"사실이오."

병사들을 시켜 마른 섶을 곳간, 양곡 부대 사이사이에 흩어 놓고 있던 이옥은 돌아보지도 않았다. 곳간째로 불을 질러 버릴 모양이었다.

"어찌 된 영문이오?"

조헌의 언성이 높아지자 이옥은 비로소 고개를 돌렸다.

"생각해 보시오. 오늘이라도 적이 오면 이 양곡은 또다시 그들의 손에 들어갈 것이 아니오? 군량미만 남기고 나머지는 태울 수밖에 달리 도리가 있겠소? 있으면 말해 보시오."

"태울 것이 아니라 산간에 피란해 있는 우리 백성들을 찾아 나눠 줍시다. 먹고 농사를 짓게 말이오."

"이 난리에 농사가 다 뭐요? 또 어디 숨었는지도 모르는 백성들을 무슨 수로 일일이 찾아 양곡을 나눠 준다는 말이오?"

"당신, 꼬리에 불이 달린 것처럼 왜 이렇게 서두르는 것이오?"

"적이 온다는 소리를 못 들었소?"

서울로 야간도주를 한 적이 10만 대군을 인도하여 복수하러 온다더라 ― 입성하던 그날부터 소문은 은근히 퍼지고 있었다.

"당신 그 말을 믿소?"

"믿고 말고 간에 만일을 위해서 대비는 있어야 할 것이 아니오?"

"대비가 고작 양곡을 태우고 도망치는 것이오?"

"말조심하시오. 공주에 급사를 띄워 순찰사(巡察使 : 충청감사)와도 합의를 보았소. 당신은 도대체 뭐요?"

그는 한 발 다가서 주먹을 떨었다. 무엇이냐고 따지면 할 말이 없었다. 듣기 좋게 남들이 의병장이라고 불러 주었으나 그런 직함은 《경국대전(經國大典)》에도 없고 사실은 한낱 백성에 불과했다. 남더러 이래라저래라 할 처지가 못 되었다.

"보자보자 하니까."

이옥은 여태까지 받은 수모가 분노로 변해서 한꺼번에 분출하는 듯 온몸을 떨었다.

조헌의 두 눈에서 불꽃이 튀고, 천천히 칼을 빼어 들었다.

"너 같은 쓰레기들부터 처치해야 일이 되겠다."

순간 옆에 섰던 거인 영규가 불쑥 사이에 끼어들었다. 조헌도 힘깨나 쓰는 사람이었으나 영규에게는 댈 것이 못 되었다. 영규는 칼을 뺏고, 그의 겨드랑이에 손을 넣어 끌고 갔다.

"당신네들 선비라는 족속은 너무 따지는 것이 병이오. 칼날과 칼날이 맞서는 것만 같소."

한마디 말도 없이 가던 영규는 조헌을 장막에 밀어 넣고 내뱉었다.

"중놈들은 어떻고?"

조헌도 가만있지 않았다.

"중놈들이야 바람이 허공을 가듯 슬슬 살아가지 않소?"

영규는 씩 웃고 돌아섰다.

청주에 눌러 있을 형편이 못 되었다.

"이옥의 모가지를 비틀자."

조헌의 부하들이 들고 일어나고 승병들도 가세하였다. 싸움에는 뒷걸음을 치고 권세는 혼자 부리고 — 못 참겠다. 아우성이었다. 의병과 관병 사이에 피를 흘리게 생겼다.

그러나 이것은 잠시였다. 의병들은 풀이 꺾이고 도망병이 속출했다. 또다시 그들의 고향에서는 부모 혹은 처자들이 옥에 끌려가 곤욕을 치른다고 했다. 도망을 가도 말릴 도리가 없었다.

양식도 문제였다. 이옥이 나눠 준 것은 현미 몇 섬, 그 위에 날씨는 어제가 다르게 차지는데 홑옷을 입은 의병들에게는 마련이 없었다. 이옥은 못 본 체했다.

조헌과 영규는 단을 내렸다. 청주를 떠나자.

갈 사람은 가고 따라올 사람만 남으라. 조헌의 휘하에 7백 명, 영규의 휘하에 3백 명이 남았다. 죽으나 사나 떨어지지 않겠다고 했다.

풍문이 떠돌았다. 명나라의 대군이 압록강을 건너왔다고. 1만에서

10만, 50만에서 1백만까지, 숫자는 오락가락했으나 하여튼 오기는 온 모양이었다. 외로운 싸움에 이것은 대단한 일이었다.

못난 이옥과 시비할 것이 아니라 가서 평양을 치자. 명군은 내리치고 우리는 올리치고 — 평양을 탈환하고 의주로 진격하여 임금을 모시고 서울까지 밀고 내려오자.

8월의 맑은 하늘 아래 대장기를 펄럭이고 청주성을 떠난 의병 7백, 승병 3백, 도합 1천 명은 사흘 만에 온양성(溫陽城) 교외에 당도했다. 배로 서해를 북상할 계획이었다.

청주의 승전 소식은 바람같이 퍼져 도중의 환영은 기가 막혔다. 지지리 못 먹는 백성들이건만 닭, 돼지, 소까지 잡아 오고, 단벌옷을 벗어 바치는 경우도 드물지 않았다. 병사들은 이기지 않고는 배기지 못할 심정이었다.

그러나 온양성에서는 뜻하지 않은 소식이 기다리고 있었다.

"말도 마십시오."

초저녁에 장막으로 찾아온 온양군의 관원은 손부터 내저었다. 조승훈(祖承訓)이라는 약간 덜 된 명나라 장수가 기천 명을 거느리고 압록강을 건너온 것은 사실이었으나 평양에서 늘어지게 짓밟히고 도망쳤다고 했다.

장막에는 실망의 회오리가 감돌았으나 조헌은 영규를 건너다보았다.

"우리가 언제 중국 애들 낯짝을 보러 떠났소?"

"맞는 말이오."

영규도 끄덕였다. 기왕 떠났으니 의주까지 가서 왕명으로 크게 병사들을 모집하고 크게 싸워야 했다.

그러나 다음 날 아침 공주에서 사람이 달려왔다. 조헌과 가까운 친구로, 윤선각의 부탁을 받고 왔다고 했다.

"무슨 부탁이오?"

조헌은 윤선각이라면 이름도 듣기 싫었으나 먼 길을 찾아온 친구를 외면할 수도 없었다.

"윤 감사가 당신을 만나자는 것이오."

"나를 만나요?"

"한동안 잠잠하던 금산의 적이 또 극성을 부리고 있소. 당신과 만나서 이 적을 무찌를 계책을 의논하자는 것이오."

그는 금산의 중요성을 누누이 설명했으나 다 듣고 난 조헌은 한마디로 거절했다.

"윤 감사 하고는 할 말이 없다고 전하시오."

그러나 이광륜을 비롯한 그의 막료들의 의견은 달랐다.

"나라의 강역이 모두 적에게 짓밟혔는데 유독 양호(兩湖 : 충청도, 전라도)가 병화를 입지 않은 것은 하늘이 은연중에 우리들을 도와 중흥을 이룩하게 하자는 뜻이 아니겠습니까? 지금 버리고 서쪽으로 간다면 양호는 없어지는 것입니다. 또한 먼저 금산의 적을 쳐서 후고의 걱정을 없이 한 연후에 북으로 가서 임금을 섬겨도 늦지 않을 것입니다."

생각하면 틀린 말은 아니었다. 또 눈앞에 적을 두고 멀리 떠나가는 것은 적을 피하는 듯해서 모양도 좋지 않았다.

한걸음 나아가 조헌으로서는 금산은 마음에 걸리는 땅이었다. 여기서 고경명과 함께 싸우기로 약속하였으나 본의는 아니라 하더라도 고경명만 저승으로 보내고 자기는 살아남은 형국이 되었다.

영규도 금산을 치는 데 이의가 없었다.

"이리 치나 저리 치나 왜놈들이라 나는 아무래도 좋소."

패씸한 생각으로 말하자면 얼굴도 보기 싫었으나 큰일을 위해서는 참는 수밖에 없었다. 그는 공주로 윤선각을 찾았다.

"하, 내 이번에는 기필코 참전할 생각이었는데 그만 감기 몸살이라……."

머리를 싸매고 드러누웠던 윤선각은 일어나 이마를 짚고 앉았다. 잠자코 바라보고 있는데 그는 가끔 상을 찌푸리고 계속했다.

"아이고 머리야. 지원군이라도 붙여 드려야 쓰겠는데 이옥과 윤경기는 아직 청주를 떠날 형편이 못 되고, 달리 군사는 없고, 나는 이 모양이고, 아이고 머리야."

통 틀렸다. 노려보던 조헌의 입에서 볼멘소리가 터져 나왔다.

"그런 주제에 입은 왜 나불거리고, 사람은 왜 보냈소?"

"아이고 머리야. 내 눈앞이 아물거려서……."

윤선각은 아예 드러누워 버렸다.

객사로 돌아온 조헌은 전라감사 권율에게 편지를 썼다. 그는 달포 전에 전주 동북 이치(梨峙)에서 적을 대파하여 큰 공을 세우고 광주목사에서 나주목사로 옮겼다가 이광의 후임으로 전라감사에 오른 사람이었다. 그라면 말이 통하리라.

　　우리 힘을 합하여 금산의 적을 치는 것이 어떻겠소?

몇 차례 서신이 오고 가는 사이에 8월 18일 함께 금산을 공격하기로 합의를 보았다.

공주를 떠난 일행은 8월 17일 아침 금산 북교(北郊)에 당도했다. 조헌의 의병 7백 명은 금산 북방 10리 연곤평(延昆坪)에 포진하고 영규 휘하 승병 3백 명은 그 후방 와여평(瓦余坪)에 진을 쳤다.

그러나 하루 종일 기다려도 권율로부터는 소식이 없었다. 해가 떨어지자 영규가 그의 진영으로 찾아왔다.
"아무래도 심상치 않소. 일단 후퇴하는 것이 좋지 않겠소?"
그러나 조헌은 듣지 않았다.
"아니오. 권율은 반드시 올 것이오."
이 시각 금산성 내의 적장 고바야카와 다카카게는 조선군의 기밀 연락문서를 읽고 있었다. 권율이 조헌에게 보내는 편지였다.

지금 내가 흩어진 병졸들을 수습한 것이 1천 명이 못 되고 훈련도 제대로 안 되었으나 10일만 지나면 쓸 만하게 될 것입니다. (……) 지금 내가 가서 함께 싸운다 하더라도 승패는 알 수 없으니 연기함만 같지 못합니다. 우리 양군이 더욱 단련하고 산에 의지하여 적을 치면 전승을 거둘 수도 있을 것입니다. 가벼이 진군하지 말고 10일만 기다려 주시오. 그때 가서 다시 약속합시다. (……) 원컨대 선생께서는 깊이 생각하십시오.

서남으로 30리, 탄현(炭峴)에 잠복하여 있던 일본군 복병들이 사잇길로 북상하는 권율의 연락병을 때려누이고 압수한 문서였다.
문서를 다시 접는 다카카게의 입가에는 희미한 미소가 떠올랐다. 후속부대가 없는 고군을 치는 것은 어려운 일이 아니었다.

8월 18일. 해돋이에 금산성을 나선 일본군 1만 명은 3천여 명씩 세 패로 나누어 북상하였다. 적에게 눈코를 못 뜨도록 파상공격을 퍼부을 참이었다.
척후들로부터 보고를 받은 영규는 급히 조헌에게 사람을 보냈다.
"지금이라도 빨리 물러나시오."

그러나 조헌은 머리를 흔들었다.

"아니오. 이 철천의 원수들을 물어뜯을 것이오. 뜯어서 버릇을 가르쳐야겠소."

이어서 연곤평 들판에는 말로도, 또 붓으로도 – 인간의 힘으로는 표현할 길이 없는 기막힌 광경이 벌어졌다.

1만 명에 7백 명. 거대한 파도같이 밀려오고 또 밀려오는 적을 맞아 그들은 한 걸음도 후퇴하지 않았다. 한 사람의 낙오도 한 사람의 도망병도 없었다.

활로 대항하고, 화살이 다하자 칼로 대항하고, 칼이 부러지자 돌멩이로 치고 이빨로 물어뜯었다. 그리하여 해가 중천에서 서쪽으로 기울 무렵에는 단 한 명의 생존자도 없이 조헌 이하 7백 명은 이 들판에 피를 쏟고 쓰러졌다.

조헌을 구하러 달려온 영규도 겹겹이 포위를 당하고 좌충우돌로 적을 치고 또 치다가 마침내 무수한 칼탕을 맞고 쓰러져 마지막 숨을 몰아쉬었다.

이런 싸움은 두 번 다시 생각하기조차 싫다. 많은 사상자를 낸 고바야카와 다카카게는 남은 병력을 수습하여 철수하기 시작했다.

명의 속사정

조선에서 전쟁이 일어난 지 석 달, 숱한 사람들이 피를 흘리고 온 국토가 적에게 짓밟혀도 대륙의 동맹국 명나라는 태도를 결정하지 못하고 망설이기만 했다.

어떻게 할 것인가?

그들이 망설인 데는 그럴 만한 연유가 있었다.

우선 그들 국내에 난리가 일어나 밖을 돌볼 여력이 없었다. 보바이(Bobai : 哱拜)가 일으킨 내란이었다.

보바이는 튀메드(Tümed : 土默特) 부족에 속하는 몽고인이었다. 젊어서 부모 형제가 추장에게 몰살을 당하자 홀로 도망쳐 명나라에 들어왔다. 그는 원수를 갚으려고 명나라 군대에 투신하여 용감히 싸운 끝에 도지휘사(都指揮使), 이어 영하부총병(寧夏副總兵)에까지 올랐다. 그러나 젊고 용감하던 그도 나이가 들어 3년 전에는 아들 승은(承恩)을 도지휘사로 자기의 자리를 잇게 하고 은퇴하였다.

작년(1591)의 일이었다. 조주(洮州)에 반란이 일어났는데 토벌에 나선 정부군이 허약해서 형세가 심상치 않게 돌아갔다. 보다 못한 보바이는 자청해서 아들 승은과 함께 3천 기병으로 출전하여 일거에 난리를 평정하고 크게 위세를 보였다.

그러나 이것이 명나라 관헌들의 비위를 거슬렀다. 몽고 오랑캐가 건방지다.

그들은 개선한 보바이군(軍)에 보급도 제대로 주지 않고 사사건건 방해하고 괄시하였다.

"사람을 어떻게 보는 것이냐?"

이를 갈던 보바이는 드디어 금년(1592) 2월 같은 몽고족인 오르도스의 추장 쵸릭투(choriktu)와 동맹하여 영하에서 군사를 일으켰다. 보바이는 영하에 농성하면서 명나라 정부군을 유인하여 격파하고 쵸릭투는 강력한 기병집단으로 각처를 기습 공격하니 중국 서북 일대의 광범한 지역이 전란에 휩쓸리고 말았다.

당시 명나라의 인구는 약 6천70만, 군대의 정원은 3백19만여 명이었다. 그러나 건국 이래 2백여 년이 흐르는 사이에 관리들은 부패하고 법도는 해이해져서 군대도 법대로 운영되지 않았다. 병역 기피, 대리 복무, 매수, 협잡 등으로 실제 병력은 정원의 6분의 1 미만인 50만 명 정도였다.

이 50만 명은 경찰 기능도 겸한 병력이었다. 광대한 중국 전역의 치안을 유지하고 수만 리에 걸친 국경선과 해안선을 지키는 데만도 넉넉한 인원이 못 되었다.

이런 형편이니 어느 한군데에 난리가 일어났다고 해도 대군을 집중 투입할 능력이 없었다. 대군을 투입하지 못하니 보바이의 난리도 장기

명의 발목을 묶은 보바이의 난 관계 지도

화될 수밖에 없었다. 국내가 이런 형편인데 더구나 조선을 넘겨다볼 겨를은 없었고, 될 수만 있으면 이 전쟁에 끼어들고 싶지 않았다.

중국 사람들의 의심벽도 문제였다. 그들은 믿어도 끈질기게 믿고, 의심해도 끈질기게 의심하는 족속이었다.

임진왜란이 일어나기 전부터 명나라에는 조선이 일본과 결탁하여 자기네 나라를 들이친다는 풍문이 퍼지고 있었다. 이 풍문은 북경에 들어간 한응인(韓應寅) 등 우리 사신들이 아니라고 해명하여 차츰 사라지는 듯했다.

그러나 전쟁이 시작되자 일본군은 부산에서 서울까지 9백83리 길을 18일에 밀고 올라왔다. 하루 평균 55리, 중국 사람들은 아무리 생각해도 이것은 싸우면서 온 것이 아니라 조선의 협력으로 휘파람을 불며 올라온 것이 분명했다. 왜란을 가장하고 무슨 흉계를 꾸미고 있는 것은 아닐까? 요동총병 양소훈(楊紹勳)으로부터 보고를 받은 명나라 조정은 입을 모았다.

"조선의 배신이다."

이런 가운데서 유독 조선에 호의를 가지고 조선을 옹호한 것은 병부상서 석성(石星)이었다.

"아니다. 조선 사람들은 신의가 있는 민족이다."

명나라는 국초에 수상에 해당되는 승상(丞相) 제도가 폐지된 이래 각부 장관인 상서(尙書)는 독립하여 황제에게 소속되었다. 가령 군사를 담당하는 병부상서는 누구의 간섭도 받지 않고 군사에 관하여 황제에게 직접 건의하고 그 허가를 받아 시행하는 처지에 있었다. 그만큼 그의 권한은 막강하였다. 이와 같은 병부상서가 호의를 가지고 있다는 것은 무력지원이 필요한 조선으로서는 매우 유리한 조건이었다.

그러나 이것은 우연이 아니었다. 조선의 사신으로 명나라에 들어와서 난리가 일어날 당시 북경에 머물고 있던 신점(申點)의 영향이었다. 본국의 사정을 잘 아는 신점은 조정의 지시가 있기 전에 석성과 자주 접촉하여 원조를 요청하였다. 여러 번 만나는 사이에 석성은 이미 육십을 몇 해 넘긴 이 늙은 선비의 진실된 인품, 나라를 위하는 충정에 깊은 감명을 받았다.

이런 인물에게 거짓이 있을 리 없다.

석성은 신점을 통해서 조선을 보았고, 일본과 결탁하지 않았다는 것을 확신하고 있었다. 그러나 혼자서 아무리 말로 옹호해야 될 일이 아니었다.

"조선에 사람을 보내 직접 보고 오도록 하십시오."

석성은 신점의 충고를 그대로 실천했다. 6월 초에는 임세록(林世祿)이 평양에 다녀갔고, 중순에는 송국신(宋國臣)이 의주로 피란 가는 임금 선조를 선천(宣川)에서 만나고 갔다.

"아리송하다."

조선에 다녀온 두 사람의 보고는 한결같이 이것도 저것도 아니었다.

중국 사람들의 의심은 풀리지 않고 석성은 갈수록 궁지에 몰렸다. 겉과 속이 다른 조선을 두둔하는 속셈은 무엇인가?

신점은 사람을 본국에 보내 이 같은 명나라의 공기를 예조판서 윤근수(尹根壽)에게 보고하고 한마디 덧붙였다.

"저들이 믿을 수 있고, 누가 보아도 어김없는 증거가 필요합니다."

신점 63세, 윤근수 56세.

신점은 늦게 발신하여 35세에 비로소 과거에 오른 사람이었다. 자연히 벼슬도 늦어 환갑을 지낸 다음 해에야 강원감사에 오른 정도였다. 일찍이 형조판서, 예조판서, 우찬성(右贊成)을 지내고 어려운 때를 맞아 다시 예조판서로 외교를 전담하는 윤근수와는 적어도 벼슬길에서는 비할 바가 못 되었다.

그러나 신점은 이율곡 선생과 함께 과거의 갑과(甲科)에 오른 수재로 머리가 비상한 사람이었다. 그는 북경에 있으면서 명나라의 사정과 권력의 동향을 옳게 파악하여 본국에 정확한 정보를 보냈고, 중점적으로 석성과 교섭하여 명나라의 군대를 이 전쟁에 끌어들이는 데 전력을 다했다.

수재이면서도 생각이 깊은 이 늙은 신하는 많은 사람들의 신임을 받았고, 윤근수도 신점이라면 여느 사람과는 달리 보고 있었다.

세 번째 사신으로 참정(參政) 황응양(黃應暘)이 의주에 당도한 것은 7월 1일이었다. 전번의 두 사람은 요동의 현지 관청에서 보내는 형식을 취했으나 황응양은 북경 정부의 석성이 직접 보낸 사신이었다. 그만큼 무게가 있었고, 마지막 결론을 내리러 온 것이 분명했다.

직책상 접대를 맡은 것이 윤근수였다. 신점으로부터 연락을 받고 이모저모 방책을 생각하고 있던 윤근수는 우선 임금과 의논했다.

"지금 우리 수중에 왜인들이 보낸 편지가 두 통 있습니다. 이것을 중국 사실들에게 보이는 것이 어떻겠습니까?"

임금은 깜짝 놀랐다.

"하아 저런. 지금까지 왜와 내왕한 것은 비밀로 하지 않았소? 그러지 않아도 의심하는 판국에 그런 걸 보여서 어쩌자는 것이오?"

윤근수는 편지를 내놓고 설명했다.

"저들의 의심을 풀려면 그 길밖에 없습니다. 설사 우리가 왜와 내왕했다 하더라도 중국에 불리한 대목은 하나 없으니 걱정하실 건 없습니다."

"그 길밖에 없다면 할 수 없지마는 어쩐지 안심이 안 되오."

임금은 편지를 다시 훑어보고 마지못해 동의했다.

윤근수는 그 길로 중국 사신들이 묵고 있는 객관으로 걸음을 옮겼다. 마침 황응양은 부사(副使) 격인 서일관(徐一貫 : 指揮), 하시(夏時 : 遊擊)의 두 사람과 차를 마시는 중이었다. 한 사람만 보면 훗날 딴소리를 할 염려도 있으나 여러 사람이 보면 딴소리도 어려울 것이다. 마침 잘됐다고 그는 첫 번째 편지를 세 사람 앞에 내놓았다. 6월 11일 대동강 남안에서 보낸 것이었다.

일본국의 선봉 도요토미 유키나가 및 요시토시는 삼가 한음 대인각하에게 아룁니다(日本國差來先鋒 豊臣行長及義智 謹白漢陰大人閣下).

서두에 이렇게 적혀 있었다.

한음(漢陰)은 이덕형(李德馨)의 아호, 고니시 유키나가와 소 요시토시는 자기들의 위신을 높이기 위해서 일부러 히데요시의 성인 도요토미(豊臣)를 쓰고 있었다.

일본은 귀국에 티끌만 한 원한도 없고 단지 중국을 침범하고자 하는 것입니다. 이 사실은 작년에 우리 전하(殿下 : 히데요시)께서 삼사(三使)를 돌려보내실 때 대충 개진한 바 있습니다. 그런데 이에 대한 답서에 귀국은 중국의 번진(藩鎭)을 운운하였습니다. 금년에 우리 전하께서는 또다시 글을 보내 일본에 동조할 것을 요청하였으나 부산 사람들이 이것을 받지도 않았습니다. 이 때문에 전쟁이 일어난 것입니다. (……) 먼저 번진을 부수고 중국에 들어가자는 것이 우리 장수들의 뜻입니다. 귀국이 만약 우리가 중국으로 쳐들어가는 길만 빌려 주셨던들 어찌 이런 재앙을 당하였겠습니까? (……) 귀국이 만약 화친을 바란다면 왕족과 권좌에 있는 사람들을 볼모로 일본에 보내십시오. 그러면 임금을 모시고 서울로 돌아갈 수 있을 것이고, 안 그러면 평양에 머물 수밖에 없을 것입니다. 어느 편이든 각하의 생각에 달려 있습니다. 그러나 일본의 여러 장수들이 중국으로 쳐들어가게 된다면 서울이고 평양이고 무사하겠습니까? 청컨대 팔도 중에서 임금을 모실 곳을 택해 보십시오. (있음 직합니까?) 이 또한 각하의 생각에 달려 있습니다. 만약 일본에 동조한다면 볼모만 보내면 끝나는 것입니다. 우리 장수들을 나눠 팔도에 파견한바 그 성명을 대충 적사오니 참조하시기를 바랍니다.

도요토미 데루모토(豊臣輝元)는 경상도에 파견하고 다카카게(隆景)는 전라도에 파견하고. (……) 기요마사(清正)는 영안도(永安道 : 함경도)에 파견하였습니다. 유키나가와 요시토시가 자청하여 평안도에 온 연유는 앞서 편지에 다 말하였으므로 다시 거론하지 않겠습니다.

팔도에 여러 장수들이 퍼져 있기는 합니다마는 각하께서 합당한 곳을 택하여 임금을 모시고자 하신다면 그 고장에 가 있는 장수를 철수시키고 임금을 모시도록 해드리자는 것이 유키나가와 요시토시의 뜻입니다.

바닷가에 임금을 모실 생각이신가요? 이 또한 어려울 것입니다. 왜 그런고 하니 수만 척의 병선(兵船)이 바다에 떠 있는바 오늘이 아니면 내일, 혹은 수십 일 후가 될지는 알 수 없으나 이 서남 해변에 당도할 예정이기 때문입니다. 잘 생각하십시오.

나머지는 시게노부(調信), 겐소(仙巢 : 玄蘇), 지쿠케이(竹溪) 등이 구두로 말씀드릴 것입니다. 황공하오나 이만 줄입니다(《선조실록》).

머리를 맞대고 읽어 내려가던 세 사람은 서로 마주 보고 말이 없었다. 웃음이 사라진 것으로 보아 적지 않은 충격을 받은 모양이었다. 윤근수는 나머지 한 통을 그들 앞에 내밀었다. 이것은 앞서 편지보다 10일 앞서 6월 1일 개성에서 보낸 것이었다.

일본국의 선봉 도요토미 유키나가 및 요시토시는 조선의 삼대(三臺) 대인 각하에게 아룁니다(日本國差來先鋒 豐臣行長及義智 啓朝鮮 三臺大人閣下).

삼대는 삼공(三公), 즉 3정승에게 보낸 편지였다.

일본의 목적은 상주에서 사로잡은 역관(譯官) 편에 보낸 편지에 적었으므로 되풀이하지 않겠습니다. (……) 귀국 사람들은 힘을 다하여 결판을 낼 것입니까, 아니면 일본에 동조하여 서로 의논해서 대명(大明)을 칠 것입니까? 화친하고 임금을 서울로 돌아가시게 할 것입니까, 아니면 평안도에 그대로 머물게 할 것입니까? 오로지 각하의 생각에 달려 있습니다.

이렇게 시작된 편지는, 유키나가로서는 통신사가 일본에 내왕할 때 서로 친숙해졌고, 작년에 표류민들을 송환하였을 때에 조선에서 특히 도서(圖書)를 내린 데 대해서 고맙게 생각하고 그 은혜에 보답하고자 한다고 하였다. 도서는 도장으로, 이 도장을 찍은 문서를 가지고 오면 조선과 무역을 할 수 있는 특전이 부여되었다.

소 요시토시로서는 조상 대대로 조선의 제후국으로 충성을 다하였고 은혜도 입었다. 지금이라고 어찌 조선을 소홀히 생각할 수 있겠는가? 이렇게 옛정을 되새기고 다음같이 결론을 맺었다.

이런 때에 조정의 은혜를 갚지 않고 어느 때에 갚을 것입니까? 어차피 일본과 손을 잡을 바에는 유키나가, 요시토시 외에 더 좋은 중재자가 어디 있겠습니까? 이제 팔도를 분할 점령할 장수들은 조선에 알려지지 않은 무리들입니다. 유키나가와 요시토시가 평안도에 오기를 자청한 것은 오로지 이 일을 말씀드리고자 한 것입니다. 만약 각하께서 의심하신다면 볼모로 장수 한 사람을 보낼 것입니다. 급히 회답을 주십시오(《선조실록》).

다 읽고 난 황응양의 목소리가 떨렸다.
"이것은 진짜 왜인들의 글에 틀림이 없군요. 미안합니다. 조선은 우리 중국을 대신해서 많은 인명을 잃고, 나라도 잃고, 한구석에 피해 있는 것을 도리어 오해했단 말이외다. 돌아가면 석 상서에게 이런 사정을 말씀드릴 것이고, 이 편지들은 황제폐하에게도 보여 드릴 것입니다. 그러면 우리 중국에서는 응당 무력으로 조선을 도울 터이니 안심하시오."

윤근수는 잠시 생각하고 나서 물었다.

"북경에는 언제쯤 돌아가시지요?"

"이달 20일, 늦어도 21일에는 북경에 도착할 것이오."

"오늘이 초하루, 20일 후에 돌아가신다면 그때부터 어전에 말씀드려 윤허를 얻고, 준비를 갖춰야 할 터이니 실제로 군사들이 떠나자면 앞으로 얼마나 걸릴지 아득하외다."

"길어야 몇 달이지요."

"다 죽은 후에 백만 대군이 온들 무슨 소용이 있겠소이까?"

임박한 참전

황응양은 반백의 수염을 내리 쓰다듬고 말이 없었다.

윤근수는 그를 만날 때부터 한 가지 의문이 있었다. 명나라의 참정은 참지정사(參知政事)의 약칭으로 지방 행정기관인 포정사(布政司)의 차관(부지사) 격이었다. 조선에 보내는 사신으로는 낮은 벼슬이 아니었으나 아무래도 반백 노인에게는 어울리지 않았다. 의주에서 북경까지는 2천 리도 넘는 길. 허약한 사람을 보낼 계제가 아니었다. 곡절이 있으리라. 윤근수는 화제를 돌렸다.

"노야(老爺 : 존칭)께서는 고향이 어디신가요?"

황응양은 천천히 대답했다.

"항주(杭州)올시다."

"천상에는 극락, 지상에는 항주라는 말씀은 전부터 듣고 있습니다.

천하제일경(天下第一景)이라지요?"

세 사람의 얼굴에는 미소가 떠오르고 젊은 서일관이 대답을 가로맡았다.

"경치만 아름다운 것이 아니라 역사도 깊지요. 오대(五代)에는 오월(吳越)의 수도였고, 남송(南宋)의 서울 임안부(臨安府)라는 것도 바로 항주거든요."

"그렇군요. 서 대인과 하 대인은 어디시지요?"

"여기 앉은 우리 세 사람은 모두 항주 태생입니다."

"아름답고 유서 깊은 고장이라 이렇게 뛰어난 인물들이 쏟아져 나오신가 보지요?"

윤근수의 공치사에 서일관은 황응양을 힐끗 쳐다보고 엉뚱한 것을 물었다.

"척계광(戚繼光) 장군을 아시오?"

척계광은 당시 명나라 제일가는 명장이었다. 1550년대에서 60년대 전반에 이르기까지 남쪽의 절강(浙江), 복건(福建) 등지에서 극성을 부리던 왜구들을 토벌하여 바다에 평화를 가져왔고, 그 후 16년간은 북방 몽고족과 대결하여 적으로 하여금 감히 중국을 넘보지 못하게 하였다.

중국으로서는 당대의 영웅이요 평화의 은인이었다.

그는 또 문필에도 능하여, 실전의 경험을 토대로 엮은 《기효신서(紀效新書)》는 《손자(孫子)》, 《오자(吳子)》와 더불어 병법의 성전(聖典)으로 꼽히기도 하였다. 윤근수가 그런 인물을 모를 리 없었다.

그러나 9년 전 척계광은 반대파의 탄핵을 받아 파면되었고, 가난과 냉대에 신음하다가 5년 전에 세상을 떠났다. 말하자면 기피인물이었다. 새삼 그의 이름을 들먹이는 속셈은 무엇일까?

"척 장군도 항주신가요?"

윤근수는 말썽에 끼어드는 일이 없도록 말조심을 했다. 요즘 중국에서는 여기저기 난리가 터지고 세상이 시끄러워지자 척계광이 다시 각광을 받기 시작했으나 윤근수는 알 까닭이 없었다.

"아니, 산동(山東)이지요."

서일관은 침을 삼키고 계속했다.

"여기 계신 황 참정은 바로 척계광 장군의 참모였습니다. 척 장군의 공이 열이라면 그중 황 참정의 공은 둘이나 셋은 되고도 남을 것입니다."

"그러세요?"

뜻밖의 사실에 윤근수는 놀랐다.

"그러니 들어 보시오. 아까 인물 말씀이 나왔습니다마는 황 참정이야 말로 항주가 낸 인물이지요."

서일관의 설명에 의하면 척계광이 몰락하면서 황응양도 벼슬에서 쫓겨나 시골에서 농사를 지어 연명해 왔다.

그런데 달포 전에 난데없이 관원들이 들이닥치더니 북경으로 가자는 것이었다.

"조선에 다녀와 달라."

북경에 끌려갔더니 석성이 손을 잡고 부탁했다. 참정이라는 벼슬은 이때 임시방편으로 씌운 것이었다.

윤근수는 비로소 낯살 먹은 황응양이 먼 길을 온 배경을 알 만했다. 그는 노련한 군사전문가다. 단순한 정탐을 위해서 온 것이 아니라 군사상의 판단을 내리러 왔을 것이다.

"노야 같은 고명하신 군사(軍師)를 뵙게 되니 참으로 마음이 든든합니다. 한 가지 의문이 있는데 노야께서는 이 전쟁을 어떻게 보시지요?"

"어떻게 보다니요?"

윤근수는 결코 중국 사람들을 무골호인으로는 보지 않았다. 계산이 빠른 족속, 이해관계 없이 남을 위해서 피를 흘릴 사람들이 아니었다.

"중국은 이 전쟁에 무관한가, 그런 뜻입니다."

"아까 보여 주신 일본 사람들의 편지로 명백해졌지요. 오늘은 조선과 일본의 전쟁, 내일은 중국과 일본의 전쟁입니다."

"저도 그렇게 보고 있습니다. 동병까지는 몇 달 걸린다고 하셨는데 만리장성쯤에서 싸울 생각이신가요?"

"몇 달은 해보는 소리였고……. 전쟁은 모두 어리석지마는 어리석은 중에서도 가장 어리석은 것은 자기 국토에서 싸우는 전쟁입니다. 전쟁이라는 것은 피치 못할 경우에만 하되 남의 나라에서 해야지요."

황응양은 일단 말문을 열자 거침이 없었다. 조선에서 싸울 생각이구나. 그렇다면 이들의 참전은 임박했다.

"언제쯤 군사를 보내실 건가요?"

"곧 보내지요."

황응양은 단언하고 서일관도 거들었다.

"군사는 신속해야 하고, 오래 끌어서는 안 되지요. 즉시 군사를 발할 것입니다."

이들은 결정권을 가지고 온 모양이다. 북경으로 돌아가는 길에 요양(遼陽)에서 요동총병에게 한마디 하면 되는 일이었다. 이로써 외로운 전쟁은 끝나고, 패전에서 승전으로 돌아설 날도 멀지 않았다. 그는 이 전쟁이 터진 이후 처음으로 가슴이 트이는 느낌이었다.

윤근수의 짐작에 어김은 없었다. 황응양은 북경을 떠날 때 석성으로부터 밀서를 한 통 건네받았다. 요동총병 양소훈에게 가는 것이었다.

"이 속에 조명(詔命)이 들어 있소. 요동군을 동원해서 조선에 들어온 일본군을 치라는 어명이 내린 것이오."

이렇게 서두를 뗀 석성은 다음같이 부연했다.

"그러나 무조건 치라는 것은 아니오. 황 참정이 조선 현지에 가보고 일본군의 침략이 사실인 동시에 중국을 침범할 염려가 있는 경우에 한해서 요동군을 움직이기로 되어 있소. 그런즉 동병하고 안 하고는 황 참정의 판단에 달려 있소."

황응양이 물었다.

"왜란을 가장한 조선의 흉계라면 어떻게 하지요?"

"그런 경우에는 두말없이 조선을 쳐야지요. 의주에는 사유(史儒)라는 장수가 가 있으니 의논해서 처리하시오."

유격장군 사유는 지난달 임금이 의주로 피란 가는 길에 선천 남방 임반역(林畔驛)에서 만난 사람이었다. 임금이 의주에 당도하자 참장(參將) 대조변(戴朝弁)과 함께 1천 기(騎)의 병력을 이끌고 와서 그대로 의주에 주둔하고 있었다. 명목은 임금을 경호한다는 것이었으나 부하 장병들을 풀어 밤낮으로 조선 요인들의 동태를 감시하는 것이 일이었다.

황응양은 이런 배경에서 움직이고 있었다. 그러나 그는 원래 참전에는 반대였다.

"보바이의 난리로 여력이 없을 터인데 어떻게 대군을 움직이지요?"

그의 질문에 석성은 명쾌하게 대답했다.

"대군은 필요 없소. 요동군으로 족하오."

"요동군 기천 명으로 말입니까?"

"그동안 요동군에 연락해서 타진해 보았소. 조선군이고 일본군이고, 명령만 내리면 단숨에 쓸어버릴 터이니 맡겨 달라는 것이오."

"글쎄요."

황응양의 반응이 시원치 않자 석성은 목소리를 낮췄다.

"앞문에서 도둑과 싸우는데 뒷문에 또 다른 도둑이 왔다고 합시다.

여력이 없다고 뒷문을 돌보지 않아도 되겠소?"

황응양은 말문이 막히고 조선으로 떠나왔다.

다음 날 임금을 만난 황응양은 한마디 남기고 압록강을 건너 북으로 사라져 갔다.

"군사들이 먹을 식량과 향도(嚮導 : 길 안내)를 부탁하오."

그가 떠난 지 5일. 7월 7일부터 압록강 북안(北岸)에는 명나라 군대가 집결하기 시작했다. 중국 사람들은 진력이 나도록 끌다가도 일단 결정되면 행동은 신속한 데가 있었다.

드디어 7월 10일. 요동부총병(遼東副總兵) 조승훈(祖承訓)이 지휘하는 3천9백 기가 총병 양소훈의 전송을 받고 압록강을 건너 의주에 올라왔다. 달포 전에 여기 와서 사흘 동안 행패를 부리고 돌아간 바로 그 조승훈이었다.

지난 일이야 어찌 되었건 죽어 가는 판에 도와준다고 나서니 도둑도 반가울 수밖에 없었다. 더구나 그는 큰소리를 쳤다.

"우리는 선봉에 불과하고 뒤이어 8만 7천 명의 대군이 올 것이다."

믿음직하고 서슬도 대단했다.

명나라에서는 전국 요지에 진수총병관(鎭守總兵官), 약칭 총병을 두어 그 방면의 주둔군을 지휘하였다. 이를테면 방면군(方面軍) 총사령관으로 무관으로는 최고위직이었다. 부총병은 이 같은 총병의 바로 아래인 부사령관으로, 정식으로는 진수부총병관(鎭守副總兵官)이었다.

이런 고관이 군대를 이끌고 국경을 넘어 도우러 오는데 조정으로서는 범연할 수 없었다. 대신을 비롯하여 대소 관원, 이 고장 토착민은 물론, 남쪽에서 밀려온 피란민들에 이르기까지, 앉아 뭉개는 병신을 제외하고는 남녀노소 모두 압록강에 나가 이들을 맞아들였다.

융숭한 대접 속에 한 밤을 지낸 조승훈은 동이 트자 휘하에 출발을 명령하고 말에 올랐다.

"17일은 길일(吉日)이다. 평양을 치면 반드시 떨어질 터인즉 이날을 놓쳐서는 안 된다."

그는 점을 좋아하는 사람이었다. 10일 압록강을 건넌 것도, 17일을 공격일로 정한 것도, 모두 점바치의 말을 듣고 결정한 일이었다.

드디어 중국 병사들은 남으로 달리기 시작했다. 여기 의주에 주둔하고 있던 사유, 대조변 휘하 1천 병력이 선봉을 서고, 어제 압록강을 건너온 3천9백 명이 그 뒤를 따랐다. 도합 4천9백 명.

모두 기병, 그들의 표현으로 마병(馬兵)들이었다.

질주하는 대기병 집단은 장관이었다. 가슴을 졸이고 바라보던 군중 속에서 어린 소년의 목소리가 선명하게 울렸다.

"왜놈들 뼈도 못 추리겠다."

가산(嘉山)은 의주와 평양의 중간지점이었다. 마중 나온 관원들로부터 점심 대접을 받은 조승훈은 정색을 하고 물었다.

"평양의 왜놈들, 다 내빼지 않았소?"

관원들은 알아듣지 못했다.

"무슨 말씀이온지."

"평양의 왜놈들이 그냥 있느냐고 물었소."

"그냥 있습니다."

"이 조승훈이 온다는 소문을 듣고도 내빼지 않았다, 그런 말씀이오?"

대답이 궁한 관원들은 힐끗 쳐다보고 머리만 긁적거렸다.

"이거 심상한 일이 아니로군."

중얼거리던 조승훈은 술잔을 들고 하늘을 우러러보았다.

"적이 아직도 평양에 있다니 이것은 필시 하늘이 나로 하여금 큰 공을 세우게 함이로다."

다시 말에 채찍을 퍼부어 남으로 달리는 조승훈의 가슴은 벅차기 이를 데 없었다. 이제 한 번만 공다운 공을 세우면 총병으로 오르는 것이고, 잘만 되면 백작쯤 받고 자자손손 영화를 누리는 것이다. 그런데 평양의 적은 별것이 못 되고 싫어도 공을 세우기로 되어 있었다.

점바치의 택일

조승훈은 산해관(山海關)의 동방, 영원(寧遠 : 遼寧省 興城縣) 고을에서 어렵게 끼니를 이어가는 백성 조인(祖仁)의 둘째 아들로 태어났다. 그러나 어려서부터 말을 달리고 활을 쏘는 일은 신이 났으나 농사는 따분하고 소나 돼지를 치는 것은 시시해서 할 일이 못 되었다.

철이 들자 집을 뛰쳐나왔다.

이 시대에 이런 청년들이 갈 길은 두 가지 있었다. 하나는 산에 들어가 산적의 떼에 휩쓸리는 일이었다. 위험은 따랐으나 잘하면 두목을 바라볼 수 있었고, 두목이 되면 그런대로 괜찮은 세월을 보낼 수 있었다.

또 하나는 세도가의 하인으로 들어가는 일이었다. 이런 하인들을 가정(家丁)이라고 불렀다. 세도가 중에서도 장수들의 가정은 단순한 하인이 아니고 병정의 신분도 겸하여 전쟁이 일어나면 무기를 들고 나가 싸우기로 되어 있었다.

명나라는 후반에 들어 나라의 기강이 무너지면서 이 같은 사병조직 (私兵組織)이 유행하였고, 장수들은 다투어 용감한 청년들을 이 조직에 끌어들였다.

징병으로 들어오는 병정들은 노소(老少) 혼합으로 질이 떨어져 쓸모가 덜하고, 실전에서는 이 같은 사병들이 도리어 잘 싸워 주었다. 가정들로서도 잘만 하면 출세의 길이 열리는지라 만사에 기를 쓰고 앞장을 섰다.

마침 요동에는 이성량(李成梁)이라는 용감한 장수가 있었다. 조승훈은 그의 가정으로 들어갔다.

이성량은 제 발로 걸어오는 가정들을 받아들이는 데 그치지 않고 적극 나서 사방에서 쓸 만한 청년들을 모아들였다. 이들 청년 2천 명으로 조직한 것이 무적을 자랑하는 선봉군(選鋒軍)으로, 이 부대는 이성량 군의 핵심이었다. 조승훈도 여기 들어갔다.

조승훈의 별명은 솔개 [鷂鷹]였다. 자그마한 몸집에 팬들거리는 두 눈, 솔개같이 민첩하고 용감한 청년이었다.

당시 이성량은 몽고족, 여진족과의 싸움으로 편한 날이 없었다. 전투가 벌어질 때마다 제일 앞에 나서 번개같이 싸우는 것이 조승훈이었다.

자연히 사령관 이성량의 눈에 들었고, 특히 그의 아들 이여송(李如松)의 호감을 샀다. 이여송은 조승훈과 같은 연배로 그림자같이 부친을 따라다니는 청년 장교였다.

조승훈은 이성량·여송 부자의 뒷받침으로 출세를 시작하여 졸병에서 장수로, 얼마 전에는 사십대 중반으로 장수 중에서도 남보다 빨리 부총병까지 승진하였다. 그는 지휘관으로도 뛰어나 작전에 능할 뿐만 아니라 부하들의 신망도 얻어, 명나라에서는 손꼽히는 장성으로 등장하였다.

이처럼 자기의 힘으로 크게 솟아오른 조승훈은 여태까지 수십 차례의 크고 작은 전투에서 한 번도 져본 일이 없었다. 자기는 하늘이 낸 사람이라는 자각이 있었고, 그만큼 자신이 만만했다. 섬나라 오랑캐 왜놈들 같은 것은 더구나 안중에 없었다.

솔개 조승훈, 그라면 조선에 올라온 왜놈들을 일거에 처치해 버릴 수도 있으리라 — 명나라 조정이 많은 장수들 중에서 특히 조승훈을 고른 것도 무리가 아니었다.

남으로 달리던 조승훈은 평양이 가까워질수록 어깨가 올라갔다.

"일찍이 나는 3천 기병으로 10만 오랑캐를 무찌른 사람이다. 내 눈에 왜놈들은 개미나 모기로밖에 안 보인단 말이다."

행여 조심하라고 충고하는 사람을 만나면 그는 가련하다는 얼굴로 내려다보았다.

안주(安州)에서 풍원부원군 류성룡(柳成龍), 숙천(肅川)에서 도원수 김명원(金命元)의 대접을 받은 조승훈은 평양에서 북으로 60리, 순안(順安)에서는 평안도 순찰사 이원익(李元翼), 평안병사 이빈(李薲)의 마중을 받았다.

의주에서 여기까지는 평안도 병마우후 김성보(金星報)가 지휘하는 1백여 기로 인도하여 왔으나 이제부터는 이빈이 보기(步騎) 2천 명을 이끌고 조승훈과 협동작전을 펴기로 되어 있었다. 우리 전쟁에 남을 인도만 해서야 체면이 서겠느냐? 조정의 공론은 이렇게 돌아갔다.

그러나 도열한 병사들을 한 바퀴 사열한 조승훈은 좋은 얼굴이 아니었다.

"이것들은 무얼 하자는 것이오?"

보병 1천5백, 기병 5백, 그중 보병들을 가리키고 상을 찌푸렸다.

"기병은 야전(野戰)에 좋고, 보병은 산악(山岳)이나 시가(市街)의 전투에 좋은 것이 아닙니까? 앞으로 전개되는 상황에 따라 적절히 쓰자는 것입니다."

몸집이 큰 이빈은 조승훈을 내려다보고 두 손을 모아 쥐었다.

그러나 조승훈은 통역이 끝나기도 전에 요즘 벼락치기로 배운 조선 말로 고함을 질렀다.

"필요 없어 했다!"

그리고는 중국말로 계속 역정을 냈다.

"당신, 나한테 병법을 가르치는 거요?"

늙은 이빈은 반백의 머리를 숙였다.

"죄송합니다."

그는 금년에 56세, 편모슬하에서 어렵게 자라 삼십도 훨씬 넘어 무과에 급제한 사람으로 남달리 참을성이 많았다.

"나는 여태 보병은 한 마리도 안 쓰고 요동 평야며 몽고 사막을 휩쓸었소. 보병도 군인이오?"

이빈을 쳐다보는 조승훈의 입가에 묘한 미소가 감돌았다.

명(明)은 몽고족의 원(元)을 깔고 일어선 나라였다. 공식으로는 1368년 수도 북경이 명군에게 점령됨으로써 원나라는 제1차로 망했고, 20년 후인 1388년 피란수도 응창(應昌)이 점령되고 마지막 황제 탈고사(脫古思 帖木兒 : Tögüs Temür)가 신하의 손에 죽음으로써 최종적으로 망하였다.

그러나 명나라의 힘은 몽고 고원(高原)까지는 미치지 못했고, 몽고족은 망하지 않았다. 우여곡절은 있었으나 몽고 고원에 군림하는 칸(汗)들은 대대로 대원(大元) 황제를 칭하고 중국 본토에 대한 권리를 주장하였다. 임진왜란이 일어난 이 당시에도 세력은 대단치 못했으나 몽고에는 칭기즈 칸의 후손 부얀 세첸 칸(汗 : Buyan Sechen Khan)이 여전히 버티고 있었다.

명나라는 역대로 그들의 보복을 염두에 두지 않을 수 없었고, 실지로 변경에서는 간단없는 도전에 시달려 왔다. 자연히 명나라의 주적은 이들 몽고족이었고, 국방의 핵심은 이들을 막아 내는 데 있었다.

몽고 사람들은 기마 유목민족(騎馬遊牧民族)으로 그들의 군대는 기병들이었다. 기동력이 빠른 기병집단으로 불시에 폭풍같이 나타나 적을 치고, 폭풍같이 사라지는 것을 장기로 하였다.

이 같은 기병집단을 보병으로 막아 내고, 더구나 추격한다는 것은 불가능한 일이었다. 그들을 주적으로 하는 명나라에서도 기병을 양성하지 않을 수 없었다.

정부에서는 어마감(御馬監), 태복시(太僕寺) 같은 관청을 두어 국가사업으로 말을 기르고, 이 말들로 기병대를 조직하여 북방의 몽고족과 대결하였다.

반면에 남쪽 접경의 이민족들, 월남(越南 : 베트남), 점성(占城 : 중부 베트남), 섬라(暹羅 : 타이), 면전(緬甸 : 미얀마) 등은 다 같이 토지에 정착한 농업민들로, 이들과의 싸움에는 보병으로 족하였다.

이리하여 명나라의 군대는 기병을 주축으로 하는 북군과 보병을 주축으로 하는 남군으로 양분되었다.

인간의 심리로 말을 달리는 자들의 눈에는 걸어 다니는 자들이 가소롭게 마련이다. 더구나 북군은 나라의 주적을 상대한다는 긍지가 있었다. 그들은 남방의 보병, 도시 보병이라는 것을 우습게 보는 습성이 붙어 버렸다.

"보병도 군인인가 물었소."

조승훈이 다그쳤다.

"알아들었습니다. 보병은 빼라는 말씀이지요?"

"빼요."

"괜찮을까요?"

"짐밖에 될 것이 없는 것들을 무엇 때문에 끌고 갈 것이오?"

"빼지요."

이빈은 마지못해 동의했다.

"왜놈들은 모두 보병이라고 했지요?"

"그렇습니다."

"당신 조선 기병들을 끌고 앞장서 길을 인도하시오. 내 그놈들을 아주 밟아 버릴 것이오."

조승훈의 기병 4천9백 명은 5초(哨 : 부대)로 편성되어 1초의 인원은 1천 명 안팎이었다. 이빈은 그의 요청에 따라 휘하의 조선 기병 5백 명을 5등분하여 명군 1초에 1백 명씩 배속하였다.

이로써 조선군이 생각하던 협동작전은 허사로 돌아가고, 흩어져 명군의 선봉을 서게 되었다. 이빈 자신도 부하들이 흩어졌으니 독자적인 작전지휘는 있을 수 없고, 명군 선봉부대의 또 선봉으로 맨 앞에 나서게 되었다.

꼬리에 불이라도 달린 듯 서두르는 조승훈, 안하무인의 언동은 참는다 하더라도 이런 태세로 평양성의 공격이 가능할까? 의구심이 없지 않았으나 말해야 들을 사람이 아니었다. 게다가 조승훈은 명나라의 이름난 장수였다. 자기가 모르는 오묘한 전법이 있는 것은 아닐까? 그는 더 이상 입을 열지 않았다.

다음 날은 7월 16일.

아침부터 비가 뿌리고 바람도 심심치 않게 불었으나 순안의 명군과 조선군은 칼을 갈고, 화살을 세고, 신발을 손질하고 ― 출전 준비를 늦추지 않았다.

"비가 걷힌 후로 연기하는 것이 어떨까요?"

이빈은 조승훈을 그의 처소로 찾아 한마디 했으나 조승훈은 쳐다보지 않고 옆방에 대고 소리를 질렀다.

"왕만자(王蠻子), 연기해도 괜찮을까?"

왕만자는 그가 데리고 다니는 점바치였다. 사이를 두고 깨진 종소리같이 쨍쨍 울리는 목소리가 돌아왔다.

"내일 17일은 일진이 갑술(甲戌)이라, 필승지일(必勝之日)인즉 이날을 놓치면 내년 춘삼월 전에는 길일이 없소이다."

조승훈은 이빈을 쳐다보았다.

"연기 필요 없어 했다."

밤 삼경(三更 : 밤 11시).

명나라와 조선의 혼성 기병집단 5천4백 기는 말에 재갈을 물리고 빗속을 남으로 달리기 시작했다.

갈수록 비바람은 세를 더하여 첫새벽에 평양성 외각에 당도했을 때는 모두들 흥건히 젖고 한기에 치를 떨었다. 그러나 조승훈은 기분이 상쾌한 얼굴이었다.

"하늘이 나를 도왔다."

희미하게 동이 트는 하늘을 배경으로 허공에 솟아오른 성벽에는 사람의 그림자는 하나 보이지 않았다. 적은 이 비바람에 방심한 모양이었다.

이빈은 제1초의 선봉 1백 명 중에서 10명을 이끌고 평양성 서북 칠성문(七星門) 방향으로 달렸다. 길가 숲 속에 말들을 매고 바로 성 밑에 다가들어도 적은 여전히 아무 기척도 없었다.

그들은 운제(雲梯 : 겹 사다리)를 성벽에 걸쳐 놓고 한 걸음 한 걸음 조심하여 기어올랐다. 그러나 비바람 소리가 귓전을 칠 뿐 인기척은 들리지 않았다.

마침내 성벽에 오른 그들은 몸을 웅크리고 사방을 둘러보았다. 먼동이 트는 하늘 아래 평양성내는 빗속에 숨을 죽이고, 멀리 수탉의 울음소리가 들려왔다.

그들은 성벽을 타고 칠성문 다락으로 다가갔다.

5, 6명이 허리를 꼬부린 채 마룻바닥에서 새우잠을 자고, 한 명은 조총을 품에 안고 졸고 있었다. 이빈이 조는 놈을 칼로 내리치자 병사들은 바닥의 적병들에게 저마다 칼탕을 퍼부었다. 한마디 비명도 함성도 없었다.

그들은 일제히 땅으로 뛰어내렸다. 그리고 칠성문을 활짝 열어젖히고 한 명이 흰 광목천을 좌우로 흔들었다. 성공을 알리는 신호 – 쳐들어간 병사들에게는 무한에 가까운 긴 시간이었으나 모든 것은 일순의 일이었다.

성 밖에 대기하고 있던 기병들은 성난 파도같이 칠성문으로 몰려들어 왔다. 유격장군 사유의 제1초를 선두로 서차에 따라 성내로 들어온 명군 기병들은 이빈이 가리키는 대로 예정된 길을 달려 온 성내로 퍼져 갔다. 어느 부대나 선봉에는 조선 기병들이 달렸고, 그들은 손짓과 몸짓, 그것도 안 통하면 멋대로 고함을 질러 이들 외국군을 끌고 갔다.

조승훈은 천총(千摠) 장국충(張國忠)이 지휘하는 제5초와 함께 성내로 들어왔다. 이때까지도 다급하게 외치는 적의 고함소리가 이따금 울릴 뿐 그들의 모습은 보이지 않았다.

"이게 하늘이 도운 것이 아니고 무엇이오?"

조승훈은 칠성문 옆에 서 있던 이빈에게 한마디 던지고 그대로 말을 달려 성내로 사라져 들어갔다.

빗속에서도 날은 희끄무레 밝아 왔다.
"적장 고니시 유키나가의 본영은 대동관(大同館)에 있다고 했겠다."
이빈은 병사들이 끌고 온 말에 올라 채찍을 내리쳤다. 우선 그의 목부터 쳐야 했다.

패주하는 조승훈

　대동관은 칠성문에서 남동으로 5리, 성내 중앙에 위치하고 있었다. 이빈은 칠성문을 점령한 10여 명의 병사들과 함께 빗속을 전속력으로 달렸다.
　당시 평양은 성내 남동에 관청과 인가가 몰려 있고 나머지 지역은 시골이나 별반 다를 것이 없었다. 숲이 우거진 가운데 여기저기 군영, 관고, 사당, 향교 등이 들어서고, 조, 수수 등 잡곡을 심은 밭에 농가도 적지 않았다.
　이빈은 예전에 보던 이 낯익은 풍경에 곁눈을 보내면서 계속 달렸다. 어디에도 대항하는 적이 없는 것을 보면 그들은 완전히 허를 찔린 것이 분명했다.
　그러나 시가지가 가까워지면서 한두 번 울리던 총소리는 차츰 빈도를 더하여 마침내 콩을 볶듯 온 평양성내를 진동하였다. 접전이 시작된 모양이다. 이빈은 채찍을 퍼부어 시내로 줄달음쳤다.
 도무지 상상도 못한 광경이 벌어지고 있었다.

 평양 시가지의 길들은 바둑판같이 동서와 남북으로 일정하게 달린 것이 아니라 뒤엉킨 실오라기같이 굽은 길들이 이리저리 달리고, 도처에 막다른 골목이 도사리고 있었다. 그것도 양측에 집들이 바싹 다가선 좁은 길들, 마주치는 두 사람이 어깨를 비비고 지나가면 알맞은 길도 적지 않았다.
 평양에서 태어나 여기서 잔뼈가 굵은 사람들에게는 정다운 골목길, 눈을 감고도 다닐 수 있었으나 처음으로 이 고장을 찾는 외지 사람들은 한번 길을 잃으면 반나절쯤 헤매기가 일쑤였다.
 한마디로, 모르는 사람들에게는 미로나 다를 것이 없었다.

 조승훈의 기병들은 함성을 지르며 이 미로의 골목골목으로 쳐들어갔다. 적이 정신을 차리기 전에 일거에 짓밟아 버린다고 했다.
 그러나 골목으로 들어갈수록 길은 멋대로 갈라져 종잡을 수 없고, 좁은 길에서 우군끼리 앞을 다투다 보니 서로 욕설이 오가고, 때로는 막다른 골목에서 뒤엉켜 오도 가도 못하는 경우도 적지 않았다.
 이런 때에 일본군의 반격이 시작되었다.
 일본군은 주민의 협력을 얻지 못하니 조선군이나 명군의 동정을 알 길이 없었다. 그들은 조승훈이 압록강을 건너온 것도, 남으로 내려오는 것도 몰랐다. 이빈이 칠성문을 점령하고 명나라 기병들이 성내로 들어올 때까지도 그들은 새벽잠에서 깨어나지 못하고 있었다.
 그들은 성내에 들어온 명군이 알 수 없는 구령을 외치고 함성을 지르며 시가지로 쳐들어오는 소리를 듣고야 비로소 적의 침입을 알았다.

창졸간에 계책이 있을 리 없었다. 엉겁결에 잠자리에서 뛰어 일어난 일본군은 장수들이고 졸병들이고 옷도 제대로 입지 못한 채 손에 잡히는 대로 무기를 집어 들고 내달았다.

그러나 무서운 기세로 다가드는 기병들은 당해 낼 길이 없었다. 총알을 잴 겨를도 없이 밟혀 죽는가 하면 짧은 칼로 덤볐다가 적의 긴 창에 찔려 죽는 자가 속출하였다. 그들은 몸을 날려 빈집으로 뛰어들었다.

숨을 돌리면서 밖을 내다보는 사이에 각자 계책이 떠올랐다. 이대로 집안에 숨어 벽을 의지하고 조총을 쏘면 되는 것이다. 이쪽은 적을 보고, 적은 이쪽을 못 보고, 말 탄 기병이 집안으로 밀고 들어올 수도 없으니 안심하고 느긋한 마음으로 싸울 수 있으리라.

더구나 적은 좁은 흙탕길에 몰려 복작거리고 아우성치고 있었다.

집안의 일본군은 마음 놓고 적을 겨누고 마음 놓고 쏘았다. 바로 창밖에 있는 적인지라 쏘면 반드시 맞고, 빗나가도 말은 다치게 마련이었다. 놀란 말이 앞발을 쳐들고 일어서면 탔던 적병은 떨어져 허리 아니면 다리를 다치고 버둥거렸다.

온 평양의 거리거리에서 명군은 마치 거미줄에 걸린 파리 떼같이 죽어 갔다. 누가 시킨 것도 명령한 것도 아니었다. 되다 보니 그렇게 되고 말았다.

이빈은 대동관으로 통하는 골목에 접어들었다가 이 광경을 보고 말고삐를 틀어 오던 길을 다시 달렸다.

칠성문을 들어서면 얼마 안 되는 거리에 야산(萬壽臺)이 있고, 야산 위에는 열무정(閱武亭)이라는 정자가 있었다. 그는 온 평양성내를 한눈으로 바라볼 수 있는 이 열무정에 올랐다.

전세는 이미 판가름이 나고 있었다. 눈에 보이는 거리거리에는 어디나 명군의 인마가 즐비하게 쓰러져 있고, 살아남은 자들은 무기를 버리고 멋대로 뛰는 중이었다. 여태까지 숨어서 총만 쏘던 일본군은 밖으로 뛰쳐나와 칼이며 창을 꼬나들고 그 뒤를 쫓았다.

별안간 서문 방향에서 총성이 다급하게 울렸다. 후퇴하는 조승훈과 추격하던 고니시 유키나가가 맞붙은 전투였다. 이빈은 급히 말을 달려 산에서 내려왔다.

서문 안 광장에는 수백 명의 명군의 인마가 아우성치고 서로 먼저 문을 빠져나가려고 아귀다툼을 하고 있었다. 이대로 가면 적에게 짓밟히기 전에 우군끼리 밟고 밟혀 죽을 판국이었다.

천총 양득공(楊得功)이 이리저리 말을 달려 호통치고 때로는 채찍으로 마구 내리치는 가운데 차츰 질서는 회복되고 차례대로 문을 빠져나가기 시작했다.

그동안 조승훈은 사유와 함께 1백여 명의 병사들로 그 안쪽 향교에서 군기고(軍器庫)에 이르는 일대에 포진하고 서문의 후퇴를 엄호하고 있었다.

이들과 접전하던 고니시 유키나가의 일본군에서는 조총을 쏘던 철포대(鐵砲隊)가 후퇴하고 2, 30명의 궁대(弓隊)가 앞으로 나왔다. 한 방 쏘고 나서 다시 화약과 총알을 재고 불을 댕기기까지는 시간이 걸리는지라 어디서나 하는 그들의 전법이었다.

지금까지 건물 뒤에서 활을 당기던 명군이 갑자기 말을 달려 나왔다. 교대하는 적이 태세를 갖추기 전에 내칠 모양이었다. 그들은 사유를 선두로 질풍같이 돌진하여 궁대를 짓밟고 고니시 유키나가가 진을 치고 있는 중영(中營)으로 다가들었다.

중영의 일본군은 움직이지 않고 조총으로 대항하였다. 연거푸 총성이 울리면서 달려오던 명군은 하나 둘 말에서 떨어져 나갔다. 그러나 그들은 돌격을 멈추지 않았다.

아까부터 적을 겨누고 있던 고니시 유키나가의 조총이 폭음과 함께 불을 뿜었다.

순간, 선두를 달려오던 사유가 외마디 비명과 함께 맥없이 말에서 떨어져 흙탕에 뒹굴었다. 정통으로 가슴을 맞은 듯 꼼짝하지 않았다. 이어 콩 볶듯 일본군의 총성이 울리고 달려오던 명군은 뿔뿔이 흩어져 사방으로 도망치기 시작했다.

멀리서 바라보던 조승훈이 말머리를 돌려 서문으로 빠져나가고 고니시 유키나가가 기마병 50기로 그를 추격하기 시작했다.

이빈은 그들의 뒤를 쫓았다.

서문을 지나 보통문(普通門) 밖 벌판에는 말 탄 자와 발로 뛰는 자 — 퍼붓는 빗속을 숱한 명군이 무질서하게 북으로 달리고, 그 뒤 훨씬 떨어져 겨우 2명의 기병을 좌우에 거느린 조승훈이 기를 쓰고 말에 채찍을 퍼붓고 있었다.

고니시 유키나가는 금시라도 그를 따라잡을 듯 바싹 조여들었다.

유키나가의 뒤를 쫓던 이빈 이하 조선군 10여 기가 마침내 활을 당기기 시작했다. 그러나 한 명 두 명 살에 맞고 말에서 떨어져도 일본군은 가끔 돌아서 총질을 할 뿐 그대로 달렸다.

20명이 조선군의 화살에 쓰러졌으나 일본군은 추격을 멈추지 않았다. 하늘이 무너져도 조승훈을 잡을 기세였다.

조선군도 10여 명 중 반수가 전사하고 화살도 떨어져 갔다. 아무래도 조승훈은 적의 칼밥이 될 수밖에 없었다.

이빈은 마지막 남은 살을 활에 쟀다. 그는 무작정 화가 치밀고, 홧김에 무작정 활을 당겼다.

헉 소리와 함께 고니시 유키나가의 바로 옆을 달리던 장교가 말에서 떨어져 사지를 버둥거렸다. 유키나가 이하 추격군은 서로 알 수 없는 소리를 외치며 고삐를 당겨 그 주위에 모여들었다. 여태까지 없던 일이었다.

화살이 떨어진 이빈은 부하들과 함께 멀리 적을 우회하여 북으로 달리면서 뒤를 돌아보았으나 적은 제자리를 맴돌고 쫓아오지 않았다. 혹시 살에 맞은 것은 고니시 유키나가가 아닐까?

그러나 그것은 고니시 유키나가가 아니고 그의 아우 '루이스'였다.[7]

이것으로 평양전투는 반나절로 끝났다.

일본군은 유키나가의 아우를 비롯하여 기백 명의 사상자를 냈으나 명군에 비하면 대단할 것도 없었다.

명군은 전사 2천 명, 도망가지 못하고 성내에 숨어 있던 3백 명도 끌려 나와 참살을 당하니 도합 2천3백 명을 잃었다. 더구나 장수들이 거의 전멸을 당했다.

조승훈의 휘하 5초를 지휘하던 장수 5명 중 4명(史儒, 戴朝弁, 張國忠, 馬世隆)이 전사하고 살아남은 것은 한 명(楊得功)뿐이었다.

이빈은 순안에서 조승훈을 따라잡았다. 이때쯤은 2, 30기의 부하들도 주위에 모여들었고, 통역으로 붙여 주었던 박의검(朴義儉)이라는 곰보 청년도 얼굴을 내밀었다. 이빈을 보자 조승훈이 고함을 지르고, 박의검이 우리말로 옮겼다.

"너는 꼴도 보기 싫다."

고맙다는 인사라도 나올 줄 알았던 이빈은 목까지 올라오는 분을 내리누르고 입을 열었다.

"우리 성내에 들어가 천천히 이야기합시다."

그러나 조승훈은 또 고함을 지르고 말에 채찍을 내리쳤다.

"필요 없어 했다!"

이빈은 안개 낀 산모퉁이를 돌아 사라져 가는 그의 모습을 지켜보다가 인기척에 고개를 돌렸다.

남에서 올라오는 조선군 패잔병이었다.

"어찌 되었느냐?"

만나는 조선 병사마다 붙잡고 물었고, 그 결과 대충 짐작으로 조선군은 열에 아홉은 목숨을 잃었다는 결론이 나왔다. 적의 소굴에 무작정, 그것도 선봉으로 뛰어들었으니 무리도 아니었다.

이빈은 순안성내로 말을 몰면서 저물어 가는 하늘을 쳐다보았다. 모든 것을 삼킬 듯 다가오는 어둠, 어쩐지 종말의 발소리가 들리는 것만 같았다.

평양에서 의주는 5백4리.

소식을 알지 못하는 의주의 조정은 평양 패전 이틀 후에도 상쾌한 분위기 속에 회의를 진행하고 있었다. 명군이 참전해서 남으로 진격했으니 지금쯤 평양은 떨어졌을 것이고, 계속 전진하여 서울을 수복하고, 부산까지 밀고 내려갈 날도 멀지 않았다. 이 기회에 왜놈들을 아주 뭉개버림으로써 영원히 버릇을 가르칠 필요가 있었다.

어명을 받든 선전관들이 적의 점령하에 있는 남방 각처로 은밀히 파송되고 더러는 배로 서해를 남하하였다.

쫓겨 가는 적을 혹은 요격하고 혹은 추격하여 몰살하라. 그래도 남은 적이 바다로 나가거든 영남의 수사(水使)들은 수군함대로 이를 추격하라(或徼擊 或尾擊 餘賊若由水路而去 則嶺南水使 以舟師追擊 :《선조실록》).

육지의 모든 장수와 의병장들, 남해에 떠 있는 수군절도사들에게 가는 명령이었다.

그러나 선전관들이 길을 떠난 지 얼마 안 되어 이원익, 김명원, 류성룡으로부터 잇따라 장계가 올라왔다. 조승훈이 참패하여 북으로 도망치는 중이라고 했다.

이튿날 해가 중천에 뜨자 조승훈은 수십 명의 패잔병들을 이끌고 의주성 밖에 나타났다. 그러나 성내에는 들어오지 않고 영접을 나간 예조판서 윤근수, 병조판서 이항복에게 욕설을 퍼부었다.

"내가 패한 것은 너희들 조선놈들 때문이다. 두고 보자."

달래도 듣지 않고, 압록강에 떠 있던 배들에 분승(分乘)하여 강을 건너가 버렸다.

패배를 잘 요리하는 것도 명장의 요건이었다. 그러나 세상에 이기는 법을 가르치는 병법은 있어도 지는 법을 가르치는 병법은 없었다. 지는 법은 경험에서 배우는 외에 달리 도리가 없었다.

그런데 조승훈은 일찍이 져본 일이 없고, 평양에서 난생처음으로 패전을 경험하였다. 여태 겁이라는 것을 몰랐으나 겁에 질려 머리가 아찔하고, 어떤 경우에도 지혜가 솟았으나 도무지 계책이 떠오르지 않아 덮어놓고 도망쳤다.

제정신이 아니었다. 금시라도 적이 덮칠 것만 같아 단숨에 1백70리를 달려 밤중에 안주에 당도했다. 성내에는 조선 정부를 대표해서 자기들의 접대를 맡은 류성룡이 있었으나 만날 용기가 나지 않았다. 그는 잠시 말을 멈춰 세우고 뒤에 따라오던 통역 박의검을 불러 구두로 류성룡에게 전갈을 보냈다.

"오늘 우리 군은 숱한 적을 죽였으나 불행히도 사 유격(史遊擊 : 사유)이 부상을 입고 전사하였소. 게다가 천시(天時)도 불리하여 큰 비가 내리고 땅이 질어서 적을 몰살하지 못했소. 병력을 더해 가지고 다시 올 터이니 당신네 재상에게 말해서 동요가 없도록 하고, 부교(浮橋)도 거두지 말고 그대로 두라고 하시오."

부교는 일전에 이들이 내려오기 전에 쪽배들을 모아 임시로 여러 강에 놓은 다리였다. 그는 이때까지도 장수로는 사유가 죽은 것만 알고 다른 장수들이 죽은 것은 모르고 있었다.

전갈을 보내고는 말에 채찍을 내리쳐 청천강(淸川江)과 대령강(大寧江)을 차례로 건너서야 비로소 말에서 내렸다. 평양에서 2백 리도 더 왔고, 적이 추격해 오는 기미도 보이지 않았다. 설사 추격해 온다 하더라도 청천강과 대령강이 앞을 가로막고 있으니 여기서 지체하는 사이에 뛰면 또 되는 것이다.

그는 강가의 공강정(控江亭)으로 들어갔다. 불을 피워 놓고 부하들과 함께 둘러앉아 젖은 옷을 말리는데 류성룡이 말 한 필에 음식과 술을 잔뜩 실어 보냈다.

"떵하오(頂好)."

체면을 생각할 겨를이 없었다. 심사가 편치 못한 김에 연거푸 술을 퍼마시고 쓰러져 잠이 들었다.

그는 여기서 이틀을 묵었다. 비 때문에 길을 떠날 수 없다고 했다. 비가 퍼부은 것도 사실이었으나 그보다도 이 패전을 상부에 보고할 일을 생각하니 도무지 엄두가 안 나고 발걸음이 떨어지지 않았다. 일찍이 승전 보고는 여러 차례 한 일이 있어도 패전 보고는 한 번도 해본 일이 없었다.

머리가 빠른 사람이 자기의 실수를 모를 리 없었다. 기병을 좁은 골목

길에 몰아넣은 것이 패인이었다. 그러나 그것은 생각하기도, 입 밖에 내기도 싫은 일이었다.

그것은 없던 것으로 치고, 전에는 이기고 이번에는 왜 졌느냐? 이틀을 두고 궁리 끝에 마침내 그 연유를 찾아냈다. 전에는 조선군이 없었고, 이번에는 조선군이 있었다.

전에는 조선군이 없었기 때문에 이겼고, 이번에는 조선군이 있었기 때문에 졌다.

그렇게 생각하니 그럴싸한 조목들이 즐비하게 머리에 떠올랐다. 그는 서사를 불러 이것을 조목조목 적었다. 적고 보니 더구나 어김없는 사실로 굳어졌고, 그는 입에 거품을 물었다. 이놈들을 그냥 둘 수 없다!

조승훈은 다시 길을 떠나 의주를 거쳐 압록강을 건너갔다.

당시 요동총병관 양소훈은 의주 대안 구련성(九連城)에 머물고 있었다. 평양으로 출격하는 조승훈을 압록강에서 전송하고 여기 눌러앉아 하회를 기다리는 중이었다.

"각하, 이렇게 분할 데가 어디 있겠습니까? 조선놈들이 왜놈들과 짜고 우리를 협격하는 바람에 이렇게 됐습니다. 다 이긴 싸움을 말입니다."

가슴을 치고 보고하는 조승훈의 이야기를 듣고 나서 양소훈은 어금니를 깨물었다.

"조선놈들이 배신했다? 당장 깔아뭉개야겠다."

모함과 오해

의주의 조선 조정은 신하들이 모여 아무리 토론해도 알 수 없었다.
왜 우리 때문인가?
결국 병조참판 심희수(沈喜壽)를 명나라 진영에 보내 알아보기로 했다.
압록강에서 구련성은 30리였다. 심희수는 강을 건너 구련성으로 말을 달렸다.
"너 잘 만났다."
심희수를 보자 양소훈은 앉으라는 소리도 없이 고함을 질렀다.
"자고로 말이다. 대국이 소국을 구하기 위해서 숱한 병마를 3천 리 밖으로 움직인 예가 어디 있단 말이야, 응? 폐하의 이 망극한 은혜를 갚으려야 갚을 길이 없을 터인데 너희 나라는 무어냐 말이다."
그는 주먹으로 탁자를 치고 말을 이었다.
"너희 조선 장수들은 하나같이 슬슬 꽁무니를 빼고 우리 장병들만 적과 싸우도록 내몰았단 말이다."

그는 심희수를 한참이나 노려보고 또다시 목청을 가다듬었다.

"적중에는 활을 잘 쏘는 자들이 기차게 많았다. 그런데 너희들은 말하기를 왜놈들은 활을 안 쏜다고 했다. 무슨 심보로 우리를 속였느냐!"

모두가 조승훈의 조작이었으나 심희수는 알 까닭이 없고 머리가 아찔했다. 양소훈은 이번에는 종이에 적은 것을 내밀고 더욱 화를 냈다. 조승훈이 바친 글이었다.

조선군의 작은 부대가 적에게 귀순하였습니다(朝鮮之兵一小營投順).

빽빽이 내리엮은 글 중에서 이런 구절이 크게 눈으로 들어왔다. 귀순해서 적과 한통속이 되어 싸웠다는 것이다.

이것은 예삿일이 아니었다. 그러지 않아도 일본과 내통하여 중국을 들이친다고 의심하는 터에 자칫하면 큰 사건으로 발전할 염려가 있었다.

"그럴 리 없습니다. 이것은 무슨 오해십니다."

심희수는 한마디 하고 말문이 막혔다. 그 이상 아무 말도 떠오르지 않았다.

"내 더욱 자세히 알아보고 처리할 터이니 돌아가라!"

양소훈의 호통에 심희수는 밤중에 압록강을 건너 의주로 돌아왔다.

"이거 큰일 났소."

그의 보고를 받은 임금은 좌의정 윤두수를 불렀다.

"일본에 짓밟히고, 이제 또 중국에 짓밟히게 되었으니 이런 변이 어디 있겠소? 모두들 의논해서 방책을 강구하시오."

물러 나온 윤두수는 판서 이하 모모한 관원들을 모아 놓고 회의를 열었다.

"일이 크게 확대되기 전에 대신이 가서 해명하는 것이 좋겠다."

이렇게 결론이 났다.

영의정이 친히 압록강을 건너 양소훈에게 성의를 보이는 것이 제일 빠른 길이다. 공론은 이렇게 돌아갔으나 이때 영의정 최흥원(崔興源)은 의주에 없었다.

한 달 전인 6월 14일, 북으로 피란 중이던 조정은 영변(寧邊)에서 임금 선조와 왕세자 광해군이 갈라섰다. 임금은 의주로 향하고, 광해군은 어명으로 강계(江界)를 향해 길을 떠났다. 강계에 분조(分朝)를 설치하고, 장차 압록강을 건너 중국으로 망명하겠다는 임금을 대신해서 나라를 다스릴 예정이었다.

이 때문에 종묘와 사직의 신주들도 임금이 모시지 않고 왕세자 광해군이 모시고 길을 떠났다. 이때 영의정 최흥원도 어명으로 광해군을 따라갔다.

광해군은 18세의 소년이었으나 똑똑한 인물이었다. 무엇 때문에 도망만 다니느냐?

강계에 가지 않고 희천(熙川)에서 발길을 돌려 남으로 내려왔다. 신주는 수도 많고 무겁기도 하니 땅에 묻든지 절간에 맡기자는 것이 중론이었으나 광해군은 이것도 듣지 않았다.

"종묘사직의 신주를 팽개치고 나라 꼴이 되겠느냐?"

평안도의 맹산(孟山)·양덕(陽德), 황해도의 곡산(谷山)을 거쳐 강원도 이천(伊川)에 당도한 것이 7월 9일이었다. 산간의 험한 길로 적의 점령지를 돌파하는 위험한 행군으로, 신하들이 모두 반대하고 나섰으나 광해군은 물러서지 않았다.

"사정이 있어 따라오지 못할 사람은 사양 말고 가라."

실지로 하직하고 가는 신하도 있고, 하인들 중에는 도망쳐 달아나는 자들도 적지 않았으나 개의치 않았다.

광해군은 적의 점령지 한복판, 이천에 분조를 설치하고 남도의 장수들과 각처의 의병장들에게 사람을 파송하여 격려하고, 상을 내리고, 관에 임면(任免)하고, 이름 있는 선비들에게는 무기를 들고 일어설 것을 권고하였다.

온 나라에 감동의 바람이 불었다. 세자께서 위험을 무릅쓰고 몸소 적중에 뛰어들었는데 우리는 무엇이냐? 그들은 자신이 부끄러웠다.

관을 등졌던 관원들은 관가에 돌아가 죽을힘을 다하고, 숨어서 몸을 사리던 사대부들은 나서 의병에 앞장을 섰다. 공기가 이렇게 돌아가자 백성들도 그냥 있을 수가 없고 무기를 들고 일어섰다. 일어서지 않으면 사람의 축에 끼지 못하게 되었다.

전쟁 초기에 패전의 무기력한 공기를 전환하여 결전의 기풍으로 바꾸는 데는 젊은 광해군의 역할이 컸다. 최흥원은 광해군의 이 사업을 도우면서 이때 강원도 이천에 있었다.

영의정 최흥원뿐만 아니라 우의정 유홍(俞泓)도 이 무렵 세자 광해군을 모시고 이천에 있었다. 의주에 있는 정승은 좌의정 윤두수 한 사람뿐이니 그가 가는 수밖에 없었다. 그는 이튿날 통역을 데리고 압록강을 건너 구련성으로 길을 재촉했다.

"우리 임금을 대신해서 말씀을 드리러 왔소."

윤두수는 배포도 크고 능력도 있는 사람이었다. 그는 양소훈이 묵고 있는 집에 들어서자 우선 이렇게 말을 던졌다. 양소훈은 내키는 얼굴이 아니었으나 지체가 높은 정승이 임금을 대신해서 왔다는 데는 예모를 갖추지 않을 수 없었다. 그는 일어나 자리를 권했다.

"앉으시지요."

윤두수는 통역을 시켜 임금의 말씀부터 전했다.

"사 유격이 전사하였다는 소식을 들으니 애통하기 그지없습니다. 우리 조선을 위해서 목숨을 바친 것이요, 전사하심은 우리 조선에 복이 없음입니다. 원래 기천 병마를 멀리 구원병으로 보낸다는 것은 중국 역사에 없는 일로, 우리 모두 고맙게 생각하고 있습니다. 그런 터에 어제 심희수를 통해서 뜻밖에도 당치 않은 말씀(不近之言)을 들었습니다. 내 아직 노야(老爺)를 뵌 일이 없는지라 차제에 친히 가서 말씀을 나누고자 하였으나 체통상 합당치 못하다 하여 급히 신하를 보내 문안도 드리고 사정도 말씀드리도록 하였으니 노야께서는 살펴 주시기를 바랍니다."

'임금'이란 역시 그 이름만으로도 신묘한 기운을 풍기는 힘이 있었다. 어제 그렇게까지도 펄펄 뛰던 양소훈이 두 손을 무릎에 얹고 공손히 듣더니 머리를 숙였다.

"고맙소. 사 유격이 전사한 것은 (조승훈이) 적을 가볍게 본 데도 원인이 있지마는 기강이 해이해서 패전한 것이니 사유 자신에게도 책임이 있지요."

이처럼 인사를 갖추고 나서 정색을 하였다.

"생각해 보시오. 6월에 군사를 일으킨다는 것은 주(周)나라 이후로 없는 일이오. 그런데도 당신네 나라를 위해서 이 무더운 여름철에 출병했소. 그러나 연일 비가 쏟아지고, 활과 살[箭]은 부서지고, 길은 진창이라 인마는 다니기 어렵고."

양소훈은 이 대목에서 조승훈이 바친 글을 내놓고 언성을 높였다.

"거기다가 당신네 군사들은 도망치고 싸우지 않았단 말이오. 병법에서 말하는 천시(天時), 지리(地利), 인화(人和)를 모두 잃었으니 패하지 않을 수 있겠소?"

여러 말을 했으나 핵심은 조선군이 도망치고 싸우지 않았기 때문에 패했다 — 이렇게 이야기를 끌고 갔다. 윤두수는 후일을 위해서도 묵과할 수 없었다.

"천시와 지리는 노야의 말씀대로지요. 그러나 인화에 대해서는 할 말이 있소. 명군은 사 유격과 두 분 파총(把總)이 전사하는 것을 보고 먼저 무너져 버렸고, 우리 조선군은 그 뒤에 하는 수 없이 후퇴한 것이오."

양소훈은 화를 냈다.

"당신네 나라에서는 처음에 무어라고 했소? 왜놈들은 총과 칼을 쓸 뿐 다른 재주는 없다고 하지 않았소? 또 적의 병력은 불과 1, 2천이라고 했지요? 그런데 우리 병사들 가운데는 총알이 아닌 살에 맞아 죽은 사람이 부지기수요. 또 왜병들은 1만 명도 더 된다고 하니 이것은 어찌 된 일이오? 왜 이렇게 거짓말을 했소?"

구련성에 앉은 양소훈이 평양에서 죽은 명군의 시체를 보았을 리는 없고 어김없이 조승훈의 조작이리라.

"우리 전사자들 중에는 살에 맞아 죽은 사람이 하나도 없는데 명군만 살에 맞아 죽었다니 알 수 없는 일이군요. 적이 1, 2천이라고 한 것은 우리 병마절도사의 보고를 그대로 말씀드린 것이지 거짓말을 한 것은 아니오."

그는 주머니에서 평안병사 이빈이 올린 당시의 보고서를 꺼내 보였다. 훑어보던 양소훈이 고개를 들었다.

"그건 그렇다 치고, 조선의 한 부대가 적에게 투항한 것은 어떻게 생각하시오?"

"그것을 정말로 믿으시오?"

윤두수가 양소훈을 똑바로 보고 묻자 그는 약간 누그러졌다.

"내 조승훈의 말만 믿는 것은 아니오. 이번 싸움에 출전한 장수 가운데 양득공이라는 천총이 있는데 내 친척이오. 며칠 사이에 돌아올 터이니 그가 오면 사실이 밝혀질 것이오."

이때에도 패잔병들은 줄을 이어 압록강을 건너오고 있었다.

패전의 책임

윤두수는 일어섰다. 더 이상 입을 열면 사람이 구차해질 염려가 있었다.

흰눈으로 노려보는 중국 사람들의 시선을 외면하고 압록강에 나와 배로 강물을 가로지르는데 스쳐가는 중국 배들이 조용하지 않았다.

"왕바아딴."

"훈단."

배에 탄 병정들이 저마다 주먹질을 하고 소리를 질렀다. 얼굴이고 입성이고 땟국으로 범벅이 된 군상, 사람이라기보다 허깨비 같은 몰골들이었다.

"저것은 말입니다."

옆에 붙어서 있던 통역 홍수언(洪秀彦)이 우리말로 옮기려고 했으나 윤두수는 고개를 저었다.

"그만둬라."

들으나마나 욕설일 것이고 평양에서 압록강까지 5백 리 길을 도망쳐 겨우 건진 목숨이니 악도 받칠 것이다.

중국 쪽에서 압록강을 건너 조선 땅에 오르면 강가에 의순관(義順館)이 있었다. 의주 서남방 2리(0.8킬로미터)에 위치한 이 집은 서울·의주 가도의 마지막 역참인 동시에 대륙에서 건너오는 손님들을 맞는 접대소이기도 했다.

이 전쟁이 일어나고 명나라 사신들의 내왕이 잦아지자 의순관은 그들의 전용 숙소로 변했고, 명군이 이 고장에 상주하면서부터는 그들의 사령부로 전용되었다. 언제나 창을 꼬나든 초병들이 주위를 서성거리고 행여 하찮은 백성이 영문을 모르고 가까이 갔다가는 늘씬하게 매를 맞고야 풀려나기로 되어 있었다.

이 삼엄한 의순관에서 요란한 곡성이 울렸다. 사유의 시신이 당도했다는 것이다.

평양에서 전사한 다른 장수들의 시신은 하나도 돌아온 것이 없었으나 사유의 시체는 아우 사득(史得)이 수습해 가지고 왔다. 전투 중에도 형을 그림자처럼 따라다니던 건장한 청년이었다.

그냥 지나치는 것은 도리가 아니었다. 윤두수는 의순관에 들어가 향을 피우고 절을 했다.

"어떻게 할 것이오?"

문상을 끝내고 나오려는데 동양정(佟養正)이 앞을 가로막았다. 그는 참장(參將)으로 관전(寬奠) 주둔부대의 부대장이었다.

"무슨 말씀이오?"

윤두수는 영문을 알지 못했다.

"사 유격이 누구를 위해서 이렇게 됐는지 말해 보시오."

두 눈을 세모꼴로 치떴다.

"그야 우리 조선을 위해서 목숨을 바치셨지요."

"조선을 위해서 목숨을 바쳤다 — 그렇다면 조선 왕은 인사가 있어야 하지 않겠소?"

"예관을 보내서 제사를 드릴 것이오."

"성의가 있다면 앉아서 사람을 보낼 것이 아니라 임금 자신이 와서 제사를 받드는 것이 순서가 아니겠소?"

조승훈의 농간으로 격한 그들의 감정은 졸병에서 장수에 이르기까지 한결같이 요동을 치고, 이제 임금을 걸고 넘어갈 기세였다.

"내 거기까지는 생각하지 못했소."

지금까지 관 옆에 지켜 섰던 청년이 다가서 윤두수에게 삿대질을 하고 고함을 질렀다.

"너희 임금, 오는 거야 안 오는 거야. 똑똑히 말해 봐."

다른 사람들을 턱 밑으로 내려다보는 거구의 사나이, 사유의 아우 사득이었다.

"우리 임금은 인자하신 분이오. 생각이 있을 겁니다."

윤두수는 여전히 부드럽게 나왔으나, 사득은 한 주먹을 허공에 쳐들었다.

"안 와 해? 죽어 한다."

윤두수가 문 밖으로 사라질 때까지 그는 계속 눈을 흘기고 서 있었다.

"성상께서 정말 오실까요?"

의주성 내로 들어오는 길에 통역 홍수언이 물었다.

"그것이 걱정이다."

윤두수는 길게 말하지 않았다.

단순한 문상이라면 임금도 못할 것이 없었다. 그러나 제주(祭主)가

돼서 제사를 드리라는 것은 억지였다. 임금이 제사를 드린다는 것은 조선이라는 나라가 망자에게 무릎을 꿇고 절하는 격이었다. 앞으로 저들의 시체가 얼마나 더 올지 몰라도 선례를 만들면 그때마다 제사를 드리라고 할 것이다. 아무리 도움을 받는 처지라도 송장이 나타날 때마다 임금이 넙죽넙죽 절하고 돌아다니는 나라가 하늘 아래 어디 있단 말이냐.

맥없이 말을 몰고 가는데 의주성 남문에서 지팡이를 짚은 늙은 스님이 나타났다. 옆에 따라붙은 동승(童僧)은 신이 나서 속삭이고 스님은 가끔 고개를 끄덕이는 품이 그늘진 구석은 하나 없었다.

서산대사(西山大師)였다.

이미 73세의 이 노승은 묘향산(妙香山) 보현사(普賢寺)에 있다가 임금의 부름을 받고 이달 초에 의주로 내려왔었다. 불교를 좋아하지 않는 임금도 궁지에 몰리고 보니 부처님의 힘이라도 빌고 싶어 그를 8도 16종 도총섭(八道十六宗都總攝)에 임명하고 부탁했다.

"불전에 발원(發願)해서 이 국난을 구할 수 없겠소?"

"발원도 하고 노동도 해야 합지요."

이렇게 대답한 서산은 그동안 전국 각처의 모든 스님들에게 편지를 보내는 것이 일이었다.

> 늙거나 병든 자는 불전에 발원하고 젊고 건장한 자는 무기를 들고 일어나 노동하라.

그의 편지를 품에 넣은 젊은 중들은 적지를 뚫고 오솔길을 더듬어 팔도로 흩어져 갔다.

"이거 스님, 바람 쏘이러 가시는 길이오?"

도중에서 마주치자 윤두수는 말에서 내렸다. 대사는 그 말에는 대답하지 않고 두 손으로 지팡이를 짚고 그를 쳐다보았다.
"대감, 안색이 좋지 않소이다."
"좋을 리가 없지요."
그는 스님을 끌고 길가 느티나무 밑에 마주 앉았다.
"만사가 하나같이 혼돈이라, 도무지 방책이 서지 않는군요."
답답한 김에 요즘 돌아가는 형편을 털어놓고 서산을 바라보았으나 그는 말이 없었다.
"스님의 지혜를 조금 빕시다."
"글쎄요. 때로는 무책도 방책이겠지요."
"이 혼돈 속에서 무책으로 시일을 천연하다가는 나라는 기필코 망하고 말 것입니다."
"대감, 인간의 눈에 혼돈으로 보일 뿐 세상만사 갈 길을 찾아가는 법입니다. 서지 않는 방책을 억지로 세울 것은 없지요."
윤두수는 시냇물이 흐르듯 잔잔하게 흐르는 그의 음성에 갈피를 잡을 수 없던 마음도 가라앉는 듯했다.
"스님도 술을 하시오?"
그는 화제를 바꿨다.
"오는 술을 마다 않고, 없는 술을 찾지 않고 — 내 스승 영관대사(靈觀大師)는 그렇게 가르치십디다."
"오늘밤 한잔 하실까요?"
"사양하는 것은 아니고, 오늘밤 나는 의주에 없을 것이오."
"없다니?"
"남으로 내려갈 일이 생겨서요. 인연이 닿으면 또 만나게 될 것이오."
서산이 지팡이를 짚고 일어서자 윤두수도 따라 일어섰다.
"어디로 가시는데?"

"가봐야 알겠소이다."

"내 말을 타고 가시오."

"말을 주신다고?"

"나는 또 구할 수 있으니까."

"고맙소이다."

가사를 바람에 휘날리고 말에 오른 서산대사는 동승과 함께 차츰 멀어져 산모퉁이로 사라졌다. 그는 남으로 4백50리, 순안의 법흥사(法興寺)로 가는 길이었다. 거기 승군의 본영을 설치할 계획이었다.

도리가 없는 처지에 도리가 있는 듯이 이 말 저 말 토해 내는 것은 분명히 소인들이었다. 일을 그르치는 장본인은 바로 이들이었다.

북경에 사신을 보내자. 양소훈에게 선물을 보내자. 임금이 사유의 제사를 받들지 않으면 큰 변이 일어날 것이다 ─ 조정 안팎이 떠들썩했다.

그러나 윤두수는 한 귀로 듣고 한 귀로 흘려보냈다.

의순관의 명나라 장수들은 더욱 목청을 가다듬었다.

"임금의 제사는 어떻게 되는 것이냐?"

"우리 명나라를 우습게 보는 것은 아니냐?"

잇따라 달려와서 주먹으로 방바닥을 쳤으나 윤두수는 언제나 정중했다.

"우리 임금께서는 요즘 등창으로 식음을 전폐하고 계시니 좀 기다리시오."

사흘이 지나자 그들은 한풀 꺾였다.

"조선 조정에 맡길 터이니 시각을 다퉈 제사를 지내 주시오."

알고 보니 관 속의 사유가 문제였다. 아직도 7월, 있는 대로 송진을 긁어다 틈바구니를 메워도 새어 나오는 냄새를 감당할 길이 없었다.

예(禮)는 격식이어서 균형이 맞아야 했다. 죽은 사유에 비해서 너무 높은 고관이 가면 비굴하다고 웃을 것이고, 너무 낮은 관원이 가면 오만하다고 화를 낼 것이다. 정중하면서도 비굴하지 않도록 예조참판 이충원(李忠元)을 보내 제사를 지냈더니 동양정이 묘한 소리를 했다.

"당신네들 다시 보았소."

그들은 사유의 관을 끌고 압록강을 건너갔다.

구련성의 양소훈으로부터는 그 후 아무 소식도 없었다. 그러나 조용한 것이 도리어 이상하다고 걱정하는 사람들도 적지 않았다.

앉아만 있을 것이 아니라 인삼, 녹용을 싸가지고 가서 양득공에게 호의를 보여야 한다는 것이 중론이었으나 윤두수는 듣지 않았다.

"공연한 짓이오."

그래도 고집하는 사람이 있으면 그는 이렇게 말했다.

"나라의 운명이 인삼, 녹용 몇 근에 달려 있다고 생각해서야 쓰겠소?"

큰일에 잔재주는 해는 되어도 득이 될 수는 없었다.

며칠 후, 작년 겨울 사신으로 명나라에 들어갔다가 그 고장에서 전쟁 소식을 듣고 계속 머물면서 외교활동을 벌이던 신점(申點)이 돌아왔다. 그는 일행의 노자와 용돈을 아껴 화약의 원료인 염초(焰硝)와 활을 만드는 데 쓰는 각재(角材)를 사가지고 왔다.

윤두수는 이 충직한 노인, 전쟁 물자를 구하느라 반이나 굶어 돌아온 그의 정성에 가슴이 뭉클했다. 그러나 입 밖에 내면 공치사가 될 것 같아 궁금한 것부터 물었다.

"그래 명나라에서는 조승훈의 패전을 어떻게 봅디까?"

"달포 전에 북경을 떠났으니 그 고장 공기는 모르겠고, 어제 구련성에 들르니 양소훈이 이런 소리를 하더군요. 조선도 잘한 것은 없지마는 요컨대 병교필패(兵驕必敗)라고 조승훈이 교만해서 적을 우습게 보았기 때문에 패했다고 말입니다."

양득공이 제대로 보고했구나. 윤두수는 막혔던 가슴이 트이는 심정이었다.

다음 날부터 압록강 너머로 소문이 날아왔다. 양소훈이 조승훈을 꿇어앉히고 아주 밟아 버렸다는 것이다.

"너는 사람도 아니다."

한 걸음 나아가 옥에 갇혔다는 소문도 있고 북경으로 끌려갔다는 소문도 떠돌았다. 전시에 떠도는 소문은 열에 하나쯤 맞으면 괜찮은 편이었다. 일일이 믿을 것은 못 되어도 조승훈이 기승을 부리지 못하는 것은 의심할 여지가 없었다.

패전이 조선의 책임이 아니고 조승훈의 책임으로 굳어진 이상 명나라가 시비를 걸 구실도 없어졌다. 한동안 의주성 안팎에 감돌던 우울한 공기도 사라졌다.

이제 조승훈이 일으킨 바람은 가라앉고 원점에서 다시 출발하게 되리라. 윤두수는 어려운 가운데서도 위안을 찾았으나 아무래도 돌아가는 물세는 심상치 않았다.

히데요시에게 드리운 그림자

평양의 고니시 유키나가는 생각이 많았다. 비록 패해서 도망치기는 했으나, 조승훈이 압록강을 건너 평양을 공격했다는 것은 중대한 의미가 있었다. 명군과 일본군이 정식으로 싸우고 피를 흘렸으니 일본과 조선의 전쟁은 이제 명나라까지 끼어든 삼파전의 양상을 띠게 되었다.

전쟁을 막으려고 도요토미 히데요시를 속이면서까지 애를 썼으나 전쟁은 터졌고, 터진 후에는 조선 땅에서 마무리를 지으려고 애썼으나 그것도 뜻대로 되지 않았다. 이로 해서 히데요시도 망하고 어쩌면 일본도 망하는 것이 아닐까.

히데요시는 동양 삼국에 자기의 명성을 떨치기 위해서 이 전쟁을 일으킨다고 했다.

이 터무니없는 망상으로 해서 숱한 조선 사람들이 죄 없이 죽어 갔고,

조선에 올라온 많은 일본 사람들이 들개 [野犬] 처럼 맞아 죽었다.

힘이 없으니 드러내 놓고 말은 못할망정 1백 년의 내란 끝에 평화를 갈구하는 일본 사람들의 원성은 이만저만이 아니었다. 신불(神佛)도 무심치 않으리라.

일본 사람들이 이 지경이니 당하는 조선 사람들의 원한은 이루 말할 수 없을 것이고, 조석으로 하늘에 축원할 것이다. 히데요시를 잡아가 달라고.

그렇게 생각하면 그럴싸한 일의 연속이었다. 이 전쟁을 전후해서 히데요시의 신변에는 불행이 잇따르고 있는 것이다.

첫 번째는 재작년 11월이었다. 일본에 온 황윤길, 김성일 등 조선통신사 일행을 상대로 조선을 친다, 명나라를 친다, 큰소리를 치고 있을 바로 그때 단 하나밖에 없는 그의 이복동생 히데나가(秀長)가 죽을 나이도 아닌 51세로 세상을 떠나고 말았다.

히데나가는 히데요시 집안의 기둥이라고 했다. 히데요시는 어김없이 하늘이 낸 사람인데 그 집안의 기둥이 부러졌다면 심상한 일이 아니었다. 순박한 백성들은 신불이 노한 것이라고 속삭였으나 히데요시는 잠시 눈물을 쥐어짰을 뿐 기를 쓰고 전쟁 준비를 계속했다.

그로부터 일 년도 채 안 된 작년 8월에는 50세가 넘어 겨우 얻은 외아들 쓰루마쓰가 죽었다. 히데요시는 넋이 나간 양 가슴을 치고 통곡했다.

자기 가슴이 아프면 남의 가슴도 아플 수 있다는 것을 알게 되리라. 이것으로 인간의 죽음이 뜻하는 바를 제대로 깨닫고 더 이상 살상을 그만둬 달라는 것이 1천2백만 일본 백성들의 소망이었다.

그러나 불과 4개월 후인 금년 초에는 동원령이 내렸고, 봄부터 행동을 개시한 일본군은 4월에는 마침내 조선에 올라와 말로 다 할 수 없는 살상을 자행하여 온 강산이 피바다로 변하고 말았다.

이런 속에서도 히데요시의 불행은 그치지 않았다. 이번에는 모양을 달리하여 그의 턱 밑에서 반란이 일어나고 말았다.

우메키타 구니카네(梅北國兼)라는 무사는 규슈(九州) 남방 가고시마(鹿兒島) 지방, 당시의 명칭으로 사쓰마(薩摩)의 제후 시마즈 요시히로(島津義弘)의 신하로, 요시히로를 따라 조선에 출전하기로 되어 있었다.

요시히로는 1만 명의 군사들을 거느리고 조선으로 건너왔으나 구니카네는 구실을 붙여 이 대열에서 빠졌다. 본국에 남은 그는 밤낮을 가리지 않고 부지런히 사람을 만나고 속삭이고 몰려다녔으나 아무도 그의 속사정을 아는 사람은 없었다.

지난 6월 14일. 구니카네가 속해 있던 요시히로의 부대는 서울을 떠나 강원도로 쳐들어가고, 가토 기요마사는 개성을 거쳐 함경도로 향하고, 고니시 유키나가는 대동강 남안에 당도하여 평양 점령을 눈앞에 둔 때였다. 일본에 남아 있던 구니카네는 그동안 규합한 2천여 명의 병력으로 히데요시의 본영 나고야에서 얼마 떨어지지 않은 사지키(佐敷)에서 반란을 일으켰다. 대군이 조선으로 출전하여 본국의 방비가 허술한 이 기회에 나고야로 진격하여 히데요시를 잡아 죽인다고 했다.

승리에 도취하여 천하가 모두 자기 앞에 무릎을 꿇은 양 호기만만하던 히데요시의 얼굴에 드러내 놓고 침을 뱉은 격이 되었다. 위신은 땅에 떨어지고 망신스럽기 이를 데 없었다.

그는 가장 믿을 수 있는 아사노 나가마사(淺野長政)를 토벌군 사령관으로 임명하고 고함을 질렀다.

"구니카네란 놈을 산 채로 내 앞에 끌어오라. 사지를 찢어 토막을 내야 이 분이 풀리겠다."

나가마사는 히데요시의 부인 네네(寧々)가 어려서 양녀로 들어갔던 집의 아들로, 호적상으로는 네네의 남동생이었고, 히데요시의 처남이었다. 히데요시는 그에게 봉행(奉行 : 부교 : 장관)의 직책을 주어 측근에 두고 남에게 말 못할 일도 그와 상의하여 처리하곤 하였다.

결국 이 반란은 토벌군이 현지에 도착하기 전에 진압되었다. 구니카네는 잘 싸웠으나 중과부적으로 현지에 있던 히데요시 편의 군대에 밀린 위에 그들의 사술에 걸려 암살을 당하고 말았다.

그러나 히데요시는 분이 풀리지 않았다. 조선에 출전 중인 요시히로의 아우 도시히사(歲久)가 그들의 괴수라 하여 그의 머리를 요구하고 나섰다. 도시히사가 대항하는 바람에 사쓰마는 한동안 두 패로 갈라져 서로 죽이고 살리는 놀음이 벌어졌다. 결국 도시히사는 패하여 자결하였고, 그의 머리를 받은 히데요시는 이를 교토에 효수(梟首)하여 사건을 마무리 지었다.

구니카네의 반란은 일본 내의 국지적인 사건에 그치지 않고 임진왜란의 향방에도 적지 않은 영향을 미쳤다.

히데요시는 원래 사람을 잘 믿는 성품이었다. 그러나 이 일을 계기로 사람을 의심하는 버릇이 싹트기 시작했다. 이럴 수도 있구나.

자기가 일본에 있는데도 이런 일이 벌어졌다. 만약 일본을 비우고 조선에 건너가면 어떻게 될 것인가?

구니카네 같은 것은 문제도 안 되고 대제후들, 도쿠가와 이에야스(德川家康)나 마에다 도시이에(前田利家)같이 대군을 거느리고 있는 제후가 한 사람이라도 딴마음을 먹으면 세상은 뒤집히고 마는 것이다.

조선에 건너가서 출전군을 직접 지휘한다던 그의 의욕은 크게 꺾이고, 조선에 나온 일본군은 앞으로도 계속 지휘자 없는 군대로 남아 있을 수밖에 없었다. 여러 장수들이 의논해서 결정하라고 했으나 그것은 듣기에는 좋아도 신속히 의사를 결정하고 실천에 옮겨야 하는 군사 조직에 있어서는 치명적인 결함이 아닐 수 없었다.

히데요시의 불행이 세상에서 말하는 천벌인지는 딱히 알 수 없으나 불행을 모르고 행운의 외길을 달리던 그의 운수에 제동이 걸린 것만은 어김없는 일이었다. 어쩌면 주님의 뜻이 아닐까. 천주교 신자인 고니시 유키나가는 이런 생각도 들었다.

구니카네의 반란 같은 것이 좀 더 큰 규모로 일어나고 그 진압을 위해서 조선에 건너온 군대를 철수해 가는 사태는 벌어지지 않을까. 그런 일이 없으라는 법도 없었다.

어떻든 무슨 변화가 있어야겠다. 조승훈을 물리친 후로 그런 생각은 더욱 간절하였다.

그러던 차에 친구 이시다 미쓰나리(石田三成)가 서울에 도착했다는 소식이 왔다.

지난 5월 중순, 나고야 본영에서, 서울을 점령했다는 보고를 받은 히데요시는 조선으로 건너간다고 나선 일이 있었다. 그러나 결국 히데요시의 출발은 중지되고, 대신 세 사람의 봉행을 파송하여 일본군이 압록강을 건너 명나라에 진격하는 것을 독려하고 그 밖의 중요한 일을 처결토록 하였었다.

그 3봉행(三奉行 : 石田三成, 增田長盛, 大谷吉繼) 일행의 사실상 책임자가 이시다 미쓰나리였다. 그만큼 그는 사람이 똑똑하고 히데요시의 신임이 두터웠다.

6월 3일 일본을 떠난 이들 일행은 쓰시마를 거쳐 부산에 상륙하였다. 이시다 미쓰나리는 원래 유능한 행정가였다. 부산에 올라온 이후 서울에 이르기까지 도중에 들르는 곳마다 우선 창고 문부터 열게 하고 내용을 점검하였다.

초기에 조선 땅을 밟은 일본 장수들은 가는 곳마다 창고에 쌓인 식량을 보고 흡족하였다. 그들은 식량은 지천으로 있으니 구태여 일본에서 실어 올 것이 없다고 히데요시에게 보고도 하였다.

그러나 이들은 숫자에 어둡고 허풍기도 적지 않은 싸움꾼들이었고 치밀한 사무가는 못 되었다. 히데요시는 그들의 보고에 입이 벌어졌으나 미쓰나리는 믿지 않았다. 필시 주먹구구일 것이다.

창고의 문을 열고 식량의 수량을 물으면 대답은 두 가지였다.
"많습니다."
아니면,
"별로 없습니다."
그러나 미쓰나리에게는 그것으로 통하지 않았다. 많으면 많은 대로 적으면 적은 대로, 하루 몇 홉씩, 몇 명의 몇 개월분으로 분명한 숫자가 나와야 했다.

식량은 소모품이었다. 그동안 절반 이상을 먹어 버렸고 이대로 가면 겨울을 넘길 식량이 걱정이었다. 그렇다고 보충할 길이 있는 것도 아니었다. 연도의 밭과 논은 조선 농민들이 도망쳐서 잡초가 우거진 버림받은 땅들이었다.

일본에서 가져온다 하더라도 부산까지가 고작이었다. 식량은 무거운 만큼 배에 실어 해상으로 조선 팔도에 흩어져 있는 일본군에 공급하는 것이 제일 좋은 방법이었으나 제해권을 이순신에게 뺏겼으니 될 일이 아니었다.

마소나, 하다못해 사람의 등짐으로 나를 생각도 해보았으나 도처에 출몰하는 조선의 의병들 때문에 이것도 안 될 일이었다. 실제로 미쓰나리는 도중에 여러 번 의병들의 습격을 받아 하마터면 죽을 뻔한 일도 한

두 번이 아니었다.

식량뿐이 아니었다. 일본군은 여름 복장으로 조선에 건너왔다. 월동 준비가 되어 있지 않은데 조선의 창고를 아무리 뒤져도 군복을 만들 만한 충분한 천은 아무 데도 없었다.

무기와 탄약도 문제였다. 활이나 살은 조선 현지에서 만든다 하더라도 화약과 총알은 일본에서 가져와야 했다. 조총이 아무리 위력이 있다 하더라도 총알과 화약, 그중 어느 하나라도 없으면 무용지물이었다. 이것을 보충하는 일도 막연했다.

이런 처지에 명나라로 쳐들어간다는 것은 도시 될 말이 아니었다. 그는 서울로 오는 도중 사람을 급히 일본에 보내 이 같은 사정을 있는 그대로 히데요시에게 보고하고 명나라 진격을 연기하는 것이 좋겠다고 한마디 적어 넣었다.

이처럼 현지 사정을 면밀히 검토하느라고 6월 초에 부산에 상륙한 미쓰나리 일행은 7월 17일(일본력 16일), 유키나가가 평양에서 조승훈과 혈투를 벌이던 바로 그날에야 서울에 당도했다.

서울에 들어온 지 며칠 안 되어 히데요시로부터 회신이 왔다. 미쓰나리가 건의한 대로 명나라에 쳐들어가는 것은 내년 봄 자기가 조선에 건너갈 때까지 연기하라. 그동안 조선의 관군과 의병들을 쳐서 치안을 확립하고 명나라 침공기지로 만반 태세를 갖추라고 하였다.

히데요시는 우메키타 구니카네의 반란으로 생각이 달라졌으나 겉으로는 아직도 내년 봄에는 조선으로 건너간다는 말을 잊지 않았다.

이 회신을 받은 미쓰나리는 남별궁에 좌정한 우키타 히데이에(宇喜多秀家)를 찾았다. 20세의 애송이였으나 형식상으로나마 조선에 건너온 일본군 총사령관이었다.

"장수들을 모아 놓고, 태합 전하의 말씀을 전하고, 금후의 대책을 의논해야 하지 않겠소이까?"

애송이에게 이견이 있을 리 없었다.

"그렇게 하시오."

8월 7일 서울에서 장수들의 회의를 열기로 하고, 각 도(道)에 급사를 띄웠다.

유키나가는 미쓰나리와는 무엇이나 터놓고 이야기할 수 있는 사이였다. 그를 만나면 모든 것을 털어놓고, 개도 먹지 않을 이 어리석은 전쟁에 끝장을 낼 방도를 의논해 보리라. 히데요시의 신임이 두텁고, 머리가 비상한 사람이니 어쩌면 길이 있을 것도 같았다.

평양에서 서울로 달려온 유키나가는 회의에 앞서 우선 미쓰나리를 찾았다. 그는 명례방(明禮坊 : 명동)에 큰 조선집을 차지하고, 여기서 보고를 받고, 지시를 내리고, 문서를 정리하고 밤낮으로 움직이고 있었다.

유키나가를 맞은 미쓰나리는 수인사가 끝나자 불쑥 물었다.

"자네 소식을 들었는가?"

"?"

"나도 조금 전에 편지를 받았으니 자네가 알 턱이 없지. 오만 도코로(大政所)께서 돌아가셨대."

오만 도코로, 즉 히데요시의 어머니가 죽었다는 것이다. 80세.

유키나가는 얼른 말이 나오지 않았다.

한 해에 한 명씩 가장 가까운 히데요시의 혈육이 죽어 가고 있었다. 재작년에는 아우, 작년에는 아들, 금년에는 모친 — 이것을 과연 우연이라고만 할 수 있을까?

"태합께서는 한동안 기절을 하셨대."

미쓰나리가 덧붙였다.

히데요시는 효자였다. 효자가 아니라도 잇따른 집안의 참변에 기절도 할 만했으리라.
"그런데 말이야."
미쓰나리는 더욱 엄청난 이야기를 시작했다.

유키나가의 계산

히데요시가 죽을 뻔했다는 것이다.
미쓰나리는 차로 목을 축이고 자초지종을 이야기했다.

히데요시의 노모 나카(仲)는 그때까지 오사카 성에 있다가 7월에 들어 시름시름 앓더니 중순에는 위독 상태에 빠져들었다. 이 소식을 듣고 히데요시가 나고야를 떠난 것은 7월 22일이었다.
히데요시가 탄 배를 중심으로 20여 척의 선단이 규슈 북해안을 동진하여 고쿠라(小倉)에서 간몬 해협(關門海峽)을 가로지를 때였다. 육지에서 5, 6정(町 : 1정은 약 1백9미터) 들어간 바다 한가운데, 흰 물결을 가르고 전진하던 히데요시의 배가 별안간 파도와 함께 허공으로 치솟았다가 내리 곤두박질을 했다. 이어 숱한 비명과 함께 탔던 사람들이 물 속으로 뛰어들고 배는 계속 파도와 함께 넘실거리다 모로 뒤집히고 말았다.

암초에 걸린 것이다.

이 간몬 해협은 파도가 심한 곳이었다. 주위를 달리던 배들은 전진을 멈추고 뱃머리를 돌렸으나 세찬 파도에 배는 제대로 움직여 주지 않았다.

이 일을 어떻게 할 것인가?

무엇보다도 히데요시가 걱정이었다. 바다에 익숙한 젊은 사공들도 파도와 싸우다 물 속으로 사라지는 판국에 육십이 멀지 않은 히데요시가 살아남았을 리가 없었다. 더구나 이 엄청난 파도에 휩쓸렸다면 시체조차 찾을 길이 막연했다.

책임 추궁이 없을 수 없었다. 그렇게 되면 여기 배를 부리고 있는 숱한 사공들과 7백 명의 수행원들, 도합 1천 명에 이르는 인명은 죽는다고 보아야 옳을 것이다. 대개는 목이 잘리고, 나머지는 체면상 배를 갈라야 하고.

뭇 배들이 허우적거리는 가운데 한 척의 중간 배가 미끄러지듯 다가가고 있었다. 배는 아직 애티가 가시지 않은 소년 무사의 지휘하에 여러 사람들이 옷을 벗어젖히고 노를 젓는 바람에 남보다 여러 발 앞서 갈 수 있었다.

소년은 뒤집힌 배로 다가가면서 두리번거리다 깜짝 놀랐다. 발가벗은 히데요시가 암초 꼭대기 바위에 쪼그리고 앉아 무서운 눈으로 바라보고 있었다.

옛날 잔나비라는 별명을 들은 이 인물은 늙어서도 그 가락이 시들지 않아 배가 부서지자 잽싸게 옷을 벗어던지고 물에 뛰어들어 바위까지 헤엄쳐 왔다. 그 북새통에도 칼만은 잊지 않고 손에 틀어쥐고 있었다.

"너는 누구냐?"

히데요시가 고함을 치고 소년은 목청을 가다듬었다.

"모리 히데모토(毛利秀元)입니다."

파도는 바위에 몰아치고 자칫하면 허약한 히데요시를 그대로 휩쓸어갈 기세였다. 인사치레로 시간을 보낼 때가 아니었다. 젊은 병사들이 바위에 올라 히데요시를 냉큼 들었다. 그리고는 조심조심 헤엄쳐 히데모토의 배로 옮겨 선실에 모신 다음 물을 닦아 내고 옷을 입혔다.

"누구의 자식인고?"

히데요시가 옷소매에 팔을 꿰면서 소년에게 물었다.

"모리 모토키요(毛利元淸)의 아들이올시다."

"몇 살인고?"

"14세올시다."

"네 충성이 가상하도다."

모리 모토키요는 당시 경상도 점령군 사령관으로 활개를 치고 있던 모리 데루모토(毛利輝元)의 숙부였으나 대단할 것도 없는 소호족(小豪族)에 지나지 않았다.

히데모토는 이때의 공으로 히데요시의 눈에 들었고, 그의 주선으로 보잘것없는 부친의 곁을 떠나 대제후인 종형 데루모토의 양자로 들어갔다. 그런 관계로 훗날 데루모토와 교대하여 조선에 건너와서 전투에 참가하였고, 한때 총사령관의 직책도 맡게 되었다.

다른 배에 탔던 히데요시의 측근들도 그럭저럭 모여들었다.

"어찌하오리까?"

한 사람이 굽신하자 히데요시가 쏘아보았다.

"무슨 말인고?"

"우선 저 건너 시모노세키(下關)에 가실 것인지, 아니면 오사카까지 직행하실 것인지……."

"저 바닷가에 대라."

턱으로 가까운 해변을 가리키는 그의 얼굴에 찬바람이 지나갔다.

20여 척의 배들은 가까운 물가에 닻을 내리고 히데요시를 선두로 7백명의 인원은 바닷가 모랫벌로 올라왔다.

히데요시의 배는 다른 어떤 배보다도 크고 튼튼하고 사공들도 일본 전국에서 제일 솜씨가 좋은 사람들로 구성되어 있었다. 그런데 그보다 못한 배들은 다 무사하고 유독 히데요시의 배만 암초에 부딪쳤다는 것은 누구의 눈에도 이상한 일이었다.

"선장의 농간이다."

측근이 바치는 궤짝에 걸터앉자 히데요시가 내뱉었다. 끌려와서 모랫벌에 엎드린 선장 [明石與二兵衛] 은 젊은 병사가 뒤에서 내리치는 칼에 목이 떨어지고 히데요시는 중얼거렸다.

"어디 감히."

사건은 이것으로 끝났으나 말꼬리는 길게 끌었다. 아무개의 음모다. 천벌이다. 선장이 너무 긴장해서 저지른 단순한 실수다 ― 어느 쪽이든 조사도 하지 않고 사람부터 친 것은 잘한 일이 못 된다는 데는 아무도 이의를 달지 않았다.

"어떻든 예사로운 일이 아닌지라 본국에서는 누구나 쉬쉬하고 입 밖에 내기를 꺼린다오."

미쓰나리는 잠시 끊었다가 말을 이었다.

"태합께서는 기분이 상해서 그 말이 많던 분이 오사카에 도착할 때까지 말이 없고 걸핏하면 화를 내는 바람에 모두들 애를 먹었다는 것이오. 오사카에 도착하니 이번에는 오만 도코로께서 이미 세상을 떠나셨고. 이래저래 이번 일로 태합은 사람이 달라졌다는군요."

히데요시의 노모가 죽은 것은 그가 나고야를 떠나던 바로 그날, 7월

22일이었고, 그가 오사카에 닿은 것은 29일이었다. 이미 7일 전에 죽은 시체는 사람도 물건도 아니고 고약한 추물에 불과했다.

히데요시는 칼로 일본 천하를 잡았으나 자신은 진정으로 죽음을 생각한 일도, 죽을 뻔한 일도 없었다. 평소에 죽음을 입에 올린 일이 없지 않았으나 그것은 세상 사람들이 하는 대로 그저 말의 수식에 지나지 않았다.

아우와 아들을 장송하면서 가슴을 치고 눈물을 쏟았으나 그것은 한편으로는 화려한 행사이기도 했다.

이번에 자신이 죽다가 살아났고, 이어서 죽은 모친의 시체를 보았다. 결코 화려할 수 없고, 대단할 것도 없고, 영원히 돌이킬 수도 없는 것이 죽음이었다. 히데요시는 진정으로 죽음에 대해서 골똘히 생각하고, 자기가 하는 일에 대해서도 의심을 품기 시작했다.

군인의 가장 기본적인 요건은 단순성이라고 했다. 특히 사령관이 인생철학을 시작하여 단순성을 잃고 생각이 많아지면 그 군대는 동요하고 표류할 수밖에 없다고 했다.

그런데 언제나 단순 명쾌하던 일본군 총수 도요토미 히데요시가 생각이 많아져서 자기도 모르는 사이에 이 전쟁에 중대한 그림자를 드리우게 되었다.

"명나라로 진격하는 것을 연기해도 무방하다 — 전 같으면 있을 수 없는 일이지."

미쓰나리가 혼잣말같이 중얼거리자 유키나가가 물었다.

"내년 봄이 오면 어떻게 될까?"

"그때 가봐야 알겠지마는 내가 보기에는 이 전쟁은 고비를 넘겼고, 이제 걱정할 것은 우리가 명나라에 쳐들어가는 일이 아니고, 명나라가 반격해 오는 일이 아닐까?"

미쓰나리는 입 밖에 내지 않았으나 히데요시에게 편지를 보내 조선에 나와서 직접 출전군을 지휘하는 것이 좋겠다고 일러 보냈다. 이런 말을 들은 이상 전 같으면 비겁하다는 소리를 듣기 싫어서도 즉시 나왔을 것이다. 그런데 내년 봄에 나온다고 했다.

히데요시는 풀이 죽었다. 내년 봄에도 나오지 않을 것이다. 미쓰나리는 단정하고 있었다.

이것은 이길 수 없는 전쟁이고, 태합을 위해서도 이 전쟁은 빨리 끝장을 내야 한다. 태합도 속으로는 이에 찬동할 것이다 ― 두 사람은 밤이 깊도록 이야기를 주고받은 끝에 결론을 내렸다.

"그런데 기요마사가 안 보이는데 안 부른 건가, 아니면 그쪽에서 안 오는 건가?"

"부르기야 불렀지."

미쓰나리는 긴 말을 하지 않았다.

조선에 쳐들어온 일본 장수들 중에서 진심으로 이 전쟁에 찬동하고 열을 내는 것은 함경도로 들어간 가토 기요마사와 그의 부사령관 격인 나베시마 나오시게(鍋島直茂), 두 사람뿐이었다. 조선과 명나라에 저마다 넓은 땅을 차지하고 군왕 노릇을 할 꿈에 부풀어 있는 벽창호들이었다. 실지로 이 무렵 기요마사는 두만강을 건너 간도(間島) 일대를 휩쓸고 있었다.

이번 회의에 그가 참석하면 어김없이 바람을 일으킬 것이다. 미쓰나리는 사람을 보내 알리기는 하였으나 회의 날짜인 8월 7일까지는 무슨 수를 써도 서울에 닿지 못하도록 일정을 조절해 놓았다. 이미 지나간 회의에 참석할 것도 없고, 오지도 않을 것이다.

8월 7일, 총사령관 우키타 히데이에의 주재하에 남별궁에서 열린 회의는 임진왜란에 일대 전기, 공세에서 수세로 전환하는 모임이었다.

가토 기요마사와 나베시마 나오시게가 없으니 모인 것은 다 같이 전쟁에는 신명이 나지 않는 사람들뿐이었다. 뜻이 같으니 의견도 같을 수밖에 없었다.

미쓰나리가 무엇보다도 걱정한 것이 명나라의 개입이었다. 전쟁을 빨리 끝내기 위해서는 명나라의 개입을 막고 다음에 조선과 화평하는 길밖에 없었다.

"그러나 명나라는 이미 개입하지 않았소?"

미쓰나리의 설명을 들은 장수들은 조승훈의 평양 공격을 들어 반문했다.

"사실이오. 그러나 명나라의 개입은 조승훈의 패전으로 그치고 더 이상의 개입은 막아야 할 것이오."

"그것은 우리 생각이고, 명나라의 생각은 어떤지?"

황해도에서 올라온 구로다 나가마사가 걱정했다.

"그것은 모르지요. 허나 이야기는 해봐야 하지 않겠소?"

"이야기라는 것은 혼자 하는 것이 아니고 상대가 있어야 하는데 명나라에 통하는 길이 있소?"

이 대목에서 유키나가가 대답을 가로맡았다.

"지금은 없지요. 허나 의주에 있는 조선 조정은 무시로 명나라와 연락이 있으니 우리 의사를 조선에 통하면 저절로 명나라에 들어갈 것이오. 또 내 생각에는 조승훈이 패하고 돌아갔으니 명나라도 그냥 있을 것 같지는 않소."

아이가 얻어맞고 집에 들어가면 그 부모가 나와 역성을 들듯이 조승훈 사건을 계기로 명나라에서도 한마디 있음 직하다는 것이 유키나가의 짐작이었다.

이런 경우에 대비해서 그는 통역까지 준비하고 있었다. 장대선(張大膳)이라고, 왜구들에게 끌려온 절강(浙江) 태생 중국 사람이었다. 천주교에 입교시켜 형제같이 돌봐 주었고, 오래 일본에 있은 관계로 일본말도 일본 사람과 다름이 없었다. 이 장대선이 유키나가의 연락을 받고 일본을 떠나 평양으로 오던 도중 어제 서울에 당도했다.

많은 이야기가 오고 간 끝에 조선의 경우와 마찬가지로 명나라와의 화평교섭도 유키나가에게 맡기기로 합의를 보았다. 어떤 조건으로 할 것이냐? 이에 대해서는 말이 많았으나 유키나가가 한마디로 결말을 지어 버렸다.

"나도 일본 사람이오. 일본에 해로운 일은 안 할 터이니 맡겨 주시오."

회의를 파하고 일어서려는데 여태까지 말없이 듣고만 있던 고바야카와 다카카게가 처음으로 입을 열었다.

"모두들 명나라와의 화평은 되는 것으로 생각하시는 모양인데 되면 좋지요. 그러나 안 되는 경우도 생각해야 하지 않겠소이까?"

옳은 말이었다. 더구나 다카카게는 좌중의 제일 연상으로 히데요시의 신임도 두터운지라 그의 말에는 천근의 무게가 있었.

어떻게 대비할 것인가? 평양에 대군을 집결하자는 말도 나왔으나 부결되었다. 명나라를 자극해서 화평에 해롭다는 것이 중론이었다. 결국 그들을 자극하지 않고 대비할 수 있는 지점, 만일의 경우 서울을 지킬 수 있는 개성에 새로운 방어선을 구축한다는 데 합의를 보았다.

토론 끝에 당시 전라도를 공격 중이던 고바야카와 다카카게 휘하 제6군 1만 7천여 명을 개성으로 이동키로 하였다. 전라도를 점령한 연후에 이동하자는 주장도 나왔으나 다카카게는 내키는 얼굴이 아니었다.

"점령을 못할 것은 없소. 그러나 어디보다도 저항이 심해서 병력의 소모가 자심할 것이고, 점령 후에도 많은 수비군을 두어야 할 터이니 개성으로 이동할 병력은 남지 않을 것이오."

그는 천장을 바라보고 더 이상 말이 없었다.

분주한 북경

　일본군이 조선에서 화전(和戰) 양면으로 대명정책을 강구하고 있던 1592년 가을, 북경의 명나라 조정은 더욱 부산하게 돌아갔다. 그들은 조승훈이 패하리라고는 생각하지 않았다. 설사 이기지 못하더라도 평양 근처에서 일본군과 대치하여 그들이 더 이상 북진하는 것은 능히 막을 수 있으리라고 생각했다. 그런데 조승훈은 패해도 여지없이 참패했다.
　일본군이 승세를 타고 압록강을 건너 명나라 영내로 쏟아져 들어오면 어떻게 할 것인가.
　조선 조정의 통보에 의하면 그와 같은 조짐은 하나 둘이 아니었다.

　1. 조승훈을 물리친 평양의 일본군은 조선군에 편지를 보내 일본군은 호랑이, 명군은 양 떼[群羊]라 조롱하고 있다. 또 당장 밀고 올라간다고 협박하는 바람에 의주 백성들은 피란을 떠난

다고 야단이다(聲言 朝夕將西下 義州人皆荷擔而立 : 《징비록》).
2. 그들은 또 조선 조정에도 편지를 보내 이렇게 협박했다. 앞서 일본과 명나라는 평양에서 교전했으나 그런 것은 구우의 일모(九牛一毛), 바다에 던진 좁쌀 한 알(一海一粟)에 불과하다. (……) 우리는 조선을 해칠 생각은 없고 명나라에 원수를 갚을 따름이다. (……) 가토 기요마사는 이미 두만강에 당도했고, 우리도 잇따라 압록강까지 올라가 주둔코자 한다. 이 일로 며칠 전 예조판서 이공에게 편지를 보낸바 그 답장을 가진 사람이 평양에 오기를 기다리는 중이다(承前欲屯於鴨綠江 先是數日 呈書於禮曹判書李公 待其持章 送於平壤 : 《징비록》).

이것은 조선을 협박하면 그날로 명나라에 통지가 간다는 것을 익히 알고 있는 고니시 유키나가의 술수였다. 겁을 줘야 다시는 넘보지 못할 것이고, 더욱 겁이 나면 사람을 보내 말을 걸어올 것이다. 그때 화평을 논하는 것이다.

그의 짐작은 맞아 들어갔다.

요동에서 북경에 이르기까지 명나라 사람들은 걱정으로 밤잠을 이루지 못했다.

그러나 단 한 사람 예전이나 다름없이 태평한 인물이 있었다. 황제 주익균(朱翊鈞)이었다. 그는 오래간만에 대신들을 모아 놓고 한마디 했다.

"알아서 처리하라."

주색 외에는 흥미도 관심도 없는 30세의 이 청년은 여전히 일의 중대성을 실감하는 눈치가 아니었다. 병부상서 석성(石星)은 알아서 회의를 소집하였다. 문무대신 이하 백관이 참석한 이 회의의 분위기는 좋지 않았다.

"일본도 오랑캐, 조선도 오랑캐. 오랑캐들끼리 뿔이 부러지게 싸우게 하라. 우리 중국이 무슨 상관이 있단 말이냐?"

"태조 고황제(高皇帝)의 유명(遺命)을 잊었느냐? 일본과 조선은 다같이 태조께서 지정하신 부정국(不征國)에 들어 있다. 그럼에도 불구하고 조승훈을 보내 전쟁에 끼어들었다. 태조의 유명을 거역한 것이 아니냐?"

전쟁에 개입한 석성을 비난하고 나섰다. 그러나 석성은 물러서지 않았다.

"태조께서 부정국으로 지정하신 것은 외국(外國)들이다. 소위 외국이라는 것은 잘되건 못되건 우리 중국에 관계가 없는 나라들이다. 조선도 외국에는 틀림없으나 우리 명나라에 인접하여 다른 외국과는 경우가 다르다. 만약 조선에 왜(倭)가 소굴을 틀고, 요동을 침범하고, 산해관에 이른다면 이 북경이 진동할 것이다. 이번 일은 바로 우리들 몸속의 우환과 같은 것이니 어찌 상례(常例)로 논할 것인가. 오늘날 고황제께서 살아 계시더라도 반드시 출전명령을 내렸을 것이다."

밀어붙인 석성은 황제의 허락을 얻어 몇 가지 응급조치를 취했다.

우선 바다로부터 일본군이 침입할 것에 대비하여 요동반도에서 양자강에 이르는 해안, 즉 여순(旅順), 등주(登州), 내주(萊州), 천진(天津), 회안(淮安), 양주(揚州)에 병력을 집결하여 경계를 강화하였다.

다음으로 요동총병 양소훈에게 명령하여 사대수(査大受) 휘하 3천 명의 병력으로 의주 대안의 방비를 강화하는 한편 신기영(神機營)의 좌참장(左參將) 낙상지(駱尙志) 휘하 남병(南兵) 3천 명을 긴급히 압록강 연변으로 파견하였다. 신기영은 수도 북경의 수비군으로 화포(火砲)부대였다.

낙상지는 남쪽 소흥(紹興) 출신으로 용감한 장수였다. 힘이 장사여서

88근의 큰 칼을 휘두르고, 8백 근을 들어 올릴 수 있다 하여 통칭 낙천근(駱千斤)이라고 부르는 거인이었다.

사대수는 요동의 철령(鐵嶺) 사람으로 조승훈과 마찬가지로 이성량의 막하에서 출세하여 부총병까지 승진하였다가 벼슬을 그만두고 고향에 돌아가 사냥으로 세월을 보내고 있었다. 이번의 긴급사태로 다시 군에 돌아온 유능한 장수였다.

그런대로 응급조치를 취했으나 안심은 안 되었다. 일본군이 대거 압록강을 건너오거나 바다로부터 쳐들어오면 이 정도로는 막을 길이 없었다.

그렇다고 지난 2월 영하에서 일어난 보바이의 반란은 아직도 평정되지 않아 대병력이 거기 묶여 있으니 이 이상 어쩔 도리가 없었다. 그러나 앉아서 일본군의 공격을 기다릴 수는 없고, 매일 회의를 되풀이했다.

남쪽의 수군을 동원하여 일본 본토를 쳐서 그 허를 찌르면 조선에서 물러갈 것이 아니냐?

요동에 병력을 더 파견하여 압록강의 수비를 더욱 강화하고 조선이 어떻게 되건 상관하지 말자.

폐일언하고 일본과 담판해서 전쟁을 그만두자.

그럴 듯한 의견들이 나왔으나 현실적으로는 일본을 칠 수군도 없고, 요동에 더 보낼 병력도 없었다.

전쟁을 그만두는 것도 한쪽의 마음대로 되는 일이 아니고 양쪽이 합의를 보아야 했다. 일본이 언제 전쟁을 그만둔다고 했느냐?

이마를 맞대고 아무리 머리를 짜도 묘안이 나오지 않았다. 이에 그들은 계책을 천하에 묻기로 했다.

명나라의 인구 6천여 만, 그 숱한 머리에서 지혜를 짜면 어찌 좋은 계책이 나오지 않을 것인가? 북경을 위시하여 전국 각처에 현상모집 광고를 써 내붙였다.

능히 조선을 회복하는 자가 있으면 상으로 1만 냥을 내리고 백작으로 봉하여 세습토록 하리라(有能恢復朝鮮者 賞銀萬兩封伯爵世襲:《양조평양록》).

응모하는 사람이 없었다. 귀신이라면 몰라도 사람의 힘으로 될 일이 아니었다.
그들은 같은 조건으로 다시 방을 써 내붙였다.

완병지책(緩兵之策)을 구하노라.

영하의 반란이 진압될 때까지만이라도 일본군의 진격을 늦추게 할 수는 없을까? 그것은 절실한 당면과제였다.
천하에 머리 좋은 사람은 하나 둘이 아니었다. 저마다 붓을 들어 오묘한 계책을 써내는 바람에 담당 관청(公車)은 차고 넘쳤다.

북경에 진담여(陳澹如)라는 기생이 살고 있었다. 고향은 남쪽의 절강, 인물이 잘생기고 수완도 좋았다. 그 위에 어려운 사람, 억울한 사람을 위해서 한몫하는 협기(俠氣)도 있는지라 자연히 이름이 알려지고 손님들이 몰려 장사도 괜찮았다.
이름난 기생들이 다 그렇듯이 그의 주변에도 실없는 건달들이 적지 않았다. 돈을 요구하고 몸을 요구했다. 이것들을 털어 버리지 않고는 기생 노릇도 하기 어려웠다. 진담여는 힘깨나 쓰는 청년을 기둥서방으로 맞아들였다.

같은 절강의 온주(溫州) 사람으로 이름을 정사(鄭四)라고 했다. 일찍이 왜구들에게 붙들려 늘어지게 얻어맞고 일본에 끌려가서 종노릇을 하였다. 세월이 흐르는 동안 일본말도 능통하고 일본의 물정도 알 만큼 알게 되었다. 이에 틈을 보아 도망쳐 북경까지 왔으나 졸지에 할 일은 없고 기생 진담여의 기둥서방으로 들어앉았다.

아는 것이 일본인지라 입만 열면 일본 이야기였다.

동네에서는 왜정사(倭鄭四)로 통했다.

그는 다른 기둥서방들과 마찬가지로 진담여의 호위병 겸 하인, 진담여가 마음이 내켜 잠자리에 불러들이면 서방 구실도 섭섭지 않게 해드리고 밥을 얻어먹었다. 별로 힘이 드는 것도 아니고 지낼 만했다.

이 집에 하루는 사십대 후반의 낯선 사나이가 들어섰다. 후리후리한 키에 수염이 근사하고, 두 눈에서는 광채가 났다. 정사는 이렇게 잘생긴 남자를 처음 보았다.

"진 소저(陳小姐)를 만나야 쓰겠다."

사람을 턱으로 부리려고 들었다. 비위가 상했으나 자기도 모르게 한 수 지고 들어갔다.

"누구신지?"

"나, 가흥(嘉興) 사는 심유경(沈惟敬)이다."

정사가 무어라기 전에 중문이 열리면서 진담여가 나타났다.

"가흥이라면 절강의 가흥인가요?"

"그렇소. 진 소저요?"

"아이구 반가워라. 고향분을 만났네요."

전에 없이 꼬리를 치고 함께 안방으로 들어갔다.

그날 심유경은 밤늦게까지 진담여와 단둘이 술을 마시고, 한방에서 자고, 이튿날 느지막이 돌아갔다. 그래도 군소리 한마디 못하는 것이 기둥서방이었다.

생긴 것과 마찬가지로 사람됨이 호탕해서 주머니를 거꾸로 털어 은덩이〔銀錠〕를 있는 대로 쏟아붓고 갔다. 화대로 치자면 다른 사람의 열 배는 실히 된다 — 진담여는 신이 나서 수다를 떨었다. 이것도 전에 없는 일이었다.

심유경은 무시로 드나들고 무시로 자고 갔다. 주위에서는 두 사람이 정분이 났다고 쑥덕거리고 돌아갔다. 더구나 안된 것은, 진담여가 용돈을 내주고 옷까지 맞춰 입히고, 야단이었다.

은근히 알아보았더니 심유경은 알짜 빈털터리였다. 고향에서 소장수다, 말장수다, 또 무역이다, 이것저것 판을 크게 벌였다가 다 망하고 야간도주를 해서 북경까지 굴러온 처지라고 했다.

"정신을 차리는 것이 어떨까?"

정사는 자초지종을 이야기하고 타일렀으나 잠자코 듣기만 하던 진담여가 손가락으로 그의 눈을 찌를 듯이 덤볐다.

"남의 걱정 말고 자기나 똑똑해라!"

기둥서방은 할망정 정사도 전연 밸이 없는 사람은 아니었다. 차라리 잘됐다. 차제에 이 노릇을 걷어치우고 신천지를 개척해야겠다.

그는 북경의 도성 안팎을 휘젓고 돌아다녔다. 그러나 일자리는 쉽지 않고, 해가 떨어지면 발길은 저절로 진담여의 집으로 향했다.

진담여는 역시 기특했다. 자기를 건드리지 않는 한 군소리가 없었고, 전과 다름없이 밥을 먹여 주고 잠도 재워 주었다.

"너, 나 좀 보자."

어느 날 아침 대문을 나서는데 심유경이 불러 세웠다. 자기 같은 것은 아예 없는 것으로 치부하고 놀던 사나이, 정사는 곱게 나오지 않았다.

"나 바빠요."

그냥 대문을 밀고 나서는데 뒤에서 심유경이 빈정거렸다.

"너 따위가 이 북경 바닥에서 일자리를 찾으면 내 손바닥에 장을 지지겠다."

정사는 대문을 쾅 닫아 버리고 한 발 크게 내디뎠다.

"더 — 럽다, 이놈의 집, 다시 들어오면 나는 사람도 아니다."

골목을 빠져나오는데 진담여가 쫓아와서 손목을 잡아끌었다.

"헤어지더라도 이렇게 헤어져서야 쓰겠어요?"

"어떻게 헤어지면 쓰겠느냐?"

"하다못해 이별주라도 나눠야지요."

"동네가 웃지 않을까?"

"웃다니?"

"기생과 기둥서방이 이별주를 나누고 헤어졌다. 이거……."

"그만해요. 헤어지지 않으면 당신 늙어 죽을 때까지 기둥서방 할 생각이었나요?"

원래 정사에게 진담여는 벅찬 여자였다. 정색을 하고 나오니 주눅이 들고 말문이 막혔다.

"기생년 하나 때문에 우거지상을 하고. 사내자식이 그렇게 쩨쩨해서 무엇에 쓰겠어요?"

"……."

"당신, 일본에 갔다 왔다는 거 허풍이 아니지요?"

"아니지."

"앞장서 걸어요!"

정사는 덜미를 잡혀 다시 집안으로 들어왔다.

역사에 없는 거간

"자네 일자리를 찾는 모양인데 남의 심부름이나 한다면 몰라도 큰 일자리는 만드는 것이지 찾는 것이 아닐세."

안방에 마주 앉자 심유경은 한결 부드럽게 나왔으나 정사는 천장만 바라보고 대답하지 않았다.

"이거 분이 덜 풀린 모양이군. 아까는 자네를 시험해 보느라고 약간 실례의 말씀을 했네."

"……."

"동사를 하자면 피차 속을 알아야 할 것이 아닌가? 그래서 시험한 것이니 과히 나무라지 말게."

"누가 당신하고 동사를 한댔소?"

정사는 쏘아붙이고 주먹을 내밀자 심유경은 뒤로 물러앉으면서, 손을 내저었다.

"가만가만, 그러는 게 아닐세."

옆에 앉았던 진담여가 끼어들었다.

"당신은 그게 병이에요. 얘기도 듣기 전에 한다 안 한다. 그래 가지고 무슨 큰일을 하겠어요?"

심유경은 열린 창문으로 구름 한 점 없는 하늘을 가리켰다.

"그렇지. 큰일을 도모하자면 화가 치밀어도 지그시 누르고 만사를 저 가을 하늘같이 맑은 심정으로 보고 들어야 하네."

"큰일, 큰일, 하는데 용의 알이라도 빼러 가는 것이오?"

진담여는 일어서 나가고 심유경이 다가앉았다.

"우리 단둘이 얘기하세. 동사는 하면 더욱 좋고, 안 해도 무방한즉 피차 단도직입으로 대하는 것이 어떨까?"

"좋소."

"거리에 나붙은 방을 보았는가?"

"보았소."

"자네 일본말에 능하고, 그쪽 물정에 밝다는 것은 사실인가?"

"사실이오."

"이게 기둥서방이나 하고 앉았을 때인가?"

"……."

"더구나 기둥서방에서 떨어졌다고 투정이나 부리고 돌아다닐 때인가?"

"단도직입으로 말하시오."

"단도직입으로 말해서 내가 그런 재주를 가졌다면 명나라와 일본 사이에 거간을 서겠네."

소와 말을 흥정하는 거간은 들어 보았으나 나라와 나라 사이의 거간은 처음 듣는 소리였다.

"그런 거간도 있소?"

"있지. 조정에서 오죽 답답했으면 현상을 내걸었겠는가? 저쪽의 속셈을 모르니 답답할밖에 없지. 일본도 답답하기는 마찬가지가 아니겠는가? 이런 때에 거간이 나서면 양쪽에서 다 같이 환영을 받을 것은 뻔한 일이 아닌가?"

"……."

정사는 응대는 하지 않았으나 그럴싸하게 들렸다.

"거간으로 말하자면 양쪽 말과 양쪽 사정을 꿰뚫고 있는 자네를 덮을 사람이 어디 있겠는가?"

"……."

"역사에 없는 거간. 은 1만 냥에 백작일세. 생각이 없는가?"

정사는 소문도 들었고, 거리에 나붙은 방도 보았다. 그러나 기둥서방 정사와는 너무나 동떨어진 일이기에 곧 잊어버리고 일자리를 찾느라고 분주히 돌아다녔다.

그런데 심유경의 이야기를 들으니 이것은 누구보다도 자기의 일이요, 다가오는 대통운의 발소리가 들리는 것만 같았다. 그는 가슴이 두근거리고 머리도 아찔했다.

백작은 대신도 될 수 있고, 황제를 만날 수도 있고, 거동에 구종별배를 거느리고, 수레를 타고, 넓은 농장에 숱한 일꾼들을 부리고, 찬란한 저택에 미인들을 소실로 거느리고……. 기막힌 일들은 무궁무진하였다. 그런데 걱정이 불쑥 머리를 쳐들었다.

"일이 안 되면 어떻게 하지요?"

"이대로 바닥인생을 사는 거지."

"가령 일본 군영까지 가기는 했으나 불문곡직하고 칼로 목을 쳤다. 이런 경우는 어떻게 되지요?"

"죽는 것이지."

"일본 군영까지 다녀오기는 했으나 일은 안 됐다 — 우리 조정에서 잡아가는 일은 없을까요?"

"있을 수 있지."

"으스스하네요."

"홍수를 염려해서 농사를 안 짓고, 물에 빠질까 두려워 헤엄을 안 치는 격인데 바닥을 면하기는 틀렸네."

"바닥이고 꼭대기고 나는 그런 배포가 없어요."

"이 심유경은 배포가 있으나 일본을 모르고, 자네 정사는 일본을 알되 배포가 없고 — 둘이 동사를 하면 들어맞겠군."

"나는 백작이 안 돼도 좋소. 잡혀 들어가거나 목이 떨어지는 일은 못하겠소."

"그런 일은 나한테 맡기고 우리 한번 동사를 해볼까?"

"동사를 하면 동죄(同罪)가 안 될까요?"

"도둑을 잡아도 두목과 졸개가 어디 같던가? 두목은 목이 떨어져도 졸개는 볼기 몇 대로 방면되거든. 볼기를 맞을 배포도 없는가?"

"큰 배포는 없어도 그 정도 부스러기 배포는 있소. 그러니 백작은 당신이 하고 나는 고을의 지현(知縣 : 현령)쯤 시켜 주시오."

"그렇게 합의를 보세. 자네 몇 살인가?"

"이십과 삼십의 중간이오."

"나이는 괜찮고 이름이 틀렸네."

"……."

"사(四)라, 궁상이 뚝뚝 떨어지는 그런 이름으로는 큰일을 못하지."

중국에서는 자고로 일반 백성들은 글을 배우지 못해서 아들이 태어나도 스스로 이름을 지을 능력이 없었다. 마을에서 글줄이나 하는 어른을 찾아 작명(作名)을 부탁하였는데 빈손으로 갈 수는 없고, 적어도 술 한 병, 닭 한 마리쯤은 갖다 바쳐야 했다.

그것도 없거나 바치기 싫은 사람은 태어난 순서에 따라 일(一) 이(二) 삼(三)……으로 이름을 붙였다. 정사는 정씨네 넷째 아들, 그것도 집안이 가난하고 무식하다는 것을 광고하고 다니는 이름이었다.

심유경은 붓을 들어 종이에 적었다.

"아름다울 가(嘉), 성할 왕(旺), 가왕이 어떨까?"

정사는 철이 들면서부터 자기의 이름이 마음에 걸리던 터이라 반대하지 않았다.

"정가왕(鄭嘉旺)이라……. 무방하겠소."

심유경은 손바닥을 쳐들었다.

"가만, 차제에 고달픈 과거를 바람에 날려 보내고 새사람으로 탈바꿈하는 것이 좋지 않겠는가?"

"어떻게 말이오?"

"이름과 함께 정씨 성도 버리고 심가왕으로 해버리지."

"……."

"나와 같은 심씨로 행세하면 편리한 점도 없지 않을 것이고."

성도 별것이 못 되었다. 어디까지 사실인지는 알 수 없으나 조부대(代)에 온주로 옮겨 앉으면서 비로소 정씨 성을 쓰기 시작했고, 5대조가 강서(江西)에 살 때는 마(馬)씨, 8대조가 사천(四川)에 살 때는 소(蘇)씨로 통했다고 들었다.

돌아간 부친과 모친이 생전에 싸우는 것을 들은 일이 있었다. 간추려 말하자면 이 집안은 대대로 남의 전객(佃客 : 소작인) 노릇을 했는데 하나같이 게으르기 이를 데 없었다. 일은 싫고 술과 도박으로 세월을 보내다가도 남의 돈을 떼어먹고 야간도주를 하기가 일쑤였다. 그때마다 성이 바뀌었다는 것이다.

그런 연고로 정사는 성을 대단하게 생각하는 처지가 아니었다.

"아무래도 무방하오."

"그러면 이제부터 자네는 내 수하로, 이름은 심가왕. 군소리가 없겠지?"

"없소."

심유경은 무엇이나 시작하면 열이 대단한 사람이었다. 그날부터 방에 들어앉아 심가왕을 상대로 일본 연구에 몰두했다. 풍속, 습관, 음식, 의복, 예법, 제도에서 지리, 역사에 이르기까지 심가왕의 머리에 들어 있는 것은 무엇이나 뽑아 자기 머리에 넣었다.

진담여의 집에 드나드는 손님 중에 원 대인(袁大人)이라고 부르는 오십대의 점잖은 사나이가 있었다. 가끔 들르면 간단한 안주에 술을 한두잔 마시고 누구하고나 무탈하게 세상 살아가는 이야기를 하다가 곱게 돌아가곤 했다. 주정을 한다거나 여자들을 상대로 주책을 떠는 일은 없었다.

자기도 절강 사람인데 젊어서 무역으로 돈을 좀 벌었으나 나이도 들고 생각하는 바도 있어 일찍 은퇴하여 한가로이 노후를 보낸다고 했다. 그 이상 자기의 신변에 대해서는 입을 열지 않았다.

그러나 심유경은 그의 정체를 알고 있었다. 병부상서 석성의 소실 원씨(袁氏)의 부친 원무(袁茂)였다. 북경에서 하급관리로 근근이 살아오다가 딸을 석성에게 보낸 후로 팔자가 펴기 시작했다. 대단치도 않은 관원 노릇을 그만두고 요즘은 이름난 고장을 찾아 유람하면서 세월을 보내는 중이었다.

병부상서인 만큼 석성은 부하 관원들을 통해서도 정보를 듣고 있었다. 그러나 앉아서 적당히 꾸민 정보가 태반이고, 기분이나 이해에 따라 비틀거나 채색된 것도 적지 않았다.

그런 탓인지 석성은 한가한 때면 원무를 초청했고, 그때마다 두 사람은 심심파적으로 세상 돌아가는 이야기를 주고받았다. 굳이 정보라고 할 것도 없었으나 석성은 이것이 매우 참고가 된다고 했다.

원무는 될수록 많은 사람들을 만나 세상 물정을 알려고 노력했다. 잘생긴 기생의 주변에는 다양한 사람들이 드나들고 화제도 풍성한지라 진담여의 집에도 발길을 돌리게 되었다.

심유경은 천성으로 사람을 사귀는 재주가 있었다. 잘생긴 데다 말솜씨가 좋으니 애써 노력하지 않아도 사람들은 호감을 가지고 접근하게 마련이었다.

원무와 친숙해지는 데도 시간이 걸리지 않았다. 진담여의 소개로 마주 앉았고, 피차 술을 몇 잔 나누더니 벌써 못하는 소리가 없었다.

"나는 아무리 생각해도 조정에 사람이 없단 말이외다."

심유경은 본론을 시작했다.

"그만한 계책도 세우지 못해서 천하에 현상모집을 하고 있으니 누가 조정에 사람이 있다고 할 것입니까?"

진심 같기도 하고 어찌 보면 허풍 같기도 하고 — 원무는 그를 뜯어보고 물었다.

"노형에게는 계책이 있다, 이런 말씀이오?"

"털어놓고 말하자면 그런 건 계책이라고 할 것도 못 됩니다."

"노형이 일본군의 진격을 늦출 수 있다, 이런 말씀이오."

"있지요."

"혹시 정붕기(程鵬起)의 계책을 듣고 하시는 말씀은 아니오?"

이날까지 현상모집에 응해서 숱한 제안이 들어왔으나 그중에서 단 하나 채택된 것이 정붕기라는 사나이가 제출한 계책이었다. 섬라국(暹羅國 : 타이)의 수군을 동원해서 일본 본국을 들이치면 조선에 건너온 일본군은 물러가지 않을 수 없으리라고 했다.

마침 북경에는 섬라국의 사신이 와 있길래 그에게 문의했더니 반응이 아주 좋았다. 우리 섬라에 사신을 보내시라. 대명 황제 폐하의 말씀을 어찌 마다할 것인가.

오랑캐의 힘을 빌려 오랑캐를 치고, 명나라는 털끝 하나 다치지 않는 기막힌 계책이라 하여 두말없이 채택되었었다.

그러나 심유경은 단언했다.

"설사 섬라에서 수군을 보낸다 하더라도 될 일이 아니지요. 들어 보시오. 이 북경에서 섬라까지는 3만 리올시다. 사신을 보낸다면 하루 1백 리씩 가도 3백 일 걸리지요. 출전 준비에 1백 일을 잡고, 일본까지 오는데 또 3백 일, 도합 7백 일이올시다. 7백 일이면 꼬박 2년인데 그동안 일본군은 낮잠을 잘 것도 아니고, 어떻게 하지요?"

원무는 심유경의 치밀한 계산에 감동을 받았다.

"듣고 보니 그렇군요."

"당장이 급해서 현상모집을 하는 줄 알았는데 2년을 기다릴 수 있다면 현상모집은 그만둬야지요. 모양도 안 좋고."

"노형은 비상한 계책이 있으신 모양인데 현상모집에 응해 보시지요."

심유경은 웃었다.

"하, 이거 사람을 잘못 보셨소. 이 심유경이 그 정도로밖에 안 보이나요?"

"실례했소이다. 내 석 상서에게 소개하리다."

원무는 일어섰다.

심유경의 등장

석성의 정원 연못가.

오동나무 그늘에 탁자를 사이에 두고 마주 앉은 석성은 심유경을 건너다보았다.

"선생께서는 비상한 계책으로 일본군의 진격을 늦출 수 있으시다고 들었는데 말씀해 주시지요."

금년에 55세, 반백의 석성은 피곤한 얼굴에 눈에는 핏발이 달리고 있었다. 밖에서 생각하는 것과는 달리 대신이란 놀고먹는 자리만은 아닌 모양이었다.

심유경은 대답하기 전에 질문부터 시작했다.

"진격을 늦춘다면 언제까지 늦추면 되겠습니까?"

"언제까지라고 못 박을 것은 없고, 될 수만 있으면 무한정 늦춰 주시면 더욱 좋지요."

"무한정 늦춘다는 것은 늦추는 것이 아니라 사실상 전쟁을 끝내는 것이 아니겠습니까? 그것은 어렵지요."

"문제는 영하의 반란인데 지금 수공(水攻)으로 반도들을 밀어붙이는 중이외다. 잘하면 성공할 것도 같은데, 우선 금년 말까지 이 난리가 평정된다 치고, 그때까지만이라도 일본군이 압록강을 건너오는 것을 늦출 방법은 없겠소이까?"

"있지요."

심유경은 수염을 내리 쓰다듬고 말을 이었다.

"늦춘다는 것은 시일을 끄는 일인데 시일을 끄는 방법은 단 하나 서로 간에 이야기를 길게 끌고 가는 것이지요. 그런즉 이야기가 오갈 수 있도록 길부터 터야 합니다."

"알아듣겠는데 그 고약한 것들이 불러도 올 것 같지 않고, 이쪽에서 갈 수도 없고."

"가야 합니다."

"아무리 급하다 하더라도 체통상 우리 중국 사신이 어찌 머리를 숙이고 왜인들을 찾아갈 것이오?"

"이것은 군략(軍略)의 문제지 체통의 문제가 아니올시다. 군략상 필요하다면 무슨 일인들 못하겠습니까?"

석성은 고개를 끄덕였다.

"옳은 말씀이오. 간다면 어디로 가지요?"

"바다를 가로질러 일본에 가서 직접 도요토미 히데요시를 만날 수도 있을 것입니다마는 뱃길은 바람의 순역(順逆)에 따라 빠를 수도 있고, 늦을 수도 있습니다. 시일을 기약할 수 없은즉 육로로 평양의 일본 군영에 가서 저들의 장수를 만나는 것이 첩경입지요."

"그 미개한 것들이 사신을 해치거나 잡아 가두면 어떻게 합니까?"

"저들의 비위를 건드려 놓으면 그럴 수도 있습지요."

석성은 치밀한 사람이었다. 연못을 바라보고 오래도록 생각하다가 다시 고개를 돌렸다.

"해치거나 가두지 않는다 치고, 그 다음을 말씀해 주시지요."

"사인 간의 싸움이나 국가 간의 전쟁이나 무조건 싸우는 법은 없고, 조건이 있게 마련입니다. 돈을 갚으라는데 못 갚겠다든지, 물건을 팔라는데 못 팔겠다든지 ― 한쪽의 조건을 다른 쪽이 거절할 때 비로소 싸움이 벌어지는 것이 아니겠습니까? 갚으라는 것을 갚고, 팔라는 것을 판다면 싸울 여지가 없습지요."

"맞는 말씀이외다."

"그런데 우리는 일본이 왜 싸움을 걸었는지, 조건이 있을 터인데 그것을 모르고 있습니다. 아니 할 말로 요동 땅을 반쯤 내놓으라든지 복건(福建)의 어느 섬을 달라든지, 말입니다. 상서 어른께서는 알고 계신지는 몰라도."

"나도 모릅니다."

"우선 적장으로부터 그 조건을 알아보고, 거기서 이야기를 시작하는 것입니다. 저네들의 조건을 들을 듯 말 듯 연말까지 끌고 가는 것이지요."

"끄는 것도 한도가 있지 연말까지는 5개월이나 남아 있는데 어떻게 그때까지 끈다는 말씀입니까?"

"들어 보십시오. 이 북경에서 평양까지는 2천6백34리, 왕복 5천2백68리올시다. 하루 평균 1백 리를 간다 하더라도 한 번 왕복에 50여 일이 걸립니다."

심유경은 병을 기울여 냉수를 들이켜고 차츰 열을 올렸다.

"사신으로 간 사람은 아무리 엉뚱한 조건이라도 거절해서는 안 됩니다. 알아듣겠다. 우리 조정에 말씀드려 그리 되도록 노력하겠다고 하는 것입니다. 그리고 북경으로 달려오는 것입니다. 한 왕복에 50일입니다. 이로부터 조건을 이리 비틀고 저리 비틀고 평양과 북경 사이를 몇 번이고 내왕하는데 두 번이면 1백 일, 세 번이면 1백50일, 5개월이올시다. 연말까지는 끌 수 있습지요."

석성은 심유경의 손을 잡았다.

"선생은 과시 오늘날의 제갈량이올시다."

도무지 갈피를 잡을 수 없던 석성은 비로소 전략구상이 섰다.

연말까지 일본군을 평양에 묶어 두고 그동안 영하의 반란을 진압하는 데 총력을 기울이는 것이다. 진압되면 새해부터는 거기 갔던 대군을 조선으로 돌려 평양을 치고, 서울, 부산을 쳐서 일본군을 몰아내는 것이다.

정붕기의 계책대로 섬라의 수군이 바다로 북상하여 일본 본토를 친다면 그런 수고도 하기 전에 전쟁은 끝날 수도 있으리라.

어떻든 일본군의 진격만 늦추면 승리는 이쪽에 있다.

"선생의 말씀을 들으니 앞날이 내다보이는 느낌이올시다."

흡족한 석성은 사랑채로 자리를 옮겨 점심을 같이하고 이야기를 계속했다.

"그런데 선생께서는 도요토미 히데요시가 이 전쟁을 일으킨 연유는 어디 있다고 생각하십니까?"

심유경은 심가왕으로부터 들은 일본의 내막을 엮어 내려갔다.

"저들은 말도 못할 미개인들이올시다. 관백(關白)이라는 도요토미 히데요시도 따지고 보면 잔나비 같은 것이 원래는 거렁뱅이올시다. 재주라고는 생긴 그대로 나무에 기어오르는 재간밖에 없습지요. 오죽이나 미개한 족속이면 이런 인간을 관백으로 모셨겠습니까?"

"……."

"생각해 보십시오. 우리 대명에서도 저들을 어디 인간으로 보기나 했습니까? 내왕도 못하게 하고."

"하기는 그렇지요."

"히데요시도 머리 하나만은 영리해서 자기가 천하고, 자기 족속이 미개하다는 것을 알고 있습지요. 그래서 자기네도 한번 세상의 인정을 받고 떳떳하게 살고 싶어서 이 전쟁을 일으킨 것이지요."

"좀 알아듣게 말씀해 주시오."

"죄송합니다. 도요토미 히데요시는 이름이 관백이지 사실은 일본 왕이올시다. 그러나 자칭 왕이라고 해야 누가 알아줄 것입니까? 우리 대명 천자로부터 봉(封)함을 받아야 떳떳이 왕으로 행세할 수 있는 것이 아니겠습니까? 또 우리 조정에 조공을 바쳐야 물자가 풍부한 우리 중국과 무역의 길이 트이고, 사람과 물자가 내왕해서 잘살게 될 것이 아니겠습니까? 그래서 이 전쟁을 일으킨 것이지요."

"그렇다면 말로 할 것이지 전쟁은 왜 일으켰습네까?"

"뱃길은 험하고, 육로로 조선을 거쳐 우리 대명에 들어와서 저간의 사정을 하소연하려고 했답니다. 그런데 조선이 샘이 나서 이것을 가로막아 버린 것이지요(關白無他意 止求貢於中國 爲朝鮮所遏)."

심유경은 일본에 대해서는 아주 손바닥에 꿰뚫고 있었다. 석성은 더욱 감격하여 다가앉았다.

"언제쯤 떠날 수 있겠습니까?"

"그야 갈 사람과 의논해야 합지요."

"갈 사람이라니, 선생께서 가주시는 것은 아니구요?"

"나랏일이 걱정돼서 잠시 생각하는 바를 말씀드렸을 뿐 저는 자행자지(自行自止)하는 떠돌이 인생이올시다. 그런 데 나설 위인이 못 되지요. 오늘은 이렇게 북경에 있습니다마는 행운유수(行雲流水) 그대로 내

일은 또 어디로 흘러갈지 알 수 없습니다."

"세상에 사람은 많아도 선생 같은 분이 또 어디 있겠습니까? 안 가주시면 이거 큰 낭패올시다."

"조정에는 인물도 많다고 들었는데 공연한 말씀이십니다."

평양까지 그저 다녀오는 일이라면 어려울 것도 없었다. 그러나 적진에 들어가 적장과 담판하는 것이 임무였다. 적이 마음먹기에 따라서는 얼마든지 목이 떨어질 수 있는 행차였다.

조정에 인물이 없는 것은 아니었다. 그러나 모두들 뼈대 있는 집안이었다. 억지로 보냈다가 죽어서 돌아오기라도 한다면 그 원성을 감당할 길이 없고, 이 석성은 원수가 될 것이다.

죽거나 살거나 말할 사람이 없으니 심유경같이 뿌리가 없는 인간이 제격이었다. 더구나 이 계책은 그의 발상이었다. 그 위에 그는 일본에 대해서 모르는 것이 없고, 인물도 똑똑해서 어느 모로 보나 적임자이기도 했다.

사양과 권고 — 여러 말이 오고 가는 사이에 이야기는 차츰 흥정으로 변했고, 석성은 심유경의 조건을 다 들어주었다. 일이 잘못 되어 전쟁이 압록강 너머 명나라 영내로 확산되는 경우의 희생을 생각하면 개인이 내세우는 조건은 아무리 커보아야 별것이 못 되었다.

합의를 보자 석성은 즉시 움직이기 시작했다. 궁중에 들어가 황제의 윤허를 얻고, 관계자들을 병부로 불러들였다.

사태가 위급한 만큼 지체할 여유가 없었다.

우선 심유경의 벼슬부터 손을 보았다. 나라를 대표하는 사람이 백성 아무개로는 될 말이 아니고, 벼슬이 있어야 했다. 전쟁에 관한 일로 적장과 담판하러 가는 길이니 벼슬 중에서도 문관은 맥이 빠지고 무관이라야 격에 맞았다. 심유경은 일약 유격장군(遊擊將軍)으로 임명되었다.

그와 행동을 같이할 심가왕도 대접이 없을 수 없었다. 역시 무관인 지휘첨사(指揮僉事)의 직함으로 심유경을 보좌하고 통역을 맡기로 했다.

장군과 지휘 — 두 사람의 고관만 있다고 일이 되는 것은 아니고 이들을 모시는 부하들이 있어야 했다. 북경의 여기저기 군영에서 건장한 병사 10여 명을 추려다 수행 겸 호위대를 편성하였다.

아무리 적장이라도 싸움하러 가는 것이 아니고 만나서 이야기하러 찾아가는 것이니 초면에 선물이 없을 수 없었다. 석성은 심유경이 요구하는 대로 돈을 아끼지 않고 갖가지 선물(蟒衣, 玉帶, 花幣)을 마련했다.

길도 멀고 체모도 생각해야 할 행차여서 노자도 한두 푼으로 될 일이 아니었다. 병부의 관원들은 은덩이를 두둑이 넣은 자루도 준비하고 있었다.

"선생께서는 현상에는 응모하시지 않았지마는 일이 잘되면 응모하신 경우와 마찬가지로 백작에 은 1만 냥을 드리게 될 것입니다."

직첩과 노자를 주고받고, 모든 절차가 끝나자 석성은 차를 권하고 이렇게 말했다.

"고마우신 일이지요."

심유경은 옆에 앉은 심가왕에게 잠시 눈길을 보냈다가 다시 석성을 쳐다보았다.

"그 1만 냥을 앞당겨 쓸 수는 없겠소이까?"

석성은 기가 막혔다. 생판 협잡꾼이 아닐까. 작은 액수라면 속는 셈치고 줄 수도 있었으나 명나라의 일 년 국가예산이 4백만 냥 — 1만 냥은 하늘 같은 액수였다.

"그 많은 돈을 어디 쓰실 것입니까?"

"상서 어른께서도 알고 계시지요. 기생 진담여 말입니다. 소인과 정분이 난 터이라 떠나기 전에 좀 어루만져야겠소이다."

"그것뿐입니까?"

"그것뿐입니다."

"나한테 맡기시오."

심유경은 한동안 석성을 물끄러미 바라보고 일어섰다.

"맡기지요."

다음 날로 진담여는 기생의 적(籍)을 버리고 심유경의 정실로 입적하였다. 석성의 주선으로 동산까지 딸린 큰 집으로 이사하여 들어갔는데 집안에는 없는 것이 없고 남녀 하인도 여러 명이 있었다. 나라에서 녹도 내린다고 했다.

"어려운 일이 있으면 사양 말고 말씀하시라요."

석성의 소실 원씨가 은 3냥을 싸들고 와서 진담여를 찾아보고 돌아갔다.

"당신은 굵은 인물이네요."

남편을 쳐다보는 진담여의 눈이 웃고 있었다.

오래간만에 자기 집이라고 이름이 붙은 지붕 밑에서 한 밤을 보낸 심유경은 첫닭이 울자 길을 떠났다. 만리장성을 넘어 요동벌 저쪽, 조선은 아득한 나라였다. 그는 심가왕 이하 10여 기(騎)를 거느리고 말에 채찍을 퍼붓기 시작했다.

꾸짖으면 물러갈 터

심유경이 압록강을 건너 조선에 들어온 것은 8월 17일, 조승훈이 평양에서 참패를 당한 지 꼭 한 달이 되는 날이었다. 임금 선조는 신하들을 거느리고 의주성 서문 밖까지 마중을 나왔다.

격식으로 말하자면 심유경은 명나라의 병부상서 석성이 적장 고니시 유키나가에게 보내는 군사(軍使)였다. 예법상 임금이 친히 영접할 것까지는 없고, 합당한 고관이 나와 길을 인도하고 섭섭지 않게 대접하면 될 일이었다.

그러나 임금이 영접하지 않을 수 없는 곡절이 있었다.

이보다 앞서 조선 조정에서는 일본군의 머리를 하나 소금에 절여 표품(標品)으로 북경에 보낸 일이 있었다. 이것을 받은 석성은 황제에게 고하고 마침 조선으로 떠나는 심유경 편에 선물을 전하였다.

"이것은 폐하께서 조선 왕에게 보내는 것이니 이 머리를 딴 용사들에게 상으로 전하도록 하시오."

비단 보자기에 싼 은덩이를 내놓았다.

심유경은 머리가 잘 도는 사람이었다.

"폐하의 선물이라면 도중의 어느 한 고을에서라도 혹시 알지 못하고 예에 어긋나는 일이 있으면 큰일이외다."

"내 거기까지는 생각을 못했소. 그런 일이 없도록 하지요."

석성은 급히 영을 내려 고을마다 심유경의 행차를 정중히 모시도록 손을 썼다.

폐하의 말씀을 전하는 사람을 칙사라고 불렀다. 선물을 전하는 사람도 귀하기는 마찬가지가 아닌가? 북경에서 압록강가의 구련성(九連城)은 2천 리, 지나는 고을마다 관원들이 10리 밖까지 마중을 나오고, 받들어 모시고 — 심유경은 칙사는 아니었으나 칙사 대접을 받고 왔다.

조선 땅에는 더욱 요란하게 올라가서 자기의 서슬을 보일 필요가 있었다. 그래야 앞으로 일하는 데 편리하리라.

그가 구련성에 당도한 것은 3일 전인 14일이었으나 수비대장 동양정(佟養正) 이하 관원들로부터 융숭한 대접을 받고 움직이지 않았다. 마침 구련성에는 조선의 공조판서 한응인(韓應寅)이 찾아와서 동양정의 의견을 물었다.

"청병을 위해서 북경에 사신을 보내는 일을 노야께서는 어떻게 생각하시는지요?"

조승훈이 패하고 돌아간 후 조선에서는 의견이 둘로 갈라졌다.

도원수 김명원 같은 사람은 명나라의 원조는 필요 없다고 주장하였다. 싸움이라면 도망치는 재주밖에 없고, 약탈, 강간이라면 기를 쓰고 덤비는 그 따위 군대를 또다시 불러들여 어쩌자는 것인가? 수군이 잘 싸우고 의병들이 일어나고, 관군도 차츰 기운을 차리기 시작했으니 우리 힘으로 밀고 나가자.

그러나 류성룡, 신점 같은 이는 달랐다. 명나라 군대라고 다 그런 것은 아니다. 빨리 군대를 동원하여 이 적을 몰아내야지, 시일을 오래 끌면 백성은 다 죽고 말 것이다.

류성룡, 신점의 의견에 찬동하는 사람이 많아 조정에서는 사신을 북경에 보내 명나라 황제에게 직접 청병하기로 결론을 내렸었다.

"나보다도 심 대인(沈大人)에게 물으시지요."

동양정은 참장(參將)으로, 유격군보다 한 등 높았으나 심유경을 상좌에 모시고 그의 눈치를 살피는 처지였다.

"나, 떠나기 전에 우리 황상(皇上 : 황제)을 뵈었소. 당신네 국왕에게 보내시는 선물을 받고 또 간곡한 말씀도 듣고 왔소. 황상께서는 신명같이 밝은 분이시라 조선의 사정을 거울을 들여다보듯 훤히 알고 계시오. 그런데 사신은 무엇 하러 보낼 것이오? 모든 것을 나한테 맡기시오."

자신만만한 것이 누구의 눈에도 대단한 인물에 틀림없었다. 그의 일거일동은 무시로 압록강을 건너 조선 조정에 알려졌다. 벼슬은 유격장군이라도 심유경은 황제의 신임이 두터운 거물인 모양이다.

의주의 조정에서는 임금이 친히 마중을 나가기로 하고, 이 거물이 묵을 객관 방을 새로 도배하고, 선물을 마련하고, 안팎 청소를 하고 — 분주히 돌아갔다.

사흘 동안 구련성에서 뜸을 들인 심유경은 마침내 이날 압록강을 건너 임금 선조의 영접을 받고 떠들썩하는 가운데 성안의 용만관(龍灣館 : 영빈관)으로 들어왔다.

우선 대청 앞마당에 깔아 놓은 돗자리 위에서 임금과 심유경은 네 번 맞절을 하여 정식으로 인사를 교환하였다. 대청이 좁아 임시로 마련한 자리였다.

다음에는 미리 합의된 절차에 따라 각자 지정된 방으로 들어가 예복을 벗고 편한 옷으로 갈아입었다. 그러고는 정원 한복판 노송(老松) 그늘에 마련한 장막으로 들어가 마주 앉았다. 이제부터 회담을 시작할 참이었다.

교의에 앉은 심유경의 뒤에는 심가왕과 호위병 한 명이 지켜 서고, 탁자 건너 역시 교의에 앉은 임금 선조의 뒤에는 좌의정 윤두수 이하 수십 명의 조선 고관들이 서 있었다.

"황제 폐하께서 여러 가지로 마음을 써주시니 고맙기 그지없소이다."

임금이 먼저 말문을 열자 심유경은 버릇대로 수염을 내리 쓰다듬고 아주 크게 나왔다.

"우리 황상께서는 70만 대군을 조발(調發 : 동원)하도록 영을 내리셨소. 그런즉 오래지 않아 당도할 것이오."

임금이 눈을 크게 떴다.

"7만도 아니고 70만이오?"

"7만? 우리 중국사람 그렇게 쩨쩨하지 않소. 70만에서 한 사람도 빠지지 않을 것이오."

임금 선조도 눈치는 빠른 사람이었다. 70만은 아무리 생각해도 허풍이지 사실 같지 않았다.

"고마운 일이지요. 그러나 만사 때가 있는 법이오. 때를 놓치면 대군이 온들 무슨 소용이겠소? 그런즉 대군만 기다릴 것이 아니라 6,7천 명의 작은 병력도 무방하오. 쉬지 말고 적을 쳐주시오."

"오는 20일, 내 친히 평양에 가서 적정을 살핀 연후에 결정을 내릴 것이오."

"거듭 말씀드리지마는 때를 놓치면 일이 어려워질 것이오."

심유경이 두 주먹을 쥐었다.

"조선은 예(禮)와 의(義)는 알아도 병법은 모르는 모양이오. 그래서 이렇게 강청하고 나오는데 용병(用兵)은 가볍게 하는 것이 아니오. 더구나 지난번 평양 전투에서 많은 무기를 잃고 지금 보충하는 중이니 기다리시오."

"내가 말하는 것은 전승(全勝)을 거두자는 것은 아니오. 대군이 아니라도 명군이 다시 온다는 것을 알면 적은 감히 평양을 떠나 북진하지 못할 것이오. 그래서 하는 말씀이오."

심유경은 크게 기침을 하고 엮어 내려갔다.

"용병의 길은 위로 천문(天文)을 보고, 중간으로 지리(地利)를 보고, 아래로 인사(人事)를 살피는 데 있소. 지난번 평양 전투는 이 같은 이치를 거슬렀기 때문에 패한 것이오. 우리 황상께서는 소식을 듣고 매우 진노하셨소. 70만 대군을 발하는 것은 당신네 조선을 회복하는 것만이 목적이 아니오. 차제에 일본을 쳐서 아주 없애 버리자는 것이오."

실속이야 어떻든 여태까지 들어 보지 못한 시원시원한 소리였다.

"고맙소이다."

심유경은 또 수염을 만졌다.

"내가 밤에도 잠을 이루지 못하는 것은 무엇 때문인지 아시오? 모두가 당신네 조선 때문이오. 이 적을 치고 국왕을 서울로 다시 모신 연후에야 내 일이 비로소 끝나는 것이오."

"송구스러울 따름이오. 그러시다면 구태여 북경에 사신을 보내지 않더라도 대군은 저절로 오겠군요."

"이 심유경이 온다면 오는 것이오."

임금은 심유경의 노고를 극구 찬양하고 다례(茶禮)로 들어갔다.

"나라가 이런 형편이라 후히 대접을 못하니 너그러이 보아주시오."

장막에 있는 사람들은 서차에 따라 자리에 앉고, 차가 한 잔씩 돌아갔다. 손님 대접 중에서 제일가는 것이 기생을 곁들인 연례(宴禮), 다음이 술을 한 잔씩 드는 주례(酒禮), 다례는 가장 간단한 대접이었다.

다례가 끝나자 심유경이 엉뚱한 소리를 했다.

"저울을 주시오."

임금은 얼른 알아듣지 못했다.

"……?"

"무게를 다는 저울 말이오."

그는 호위병으로부터 오동나무 상자를 받아 뚜껑을 열었다.

"이미 소식은 들었을 것이오. 황상께서 내리시는 상은(賞銀)인데 국왕께서 직접 저울에 달아 보시오."

보자기를 펴고 은덩이를 끄집어냈다.

군왕이 자나 저울을 들고 물건의 길이며 무게를 잰다는 것부터 말이 될 수 없고, 더구나 많다 적다, 이야기가 오간다는 것은 생각조차 할 수 없는 일이었다. 군왕은 고사하고 점잖은 선비도 할 일이 못 되었다.

심유경은 태생이 보잘것없는 인간일시 분명했다.

"대인께서 친히 갖다주시고, 국왕인 내가 친히 받았으면 그만이지 재서 무얼 하겠소?"

그러나 심유경은 듣지 않았다.

"계산은 분명해야 하오. 저울로 재서 받으시오."

"그것은 체통에 관계되는 일이오."

"그렇다면 추후에 조선 관원과 중국 관원이 공동으로 재기로 합시다."

심유경은 옛날 절강에서 장사하던 습성이 몸에 배어 계산을 맞추지 않고는 직성이 풀리지 않았다.

"무방하겠소."
임금도 동의했다.
회담이 끝나자 심유경 일행은 숙소인 성 밖의 의순관(義順館)으로 물러가고, 대문 밖까지 그들을 전송한 임금은 행궁으로 돌아갔다.
"아무리 보아도 저 심유경이라는 자는 제대로 된 인간이 아니오. 천한 것이 무슨 일을 저지를지 알 수 없단 말이오."
임금은 직제학(直提學) 오억령(吳億齡)을 불러 놓고 걱정했다.
"신이 보기에도 그자는 허풍기가 있는 듯합니다."
"맞았소. 적장과 만나서 무슨 허풍을 떨지 누가 알겠소?"
"참으로 큰일이올시다."
"경이 가서 떠보고 오시오."
오억령은 이 전쟁이 일어나기 전에 선위사로 일본 사신 겐소(玄蘇)를 상대한 일이 있었다. 그때 일본의 동정에 대해서 정확한 판단을 내리고 전쟁에 대한 대책을 역설했으나 조정에서 듣지 않았다. 임금은 그 일을 미안하게 생각하고, 그의 안목을 높이 보고 있었다.

그날 저녁, 의순관.
심유경은 오억령을 상대로 술잔을 기울이고 열변을 토했다.
"적진에 들어가서 어떻게 할 것이냐구? 꾸짖는 것이지요. 조선은 예의의 나라로 잘못이 없다. 그런데 너희들이 무엇 때문에 명분 없는 전쟁을 일으켰느냐? 함부로 남의 나라를 치고, 죄 없는 백성을 도륙하고, 이것이 될 말이냐? 물러가라."
오억령은 맞장구를 쳤다.
"옳은 말씀이오. 다만 하도 미개한 것들이라, 들을는지……."
"안 들으면 협박하는 것이지요. 조선과 중국은 이와 입술과 같은 관계에 있다. 물러가지 않으면 천하의 군사를 모조리 동원해서 너희 일본 놈들은 씨도 남기지 않고 싹 쓸어버린다! — 이쯤 되면 안 듣고 못 배길 것이오."

심유경은 술을 한 모금 마시고 히죽 웃었다.

"그러나 말이오. 거기까지 안 가고 일은 잘 될 것이오."

"어떻게 말이지요?"

심유경은 팔을 걷어 올렸다.

"내 일찍이 주유천하를 해서 가보지 않은 나라가 없고, 만나 보지 않은 인걸이 없소."

"일본에도 가셨던가요?"

"갔지요. 도요토미 히데요시도 만나고 소 요시토시도 만나고. 절친한 사이요."

"하아—."

"대명 천자께서 왜 나를 지목해서 보내셨겠소? 이런 내막이 있기 때문이오."

"하아—."

"오늘부터 발을 죽 뻗고 편히 주무시오."

심유경은 사흘 동안 의주에서 극진한 대접을 받고 조선군 호위하에 남으로 말을 달렸다.

그가 떠난 다음다음 날인 8월 22일, 임금은 명나라로 들어가는 진주사(陳奏使) 정곤수(鄭崑壽)와 서장관 심우승(沈友勝)을 불렀다.

"아무래도 경들이 북경에 다녀와야겠소. 무슨 수단을 써서라도 명군을 끌어들이도록 힘쓰시오."

일행은 압록강을 건너 북으로 말을 달렸다.

3권 조선의 영웅들 489

허풍도 도통하면

의주를 떠난 심유경은 안주, 숙천을 거쳐 순안에 당도했다.

이르는 곳마다 그 고장 관원들로부터 칙사 대접을 받았고, 특히 안주에서는 풍원부원군 류성룡, 숙천에서는 도원수 김명원, 순안에서는 평안도순찰사 이원익이 각각 10리 밖까지 마중 나와 객관에 모시고 술이며 음식이며 기생에 이르기까지 더할 나위 없는 접대를 했다.

그때마다 그는 가슴을 폈다.

"이 심유경을 믿으라."

순안에서 평양에 이르는 60리는 무인지경이었다. 난리 통에 백성들은 사방으로 흩어지고 논밭에는 곡식과 함께 잡초가 무성하게 자라고 있었다. 인기척이 사라진 산과 들에는 대낮에도 곰, 노루, 산돼지 등 짐승들이 활개를 치고 심심치 않게 호랑이도 나타나 으르렁거렸다.

어쩌다 조선군의 기마부대가 10여 명, 때로는 1백여 명씩 떼를 지어 지나가고, 간혹 일본군의 척후들이 총을 메고 사방을 기웃거리다 숲 속으로 사라지는 외에는 사람의 모습을 볼 길이 없었다. 평양으로 가려면 이 살벌한 지대를 통과해야 하였다.

도중이 위험할 뿐 아니라 무사히 평양까지 가더라도 안심이 되는 것은 아니었다. 불쑥 나타났다가는 무슨 봉변을 당할지 알 수 없었다. 더구나 사신이라는 것은 불쑥 나타나서는 안 되고 상대방에게 미리 통지를 하는 것이 예로부터의 관례였다. 반응 여하에 따라 가기도 하고 안 가기도 하였다.

심유경은 심가왕을 불렀다.

"평양에 가서 이것을 전하고 회답을 받아 가지고 와요."

고니시 유키나가에게 보내는 편지였다.

심가왕은 한마디 군소리도 없었다. 북경에서 여기까지 오는 동안 심유경의 일거일동을 보았고, 술에 취하듯 그에게 취해 버렸다. 허풍도 도통하면 사람을 끄는 매력을 풍기고 범할 수 없는 권위도 있었다.

그는 이원익의 부하 10여 기가 호위하는 가운데 순안을 떠나 평양으로 달렸다. 다행히 적의 척후와 마주치지 않고 평양 가까이까지 왔으나 함께 온 조선군이 일본군의 눈에 띄면 전투가 벌어질 수밖에 없고, 그렇게 되면 심가왕의 임무도 허사로 돌아갈 수밖에 없었다.

고갯마루에 이르자 일행은 발을 멈췄다. 그를 호위하고 왔던 조선군은 숲 속에서 대기하고 심가왕은 혼자 말을 몰아 천천히 고개를 내려갔다.

"적진으로 접근할 때는 혼자서, 그것도 느릿느릿 가는 것이 안전하다."

순안을 떠날 때 이원익이 일러 주었었다.

심가왕은 잔등에 황색 보자기를 처매고 있었다. 심유경의 편지가 들어 있다고 했다.

고개에 남은 사람들은 평양성 서북 보통문(普通門)으로 다가가는 황색 보자기에서 눈을 떼지 않았다.

"으―ㅇ."

보통문 초병으로부터 보고를 받은 유키나가는 탄성인지 혹은 신음인지, 자신도 알 수 없는 소리가 새어 나왔다.

사방이 꽉 막힌 벽에 숨통이 트이는 느낌이었다. 간절한 기도에 대한 천주님의 응답이리라.

그의 지시로 장대선(張大膳)은 보통문에 나가 심가왕을 대동관(大同館)으로 맞아들였고, 두 사람 사이에 예비회담이 시작되었다. 중국은 땅이 넓고, 서로 통할 수 없는 방언도 많았으나 두 사람 다 같이 절강 태생이어서 고향 친구를 만난 듯 반갑고 말도 통했다.

수인사가 끝나자 장대선은 주위에 늘어선 일본 사람들을 힐끗 쳐다보고 정색을 했다.

"심 유격(沈遊擊 : 심유경)의 편지를 받고 그 뜻은 잘 알았소. 우리 장군을 만나 평화를 논하자는 데 누가 반대할 것이오? 그러나 서로 합의를 보아도 지키지 않으면 무슨 소용이겠소? 고니시 장군은 이것을 걱정하고 계시오."

심가왕이 손을 내저었다.

"우리 중국 사람은 그런 일이 없소. 한번 약속하면 철석보다도 더 굳다는 것을 당신도 알 것이오."

그러나 장대선은 고개를 흔들었다.

"나도 중국 사람이오. 부끄러운 일이지마는 반드시 그런 것도 아니지요."

"다른 왕조는 모르겠소. 적어도 우리 대명이 들어선 후에 그런 일이 있었다면 한 가지라도 말씀해 보시오."

"고니시 장군께서는 가정연간(嘉靖年間)에 일어난 장주(蔣洲) 사건을 알고 계시오."

가정은 명나라 세종(世宗 : 재위 1522~1566) 때의 연호였다. 이 시대 중국 연안을 휩쓸고 다닌 왜구들 중에서 가장 극성을 부린 것이 일본 고토(五島)에 본거지를 둔 자들이었다.

그런데 공교롭게 그 두목은 일본 사람이 아니고 절강 태생 중국 사람 왕직(王直 : 汪直 : 五峰)이었고, 부하들 중에도 중국 사람이 적지 않았다. 안팎으로 내통하여 밀무역을 하고, 약탈을 자행하는 이 무력 집단을 당할 사람은 아무도 없었다. 조정에서는 여러 번 무력토벌에 나섰으나 그때마다 실패하고 도리어 그들의 기운만 북돋우는 결과가 되었다.

호종헌(胡宗憲)이라는 사람이 절강의 감찰어사(監察御史)로 부임하자 그는 계교를 썼다. 왕직의 처와 모친이 관내의 항주(杭州)에 살고 있었는데 그들을 꼬여 아들이며 남편에게 가는 간곡한 편지를 받아 냈다. 장주라는 사람에게 이 편지를 주어 일본으로 보낸 것이 일의 시초였다.

장주는 일본 각처를 돌아다니면서 왕직을 돌려보내면 일본이 조공을 바치고 무역하는 것을 허락한다고 공언하였다. 또 고토에 가서 직접 왕직을 만나 처와 모친의 편지를 전하고, 돌아오면 무슨 소원이든지 다 들어준다고 약속했다.

왕직은 약속을 믿고 절강으로 돌아갔다. 그러나 호종헌은 즉시 그를 잡아 가뒀다가 목을 쳐 죽여 버렸다. 35년 전인 1557년의 일이었다.

"하, 그것은 지방관들이 한 일이고 조정에서는 알지도 못했소. 조정에서는 사후에 알고 호종헌을 크게 나무랐단 말이오."

심가왕은 이렇게 얼버무렸으나 지방관도 중국 사람임에 틀림없었다. 또 조정은 나무라기는커녕 왕직을 잡은 공으로 호종헌을 태자태보(太子

太保)의 높은 벼슬로 승진시켰다.

　장대선도 내막을 알고 있었으나 더 이상 추궁하지 않았다. 또다시 일본 사람들을 힐끗 쳐다보고 고개를 끄덕였다.

　"그렇게 된 것이로구만."

　"심유경은 조정에서 보낸 사신이오. 장주 사건 같은 일은 하늘이 무너져도 없을 것이오."

　장대선은 두 번 세 번 다짐을 받고, 별채에 가서 유키나가의 허락을 받은 연후에 다시 심가왕과 마주 앉았다.

　"우리 고니시 장군과 심 유격이 만나는 일을 의논합시다."

　9월 1일.

　날이 밝자 심유경은 이원익의 전송을 받고 순안을 떠났다. 평양에서 북으로 15리, 강복산(降福山) 기슭 강복원(降福院)에서 고니시 유키나가를 만나는 날이었다. 강복원은 이 고장에 있는 역관이었다.

　"흉측한 것들이 무슨 짓을 할지 알 수 없으니 부디 조심하시오."

　이원익이 당부했으나 심유경은 아무렇지도 않은 얼굴이었다.

　"죽고 사는 것은 하늘에 달려 있는데 제까짓 것들이 어쩔 것이오?"

　한동안 말을 달리다가 심가왕이 물었다.

　"저는 일전에 평양으로 들어갈 때 가슴이 떨려서 혼났는데 정말 걱정이 안 되시오?"

　"두려울 때 두렵지 않으면 목석이지 사람이 아니다."

　"그럼 대인과 저하고 무엇이 다르지요?"

　"나는 두려움을 누를 수 있고, 자네는 그게 안 되지."

　심가왕은 입을 다물었다. 그의 말대로 자기는 일본 사람들의 총칼 앞에서 두려움을 누르지 못해 가슴뿐만 아니라 두 다리도 간간이 떨렸었다.

강복산이 시야에 들어오자 심유경은 말을 멈춰 세우고 주위를 둘러보았다.

강복산 기슭에는 숲에 둘러싸인 강복원의 초가집채들이 나무 사이로 어른거리고 주변에는 숱한 일본 병사들이 서성거리고 있었다. 얼마 떨어지지 않은 대흥산(大興山)에는 흰 복색의 조선 병사들이 웅성거리고 내려다보는 모습이 눈에 들어왔다. 1천 명도 넘는 인원, 만일의 사태에 대비해서 포진한 모양이었다.

심유경은 이원익이 딸려 보낸 호위병사들과 자기의 수하도 태반을 남기고 심가왕 외에 3명만 거느리고 전진했다.

강복원에 이르자 고니시 유키나가 이하 장수들이 나와 안으로 맞아들였다.

탁자를 사이에 두고 맞은편에 고니시 유키나가, 소 요시토시, 야나가와 시게노부(柳川調信 : 平調信), 겐소(玄蘇), 소이쓰(宗逸)가 앉고 이쪽에는 심유경과 심가왕 두 사람만 나란히 앉았다. 병사들이 날라 온 차를 들면서 심유경은 유키나가를 뜯어보았다. 역시 많은 사람을 거느리는 장수답게 태도가 늠름하고 얼굴에는 총명기가 흐르고 있었다.

그러나 근심 걱정이 아물거리는 얼굴이다. 제명에 죽을 상(相)이 아닌데 이번 전쟁에 횡사하는 것은 아닐까?

"평화는 언제나 좋은 것이오. 장군을 만나 평화를 논하게 되었으니 이보다 기쁜 일이 어디 또 있겠소?"

심유경은 말솜씨가 좋아 어디 가나 좌중을 좌지우지하는 재간이 있었다. 이번에도 심가왕의 통역으로 먼저 본론을 꺼냈다.

"나도 그렇게 생각하오."

유키나가는 짤막하게 대답하고 긴 말을 하지 않았다. 심유경은 느닷

없이 그의 옆에 앉은 겐소를 지목했다.

"내 모를 것이 하나 있소. 불교에서는 살생(殺生)을 금하는 것으로 알고 있는데 스님은 무슨 연고로 살생을 일삼는 전쟁에 나와서 춤을 추고 돌아가시오?"

겐소도 말솜씨는 남에게 뒤지지 않았다.

"살생하러 나온 것이 아니라 활생(活生)하러 나왔소. 들어 보시오. 우리 일본이 오랫동안 대명과 내왕이 끊어진 것은 대인도 알 것이오. 일본 왕께서는 조선에 길을 빌려 대명 천자에게 조공을 바치고, 그 봉을 받으려고 하였는데 조선에서 길을 막고 무력으로 대항하니 전쟁이 일어날 수밖에 없었지요. 나도 이 전쟁을 막으려고 애썼고, 지금도 전쟁이 빨리 끝나도록 부처님께 빌고 있소."

심유경은 유키나가에게 눈길을 던졌다.

"틀림없는가요?"

"틀림이 없소."

유키나가는 이번에도 짤막하게 대답했다.

"그것은 어려운 일이 아니오. 내 우리 조정에 아뢰어 봉공(封貢)을 허락하도록 할 터이니 조선에서 물러가시오."

"물러가지 않으면 어떻게 되지요?"

"지금 압록강 저쪽에는 백만 대군이 기다리고 있소. 큰일이 날 것이오."

고니시 유키나가도 이것이 허풍이라는 것쯤은 짐작이 갔다.

"우리는 명나라와 싸울 생각은 추호도 없소. 그렇다고 조선에서 이대로 물러갈 수는 없소."

"봉공이 목적이 아니었소? 봉공을 허락한다는데 어째서 물러가지 못하겠소?"

"피를 흘렸소. 피값을 받아야겠소."

"얼마나 받으면 되겠소? 우리 대명에는 은(銀)이 얼마든지 있소."

"돈이 아니오. 땅이오."

"그렇다면 남쪽에 제주도라는 섬이 있다고 들었는데 그 섬을 드리도록 내 주선해 보리다."

"그건 어렵겠소. 설사 내가 승낙하더라도 다른 장수들이 듣지 않을 것이오."

"어떻게 하면 듣겠소?"

"피를 흘리고 차지한 땅에서는 물러가지 못하겠다 — 이것이 우리 일본 장수들의 생각이오."

고니시 유키나가도 일찍이 무역을 해본 경험이 있는지라 흥정에는 심유경에게 지지 않았다.

"알아듣도록 좀 분명히 말씀해 주시오."

"분명히 말해서 대동강을 경계로 합시다. 대동강 이북은 조선, 그 이남은 일본이 차지하겠다 — 이런 말씀이오."

이것은 고니시 유키나가뿐만 아니라 당시 조선에 나와 있던 일본군 일반의 분위기였다. 조선이라는 나라는 아예 없어지라는 것이나 진배없는 이 주장에 심유경은 오래도록 생각하고 나서 대답했다.

"이 심유경이라면 대동강이 아니라 압록강을 내세웠을 것이오. 좋소. 대동강을 경계로 합시다. 다만 이 일은 북경에 가서 우리 조정의 허락을 받아 와야 하오."

어차피 흥정하러 오지는 않았다. 시일을 끌려고 왔으니 고집을 부릴 것은 없었다.

"북경에 다녀오려면 며칠이나 걸리오?"

"50일이오."

고니시 유키나가는 불만이었다. 북경 왕복 5천2백여 리라 하더라도, 빠른 말로 달리면 하루에 3백 리, 넉넉잡고 20일이면 족할 것이다. 그러나 심유경도 할 말이 있었다.

"도중에 비가 오고 바람이 불 수도 있고, 북경에 가서도 대신들이 의논하고 황상의 재가를 받으려면 시일이 걸리오."

"할 수 없지요."

유키나가도 동의했다.

"당신네 요구대로 대동강을 경계로 했으니 이제 평화는 반이나 이룩된 셈이오. 그러나 조심해야 할 일이 한 가지 있소."

"무엇이오?"

유키나가가 반문했다.

조선의 목숨을 쥔 사람

"비밀을 지키는 일이오. 여기서 오고 간 이야기가 새어 나가 조선 사람들의 귀에 들어가 보시오. 이 심유경은 그들의 손에 몰매를 맞아 죽을 것이오."

"옳게 보았소."

유키나가는 고개를 끄덕이고 심유경은 목청을 가다듬었다.

"내가 죽어 보시오. 화평은 고사하고 천하가 진동하는 소동이 벌어질 것이오."

조선 사람들은 전쟁에 지기는 했으나 굴복하지는 않았고 굴복할 생각도 없었다. 날이 갈수록 더욱 기승하여 의병이 일어나지 않은 곳이 없고, 병신은 몰라도 몸이 성한 사람은 다 같이 무기를 들고 일어섰다. 이 일이 발설되면 붙는 불에 기름을 끼얹은 격으로, 그들의 분노는 폭발하여 사생결단으로 항거할 것이다. 심유경의 말대로 그는 목숨을 부지하지 못할 것이고, 일본군으로서도 좋을 일은 하나 없었다.

피차 이 일을 극비에 부치자는 데 아무도 이의를 달지 않았다.

"아까 50일이면 북경에 다녀오신다고 했는데 분명한 날짜를 정하는 것이 어떻겠소?"

유키나가의 제의에 심유경이 맞장구를 쳤다.

"오늘이 9월 1일이니 50일은 10월 20일이 아니겠소?"

"맞았소."

"그날 돌아오리다."

"기다리겠소."

"그동안 조용해야지 분란이 일어나면 될 일도 안 될 것이오."

"분란이란 가령 어떤 일 말이오?"

"당신네 일본군이 의주까지 쳐올라온다든지, 압록강을 건너 우리 대명의 강토를 침범한다든지 그런 일 말이오."

"전쟁이니 평화니 하는 것은 어느 한쪽 마음대로 되는 것이 아니오. 우리는 가만히 있고 싶어도 조선군이 대들면 싸울 수밖에 없지 않소?"

"조선군이 가만히 있으면 당신네도 가만히 있겠다, 이런 말씀이오?"

"그렇소."

"그렇다면 일은 쉽게 풀리겠소. 조선군은 내가 책임을 지고, 일본군은 당신이 책임을 지고, 이 50일 동안을 휴전으로 하면 어떻겠소."

"무방하겠소."

유키나가는 만족했다. 모든 것이 요구한 대로 관철되었고, 은근히 소망하던 휴전마저 저쪽에서 먼저 들고 나오니 더 이상 바랄 것이 없었다.

그들은 평양의 일본 군영에서 날라 온 음식으로 늦은 점심을 때우고 함께 밖으로 몰려나왔다. 휴전이 성립되었으니 휴전선을 그어야 했다.

보통 휴전선은 적대하는 두 진영의 중간지점으로 하는 것이 예로부터 내려오는 관례였다. 이 지역에서 적대하는 두 진영은 순안에 주둔하는 이원익의 진영과 평양에 있는 고니시 유키나가의 진영이고, 그 중간 지점은 부산(斧山)이었다.

부산은 순안에서 남으로 30리, 평양에서는 북으로 30리였다. 그다지 높지 않은 산으로, 옛날 어느 용감한 장수가 이 산에서 몰려오는 적을 도끼[斧]로 쳐부셨다 하여 부산이라고 이름하였다.

서울에서 평양, 의주를 거쳐 중국으로 들어가는 교통의 요충으로, 이 고갯마루에는 산의 이름을 따서 부산원(斧山院)이라고 부르는 역관도 있었다.

강복원을 나선 심유경과 고니시 유키나가 일행은 함께 말을 달려 북으로 15리, 이 부산원에 당도했다.

"하늘이 참 맑군요."

부하들이 곳간에서 통나무를 끌어내다 길바닥에서 도끼로 깎고 대패로 미는 동안 유키나가는 심유경과 나란히 하늘을 쳐다보고 먼저 말을 걸었다.

"하늘도 맑고 사람도 맑고. 고니시 장군, 나는 당신을 처음 보는 순간부터 십년지기를 만나는 느낌이 들었소. 전생의 인연이 아니겠소?"

"나도 그런 생각이 들었소. 그래서 솔직하게 이야기하는 것인데 어쩐지 안심이 안 되오. 우리가 오늘 합의를 본 대로 북경 조정에서 승인할 것 같소?"

"이 심유경을 모르고 하는 소리요. 조정에서 퇴짜를 맞을 일이라면 애시당초에 입 밖에도 내지 않았을 것이오."

"……."

"내 조정에 선 지 20년에 될 일과 안 될 일쯤은 구분하고 있소. 걱정을 놓으시오."

병정들이 통나무를 다듬어 네모난 푯말〔標柱〕을 만들어 냈다. 심유경은 유키나가가 권하는 대로 붓을 들어 굵은 글씨로 써 내려갔다.

왜인들은 이 푯말 밖으로 나가지 말 것이며 조선인들은 이 푯말 안으로 들어오지 말라(倭人無出標外 朝鮮人無入標內).

그가 앞뒤 두 면에 같은 글을 쓰고 붓을 놓자 병정들은 푯말을 길 한복판 미리 파놓은 구멍에 세운 다음 흙을 메우고 발로 다졌다.

글씨가 있는 두 면은 각각 남과 북을 향하고, 좌우를 병정들이 찍어 온 가시나무로 막아 버리니 남북의 교통은 차단되고 휴전선은 분명하게 모습을 드러냈다.

일이 끝나고 역관 대청에서 차를 나누는 자리에서 심유경은 비로소 북경에서 가지고 온 선물 명단을 내놓았다. 중국의 군복, 옥대(玉帶), 꽃무늬가 있는 비단, 옥(玉) 등 일본에서는 모두가 진귀한 물건들이었다.

"예물이오. 서둘러 떠나느라고 변변히 갖추지 못했으니 과히 허물치 말고 받아 주시오."

심가왕 이하 그의 일행이 말에 실었던 짐짝을 내려 대청 한구석에 쌓아 올렸다. 유키나가는 이런 데서 선물이 나올 줄은 몰랐고, 따라서 그들은 준비가 없었다.

"우리는 중국의 예법을 몰라 아무 마련도 못하고 빈손으로 왔소. 실례가 아니라면 우선 이것이라도 받아 주시오."

자기가 차고 있던 단도와 웃저고리를 벗어 놓았다.

"이보다 더 귀한 예물이 어디 있겠소. 내 항상 옆에 두고 장군을 대하듯 하리다."

심유경은 손수 보자기에 싸들고 밖으로 나와 말에 올랐다.

"그러면 10월 20일을 잊지 마시오."

그의 일행은 북으로 사라지고, 전송하던 고니시 유키나가 일행은 발길을 돌려 남으로 달리기 시작했다.

이튿날 오정. 일본군 장수 한 명이 통역 장대선과 함께 순안으로 말을 달려 왔다. 조선군의 인도로 객관에 나타난 그들은 심유경에게 큰절을 하고 봉서를 한 통 내밀었다.

일본이 보낸 선봉 도요토미 유키나가는 삼가 대명 유격장군 심공 각하에게 아룁니다. 일본이 조공을 바치지 못한 지 오래되었습니다. 여러 해를 두고 조선에 주선을 부탁하였으나 조선은 일본의 부탁을 들어주지 않아 이 전쟁이 일어난 것입니다. 이런 때에 각하께서 평양에 오시니 이것은 실로 우리 두 나라가 옛날 관계로 돌아가는 시초가 되는 것이 아닌가 합니다. 각하께서 어전에 말씀드려 천자의 사신을 일본에 파견하사 화친의 징표로 삼아 주신다면 그 이상 가는 일도 없겠습니다. 만약 사신을 보내신다면 50일 동안 기다릴 수 있겠습니다. 이 50일의 기일을 어긴다면 조선에 나온 장수들을 그냥 성안에 머물러 있도록 하기가 어려울 것입니다. 엎드려 살피시기를 바랍니다. 황송하와 머리를 조아리고 이만 줄입니다.

편지에는 예물 목록도 붙어 있었다.
등자(鐙子) 1벌, 창 1, 투구 1, 활 1, 살통 [鞴] 1에 화살 10, 단도1, 장검 1.

봉공을 허락한다면 천자의 책봉사(冊封使)는 저절로 일본에 가기로 되어 있는데 절차를 모르니 쓸데없는 소리를 하는 모양이다.
 어떻든 이야기는 어제 이미 끝났는데 또다시 다짐을 받으려는 유키나가의 심사를 알 수 없었다. 나를 믿지 못하는 것일까, 아니면 일본군 자체 내에 이론이 일어난 것일까.

 편지에 말씀하신 일은 다 잘될 것입니다. 다만 봉공을 바라는 일본의 충정과 조선이 방해한 경위 등 전후사정을 우리 황상에게 호소하는 주서(奏書)를 한 통 만들어 보내 주시면 일하는 데 더욱 편리하겠습니다.

 심유경은 답장을 써주고 예물 꾸러미를 펼쳤다.
 "참 훌륭한 무기들이오. 그런데 일본군에는 조총이라는 신묘한 무기가 있다고 들었는데 그것도 주셨더라면 더욱 고마웠겠소. 가서 여쭈어 보시오."
 두 사람은 놀라는 얼굴로 서로 마주 보다가 말을 달려 남으로 사라졌다.
 조총은 일본의 비밀무기였다. 석성에게 바칠 좋은 선물이 될 것이고, 비밀무기인 만큼 주고 안 주고에 따라 고니시 유키나가의 심사를 측정할 수도 있음 직했다.

 순안을 떠나 북으로 가는 심유경은 상쾌하기 이를 데 없었다. 금시라도 일본군이 쳐들어올 듯 온 세상이 뒤숭숭하고, 조정에서는 머리를 짜다 못해 천하에 대고 계책을 현상모집하던 일을 하루아침에 해결해 버렸다. 이 심유경은 하늘이 낸 사람이 아닐까.
 조선 사람들도 조용하지 않았다. 그 무서운 적의 소굴에 유유히 들어

갔다 유유히 나왔다 — 구구전승하여 머슴에서 대신에 이르기까지 우러러보지 않는 사람이 없었다.

"대인은 예사 사람이 아니올시다."

서두를 것이 없었다. 찬사를 안주로 닿는 곳마다 술을 몇 잔씩 들고 길을 더듬어 의주에 당도한 것이 9월 9일 중양절(重陽節)이었다.

"중국에서는 중양절은 고향을 생각하는 날이라고 들었는데 이처럼 멀리 타국에 와 계시니 객수가 한층 더하겠소이다."

저녁식사에 오억령이 반주를 권하고 듣기 좋은 소리를 한마디 했다.

"내 머리는 지금 천하대사로 꽉 차서 객수가 들어갈 틈이 없지요."

심유경은 술을 찔끔 마시고 말을 이었다.

"이미 소식을 들었을 것이오마는 고니시 유키나가가 안 듣는 것을 내가 우겨서 가까스로 50일 휴전을 성립시켰소. 그동안 우리 대명은 전쟁 준비를 할 터이니 조선에서 이 휴전을 어기면 안 되오."

"유키나가는 어떤 인물이던가요?"

"늠름하게 잘생긴 사람으로 우습게 볼 인물이 아니오(風神凜凜 不可侮也)."

바깥에서 인마가 뛰는 소리에 이어 순안의 이원익이 보낸 사람이 보따리를 들이밀었다.

"고니시 유키나가가 보내온 편지와 선물이올시다."

심유경이 떠난 후에 도착했길래 일부러 가지고 왔다고 했다.

어제 병기(兵器) 약간을 보내드렸던바, 다시 조총을 소망하신다기에 장식이 매우 누추하오나 이에 한 자루를 올립니다. 말씀하신 주서 한 통도 여기 보내는바 마음에 드실지 모르겠습니다. (……) 의주에 잠시 머무시는 것은 무방하겠습니다마는 중로에 지체하시면 50일의 기한을 넘길까 걱정입니다. (……)
—임진 9월 초3일 도요토미 유키나가

심유경은 편지를 오억령에게 넘기고 조총을 이리저리 등불에 비쳐 보았다.

다음 날은 9월 10일. 심유경이 본국으로 돌아가는 날이었다. 명나라 병부상서 석성의 지시로 적진에 들어갔다 나왔고, 내달에 다시 와서 적장과 만난다는 이 인물을 가볍게 대접할 수는 없었다. 많은 것이 그의 한마디에 달려 있다고 보아야 할 것이다.
임금 선조는 떠나가는 심유경에게 편지를 썼다.

우리나라 군신의 목숨은 오직 대인의 손에 달려 있습니다. 원컨대 대인께서는 속히 이 난리를 평정하고 이 나라 백성들을 살려 주십시오. 나로 말하자면 응당 나아가 전송하는 것이 도리겠으나 난리 통에 근심 걱정이 병이 되어 나가 뵙지 못하고 다만 평소에 타던 말 한 필을 드립니다. 이 말은 내가 천 리 피란길을 타고 온 말로 양마(良馬)라 하여 사람들의 칭송이 자자합니다. 대인께서는 물리치지 말고 받으소서.

서울에서 의주까지 타고 온 말을 끌어내다 편지와 함께 의순관의 심유경에게 보냈다.
"셰셰(謝謝), 또 만납시다."
백관의 전송을 받고 압록강을 건넌 심유경은 말에 채찍을 내리치고 멀리 북으로 사라져 갔다.

말 없는 맹세

명나라는 급한 불을 끄기 위해서 심유경을 평양의 일본 진영으로 보냈으나 그것으로 안심이 되는 것은 아니었다. 어차피 전쟁은 불가피하지 않을까?

그들은 심유경이 압록강을 건너 조선에 들어온 다음 날인 8월 18일, 공부우시랑(工部右侍郞 : 건설부 차관) 송응창(宋應昌)을 병부우시랑(兵部右侍郞 : 국방부차관) 겸 경략방해어왜군무(經略防海禦倭軍務), 약칭 경략(經略)으로 임명하여 전쟁 준비를 총괄하게 하였다.

그는 56세의 유능한 관리로 일본 사정에 밝고, 전에 산동순무(山東巡撫)로 있으면서 《연해험요도설(沿海險要圖說)》이라는 책을 지어 일본에 대한 대비책을 역설한 인물이었다.

그러나 전쟁 준비가 끝나기 전에 조선이 항복하면 큰일이었다. 조선의 협력 없이 조선에서 일본군을 몰아낸다는 것은 거의 불가능한 일이었다. 항복하지 않도록 기운을 북돋워 줄 필요가 있었다.

행인(行人) 설번(薛藩)이 황제의 칙서를 가지고 밤낮으로 말을 달려 의주에 당도한 것은 9월 2일, 심유경이 평양 북쪽 강복원에서 고니시 유키나가와 50일 휴전에 합의한 다음 날이었다. 행인은 행인사(行人司) 소속으로 외교상의 연락을 맡은 관원이었다.

이날 임금 선조는 신하들을 이끌고 압록강까지 나가 설번을 영접하고, 함께 성내의 용만관으로 들어와서 칙서를 받았다.

근자에 들은즉 왜노(倭奴)들이 날뛰고 침략을 자행하여 왕성(王城)을 빼앗고 평양을 점령하니 백성은 도탄에 빠지고, 멀고 가까운 고장이 다 같이 소동이라. 국왕 또한 서쪽으로 난을 피하여 초야를 헤맨다고 하니 이 참상을 생각하면 나의 가슴은 미어질 듯하도다.

어제 위급함을 알리는 소식을 전하므로 이미 변방의 신하들에게 병(兵)을 발하여 구원하도록 하고 여기 특히 행인사 행인 설번을 보내 국왕에게 이르노니 그대의 조종(祖宗)이 대대로 이어 온 기업(基業 : 王業)을 생각하면 어찌 일조에 가벼이 버릴 수 있으랴. 속히 수치를 설욕하고 흉악한 적을 물리치고 광복(匡復)을 도모할지로다. 또한 나의 뜻을 귀국의 문무신민(文武臣民)들에게 전하여 사람마다 임금의 은혜에 보답할 뜻을 굳건히 하고 적에게 복수할 의기(義氣)를 크게 떨치도록 할지니라.

내 이제 문무대신 2명을 파견하여 요양(遼陽) 여러 진(鎭)의 정예로운 군사 10만 명을 통솔하여 귀국 병마(兵馬)와 더불어 앞뒤로 협공하여 흉악하고 잔인한 적을 남김없이 쳐서 없애도록 할 것이니라.

나는 천명을 주관하고 중국과 오랑캐에 다 같이 군림하여 지금 만국이 편안하고 사명(四溟 : 四海)이 고요하거늘 이 어리석고 보잘것없는 추한 무리들이 감히 날뛰는 터라. 동남 변방 바다 여러 진에 명령하고 아울러 유구(琉球), 섬라 등을 달래어 수십만 군사를 모아 함께 일본을 쳐서 곧바로 그 소굴을 부수리라.

적이 항복하여 난리가 평정되면 내 어찌 작상(爵賞)과 은전을 아끼랴. 대저 조상의 강토를 회복하는 것이 대효(大孝)요 군부의 환란을 구하는 것이 지충(至忠)이라. 귀국의 군신은 원래 예의를 아는지라 능히 나의 마음을 헤아려 옛 땅을 회복하고 국왕으로 하여금 환도하여 종묘사직을 보전하고 길이 번병(藩屛)을 지킴으로써 먼 나라를 긍휼히 여기고 작은 나라를 아끼는 나의 마음을 위로할지로다(《선조실록》).

명나라의 참전이 분명해지는 순간이었다. 외로운 전쟁, 앞이 보이지 않는 전쟁에 잠을 이루지 못하던 임금과 신하들은 낭독이 끝난 후에도 한동안 움직일 줄을 몰랐다.

명나라의 이 같은 움직임과는 관계없이 조선의 전선에도 새로운 양상이 나타나기 시작했다.

지금까지는 몇 차례의 예외를 제하고는 유격전이 거의 유일한 전법이었다. 고을마다 명망 있는 인물을 중심으로 의병이 일어났고, 이들은 전투에 경험이 없는 선비들과 농민들인지라 정규전으로 적과 맞설 수는 없었다. 이리하여 부산에서 두만강에 이르기까지 적의 점령지에서는 어디서나 유격전, 전선이 보이지 않는 혼전이 벌어지고 있었다.

처음에는 미숙했으나 그동안 선비들과 농민들도 경험을 쌓아 전사로 성장하였고, 일부 관군도 태세를 정비하고 나섰다.

여기서 적의 대부대가 와도 물러서지 않고, 정면 대결하는 정규전의 양상이 나타나기 시작했다.

그 첫째가 황해도 연안성(延安城)의 공방전이었다. 적은 구로다 나가마사 휘하 일본군 6천 명, 이를 맞아 싸운 것은 전 이조참의 이정암(李廷馣)이 지휘하는 의병과 관군, 도합 9백 명이었다.

고니시 유키나가와 함께 평양까지 갔던 구로다 나가마사가 군을 돌려 황해도로 내려온 것은 6월 하순이었다.

> 구로다 가이노카미(黑田甲斐守) 도요토미 나가마사(豊臣長政)는 황해도의 양반과 인민들에게 이르노라. 일본은 예전의 일본이 아니로다. 천하와 더불어 함께 태평을 누리고자 부역을 너그러이 하고 세금을 가볍게 할지니 전이나 다름없이 안도할 것이며 우리 대군이 지나갈 때에는 지위의 높고 낮음을 막론하고 모두 나와 맞아들이고, 찾아뵐지니라. 산에 들어가 도피하는 자는 목을 베리라. 자진하여 무기를 관에 바치라. 영을 어기는 자는 목을 베리라. 비록 재상이나 조정의 고관이라 할지라도 숨지 말고 나오라. 공사의 천민은 한결같이 그 신세를 면하고 양민이 되리라(《서정일기》).

그들은 황해도 중앙부를 종단하여 북상하고 또 남하하는 동안 이 같은 방문을 뿌려 백성들을 회유하고, 한편으로는 살인, 약탈, 방화로 많은 동네들을 잿더미로 만들어 버렸다.

그러나 조선 관원들은 대책이 없었다. 적이 오면 백성들 틈에 끼어 함께 산으로 들어가고, 사라지면 다시 나와 관가를 지키는 것이 고작이었다.

그나마 평양까지 갔던 적군이 돌아오면서 사태는 달라졌다. 북으로 갈 때에는 개성에서 평양에 이르는 대로변만 분탕질했으나 다시 내려오면서부터는 사처에 퍼져 다치지 않는 고을이 없었다.

마침내 7월 7일 저녁에는 황해감사가 좌정한 해주(海州)에도 들어왔다. 감사 조인득(趙仁得)은 배로 바다에 나가 외딴 섬(睡鴨島)에 숨고, 고을의 수령들은 그들대로 깊은 산속으로 사라져 들어갔다. 개중에는 강음현감(江陰縣監) 최승휘(崔承徽)같이 주찬을 차려 놓고 적을 맞아들이는 경우도 없지 않았다.

관이 시원치 않으면 의병이라도 드세야 희망이 있겠는데 황해도에는 여태까지 조직적인 의병이 없었다. 백성들은 의지할 곳이 없고, 목숨을 부지하기 위해서 적에게 붙는 자들도 적은 수가 아니었다.

황해도라고 뜻있는 사람들이 없는 것은 아니었다. 몇 명 혹은 10여 명씩 모여 가슴을 치고 일어서자고 다짐하는 경우는 흔히 있었으나 내세울 만한 지도자가 없었다.

이 시대, 황해도 이북은 세칭 서북지방으로 후진 지역이었고, 중앙에서도 달갑게 보는 고장이 아니었다. 가끔 무관으로 나가는 사람이 있고, 어쩌다 문관으로 과거에 오르는 사람도 없지는 않았으나 크게 된 인물은 없었다.

벼슬이 인물을 재는 거의 유일한 척도로 공인된 시대였다. 남도에서는 어느 고장이나 의병장으로 내세울 인물 때문에 걱정한 일은 없었으나 황해도는 그렇지 못했다. 인물이 귀했다.

생각 끝에 몇 사람이 모여 지목한 것이 김덕함(金德諴)이라는 젊은 선비였다. 배천(白川) 출신으로 3년 전에 과거에 올라 정자(正字) 벼슬에 있다가 난리를 맞아 고향에 피란해 와 있는 사람이었다.

그러나 같은 배천 사람들은 그를 알아주었으나 다른 고장 사람들이

탐탁하게 보지 않았다. 벼슬이 귀한 시대라도 정자는 9품으로 아주 밑바닥이었다. 그 위에 겨우 31세의 새파란 얼굴. 칼은 고사하고 몽둥이 한번 제대로 잡고 제대로 기운을 써본 일이 있는가.

그를 믿고 목숨을 내놓겠다는 사람은 별로 없었다. 그러나 아무리 생각하고 손가락을 꼽아 보아도 황해도 출신으로 김덕함을 덮을 인재는 없었다.

그 김덕함을 마다하니 일은 낭패였다.

기어이 의병을 일으킨다면 타관 사람이라도 내세우는 수밖에 없었다. 이런 때에 나타난 것이 이정암이었다.

그는 이 전쟁이 일어나기 전에 한때 동래부사로 있으면서 일본 사신으로 건너온 다치바나 야스히로, 소 요시토시, 겐소 등을 상대한 바로 그 사람이었다.

동래부사로 3년을 보내고 서울에 올라온 후 여러 가지 벼슬을 전전하다가 이 전쟁이 일어날 당시에는 이조참의로 있었다. 임금이 서울을 빠져나간 4월 30일 밤에는 잠시 집에 돌아와 있었기 때문에 떠나는 줄을 몰랐고, 이튿날 아침에야 소식을 듣고 급히 뒤를 쫓았다.

그러나 개성에 당도하니 많은 인사이동이 있어 이정암 자신도 이미 이조참의가 아니었다. 그 위에 임금의 일행은 서둘러 평양으로 떠나고 말았다.

함께 갈 수도 있었으나 그에게는 칠십을 넘은 노모가 있었다. 또 형제만도 8형제, 거기 딸린 안팎 식솔과 노비까지 합치면 남녀노소 근 1백 명에 달했다. 이들을 사지에 버리고 갈 수는 없었다.

마침 아우 정형(廷馨)이 개성유수(開城留守)로 있었다. 이정암은 개성에 그대로 눌러 있다가 5월 그믐께 적군이 임진강을 건너오자 가족을 거느리고 황해도로 들어왔다. 만일의 경우에는 바다로 나갈 생각으로 배천, 연안, 해주 등 해안지대를 옮겨 다니면서 형세를 관망하였다.

7월 21일, 배천의 금산리(金山里) 농가에 있을 때였다. 북으로부터 쏟아져 내려온 적군은 황해도 전역에 퍼지고 더 이상 피할 길이 없었다. 배를 구하려고 사처에 수소문하고 있는데 박춘영(朴春榮)이라는 40대 중반의 점잖은 선비가 찾아왔다. 이 고장에서는 박 생원(朴生員)으로 통하는 사람이었다.

"우리 배천과 이웃 연안 사람들은 의병을 일으킬 의논이 다 돼 있습니다마는 대장으로 모실 분이 없어 선뜻 일어서지 못하고 있습니다. 중론이 영감을 모시기로 일치하였으니 나서 주십시오."

"의병대장이야 제 고장 사람이 해야지. 김덕함이 있지 않은가?"

이정암도 김덕함의 소문은 듣고 있었다. 또 서울에서 한두 번 만난 일이 있고, 여기 피란 온 후에도 몇 차례 찾아와서 피차 모르는 사이도 아니었다.

"김덕함도 영감을 도울 것입니다. 영감께서는 타관분으로 생각하지 마십시오. 전에 연안, 평산 두 고장의 원님으로 계시면서 백성들을 아껴주신 일을 모두들 잊지 않고 있습니다. 피차 정이 통하니 이 고장분이나 무엇이 다르겠습니까?"

이정암은 서울 태생으로 33세에 외직(外職)을 자원해서 나온 것이 연안부사였다. 전에 잠시 함경도와 경기도의 도사(都事)를 지낸 일은 있으나 고을의 책임자로 나가기는 이것이 처음이었다.

연안은 농사도 잘되고 해산물도 많아서 백성들의 살림이 풍족한 고장이었다. 풍족할수록 말이 많은 것이 인간사회여서 이 고장에서는 송사가 그칠 날이 없었다. 그는 젊은 날의 정의감도 작용해서 모든 송사를 나무랄 데 없이 공정하게 처결했다.

관원들의 토색질도 엄단하여 백성들을 괴롭히는 자는 결코 무사할 수 없었다. 그 위에 그가 재임한 3년 동안은 해마다 풍년이 들어 연안 땅에서는 거지도 굶는 사람도 볼 수 없었다.

백성들은 이 모든 것이 어진 원님의 덕분이라고 칭송이 자자하였다. 그가 임기를 마치고 떠날 때에는 길을 막고 아우성치는 바람에 외가가 있는 풍덕(豐德)에 성묘를 간다는 핑계로 겨우 빠져나오기도 했었다.

그로부터 여러 해 후에 부임한 평산부사는 백성들과 정이 들 틈도 없이 물러났으니 말할 것이 못 되었으나 연안 시절은 그 밖에도 추억이 한두 가지가 아니다.

한때나마 당대의 학자로 이름난 이율곡(李栗谷)을 감사로 모시고, 서로 극진하게 지냈고, 또 이 고장에서 넷째와 다섯째, 두 아들을 얻었다. 그 위에 백성들이 따르고. 집안에서는 연안은 복된 땅[福地] 이라 하였고, 그의 생애에서는 제일 안온하고 행복한 시기였다.

그러나 의병으로 나설 생각은 여태 한 번도 해본 일이 없었다. 정은 있었으나 마음의 준비가 되어 있지 않았다.

"당초에 벼슬을 버리고 여기 온 것은 늙은 어머님을 모시기 위함이었소. 떠돌아다닌 지 3개월이 되었소마는 끝까지 어머님을 모시다가 살아서 고향에 돌아가는 외에는 딴생각을 할 여지가 없소. 지금이라도 배를 구하면 바다를 건너 통진(通津)으로 피란 갈 작정이오. 미안하지마는 청은 들을 수 없소."

효도가 국가 대사 못지않게 소중한 시대였다. 박춘영은 말없이 물러갔으나 그것으로 끝나지 않았다.

무엇보다도 이정암 자신이 생각을 달리했다.

이튿날 사립문 밖을 서성거리는데 낯선 군관이 길을 지나갔다. 강화도에 주둔하는 의병장 김천일(金千鎰)의 막료라고 했다. 벽촌을 전전하다 보니 바깥소식이 두절되었고, 김천일이 의병을 일으켰다는 것도 처음 듣는 소리였다. 곽재우, 정인홍, 고경명을 비롯한 여러 의병장들이 눈부신 활약을 하고 바다에서는 우리 수군이 적을 밀어붙인다고 했다. 모두가 신기한 소식이었다.

"그래 어디로 가시오?"

"이천으로 가는 길이지요."

18세의 왕세자 광해군이 적중을 돌파하여 강원도 이천까지 와서 분조(分朝)를 차리고, 적과 싸우는 모든 관군과 의병들을 지휘하는 중이라고 했다. 낯익은 벗들이 각처에서 일어섰고, 어린 왕세자도 적지에 뛰어들었는데 나는 아녀자들이나 끌고 다녀서 될 일인가?

속으로 크게 요동치고 있는데 오십이 가까운 사나이가 찾아왔다. 이름은 조종남(趙宗男), 이 배천 출신으로 서울에서 별좌(別坐 : 5품) 벼슬에 있었다고 했다.

"생각을 돌려 보시지요."

"해봅시다."

이번에는 두말없이 응낙했다. 이 순간 그는 목숨을 내놓기로 작정하였다.

이정암은 평소에는 온유하다가도 못 볼 것을 보면 불같이 일어서는 일면이 있었다. 평산부사로 갔을 때는 구황곡(救荒穀)을 두고 감사 최황(崔滉)과 크게 싸운 끝에 벼슬을 박차고 무작정 서울로 올라와 버렸다. 이 때문에 앞으로 10년 동안은 벼슬을 못하는 중벌을 받기도 했다.

금년에 52세. 영의정을 지낸 이산해와 과거 동기였다. 제대로 갔으면 정승, 못 되어도 판서는 될 사람이었으나 이처럼 모난 성품 때문에 그 나이에 이조참의였다.

7월 24일. 금산리에서 남으로 얼마 떨어지지 않은 바닷가 대교촌(大

橋村)에서 의병을 발기하는 첫모임이 열렸다. 주인이 피란 가고 텅 빈 농가에 김덕함, 박춘영, 조종남 등 배천과 연안 유지 수십 명이 모여들었다.

마당에 멍석을 깔고 둘러앉은 그들은 별로 말이 없었다. 김덕함이 미리 준비된 약서책(約誓册 : 서약서)을 돌리고, 자기 앞에 오면 각자 이름을 쓰고 그 밑에 수결을 하였다. 목숨을 바친다는 맹세였다.

이정암은 잠자코 서명하는 얼굴들을 바라보았다. 봉사(奉事), 부장(部將), 참군(參軍), 선전관(宣傳官) 등 무관으로 있던 사람들이 많았다. 그러나 더욱 많은 것이 군수, 직장(直長), 정자, 참봉 등 문관과 문관 지망생인 진사, 생원 기타 선비들이었다.

말없이 앉아 있는 얼굴들, 딱히 무어라고 표현할 수 없는 분위기가 감돌고 있었다. 기운이라고 할 수도 있고, 정신이라고 할 수도 있을 것이다. 수천 년 동안 일이 있을 때마다 이 나라를 지켜 온 것이 아마 이 기운이리라.

난리 통에 술이 있을 리 없었다. 맹세가 끝나자 사람들은 술 대신 냉수를 한 모금 마시고 청년들은 편지 한 통씩 들고 사방으로 흩어져 갔다. 여러 고을에 보내는 방문이었다.

이튿날 이정암은 이 고장 사람들의 주선으로 가족들을 배 4척에 실어 강화도로 보냈다. 아마 다시는 만나기 어려울 것이다. 떠나가는 배에서 철없는 아이들은 갈매기를 가리키고 떠들썩했으나 여자들은 얼굴을 감싸고 소리 없이 흐느끼고 있었다.

셋째 아들 준(濬)과 함께 전송 나온 이정암은 영원한 이별을 고하듯이 파도를 헤치고 가는 배들이 깨알같이 멀리 사라질 때까지 떠날 줄을 몰랐다.

주註

1. 당시 일본 관백이던 히데쓰구와 여기 나오는 히데카쓰, 히데야스는 3형제로, 히데요시의 누님의 아들. 그중 조선의 관백 운운한 히데카쓰는 전에도 언급한 바와 같이 머리가 약간 모자라는 애꾸였다.
2. 이곽은 당나라 현종(玄宗) 때 안록산(安祿山)의 난리에 거의 망했던 나라를 회복한 이광필(李光弼)과 곽자의(郭子儀)를 뜻한다. 관산월(關山月)은 중국 한대(漢代)의 이별곡(離別曲)으로 여기서는 국경의 산에 오른 달.
3. 지금 현충사 구내에 있는 이순신 장군의 옛집이 바로 방진의 집이었다. 당시의 집은 임진왜란에 불탔고, 현재의 건물은 후대에 지은 것이다. 방진 내외는 후손이 없기 때문에 지금에 이르기까지 이순신 장군의 후손들이 제사를 받들고 있다.
4. 얼마 후 원균은 철수하고 한산도에 갔던 왜병들은 나무를 찍어 뗏목을 엮어 타고 도망쳐 버렸다(李舜臣 : 被圍倭兵逃還狀).
5. 도요토미 히데요시가 수군 장수 와키자카 야스하루에게 보낸 이해 11월 10일자 지령서(蘇峰 :《朝鮮役》中卷 P. 472).
6. 권율과는 달리 웅치의 깊은 산속에서 부하들과 함께 전멸한 정담의 공은 아무도 알아주는 사람이 없었다. 그로부터 2년 후에야 이 고을 백성들이 관가에 진정하여 비로소 조정에서도 전후 사정을 알게 되었고, 늦게나마 포상하게 되었다.
7. 훗날 고니시 유키나가는 일본에서 역적으로 몰리는 바람에 그에 관한 기록은 대개 없어졌고, 평양에서 전사한 그의 아우의 본명도 전하지 않는다. 다만 서양 신부들이 남긴 기록에 영세명 '루이스'로 전할 뿐이다.

7년전쟁
3권 조선의 영웅들

초판 1쇄 발행 2012년 7월 10일
초판 4쇄 발행 2020년 8월 28일

지은이 김성한
펴낸이 노미영

펴낸곳 산천재
등록 2012. 4. 19.
주소 서울시 마포구 와우산로 48, 로하스타워 707호 (상수동)
전화 02-523-3123   팩스 02-523-3187
이메일 magobooks@naver.com

ISBN 978-89-90496-63-8 04810
ⓒ 남궁연, 2012